호남 서술시의
사적 전개와 미학

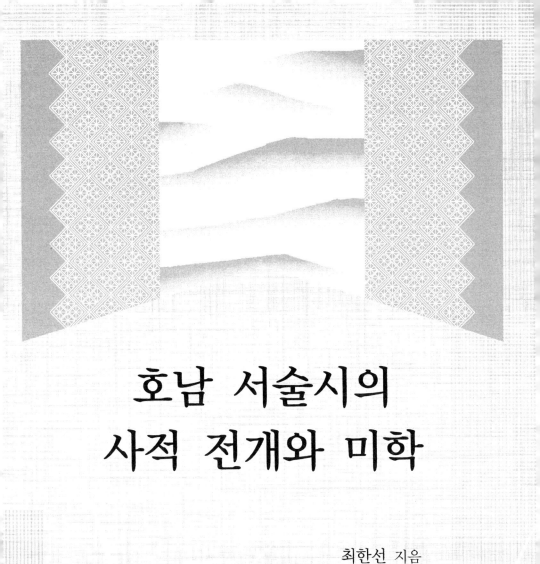

호남 서술시의
사적 전개와 미학

최한선 지음

천고일월명天高日月明이요 지후초목생地厚草木生하면서 동네 서당에
서 훈장님의 가르침을 따라 공부했던 유년 시절이 있었다. 이런저런
집안의 사정이 있어 중학교 2학년 때까지는 그렇게 동네 서당을 기웃
거리며 한자와 한문을 배웠는데 그것이 인연인지 운명인지 고전문학을
전공하여 40여 년 동안 길다면 긴 세월 대학강단에서 문학을 공부하고
가르쳤다.

물론 그런 과정에서 여러 선생님의 친자親炙와 사숙私淑이 절대적으
로 커다란 힘이 되었거니와 워낙에 재주와 근기가 박약한 둔재라 아무
리 달리 변명해봐도 외외巍巍하신 스승님들께는 늘 송구하고 부끄러울
뿐이었다. 대학에서 대학원으로 진학을 한 이후에는 한시, 가사, 시조
등 고전시가에 대하여 연구의 범위를 좁혀서 달려들었지만 역시 역부
족은 매 한가지였다.

20대 중반 무렵 한국방송대학교 국어국문학과에서 요청한 고전시가
론 강의를 준비하던 중 평소 무심히 흘려들었던 판소리가 달리 들렸다.
〈춘향가〉 중

금준미주金樽美酒는
천인혈千人血이요,
옥반가효玉盤佳肴는
만성고萬姓膏라.
촉루낙시燭淚落時에
민루락民淚落이요,
가성고처歌聲高處에
원성고怨聲高라.

변사또의 잔칫상 머리에서 이몽룡이 내뿜은 이 가슴 시린 한 수. 술
이 백성의 피요, 안주가 백성의 기름을 짠 것이고, 촛불의 지는 모습은
백성의 눈물이 떨어진 것이며, 노랫소리 높음은 백성의 원성이 자자한
것이라는 폐부를 찌르는 이 비수. 사또의 연석宴席에 모인 각 고을 수
령의 간담을 서늘케 했던 이 추상秋霜 같은 질타는 왜 그리 나에게 절
실하게 다가와 나의 가슴을 시원하게 맑혀주었는지…

판소리의 구구절절 꼬고 비틀며, 당겼다 튕겨서 풀어내는 - 서술시
적 발화 - 우리네 이웃들의 삶의 이야기 같은 이 익숙한 느낌, 이 백성
의 힘, 아니 민중의 힘은 대체 어디에서 나오는 것일까? 그것은 오랜
세월 남도인의 가슴에 켜켜이 쌓이고 쌓인 전통의 분출이라는 생각에
깊게 꽂혔다.

이런 꽂힘은 호남 한시단의 모태인 누정에 대한 관심을 낳았고 얼마
후 호남 한시단의 오랜 적층된 전통의 힘, 곧 호남 한시단을 면면하게
이어온 시학은 무엇일까의 의문으로 이어졌다. 이후 나는 호남 한시에
대해 본격적인 연구를 시작했는데 그런 과정에서 선행 연구자들의 덕
분으로 호남 한시는 낭만적 서정성, 방외적 저항성, 섬세한 언어미 등

이 끊임없이 계승, 발전되고 있다는 사실을 터득하게 되었다.

특히 현실 비판시, 풍자시, 서사시라 이름한 시편을 통해서는 서술 시적 상황에 능동적으로 대응한 시작 태도가 도도하게 이어져, 뒤틀린 현실의 개혁과 모순의 해결, 불합리한 현실의 고발과 풍자 등을 통하여 애민정신 발현과 우국의 충정 등을 토로한 시편들이 한 조류를 형성하 여 부단히 계승되고 발전되면서 다양하게 실현됨을 발견했다.

한 편 두 편 여러 편의 논문을 통하여 그 실상을 하나둘 파악하고 그로부터 어떤 공통점을 찾기 시작한 결과 호남 시단을 면면히 타고 흐르는 시학은 앞서 말한 세 가지 외에도 풀이적 서술을 갖춘 '서술시' 가 하나의 건강한 시학으로 자리 잡고 있음을 알았다.

어느 날 갑자기 또는 누군가에 의하여 일시에 만들어진 급조품이 아 닌, 유구한 전통을 가진 시학, 남도를 지키고 이끌어온 시 창작의 힘, 그것은 남도의 뻘밭처럼 진하고 질펀하며 도도한 적층積層의 힘이 아 니겠는가? 적층이란 다름 아닌 전통이요 전통은 곧 역사이며 힘이라 할 것이다.

본서는 호남 시단의 시학 가운데 풀이적 서술시를 중심으로 그 사적 전개와 미학을 살피고자 마련되었다. 물론 낭만적 서정시나 방외적 저 항시, 섬세한 언어미를 갖춘 시편들에 대한 연구가 있어야 할 것이지 만, 필자의 역량 부족으로 나중의 과제로 미뤄둘 수밖에 없는 아쉬움을 남긴다.

아무쪼록 본서가 호남 한시단의 한 면모를 파악하고 이해하며 그 미 학을 감상하는 데 일조라도 되기를 바라면서 많은 분들의 커다란 가르 침을 기다린다. 아울러 정년퇴직까지 짧지 않은 세월 동안 어쭙잖은 학자의 뒷바라지를 하느라 고생해 온 김성희 여사와 본서를 쾌히 출판토록 주선해 준 매제 최주호 사장님 그리고 보고사 김흥국 대표 및 출판사 가족들께 큰 감사드린다.

2023년 8월

최한선 근지

차례

Ⅳ. 마무리하는 말   ··· 571

I.
풀이적 서술성을 찾아서

　현대의 과학문명은 물질의 팽창과 확대를 통해 현대인에게 놀랄만한 편의와 속도를 제공한 대신 현대인들로부터 정신의 황폐荒廢와 척박瘠薄을 가져와 침잠沈潛과 온유溫柔 그리고 음미吟味의 멋을 박탈하였음은 주지하는 바다. 그 결과 자연을 매개로 한 균형과 조화를 중시해 온 동양적인 삶이 기형적인 형태로 변화된 것은 실로 유감스럽고 안타까운 일이 아닐 수 없다.

　건설이란 미명으로 생명의 원천인 자연환경 특히 숲과 해안선 등이 사라지고 속도와 편의를 중시한 결과 자동차 등의 배기가스가 과량으로 배출되어 기온 상승에 따른 각종 해괴한 이상 현상이 속출하여 현대인의 목숨을 위협하고 있음은 두루 아는 사실이다. 뿐만 아니라 자연환경 파괴에 따른 자연정화 시스템의 오불誤不 작동과 환경파괴가 가져온 각종 음식물의 오염된 실상은 기형아출산은 물론 각종 병인病因이 되어 기존의 제반 사회질서를 잠식하고 있음은 실로 안타까운 일이 아닐 수 없다.

이러한 삶과 생존의 대 위협 앞에 만시지탄의 감이 없지 않으나, 인류는 금세기에 들어 수많은 인명을 앗아가고 평생 쌓은 업적과 부를 휩쓸어간 쓰나미나, 허리케인 등 자연재해의 원인은 과학 문명이 빚어낸 지구 온난화를 비롯한 환경오염과 같은 자연 생태 질서의 파괴에 있음에 인식을 같이 하기에 이르렀다. 그 결과 물질 만능과 과학문명 일변도의 종래적 가치관에서 벗어나, 자연환경과 정신문명에 대해 관심을 쏟게 되었는데 그러한 추세는 여러 부분에서 다양한 변화의 시도로 이어지고 있는바 각 지방자치 단체의 전통과 정신문화에 기반한 지역 발전의 모델 구상이 그것이다.

잘 아는 바와 같이 고려 말 조선 건국이 이루어지자 고려의 유신遺臣들은 고개를 넘어 남쪽인 영남과 물을 건너 남쪽인 호남으로 낙남落南하여 각기 그곳에서 착근着根하여 발화發花하고 결실結實한바 우리는 그 후손들이다. 그 가운데서 특히 호남행을 택했던 대부분의 사람들은 호남에 연고가 없거나 있다손 치더라도 희미한 정도에 그친 사람들이었다. 그렇다면 무엇 때문에 그들은 하고 많은 지역 중에서 호남湖南[1]을 택하여 둥지를 틀었던 것일까? 거기에는 분명 그럴만한 여건이나 요인이 있었을 것이기에 그에 대한 해답은 곧 척박과 황폐로 치닫는 오늘의 문제를 해결함은 물론 인구의 감소 등으로 고심하고 있는 남도에 사람들의 이목을 집중시킬 수 있는 방안 마련의 단초가 될 수 있으리라 생각한다.

---

[1] 호남이란 호湖의 남쪽을 말하는데 일반적으로 호는 금강의 다른 이름이 호강인 데서 기인한 말이다. 다만 익산의 황등제, 김제의 벽골제, 정읍시 고부면의 눌제 등을 삼호三湖라 했음에서 유래했다는 주장도 있음.

여말의 역성혁명(1392)과 수양대군의 계유정난(1453), 기묘사화(1519), 을사사화(1545) 등 일련의 쉼 없는 국가적 환란은 뜻 있는 자의 현실 도피 내지는 현자피세賢者避世의 유행을 낳았거니와 그러한 영향의 중심 지역이 다름 아닌 남도임은 두루 아는 사실이다.

남도 가운데 고개를 넘어 낙남한 세력을 영남嶺南이라 부르고, 물을 건너 낙남落南한 세력을 호남이라 부른다고 했거니와 이 두 지역으로 낙남한 사람들은 지역의 선택에서 그 동기가 사뭇 상이했다. 영남으로 낙남한 사람들은 대부분 그곳에 재지적在地的 기반이나 연고가 있었음에 반하여, 호남행을 택한 사람들은 그곳이 무연고 지역이거나 먼 연고만 있는 경우가 대부분이라는 점이다.[2]

그렇다면 광주의 충주 박씨, 담양의 문화 류씨, 홍주 송씨, 나주의 강화 최씨, 나주의 창녕 조씨, 장흥의 진주 정씨, 함평의 양성 이씨, 해남의 원주 이씨, 고흥의 고령 신씨, 여산 송씨, 순창의 고령 신씨, 순천의 순창 조씨 등이 이곳 남도를 찾아 입향한 까닭은 어디에 있을까? 물론 여러 이유가 있겠으나 주된 이유는 서울로부터의 원격성에 따른 재화再禍를 당할 위험성의 감소, 남도가 지니는 기후의 따뜻함과 그에 따른 물산의 풍부함 및 풍요로운 물산에서 우러나는 넉넉한 인심 등 은둔의 적지適地라고 판단했기 때문이었다.[3] 은둔의 적지適地라고 했거니와 은둔의 원인은 반 발자국만 내디뎌도 파란이 일어난 불합리하고 모순투성이인 정치현실 때문이었다.

---

2 조원래, 〈사화기 호남사림의 학맥과 김굉필의 도학사상〉, 《동양학》 제25집, 단국대학교 동양학연구소, 1995, 260면.
3 조원래, 앞의 글, 같은 곳.

선비의 낙남은 한마디로 복잡한 현실로부터의 탈출, 그것은 오늘날 도시인이 전원이나 자연을 찾아 떠나는 것과 일맥으로 상통한 바가 적 질 않다. 복잡한 현실의 질곡에 갇힌 도시인을 남도 지역으로 흡입시킬 수 있는 요인, 그 해답은 이미 앞서 말한 바와 같이 고려 말, 조선 초의 낙남인에 의하여 제시된 바다. 주지하는 바와 같이 남도는 중앙으로부 터 원격한 거리에 위치하고 있다. 물론 정치적 의도 또한 배제할 수 없지만, 그 원격성에 따른 물류비용의 증대 등은 이곳의 산업화를 낙후 또는 더디게 하였으며, 그 결과는 오늘의 시점에서 되레 중시되어 청정 환경 지역으로 남을 수 있는 행운을 얻었다.

다시 말해서 서울로부터의 원격성은 역설적으로 웰빙 시대의 개막과 더불어 서울 등 대도시 사람들의 흡입 요인이 되기에 충분하다는 것이 다. 뿐만 아니라 따뜻한 기후 덕으로 얻어진 풍부한 물산 또한 먹거리 관광의 주요 자원이 되기에 안성맞춤이거니와 청정 환경과 따뜻한 기 후가 생산하는 맛깔스럽고 다채로우며 청정 환경은, 오염과 공해에 찌 든 도회지 사람들을 손쉽게 붙잡을 수 있는 중요한 자산이다.

어디 그뿐인가? 풍부한 물산이 가져다준 넉넉한 인심 역시 다정한 이웃집 같은 소박한 정의 원천으로서 숨 가쁘게 돌아가는 일상과 각박 한 인심에 식상된 도회지 사람들에게 훌륭한 관광자원임은 재언을 요 치 않는다. 법고창신法古創新이라 했거니와 옛것으로부터 새로운 것을 창조한다 함은 일찍이 남도에 낙남했던 여말 선초 남도 입향조들의 혜 안과 슬기로부터 현대 남도의 인구 감소 또는 관광의 방향타를 조정하 는 것을 둔 이름이 아니겠는가?

바야흐로 21세기는 문화의 세기요, 지방화의 시대이다. '지역이 세 계의 중심이다.'라는 인식의 확산에 따라 세계는 앞 다투어 지역을 혁신시키고자 노력하고 있으며 그를 바탕으로 질 높은 삶과 보람 있는 인생을 실현시키려고 애쓰고 있다. 문학 연구에서도 지방문학사가 등장하고 있으며[4] 각 지자체들의 발전 전략에서도 종전의 양적 성장 전략을 버리고 이제는 혁신 주도로 전환하고 있다.[5] 지역혁신은 국가 주도의 집중과 투입에 의한 양적 팽창의 성장이 아니라, 지역의 전통에 입각한 연구와 개발, 그리고 새로운 것의 생산과 낡은 것의 개혁, 문화활동의 증대 등으로 새것을 창출하고 지역의 발전을 도모하는 것을 말함은 재론의 여지가 없다.

이와 같이 세계를 '단위'로 생각하는 시각에서 볼 때, 있는 곳이나 크기는 그리 중요한 문제가 되지 않게 되었다. 지역을 하나의 단위로 생각하기 때문에 이른바 거대한 크기의 중앙이라는 곳도 국가를 이루는 하나의 단위이며 지역이라는 작은 군 단위 또한 국가를 이루는 단위라는 사실은 지역의 위상을 더욱 돋보이게 하고 있다.

문제는 지역이 어떤 실체의 중심부에 들거나 핵심 역량을 지니기 위해서는 지역의 역사 문화적 전통을 기반으로 한 인적 네트워크, 또는 일할 수 있는 주체들의 클러스터 형성 등으로 힘의 결집이 있어야 한다. 지역 역량이 곧 국가의 역량이라는 전제 아래 선진국들은 지역 역량 강화에 힘을 쏟고 있으며 그 일환으로 지역 혁신체계를 구축하는데 전력을 투구하고 있다.[6]

어쨌든 지식정보화와 글로벌화의 영향 등에 힘입어 이제는 지역이

---

4 조동일, 《지방문학사》, 서울대학교출판부, 2004.
5 국가균형발전위원회, 《세계의 혁신체계》, 2004, 한울아카데미, 4~27면.
6 앞의 책, 10면.

제반 단위의 핵심으로 떠오르고 있다. 이는 곧 앞서 말한 바와 같이 지역의 경쟁력이 곧 국가 경쟁력의 근간이라는 말이기도 하거니와, 그만큼 지역에 대한 관심은 날을 더하여 늘어가고 있다. 이른바 '지역의 시대'가 도래한 것이다.[7] 중심단위가 지역이 된 사회, 이른바 지역사회는 그만이 갖고 있는 고유한 역사와 전통을 기반으로 할 때 지역 수준 이상의 막강한 경쟁력을 가질 수 있음은 재언을 요치 않는다.

이와 같은 맥락에서 지역문학 연구 또한 역사적인 전통이나 흐름, 실현된 미적 세계, 독특한 특징 등에 대하여 구체적이면서도 체계적으로 밝혀져야 하거니와 그와 관련하여 ㉠서술성, ㉡서정성, ㉢낭만성, ㉣저항성, ㉤방외성, ㉥섬세성 등과 같은 시 형식이나 내용, 미적 세계에 관한 연구에서 그 의의를 찾을 수 있을 것이다.

한편, 금준미주金樽美酒는 천인혈千人血이요, 옥반가효玉盤佳肴는 만성고萬姓膏라. 촉루낙시燭淚落時에 민루락民淚落이요, 가성고처歌聲高處에 원성고怨聲高라. 판소리 〈춘향가〉에서 이몽룡이 내뿜은 이 가슴 시린 시 한 수, 술이 백성의 피요, 안주가 백성의 기름을 짠 것이라는 폐부를 찌르는 이 비수, 사또의 연석宴席에 모인 각 고을 수령의 간담을 서늘케 했던 이 추상秋霜 같은 질타는 왜 그리 우리에게 친숙한 것이며 읽는 이의 가슴을 시원하게 맑혀주는지…

어디 그뿐인가?

가사歌辭와 판소리는 구구절절 자상하리만큼 친절하고, 조목조목 하나하나 들춰내며, 상황을 꼬고 비틀며 헝클었다 다잡으며, 당겼다 풀어서 튕기는 – 서술시적 발화 – 우리네 이웃들의 질펀하고 살가우며

---

7 국가균형발전위원회, 《이제는 지역이다》, 2004, 디자인 모브, 4~5면.

절실한 삶의 이야기를 담은 그릇이 아니던가. 이 도도한 감성, 이 백성의 맑고 고운 힘, 아니 원초의 힘은 대체 어디에서 나오는 것일까? 그것은 오랜 세월 남도인의 가슴에 켜켜이 적층된 전통의 에네르기가 때론 가사로 때론 판소리로 때론 한문이나 한글 서술시로 분출된 것이 아니겠는가?

연구자들은 이런 시를 현실 비판시 또는 현실 풀이시나 풍자시 혹은 대서사시라고들 하거니와, 이러한 시들은 어느 날 갑자기 또는 특정 누군가에 의하여 일시에 만들어진 급조품이 아님에 주목을 요한다. 남도를 지키고 이끌어 온 문학의 힘, 그것은 유구한 전통에서 뿜어 나오는 적층積層의 힘이 아니겠는가? 적층이란 다름 아닌 전통이요 전통은 곧 역사라 하겠다.

본 연구는 다름 아닌 호남 한시문학이 지니고 있는 유구한 전통에서 '풀이적 서술성'의 흐름을 찾아 나선 것이다. 왜냐하면 그것은 부딪힘이 있을 때마다 다시 말해서 서술시적 상황이 전개될 때마다 늘 적극적인 역할을 수행하면서 당대적 의의로 당당하게 자리매김했기 때문이다. 여기서 말하는 서술시적 상황이란 크게 세 가지로 대별할 수 있다. 그것은 ㉠모순과 불합리가 판치는 실상을 개혁하거나 바로잡고자 하는 상황, ㉡어떤 사건이나 사실을 고발하거나 누군가에게 알리고자 하는 상황, ㉢어떤 정경이나 정서의 공감으로 소통을 요하거나 나누고자 하는 상황 등을 일컫는다.

호남지역 시문학뿐만 아니라 시문학 연구의 중요한 목표 중의 하나는 시학詩學의 규명과 그에 따른 문학의 성취도를 찾아내는 일일 것이다. 더군다나 삼국 시대 이후 지금까지 면면히 이어져 온 한문학에 대한 연구는 그것의 유구한 생명력을 가능케 한 뿌리가 무엇이며 매우 다양하게 분기되어 발전해 온 창작배경이나 원리 등이 어떤 것인가의 연구에서부터 각 시대마다 주된 창작과 향수의 담당층에 대한 문제 및 시대정신과 문학의 임무 또는 역할 등 실로 다양한 사안들에 대하여 진지한 논의를 거쳐야 할 것으로 사료된다.

이와 관련하여 호남지역의 한문학에 대한 연구 또한 통시적 관점인 시대적 고찰에서부터 문예미학적인 여러 측면의 검토 등 실로 이루 헤아릴 수 없을 만큼 미해결의 과제가 산적해 있음은 연구 거리가 많아서 행복하다기보다는 과제의 중압감에 밤잠을 설칠 일이다. 이런 거대문제에의 접근은 자칫 수박 겉핥기식으로 넘어갈 공산이 있어서 그 어떤 분야보다도 깊이를 중시하는 인문학의 사명에 위배될 공산이 매우 크다.

주지하는 바와 같이 호남지역은 문화와 예술의 고장으로 널리 회자膾炙 되어 왔다. 어떤 이는 조선시대 이 지역은 풍류風流를 숭상했다면서 도학道學을 숭상한 영남과 대비하여 말하지만, 이는 자칫 도학과 풍류는 조화될 수 없다는 오해는 물론 도학과 문학의 우열 논쟁을 불러올 공산의 소지가 다분하다.

단적으로 풍류가 퇴계退溪와 율곡栗谷 등 도학자의 시에서도 도도하게 발현되고 있을 뿐만 아니라, 상심賞心과 상자연賞自然을 바탕으로 한 산수문학에 두루 존재하는 시적 형상화의 한 기교 또는 미의식의 발로라는 점을 간과할 수야 없잖은가?

본 연구는 조선 전기 금남과 눌재 이후 면앙정, 석천, 송재, 하서, 행당, 송천, 풍암, 청계, 칠실, 고산, 죽록, 다산, 초의, 경회 등에 이르기까지 600여 년 이상 동안 면면히 지속된 호남시단에서의 서술시적 전통과 그들이 실현한 미학을 밝힘으로써 호남 시학의 규명에 하나의 단초를 제공하고자 집필되었다. 다만, 이번 연구에서 가사와 판소리는 제외하였는데 이는 곧 다른 기회를 만들어 다룰 예정이기 때문이다.

시를 공부하는 사람이라면 시학사 저술에 욕심을 갖지 않을 수 없거니와, 항차 호남처럼 시심이 도도하고 면면한 지역이 또 있겠는가. 유구한 역사와 전통을 지닌 호남 한시단漢詩壇을 살피는 방법에는 여러 접근 시각이 있을 수 있겠다. ㉠시·군별 문학 성과 고찰, ㉡학맥이나 사승 관계에 따른 문학 연구, ㉢불교문학에 대한 연구, ㉣누정문학에 대한 연구,[8] ㉤서술시 및 서사시적 전통과 연작시 연구, ㉥최부, 박상, 송순, 이항, 김인후, 기대승, 기정진 등 도학자의 문학 연구, ㉦유형원, 위백규, 신경준, 정약용, 윤정기, 하백원 등 실학자의 문학 연구 등이 그것들일 것이다.

이런 다양하고 수많은 연구 과제 가운데 본 연구는 시대적 상황의 요청이 있을 때마다 어김없이 출현해 그 임무와 의의를 다 한 서술이 바탕이 된 서술시[9]에 대해 사적史的으로 그 미학을 살피고자 한 것이다. 왜냐하면 호남지역의 한문학사 가운데 면면히 맥을 이어온 서술시의 실체적 운동이나 전개에 주목하는 태도는 지금의 실정과 사정으로 이 지역 한문학의 사적 전통과 미학의 일단을 일별하는 하나의 방법이 될 수 있기 때문이다.

곧 건국 이후 시대적 상황의 모순과 불합리 – 서술시적 상황 – 에 능동적으로 대처하는 가운데 발생한 서술시와 삼정三政(田政, 軍政, 還穀)

---

8 누정문학에 대한 연구의 일례로 구곡가계 시가는 김문기 교수의 〈玉所 權燮의 九曲歌系 詩歌 연구〉에 대체적으로 정리되어 있음.

9 졸고, 〈풍암 서술시의 이해론적 전제와 미학〉, 한국고시가문학회, 《고시가연구》 제11집, 2003.

의 문란 등에 따른 인권의 질식과 생활의 질곡에서 잉자孕子된 서술시의 제작, 어떤 정황이나 정서의 공감을 요하는 상황에서 제작된 서술시에 대한 고찰 등은 분명 호남 한시사의 한 성취이면서 면면한 역사이자 전통이기 때문이다.

요컨대 호남지역 한문학의 유구한 역사에서 줄기차게 이어지는 실체적 맥이 여럿 일진대 구체적으로 그것은 어떤 것일까? 다시 원점으로 돌아가서 이몽룡이 토해냈던 그 간담을 서늘케 하고 응어리진 폐부를 말끔히 씻어주는 그 힘의 원천은 어디에서 연유하며, 말하지 않고는 못 배기는 그 입심은 또 어디에서 나오며, 자상하고 친절하게 조목조목 들춰내어 시정하고 개혁하고자 하는 에너지는 다름 아닌 서술시적 상황과 관련한 서술시의 전통에서 연유한 것이 아닐까?

필자의 생각으로 호남 한시 역사를 통관하고 있는 거대한 특징, 두 가지 중 하나는 서정에 바탕한 낭만성이요, 다른 하나는 현실 풀이적 서술시라 생각한다. 여기서 풀이라는 말은 대응 의지나 태도, 극복 방법 등의 의미와 크게 다르지 않다. 이런 서술시 속에는 서사 한시나 판소리 그리고 가사 역시 서술을 주된 자질로 한다는 점에서 함께 다룰 수 있으리라 생각한다. 하지만 여기서는 주로 한자로 기록된 부문학이나 고체시를 중심으로 하거니와 서술시의 힘, 그것은 두말할 필요도 없이 서술적 상황의 전개와 그에 대한 능동적 대응 의지와 실천에서 나온 문학적 반응이었다.

1. 서술의 개념과 의미

서술敍述은 그 자체 서사자敍事者가 있어서 피서사자에게 이야기를 전달하는 소통 모델 곧 사건의 보고報告이다. 서술은 보여주기(showing)와 대립되는 말하기(telling)의 화법話法으로 시인 자신의 담화談話이며, 작품 세계에 대한 시인 자신의 직접적 개입이다. 이로 볼 때 서술은 인식의 한 양식이면서 설명의 한 양식이기도 하다.

삶의 조건과 과정은 서술되는 것이기에 리얼리즘 시와 같은 경우, 서술이 필요충분 조건이 되는 것이다. 또한, 서술은 사건을 시간적 연속과 인과성에 따라 결합시키는 조직의 기법이기도 하므로, 서사 장르의 본질로서 이론의 여지없이 받아들여져 왔음이 사실이다.

특히 긴 서사의 경우, 시간 경과와 감각이 생명일 수밖에 없으며 그로써 세계의 추이推移를 드러내 보여야 하기에 서술의 몫은 지대하다.

또한 서사 장르에서 서술자 없이는 이야기가 전달될 수 없으며, 이야기 없이는 역시 서사 장르가 성립되지 않기에 서술은 서사 장르에서 훨씬 큰 대접을 받는다고 생각되어 왔으며, 사실상 서술을 서사 장르의 지배소支配素라고 부르는 이유가 그것이다.

그러나 분명한 것은 서술은 서사 장르의 전유물이 아니라는 사실이다. 뿐만 아니라 서술은 다른 어떤 종류의 문학보다도 비문학적인 것의 영향에 예민하게 반응한다는 점도 간과할 사안이 아니다. 다만, 서사하기 위해서는 곧 사건의 구체적인 세부 내용(처음·중간·끝)과 절차를 마련하기 위해서는, 서술이 필수적으로 요구된다고 생각해야 합리적이다.

서정시에서도 시인이 시적 효과를 획득하기 위해서는 사건을 도입할

수 있는 것이며 그 경우 비록 완성된 구성을 갖추지는 못했다 할지라
도, 그 플롯은 서술에 의해서 엮어진 것이 분명한 사실임을 간과해선
안된다. 이러한 사실들은 서술이 서사를 만들 수 있지만 서정이나 극,
교술도 만들 수 있다는 점을 시사해준다.

2. 서술시의 기저 자질

시의 경우 서술이 주가 된 시를 서술시라고 할 수 있는바, 이러한
용어는 묘사가 주를 이룰 때 묘사시라고 부르는 것과 다를 바가 없다.

어느 시대이든 거기에는 당대 사람들이 지니는 삶의 조건과 삶의 과
정이 있게 마련인데 그러한 삶의 조건과 과정은 서술되어야만 분명해
지기에 그것을 표현하는 수단으로써 서술시가 요구된 것은 당연한 귀
결이다. 이는 서술이 곧 소재素材에 대한 관심이 취하는 가장 명백한
형식이라는 점에서 볼 때 매우 타당하게 받아들여진다.

우리는 흔히 구비문학을 민중 장르라 부른다. 서사민요와 같은 구비
서술시에서 확인되듯이, 대중성(민중성)은 서술시의 오랜 전통이다. 대
중시의 실체는 신화神話·전설傳說·민담民譚 등 구비口碑 설화說話인
데, 설화에서는 서술이 주된 화법임을 감안할 때, 이 또한 서술이 가장
대중적이면서 영향력 있는 실체라는 증거로서 충분하다.

서술시의 문체는 수사적修辭的 비유보다는 일상인의 평이하고 단순
한 회화체가 우세하기에 이미지가 약화되기 십상이다. 일상 구어체를
지닌 서술시는 대중적 성격을 띠므로 덜 세련된 듯한 단순성과 소박성

그리고 어린애다운 유아성幼兒性을 그 성격으로 지닌다. 이 말은 달리 서술시의 언어가 지시적 기능이 우세하여 명료도를 지님과 함께 진실에의 충실이라는 점에서 객관적 발화發話로서의 의미를 지니게 된다는 뜻이다.

이런 점에서 서술시는 묘사체의 음풍영월적吟諷詠月的 자연시들과는 달리 리얼리즘 및 민중과의 불가분의 관계를 지닌다. 앞서 진실에의 충실, 객관적 발화 등이란 말을 했거니와, 이는 서술시가 시대의 변화와 그에 따른 문학 담당층의 변화 및 당대의 상황적 요구에 의하여 각기 다른 모습의 시형식으로서 실현화될 수 있음을 뜻한다.

예컨대, 카프계열처럼 어떤 이념을 고무鼓舞하고 선동煽動할 목적성을 지닌 시인들은, 서술시 중에서도 반反부르주아적인 저항시를 제작함으로써 자신들의 목적 달성에 효과를 극대화하였다. 또한, 민중시 쪽에서도 리얼리즘을 확보하기 위하여 서술시를 채용한다는 사실은 익히 알려진 바 이거니와, 그 취지는 위와 같다. 이는 달리 말하여 진실에의 충실과 객관적 발화發話를 위한 수단으로써 서술시에 대한 변용이 자연스럽게 이루어졌음을 뜻한다. 곧 서술시의 민중시로의 극대화이다.

서술시는 삶의 조건과 과정이 서술되는 것이기에 어느 시대에나 그 현실 사정에 따라 나타나는 자연스러운 진실 표현 욕구 충동의 결과로써 이야기(하고픈 말)를 갖기 마련이다. 거기에는 사건(이야기)의 주체가 되는 인물이 있으며, 그 인물이 사건을 벌이는 배경 곧 시간과 공간의 바탕이 있다. 그런데 이야기의 내용, 인물의 특징과 성격, 배경 등은 문학사의 시기마다, 창작층의 변화와 그들의 필요에 따라 달라질 수밖에 없다.

다시 말해서 사건의 구성이 어떠어떠하고, 주체적 인물과 그 성격이
어떠어떠하며, 시·공간적 배경이 어떻다는 것은 문학 담당층의 창작
정신·시대정신 및 문학의 소용所用에 따라 문학사의 시기마다 달리 실
현되기 마련이라는 의미이다.

따라서 그렇게 달리 실현된 현물現物 곧 문학활동에 대해 걸맞은 명
칭을 부여하는 것은 상황적합이론(contingency)상[10] 너무나 자연스러운
것이다. 어떤 조직과 분류는 보편적 원칙에만 적용되지 아니하고 시대
와 상황의 조건에 따라 변형으로 달리 실현될 수 있기에 더욱 그러하다.

요컨대, 시대와 상황에 따른 변화된 조건에 의하여 또한, 진실에의
충실과 객관성의 확보를 위해서, 각기 달리 실현된 구비서사시·서사
한시·장편 서사가사 등 시의 실체(시 형식)를 두고 그 장르 귀속을 달리
하는 것은 문학사의 전개를 능동적으로 이해한다는 점에서 뿐만 아니
라 실제 실현된 문학 성과를 온당하게 대접한다는 점에서도 매우 자연
스럽다고 생각한다.

일반적으로 시는 문체론적으로 서술시와 묘사시로 나뉘는데 서술시
는 서사시·서사 민요·중세 로망스 등 작은 갈래 곧 역사적 장르들을
가리키는 말이다.[11] 물론, 그렇다고 서술시가 서사 장르에 속한다는 말
은 아니다.

서술시는 서사시나 로망스 등의 역사적 갈래를 통칭하는 개념일 수
있다는 생각을 낳게 되어 논자에 따라서 다음과 같은 다양한 명칭이

10 남송우, 〈서사시·장시·서술시의 자리〉, 현대시학회 편, 《한국 서술시의 시학》, 태학
사, 1998, 54면.
11 김준오, 〈서술시의 서사학〉, 현대시학회, 《한국 서술시의 시학》, 태학사, 1998, 25면.

도출되었다.

　구비 서사시(조동일), 서술시(김준오·윤여탁), 단편 서사시(김기진), 서사시(조동일·민병욱), 서사 지향적인시(고형진), 이야기시(황병하), 장시(김종길·서준섭), 서사 한시(임형택)[12] 등이 그것이다. 중요한 것은 그 명칭이 구비서사시·단편서사시·서술시·서사시·서사 지향적인시·이야기시·장시·서사 한시 등으로 다르게 불릴지라도 다양한 명칭에 공통적으로 서술시라는 용어가 대치될 수 있다는 점에 주목할 필요가 있다는 점이다. 이는 바로 서술시가 서술이 요구되는 시에서 기층基層 역할을 하는 기저자질基底資質이라는 사실에 다름 아니다.

　다시 말해서 이때의 '서술시'라는 말은 갈래 명칭이 아니다. 서술이 요구되는 상황에서 시의 기저 자질로서의 서술시라는 말은 그 상황의 반영과 형상화 등에 자신의 역할과 임무를 다하기에 서정 장르 혹은 서사 장르 등의 장르 분류 대상에서 제외된다. 곧 '서술시'가 기저 자질이 되어 그것이 실현된 시일지라도, 서정적 성격이 강하면 그의 장르 귀속은 당연히 서정 갈래인 것은 당연하다. 장르의 귀속 문제는 그 작품이 띠고 있는 장르의 대표적 양상, 곧 장르 형성에서 주도적인 역할을 한 것의 장르 경향에 따라야 함은 재언을 요치 않는다.

　다시 말해서 서술시라는 말은 구비 서사시, 단편 서사시, 서사 지향적인 시, 이야기 시, 서사 한시, 장시, 서술시 등의 성격이나 의미를 모두 함축하거나 포괄하는 개념을 뜻한다. 따라서 여기에 살아서 작동하는

---

12 이에 대한 상세한 논의는 남송우, 〈서사시·장시·서술시의 자리〉, 현대시학회 편, 《한국서술시의 시학》, 태학사, 1998, 48~67면에서 자세히 다루어지고 있으며, 임형택 편, 《이조시대 서사시》(상), 창작과 비평사, 1992, 11~35면에서 서사 한시에 대해 심도 있게 논의하고 있음.

자질들은 ㉠구비 서사시적인 자질, ㉡단편 서사시적인 자질, ㉢서사지
향적인 시 자질, ㉣이야기시적인 자질, ㉤서사 한시적인 자질, ㉥장시
적인 자질, ㉦서사시적인 자질 등이 모두 갖춰져 있음은 물론이다.

이런 서술시의 개념은 서술이 주를 이루는 시로서 그 성향은 대중성
을 지니며 문체는 일상인의 평이하고 단순한 회화체로서 이미지는 다
소 약화된 시이다. 또한 그 언어는 지시적(denotation) 기능이 우세하며
그 내용은 삶의 조건과 과정에 관한 것으로서 거기에는 이야기(사건)가
있고, 이야기의 주체적 인물과 성격이 있으며, 이야기가 전개되는 배
경이 있다. 이러한 서술시의 장르 귀속은 문학사의 각 시기마다 당시적
요구에 따라 장르 형성에서 주도적인 역할을 한 것의 장르적 경향에
좌우된다함은 앞서 말한 바와 같다. 이와 같은 서술시가 기저 자질이
된 시들은 우리 문학사의 어느 시기에나 존재했으며 지금도 존재하고
있고 앞으로도 존재할 것이다.

필자는 이와 같은 서술시라는 가늠자를 통하여 풍암의 장편시 곧 부
문학의 이해를 논한 바 있다.[13] 본격적인 논의에 앞서 서술시가 기저
자질이 된 시가 문학으로서 당대적 요구와 작자의 시학詩學을 성공적
으로 성취해 낸 것으로 평가되는 장편 서사 가사와 서사 한시가 이룩한
문학적 성과를 원용할 필요가 있겠다.

왜냐하면 ㉠그것들이 삶의 조건과 실상 및 과정을 객관적으로 드러
내 보이려고 노력한 작가 정신의 발로發露에서 창작된 것이라는 점, ㉡
문학에 대한 근본 문제의 재검토 등 현실주의의 발전으로 경험적·객관

---

13 최한선, 〈풍암 서술시의 이해론적 전제와 미학〉, 최한선·김학성, 《고전시가와 호남
한시의 미학》, 태학사, 2021 참조.

적 실체를 관념적 실체보다도 중시한 시대 조류의 산물이라는 점, ⓒ 객관적인 세계 위에서 개별화된 인물이 등장하고 각 인물들에 대한 구체적인 형상이 사건(이야기) 속에서 인식된다는 점, ⓔ장형의 서술시 전통을 계승·변용하여 주제 전달의 극대화를 기한 점, ⓜ현실 체제의 모순과 불합리한 상황을 고발·폭로·개혁하려는 의지적 산물이라는 점 등에서 호남 서술시가 보여준 성과와 견줄만 하기 때문이다. 무엇보다도 시작詩作이 이루어진 객관적·개인적 상황이 서술시적인 상황으로서 일치한다고 보여지기 때문이다.

이런 주장을 할 수 있는 데에는 다음과 같은 선행의 연구가 큰 힘이 되었는데 Fowler가 주장한 바, 새로운 장르의 생성 과정은 새로운 주제의 대두에 따라, 이를 적절한 그릇에 효과적으로 담아내기 위해서, 곧 문학 기능의 변화에 능동적으로 대처하고자, 특정 장르에 대하여 반발을 일으키는 등 여러 역사적인 장르 종(art)들의 결합 혹은 혼합 및 장르 간 고유 영역 또는 역할의 침투 또는 각종 장르의 장단점 취사 선택 등 다양한 방법의 여과 장치 또는 실험을 거친다고 한 점이다.[14]

이는 달리 말하여, 하나의 새로운 장르는 자생의 문학적 전통 속에서, 기존했던 여러 역사적인 장르들 간의 상호, 침투, 반발, 선택 등의 다양한 결합 방식을 거친 혼합 형태가 주도적인 것의 역할로써 여과 또는 실험 과정을 통해서 하나의 실체로서 구체화된다는 말이 된다. 이 경우 주도적인 것의 어떤 면이 주된 영향 작용을 행사했는가? 바로 그 점은 중요한 사안이 아닐 수 없다. 하지만 주도적인 것이라 해서

14 Alstair Fowler, 《Kinds of Literature : An Introduction to the theory of Genres and Modes》, cambridge, Havard university press, 1982, 170~190면.

반드시 자신이 역사적 갈래 당시에 지녔던 모든 모습을 고스란히 그대로 유지하지 않는다는 사실을 간과해서는 안 된다. 이는 서술시적인 상황의 전개에서 서술시의 여러 자질들이 다양한 변합 작용을 통하여 보여준 문학적 성과를 이해하는 데 매우 유익한 정보를 제공하고 있음은 자명하다.

한편, 에벌[15]은 'SCAMPER' 기법技法을 말했는데 그 기법은 무엇인가 새롭고 의미 있는 것을 창조하기 위하여는 ㉠대체하기(substitute), ㉡결합하기(combine), ㉢적용하기(adapt), ㉣수정하기(modify), ㉤확대하기(magnify), ㉥축소하기(minify), ㉦변용하기(put to the other uses), ㉧제거하기(elminnate), ㉨역발상 하기(rearrange) 등의 조합이나 결합 방법을 거친다는 것이다. 이 또한 서술시적 상황에서 시인이 대처하여 실현해낸 다양한 문학적 성과를 이해하고 그로부터 잉태된 작가 사이, 시대 차이 등의 낙차를 이해하는 데 큰 도움이 된다. 첨언하자면 필자 역시 산山 시학詩學을 말한 바 있다.[16]

산山은 생장生長과 소멸消滅의 의意가 있고, 변화變化와 혁신革新의 신新이 있다. 이런 의와 신은 ㉠운雲 ㉡우雨 ㉢풍風 ㉣수水 ㉤화火 ㉥양陽 ㉦토土 등 칠동七動의 변합과 결합을 통하여, 만물을 생성, 생장, 쇠퇴 소멸시킨다. 칠동의 변합과 결합은 조화를 이루거나 갈등을 하는데 전자는 물론 후자의 경우조차도 돌변과 돌연의 일들이 자주 생겨나 이때 역시 창조적 무엇이 나타나기 마련이다.

칠동을 이루는 일곱 개의 각 기氣들은 저마다 의意와 신新이 있다.

---

15 Bob. Eberle, 《Scamper》, prufrock press Inc. Waco, Texas, 2008.
16 최한선, 《여의도 갈 배추》, 〈자전적 시론〉, 고요아침, 2016.

구름만 보더라도 색과 모양이 다양하고 다른 것들과의 변합이나 결합에 따라 무궁무진한 생성력과 소멸력을 지닌다.

나는 오래 동안 산을 들고 나면서 산이 갖는 의신意新의 원리를 찾아내기에 이르렀는데, 나의 시학은 바로 이런 산 시학에 기반을 둔 것이며 이는 양식 이론을 주장한 파울러와 스캠퍼의 기법을 제창한 에벌의 이론에 힘입은 바 크다.

이 칠동七動은 문학에 있어 ㉠수사적 기교, ㉡서사 구조, ㉢서술 전략, ㉣갈래적 속성, ㉤주제나 제재 및 소재, ㉥작가, ㉦당대 사회 현실 등과 비견될 수 있거니와 이 칠동들은 홀로 또는 서로 도움과 짝짓기를 하며, 서로 경쟁도 하면서, 낳아 길러주기도 하고, 쇠하게 하기도 하며, 소멸시키기도 하여, 결국은 '창조하는 시학'의 원천이 될 것이다.

앞서 말한 서술시의 7가지 자질들은 때론 하나만의 자질이 주도적 역할을 하거나 때론 그 몇이 결합 또는 변용의 작동을 하거나 아니면 다른 것으로 대체되거나 축소 또는 확장되는 등 다변적이고 급박한 시대 상황, 곧 서술시적 상황의 전개에 따라 능동적인 대처 방식으로 그 모습을 달리하면서 서술시라는 본 속성의 유전 인자를 6백여 년 동안 지속시켜 왔음은 물론 앞으로도 지속할 것으로 사료된다.

3. 서술시의 실현화 실제

1) 서사 한시

서사 한시는 한시漢詩로서 서사성이 담긴 작품을 일컫는 명칭인 바,

이는 현실주의의 발전으로 형성된 것이면서 현실주의를 더욱 풍부하게 해준 장본인이다. 서사 한시가 풍부하게 만들어 준 현실주의는 장편 국문 서사가사를 탄생시키는 데 일조를 했거니와 이에 대해서는 후술된다.

조선왕조의 체제적 모순이 심화되자 출현한 서사 한시는 객관적 배경을 설정한 가운데 특정한 인물을 등장시켜 그로 인해서 사건이 일어나 마무리 되는 서사구조를 가지고 있다.

또한, 장형시의 전통은 앞서 말한 바와 같이 문학사의 각 시기마다 많이 있었지만, 서사한시의 전형적·고전적 모델은 두보杜甫나 백거이白居易 등 중국시의 영향이 다대했거니와 그것이 당대의 현실을 드러내는 수단으로 정착되어 작품의 질과 양을 확장한 것은 아무래도 조선시대 곧 문학의 근본 문제에 대한 재검토가 이루어진 조선 중기의 일이라 생각된다.

달리 말하여 조선시대 사회 체제 모순의 심화는 뜻있는 사대부들로 하여금 백성에 대한 문학적 인식을 갖게 만들었으며, 백성 자신들 또한 생존을 위해 싸우는 과정에서 자기의 존재를 발견하게 되었는데, 바로 이점에서 서사 한시 출현의 배경을 찾을 수 있겠다. 이는 이른바 '서사 시적 상황의 발전'[17]이라는 말로 부를 수 있거니와, 서사 한시의 내용이 사회 현실과 삶의 과정에서 생겨나는 모순과 갈등을 그린 것 곧 체제 모순의 심화와 그에 맞서서 생존을 위해 싸우는 백성의 고통스러운 형상이 주를 이룬다는 사실에서 확인할 수 있겠다.

---

17 임형택, 앞의 책, 20면에서 서사 한시에 대한 논의는 이곳에서 자세하게 언급되고 있는 바, 본고는 그 내용을 중심으로 인용자가 요약·발췌하였음.

조선왕조는 민民을 기반으로 하여 성립된 국가였기에 국가는 민을 보호하기 위하여 인정仁政·애민愛民의 정치학을 표방했으며, 이는 왕조 초기에 있어선 어느 정도 실천되기도 했다. 그러나 저급한 생산력과 한정된 토지의 한계를 무시한 채, 지배계급의 그칠 줄 모르는 물질적 욕구는 가렴주구苛斂誅求로 이어져 백성들을 유리방랑遊離放浪하게 만들었다. 이러한 정황은 곧 기본 체제의 모순이면서 그 자체가 왕조 체제의 중대한 위기이기도 하거니와 서사 한시의 창작주체인 사대부들은 그런 상황을 놓치지 않고 포착하였으며 또한 아프게 인식했다. 그러한 현실은 경국제민經國濟民을 모토로한 참다운 사대부라면 누구나 응당 예민하게 느끼고 심각하게 생각했어야 할 사안이었음이 분명하다. 풍암과 같이 개인적으로 그와 같은 체제 모순과 반윤리·비도덕적인 정치 현실로부터 비극을 경험한 경우라면, 그런 현실의 심각성은 극한상황으로 인식되었을 것이 분명하다. 바로 이런 점에서 풍암시의 세계가 서사시적 상황에서 이루어졌다고 보는 것이며, 같은 상황을 드러낸 작품들과의 비교할 의의를 찾게 되는 것이다.

다시 말해서 올바른 사대부는 정치권력의 부당함을 용납지 않은 채, 자영 농민층이 몰락한 현실에 비분悲憤했을 것이며 스스로 세상을 구해야겠다는 자각自覺을 했을 것인 바, 그에 대한 실천적 행위의 하나가 다름 아닌 서사 한시의 제작이었다.

서사 한시의 표현형식은 목도이문目睹耳聞 곧 직접 눈으로 보고 귀로 들은 어떤 사건을 구성 표출의 방식으로 창작하였는데, 이 경우에 '인사명제因事命題' 곧 "실제의 사건에 의거해서 제목을 붙인다"는 취지가 중시 되었다. 중요한 것은 보고 듣고 한 사실을 어떻게 구성하여 표출해 내느냐인데 이는 작가적 역량의 문제로서 독창적 글쓰기 방식답게 다양하게 표출되었음은 당연하다.

서사 한시에서 시점은 인물과 사건을 조직하는 가운데서 문제되는 것이거니와, 서술 주체를 누구로 한 것이냐의 선택 사안이기에 자연 서술방식과 관련지어 따질 수밖에 없다. 서사 한시의 서술방식으로 가장 일반적인 형태는 시인과 주인공의 대화적 서술방식을 들 수 있으며 다음으로 주인공의 고백적 서술방식과 객관적 서술방식 등이 있다. 그러나 서술의 주체를 파악하기가 모호한 작품, 서술 시점이 이동·전파되는 작품들도 발견되어진다. 서사 한시의 서사 구성방식은 전형적인 서장·본장·결장의 3부 구성방식이 온전한 형태이지만 2부 구성, 4부 또는 5부 구성 방식도 눈에 띄다.

서사 한시의 배경 곧 시간과 공간의 처리를 보면, 순차적 구성보다는 하나의 서사적 화폭 속에 시·공이 모아지는 단막극 형식의 축약 시공법을 주로 쓰고 있다. 이는 서사의 내용을 밀도 높고 선명하게 제시함으로써 효과를 기대한 창작 의도에 기인한 것으로 생각된다.

형상화 기법을 볼 때, 서사한시가 당대의 실사實事를 포착하는 데서 출발하고 있기에 시 본연의 '새기고 기리는 일' 곧 '명송'에 충실하기보다는 분노하고 슬퍼하거나 지탄하고 징험을 삼아야할 내용에 대해 공격하고 부정하는 풍자의 수법에 의존하여 드러남이 일반적이다.

다시 말해서 서사 한시는 시적 효과를 높이기 위하여 '명송'과 '풍자'로써 형상의 각인에 주력하고 있는데 풍자가 주를 이룬다고 하겠다.

이와 같은 서사 한시는 민民의 현실에 입각해서 목도이문目睹耳聞한 경험을 사대부 시인이 서술의 주체가 되어 생생하게 드러냈다는 점에서, 관념적 세계를 주된 시적 대상으로 한다는 서정적 한시에서, 현실성과 민중성을 획득하는 계기를 마련했다는 점에서 의의를 지니지만,

서술의 주체인 시인과 작중의 주인공 간에 좁지 아니한 간격이 있었다는 한계를 지니기도 하거니와 이러한 한계는 사대부 시인의 자각 의식이 현실을 직접 호흡하면서 자각한 서민대중의 감각을 따라가지 못한 데서 연유한 것으로 파악된다. 이러한 한계는 장편 국문 서사가사에서 어느 정도 극복되어지고 있음은 주목을 요한다.

요컨대, 서사 한시는 현실주의의 발전으로 생성된 서사성이 강한 한시이거니와 주된 작가는 사대부 계층이었다. 물론 사대부 계층이라 함은 정치 현실에서 멀어진 몰락 사대부를 포함한 말이다.

서사 한시는 목도이문한 실사實事를 다루고 있으며 객관적 세계가 배경이 된다. 또한 특정인물이 등장하여 사건을 만들고 마무리하는 서사구조를 갖고 있다. 주된 내용은 체계 모순에 의한 사회현실과 삶의 과정에서 생겨나는 백성의 고통과 갈등을 그린 것이다.

서사 한시의 서술방식은 시인과 주인공이 서로 대화하는 방법 곧 대화와 서술의 혼합화법에 의한 대화적 서술방식이 주를 이루며, 시인이 작중 주인공의 시점으로 서술되는 주인공의 고백적 서술방식과 시인이 전혀 문면에 나타나지 않고 주인공이 스스로 말하게 하는 객관적 서술방식도 있다.

구성방식으로는 시인이 서사적 현장에 접근하는 서장序章, 현장의 인물로부터 전후의 사연을 듣는 내용의 본장本章, 시인의 정회情懷로 끝맺는 결장結章의 3부 구성 방법이 주를 이루지만, 2부 또는 4부나 5부의 구성법을 가진 작품도 있음은 앞에서 말했다.

서사한시의 배경 처리는 순차적 구성보다는 서사의 화폭 속에 시·공이 한데로 모아지는 축약적 시공법을 주로 쓰고 있다. 또한 형상화 기법으로는 기리고 새기는 일 곧 명송과 분노하고 슬퍼하거나 지탄하고 징험 삼아야 할 것들을 공격하고 부정하는 풍자의 수법이 같이 쓰이고 있으나 서사시적 상황이 전전될수록 풍자의 수법이 많아졌다.

2) 장편 서사가사

서술시가 장편시 또는 장편 서사 가사 및 서사 한시 등으로 실현화되어 서사 갈래로 극대화된 것은 임진왜란(1592)을 겪고 난 뒤의 일이다. 전자의 좋은 예로는 18세기에 창작된 〈역대가歷代歌〉〈일동장유가日東壯遊歌〉(1764) 등을 시작으로 약 20여 편의 장편 서사가사를 들 수 있다.[18] 또한 〈갑민가〉〈기음노래〉〈우부가〉〈용부가〉 등 서민의 생각과 감정을 담은 서민가사도 주목되어야 할 것이다.[19] 후자의 예로는 임억령의 〈송대장군가宋大將軍歌〉〈도강고가부사道康瞽家婦詞〉 등과 같은 서사 한시를 들 수 있겠다.[20]

장편 서사 가사와 서사 한시는 국문시가와 한시문이라는 각기 상이한 표현 수단으로써 서사시적 상황을 객관적 세계로 인식하고 그것을 시적 대상으로 했으면서 공통의 주제의식을 서술시라는 기저 자질을 통하여 드러냈음은 여간 흥미로운 일이 아니다. 임진왜란을 거친 조선 사회는 민족 수난에 대해 비판과 자성의 목소리가 힘을 얻기 시작하였는데 문학의 주된 창작층이었던 지식인들이 문학의 근본 문제에 대한 재검토를 한 것은 하나의 대표적인 예라 했다.[21]

----

18 유해춘, 《장편서사가사의 연구》, 국학자료원, 1995, 16면.
19 김문기, 《서민가사연구》, 형설출판사, 1983.
20 임형택, 앞의 책.

서민 가사와 장편 서사 가사가 조선 후기에 집중적으로 창작될 수 있었던 것은 당시에 새롭게 부각된 사상과 가사의 장르적 속성, 작가의 창작정신 등이 하나로 일치된 데에서 연유되거니와 조선 후기 실학정신으로 불리어진 새로운 사상은 사물의 실체를 객관적으로 관찰할 수 있는 안목을 틔워주기에 충분했다. 이는 서사 한시에서도 언급했거니와 현실주의의 진전에 따른 서사시적 상황의 전개와 그에 대응한 국문시가 쪽의 대응전략이라 할 수 있다.

또한 가사 장르가 지니는 장르의 복합성(서정·서사·극·교술)은 수요와 필요 또는 상황적 요구에 따라 어느 한 성향으로 극대화될 소지를 충분히 갖고 있었던 바, 조선 전기의 사대부 가사가 서정 갈래의 극대화의 실천이었다면, 조선 후기의 서민가사 및 장편 서사가사는 서사 갈래 및 극 갈래의 극대화라고 할 수 있겠다.[22]

이와 같은 사상적 영향 및 가사의 장르적 속성 외에도 가사 창작자들의 창작태도 및 창작정신의 역할도 주목되거니와 이들은 자신들의 눈앞에 벌어진 체제 모순적인 불합리한 상황을 객관적 현실로 인식하고 이의 극복에 적극적 자세를 보이고자 했다.

서민들의 현실적이고 경험적이며 무질서한 듯 다양하며 진보적이면서 개혁적이고 비판적이면서 저항적인 '서민사고'의 형성은 좋은 예라 하겠다.[23] 그들은 표기 수단에서 국문을 채용한 것은 물론 그 표현에 있어서도 민요의 형식이나 어법을 과감히 받아들여 앞선 시기의 사대

---

21 조동일, 《한국문학통사》(3권), 지식산업사, 1994, 9~157면.
22 이에 대해서는 김학성, 〈가사의 실현화 과정과 근대적 지향〉, 《근대문학의 형성과정》, 문학과지성사, 1982.
23 김문기, 앞의 책, 185면.

부 가사가 지니는 음풍영월적 상투적 표현을 탈피함으로써 삶의 실상
을 객관적으로 드러내 보이려고 노력하였다.

　조선 전기의 관념적 가치가 지배하던 사고가 조선 후기에 접어들면
서 경험적 가치 또한 그에 못지않게 중요하다는 신념의 실천이 가사로
실현화된 것이 이른바 서민가사와 장편 서사가사의 출현이라 하겠다.

　두 말할 필요도 없이 장편 서사가사의 본격적 출현은 문학사의 오랜
전통을 지닌 서술이 바탕이 된 장시長詩의 전통과 단편 서사가사의 창
작 전통 및 서사 한시의 현실 대응 방식과 조선 후기에 새롭게 부상한
실학사상의 확대 등이 바탕이 된 것이다.[24]

　우리는 여기서 장시長詩가 문학사의 오랜 전통이었다는 점에 주목할
필요가 있겠다. 구비口碑든 기록이든 서술이 바탕이 된 장시의 연원은
고대문학으로 올라가거니와 구비의 장시는 서사무가· 서사민요· 판소
리 등으로 그 전통이 면면히 이어졌다. 기록된 장시는 단군신화 이후
이규보李奎報의 〈동명왕편東明王篇〉, 이승휴李承休의 〈제왕운기帝王韻紀〉,
〈용비어천가龍飛御天歌〉, 〈월인천강지곡月印千江之曲〉, 임숙영任叔英의
〈술회述懷〉, 유득공柳得恭의 〈이십일도회고시二十一都懷古詩〉, 김용묵金
用黙의 〈몽학사요蒙學史要〉, 정재혁鄭在爀의 〈화동역대가華東歷代歌〉 등
오랜 문학사적 전통을 지녔거니와, 문학사의 각 시기마다 나름의 특징
으로 구체화 되었는데, 그 좋은 예가 서사 한시와 장편의 국문 서사가
사였다.

　중요한 사실은 조선 후기에 집중적으로 제작된 장편 서사 가사가 그
이전의 서사체가 보여준 성과와 비교해 볼 때 어떤 낙차와 굴절의 각도

---

24 유해춘, 앞의 책, 21면.

및 특징을 미학적으로 획득하였는가를 밝히는 일일 것인 바, 호남 시인들이 성취한 장편시와 비교해 보는 것도 흥미로운 일이라 생각된다.

한 마디로 조선 후기의 대표적 서사체인 서민 가사 및 장편 서사 가사가 그 표기 수단을 국문으로 한 채 작가의 개인적 정서에 얽매이지 않고 시적 대상물을 객관적 세계에 눈을 돌린 점은 주목된다.

표기 수단을 국문으로 했다는 것은 서사 한시의 표현 수단을 극복한 것이라 할 수 있는바, 이는 조선 후기의 자각된 민중의식과 풍부해진 현실주의를 정치현실에서 소외된 사대부 계층이 심각하게 받아들여 그 것을 주체적 의지로써 드러내려 했다는 점에서 굳이 사족을 붙이지 않아도 충분히 그 획득된 의의와 가치가 납득되거니와, 표현 대상 곧 시적 대상을 객관적 세계에 집중시켰다는 점은 서사 한시의 불철저함에서 진일보한 것이어서 매우 값지게 받아들여진다. 시적대상의 객관적 현실체에 대한 주목은 작가 의식 또는 작가의 창작정신에서 비롯된 것이거니와 이는 분명한 주제의식이 수반되었기에 가능한 시작詩作태도라 하겠다.

작가의 주제의식은 창작정신과 밀접한 관계를 맺으면서 시적 진술방법과 시적대상의 취사 선택을 좌우한다. 분명한 주제의식 아래 사물의 객관적 실체를 표현하겠다는 창작정신은 관념적 실체가 아닌 경험적 실체를 중시케 한 시대적 요청을 따른 것이기도 한다.

서민가사는 현실적 모순이 폭로와 비판, 기존 관념적 세계와 사고 및 질서에의 도전, 인간 본성이 추구 및 연정과 신세한탄, 인생무상과 취락醉樂 등 서민의 소박한 꿈과 소망 등을 담아냈다.[25] 장편 서사가사

---

25 김문기, 앞의 책, 187면.

는 조선 후기 사회에서 일어났던 사회·경제의 변화를 객관적으로 수용
함으로써 시정市井의 다양한 모습을 담음과 동시에 다양한 인물군상을
주인공으로서 주목한 경우가 허다했다.

  이렇게 할 수 있었던 동인動因은 물론 조선 후기 사회에 나타났던
경제구조의 변동과 신문제도의 동요 및 화폐 경제의 발달 등의 영향
곧 '서사시적 상황의 발전'에 능동적·주체적으로 대응하고자 했던 주
체적 행위의 다양한 산물이다.

  이와 같은 장편 서사가사에는 이야기(사건)가 있고 그것을 이끌어가
는 서술자와 있게 마련인데 이러한 서술자의 의식지향과 작자의 주제
표출 방법 및 형상화의 구성방식에 따라 다양한 모습을 하고 있다.[26]

  그 결과 실현해 낸 장편 서사가사의 세계는 상황재현의 세계, 현장기
록의 세계, 풍속계승의 세계, 역사선택의 세계 등인 바[27] 이들이 지니
는 의의나 가치 해명 또한 함께 이루어져야 할 것으로 사료된다.

  한편, 서민가사의 현실인식은 과거 지향적 현실인식과 미래 지향적
현실인식이 공존하고 있으며, 현실비판의 방법으로는 직설적인 폭로
의 방법과, 해학적 방법이 함께 쓰이고 있는데, 전자에서는 풍자적인
방법이 곁들여지고 있다. 서민가사에서 보여준 현실비판은 부분적, 불
철저함, 일시적인 것으로 한계를 지닌 것이었다.[28]

  장편 서사가사에서 획득된 이와 같은 문학적 성과는 한문으로 실현
화된 서사 한시에서 이룩한 성과보다 부분적으로 또는 상당히 진전된

---

26 유해춘, 앞의 책, 273면.
27 유해춘, 앞의 책, 275면.
28 김문기, 앞의 책, 191~192면.

것으로 볼 수 있거니와, 이는 우리 조선 후기의 문학사가 지니는 값진 의의라 생각되며 이러한 의의를 참고하면서 조선 중기에 장편 한시로써 당대 현실에 대응했던 풍암의 시적 대응논리와 그 방법 및 그 성과에 대하여 살핀다면 그의 위상이 분명히 드러나리라 생각된다.

요컨대 조선 후기에 집중적으로 제작된 장편 서사가사는 임진왜란을 겪고 난 뒤 문학의 근본 문제에 대한 자성의 산물로서 당시에 새롭게 부각된 실학사상과 그에 따른 창작정신의 새로운 무장이 원동력이 된 산물이었다. 이는 달리 말하여 현실주의의 발전에 따른 '서사시적 상황의 전개'가 오랜 서술적 장시의 전통을 바탕으로 국문을 표기수단으로 하여 장편 서사가사로서 구체화 된 것이라 할 수 있다.

장편 서사가사는 가사가 지닌 서사갈래적 속성의 극대화로 실현되었는데 사대부 가사가 지니는 음영풍월적·상투적 표현을 지양하고 삶의 실상을 객관적·생동적으로 드러내 보이고자 서술적 화법 속에 민요의 어법을 과감히 수용했다. 뿐만 아니라 장편 서사가사는 그 내용으로 경험적·객관적 세계를 진솔하게 담았으며, 시적 대상을 개인적 정서의 범주에 가둬두지 않고 객관적·현실세계에 두었다.

또한 시정市井의 다양한 모습과 인물군상을 주인공으로 등장시켜 그들의 구체적인 행위가 사건을 진행해 나가도록 인물의 형상화에 주력했음이 주목된다. 그렇게 하여 장편 서사가사에서 펼쳐 보인 세계는 상황재현의 세계, 현장기록의 세계, 풍속계승의 세계, 역사선택의 세계 등으로 작고 섬세한 세계뿐만 아니라 크고 무거우며 운명적인 세계까지를 두루 다루어 내었다.

3) 한문 서술 부문학

호남 시인들이 성취한 부賦문학의 상당수는 자신들이 열망했던 경국 제민의 정치철학을 좌절시킨 대상 또는 그런 정치가 좌절된 현실적 모순을 드러내어 지적하고 개혁하거나 시정하려는 의지를 담아낸 것 또는 예와 윤리의 기강이 무너진 불합리한 정치현실을 들춰내거나 꼬집어서 시정을 촉구하거나 풍자한 것, 소강신민小康臣民의 종경宗經 지향 정신 등의 내용이 주를 이루기 때문에, 그 담론의 기저는 서술이 주를 이루고 있음이 사실이다.

서술은 그 자체 서사자가 있어서 피서사자에게 이야기를 전달하는 소통의 모델이다. 그러므로 보여주기보다는 말하기의 화법을 주로 쓰며, 작품세계에 대한 시인 자신의 직접적 개입이 이루어지는 인식의 한 양식이다. 이러한 서술은 사건을 시간적 연속과 인과성에 따라 결합시켜주는 조직의 기법으로서, 서사 갈래의 지배소로 간주되어 왔다. 긴 서사체의 경우 특히 시간의 경과 감각이 생명일 수밖에 없으며 그로써 세계의 추이를 드러내 보여야 하는 경우에 있어서 서술이 차지하는 몫은 지대한 것으로 여겨진다.

또한 서정시에서도 시인이 시적 효과를 획득하기 위하여 사건을 도입할 수 있는바, 그 경우 비록 완성된 구성을 갖추기는 못했다 할지라도 그 플롯은 서술에 의해서 엮어진 것이 분명한 사실이다. 이로써 볼 때 서술은 서사만 만드는 것이 아니라, 극이나 교술도 만들 수 있다는 점을 시사해 준다 하겠다. 곧 서술이 모든 시의 기저자질이라는 말인데 이에 대해서는 앞서 밝힌 바와 같다.

한편, 서술이 주가 되는 시를 서술시라고 하거니와, 이는 묘사가 주를 이룰 때 묘사시라고 부르는 것과 다르지 않다. 어느 시대이든 거기에는 당대 사람들이 지니는 삶의 조건과 삶의 과정이 있기 마련인데, 그러한 조건과 과정은 서술되어야 분명해지므로 그것을 표현하는 수단으로써 서술시가 요구된다. 이는 달리 서술이 소재에 대하여 취하는 관심의 가장 명백한 형식이라는 점에서 볼 때 매우 타당하게 여겨진다.

서술시의 문체는 수사적 비유보다는 일상인의 평이하고 단순한 회화체가 우세한 반면, 이미지는 약화되기 십상이다. 이는 서술시의 언어가 지시적 기능이 우세하여 명료도를 지님과 함께 진실에의 충실이라는 점에서 객관적 발화로서의 의미를 지니게 된다는 뜻이다.

또한 서술시는 삶의 조건과 과정이 서술되는 것인데 어느 시대에나 그 현실 사정에 따라 자연스러운 진실 표현의 욕구충동 결과로써 이야기를 갖기 마련이므로 거기에는 사건의 주체가 되는 인물이 있으며 그 인물이 사건을 벌이는 배경이 있다. 그런데 사건의 내용, 인물의 특징과 성격, 배경 등은 문학 담당층이 변화할 때마다 그들의 수요와 필요에 따라 달라질 수밖에 없다.

다시 말해서 사건의 구성이 어떠어떠하고, 주체적 인물과 그 성격이 어떠어떠하며, 시·공간적 배경이 어떠하다는 것은 문학 담당층의 창작정신 또는 시대정신 및 문학의 소용에 따라 각기 다르게 실현되기 마련이라는 것이다. 결국 서술이 바탕이 된 서술시는 시대와 상황, 창작층 등의 변화된 조건에 따라 또는 진실에의 충실과 객관성의 확보라는 명분으로 구비서사시·서사한시·서민가사·장편 서사가사·부문학 등 각기 다른 모습으로 실현되어 왔음은 앞에서도 상론했다.

이와 같은 서술이 요구되는 시의 기저자질로서의 서술시는 서정 혹은 서사로의 장르 분류 대상에서 제외된다. 이상과 같은 서술과 서술시의 개념을 고려하면서 부에 대하여 살펴보기로 하자.

《시경》의 시적 진술이나 일반 문학적 진술에서 가장 기본적이면서
도 보편적으로 활용되는 서술방식은 다름 아닌 부라는 말처럼 부는 작
시원리로서 텍스트의 생산에 기여해 왔다. 비유 없이 직접적 서술로
이루어지는 부는 사고를 구조화하는 단위 또는 사고의 표현단위 및 사
물이나 현상을 이해·해석·감지·파악하는 데 매우 유용한 양식으로
알려져 있거니와 그와 관련한 대표적인 몇 견해를 보이면 다음과 같다.

> 賦直而興微比顯而興隱[29]
> 詩有六義其二曰賦賦者鋪也鋪采擒文體物寫志也[30]
> 賦者敷陳其事而直言之者也[31]
> 作賦之法已盡長卿數語大抵須包蓄千古之材
> 牢籠宇宙之態其變幻之極如滄溟開晦絢爛之至
> 如雲錦照灼然後徐而約之使指有所在
> 若汗慢縱橫無首無尾了不知結束之妙(중략)
> 賦家不患無意患在無蓄不患無蓄患在無以運之[32]

위에서 보듯 부賦는 직직直, 포포鋪, 부진敷陳 등의 개념으로써 이야기를
곧바로 드러내어 말하거나 펼쳐서 서술한다는 의미를 지닌다. 부의 제
작은 천고지재千古之材를 머금어서 변환지극變幻之極과 현란지지絢爛之
至를 이루되 서이약지徐而約之하여서 사지유소재使指有所在하여야 하는

29 공영달孔穎達, 〈시대서소詩大序疏〉, 《모시정의毛詩正義》(권 일).
30 유협,〈전부詮賦〉, 《문심조룡文心雕龍》.
31 주희朱熹, 〈갈담葛覃〉, 《시경詩經》.
32 왕세정王世貞·서사증徐師曾, 《문체명변文體明辯》.

데, 이때 무의無意함을 근심할 것이 아니라, 무축無畜함을 근심하고, 무축함을 근심할 것이 아니라, 무이운지無以運之를 근심하라고 했다.

결국 부는 가슴에 맺히고 쌓인 것을 서술로써 적절하게 풀어내는 데 유용한 양식임을 알 수 있겠다. 다시 말하여 흥興의 돈오적頓悟的 자각과 대비되는 점오적漸悟的 인식認識이 바로 부인데, 이는 서술이 바탕이 되어 원인 – 결과, 전체 – 결론, 추정 – 단언 등을 통하여 사지유소재使指有所在를 적절하고 자상하며 친절하게 주장 또는 전달하는 양상으로 전개하는 경향이 강한 문학이라 하겠다.

II.

호남 사림과 최부 인맥

1. 호남 사림 형성 개설

호남 사림士林을 논하면 거의 고려 시대 호남 인물에 대해서는 간과하기 십상이다. 이를테면 호남 사림은 호남지방을 중심으로 조선 중종대中宗에 성립되어 성장한 사림이라고 할 수 있다.[1] 이 경우 호남이란 주로 전라남도를 일컬으며 그들은 조선 건국과 더불어 그 명분 없는 정권 교체에 반기를 들고 고려 왕조에 절의節義를 지키거나 정쟁政爭의 피해를 면하고자 전라도로 이주해 온 사대부 가문의 후예들로서 중종반정中宗反正(1506) 이후 본격적으로 흥기興起한 세력을 말한다는 것이다.

이러한 연구는 학계의 대세로서 여러 가지 아쉬움을 남긴다. 왜냐하면 앞의 주장대로 호남으로 입향入鄕한 여러 명문가의 후손들이 많은

---

1   고영진, 《호남 사림의 학맥과 사상》, 혜안, 2007, 24면.

데 그들이 호남으로 입향하여 활동할 수 있도록 발판이 되어준 토반土
班 세력에 대한 이해가 너무 박약薄弱하기 때문이다. 고려 왕실에 대하
여 절의를 지켜 호남으로 낙남을 했든, 정쟁을 피해 호남으로 입향을
했든 간에 어쨌든 호남엔 그들을 수용할만한 기반基盤이 있었기에 그
들이 터를 잡고, 세력을 키워 중종中宗 대에 화려한 정계 진출을 할 수
있었지 않았겠는가?

따라서 우리는 앞선 주장들 외에 고려 때부터 호남 지역에 기반을
두고 중앙의 정치 세력과 교분을 맺으면서 일정한 세력으로 성장한 집
안 또는 중앙의 선진 문화 활동에 관심을 가지고 서적書籍이나 향약鄕
約 등을 통하여 지역을 교화敎化한 집안에 대한 고려가 있어야 할 것으
로 판단된다. 예컨대 곡성의 신숭겸申崇謙, 영암의 최지몽崔知夢, 나주
의 문극겸文克謙과 정가신鄭可臣, 나주의 정지鄭地, 담양의 전녹생田祿
生, 고흥의 유탁柳濯 등의 집안에 대하여 일정한 정도의 성리학적 수용
에 대한 긍정적 역할과 기여를 소홀히 해서는 곤란할 것이다. 이런 데
에 대한 연구는 아직 미미한 편인데 앞으로 심도 있는 연구를 기대해
본다.

이와 함께 조선 초기에 이 지역에서 활발하게 활동했던 집안들의 역
할도 중요하게 인식되어야 마땅할 것이다. 곧 광주에서 부용정芙蓉亭
을 짓고 향약을 통하여 향촌 교화 등으로 초기 성리학을 전파한 김문발
金文發, 정인지 등과 《고려사高麗史》를 수찬하고 권근權近과 권우權遇
등에게 수학한 뒤 광주에 희경당喜慶堂을 짓고 향약을 시행한 이선제李
先齊는 동인東人의 중심인물이었던 이발李潑과 이길李洁의 선조이다.
이들은 영남에서 발흥한 김종직의 학맥을 직접적으로 거치지 않았음에
도, 이 지역 사림 발전에 공헌한 실상이 다대하므로 그에 대한 연구가

많아야 할 것으로 판단된다.

앞서 말한 바와 같이 영·호남에서 사림士林을 논하려면 그 시기를 고려 시대로 거슬러 올라가야 한다. 고려 말 어수선한 정국政局에서 배극렴·조준·정도전 등이 이성계李成桂를 왕으로 추대(1392.7)하려 하자, 공양왕恭讓王은 왕위를 물려 줄 수밖에 없는 급박한 상황이 전개되었는데, 포은圃隱 정몽주鄭夢周(1337~1392)는 조준을 제거하는 동시에 고려를 끝까지 받들고자 하다가 이방원의 자객 조영규 등에게 선죽교에서 피살되고 말았다.

성리학자로서 오부학당五部學堂·향교鄕校 등을 설치하여 유학을 진흥시켰던 정몽주가 의리와 명분론을 앞세워 조선의 이성계를 못마땅하게 여기고 따르지 아니한 점은 어쩌면 자연스러운 반항이었는지도 모를 일이다.

어쨌든 조선이 개국하자 명분과 의리를 배반한 조선이라고 비난하면서 고려의 충신들은 절개節槪와 지조志操를 내세워 송학산 두문동杜門洞으로 은둔하는 등 조선의 정치에 참여치 않았으며, 정몽주와 뜻을 같이한 그의 제자들은 낙남落南의 길에 들어 영남과 호남으로 귀양 아닌 귀양의 길을 떠났다. 영남으로 낙남한 대표적 인물이 포은의 제자 야은冶隱 길재吉再(1353~1419) 이거니와 그는 스승인 정몽주를 죽인 이방원이 태상박사라는 벼슬을 주었으나, 두 임금을 섬길 수 없다면서 받지 아니하고, 고향인 영남(선산)으로 내려가 성리학의 탐구와 제자들을 양성하면서 좋은 날이 오기를 기다렸다. 이것이 훗날 조선조 사림의 시원이 되었다.

이와는 달리 호남에는 고려왕조에 대한 충성심과 새로운 조선은 명분 없는 쿠데타(병변兵變) 왕조라 멸시하고 호湖(김제의 벽골제, 또는 금강)

를 건너 남으로 남으로 발길을 옮겨 가급적 한양으로부터 멀리 떠나고
자 했던 절의파節義派 선비들이 왔는데 이들은 크게 왕조 교체기(1392)
와 수양대군의 왕위 찬탈 사건(1455)으로 나눌 수 있다.

　전자 때에는

　㉠ 광주 출신 금성錦城 범씨范氏의 범세동范世東,

　㉡ 나주 출신 하동河東 정씨鄭氏의 정지鄭地,

　㉢ 천안天安 전씨全氏의 전신민全新民,

　㉣ 순창에 은거한 옥천沃川 조씨趙氏의 조유趙瑜,

　㉤ 영암에 은거한 광산光山 김씨金氏 김자진金子進,

　㉥ 장성에 은거한 김인후金麟厚의 선조 울산蔚山 김씨金氏 김온金穩,

　㉦ 광주 탁씨卓氏의 탁광무卓光武 등과 장성 삼계와 담양 봉산으로
내려온

　㉧ 신평新平인 송구宋龜와 송희경宋希璟 형제 등이 그들이다.

　송희경과 송구 형제는 충남 연산連山을 세거지로 하는데, 이들은 송
구진宋丘進을 시조로 하며, 전남南平을 세거지로 하는 신평 송씨는 송
자은宋自殷을 시조로 한다. 그 가운데 희경과 구는 송구진으로부터 6세
손이다. 희경은 예문관 수찬 등을 지냈으며 성절사聖節使로 명나라에,
회례사回禮使로 일본에 다녀오는 등 외교에도 능했던 인물이다. 일본
에 다녀와서 남긴 〈노송당일본행록老松堂日本行錄〉은 기행문학 및 수필
문학 등에서 중요한 작품으로 평가된다. 그는 아우 구와 더불어 우의가
두터웠는데 벼슬을 그만 두고 담양에 은거하여 신평 송씨 담양의 입향
조入鄕祖가 되었다.

　그의 후손 가운데 지지당知止堂 송흠宋欽(1459~1547)이 있는데 그는
한헌당寒暄堂 김굉필金宏弼과 종유從遊한 인물로 그의 문하에서 면앙정

俛仰亭 송순宋純과 눌재訥齋 박상朴祥, 학포學圃 양팽손梁彭孫 등이 배출되어 명실 공히 호남 사림 원류原流의 하나를 이루게 하였을 뿐만 아니라 수많은 인물을 배출하여 호남의 선비 숲, 곧 호남 사림을 일구는 데 핵심적인 역할을 하였다.

또한 후자인 수양대군의 왕위 찬탈이 명분名分 없음을 통탄하고 호남으로 낙남한 명문 세력들은

㉠ 순천과 해남에 은거한 순천順天 김씨金氏의 김종서金宗瑞,

㉡ 장흥長興에 유배된 진주晉州 정씨鄭氏의 정분鄭苯,

㉢ 영암靈巖에 은거한 남평南平 문씨文氏의 문맹화文孟和,

㉣ 광산光山에 은거한 박상朴祥의 아버지 충주忠州 박씨朴氏의 박지흥朴智興,

㉤ 무안務安에 은거한 무안務安 박씨朴氏의 박익경朴益卿,

㉥ 장흥長興에 은거한 충주忠州 김씨金氏의 김린金麟,

㉦ 고흥高興에 은거한 여산礪山 송씨宋氏의 송간宋侃,

㉧ 순창淳昌에 은거한 고령 신씨高靈申氏의 신말주申末舟,

㉨ 나주羅州에 은거한 경주慶州 이씨李氏의 이석李碩,

㉩ 해남海南에 은거한 원주 이씨原州李氏의 이영화李英華,

㉪ 담양潭陽에 은거한 홍주 송씨洪州宋氏의 송평宋玶,

㉫ 함평咸平에 은거한 양성 이씨陽城李氏의 이종생李從生,

㉬ 영암靈巖에 은거한 함평 노씨咸平魯氏 노종주魯宗周 등을 들 수 있겠는데[2] 이들 또한 훗날 호남 사림의 성장에 크게 기여한다.

한편, 고향 영남으로 내려간 길재吉再(1353~1419)는 강호江湖 김숙자

---

2 고영진, 앞의 책, 17~29면.

金淑滋, 최운룡崔雲龍 등 제자들을 양성하였는데, 그가 체득한 낙천지
명樂天知命의 태도와 우국우민의 충정은 후일 사림 정신의 뿌리가 되었
다. 정종定宗에게 올린 소疏에서는 불사이군의 충과 절을 백이伯夷와
숙제叔齊에게 비유하여 사군事君에서의 의리義理를 내세웠다. 그는 정
주학程朱學에 바탕을 두고 충과 효를 위주로 하는 도학을 밝혔으며 이
단 배척을 주장하였다. 그의 학문은 정신적인 면과 실천적인 면을 강조
하는 것으로서, 조선 성리학의 실천적인 면을 강조하는 근거를 제시하
였다. 그의 제자 김숙자金淑滋(1389~1456: 호 강호, 시호 문강)는 아들 점필
재佔畢齋 김종직金宗直(1431~1492: 본 선산, 시호 문충)에게 길재의 학통을
전수하여 영남학파의 종조宗祖가 되게 하였다.

김종직은 효제충신孝悌忠信을 주안으로 하는 실천적인 학문을 강조
하였으며 인정仁政의 실시를 정치의 이상으로 삼았다. 다시 말해서 오
륜五倫이 각각 질서를 얻고 사민四民(士農工商)이 각각 그 직업에 안정케
하는 정치를 표방했는바, 그런 정치의 근본은 교육이라 하여 향교鄕校
교육을 강조하였다. 또한 인재 등용의 중요성과 원훈후예元勳後裔의 세
습적인 등용에 반대하였다. 후에 성종成宗의 총애를 받아 자신의 문인
들을 많이 등용시킨 반면, 훈구파勳舊派(유자광, 이극돈 등)의 심한 반발
을 사서 훗날 무오사화戊午士禍(1498)의 빌미가 되게 하였다. 호남의 사
림을 말하는 자리에서 늘 앞자리에 언급되는 김종직에 대하여는 다른
기회에 더 면밀히 살피기로 하고 여기서는 생략한다.

김종직의 문하였던 최부는《동국통감》을 편찬한 역사학자요,《신증
동국여지승람》을 편찬한 지리학자였다. 또한《표해록》을 남긴 기행문
학가이며, 〈탐라시 35절〉을 남긴 시인이자, 절의와 의리를 중시 여긴
선비였고, 호남 시단의 서술시를 개척한 시인이었는데 탐진인耽津人이

다. 자는 연연淵淵 호는 금남錦南으로 진사 택澤의 아들이다.

나면서부터 이질異質하여 강의정민剛毅精敏했다고 한다.[3] 금남은 점필재의 문하로서 무오사화(1498) 당시 그의 집안에《점필재집》이 있다는 이유로 신문을 받고 장형杖刑을 받은 뒤 함경남도 단천에 유배되었다가 갑자사화(1504) 때 처형되었다. 금남은 호남인으로서 점필재의 학문을 직접 받아들여, 이 고장 사림의 발흥에 크게 기여한 첫 번째 세대로 평가받고 있다. 그 당시 점필재와 어깨를 나란히 한 호남 선비로는 죽림竹林 조수문曺秀文이 있는데 그는 담양 죽림서원竹林書院에서 배향되고 있거니와, 그의 아들 운곡雲谷 조호曺浩는 점필재의 문하로서 여충汝忠, 여심汝諶 등 문학으로 훌륭한 후손을 많이 배출했다.

안유安裕 – 권부權溥 – 이곡李穀 – 정몽주鄭夢周 – 길재吉再 – 김숙자金淑滋 – 김종직金宗直 – 최부崔溥로 이어지는 도학의 학맥은 안유安裕 – 권부權溥 – 이곡李穀 – 정몽주鄭夢周 – 길재吉再 – 김숙자金淑滋 – 김종직金宗直 – 김굉필金宏弼로 이어지는 학맥과 함께 호남 사림의 깊이와 폭을 더하는 데 크게 기여하였다.

2. 호남 사림과 최부 인맥

호남 서술시의 원조 최부는 후생의 교도敎導에 미미불권亹亹不倦하였는데 해남을 맡아 있을 때, 그곳은 바다 모퉁이에 치우쳐 있어 문학

---

3   유희춘, 〈금남선생집서〉, 《금남집》.

이란 게 없고 예의禮儀 또한 망루荒陋했는데 금남은 정론正論으로써 누
속陋俗을 변화시켰다고 한다. 이때 어초은漁樵隱 윤효정尹孝貞과 임우
리林遇利 그리고 유계린柳桂隣 등을 부지런히 가르친바, 이들을 보고서
온 고을 사람들이 흡연翕然하여 마침내 문헌지방文獻之邦이 되도록 노
력했다고 한다.[4]

　한편, 호남 사림은 크게 두 갈래로 나눠 말 할 수 있겠다. 먼저 앞서
말한 바와 같이 왕조 교체기(1392)와 수양대군의 왕위 찬탈 사건(1455)
때 입향 또는 낙남해 온 세력으로 이들은 토착 향반가와 함께 호남 사
림의 커다란 강물을 만들었다. 하지만 안타깝게도 이 학맥에 대해서는
심도 있는 다양한 연구가 부족한 실정임을 앞서 말했다. 다음으로는
안유安裕 — 권부權溥 — 이곡李穀 — 정몽주鄭夢周 — 길재吉再 — 김숙자金
淑滋 — 김종직金宗直 — 최부崔溥/김굉필金宏弼로 이어지는 이른바 영남
을 통하여 호남에 뿌리를 내린 계열을 들 수 있겠다.

　이렇게 정립된 호남 사림은 대체로 김굉필金宏弼, 최부崔溥, 송흠宋
欽, 박상朴祥, 이항李恒, 김안국金安國 계열 등으로 나누는데[5] 이를 자
세히 들여다보면 송흠의 문하인 박상을 제외한 모두가 김종직 연원임
을 알 수 있다. 하지만 견해에 따라서는 송흠도 김굉필을 사숙했으니
송흠을 연원한 박상도 어떤 면에서는 같은 뿌리라고 말해도 무방하다
는 주장도 무리는 아닐듯하다. 다만, 송흠이 김굉필의 문하라는 점에
서 이런 분류는 더 많은 논의가 요구된다.

　이러한 호남의 학맥은 명종明宗(1545~1567)대에 이르면 서경덕徐敬

4　유희춘, 같은 곳.
5　고영진, 앞의 책, 28면.

德, 이황李滉, 조식曺植 등의 학파가 형성되자, 그 영향을 받으면서 성
장하는데 그때 송순宋純, 김인후金麟厚, 나세찬羅世纘, 임형수林亨秀, 임
억령林億齡, 양산보梁山甫, 양응정梁應鼎, 오겸吳謙 등의 송순宋純 계열
과 김굉필金宏弼, 송흠宋欽, 박상朴祥, 이항李恒, 김안국金安國, 박순朴淳,
정개청鄭介淸 등의 서경덕徐敬德 계열로 양분된다.

주목되는 바는 서경덕은 김굉필金宏弼 - 이연경李延慶 - 서경덕으로
이어지는 학맥이지만, 호남 학맥을 논할 경우, 의식적이든 무의식적이
든 스승인 김굉필보다는 기호 사림의 좌장격인 서경덕을 대표로 앞세
우곤 한다는 점이다.

최부 계열은 주로 해남과 나주에서 활약한 인물들이다. 금남 학맥은
윤효정, 임우리, 유계린, 나질羅晊, 윤구尹衢, 윤항尹巷, 윤행尹行, 윤
복尹復, 유성춘柳成春, 유희춘柳希春, 이중호李仲虎, 정개청鄭介淸, 나사
침羅士忱(錦南의 外孫子), 나덕윤羅德明 등 6형제, 나위소羅緯素(羅德埈의
子) 등으로 이어진다.

해남 연동蓮洞에 자리를 잡은 윤효정은 고산 윤선도의 고조부인데
해남 정씨가鄭氏家와 혼인을 한 배경으로 명문 거족의 발판을 마련한
다. 윤효정에게서 윤구, 윤항, 윤행, 윤복 등 뛰어난 형제가 나오는데
기묘명현으로 칭송되는 윤구는 고산의 증조부로서 해남 윤씨가의 명예
를 계승, 발전시킨 인물이다. 기묘사화 때 영암으로 유배된 그는 그곳
에서 후진 양성에 몸 바쳤으며《귤정유고橘亭遺稿》를 남겼다.

윤구의 아들 윤의중尹毅中은 좌참찬左參贊을 지냈으며 그의 아들 윤
유기尹惟幾는 강원도 관찰사를 역임 했는데 윤선도를 양자로 맞아들여
해남 윤씨가의 영예를 잇게 했다.《고산유고孤山遺稿》를 남긴 고산은
〈어부사시사漁父四時詞〉 40수 등 75수의 시조를 남겼는데, 장가長歌의

송강松江과 더불어 단가短歌의 최고봉으로 칭송되는 국문학계國文學界
의 큰 별이다.

그의 손자 윤이후尹爾厚는 문과에 급제하였으며《지암일기支庵日記》
와 가사歌辭〈일민가逸民歌〉등을 남겨 조부祖父의 문학적 재능을 이었
다.[6] 고산의 증손 공재恭齋 윤두서尹斗緒는 조선 후기 삼재三齋의 한 사
람으로 문인화가로서 이름을 날렸으며, 시조를 지어 알아주는 이가 없
어도 초야에서 초연하게 살겠다며 증조부 고산의 시적 세계를 계승하
였다. 그 밖에도 윤씨가尹氏家는 임진왜란과 정유재란 시에는 많은 의
병장을 배출하여 구국의 운동에 혁혁한 공을 세웠다.

윤구의 사위 중에는 광주에서 향약을 처음 실시하고, 광주 향교를
중심으로 유학을 크게 진작시킨, 필문蓽門 이선제李先齊의 5대손 이소
재履素齋 이중호李仲虎가 있다. 이중호는 전라감사와 대제학 등을 지냈
는데 네 아들 급汲, 발潑, 길洁, 직漫 등을 두었다. 이중호는 유서柳西
유우柳藕의 문하門下였는데, 유서는 한훤당 김굉필의 학맥을 이은 자
다. 이중호에게서는 김근공金謹恭, 박응남朴應男, 박응복朴應福, 윤두
수尹斗壽, 최항崔滉 등 걸출한 인물들이 많이 배출되었다. 십대홍문十
代紅門으로 이름 난 그의 집안은 남들의 부러움과 존경을 받았는데, 이
중호의 아들 이발은 해남 외가인 윤구 집에서 태어났다. 그는 척암剔菴
김근공金謹恭과 습정習靜 민순閔純의 문하에서 수학하였으며 이이李珥,
성혼成渾 등과 종유從遊했다. 그는 중후엄정重厚嚴正한 인품으로 선조
宣祖에 의해 신임을 얻어 이조전랑吏曹銓郎이라는 요직에 앉았으나, 후
일 정여립鄭汝立의 역모 사건에 휘말려 처참하게 죽임을 당했으며 가족

---

6   전남문학백년사업추진위원회, 《전남문학변천사》, 한림, 1997, 98면.

들도 큰 화를 입었다.

이중호, 이발 가문의 멸문滅門과 신원伸寃 등에 대한 상세한 기록은 외가外家가 같은 정약용의《동남소사東南小史》에 잘 나타나 있다. 정여립 역모 사건을 다룬 기축옥사로 이발과 정개청이 희생되자, 16세기 후반에 이르러 최부의 학맥은 크게 꺾이게 되었다.

정개청은 외가가 금성錦城 나씨인데, 서경덕의 문하로 이이, 윤선도, 박순, 유희춘 등에게 격찬 받은 인물이었다. 유희춘은 표종질表從姪(외종조카)인 나덕준羅德峻 형제를 그에게 맡겼다. 그는 〈동한진송소상부동설東漢晉宋所尙不同說〉을 지어 절의와 청담淸談을 구별하여 청담의 폐단을 설파하였는데 이로써 서인인 정철 등이 가단을 형성하여 무등산 주변을 중심으로 청풍명월하는 사풍士風을 못마땅하게 여겼다.

반면에 향약鄕約을 중시하고 정통 주자학을 신봉하여 거경居敬 궁리窮理를 주장하는 도학지상주의道學至上主義를 표방하였으나 서인의 무함에 의해 기축옥사에 휘말려 큰 곤혹을 치렀다.《우득록愚得錄》이 전하는데, 그 가운데 임진왜란을 예견하고 미리 대비해야한다는 주장을 편 〈도이장욕유변島夷將欲有變〉은 읽는 이의 간담을 서늘케 한다.

행당 윤복은《행당선생유고杏堂先生遺稿》를 남겼으며, 전라도사, 충청도 관찰사 등을 역임했는데 주옥같은 한시를 남겨 호남시단을 풍요롭게 빛냈다.[7] 안동대도호부사 시절 퇴계와 교유한바, 그 인연으로 훗날 문위세 등 생질甥姪들이 퇴계의 문하가 되었다. 해남 윤씨가 중 낙천駱川 윤의중尹毅中은 윤구尹衢의 아들인데, 경상도 관찰사, 대사헌 등을 지냈으며 동서 분당 때 동인東人으로 좌정坐定하였다. 정여립 역

<hr />

7 최한선,《윤복의 생애와 관련 유적》, 목포대 박물관, 2003, 15면.

모 사건(1589)에 이발의 외숙外叔이라는 이유로 피해를 입었으며, 동인
의 남북南北 분당 때 남인南人으로 활동하였다.

  행당의 생질 중에 풍암楓菴 문위세文緯世는 귤정橘亭 윤구와 미암眉
巖 유희춘을 사숙했는데 외숙外叔 행당의 소개로 퇴계 문하에 들어 〈팔
진도八陳圖〉 등을 익히고, 성리학을 배웠다. 임진왜란과 정유재란이 일
어나자 아들 5명과 노복, 제자 등을 이끌고 의병 활동을 벌였으며 특히
군량미를 조달하는 데 큰 공헌을 했던 인물이다. 기축옥사(1589) 때 동
인들이 무참히 화를 입음에 충격을 받고 두문불출 학문에만 열중하였
다. 임진왜란《창의일기倡義日記》와 한문 서술시를 다수 남겨, 호남시
단에서 서술시의 세계를 이었다는 평을 듣고 있다.[8]

  유계린柳桂隣에게는 나재懶齋 유성춘柳成春과 미암眉巖 유희춘柳希春
등 뛰어난 두 아들이 있었다. 유성춘은 윤구, 최산두와 더불어 호남
삼걸三傑로 칭송받는 인물인데 이조전랑을 지내고 사가독서를 하는 등
촉망되는 인물이었지만, 기묘사화로 유배되어 요절하는 바람에 큰 업
적을 남기지 못했다.

  유희춘은《미암일기眉巖日記》로 유명한 인물이다.《미암일기》는 선
조宣祖 즉위년卽位年(1567)에서부터 10년간의 공·사적인 내용을 적은
충실한 보고서 형식의 일기로서《선조실록宣祖實錄》의 기본 사료로 활
용되었다.[9] 미암은 부친 외에도 최산두와 김안국金安國에게서도 수학
했다. 양재역良才驛 벽서사건壁書事件(1547)에 연루되어 제주도로 유배
되었다가, 함경도 종성鐘城으로 이배되었다. 19년 동안 유배 생활 중

8 최한선, 〈풍암 서술시의 이해론적 전제와 미학〉,《고시가 연구》11집, 2003.
9 최한선 외,《다시 읽은 미암일기》, 도서출판 무진, 2004, 11면.

이황과 서신으로 주자학에 대하여 토론을 하였다. 《주자대전朱子大典》을 교정校訂하고 《국조유선록國朝儒先錄》을 편찬했으며, 《미암집眉巖集》과 시조 〈헌근가獻芹歌〉 등을 남겼으며, 외조부 금남의 《표해록漂海錄》을 간행했다.

그의 문하에는 이종질姨從姪인 나덕명羅德明, 나덕준羅德埈, 나덕윤羅德潤 형제가 있는데[10] 이들 형제는 금남의 외손자인 금호錦湖 나사침羅士忱의 아들들이다. 이들은 훗날 미암의 권유로 정개청의 문하에 들어 그의 실천적인 학문을 익혔으며 임란 때 구국 활동에 나섰을 뿐만 아니라, 스승 곤재困齋의 신원伸寃을 위한 상소를 올리는 등 많은 노력을 했다. 미암은 김굉필의 학문을 계승한 김안국에게서도 수학했는데 그 문하에 이호민李好閔, 이선경李善慶, 양희윤梁希尹, 허성許筬, 허봉許篈 최용봉崔龍奉 등을 두었다.

나사침羅士忱은 유희춘과 이종姨從 형제兄弟인데 어머니 최씨에 대한 효성이 지극했다. 그는 이발의 아버지 이중호에게서 배우기도 하였는데, 김응기金應期, 김천일金千鎰 등과 함께 유일遺逸로 천거되어 이산尼山 현감縣監 등을 역임하였고 박순과 이이를 종유하였다. 고향에서 강의계講義契를 만들어 후진을 양성한 그는 정여립 역모 사건에 연루되어 6명의 아들과 함께 옥고를 치렀는데 효자 집안에 역신이 없다는 선조宣祖의 특사로 본인은 풀려나고 아들 5형제는 귀양 보내졌다.

함경도 종성鏡城으로 유배 간 나덕명羅德明은 유배지에서 임진왜란을 만났는데 국경인鞠景仁 등이 반란을 일으켜 일본인과 내통하자 이들을 토벌하는 데 공을 남겼으며, 문학에도 조예가 깊어 문집 《소포유고

---

10 이종범, 《나는 호남인 이로소이다》, 사회문화원, 2002, 561~562면.

嘯浦遺稿》가 전한다.

나덕준羅德峻은 유성룡柳成龍의 천거로 망운감목관望雲監牧官을 지내고 후방의 군량미 비축에 많은 공을 세운 인물인데, 그의 아들 나위소羅緯素는 시조 〈강호구가江湖九歌〉의 작자로 널리 알려진 인물이다. 그의 시조時調는 그와 교분이 두터웠던 고산孤山의 〈어부사시사〉와 비교되면서 강호시가의 흐름을 계승했다는 평을 듣는데 《송암유고松岩遺稿》가 전한다.

나덕헌羅德憲은 호가 장암壯岩인데 유배에서 풀려난 뒤 임진왜란과 이괄의 난(1624) 때 큰 공을 세웠다. 외교적 수완이 뛰어나 중국 심양을 세 차례나 다녀왔다. 그는 충렬忠烈의 시호諡號를 받았을 만큼 활약이 다대했다.

금성 나씨 집안은 경종景宗 사후(1724) 커다란 정치적 시련을 겪었지만, 나덕준의 증손자인 나두동羅斗冬은 증조曾祖 3형제인 나덕명羅德明, 나덕준羅德峻, 나덕윤羅德潤의 글을 묶어 《금성삼고錦城三稿》를 펴냈다. 여기에는 나덕명의 《소포유고嘯浦遺稿》, 나덕준의 《금암습고錦巖拾稿》, 나덕윤의 《금봉습고錦峰拾稿》 외에도 나사침의 《금호유사錦湖遺事》가 첨부되어 있다.

임우리林遇利는 선산인으로 임수林秀의 원元, 형亨, 이利, 정貞 네 아들 중 셋째이다. 그에게는 일령一齡이란 아들이 있었으나, 바로 위의 형인 형亨의 다섯 아들만큼 이름이 높지 못했다. 형亨에게는 천령千齡, 만령萬齡, 억령億齡, 백령百齡, 구령九齡 등의 다섯 아들이 있었는데 모두 현달했다. 천령은 영의정에 추증되었는데 《둔암선생문집遯庵先生文集》을 남겼고, 구령은 광주목사로서 선정을 베풀어 칭송받았다. 백령은 우의정에 추증되었으며 을사사화에 연루되어 많은 선비들에게 화를 입혔다.

억령은 호가 석천石川인데 호남의 사종詞宗으로 퇴계와 율곡, 청송, 옥봉, 고봉, 하서, 구봉 등으로부터 칭송 받은 큰 시인이다. 석천은 어려선 임란 의병장 회재 박광옥의 부친인 외삼촌 박곤朴鯤에게 수학하였고 자라선 눌재 박상과 육봉 박우 형제의 문하에 들었다.

시를 잘 지었던 그는, 시에서의 천연天然과 무위無爲의 음률관音律觀을 주장했는데[11] 그런 내용은 〈청송당기聽松堂記〉에 잘 나타나 있다. 그에게 주목되는 바는 여럿인데 특히 퇴계와 시를 논한 〈희임대수견방논시喜林大樹見訪論詩〉는 그의 시론을 잘 나타내준다.

62세로 담양부사로 내려온 이후론 평담平淡 자율自律한 시 세계를 펼쳐보였는데, 《장자莊子》의 식영息影 사상을 수용하여 실천했다. 성산의 식영정과 서하당 생활은 호남시단을 탄탄하고 심대하게 하였다. 제봉 고경명, 송강 정철, 서하당 김성원 등과 어울려 때론 벗으로서, 때론 스승과 제자로서 교유하면서 격格에 구애되지 아니한, 그러면서도 기품과 격조를 잃지 않는 강학과 시 창작 활동을 펼쳤다.

담양과 강진 그리고 고향 해남을 오가며 주옥 같은 한시문을 많이 남겨 명실상부하게 호남을 문향으로 자리 메김 하였다. 특히 그의 〈송대장군가宋大將軍歌〉 〈고기가古器歌〉와 같은 서사 한시는 한시로써 사회 현실을 고발하고 비판, 풍자한 것으로, 조선 중기에 이미 사실주의 문학관을 실천으로 보였다는 평을 받고 있다. 담양 식영정과 서하당, 환벽당, 소쇄원 등에서 읊은 〈식영정息影亭 20영〉 〈면앙정俛仰亭 30영〉

---

11 최한선, 《석천 임억령 시문학 연구》, 성균관대학교 대학원 국어국문학과 박사학위 청구논문, 1994.

등 누정 한시는 뒷날 송강의 강호 한정의 가사문학을 잉태하는 데 큰 기여를 하였다.[12] 송강은 석천으로부터는 한시를, 면앙정으로부터는 국문시가를 전수 받아, 호남 시단의 폭과 넓이를 더하면서 한국 시가사의 큰 인물로 성장하였다. 송강의 문하에서는 석주 권필, 석전 성로 등이 배출되었다.

　이상에서 살펴본 바와 같이 최부의 호남 학맥은 안유安裕 - 권부權溥 - 이곡李穀 - 정몽주鄭夢周 - 길재吉再 - 김숙자金淑滋 - 김종직金宗直 - 최부崔溥(1454~1504)로 이어지는 사림의 정맥正脈이었다. 그의 문하에서 배출된 사림들은 한국 유학사 상 또는 한국 문학사 상과 한국 의병사 상 등에서 뚜렷한 족적을 남겼다.

　그의 문하들이 이룬 호남학에서의 문학적 성과는 낭만적 정서라는 풍류성風流性과는 다른 차원의 세계를 열어보였다는 데서, 곧 계산풍류溪山風流를 표방한 부류[13]와는 시 세계를 달리했다는 점 등에서, 그 의의를 크게 부여할 수 있겠다.

　금남 최부가 끼친 사학, 문학, 경학 등 학문적 영향은 해남과 나주를 중심으로 호남학과 호남문학의 정립에 커다란 기여를 하였는데, 특히 문학에서는 17세기 중반까지(나위소羅緯素: 1582~1666) 약 2세기 동안 그 전통이 활발히 이어져 나왔고, 그 이후에도 나경환羅景煥(성암가장性菴家藏), 정석진鄭錫珍(난파유고蘭坡遺稿), 나윤후羅允煦(금파집錦坡集), 나수규羅壽圭 등으로 20세기까지 계승되면서 근·현대 문학으로 이행되어 조운, 신석정, 박용철, 김현구, 김영랑, 김현승, 범대순, 최승범, 고정희,

---

12　최한선, 〈성산별곡과 송강 정철〉, 《목원 어문학》, 제9집, 1990.
13　최한선, 〈호남 시가의 풍류고〉, 《고시가연구》, 창간호, 1993.

황지우, 이지엽 등 현대문학의 걸출한 시인들을 배출하는 데 크게 이바
지했다.

3. 문학 창작의 모태, 누정

1) 문학과 누정

누정樓亭이란 누각樓閣과 정자亭子를 가리키는 용어로 누각樓閣, 정
자亭子, 정사亭榭, 누대樓臺, 대사臺榭, 모정茅亭 등의 용어가 두루 쓰
였다. 누정의 일반적인 의미는 피서避暑와 유락遊樂, 그리고 시작詩作
활동과 강학講學 및 산수山水 경관景觀의 조망眺望 등을 위하여 산수가
아름다운 장소에 건립한 간단한 건축물을 말한다.

일반적으로 누각과 정자는 구분되지 않으나《동문선》의 이달충李達
衷이 쓴 〈관풍루기觀風樓記〉나 이색李穡의 〈곡주공관신루기谷州公館新
樓記〉 등에서 볼 수 있듯이 구조적으로 낮은 것은 정亭이고, 다소 높은
것은 루樓라고 했다. 이규보李奎報도 〈사륜정기四輪亭記〉에서 대臺는
나무판자를 쌓은 것이며, 사榭는 주로 물가에 지으며 겹으로 난간을
한 것을, 루樓는 집 위에 집을 지은 것을, 정자亭子는 사방이 탁 트이고
텅 비며 높다랗지 않게 만든 것이라 했다.

또한 중국의 고서 등에 의하면 정亭은 사람들이 머물다 가거나 모이
는 곳이라고 한다. 사전에서 각閣이란 석축이나 단상에 높게 세운 집이
라 했다. 누정과 관련된 건축물은 그 접미사에 정亭·루樓·각閣·대臺·헌
軒·당堂·재齋·정사精舍, 방舫 등의 다양한 용어들이 쓰였다.

예로부터 산수 승경지勝景地에 누와 정 등이 세워졌음은 중국과 한국에서는 흔히 있었던 일이다. 승경은 주로 명산과 짝을 하거나 큰 강과 더불어 장관을 이룬다. 산과 바다는 나라의 강토를 수호하고 백성을 보호한다고 믿었기에, 각 산마다 신의 존재를 인정하고 제사를 모시곤 했는데 그런 연유에서 동서남북, 중앙의 오악五嶽과 오악신五嶽神에 대한 제사 의식이 있어왔다.

2) 명산과 누정

우리나라는 동악은 금강산, 서악은 묘향산, 남악은 지리산, 북악은 백두산, 그리고 중악은 북한산이라 하여 산신을 숭배하는 제사를 지내왔다. 이러한 명산과 큰 물 곁에는 또한 정亭, 당堂, 루樓, 각閣, 정사亭舍, 정사亭榭, 정사精舍, 헌軒, 재齋 등 다양한 이름으로 불린 누정이 건립되어 다양한 역할을 해내었다.

중국은 5대 명산이라 하여 산동성 태산泰山을 동악, 섬서성 화산華山을 서악, 호남성 형산衡山을 남악, 산서성 항산恒山을 북악, 하남성 숭산嵩山을 중악이라 하여 숭배했으며, 그 원근 주변에 많은 누정을 건립했다.

중국인이 자랑하는 4대 명루가 그것인데 호북성 무한시武漢市 무창구武昌區의 황학루黃鶴樓(최호崔顥의 등황학루登黃鶴樓가 유명함), 호남성 악양시岳陽市의 악양루岳陽樓(범중엄范仲淹의 악양루기岳陽樓記가 유명함), 산서성 영제시永濟市 포주浦州에 있는 관작루鸛雀樓(일명 학작루鶴鵲樓, 왕지환王之渙의 등관작루登鸛雀樓가 유명함), 강서성 남창시南昌市에 있는 등왕각滕王閣(왕발王勃의 등왕각서滕王閣序가 유명함) 등을 가리킨다.

이곳에는 수많은 시인 묵객들의 명문名文·명시名詩 등이 즐비하다. 뿐만 아니라 그것들을 여러 서화書畵 작품으로 제작하거나 관광 상품 또는 문화 콘텐츠로 활용하는 데 이골이 나 있다. 이들 중국인들의 누정과 관련한 콘텐츠 개발이나 활용방안 등에 비하면 우리는 아직도 걸음마 수준이라는 생각을 떨쳐내기 어렵지 않다.

3) 남도와 누정

남도는 누정의 고장이라 해도 과언이 아니다. 이 누정은 전라도 천년의 역사와 문화역량을 축적하는데 일정 역할을 하였음이 분명하다. 《신증동국여지승람新增東國輿地勝覽》에 이르기를 조선 중종中宗 시절, 전국의 누정은 800여 개로서 그중 400여 개가 영남과 호남에 집중되어 있었다고 했다. 이 말은 누정 건립과 출입의 주체들을 고려할 때, 이들 지역은 선비 문화가 다른 지역보다도 앞서 있었다는 반증이기도 하거니와, 지금도 이들 곳곳에서 풍겨나는 유풍儒風의 향기는 여느 지역과 다름이 분명하다.

광주와 화순, 담양, 나주, 영암, 강진, 장흥 등 전남 지역 어디를 가더라도 누정은 지금도 지친 나그네를 다정히 반기고 있으며 여러 생각과 사유의 공간이기도 하다. 그렇다면 왜 이들 지역에 그렇게 많은 누정이 지어졌을까? 그것은 다음과 같이 크게 세 가지로 설명할 수 있겠다.

남도 누정 건립 배경은 먼저 고려 말 조선 개국에 반대하다가 낯선 남도 땅으로 유배流配를 당한 선비들을 위한 누정 공간 건립에 따른다. 그들은 세상과의 인연을 끊고자 남도 승경지를 찾았고 이어 누정 건립의 동인動因이 되었으며, 누정에서 후진을 양성 했다. 여기에는 화순군 이서면 창랑리에 소재한 물염정 등 관련 여러 누정이 그 대표이다.

다른 하나는 자발적 의지로 남도에 내려온 낙남落南객과 정치적 이해관계에 따른 유배流配객을 위해 건립한 누정을 들 수 있을 것이다. 물론 이런 경우 누정 건립의 경제적 지원자는 고려 중기 이후 남도 지역에 기반을 다진 토착 향반가鄕班家였음은 두말을 요치 않는다.

선비들은 왜 낙남을 감행했을까? 여러 이유가 있겠지만 조선의 개국이 명분 없는 역성혁명 곧 쿠데타(coup)라고 여기고, 고려에 대한 충성을 다짐한 고려 선비의 자발적 낙남落南을 우선 들 수 있겠고, 이후 수양대군 왕위찬탈(1453)의 부당함에 항거함은 물론 무오사화(1498) 등 잇단 사화 등으로 의리와 명분이 자취를 감춘 데 분노한 절의파節義派, 명분파名分派 선비들이 가급적 한양과 먼 곳으로 숨어 들어가고자 한 이유였다. 그들은 한양으로부터 멀리 떨어진 곳이면서, 다도해가 많아 피신하기에 적합하고, 기후가 따뜻하고, 물산이 풍부할 뿐만 아니라, 인심이 후한 점 등을 고려하여 남도를 찾았는데, 토착 향반가들은 그들을 위해 누정을 건립해주어 강학의 공간으로 삼게 했다. 물론 나중에는 낙남객 자신들이 직접 누정을 건립하는 사례 등 누정은 여러 이유로 여기저기에 건립되었다. 독수정, 물염정, 송강정, 백운동 원림, 소쇄원 등 남도의 많은 누정은 이런저런 이유로 건립된 경우들이다.

또 다른 누정 건립은 벼슬을 마친 선비가 노후 휴식의 퇴거退去 공간으로 건립한 경우이다. 물론 이런 누정에서도 후진 양성을 위한 강학講學이 이루어졌음은 두 말할 필요도 없다. 풍영정, 면앙정, 환벽당 등이 여기에 속한다.

4) 누정의 역할

누정은 주로 어떤 공간이었을까?

먼저 누정에서 선비들은 탁 트인 전망과 자연 풍광을 차경借景하여 호연지기浩然之氣의 양성과 심광체반心廣體胖의 수양을 했다. 누정은 강학講學과 시회詩會 공간으로서 활용되었는데 선비들의 강학은 서당書堂이나 학당學堂을 비롯하여 향교鄕校, 서원書院, 성균관成均館, 호당湖堂 등 교육의 전당을 통해서였고 또 다른 하나는 누각과 정자 등 자연의 승지를 활용한 것이었다. 전자는 독서하며 공부하여 입신양명을 준비하던 곳이었지만, 이러한 곳의 참여로 시우詩友의 인연이 생기고, 그들과 시적 교유의 정의情誼가 깊어져, 시회詩會로써 서로의 두터운 사승師承 관계를 맺기도 했다. 후자는 흔히 유람취승遊覽聚勝이나 은일한 거식隱逸閑居, 퇴식退息하는 과정에서 부수적으로 강학을 하거나 시회詩會를 여는 등 시사詩社의 무대로 활용된 경우이다.

이처럼 누정은 크게 자연의 풍광을 차경한 '수양修養'과 강학講學, 시회詩會 등 '모임'의 공간이었다. 여기서 강학이란 딱히 성리서 등을 가지고 공부만 하는 것이 아님은 물론이다. 시국을 걱정하고 향민鄕民의 여론을 주도하며 선현先賢을 추모하는 등 다양한 활동을 포괄하여 이른 말이다. 강학이나 시회는 주로 사대부 문인들의 참여로 이루어지기 때문에 이를 흔히 문인계회文人契會라 한다.

또한 누정은 학자들의 만남의 공간이었다. 누정은 이름만 들어도 그 명성을 금방 알 수 있는 김언거, 송순, 임억령, 조수문, 조여심, 이황, 이이, 송익필, 기대승, 고경명, 김인후, 김성원, 정철, 임제 등이 시가詩歌로써 교유함은 물론 시국을 의논하고 학문을 논했던 장소였다. 이는 그들이 창작했던 경천동지驚天動地하고 폐부를 도려낼 듯한 주옥같고 절절하며, 풍류 낭만이 물씬한 시가 작품들이 이를 입증한다. 또한 누정은 강학, 곧 교육의 공간이었으며, 휴식 및 현자피세賢者避世와 재기의 공간, 지방자치와 중대 사안 결정 공간, 그리고 주민 교화 등 열리고 창조적 공간이었다.

누정을 열린 창조적 공간이라고 하거니와 이는 문학 작품과 관련하여 생각해 보면 이해가 쉬울 것이다. 문학작품의 지리 공간은 3개의 층면을 가진다.[14]

하나는 제 1공간 곧 원형 객관 존재로서의 자연 혹 인문지리 공간이 그것이다. 이른바 담양 고서면에 있는 '동강조대'라는 누정은 본래 중국 절강성 동려桐廬의 동강桐江 칠리탄七里灘에 있는 곳으로, 그곳은 동한東漢의 은자隱者 엄자릉嚴子陵이 낚시를 하며 세속의 명리를 초월했던 낚시 공간이다. 친구가 동한의 광무제였지만, 친구가 적극적으로 정치를 함께 해 줄 것을 부탁했지만, 그것을 기어이 뿌리치고 은거했던 엄자릉, 그는 동강조대桐江釣臺에서 부모로부터 부여 받은 목숨을 유지하기 위하여 고기를 낚아 하루하루 겨우 목숨을 연명했다.

다른 하나는 작가의 지리 감지感知 능력과 지리 상상想像을 통하여, 문학 작품 속에 새롭게 창조해 낸 심미審美 공간, 자각自覺의 객관客觀과 주관主觀이 결합된 산물의 공간, 이를 제 2의 공간이라 부른다. 바로 담양의 조국성, 조국간의 형제가 창조해 낸 공간이 그것이다. 그 공간은 단순히 중국의 '동강조대'를 모방하거나 흠모하기 위함이 아니다. 두 형제가 나름의 심미 감각과 지리 감각, 상상 등을 동원하여 만들어 낸 창조적 공간이다.

---

14 曾大興, 《文學地理學槪論》, 尙務印書館, 2017, 307~318면.

두 형제는 엄자릉이 산수가 수려한 동강에 조대를 만들고 거기에서 낚시하며 세속의 명리를 초월한 것에 감동을 받아, 자신이 살고 있는 담양의 산수가 아름다운 곳을 엄자릉의 은거처에 비견해 볼 때 전혀 뒤떨어지지 않는다는 자긍심을 가졌다. 그래서 자신이 거주하고 있는 그곳의 이름을 '동강조대'라고 명명한 것이다.

이렇게 해서 한국의 동강조대가 생겨날 수 있었다. 중요한 것은 한국의 동강조대가 중국의 아류나 모방이어서는 안 되는데 바로 그 점은 매우 중요하다. 엄자릉은 동강조대에서 목숨을 연명하기 위한 수단으로 낚시를 했지만, 위의 두 형제는 동강조대에서 부모를 봉양하고자 하는 효심孝心에서 낚시를 한 것이다. 바로 이 점이 중국의 동강조대와 한국의 동강조대가 다른 점이다.

이로 볼 때 어떤 누정은 다른 누정들이 건립되도록 영향과 자극을 줄 수 있다. 바로 이 점이 남도에 여러 누정이 건립된 주요 원인 중 하나가 되었을 것이다. 하지만 영향을 준 누정이나 영향을 받아 건립된 누정의 성격은 세세한 점에서는 서로 다를 수 있음을 간과해서는 곤란할 것이다.

우리의 누정에 대한 연구가 아직 충분하지 못한 탓으로 이에 대한 상고는 훗날로 미루기로 하지만 분명한 것 하나는 누정이 문학의 창작 공간이었다는 사실이다. 한국문학사에서 문학권文學圈을 말할 때 가장 중요시되는 것은 조선시대 호남 인물들의 시문학 활동 중심지였던 광·라·장·창(光州·羅州·長城·昌平)을 손꼽을 수 있겠다. 이수광李晬光, 정두경鄭斗卿, 허균許筠 등 조선시대의 유명한 평론객들에 의하여 높이 칭송된 많은 인물들이 호남에서 태어났는데 그들은 모두 당대의 걸출한 시인이었다고 한다.

"뛰어난 시인과 문장가로 숭앙된 인물들이 호남에서 많이 배출되었다."[15]

"호남에는 높고 깨끗한 산수山水의 정기가 사람에게 모여 문장文章과 기걸奇傑한 선비가 많았다."[16]

"숙종肅宗조 호남에는 당세의 저명한 인재가 많았는데 그들은 학문과 문장으로 널리 알려진 인물이다."[17]

등 한결같이 입을 모아 칭송하였던 인물 중에는 금남 최부는 언급되지 않았지만, 박상朴祥, 박우朴祐 형제를 필두로 양팽손梁彭孫, 송순宋純, 윤구尹衢, 임억령林億齡, 오겸吳謙, 나세찬羅世讚, 이항李恒, 김인후金麟厚, 유희춘柳希春, 유성춘柳成春, 임형수林亨秀, 양응정梁應鼎, 박순朴淳, 기대승奇大升, 고경명高敬命, 백광훈白光勳, 최경창崔慶昌, 임제林悌 등 헤아릴 수 없이 많다.

위에서 말한 인물들은 각기 명사名士로 칭송된 인물로서 당대의 학문과 시문에서 독창적인 시학과 학문세계로써 호남지역 뿐만 아니라, 전국적으로도 그 명성이 자자하였음은 주지하는 바이다.

이런 시학사의 전통은 근·현대까지 면면하게 이어졌는데 일례로 왕석보(1816~1868, 자는 윤국胤國, 호는 천사川社, 개성인)는 구례 광의면 천변리에서 태어났다. 노사蘆沙 기정진奇正鎭(1798~1876) 문하인 천사는 시에 뛰어난 재주를 지녀 임억령(1496~1568), 백광홍(1522~1556), 백광훈(1537~1582), 임제(1549~1587), 최경창(1539~1583) 이후 다소 적막해진

---

15 이수광, 《지봉유설芝峯類說》.

16 정두경, 《송천집서松川集序》.

17 허균, 《성소부부고惺所覆瓿藁》.

호남 시단의 자존을 세운 시인이다. 매천은 고죽과 옥봉 이후 2백 년 동안 호남의 문단이 음왜淫哇하고 용루冗陋했다고 한 뒤, 스승 천사가 봉성(남원)을 시향詩鄕으로 추켜세웠다고 했다.[18] 왕천사는 대종교 창시자 나철, 우국지사 황현, 궁내부 비서관으로 고종의 최측근이었던 죽파竹坡 김봉선金鳳善 등을 제자로 두었다.

왕천사의 장남 왕사각王師覺(1836~1895)은 자를 임지任之 호는 봉주鳳洲라 했다. 매천은 어린 시절 봉주의 문하에서 수학했는데 매천의 아들도 함께했다. 곧 2대가 한 스승을 모신 것이다.[19] 봉주는 구례 만수동에서 거처했는데 매천과는 30년을 교유한 셈이다. 봉주는 시재가 뛰어났으나 과거에의 뜻을 접고 오봉산으로 들어가 후학 지도에 전념했다. 그는 시를 모으지 않았으나 아버지 천사와 손자 경환이 모았던 《봉주시집》을 펴낼 수 있었다.[20] 매천은 봉주의 시가 근체시에 뛰어나고 남송南宋의 범성대와 육유를 모범으로 삼았기에 음미할수록 옛 맛이 난다고 했다. 내용에서는 불평과 풍자가 많다고 했는데 이는 당대 현실의 반영으로 생각된다.

왕사천王師天(1842~1906)은 천사의 차남인데 자는 측지則之요 호는 소금素金이다. 어려서부터 명석하여 부친의 사랑을 받았다. 약초에 관심이 많아 약국을 경영하면서 여러 선비들과 두루 사귀었다. 추금秋琴 강

---

18 사천시집서, 《봉주시집》, 김정환에 따르면, 왕수환의 편지 〈여김창강서〉에 조부 천사의 시는 1400 수이며, 선고 봉주의 시는 1200 수, 숙부 사찬의 시는 2000 수라고 했는데, 실제로 확인한 결과 천사의 시는 350 수, 봉주는 1229 수, 사찬은 1556 수이며, 왕수환의 시도 1000 수가 확인 된다고 한다.

19 《사천시집》〈상봉주대인서上鳳洲大人書〉.

20 매천, 〈봉주시집서〉.

위(1820~1884)와도 교분이 두터웠다. 1878년 창강滄江 김택영(1850~1927)
은 강위의 소개로 알게 되었는데 소금의 역할로 매천의 시가 창강에게
알려지기도 했다. 성격이 호탕하고 의리가 뛰어난 그는 시에도 재주가
많았다.

왕사찬王師瓚(1846~1912)은 천사의 셋째 아들이다. 자는 찬지贊之요
호는 소천小川이다.[21] 성품이 크고 깨끗하여 구차함을 즐기지 않을 뿐
만 아니라 부귀한 자에게 굽히지 않았다. 매천은 소천이야말로 영남
우도 남파南坡 성혜영, 호남 우도 석정石亭 이정직과 함께 남방의 삼대
시인으로 꼽았다.[22] 만당의 이상은을 추종했던 소천, 송시宋詩를 좋아
했던 매천은 시에 대해 논쟁을 벌이기도 했다.[23]

이처럼 왕씨 일가는 네 부자 외에도 손자 대까지 뛰어난 인물들이
줄을 이었다. 봉주 왕사각의 큰 아들 운초雲樵 왕수환王粹煥(1865~1925)
과 둘째 아들 옥천玉泉 왕경환王京煥(1873~1943) 그리고 경환의 아들이
면서 수환의 양자였던 왕재일王在一(1903~1960) 등은 모두 근대 구례 사
림 문화의 선두로서 보석 같은 존재였다. 운초 왕수환은 호양학교의
초대 교장 및 한문 교사였는데 매천의 제자였다. 애국사상 고취에 여념
없었던 운초, 그는 매천문집 간행에 적극적 역할을 하였으며 가계 문집
인 조부 천사, 아버지 봉주, 중부 소금, 계부 소천 네 분의 시문을 모아
《개성가고開城家稿》를 간행하고 창강과 중국인 학이태郝爾泰의 서문
및 본인이 쓴 네 분의 행장을 실었다.

---

21 《소천만고》가 전하는데 1200여 수의 시가 전함.
22 〈수왕소천육십세서壽王小川六十歲序〉.
23 〈화소천론시육절和小川論詩六絶〉.

옥천 왕경환王京煥(1873~1943)은 매천의 제자로서 한시에 해박한 불
교 신자였으며《금강경》외우기를 좋아했다. 그의 아들 왕재일은 일본
식민지 정책의 부당함에 반대하고 백부이자 양부인 운초에게 교육을
받으면서 항일 정신을 키웠다. 1926년 성진회醒進會라는 독서 모임회
를 조직한 뒤 총무를 맡아 광주학생독립운동의 주동이 되어 2년 6월의
감옥살이를 했다. 오직 조국의 독립만을 위해서 사생활을 모두 버린
그는 해박한 실력으로《호남절의사》《전라남도사》《광주시보》등의
편찬위원을 했다.

한편, 토지면 오미리에 자리한 운조루雲鳥樓와 관련한 선비들도 눈
여겨 볼 일이다. 19세기 중반에는 구례에 이름난 문인들이 상당수 들어
와서 활동했는데 이산二山 유제양柳濟陽은 이들과 교유하면서《이산시
고》라는 귀중한 업적을 남겼다. 주지하는 바와 같이 운조루는 국가민
속문화유산으로 유이주(1726~1797)의 소유였다. 운조루는 유이주의 사
촌 유이익(1737~1792)의 9남 1녀 중 차남으로 태어난 유덕호가 지었다.
그는 유이주를 따라와 집 짓는 일을 도운 뒤 그의 양자가 되어 재산을
물려받았다. 운조루의 사랑채에는 이산루二山樓, 족한정足閒亭, 운조루
雲鳥樓, 귀만와歸晚窩 등의 현판이 붙어 있고 아래 사랑채 또한 누마루
가 있는 곳에 귀래정歸來亭, 일명 농월헌弄月軒 등의 현판이 붙어 있는
데 이는 이곳이 사림의 모임 장소로써 시회詩會나 강학講學의 공간이었
음을 알게 한다.

이렇게 진단하는 근거로는 유제양의《시언》, 그의 손자인 유형업의
《기언》및 황현의《매천집》과 왕사찬의《개성가고》윤종균의《유당
시집》등에서 운조루가 한말과 일제시대 구례 문단의 중심지였음을 간
접적으로 밝히고 있기 때문이다.《이산시고》의 주인공 유제양(1846~

1922)은 자를 낙중洛中, 호는 난사蘭榭, 쌍봉雙峯, 안선岸船, 이산二山 등으로 불렀는데 문화인이다. 그는 아버지 유견룡(1817~1851)과 어머니 전주 최씨 사이에서 토지면 오미동 운조루에서 태어나 운조루의 5대 주인이 되었다.

6세 때 부친을 여의고 다음 해 조부마저 잃은 그는 편모슬하에서 자라면서 숙부 유택선의 지도 아래 8세 때부터 글을 읽기 시작하여《효경》과《사기》및 사서四書를 마친 뒤 스스로 과거 공부를 하고 한, 위, 당, 송의 여러 시를 익힘으로써 그 이름이 이른 나이에 퍼졌다. 그는 천사 왕석보를 스승으로 모시고 천사의 아들 봉주 왕사각, 소금 왕사천, 소천 왕사찬, 그리고 매천 황현 등과 교유하면서 호남아집湖南雅集이라는 시회를 결성하였다. 특히 왕사찬과는 동갑내기로서 평생지기였는데 함께 주고받은 시가 많다. 둘이서 함께 낸 시집이《산천창수집山川唱酬集》이다.

1870년 창강 김택영이 지리산 일대를 찾았을 때 이산과 만나 수창했는데 이때의 인연으로 창강이 중국으로 망명한 후에도《이산시집》의 서문을 받는 등 서신 교류를 통하였다. 뿐만 아니라 하동의 추금秋琴 강위(1820~1884)의 고제 남파南坡 성혜영成蕙永과는 평생 시우詩友로 사귀었다.

또한 김제 출신으로 약관에 이미 시문으로 이름을 떨친 해학海鶴 이기李沂(1848~1909), 역시 김제 출신의 석정石亭 이정직李定稙(1841~1910), 순천의 유당酉堂 윤종균 등과도 교유하는 등 당시 사림의 거목들과 친분을 두터이 하면서 문학의 일단을 이끌었다. 이산은 매천을 통하여 영재寧齋 이건창(1852~1898)에게 자신의 시집《안선시초岸船詩草》의 정정을 구하기도 했다. 매천의 평생 문우文友였던 이산에 대하여 매천은

〈유이산수시서柳二山壽詩序〉에서 성우벽어시性又癖於詩 공근체攻近體 지근만편至近萬篇이라고 했다.[24]

이 밖에도 구례 지역과 관련하여 다루지 못한 해학 이기, 지촌 권홍수, 석전 황원, 율계 정기, 고당 김규태, 효당 김문옥 등에 대해서도 체계적이며 구체적인 연구가 이어진다면 호남누정시단에 대한 연구 성과는 더욱 풍성할 것으로 기대된다.

이상에서 본 바와 같이 호남 시단은 독수정, 면앙정, 소쇄원, 운조루, 쌍계정, 물염정, 풍영정 등 주로 누정을 통하여 그 전통과 역사가 600여 년을 상회하는 유서와 내력이 깊을 뿐만 아니라, 배출된 시인들의 역량이나 문학적 성과 역시 다대함은 두말을 요치 않는다. 특히 역사의 매 시기마다 서술시적 상황에서 서술시로써 민족의 사상과 감정을 진솔하게 또는 풍자와 낭만적 서정으로 풀어낸 공적은 높이 기려 마땅할 것이다. 아래에서는 서술시의 사적 전개와 미학에 대하여 대표 시인들의 작품을 중심으로 살피기로 한다.

24 《매천전집》 권4.

Ⅲ.
호남 서술시의 사적 흐름과 미학

1. 금남의 서술시

금남 최부(1454~1504)는 나주 동강면 인동리에서 태어나 무안에 잠들어 있는 조선시대 인물이다. 그는 우리 전남을 학향學鄕으로 주춧돌을 놓은 제1세대 학자요, 칼날 같은 신념을 지닌 선비이며, 하늘을 우러러 한 점 부끄러움이 없었던 효자이다. 나아가 《표해록》이라는 기행문을 남겨 해양문학의 진수를 보인 문인이며, 《동국통감》을 편찬한 역사학자일 뿐만 아니라, 우리나라 최초의 문화유산 보고서인 《신증동국여지승람》을 교정한 문화학자이다.

그의 자는 연연淵淵 호를 금남錦南이라 했는데 본관은 탐진耽津이다. 성종 13년(1482)에 문과에 급제했는데 사림의 종장宗匠 점필재佔畢齋 김종직의 문하로 유계린, 임우리, 윤효정 등의 제자를 통하여 호남삼걸(三傑 : 윤구, 최산두, 유성춘)은 물론 임억령, 유희춘 등이 배출되도록 호남 사람의 뿌리를 든든하게 내려준 위대한 어른이다.

영남이 사림의 뿌리라면 그 뿌리 하나를 호남으로 오롯하게 옮겨온 인물이 바로 금남이다. 최부는 무오사화(1498) 때 단천으로 유배갔는데 갑자사화(1504)에 희생되어 올곧은 역사의 증인이 되었다. 다음에서 금남에 대해 항목별로 정리해 본다.[25]

㉠ 호남 사림의 영수

한국 유학은 고려시대 안유安裕 – 권부權溥 – 이곡李穀 – 정몽주鄭夢周 – 길재吉再로 이어져 조선시대의 김숙자金淑滋 – 김종직金宗直으로 계승, 심화, 발전된다. 점필재 김종직金宗直의 제자弟子 금남錦南 최부崔溥(1454~1504: 탐진인耽津人, 호 금남錦南)는 사부 김종직의 〈조의제문弔義帝文(신하인 항우가 살해한 초 회왕의 사건을 수양대군이 단종을 살해한 사건으로 풍자함)〉 사건으로 함경도 단천端川에 유배되었다가 연산군 10년(1504) 갑자사화甲子士禍 때 죽임을 당했는데, 그의 문하에서 전남 해남의 유계린柳桂隣, 윤효정尹孝貞, 임우리林遇利 등 훌륭한 인물이 배출되어 호남학의 영수로 모셔진다.

㉡ 해양문학의 거장

《표해록(본래 명칭은 중조문견일기, 中朝聞見日記), 1488》은 마르코 폴로 《동방견문록東方見聞錄》, 원인圓仁의 《입당구법순례행기入唐求法巡禮行記》 등과 함께 3대 기행 명문으로 꼽힌다. 뿐만 아니라《표해록》은 해양문학이요, 보고문학이며, 기행문학, 기록문학, 일기문학의 진수라

25 최한선, 〈금남 최부 선생과 관광 전략〉, 《금남 최부를 읽다》, 나주시, 2022.

일컬어진다. 해양문학은 바다를 무대로 한다는 점에서 구약성서의 〈요나서〉, 호메로스의 〈오디세이아〉, 북유럽의 〈사가〉, 〈천일야화〉, 〈뱃사람 신드바드의 모험〉, 중국의 〈산해경〉, 〈정위전해〉, 한국의 〈토끼전〉 등을 든다.

바다와 인류는 필수불가분의 관계라는 인식이 점점 확대되고 있다. 바다에서 생명이 태어났다는 생각과 바다 환경은 인류 정서와 생존의 중요한 정서적 자연이라는 생각에서부터 바다와 지구 환경과의 긴밀한 관계, 바다가 태양 에너지의 수용체라는 깨달음, 바다가 인류 식량 자원의 보고라는 생각, 바다는 무한한 광물 자원의 보물창고라는 생각 등 인류의 바다에 대한 생각은 이전과는 판이하게 달라졌다.[26]

오늘날 인류는 여러 위협 요소로부터 생존을 위협 받고 있다. 이제 해양은 인류가 생존할 새로운 공간이라는 인식에 철저하게 합의할 때이다. 해양과 친근해야함은 인류 생존 환경의 유일무이한 선택이다. 미래의 세계는 탐해探海와 화해和海의 지속에 달려 있으며, 바다와의 친근함 또한 인류 생존의 선율旋律과 밀접한 관련이 있다. 이런 측면에서 볼 때, 2023년 8월 24일 13시 03분에 일본이 방류한 원전의 오염수는 인류의 대재앙이 될 것이며 이를 방조한 한국정부는 두고두고 역사적 비난을 받아 마땅할 것이다.

ⓒ 춘추필법의 역사가

최부가 편찬에 참여했던 《동국통감東國通鑑》은 56권 28책으로 이루

----

26 김기태, 《세계의 바다와 해양식물》, 채륜 출판동네, 2008.

어진 활자본活字本이다. 전체 382편의 사론史論 가운데 118편을 최부가 직접 썼다. 세조는 우리나라의 기존 사서史書가 탈락脫落이 많아 자세하지 못할 뿐 아니라, 국사의 체계가 서 있지 못하고, 편년체編年體 통사通史가 없기 때문에 상고 이래의 통사通史를 체계적으로 정리할 목적으로 중국의 《자치통감資治通鑑》에 준準하는 사서史書를 만들고자 했다. 금남은 이 일을 책임지고 훌륭하게 완수했던 사가史家였다. 최부는 철저한 유자였기에 동성동본同姓同本의 혼인에 대하여는 금수와 같은 행위라고 단정적으로 나무랐다.

"고려의 가법家法은 특별히 당종(堂從:6촌 또는 4촌 이내)뿐 아니라, 비록 자매姉妹라도 피하지 않았으니, 경종景宗이 광종光宗의 딸을, 현종顯宗이 성종成宗의 딸을 받아들인 것과, 예종睿宗이 당종堂從이 되고, 광종光宗의 대목후大穆后와 문종文宗의 인평후仁平后는 현종의 딸로 모두 그 자매이다. 삼강三綱이 바르지 못하여 오랑캐의 풍속이 있으면 모두 가외친假外親으로 성을 삼아 그것을 쓰고, 군하君下에게 보여 그것을 쓰며 상국에 알려 그것을 써서 종묘사직宗廟社稷의 제사를 받드는 것이 옳은가?"라며 분노했다.

위에서 본 바와 같이 그는 고려가 망하게 된 원인 중의 하나가 왕실의 기강 해이, 예절의 타락에 있다고 하면서 인종이 두 이모와 결혼한 사실에 통탄을 금치 못하면서 왕이지만 춘추필법의 엄정한 사론으로 질타하여 후대에게 경각심을 준 사론은 단적으로 그의 역사가로서의 훌륭한 면모를 잘 보여준 것이었다.

㉣ 지리학의 대가

《동국여지승람東國輿地勝覽》은 조선 성종 때에 노사신 등이 각 도의 지리, 풍속 등을 기록한 관찬官撰 지리지地理誌다. 1481년(성종 12)에 성종의 명에 따라 노사신盧思愼, 양성지梁誠之, 강희맹姜希孟 등이 편찬한 것이다. 《동국여지승람》은 편찬된 뒤에 교정과 증보 작업이 꾸준히 이루어졌다. 1499년(연산군 5)에도 임사홍任士洪·성현成俔, 최부崔溥 등에 의해 2차 수정 작업이 이루어졌다. 이것을 《신증동국여지승람新增東國輿地勝覽》이라고 한다. 이 책은 주로 최부의 손에 의하여 다듬어지고 보완되었다.

최부는 《표해록》에서 중국의 강남과 강북의 차이를 문화, 예절, 기질 등에 따라 상세히 기록하고 있으며 중국인이 조선의 강역에 대하여 묻자 백두산부터 한라산까지 산맥은 물론 조선의 전역에 대하여 상세하고도 정확하게 답하여 중국인을 깜짝 놀라게 했다.

> 중국의 황종 등이 말하기를,
> "그대가 만약 조선인이라면 그대 나라의 역대 연혁, 도읍, 산천, 인물, 풍속, 제사의식, 상제, 호구, 병제, 전부田賦, 의관제도를 자세히 써 오시오." 하니
> 최부 말하기를
> "산천으로 말하면 장백산이 동북에 있는데 일명 백두산이라고 하며, 횡으로 천여 리나 뻗쳐 있고, 높이는 이백여 리나 됩니다. 그 산정에는 못이 있는데 둘레가 80여 리나 되며, 동쪽으로 흘러 두만강이 되고, 남쪽으로 흘러 압록강이 됩니다. 또 동북쪽으로 흘러 속평강이 되고, 서북쪽으로 흘러 송화강이 되며, 송화강 하류는 혼동강입니다. 묘향산은 북쪽에 있고, 금강산은 동쪽에 있으며 그 산은 1만 2천여 봉이나 됩니다. 지리산은 남쪽에 있고, 구월산은 서쪽에 있소이다.

위에서 말한 네 산은 극히 높고 험준하며 뛰어난 경관과 아름다움을

지닌 명산입니다. 삼각산은 바로 국도國都의 진산이요, 대동강, 살수(청
천강), 임진강, 한강, 낙동강, 웅진, 두치진, 영산진 등은 강 중에서 큰
것들입니다."(2월 4일 기록)하였다.

이런 내용을 다 외우고 있었다니 가히 지리학의 대가요 천재라 아니
할 수 없다.

ⓜ 미래 해양문화의 선구자

최부의 《표해록》은 해양문학이면서 해양문화에 대하여 눈을 뜨게
해준 문화서 이기도 하다. 인류는 처음엔 해양을 공포의 존재로 여기다
가 점차 해양을 숭배하기 시작했다. 이어 문명이 진보하고 기술이 발달
함에 따라 해양을 정복하고자 했다. 하지만 인류는 여러 문제에 봉착하
면서 해양과의 화해가 중요함을 깨달았다. 해양이 인류 생명의 요람搖
籃이라는 사실은 아무리 강조해도 부족할 것이다. 하지만 해양은 우리
에게 여전히 미지未知의 세계이다. 지구는 오염, 공해, 난 개발 등으로
기후 변화를 겪으면서 심각한 생존의 위기를 맞고 있다. 이제 인류는
환지구環地球의 기후 변화를 결정하는 것은 해양이라는 사실에 눈을
떴다.

기후 변화는 생태계를 파괴하고 교란하여 먹이사슬의 선순환을 방해
하고, 생명체를 멸종시키어 인류의 생존을 위협할 공산이 크다. 우리
가 생물과학 연구의 요람인 해양에 관심을 집중해야 하는 이유가 바로
여기에 있다. 인류에게 위협적인 존재는 기후뿐만이 아니다. 음수飮水
자원을 비롯한 유지油脂, 화공재료, 약물, 식물 등 생존을 위한 자원과
식음 자재의 부족과 고갈이다. 하지만 해양에는 무궁무진한 석유 자원

과 천연가스를 비롯한 인류 생존에 필수부가결한 보물 같은 자원이 넉넉하게 저장되어 있다. 또한 해양의 자발적인 밀물과 썰물의 들고 남은 무한 양 발전發電의 근원이기도 하다. 해양은 대륙과 대륙을 잇는 교량이며 인류의 생존에 필요한 물류의 이동을 돕는 운송의 수단일 뿐만 아니라, 사람과 사람을 연결해주는 소통의 도구이기도 하다.

　반면에 해양은 해일과 태풍을 일으켜 인류에게 커다란 재난과 재앙을 주는 위험한 존재이기도 하다. 기후 변화에 따른 해수면의 상승은 연해 주변의 도시를 부침하게 하는 등 인류에게 막심한 손실을 줄 것이다.

　이제 우리에게 남은 선택은 자명하다. 아직까지는 남색藍色의 모습으로 우리를 맞고 있는 해양과 잘 알고 지내며 친해지는 일이다. 그러나 우리가 알고 있는 해양은 여전히 미지의 세계이다. 인류는 오랫동안 해양의 중요성을 강조해 왔지만, 아직도 해양은 베일에 싸여 있다. 인류가 존재하기 위해서 반드시 알아야 할 해양, 지해知海와 탐해探海 나아가 상생의 화해和海를 위한 구체적이고 적극적인 노력은 시급을 요한다.

㉕ 한국 서술시의 원조

　금남이 제주도에 근무할 당시 제주도를 배경으로 썼던 〈탐라시耽羅詩 35절〉은 한국 서술시敍述詩의 원조 작품이다. 〈탐라시 35절〉은 제주도에 대한 외형적 소개부터 시작해서 그 풍속, 인물 등 다양한 관점에서 조목조목 잘 알려주고자 제작한 작품이다.

　한편, 한국 서술시의 전통은 오늘날까지 600여 년의 역사를 가진 시 형식이다.[27] 서술시는 하고 싶은 말을 논리적으로 갖추어 조리 있고 설

득력 있게 전달하는 데 유용한 형식인데 가사, 연시조와 더불어 한국
서술시사의 큰 산맥이다. 특히 호남 시문학사에서 금남 – 눌재 박상 –
면앙정 송순 – 석천 임억령 – 송재 나세찬 – 하서 김인후 – 행당 윤복 –
송천 양응정 – 풍암 문위세 – 청계 양대박 – 칠실 이덕일 – 고산 윤선
도 – 죽록 윤효관 – 다산 정약용 – 초의 장의순 – 경회 김영근 등으로
계승, 발전되어온 서술시의 전통은 금남 최부로부터 시작되었다.

⊗ 의리와 지조의 선비

〈조의제문弔義帝文〉은 김종직이 지은 수양대군의 왕위찬탈을 풍자한
글이다. 김종직이 1457년(세조 3)에 밀성密城에서 경산京山으로 가는 길
에 답계역踏溪驛에서 자다가 꿈에 의제義帝(초국楚國 회왕懷王)를 만났는
데 여기에서 깨달은 바가 있어 각몽한 후 조문弔文을 지었다고 한다.
이 글은 단종을 죽인 세조를, 의제를 죽인 항우에 비유하여 세조를 은
근히 비난한 내용으로 되어 있다.

최부는 그의 집에 〈조의제문弔義帝文〉이 있었다는 이유로 김종직 일
파로 지목되어 무오사화戊午士禍(1498)때 김굉필金宏弼과 유배를 당하여
함경도 단천端川으로 귀양을 갔다. 그러다 갑자사화甲子士禍(1504)가 일
어나자 김굉필 등과 함께 사형을 당했다. 흔히 조선 초기 사림파라면
영남 출신 성리학자들만 떠올린다. 하지만 학맥의 연원과 계승, 발전
은 단순하지 않다. 왜냐하면 경기, 충청은 물론 호남에도 사림파가 상
당수 존재했기 때문이다. 최부는 호남 성리학자의 대표적 인물로서 김

---

27 이런 추정은 구술민요나 노동요 등의 경우를 제외하고 고려 때 형성된 가사 등의 기록
문학을 근거로 한 것임.

종직의 아낌없는 사랑을 받았다. 최부는 1506년 중종 즉위와 동시에 신원伸冤되어 승정원도승지承政院都承旨가 추증追贈되었다.

◎ 한·중 민간교류의 공로자

중국의 일대일로一帶一路는 육상 실크로드와 해상 실크로드를 연결한, 중국과 세계의 소통을 의미한다. 그 소통의 중핵지에 한국이 있다. 한국과 중국의 유구한 관계성, 긴밀한 인접성, 다양한 유사성 등은 한 중 양국 관계의 중요성으로 인식된다. 이러한 점에 눈을 뜬 선각자요 공로자는 바로 최부이다.

중국 태주台州 등에 산재한 신라인의 집단 거주지 신라방에 대한 최부의 주목은 한·중 민간 교류가 이미 7 세기 이전, 당나라 이전부터 활발했음을 보여주는 좋은 사료이다. 또한 최부는 항주에 이르러 고려 때 중창할 당시 고려 문종이 황금을 희사하는 등 도움을 주었던 중국 항주 소재 고려사高麗寺(혜인사惠仁寺, 927년 오월국吳越國 시절 건립, 1085년 의천義天 대각국사大覺國師, 정원淨源스님 사사私事 장소, 1087, 1099, 금탑金塔 등 희사喜捨)를 찾았다. 뿐만 아니라 최부는 관광에도 관심을 가졌는데 서호西湖 주변에 설치된 관광문觀光門 패방을 보고 그것을 《표해록》에 기록했다. 아쉽게도 그 관광문 패방牌坊은 지금 자취를 감추었는데 이에 대한 복원 작업이 이루어져 항주杭州와 한국의 관광적 교량이 되기를 희망한다.

최부는 경항운하京杭運河에도 큰 관심을 가졌는데, 금남이 적어둔 산동 황가갑黃家閘의 〈미산만익비眉山萬翼碑〉는 북경과 항주 간의 경항京杭운하와 관련한 유일한 기록이며, 이 외에도 귀한 유적지를 고증하는 문헌으로 활용할 가치가 크다는 평이다. 이런 시각은 15세기 명대明代

의 강남문화江南文化와 운하사運河史를 연구하는 귀중한 역사 자료로 평가된다.

㉒ 애민과 실용의 관리

최부는 천진시天津市 정해현靜海縣 봉신역奉新驛을 지나다가 농부들이 수차水車를 이용하여 물대기 하는 것을 보고 수차 제작을 힘과 공을 들여 배웠다. 잘 가르쳐주지 않으려는 중국인에게 적당한 예우를 하면서까지 인내심을 갖고 배우면서 '조선의 백성들은 주로 논농사를 짓는데 한발이 들면 매우 낙심하여 방법이 없어 쩔쩔맨다'는 생각을 했다. 최부와 농부의 대화는 다음과 같다. "우리나라는 논이 많고 가뭄이 잦다오. 만일 수차 만드는 법을 알아서 사람들에게 가르쳐주어 농사짓는 데 도움이 된다면, 당신은 한 마디 수고를 한 것이지만, 우리나라 사람들에게는 길이길이 이익이 될 것입니다. 만드는 방법을 자세히 연구하기 바라며, 잘 모른 곳이 있으면 역선驛船의 승무원인 수부水夫들에게 물어서 가르쳐주십시오." 최부는 국내에 돌아와 수차水車를 제작, 이듬해 충남지역 지역의 한해 때 해갈로 농민들의 고통을 덜어주는 데 크게 기여했다. 이는 선진 문명 학습을 통한 자국의 발전에 기여한 한 예일 뿐만 아니라 애민과 실용정신을 지닌 관리의 한 면모를 보여준 좋은 사례이다.

㉓ 지혜로운 리더

최부가 위대한 리더로 불리는 데는 이섬과의 비교를 통하여 말하여지곤 한다. 제주 정외 현감이었던 이섬李暹은 일행 47명을 데리고 항해 도중 10일 간 표류하다가(1483) 중국 양주揚州 장사진長沙鎭에 표착했는

데 47명 중 생존자 33명만(6일 만에 6명, 9일 만에 7명 죽음)만이 1483년
북경을 거쳐 귀국했다. 이때 실종, 사상자는 14명이었다.

　반면에 최부는 일행 43명과 함께 14일간 바다에 표류했지만, 한 명
의 낙오자도 없이 무사히 전원 귀국했다. 왜적에 털리고 사나운 물결에
생사의 갈림길이 순간순간 바뀔 때마다 최부는 동료애, 가족애를 강조
하면서 분란을 금지하고 포기하지 말 것을 격려하는 지혜로운 리더십
을 발휘했다. 최부는 선상에서 냉정함과 침착함을 잃지 않고 풍랑에도
배를 띄우라고 강행한 데 대한 선원들의 불만, 식량의 부족과 굶주림이
주는 공포와 불안 등을 다 설득시키고 뱃머리에 나아가 직접 지휘하고
다독여, 희망을 주고 자신감을 심어주면서 일행을 자식처럼 대해주어
역경을 극복케 했다. 최부의 리더십은 사면초가와 같이 험경에 처한
오늘날 우리에게 시사하는 바가 매우 크다 할 것이다.

㉢ 효와 충의 실천가

　충과 효는 조선 선비의 실천 덕목 중에서 가장 중요한 것이었다. 이
른바 충은 자기 몸을 다 바치는 것이요(진기지위충盡己之謂忠), 효는 부모
를 잘 섬기는 것이니(선사부모왈효善事父母曰孝) 결국 그 둘의 의미는 같
은 것이다. 부모를 잘 섬기려면 제 몸을 다 해야 하는 것이니 충과 효는
사실상 같은 말의 다른 표현이다. 최부는 표류하는 동안에도 상복을
벗지 않았으며 중국의 효종 황제를 만나면서까지 상복을 벗지 않겠다
고 하여 중국 관리를 곤혹하게 했다.

　한편, 최부는 귀국 후에, 3년 상을 치른 후 사헌부 지평持平(종5품)에
내정되었으나 사간원이 한 달여 동안 동의하지 않았다. 사간원의 조형
趙珩은 중국에서 최부는 상중인데도 시작詩作 활동을 하여 불충, 불효

한 짓을 했으며 상중喪中에 《표류기》를 작성한 것은 인륜을 끊는 것이
라며 맹공했다. 또한 이계맹李繼孟은 《표류기》를 쓰느라 애통한 기색
이 없었으니, 어버이 불효자가 어찌 나라에 충성하겠는가? 라며 힐난
했다.

이에 대해 성종과 윤효손尹孝孫은 최부를 두둔했는데 특히 성종은
어명이라 어쩔 수 없이 《표류기》를 작성했을 것이라며 최부를 적극 보
호했다. 윤효손 역시 시묘 살이 하는 3년 동안 정성이 지극하여 온 고
을 사람들이 칭송했다며 최부가 불효자가 아니라고 옹호했으며, 사관
역시 몹시 애석한 일이라며 사간원의 태도를 달갑지 않게 평했다.

ⓔ 자존과 줏대 지닌 선비

최부는 중국에 있는 동안 어려운 일이 매우 많았다. 하지만 한 번도
조선 선비의 자존을 굽히거나 줏대를 꺾은 적이 없었다. 설득하고 토론
하며 논리적이고 합리적으로 상대를 설득하고 설득했다. 최부는 사사
로운 일로써는 시 짓는 행위를 삼갔다. 일행을 보호해야 할 필요가 있
을 경우 등에만 제한적으로 시를 썼다. 만약 최부가 중국에서 시를 썼
다면 아마도 무수한 걸작이 많이 제작되었을 것임을 재론할 필요가 없
을 것이다. 이절이라는 사람의 친구가 최부가 조선의 훌륭한 선비요,
시를 잘 짓는 다는 소문을 듣고 《소학》 한 권을 소매에 넣어 가지고
와서 최부에게 선물로 주고 시를 얻고자 했다.

최부 왈 "그 사람은 책을 기꺼이 주는 것이 아니라, 시를 얻는 것에
뜻이 있는 것입니다. 사람을 사귀는데 도道로써 하지 않고, 사람을 접
대하는데 예禮로써 하지 않았으니, 내가 만약 책을 받는다면 시를 팔아
서 값을 취하게 되므로 이를 물리쳤습니다."(2월 29일)라고 하며 끝까지

조선 선비의 자존과 줏대를 버리지 않았다.

한편, 금남의 〈탐라시 35절〉은 1653년에 간행한 이원진李元鎭의《탐라지耽羅志》중 제주목 제영題詠편, 1601년에 김상헌이 편찬한 규장각본《남사록南槎錄》과 청음유집본의《남사록南槎錄》중 9월 22일 병진조 기록편, 1679년에 이증李增이 발간한《남사일록南槎日錄》중 경신년(1680) 계해조 기록편, 1843년에 이원조가 발간한《탐라지초본耽羅誌草本》중 제영題詠편, 1848년에 발간된 것으로 추정되는 일본 동경대학본의《탐라지耽羅誌》중 제영題詠편, 1954년에 간행된 탐진최씨족보문헌록 소재의《금남최선생문집》편, 1954년에 발간한 담수계淡水契의《증보탐라지增補耽羅誌》중 제영題詠편 등 8종에 실려 전한다.

금남의 〈탐라시 35절〉을 번역한 예는 1976년 김행옥과 박용후를 필두로 11회에 걸쳐 이루어졌으나 이본에 따른 오자가 많아 번역에도 편차가 있다. 여기서는 2010년 이본을 교열한 윤치부의 〈탐라시〉 교열본을 바탕으로 기존 번역을 참고하여, 필자 나름의 번역을 보였다.

금남은 1487년(성종 18) 11(혹 9)월에 제주 추쇄경차관으로 제주에 갔다가 다음 해인 1488년 윤 정월 1월 3일부터 16일까지 일행 43명과 함께 14일 동안 대양에 표류하여 중국 절강성 태주부 임해현 우두외양에 도착한 후, 1489년 6월 4일 의주에 도착한바, 그가 제주에 머문 기간은 고작 몇 개월에 불과하다. 따라서 〈탐라시 35절〉은 과연 그가 제주에 있었을 때 지은 것인지 아니면 중국에서 돌아온 후에 지은 것인지 논란의 여지가 있다. 그도 그럴 것이 〈탐라시 35절〉은 그의 문집에는 전하지 않고 그가 제주를 떠난 지 한참 뒤에야 김상헌의 문집 등 다른 곳에 실려져 왔기 때문이다. 이에 대해서는 후고를 요한다.

탐라시 35절

1

발해 남쪽 하늘과 바다가 이어진 곳	渤海之南天接水
거센 물결 끝없이 물가로 밀려오네	鯨潮鼉浪無涯涘
탐라국은 멀리 아득한 곳에 있는데	耽羅國在渺茫中
한 개 탄환같이 둥근 모습 육백 리라네	一點彈丸六百里

2

섬에는 자라를 탄 듯한 파란 봉우리들 있고	中有靑螺駕六鰲
큰 신령이 쪼개고 부순 듯 주위는 둥그렇네	巨靈擘破勢周遭
하늘 떠받친 듯 둥근 산은 끝없이 높고	撑天圓嶠無頭處
마을 가득한 푸른 절벽도 천 척의 높이라네	翠壁一里千尺高

3

누가 절벽 꼭대기에 신령스러운 못을 파놓았는가	誰從壁頂鑿靈沼
백합이 입 벌린 모습 공공새들 자주 날아드네	唧蛤幾廻貢貢鳥
높은 봉우리 깎여 산방산 되었단 말 그럴싸한데	拆峀山房果若然
왠지 기이한 경관 물어 찾는 사람 많지는 않네	奇觀問却知多少

4

푸른 솔과 대나무 붉은 박달나무 향기 있는데	蒼松綠竹紫檀香
붉은 밤, 유감, 귤, 유자의 노란 모습이라니	赤栗乳柑橘柚黃
흰 눈이 한 길 넘게 면화 송이처럼 쌓여도	白雪丈餘紅綿樣
사시사철 푸른 봄빛이 머물러 있다네	四時留得靑春光

5

동각과 동무 골짜기에는 내려오는 전설 있는데	世傳東角東巫峽

겹겹이 쌓인 골짜기에서는 악기 소리 들려오네　　絃管遙聞第幾疊
멀리까지 상서로운 구름으로 가려 있을 때면　　百里香雲繚繞中
신선의 무리가 이쪽으로 올라온다고 하네　　仙曹此處應登躡

6

세상과는 멀리한 채 굽어보는 듯한 모습은　　俯瞰人間隔世蹤
바다 가운데 떠 있는 별천지 영주봉이라네　　海中別有瀛洲峯
진나라 동자와 한나라 사자는 괜히 힘만 쓰다가　　秦童漢使枉費力
여기 남아서 삼한에 머무르게 되었다네　　遺與三韓作附庸

7

남쪽은 산이요, 북쪽은 바다를 등졌는데　　南畔是山北畔海
그 사이 옛 모흥혈이 남아 있다네　　毛興古穴中間在
구름과 안개에 묻힌 사연들 아득한데　　雲烟埋沒事茫然
묻노라 남겨진 옛 풍속이 얼마나 전해왔는지　　欲問遺風今幾載

8

생각건대 옛날 신인이 나라 세웠을 때는　　憶昔神人開國初
산에서 사냥하고 물에서 고기 잡았겠지　　山從游獵水從魚
몸은 들판의 학처럼 자유롭게 노닐면서　　身如野鶴無歸着
넓은 땅 높은 하늘 아래 집도 없이 지냈을 걸　　地濶天高未有廬

9

돌 상자는 그 당시 어디에서 왔을까　　石函當日來何處
이후로 들판에다 곡식을 뿌릴 줄 알았으니　　知向郊原播稷黍
오랜 세월이 지나서야 주진처럼 마을을 이루어　　歲久朱陳成一村
자손이 이어 내려와 이처럼 많아졌겠지　　子孫乃爾多如許

10

계림의 하늘에 이상한 별이 나타난 뒤에　　　　星芒初動雞林天
탐진 바닷가에 배 한 척이 닿았다네　　　　已艤耽津一葉船
마치 노인성이 북두성을 알현하는 듯　　　　恰似老人朝北斗
이때부터 사람들이 서로 왕래했다네　　　　從今始與通人烟

11

좋은 벼슬을 형제에게 고루 내려주니　　　　好爵旋封兄及第
고국에 금의환향한 듯 후손에게 전해졌네　　　榮還故國傳來裔
산 넘고 물 건너 잦은 조공도 사양치 않고　　　梯航款叩不辭頻
처음엔 신라를, 나중에는 백제를 섬겼다네　　　朝事新羅暮百濟

12

송악에 용이 나타나 북쪽 오랑캐를 몰아내니　　松岳龍興掃黑金
미리서 돌아갈 마음을 갖고서 보배를 바쳤다네　預先歸去獻其琛
어찌 하리오 난을 일으키고 숲으로 도망하듯　　奈何變作逋逃藪
오랑캐 원나라가 들어와 못된 풍습 물들였네　　流入胡元染惡深

13

추자도에서 순풍 기다렸던 김방경　　　　候風島口金方慶
명월포 부둣가에 상륙했던 도통사 최영　　　明月浦頭都統瑩
앞뒤로 많은 군사들 바다로 건너오니　　　　前後旌旗盖海來
난리를 싫어하여 서로 호응하며 도왔다네　　　渠心厭亂知相應

14

김통정이 뱉은 피 쏟아져 웅덩이 이루고　　　通精暴血濺池隍
합적의 완악한 혼 서슬 퍼런 칼에 날아갔네　　哈赤頑魂飛劍鋩
큰 고기 모두 잡아 가마솥에 삶았더니　　　　綱盡鱣鯨付鼎鑊

그 후로는 다시 거친 파도 일지 않았네   年來無服海波揚

15

마침내 편안히 살게 되어 다시 숨을 쉬고   到頭安堵復蘇息
고기 잡고 사냥하면서 소임 따라 일했네   弋獵謀生任所得
작은 배에 돛달고 북풍을 향해 배 띄워   解棹扁舟向北風
토산물 바치며 신하된 직분 다 했네   却將土物供臣職

16

일백십여 년이 지나는 동안 내내   爾來一百十餘年
임금님 덕치와 교화를 가득 입었네   瀜得王家德化宣
문물은 모두 주나라 예악을 따르니   文物儘從周禮樂
백성들 삶은 우임금의 시대에 들어간 듯   版籍編入禹山川

17

나는 만 리 길 임금의 명을 받들어   我今萬里擎丹詔
멀리서 바닷가로 건너왔다네   跋涉遠來並海徼
마침 같은 배에 허 목사와 같이 탔으니   又有同舟許使君
한번 이야기 나눴더니 마음이 통했다네   一番傾盖膽相照

18

관두량 바위 밑에 말안장과 짐을 풀어놓고   舘頭岩畔卸征鞍
바다빛 하늘빛 바라보니 때는 겨울이었네   海色天光入望寒
어두운 밤에 배를 띄워서 임지로 떠났는데   貫月槎浮縱所適
망망한 남쪽 바다로 붕새가 날갯짓하듯 했네   南溟無際學鵬搏

19

외로운 배 맑은 날씨에 좋은 바람 만나서   孤帆却被天風好

땅 위를 날듯이 화탈도를 지나쳤다네   驀地飛經火脫島
푸른 뱀이 시험하듯 바다 구름을 끌어올리니   暫試靑蛇挈海雲
대합 집과 교룡 집이 뒤엉켜 어지럽네   蜃樓蛟室紛顚倒

20

배 밑에서 한목소리로 노 젓는 노래 소리   底處一聲送櫓歌
마중 나온 배 베틀 북처럼 빨리 다가오네   迓船來趁疾於梭
봉창을 걷고 얼마나 남았는가 물어보니   蓬窓揭了問前程
파도에 잠겨 비치는 곳이 조천관이라 하네   舘在朝天影蘸波

21

서산을 토해낸 바다에는 색다른 흥취 일고   海吐瑞山供逸趣
용이 서린 듯한 우도에는 상서로운 안개 드리웠네   龍蟠牛島呈祥霧
산천이 배 띄워 온 나를 반기는 듯하기에   山川喜我泛槎來
나 또한 정겹게 하늘 향해 손 흔들어 보였네   我亦有情堪指顧

22

제비 꼬리 벌 허리 등 천만 가지 형상과   燕尾蜂腰千萬形
산속의 여러 승경들 이름 다 알지 못하겠네   爭流競秀不知名
나무숲 아득하니 마치 그림 속에 있는 듯하고   微茫樹色畵圖裏
햇무리 붉은 노을은 눈을 가득 비춰주네   日暉紅霞照眼明

23

먼 곳에 사는 사람들도 자못 왕명 높은 줄 알아   遠人頗識尊王命
나를 붙잡고 길에 오르며 북 피리 소리 요란하네   扶我登途笳鼓競
포구의 험한 길 도사양처럼 울퉁불퉁하고   浦口巉嵒道士羊
길가의 낭떠러지는 신선의 거울 같다   路周磊落仙人鏡

24

청조와 채란이 약속하고 기다린 듯 　　　　　靑鳥彩鸞如有期
나를 옹호하며 성안으로 달려갔네 　　　　　護予呵擁城中馳
얼른 맞으며 꿇고 예를 갖춰 절하는데 　　　奔迎拜跪稍知禮
떠들썩한 말소리는 통역을 해야 알겠네 　　聒耳語音譯後知

25

어른께 찾아가 날씨와 풍속을 여쭈니 　　　便從父老問風土
겨울엔 바람 여름엔 비 때문에 괴롭다 하네 　冬苦風威夏苦雨
초목과 벌레들은 눈서리에도 잘 견디고 　　草木昆虫傲雪霜
부엉이 까치 호랑이는 없다고 하네 　　　　禽無鵂鵲獸無虎

26

사람들은 농사지어 배불리 먹고 자면서 　　人知種植飽齁齁
강릉의 천호 후를 부러워하지 않는다네 　　不羨江陵千戶侯
사람마다 천수를 누리는 태평한 성세 　　　渾把生涯登壽域
가는 마을마다 늙은이가 많이들 있네 　　　閭閻到處杖皆鳩

27

세월 헛되이 보냄을 싫어하면서 　　　　　嫌將歲月虛抛擲
조리놀이와 추천놀이 예부터 즐겨왔다네 　照里鞦韆傳自昔
사찰에서는 향을 사르지 않는데 　　　　　僧刹了無香火時
연등 날 저녁이면 북소리 퉁소 소리 요란하네 騈闐簫鼓燃燈夕

28

닳아빠진 가죽신과 갈옷 입고 　　　　　　革帶芒鞋葛織衣
자갈밭 초가집에 사립문은 낮고 작네 　　　石田茅屋矮紫扉
시골 아낙은 허벅으로 물길러 가고 　　　　負甁村婦汲泉去

젓대 부는 목동은 말 치고 돌아오네   橫簫堤兒牧馬歸

29

백성들 풍속이 순박하고 검소함을 알겠으니   民風淳儉看來取
활쏘기만을 익혀 무예만 숭상한 것 아니었네   不必彎弦徒尙武
동서쪽 서당에서 글 읽는 소리 끊기지 않으니   絃誦東西精舍中
인걸이 난 걸 보면 공맹의 마을에 비기겠네   元來人傑擬鄒魯

30

길 가던 사람도 행단에 들러 공자님 뵙고   路入杏壇謁素王
유생들은 허리를 굽혀 내게 절하고 명륜당으로 가네   靑衿揖我明倫堂
누가 알았겠는가 머나 먼 바다 밖에   誰知萬里滄溟外
여기처럼 의관과 예의를 갖춘 고장이 있을 줄   有此衣冠禮義鄕

31

또 물산 자랑하면 형주와 양주만 하니   更誇物産荊揚府
깨끗하고 진귀한 보물 헤아릴 수 없네   珍寶精華那可數
거북 껍질, 진주, 조개, 소라   玳瑁蠙珠貝與螺
귤 껍질, 백랍, 석종유 등등   靑皮白蠟石鍾乳

32

백천 가지 선약을 바로 알았으니   乃知仙藥百千般
그 속에 분명 연단이 들어있겠지   箇裡分明有鍊丹
솥에 모아 넣고 아홉 번 덖은 후면   收拾鐺中九轉後
응당 대낮에도 높이 날 수 있다지   定應白日可飛翰

33

신선이 사는 섬에 내가 왔으니   我來得覩神仙宅

유령과 완적이 천태산에서 약초를 캔 듯   採了天台劉阮藥
원컨대 마고선녀의 상전벽해를 보려하노니   願學麻姑看海桑
모름지기 이 몸을 선경에 의탁하려네   應將此身壺中託

34
구중궁궐에 계신 임금을 생각하고   紫殿九重憶聖君
흰 구름 천 리 밖 부모님도 그리워하네   白雲千里戀雙親
이 몸은 충성과 효도를 다 하지 못했으니   此身猶未全忠孝
속세 밖 사람 노릇 어찌 감당 하리요   不忍堪爲方外人

35
신선이 사는 곳 어찌 이곳뿐일까마는   豈獨瀛洲在此地
인간 세상에서는 찾기 어려울 것이네   求之人世不難致
차라리 화산 남쪽으로 돌아감만 못하리니   莫如還向華山陽
평생 이윤처럼 뜻을 지키며 살아야겠네   保我平生伊尹志

이상에서 본 바와 같이 금남의 〈탐라시 35절〉은 제주의 형상, 역사, 풍습, 인물, 예습 등을 두루두루 친절하고 자상하게 밝힌 연작시이다. 한 편 한 편이 따로 독립된 것처럼 보이지만, 사실은 전편이 일관된 맥락을 갖춘, 탐라 지역 실상과 사실에 대하여 상세한 서술을 하고 있다. 이는 뒤에서 언급할 초의선사의 21편으로 구성된 〈동장 봉별 동로 김승지 재원 담재 김승지 경연 황산 김승지 유근 추사 김대교 정희〉란 시의 구성과 흡사한 기법으로 이별의 자리에서 단숨에 21수의 장시를 지으면서 한 수 한 수의 뜻이 각기 떨어진 것이 아니라, 시간적 순차에 따라 이어지고 있으니 오히려 한 편의 장시로 느껴질 정도라는 날카로운 지적[28]과 동궤를 이룬다는 말을 떠올리게 하고도 남는다.

비록 35개의 시편이 각기 독립된 단편으로 보이지만 탐라라는 동일 공간에 대한 유래와 형상부터 역사, 외적의 침략, 임금의 교화, 자신의 회포, 다짐까지 두루 갖추고 있음에 호남 서술시의 원조로서 그 가치가 높다. 제주의 외향에서 시상을 일으키어 그 내향으로 현미경을 들이댄 듯 자상하게 파고들면서 시상을 전개한 뒤, 결말에 이르러 자신이 하고 픈 주제의 제시로 방점을 찍는 구성은 분명 서 – 본 – 결의 서사 기법을 갖췄다.

1편은 탐라의 소재가 발해의 남쪽이라는 말을 했는데 이는 금남의 역사의식 속에 발해가 자리하고 있음을 방증하는 것으로 그가 《신증동국여지승람》에 관여한 지리학자다운 면모이며 삼국 위주의 폐쇄적인 역사관이 아니라, 발해와 고구려를 염두에 둔 개방적이고 진취적인 역사관의 일단을 보여준 것으로 매우 의미심장한 혜안으로 사료된다.

2편은 제주의 모습이 전체적으로 둥근 모습인데 산과 절벽으로 이루어져 있음을 말했고, 3편은 한라산 꼭대기 백록담의 형상을 '백합이 입을 벌린 모습'이라는 표현과 그곳이 공공새들의 둥지가 되었음을, 4편은 솔, 대나무, 박달나무, 밤, 유감, 귤, 유자 등이 많아서 눈이 많이 오지만 사시사철 푸른 봄빛이라는 말로써 제주의 이미지를 신선하고 싱그럽게 묘파했다. 이는 뒤의 선경仙境이라는 말로 제주를 이미지화하기 위한 복선적 역할을 한다.

5편은 제주 곳곳의 전설이 있음과 골짜기마다 흘러내리는 물소리를 악기 소리라 형용했는데 구름에 가려 너무 아름다운 나머지 신선이 찾아든다고 했다. 6편 역시 신선과 관련한 영주봉 이야기와 진시황 시절

---

28 이종찬, 〈초의선사의 생애와 시문학〉, 임종욱, 《초의선집》, 동문선, 2006, 12면.

의 동남동녀가 불로초를 캐러 온 전설적 사유를 떠올리는 시상을 붙였다. 7편은 모흥혈 곧 삼성혈에 대한 신화를 비롯, 옛 유적과 풍속의 발자취를 더듬으며 제주의 오랜 역사를 회고했다.

8편은 제주의 고부량 신화와 3국의 건설 및 당대의 삶과 생활에 대한 회고를, 9편은 고부량 삼인이 땅에서 솟아나 유렵遊獵을 하면서 살다가 바다에서 떠내려온 상자 속에서 벽랑국의 세 미녀와 오곡의 종자, 송아지, 망아지 등을 찾아내어 배필로 삼고 목축과 농사를 지으며 마을을 이루고 자손을 번식했다는 설화적 사유의 넉넉함을 유감없이 실현해 보였다.

10편은 계림 곧 신라와의 교역 관계는 물론 강진(탐진)과의 왕래 무역 등에 대한 이야기를, 11편은 고부량 삼국의 번성과 신라와 백제와의 교역 관계 등을 말했으며, 12편은 송악군 곧 개성에서 태어난 왕건을 용의 화신으로 받듦과 후에 그가 신라와 후백제를 합병하여 고려를 세운 사실 및 고려가 원나라의 지배를 받아 풍속이 변한 굴욕 등을 말했는데 역시 역사가다운 예지와 통찰력으로 문면에 감춰둔 역사적 교훈과 당시 당했던 백성들의 고통스러운 함성이 크게 다가오고 있어 마음 아프게 읽힌다.

13편은 삼별초의 토벌군 김방경, 일본의 노략질을 분쇄했던 최영 장군 등의 업적과 전공을 기렸으며, 14편은 삼별초의 장수인 김통정이 끝까지 항복을 거부하고 고려의 불합리한 개경 환도에 반대하다가 진도에서 제주까지 밀려났는데 김방경과 원나라 장수 흔도忻都, 홍다구洪茶丘 등의 연합군에게 정복당하자 자살하고 말았던 역사적 사실에 대해 고려 정부를 옹호하는 입장에서 말했다.

15편과 16편은 혼란이 안정되고 평화로운 삶이 다시 열리어 주周나

라의 예악을 실천하자 우임금의 덕치시대로 돌아간 듯 되었음을, 17편
은 자신이 1487년 (성종 18) 9월 17일, 추쇄경차관의 명을 받고 11월 11
일 해남 관두량에서 제주로 들어갔을 때 신임 목사로 부임하는 허희許
熙와 함께 했는데 뜻이 맞아서 좋았음을, 18편, 19편, 20편은 관두량에
서 제주를 향해가는 왕정王程의 모습, 마침내 다음 날 12일에 제주 조
천관朝天館에 도착하여 투숙하게 된 사연을 말했다.

21편은 우도를 지난 과정과 자신을 반기는 제주민의 환대를, 22편은
제비의 꼬리인 듯, 벌의 허리인 듯 기상천외한 바위와 산의 형상과 승
경들, 그리고 울창한 숲을 비추는 붉은 햇무리로써 자신이 제주에 해
질 녘에 도착했음을 낭만적이고 감상적인 분위기로 연출했다. 23편,
24편은 자신을 맞이하는 의전 의식, 울퉁불퉁한 길의 모습, 잘 알아듣
지 못하는 제주의 방언 등을 말했다.

25편, 26편은 제주의 날씨, 풍속, 자생 동물 등에 대한 이야기, 농사
의 순조로움과 태평한 삶의 이야기를, 27편, 28편은 제주의 조리 놀이
와 추천 놀이 사찰의 풍습 등과 가죽신, 갈옷 등의 의복을 비롯 초가집,
허벅, 목동 등에 대한 소소하고 일상적인 풍습과 관련한 이야기를, 29
편, 30편은 제주민의 순박함과 공맹孔孟의 도를 익히는 유생, 명륜당
등 향교의 존재 등에 대한 이야기를, 31편, 32편은 제주의 물산인 거북
껍질, 진주, 조개, 소라 등과 여러 선약仙藥, 연단鍊丹 굽는 풍습 등을,
33편은 마침내 제주를 신선이 사는 선경仙境으로 추켜세우는 모습과
그곳에 머무르고 싶은 마음을 드러냈다.

34편은 하지만 제주가 아무리 선경仙境일지라도 임금과 부모를 잊을
수 없어 충과 효를 다 하겠다는 유자적儒者的《소학》정신의 실천 의지
를 담아냈으며, 마지막 35편에서는 하나라 말 상나라 초기를 살았던

이윤伊尹처럼 언제 어디에서 무엇을 하든 자신의 뜻을 지키며 살겠다
는 다짐의 울림을 찡하게 담았다. 이윤은 은나라 탕왕의 재상으로 맹자
가 〈만장〉하에서 성聖의 자임자自任者로 추앙한 인물이다. 그는 어느
곳 어느 위치에 있든 간에 자신은 성인의 도를 실천하고 있다는 자임
의식으로 충만했던 인물이다.

최부 역시 자신이 비록 임금을 떠나 멀리 제주에 와 있지만 자신의
책임과 소임을 다 하겠다는 유자로서, 신하로서, 벼슬아치로서, 자식으
로서의 다짐을 보인 신념의 발현이라는 점에서 새삼 감동을 자아낸다.

이는 600년 호남 서술시사에서 그 벽두를 열었다는 점에서 커다란
가치가 있는바 이에 대한 심도 있는 연구가 요구되며, 그의 다른 시편
등 시문학에 대한 자료 발굴은 물론 그가 남긴 소疏, 기記, 묘비명墓碑
銘,《표해록漂海錄》등에 대한 본격적인 연구도 뒤따라야 할 것으로 사
료된다.

2. 눌재의 서술시

눌재 박상(1474~1530)은 조선 중기의 문신으로 본관은 충주忠州, 자
는 창세昌世, 호는 눌재訥齋이며 시호는 문간文簡이다.

광주광역시 방하동에서 부친 지흥과 모친 서씨 사이의 세 아들 중
둘째로 태어났다. 절의節義를 숭상한 선비 집안 출신의 눌재는 7세에
부친을 여의고 동생 우祐와 함께 형 정禎과 지지당止止堂 송흠宋欽
(1459~1547) 등에게서 유학의 경전과 문학 수업을 받았다. 눌재 3형제는

모두 문학, 역사, 철학은 물론 인품이 훌륭하여 중국 송나라의 삼소三蘇에 비견하여 '우리나라 형제 세 박씨' 곧 동국 삼박이라 일컬어졌다.

1501년 28세에 문과에 급제한 후 교서관 정자를 시작으로 충주목사, 나주목사 등을 역임하였다. 특히 1515년(중종10) 담양부사 재직 시에는 순창군수 김정金淨, 무안현감 유옥柳沃과 함께 중종반정으로 폐위된 단경왕후 신씨端敬王后慎氏의 복위를 주장하는 〈신비복위소〉라는 상소를 올리는 등 대의명분을 중시한 선비로서 평생 의리와 선을 실천하였고, 학문과 가르침을 게을리하지 않았던 도학자요, 문학인이었다.

담양부사를 역임하는 동안 임억령 등 여러 제자를 양성하여 호남 시단의 기틀을 굳건히 다졌던 눌재, 그는 짓기가 어려운 율시律詩 창작을 좋아했으며 자연을 노래한 전원시와 애민 정신이 담긴 사회시가 주류를 이룬 한시 1,200여 수와 사회비판과 모순을 해결하기 위한 부賦 12편 등을 남겼다.

호남 시단의 종장宗匠으로서 회문체, 문답체, 서술시체, 귀거래 지향시, 사회 참여시 등에서 다양한 시적 성과로 문학사를 빛냈다. 요컨대 눌재는 절의파 선비, 청백리에 빛나는 공직인, 도학을 연구한 학자, 명품의 작품을 남긴 문학인, 효와 공경을 실천한 인품의 소유자 등으로 빛나는 족적을 남겼다.

이상과 같은 생애를 살다간 눌재는 총 12편 부賦들을 남겼는데 이들은 풀이적 서술시로서의 성격을 강하게 지니거니와 이에 대하여 필자는 그 내용과 성격상 1. 에토스의 실현 – 마음이 곧 황종, 2. 에토스와 로고스의 실현 – 만물은 들녘의 티끌, 3. 파토스의 실현 – 인간적 향기, 4. 로고스의 실현 – 종경宗經 지향의 세계, 5. 파토스와 에토스의 실현 – 중용과 도덕 지향 등 5가지로 대별하여 살펴보았다.[29] 특히 〈애대조〉는

문면文面 그대로의 전달보다는 비유와 상징이 혼재되어 있어 내포적
의미를 찾아내는 재미가 쏠쏠한 글이다. 언뜻 눌재가 장자莊子적 사유
에 경도된 것처럼 읽혀질 수 있으나, 곱씹어보면 유학의 중용中庸 정신
또는 군왕과 관리의 도덕 정신의 견지를 우의적으로 전달하고 있음을
발견할 것이다.

 주제문 "아, 사나이가 무슨 죄 있으리오"라고 하면서 구슬을 품은 것
이 죄가 아님을 진주의 조개 품음, 계수나무의 식용성, 앵무새의 말하
는 능력, 송골매의 때릴 줄 아는 능력 등을 실례로 들어 풀이한 데서는
절로 감탄이 샘솟는다. 경국제민의 뜻을 품은 것이 무슨 죄가 되겠는
가? 이는 자신이 〈신비복위소〉 때문에 여러 시련을 겪고 간신히 태장
笞杖은 면한 채 오림역으로 유배를 떠난 사실 등을 말한 것으로 풀이되
기에 더욱 공감이 된다.

 자신이 문제의 대상으로 떠오르고 비난의 대상이 된 것은 중용을 모
르고 도덕을 모르는 사람의 욕심 때문이 아니겠는가? 제99행처럼 "진
실로 쓸모없음에 스스로 편히 여겨/타고난 목숨 무사히 마치기를"이라
고 말한 것은 눌재의 장자식 사유에 기댄 낭만적 역설이요, 정말 하고
픈 말은 하늘 곧 중용 정신과 도덕 정신의 부재로 인한 당대 현실의
불합리를 지적한 것이었다. 아래에서 그 전모를 감상해본다.

애대조　　　　　　　　　　　　　　　　　　　　　　**哀大鳥**

토구 서쪽에　　　　　　　　　　　　　　　　　　　　　菟裘之西

29 최한선 외, 《눌재 박상 시문학 연구》, 태학사, 2021.

소나무 높이 솟은 곳에	蒼髥高峙
새가 날아와 둥우리 틀고	有鳥來巢
새끼 셋을 낳았겠다	卵化三子
처음에는 노랑부리를 움직거리더니	始黃口之鷇敎
마침내 하얀 털로 날기를 익혔다	終雪衣之習飛
처음엔 한 발 정도 퍼덕이더니	初若翮於尋丈
홀연히 높은 곳으로 날아들었다	忽欲凌乎希夷
생김새는 예뻐서 볼만하고	狀窈窕而可觀
소리는 맑아서 듣기 좋았다	聲瀏亮而宜聞
홍곡들이 아니면 즐겨 벗 삼지 않았으니	背鴻鵠而不伴
어찌 연작이 끼어들 틈 있겠나	豈燕雀之爲群
낮에는 들판에서 쪼아 먹다가	晝啄平蕪
밤에는 본래의 수풀에서 묵는다	夜宿舊林
짝지은 오리가 오가는 것과는 같지만	同雙鳧之往來
모래밭 갈매기 물에 부침하는 것과는 다르다	異沙鷗之浮沈
나는 눈처럼 흰 털 귀여워하여	我憐衣雪
아침저녁으로 나가서 보고	朝夕出看
이윽고 아이에게 일러두기를	乃命童子
덫 같은 것 못 놓게 했지	以戒機關
건장한 날갯짓 자유롭게 뽐내며	詫健翼之無羈
밝은 마음 품고서 만족해보였지	抱明心而自適
나도 새의 의기양양함 사랑하여	吾愛爾之軒昂
청전산의 신령스러운 학에다 비견했었지	擬靑田之神鶴
어찌하여 두려움 없이	如何不懼
물 많은 장소를 마구 노닐었는지	浪遊澤國
동산 지킴이는 덫을 설치하고선	虞人備機
한 눈 팔고 막혀 있는 것 잡을텐데	知撮偏塞
동자가 놀라서 알려오기를	童子驚告
큰 새가 잡혔는데	大鳥被攫

다투어 손으로 털을 뽑으니	爭觸手而拔毛
흰옷에 붉은 피 낭자했다네	染紅血於縞衣
온 날갯죽지가 부러져나가니	顧六翮之已摧
하늘 향해 슬픔을 하소연하네	向九霄而含悲
내가 이르기를 큰 새여	余謂大鳥
어찌하여 이렇게 되었단 말가	何至此極
곧 하인을 불러	卽呼蒼頭
가서 빨리 그 급함을 구해	往救其急
야단을 치고 가져와	叱咤取來
우리 뜰 안에서 기르게 했다	畜我中庭
날개털은 깡그리 망가져	羽毛雕盡
흐느끼며 울음소리 삼킨다	嗚咽吞聲
가을바람 등지고 비틀거리면서	背秋風而蹭蹬
배고픔 참으며 쪼아 먹질 않고 있다	堪忍飢而休啄
어찌 알았으리오 만 리를 나는 새가	安知萬里之禽
갑자기 손안에 갇히고 말 줄을	遽見兩手之得
하늘을 원망하랴 사람을 원망하랴	天耶人耶
그대 새여 어찌 그리 어리석은가	爾鳥何愚
자루그물 주살 큰 그물 잔 그물 등	畢戈網羅
옆에 벌리고서 기다리고들 있는데	旁羅以候
그대 스스로 가서 걸려들다니	爾自就罹
나는 또 누구를 원망하겠는가	余又誰尤
그대 듣지 못했는가 높은 봉래산이	爾不聞蓬萊千仞
바다 위에 푸르게 솟아 있다는 것을	海上一碧
세상의 간사한 일 끊어 버리고	絶人間之機事
선경의 풍월이나 맛보자구려	淡方壺之風月
대나무 열매와 살찐 영지는	琅玕肉芝
굶주림쯤이야 때울 수 있지	可以療飢
아, 그대 큰 새여	嗟爾大鳥

그대 어찌 돌아가지 않는가	爾胡不歸
곤륜산의 신선이 사는 곳과	崑崙玄圃
곤륜산의 오동나무에는	閬月梧桐
세상의 그물 따윈 얼씬 못하고	世網不到
신선의 발자취만 보일 뿐이라네	但見靈蹤
진귀한 식물과 향기로운 매화를	天禾玉梅
먹을 수 있다는데	可以得哜
아, 그대 큰새여	嗟爾大鳥
그대 어찌하여 그곳으로 안 가는가	爾胡不適
또 그대 듣지 못했는가 신선의 세계가	又不聞剛風世界
하늘에서 한 뼘 거리에 있다는 것을	去天一握
신령한 새 노닐면서	神雀逍遙
그 기력 기르고 있으니	養其氣力
비록 주살이 있다 하여도	雖有繒繳
또 어디에다 쓰겠는가	尙安得施
아, 그대 큰새여	嗟爾大鳥
그대 어찌하여 가지 않는가	爾胡不之
큰 붕새는 남쪽 갈 요량으로	大鵬圖南
회오리바람 양뿔 같은 것 타고	扶搖羊角
만 리 바람을 타고 넘으며	萬里凌風
여섯 달에 한 차례 쉰다	六月一息
느릅나무로 치닫는 방울새가	槍榆斥鷃
쳐다본들 어찌 따라 가겠는가	仰見奚及
아, 그대 큰 새여	嗟爾大鳥
그대는 어찌 그렇게 하지 않는가	爾胡不若
부질없이 살찐 고기 바라다 화를 입었으니	謾要肥而賈禍兮
어찌 봉황새에 부끄럽지 않으리오	得無愧於鷾鴯
둥우리 뒤엎는 데서 도덕 감춤은	卷道德於覆巢之邦
이른바 철인의 빛나는 예견이지	乃喆人之炳幾

그대는 이미 날개털의 아름다움 지니었건만	爾旣有羽毛之美
어찌하여 감추고서 덫망에 걸려드는가	胡不卷而避機
아, 사나이가 무슨 죄 있으리오	噫匹夫無罪
구슬 품으면 그것이 죄인 것을	懷璧其罪
물건이 쓸 데가 있으면	物之有材
재앙이 모여드는 법	禍之所會
조개는 진주 때문에 쪼개어지고	蚌之剖兮以珠
계수나무는 먹을 수 있기에 베어진다	桂之伐兮以食
앵무새는 말을 해서 새장에 갇히고	籠鸚鵡者以語
송골매는 때릴 줄 알기에 매여 산다	韝鷹隼者以搏
진실로 쓸모없음에 스스로 편히 여겨	苟自安於不材
타고난 목숨 무사히 마치기를	庶可終乎天年
상수리나무 늙도록 도끼 면하고	櫟社老而免斧
뱁새는 작아도 제 생명 누린다	鷦鷯小而能全
하늘은 어찌하여 그대에게 재주 주고서	天胡畀汝以美質
또 어찌 안주할 장소는 주지 않았을까	又胡不與其所安
그렇다면 어쩌면 좋은가	然則乃何
나는 장차 중간을 지키리다	吾將處乎材與不材之間

위의 〈애대조〉는 파토스(감성적 측면)와 에토스(작자의 학문과 지식이 함축된 인격)를 실현하여 눌재 자신의 입장이나 처지를 큰 새에 빗대어 풀이한 것인데 눌재의 상상력이 매우 돋보이는 수작이다. 눌재는 이 시를 통하여 자신이 지향하는 세계 곧 도덕이 살아 숨 쉬는 세상을 낭만적 수법을 동원하여 흥미롭게 제시했다.

〈애대조〉는 당대 선량한 선비들의 불우를 우화적 기법으로 풍자한 내용이면서[30] 새로운 도덕 세상을 바라는 소망이 담겨 있다. 눌재 자신을 비롯한 뜻있는 선비들을 큰 새, 조개, 계수나무, 앵무새, 송골매 등에 비긴 비유가 참신하다.

제1행에서 제4행까지 도구 곧 은서지隱棲地를 등장시켜 그곳에 새가 날아와 새끼 셋을 낳은 것으로 시상을 열었다. 제5행부터 제16행까지 새끼 새들의 성장과 홍곡鴻鵠들과 벗하는 등 준수한 면모를 가졌음을 말했다. 물론 여기 등장하는 은서지와 새끼 셋 등은 모두 함축적인 뜻이 내포된 것임은 두말할 필요가 없다.

제17행은 작품을 서술하는 화자인 내가 등장하는데 동자에게 볓 같은 것을 놓지 못하게 해서 "밝은 마음 품고서 만족해보였지." "나도 새의 의기양양함 사랑하여/ 청전산의 신령스러운 학에다 비견했었지." 등으로 나와 새와의 관계를 설정했는데 여기서 나는 누구인지 구체적으로 드러나지는 않지만 의미상 그 내포적인 뜻은 군왕이나 그만한 위치에 있는 존재를 상정할 수 있겠다. 이 시를 곰곰이 읽어보면 눌재의 글쓰기가 장자식의 낭만적인 수법을 동원하여 유가적 도덕성을 매우 강력하게 지향하고 있음을 발견할 수 있을 것이다.

제25행은 새의 잘못된 행동들이 자세히 서술되고 있다. "물 많은 장소를 마구 거닐었는지"에서 보듯 새가 한눈을 팔아 덫에 걸려 수난을 당하게 된 것을 제34행까지 말하고 있다.

제35행은 내가 묻는 대목이다. 어찌하여 잡혀서 털이 뽑히고 날개가 부러지며 피가 낭자하게 되었는가를…

제39행부터 제52행은 다 죽어가는 새를 구해 와서 내 뜰 안에서 기르는데 잘 먹지도 못할 정도가 되었다며 "어찌 알았으리오 만 리를 나

---

30 최한선, 〈호남시단의 서술시 전통〉, 김학성 외, 《고전시가와 호남시단의 이해》, 태학사, 2017, 369~370면.

는 새가/ 갑자기 손안에 갇히고 말 줄을/ 하늘을 원망하랴 사람을 원망
하랴/ 그대 새여 어찌 그리 어리석은가."라며 새를 노리는 자루, 그물,
주살, 큰 그물, 작은 그물 등이 옆에서 걸리기만을 벌리고 기다리고
있음을 어찌 깨닫지 못하고 그대 스스로 가서 걸려들었냐며, 원망할
것은 바로 자기 자신의 불찰이라는 말을 했다. 청백리 눌재가 자신을
향한 반성과 함께 관리들의 부정과 부패를 우회적으로 비판하고 있다.

이 대목은 눌재의 에토스, 정치 현실에 대한 인식과 정치인으로서의
인품과 자세가 잘 읽어진다. 그러면서 귀거래 의지 또는 낭만적 수법을
동원하여 현실의 갈등과 불만을 해소하려는 모습을 제53행부터 58행
에서 말했다. 이를 두고 장자莊子로의 경도라든가 노장 세계의 동경이
라는 말을 해서는 곤란할 것이다. 이는 갈등 해소의 한 방편으로 사용
한 문식文飾에 불과하기 때문이다.

제59행부터 제90행까지는 "아, 그대 큰 새여"를 4회 반복하면서 곤
륜산 신선이 사는 곳, 덫망 같은 것이 전혀 없는 곳으로 왜 가지 않느냐
며 관리로서의 올바른 길을 걸어야 함을 길게 말했다. 그만큼 현실이
어둡고 답답함을 그렇게 역설적으로 표현한 것이다.

제91행은 주제문인데 "아, 사나이가 무슨 죄 있으리오"라고 하면서
구슬을 품은 것이 죄가 아님을 진주의 조개 품음, 계수나무의 식용성,
앵무새의 말하는 능력, 송골매의 때릴 줄 아는 능력 등을 실례로 들었
다. 경국제민의 뜻을 품은 것이 무슨 죄가 되겠는가? 이는 자신이 〈신
비복위소〉 때문에 여러 시련을 겪고 간신히 태장笞杖은 면한 채 오림역
으로 유배를 떠난[31] 사실 등을 말한 것이다. 문제는 중용을 모르고 도

---

31 차주환, 《해역 눌재집》, 996면.

덕을 모르는 사람의 욕심 때문이 아니겠는가?

제99행에서 "진실로 쓸모없음에 스스로 편히 여겨/ 타고난 목숨 무사히 마치기를"이라고 말한 것은 눌재의 장자식 사유에 기댄 현실의 역설이요, 정말 하고픈 말은 하늘 곧 중용 정신과 도덕 정신의 지향이다.

제106행에서는 《장자》〈산목〉편의 우화 중 산속의 나무는 쓸모가 없어서 오래 살고, 집안의 거위는 쓸모가 없어서 죽게 되었다고 한 말에 대해 제자들이 선생님은 어느 쪽에 몸을 두고자 하느냐고 묻는 말에 자신은 쓸모가 있는 것과 쓸모가 없는 것을 두고 "나는 장차 중간을 지키리다."라고 했는데 이런 말의 인용은 그 뒤에 나오는 "오직 도덕의 고향이 있을 뿐이다.(其唯道德之鄕乎)"[32]에 진실로 하고픈 말이 집약되어 있다. 이와 유사한 작품으로 〈위선최락〉이 있다.

황종부   **黃鍾賦**

아득한 옛날 태초에는   粵邃古之初兮
고요하여 이름이 없고 소리도 없었다   寂無名兮無聲
일곱 구멍 분명치 않고 혼돈했으니   七竅曹曹爲混沌兮
눈으로 무엇을 보았겠으며 귀로 무엇을 들었겠는가 目孰睇而耳孰聆
두 가지로 모양이 생겨 갈라졌으니   二者儀呈而分割兮
탁한 건 무거웠고 맑은 건 가벼웠다   重乎濁而輕乎淸
우레와 바람 뒤섞여 움직여서 소리를 드러내자 雷風交薀而發舒兮
자연의 운율이 생겨나게 되었다   自然之韻生
이에 황종의 음이 온갖 동물의 으뜸에게 흘러들게 되어

於是流鍾乎三百羽蟲之長兮

---

32 이석호 역, 《장자》, 〈산목〉, 삼성출판사, 1983, 362면.

곱고 아름다우면서도 세차게 울려났다	婉婉文離兮則乃轟訇
세상의 덕이 빛났을 때 일을 살펴보니	詗世德之光赫兮
봉황의 자웅이 짝지어 밝고 너그러운 소리로 울었다	雄雌噦噦乎其鳴
삼 획의 팔괘 시초를 더듬어 올라가보니	遡三畫之權輿兮
그것이 바로 율법(음악)의 기본이었네	未嘗不爲藍於律法
멀리 황제 헌원씨가 오묘하게 혼자 힘으로 (황종) 만든 일 생각해보니	
	緬惟軒轅之妙獨造兮
태호 복희씨보다 뛰어나고 창조력을 극도로 발휘하였네	
	超太昊而窮制作
아각에서 (봉황의) 윙윙 우는 소리 듣게 되면	聞噌噌於阿閣兮
대기의 근원에서 불어내는 소리인가 여겨지곤 하였다	
	聽瑩乎氣母之吹噓
신하 영윤을 해嶰의 골짜기로 들여보내어	入臣倫于嶰之谷兮
낭간琅玕의 맑고 빈 것을 얻어오게 하였다	于以獲琅玕之淸虛
악기를 만들어내어 황종이라 하였으니	製出樂器曰黃鍾兮
하늘의 기본(되는 음)을 주관하는 시초가 되었다	幹乾元之資始
양기는 현서에서 싹트고 청호에서 왕성해지니	陽固朕玄鼠而旺靑虎兮
(그 황종의) 소리 하늘 첫 자리에 놓아도 마땅하리	宜聲配于天一位也
곧 (이대로 만든 황종은) 길이가 9촌이며 둘레는 9분이라	
	然則長寸九而圍九分兮
애써 그렇게 만든 이치를 어떻게 알겠는가	曷知錯之營營
하늘의 수는 하나에 엉겼다가 점차로 뻗어나서	夫天數凝一而漸進兮
아홉에 이르러 극치를 이룬다네	至于九而老成
분을 포개고 촌을 쌓는데 어긋나지 아니하여	累分積寸之不僭兮
(구구 팔십일 열을 합한) 팔백십을 채운다	實八百而零什
대기의 기틀을 모아 열고 닫고 하여서	集氣機而闔闢兮
나눠서 내보내어 조하고 습한데 맡겨주곤 한다	分派委於燥濕
(다른 음들) 서로 생겨나 정음과 변음이 섞여	相生錯乎正變兮

오음과 육률 뿌리에서 묶였다가 고리같이 돌아간다　五六根括而環旋

(황종)은 진실로 율려의 태극이니　　　　　　　　信律呂之大極兮

음 하나와 양 하나가 거기에 들어있다　　　　　　一陰一陽焉

그것의 선후를 엇바꾸기 때문에　　　　　　　　　舛其後先

때로는 겨울 중간에 양으로 나타난다　　　　　　故時而陽兮冬之中

온갖 변화(한 소리) 이 (황종)에서 나가니　　　　百昌是戶兮魁天功

임금을 본뜬 것 같아 사람들이 으뜸으로 받든다　象而君兮人所宗

존귀한 것엔 두 개의 큰 것이 없기 마련이어서　　尊無兩大兮

비천한 것은 끼어들 수가 없다　　　　　　　　　卑不攻

소리가 탁해져서 울려나가거니와　　　　　　　　聲濁兮行之

토의 수가 첫머리에 와 궁음이 된다　　　　　　　土數首兮音之宮

그것(황종)을 불면 음률이 호응하지 않는 게 없고　吹焉而靡律不應

그것을 기다리면 기운이 생겨 반드시 어울린다　　候之而有氣必叶

(황종의 음)량이 다섯 가지로 뻗어나 부모같이 되어서

　　　　　　　　　　　　　　　　　　　　　　量演五兮于父于母

일이 만 가지로 불어나는 것을 다 관할한다　　　事做萬兮伊管伊轄

이것은 성인이 천지의 조화를 찾아내어서　　　　此聖人探天地之和

그것에 무궁한 이치를 깃들이게 하였음이니　　　以寓夫無窮之理兮

이제 삼왕의 시대를 지나서도 변치 않았다　　　　歷帝二王三而不易

대체 어찌하여서 음악이 龜蒙의 故實로 옮겨져　夫何樂移於龜蒙兮

대대로 틀린 것을 이어받아 이설이 횡행하게 되었는가

　　　　　　　　　　　　　　　　　　　　　　世襲訛而異說庚庚

저 曹劉는 허황하고 잡박하여　　　　　　　　　彼曹劉之荒駁兮

정성은 어두워지고 썩어 밝은 것이 막혀버렸다　正聲晦蝕而窒明

옛 법은 開皇 때 무너져 파열되었고　　　　　　古法崩裂於開皇兮

弘農은 布衣였으니 음악을 어찌할 수 있었겠나　弘農布衣兮其如樂何

두려워 호소하듯 通典과 禮記疏 자세하려고 애썼지만

　　　　　　　　　　　　　　　　　　　　　　嘵嘵乎通典禮疏之鬪靡兮

개탄스러워라 둘 다 천착한 것이 번잡했네　　　　慨二子之穿穴自多
우러러 建隆과 皇祐 치세 무렵 살펴보니　　仰觀夫建隆皇祐之治際兮
의론이 역시 여러 인물들 사이에 천박하고 잡박하니　議亦瘠駁於諸賢
하물며 崇寧과 宣和 연간의 죄인들의 근거 없음이라니

　　　　　　　　　　　　　　　況崇宣黥涅之無稽兮
음률의 전체에 대해 완전한 이론 말할 수 없다　不可以語律之大全
놀랍다 夔는　　　　　　　　　　　　　　　咄哉夔也
황종만이 和諧해질 수 있다는 것 그 누가 알아듣겠는가

　　　　　　　　　　　　　　　　　　黃祗克諧誰聞
三分을 더 하는 것 고정시키다니　　　　　　三分兮膠加
덜고 더하고 하라는 건 문헌에 없다　　　　　損益兮無文
商은 剛한 음인데 宮을 치니　　　　　　　　商剛而擊宮兮
임금을 능멸하는 일이 싹트게 된다　　　　　陵君之端萌
치는 따르는 음인데 각을 지르니　　　　　　徵微而衝角兮
백성을 해치는 마음이 가득하다　　　　　　殘甿之心盈
神人 간에 화합함이 변했으니　　　　　　　神人兮易和
尺度인들 어찌 平準하랴　　　　　　　　　衡權兮奚平
눈으로 천하를 두루 보니　　　　　　　　　目周兮天之下
질그릇과 솥이 자꾸 우레 소리를 낸다　　　瓦釜兮長爲雷
황종은 망가지고 버려져서　　　　　　　　黃鍾壞棄兮
먼지 속에 파묻히고 말았다　　　　　　　　埋沒塵埃
이에 말하겠거니와　　　　　　　　　　　乃爲倡曰
밝고 밝은 황제의 마음이　　　　　　　　　明明帝心
진실로 황종이로다　　　　　　　　　　　寔黃鍾兮
마음속의 황종을 미루어서　　　　　　　推心上之黃鍾兮
음률 속의 황종을 만든 것이다　　　　　製律中之黃鍾
마음이 황제의 마음이 아니니　　　　　　　心非帝心
그 누가 調整하랴　　　　　　　　　　　孰折衷兮

어두운 자는 알지 못하고	昧者不知
음률에서만 징험하려고 한다	徵諸律兮
성인이 또 나온다면	聖人有作
내 說을 취할 것이다	採吾說兮

에토스를 실현한 〈황종부〉이다. 처음 두 행에서는 소리가 없었던 시대 무성無聲의 시대를 말했다. 우주가 혼돈의 상태일 때는 아무런 소리가 없었는데, 7행에서 하늘과 땅이 나뉜 뒤부터 기상 변화로 우레와 바람이 나타나고, 그로부터 자연스러운 운율이 처음 생겨났음을 말했다. 이른바 유성有聲의 시대로 인류가 접어든 것이다. 정감을 바탕으로 하면서 눌재의 음률관 내지 음률에 대한 생각이 잘 드러나고 있다.

이어 15행에서는 황제 헌원씨가 황종黃鍾이라는 음악을 만들었는데 그것은 태호 복희씨가 만든 음악보다 뛰어난 것으로 황종이야말로 마치 태극太極이 모든 만물의 시원인 것처럼 모든 음악의 기본이며 모든 음을 주관하는 것일 뿐만 아니라, 군왕君王과 같은 것임을 22행까지 걸쳐서 서술했다.

이 글은 당나라 두우杜佑의 《통전通典》과 반고班固의 《백호통의白虎通義》 등 음악과 관련한 서적을 두루 탐독한 눌재의 해박한 지식이 바탕이 되고 있는데 그의 자질과 능력 등 진실성에 기반한 인품적인 주장(에토스)은 독자를 감정적으로 매료시키는 데(파토스) 매우 유용하게 작용하고 있다.[33] 두말할 필요도 없이 이 글을 쓴 의도는 제 일 독자를 군왕과 고위 관료, 양심적인 사대부 등으로 하였을 것이며 제 이 독자

---

33 박문재 역, 《아리스토텔레스 수사학》, 현대지성사, 2020, 17~18면.

는 자신을 비방하고 모함하는 훈구대신이었을 것이다.

곧 군왕과 고위 관료에게는 자신의 진실을 알아 달라는 호소나 설득이었을 것이고, 사대부들에게는 결속을 다지고 자신의 뜻을 동료들과 함께 공고히 다지는 계기가 되었을 것이며, 훈구대신들에게는 양심의 가책과 자기반성을 촉구할 수 있었을 것이다. 따라서 독자의 처지와 입장을 두루 생각하면서 감성을 바탕에다 심층의 설득 자질로 삼고 진실에 의한 설득적 주장은 독자의 심금을 울리고도 남았을 것이다.

35행에서는 황종이 진실로 율려 곧 모든 음악의 태극이라는 말을 하면서 음과 양이 모두 거기에 들어있다고 했다. 이 말은 액면 그대로 이해할 수 없는 매우 의미심장한 비유이다. 황종이 군왕과 같은 것이라면, 음과 양은 무엇이겠는가? 음양의 상생과 상극으로 삼라만상이 생성되지 않은가? 눌재 부의 위대함은 바로 이와 같은 비유와 암유暗喩를 통한 현실의 불통과 불합리를 들춰내고 비판하며 시정을 요구하는 건강한 목소리에 있다 할 것이다.

52행부터는 황종의 변화를 말하고 있는데 춘추시대에 접어들면서부터, 그동안 주대周代까지 이어져 온 황종을 무시하고 음률을 문란케 한 사실을 춘추시대, 위진남북조시대, 수나라 시대, 당나라 시대, 송나라 시대에 이르기까지 사례를 들어가면서 그 혼란상을 안타까워했다.

78행부터는 눌재의 음악과 음률에 대한 주장이 드러난 곳인데 "이에 말하겠거니와/ 밝고 밝은 황제의 마음이/ 곧 진실로 황종이다/ 마음속의 황종을 미루어서/ 음률 속의 황종을 만든 것이다/ 마음이 황제의 마음이 아니니/ 그 누가 조정하랴"는 눌재의 음악관을 명쾌하게 피력하고 있다.

앞서 말한 다양한 설득적 논거로써 독자의 감정(공감)을 충분히 사로

잡았다고 판단한 눌재는 이제 그러한 증거에 입각한 자신의 진실을 바
탕으로 "마음속의 황종을 미루어서 음률 속의 황종을 만든다."는 주장
을 한다. 누구라도 황제와 같은 마음을 가진다면 음악은 저절로 바르게
된다는 주장이라고 보면, 여기서 우의寓意하는 바 음악은 곧 민속이나
민심 같은 것이고 황제는 곧 어진 군왕을 지칭함이 아니겠는가. 눌재의
글쓰기가 누구를 향한 것이며 무엇을 주제로 하고 있는지 새삼 놀라게
한다.

　87행에서 "성인이 또 나온다면 내 설을 취할 것이다."는 비장함마저
느껴지는 대목인데 눌재가 군왕의 군왕답지 못함에 대한 실망과 자신
과 같은 인재가 용납되지 못한 시대의 아픔을 우회적으로 표현하고 있
다. 성인이라야 자신을 알아줄 것이라는 현실의 장벽 앞에 양심적이고
개혁적인 지식인의 함성이 귓전을 아프게 때린다.

　〈황종부〉는 눌재의 음률관, 나아가 자연스러운 음악으로 대변되는
그의 사유의 자유로움과 유연함을 유감없이 보여주는 걸작이다. 황제가
만든 황종이 마치 《주역》에서 말하는 태극처럼 모든 음률의 기준 또는
모태가 된다는 눌재의 생각이 기저에 작용하면서 전개되는 글이다.

　이를 통하여 독자는 눌재의 세계관이나 사고방식을 이해하는 데 큰
도움을 받을 수 있을 것이기에 눌재의 전술 의도나 목적은 성공을 거둔
것이라 생각된다. 그가 해박하게 제시하는 《통전》 등의 기록에 논거한
주장은 독자들에게 공감과 함께 진실성을 담보하게 하면서 아울러 독
자들의 기대지평에 부응하는 전략적 효과를 거두고 있다. 곧 군왕과
고위 관료에게는 자신의 진실을 알아 달라는 호소나 설득이었을 것이
고, 동류 사대부들에게는 결속을 다지고 자신의 뜻을 그들과 함께 공고
히 다지는 계기가 되었을 것이며, 훈구대신들에게는 양심의 가책과 자

기반성을 촉구할 수 있었을 것이다.

　요컨대 '황제와 같은 성군의 마음이 곧 황종이다'는 주장을 함으로써 군군신신君君臣臣의 중요성을 새삼 강조하였다. 따라서 독자의 처지와 입장을 두루 생각하면서 감성을 바탕에다 심층의 설득 자질로 삼고 에토스(진실)에 의한 설득적 주장은 독자의 심금을 울리고도 남았을 것이다. 누구라도 황제와 같은 마음을 가진다면 음악은 저절로 바르게 된다는 주장이고 보면, 여기서 우의寓意하는 바 음악은 곧 민속이나 민심 같은 것이고 황제는 곧 어진 군왕을 지칭함이 아니겠는가. 눌재의 글쓰기가 누구를 향한 것이며 무엇을 주제로 하고 있는지 새삼 놀라게 한다. 이처럼 음악과 관련된 부로는 〈오현금〉이 있다.

　다음으로 에토스와 로고스의 실현 – 만물은 들녘의 티끌은 〈몽유〉 곧 꿈속의 여행이라는 글에서 반영된 글쓰기 전략이다.

몽유　　　　　　　　　　　　　　　　　　　夢遊

나 支城에서 죄주기를 기다렸는데　　　　　余竢罪于支城兮
가을이 또 바뀌어 겨울 되었네　　　　　　秋又變而爲冬
차례로 밀려가는 계절에 움직이는 마음이라니　感時序之推謝兮
가시덤불에 묶여 있음을 슬퍼한다　　　　悲束縛於棘叢
느닷없이 다시 사해를 어루만지다니　　　俄再撫乎四海兮
구부러들고 펴지지 않은 신세 생각해 본다　懷輪困之未攄
새끼 양 안주로 근심에게 술 따름이여　　酌愁魔以羔兒兮
책상에 쌓인 문서를 밀쳐낸다　　　　　揮堆案之文書
섣달의 볕이 내 집무실에 들어오고　　　臘景入余廳事兮
겨울 매화는 홀연히 향기 뿜어내어　　　冬梅忽其返魂
해를 향하여 웃음을 청하며　　　　　　對曜君以索笑兮

이른 아침부터 황혼까지 피어나 있다니 　　　　平朝及乎黃昏
날리는 눈송이 경옥같이 흰데 　　　　　　滕六屑其瓊白兮
겨울 추위는 포악함을 맘껏 부려댄다 　　　恣陰官之桀酷
멋대로 낮잠을 즐기나니 　　　　　　　　浪自甘於黑甛兮
아, 누가 장주이고 누가 나비인가 　　　　羌孰周而孰蝶
날개 가볍게 너울거리며 멀리 가서 　　　羽軿減以遐徂兮
이름 없고 자취 없는 데에 다다랐다 　　　至無名而無迹
행명(자연의 기운)에서 홍몽(자연의 원기)을 만나 　　遇洪濛於漳溟兮
태초의 첫 길을 물었다 　　　　　　　　訊太初之首途
신마를 채찍질하여 폭풍같이 달려 　　　策神馬而飆逝兮
기모(원기 모체)가 도읍한 곳을 찾았다 　　求氣母之所都
북두성이 들러리 서서 가는 길 인도하니 　維斗挾以導御兮
해와 달이 그 가운데서 펼쳐짐을 보았다 　瞻二曜之中開
빛나게 하늘 땅 나뉘어 자리 달리하였으니 澤天分而異位兮
우뚝한 숭산과 화산은 높기도 하다 　　　屹崇華之崔嵬
운장에게 호령하여 길라잡이 서게 하고 　號雲將而前驅兮
삼황이 사는 곳을 향해서 갔다 　　　　　指三皇之攸居
세상의 인심 소박하고 풍속이 순후한데 　世道朴而俗醇兮
백성들은 아직 그들의 집이 없었다 　　　民未有其室廬
하인에게 명령해서 수레 채 돌리게 하여 　命僕夫以旋輈兮
복희씨를 찾아보고 말을 늘어 놓았다 　　覲包義而陳詞
이르되 삼 획의 심오함은 　　　　　　　曰三畫之閭奧兮
좁은 소견으로는 헤아려 알 일 아니오니 　非瓮天之測窺
원컨대 힘을 빌려 어리석음 깨우쳐 　　　願承藉乎發蒙兮
지극한 이치 밝혀 의혹 풀게 하소서 　　　參聽瑩於至理
복희는 그 폐백 가상하게 여기어 　　　　帝乃嘉其重問兮
없는 데서 처음 생긴 것 추리하였다 　　　推無始而有始
대저 그 찾아온 마음을 따른다면야 　　　夫苟隨其來心兮

또 어찌 어리석음의 스승이 없겠는가	又豈愚之無師
성인의 교훈 받들고서 대궐 섬돌 하직하고	奉聖訓而辭陛兮
큰 띠 자락에 써서 그 말씀 명심한다	書諸紳而志之
물러나 깨끗한 몸가짐 수련하고 싶으나	退欲修乎初服兮
눈 어두워 갈 길 몰랐다	瞽不識其所如
신농씨가 명령 내려 불러주어	神農氏之詔徵兮
큰 집 깊고 넓은 데서 기다렸다	待廈屋之渠渠
농기구 처음 만든 것 보고	眄耒耜之創制兮
백성들에게 큰 도움 준 것 고마워했다	賀功勞之在民
봉황새 높은 전각에서 울어	鳳凰鳴于阿閣兮
황제 헌원씨의 때 왔음을 알렸다	報軒后之有辰
수레 움직여 길을 떠나서	試發軔而啓途兮
축록 땅을 왼쪽에 두고 오른쪽으로 방향 돌렸다	左涿鹿而右轉
울창한 형산에 구름이 날리는데	荊山蔚其霏雲兮
정호에서 변고 생긴 것 서러워했다	悲鼎湖之告變
남긴 활 부둥켜안고 추도하자니	抱遺弓而追悼兮
밝은 해 처참하고 광휘가 없다	白日慘其無輝
분수 북쪽의 네 인물 찾아보니	訪汾陽之四子兮
요순을 맞이하여 그들에게 의지케 할 요량이다	邀堯舜而依歸
남면하고 있는 높은 거처 우러러보니	仰南面之崇居兮
엄연하게 손 맞쥐고 옷 드리우고 있다	儼拱手以垂衣
위의가 대단한 여러 신하들 보니	觀濟濟之群臣兮
좌우에 둘러서서 '아, 어긋났다' 말하고 있다	環左右以吁咈
들어가서 무릎 꿇고 머리 조아리고서	入余跪而稽首兮
정신을 모으고 통일하여 은미한 말 탐구하였다	究微言於精一
중화(순임금)께서 오명선을 선사해주니	重華贈以五明兮
보배로움이 조각된 활보다도 훨씬 중하다	寶愈重於琱弓
깊은 궁전 내려오느라 옷자락 끄니	下邃殿而曳裾兮

놀랍게도 소매에 남풍의 향기 가득 차 있다	驚滿袖之薰風
낙수 굽은 곳에 멎어 머물러 있자 하니	次洛汭而逗遛兮
거북이 명령 물고 와서 기다리고 있었다	龜銜命而來俟
손발에 굳은살이 지도록 공적 세운 일 대단하거니와	多胼胝之底績兮
사후(夏帝)들에게 구서를 밝혔다	贊九敍於姒后
갑자기 세상 떠남을 아파하여	痛賓天之斯遽兮
어지럽게 위아래로 찾았던 거라네	紛上下而求索
경옥의 누대 솟아올라 구름 끌어당겼고	瓊臺軼其挽雲兮
낮은 궁전은 없어지고 복구되지 않았다	卑宮廢而不復
탕왕은 남소로 가서 긴 한숨 쉬고	投南巢而長吁兮
걸왕의 나라 멸망시킨 일 서러워했다	弔桀王之亡國
경박에 가서 (탕왕) 알현을 하고	就景亳而贄謁兮
탕왕이 부덕함을 부끄러워한 것을 위로하였다	慰聖人之慙德
신하 중훼가 아름다운 고문으로 갖추어 말하였으니	臣虺悉其嘉誥兮
내가 어찌 감히 군더더기 말을 하겠나	吾何敢於贅辭
이리하여 비로소 훨훨 멀리 떠나	始翩翩而遠去兮
구름 깃발이 구불구불 날리 듯 갔네	載雲楨之委蛇
무광이 있는 곳을 찾아서	探務光之所在兮
긴 모래섬에 한바탕의 느낌 부쳤다	付一慨於長洲
돌이켜 또 상왕 집안 물어보니	顧又問夫商家兮
오백 년의 세월이 흘렀다 한다	變五百之春秋
지난날을 쫓아갈 수 없음에 슬퍼하면서	悼往者之莫追兮
서방에 있는 문왕을 사모하였다	慕美人於西方
욕수에게 명해 아침 일찍 수레를 몰게 하여	勅蓐收以晨驅兮
풍호에 다다라서 방황하였다	抵豐鎬而彷徨
성궐은 그 제도 다 구비되어 있고	城闕盡其制度兮
찬연하게 문물이 모두 갖춰져 있다	粲文物之極備
창합문에 멈춰서 큰소리로 외치니	款閶闔而大叫兮

문지기가 나를 위해 기쁜 얼굴 짓는다	閽人爲余色喜
전갈을 받고서는 부축받고 잔걸음질로 나가	奉臚傳以挾趨兮
어느덧 왕 있는 곳에 서게 되었다	不覺立乎王所
주공의 그 관면冠冕 높다랗고	周公峨其冠弁兮
주 무왕은 붉은 병풍 지고 있다	寧后負其丹扆
이에 급히 층계를 올라 소리 높여 말하여	玆歷階以颺言兮
목야의 옛일을 평가하였나니	評牧野之故事
비록 순리에 따라 혼란을 구제했다지만	雖應順而濟亂兮
대의에 흠이 없을 수야 있었겠소	得無嫌於大義
삼분해서 그 둘을 차지하기에 이르렀으나	比三分之有二兮
결국은 백이와 숙제에게 죄를 지었소	果獲罪於二子
왕은 놀란 눈초리로 안색 변하여	王矍然其變貌兮
앞 면류 가다듬고 설명을 한다	輟前旒以申說
처음부터 혁명할 마음은 없었고	初無心於革命兮
오히려 멸망한 것 일으켜 끊어진 대를 이어 주었다	猶興滅而繼絕
남은 후손 봉해서 위를 정해 주었으니	封遺胤而定位兮
천하에 왕호 세우게 했도다	建王號於天下
만약에 반역과 비루함에 이르지 않았다면	苟不至乎反鄙兮
하필 그 종묘사직을 바꿔버리겠는가	奚必易其宗社
오직 내 마음은 변함없으니	惟我心之無貳兮
실로 상제가 내려다보고 있다	實上帝之監臨
저 서산에선 고사리로 굶주렸으나	伊西山之餓薇兮
그 누가 이 마음을 안다고 하겠는가	孰云曾夫此心
왕의 말을 듣고서 의혹에서 깨어나	聆王言而醒惑兮
임금 얼굴에 배례하고 하직하며 나왔다	拜天顔而辭出
간수와 전수 건너 길을 가자니	渡澗瀍以云邁兮
옅은 기산 모습 싱싱하게 푸르다	淡岐山之翠活
괴상하다 잠시 동안 훑어보는 동안인데도	怪俛仰之小頃兮

어지럽게 세상일 자주 변했도다	繽世事之屢移
성왕과 강왕의 시대 멀어져 은택이 메말랐고	成康遠而澤枯兮
유왕과 여왕이 나와 재앙이 늘어났다	幽厲興而禍滋
구정은 낙양 땅으로 옮겨지고	九鼎遷于東土兮
옛 도읍지는 황폐하여 서리 밭이 되었다	故都鞠爲黍離
서글픔 더해감 막을 길 없어	增悽楚之不禁兮
가시나무 꺾어서 말을 재촉했다	折荊棘以催騎
비바람으로 건곤이 어두워지자	風雨暗於乾坤兮
제환공과 진문공 일어나 멋대로 맹약을 주도했다	桓文起而擅盟
어지럽게 소용돌이치며 훔치고 빼앗고 하여	盤紛紛其攘奪兮
혹은 앞을 다투고 혹은 싸우고 한다	亦或競而或爭
(보이는 것이라곤) 오그라들어 있어 달려갈 곳 없고	
	(缺:瞻)蹙蹙靡所騁兮
느닷없이 산 동쪽은 터져서 갈라졌다	倏山東之圮裂
바람은 효산과 함곡관에 우레치는데	噫氣雷於崤函兮
여불위의 남긴 씨(진시황)가 힘을 떨쳤다	奮陽翟之遺孽
한 번의 전쟁으로 두 서울 거두었고	收兩京於一麾兮
온 누리를 집으로 하여 씩씩함을 자랑했다	家六合而夸雄
사수의 원류에서 기이한 보물(九鼎) 찾으려고	索奇寶於泗源兮
만 명의 인부를 동원하였으나 힘이 부쳤다	驅萬夫以力窮
벽옥을 막 주 무왕에게 바치자	璧纔獻於滈池兮
수레 채 곁에서 당장 묶이는 것 재촉하였다	促軶傍之面縛
유방이 함곡관을 들어서는 것 보자	見劉季之入關兮
환호성이 치솟아 가득찼다	歡聲騰而周匝
이르기를 소하와 장량으로 주선하게 하여서	曰蕭張以盤旋兮
왕자의 규모를 앞세우라 했더니	首王者之規模
도리어 나를 우활하게 여기고	反以我爲迂闊兮
마음을 오로지 패권 잡는 계획에만 기울였다	意專注於霸圖

그래서 등지고 나와 달아나서 숨었으니	便背違以賁遯兮
상산 깊숙한 데서 살았다	棲商山之幽深
하황공과 기리계를 동무하여 편안하게 지내며	伴黃綺以優遊兮
안개 낀 송낙의 깨끗한 그늘에 눕곤 했다	臥煙蘿之淸陰
세월이 얼마나 지나갔는지	曾日月之幾何兮
큰 그릇(국권)은 역적 왕망에게로 기울어졌다	傾大器於莽賊
농촉에서 무리를 이뤄 범이 채듯 약탈하고	隴蜀朋而虎攫兮
더러운 기운이 사해와 오악에 가득해졌다	穢氛蒸於海岳
옥새는 일각(후한 광무제)으로 돌아가	玉璽歸于日角兮
정의의 군대 정비하여 토벌 위한 정벌을 했다	整義師以濯征
도당(요임금)의 끊어졌던 전통을 잇고	紉陶唐之斷緖兮
은하수를 끌어다가 무기 씻었다	挽銀河以洗兵
이내 창 버리고서 학예를 강술하고	乃投戈而講藝兮
산림에 버려진 인재 찾았다	搜山林之淪棄
활과 깃발 번거롭게 움직여서 현자를 불렀으니	煩弓旌以招賢兮
이윤을 초빙했던 옛 뜻을 따른 것이다	襲騁莘之餘意
즉시로 마름잎 옷 태우고서 부름에 응하였으나	斯焚芰以應詔兮
설방薛方과 방맹逄萌이 오지 않아 애먹었다	懲薛龐之不至
황제의 돌봐줌에 몸을 굽혀 친숙하게 시종하며	紆皇眷而昵侍兮
중흥의 벅찬 공적을 칭송하였다	頌中興之茂績
슬프다 그 시작을 이어가지 않고서	嗟不承其權輿兮
곧은 신하 물리쳐서 죽음 주었다	斥直臣以授戮
미천한 몸에도 미쳐 올까 두려워	懼微躬之猶及兮
현인들 감투 벗어 걸고 간 것 사모하게 되었다	景哲人之掛冠
관복의 얽혀 두른 것 풀어버리고	釋冕紱之纏拱兮
티끌세상에서 매미껍질 벗듯이 벗어나 버렸다	超蟬蛻於塵寰
열자의 산들바람 몰고서	御列子之冷風兮
요지 있는 곤륜산 마루터기에 머물렀다	止瑤琨之杪巓

충성 높이 솟은 것 곁에 두고	傍層城之嵯峨兮
살 많은 지초 먹고 수명 연장시킨다	啖肉芝而引年
마고선녀는 기린의 육포 대접하고	麻姑羞之麟脯兮
서왕모는 운기도는 복숭아를 권한다	金母薦其氷桃
거문고 끌어당겨 줄을 고르고	援雲和以調徽兮
옥병의 용고주를 즐겼다	甘玉壺之龍膏
황정경의 한 글자 착오 범해서	錯黃庭之一字兮
은연중에 진인眞人의 무리에서 밀려나게 되었다	微被擠於眞曹
오리 신발로 하계로 내려와서	鳧舃反于下界兮
벌거벗고 사는 곳에서 무리지어 떠드는 틈에 섞였다	雜裸壤之朋嘈
중원에 사고 많은 때를 만났으므로	値中原之多事兮
방패와 창이 찬란하게 눈에 가득 보였다	干戈爛其滿目
긴 뱀이 구름 기운 올라탔으므로	長蛇乘乎雲氣兮
붉은 규룡虯龍은 궁지에 몰려 뭍에서 산다	赤虯窮而處陸
나라는 위, 촉, 오 셋으로 나뉘어 정립하여서	國三分而鼎峙兮
온 중국에서 축록전이 벌어졌다	傾中區以逐鹿
황하 물 맑아지는 것 기다리기 한정 없어	竢河淸之無時兮
익주에 가서 기식寄食하려 하였다	將就食於益州
개탄스럽게도 군영의 별이 먼저 떨어져	慨營星之先殞兮
큰 나무 처량하게 시름을 띠고 있다	大樹凄其帶愁
아, 중도에서 길을 바꾸어	舋中途而改路兮
금릉에서 풍경을 구경했다	覽風景於金陵
용호(천자의 기운)의 벅찬 기운 지니고	撫龍虎之磅礴兮
석두산 험한 곳 기이하기도 하다	奇石頭之崚嶒
가면서 머뭇거리며 곁을 바라다보니	行跙躅而傍眺兮
조대朝代는 차례로 없어지고 일어나고 한다	朝代迭其廢興
황진 끌어 올라 옷 더럽히는데	鬧黃塵之汚衣兮
조협을 다루는 사람 만났다	逢皁莢之料理

성남의 아름다운 기운 바라보았으나	望城南之佳氣兮
홀연히 바람따라 싹 없어져 버렸다	忽隨風而掃地
몇몇 임금의 성패를 견주어보니	較數君之成敗兮
참으로 해가 떴다 졌다 하는 것과 같다	眞及日之消息
긴 둑을 따라 남쪽으로 내려가서	循長堤而南下兮
변경의 짙은 검푸른 빛 구경을 했다	覽汴京之紺碧
번창했던 화려함과 사치스러움은 유례가 드물며	繁華侈而寡仇兮
장려했던 누대와 궁관은 신식으로 고쳐져 있다	壯樓觀之鼓革
당 태종의 용감함 물어보니	問秦王之勇挺兮
진양의 갑병을 일으켰다고 말하네	擧晉陽之兵甲
(수나라가)잠깐 사이에 여지없이 약해져 버리자	盪委靡於須臾兮
홍농의 구업을 깨뜨리고 말았다	破弘農之舊業
용도龍圖 쥐고서 해를 향하여	握龍圖以向陽兮
정관의 위업을 만들어냈다	鑄貞觀之偉烈
그러나 아비를 협박하고 군사 일으켰고	然劫父而起兵兮
현무문에서 피 뿌린 것 받았다	奉玄武之濺血
어찌 후손에게 법을 보여 준 것이랴	曷垂刑於雲來兮
단지 스스로 그 앙화의 기초를 시작한 거라	祇自肇其禍基
나아가도 자기 배운 것 써볼 데 없어	進無施其所學兮
드디어 수레 재촉하여 빨리 달리게 했다	遂促駕而戒遲
명철한 임금(당 태종)의 첫 뜻을 생각하여	思靈脩之初志兮
혜초와 백지를 뽑아 들고 차마 걸음을 옮기지 못한다	搴蕙茝以趑趄
분수(晉陽)의 말 "어찌 사람이 없으랴, 모를 뿐이다." 감탄하거니와	
	歎汾上之無學兮
어디에 가서 묘리妙理를 밝혀내나	于何往而覈妙
다행히 경순郭璞을 길에서 만나니	幸景純之路邁兮
그는 정세하고 미묘함 다하여 경지에 들었다	儘精微而入要
그는 영검한 시초蓍草 가져다 철저히 점을 쳐서	取靈蓍而熟筮兮

당나라의 수명이 얼마나 갈 것인지 의논하여 보았고   議唐祚之短長
천지의 차고 비움을 살피고   原天地之盈虛兮
임금을 추존하는 일도 겸해서 알아보았다   兼人君之推商
이르되 부녀자와 내시가 힘 떨치고 기승부려   謂婦寺之奮懥兮
타락하고 무지한 무리와 섞여 기강을 무너뜨린다네   交塌侗而厥綱
권세는 또 올바른 임금에게 돌아가서   勢又歸於中乾兮
신령한 요堯 임금 때의 종사를 회복시킨다   覆神堯之宗祀
혼자서 자책하여 바리에 새겨   私自訟而銘盂兮
이 씨에게 풍간諷諫 바치려 해보았다   擬獻諷於李氏
어린 종에게 일러 빨리 가게 하는 것은   戒童僕以迅征兮
졸렬한 재주나마 한 차례 팔기를 바라서였다   希一售乎黔枝
봉황 깃발 미앙궁에 수레 멈추었나니   弭鳳旌於未央兮
낙양 황폐한 지가 며칠이나 되었는가   墟洛陽之幾日
삼백 년 동안 경영한 것이   三百載之經營兮
고궁의 메마른 대나무만 남았다   餘故宮之枯竹
시끄럽게 병마兵馬가 마구 짓밟아   擾兵馬之雜蹂兮
정녕 발붙일 곳이 없다   信寄足之無所
곁말 눌러 타고 우회해서 가나니   按驂騑以邅廻
말려든 기나긴 심회를 어디서 펼칠 건가   卷長懷之孰抒
곱게 늙은이 앞으로 나와 허리 깊이 굽히고   穆老前而罄折兮
옛 철인 모두 들어 얘기를 한다   談往哲之悉舉
측천무후와 위후는 처음으로 종실을 도륙하였고   武韋始以屠宗兮
양귀비와 장후는 끝까지 그 임금을 미혹케 했다   楊張終其蠱主
재앙은 이미 후비后妃에서 거듭되었고   禍已仍於閨壼兮
재난은 또 환관에서 뻗어 나왔다   孼又蔓於薰腐
고감문(고역사)은 방자하였고   高監門之顓恣兮
이원수(이보국)는 악독하고 패역스러웠다   李元帥之狠逆
어정은 그들의 이리 같은 모략을 멋대로 썼고   魚程縱其狙謀兮

진소는 그들의 포악함을 다 부렸다	陳蘇沽其梟毒
본시 춘추필법에 어두웠으니	旣自矕於麟筆兮
더욱이나 조정 책모야 빨리 살펴냈겠나	況快省於庭策
마땅하다 죽여 없애는 일 번갈아 해서	宜弑隕之交相兮
주차朱泚 역적 오게 하여 멸족하게 된 것은	來朱賊以族亡
그 말이 과연 전에 듣던 것과 맞아서	語果叶於夙聞兮
흥건히 두 눈의 눈물 눈시울에 가득찼다	渙雙淚之盈眶
오성이 규수奎宿에 모인 것 돌아보고	眷五星之聚奎兮
높은 언덕에 올라 멀리 바라보니	登崇坂而遠望
세상은 몇 차례나 변해서 송나라 되어	世幾變而爲宋兮
온 천지에 봄기운 넘쳐난다	混普率以春盎
빛나게 네 조종 계승하여서	赫四宗之相承兮
내 백성 예악으로 교화하였다	陶吾民以禮樂
한기韓琦와 범중엄范仲淹의 유범遺範을 본받아서	則韓范之尾列兮
자못 그 재상의 직책을 빛냈다	稍斧藻其袞職
왕안석이 당파를 지휘하여 완악함을 강행하여	旋指黨而勒頑兮
사邪와 정正이 거꾸로 섰다	邪與正其倒植
조정이 날로 잘못 되어감이 서글퍼져서	悵朝廷之日非兮
서화궁에 도피하여 높은 곳 본다	遁西華而高視
도서를 풀이해서 현묘함 추구하여	演圖書以指玄兮
나서고 들어앉음의 길흉을 점쳐본다	占行藏之吉凶
꽃과 돌이 기이하고 사치스러움 다투고	花石鬪其奇侈兮
산악 곧추 솟아 하늘 밀친다	艮岳矗而排空
(용의) 등뼈 (감췄던) 그 괴이함 드러내고	(缺)脊著其猛怪兮
발탁된 인물이 우복으로 농간한다	麟畜妖於牛腹
여진의 잔존 무리들이 하늘(북송)을 태우고	金燼熾以燒天兮
철기는 황하와 낙수에서 물 마신다	鐵騎飲於河洛
곤룡포를 푸른 옷으로 갈아입고서	易龍袞以靑衣兮

승냥이와 범의 소굴로 빠져 들었다	陷豺虎之窟宅
정위 억울해하며 바다를 메우는데	精衛冤而塡海兮
포서가 진에서 곡하는 일은 없었다	無包胥之哭秦
진흙 말 갑자기 강남으로 건너와	泥馬俄其渡南兮
신인(남송 고종)에서 큰 소망 되살린다	蘇重望於神人
맹서하기를 잠시 안개를 하직하여	誓暫謝乎煙霧兮
잃은 땅 회복하는 계획을 바쳐	貢恢復之訏謨
청성의 깊은 치욕 씻어서	雪深恥於靑城兮
태조에게 온전한 나라 되돌리겠노라	歸藝祖之金甌
권세 잡은 간악한 자들 임금의 눈 속이고	權奸瞞其天眼兮
충정한 인물들을 해골로 만들었다	授髑髏于忠貞
황하에 닿기 전에 수레를 돌려	未及河而返車兮
옛 시냇물 찾아 갓끈을 빨았다	尋故溪而濯纓
바위 문 속에서 깊은 잠을 즐기고	翫巖扃之昏睡兮
물과 푸성귀 먹고 배고픔을 멈추며	咀水蔬而已飢
장강 남쪽의 안위를 외면하고	外江表之安危兮
감히 들으려 하지도 않고 감히 알려 하지 않았다	不敢聞而敢知
우연히 어떤 사람이 나를 일깨우기를	偶有人其我起兮
조 씨(송나라)는 덕우 연간에 멸망했다는 거라	趙氏亡於德祐
그 말 귀에 닿자 곧 가리고	言及耳而輒掩兮
북풍을 향해서 성을 내었다	向北風而奰怒
어찌 옷깃 좌측으로 여미는 추악한 오랑캐는	何左袵之醜虜兮
제왕의 고장을 훔쳤는가	盜帝王之區宇
진정코 만고의 크나큰 변고이나	誠萬古之大變兮
그래도 역시 인간의 운수 때문인 거라	抑亦由乎人數
저 고국의 의관	彼故國之衣冠兮
차마 또 그 제재를 받겠는가	忍復受其鐘斧
강산은 그 찌꺼기와 때 머금고서	河山含其滓垢兮

명철한 임금이 통쾌하게 씻어주길 기다린다	候明主之痛洗
경사스러운 구름 윤기 있게 하늘에 현란하니	慶雲藹以絢空兮
좋은 운 곧 트일 증험인 거라	驗熙運之驟啓
광랑 나무 늙은 가지 짚고서	扶桄榔之老枝兮
물 넓은 변수 지나 비틀거리며 갔다	歷沇汴而蹣躚
위대한 명나라는 주 씨의 세상으로 빛나고	皇明赫以朱世兮
원 오랑캐의 비린내 씻어버렸다	濯元戎之腥膻
삼후(하은주)의 정통을 이어	纘三后之正統兮
구복(한족의 옛 땅)의 온 넓이 회복하였다	恢幅員之九服
백성과 문물 새로워졌으며 구습을 고쳤고	民物新其革舊兮
산천은 무성하여 울창하구나	山川鬯其紆鬱
하물며 성스럽고 신령한 임금이 대를 이어 다스려서	矧聖神之嗣治兮
백여 년의 밝은 업적 쌓았음에랴	積百年之熙皥
연 땅 개척하여 도읍 열어서	拓燕壤以啓都兮
금성탕지金城湯池 영원히 보존될 곳에 의지하였다	據金湯之長保
고비사막 안정시켜 조용해졌고	妥瀚海而波帖兮
옥문관 편안해져 먼지 가셨다	靖玉關而塵清
반고가 그 필기구 받들은 데다	固旣奉其筆囊兮
부열이 또 그 솥의 국 조리한다	說又和其鼎羹
삼공 구경은 현인 재자 등용하여서	槐棘登其元凱兮
공론의 뛰어난 것을 부지하였다	扶公論之崢嶸
겉의 화려함 없애고 탐내지 못하게 하고	華少去而不媒兮
기교 가리워 숨어서 나서지 못하게 한다	兜工遁而屛行
영초가 자라나 흔들림이 멈추고	擢靈草而曷搖兮
신(목)같이 서서 움직이지 않는다	立神 缺 而不動
새가 내려앉을 가지가 없었는데	旣棲集之無枝兮
높은 언덕마루 같은 무성한 곳 생겼다	有崇岡之莘莘
천지간의 큰 회오리바람 배워	學天地之扶搖兮

큰 기러기 날아오르는 날개 닦는다	刷鴻漸之羽翼
외람되이 황지에 이름 실려서	叨添名於黃紙兮
금상의 뽑아주는 축에 들었다	序當宁之探擢
내시편에 임관의 조서 내려	內豐錫以室麻兮
습유의 맑은 반열에 충임되었다	充拾遺之淸班
뱃속의 이룩된 학문 펼쳐서	披腹內之麟角兮
무서운 위엄 맞서 용안을 거슬렸도다	抗震威而忤顏
명예 살려고 밖으로 달리는 것 아니고	非沽名之外騖兮
폐단 없애고 망가진 법 되살리려 한 것이었다	要祛弊而甦殘
맞장구치며 교묘한 나무람으로 곧음을 내세워	疇巧詆以賣直兮
신안(먼 곳)의 지방 수령으로 옮기어졌다	轉分竹於新安
가구를 가지고서 옮아가려니	携家具以遷赴兮
조양 팔천 리 길 귀양 가는 셈이다	評潮陽之八千
아쉽게도 위험한 길에 도움이 없이	惜危蹤之無助兮
간절한 말 믿지 않았던 것을 뉘우치게 되었다	悔不信之厚言
상자에 넘치는 상소 초고를 불 지르니	火溢篋之疏藁兮
앞서의 허물에 데인 것이라	庶幾懲乎曩愆
몸이 갑자기 펴지고 놀란 듯이 깨어나니	形驟開而驚悟兮
바람 드문데 조각달 걸려있다	風疏銜乎弦月
꿈의 괴상함 풀어보지만	徵槐安之弔詭兮
이 꿈은 더욱 기이해서 알아보기 어렵다	此尤奇而難詰
막 꿈을 꾸고 있을 때엔 그것이 꿈인 줄을 모르고	
	方其夢也不知其夢兮
혼자서 생각하기를 세상 변화 겪고서 홀로 서 있다고 여겼다	
	自以爲歷世變而獨立
깨어난 후에 그것이 꿈이었음을 알았나니	覺而後知其夢兮
천백 년이 곧 밥 짓는 잠깐 동안이었다	千百年便爲炊黍之頃刻
정신 멍하여 잃은 것이 있는 것 같아	神惝惘而若有亡兮
현묘한 거북 빌어서 길흉을 알아보니	假玄龜而推吉

현묘한 거북은 복조卜兆 닫고서 말하지 않아	玄龜閉兆而不言兮
허공을 향해 울며 외쳤다	向太虛而哭叫
허공은 까마득하고 소리와 냄새 없어	太虛夢夢而無聲臭兮
신군을 향해 한 차례 물어보았다	嚮神君而一叩
신군은 나에게 달통한 뜻 일러주어	神君諭我以達義兮
사생을 한 길로 잡아 같게 만드는 거라	等死生於一轍
이르되 혼돈이 처음 뚫릴 때부터	曰自混沌之初竅兮
지금에 이르기까지 그 몇 겁 되었는가	迄至今其幾劫
그동안 흥망과 치란治亂 어지럽게 얽혔던 것	其間興亡理亂之紛紜兮
한바탕 허깨비 꿈에 지나지 않는다	不過爲一場之幻夢
그렇다면 꿈속의 좋고 나쁨은	然則夢中之浮沈兮
다 조화의 거짓된 희롱으로 돌아간다	盡歸造化之假弄
어찌하여 마음을 국군國君이나 목민관牧民官에 얽어매 놓고	
	胡攖心於君牧兮
쓸쓸하게 지치고 병들고 함을 멈추지 않는가	蕭然疲疫之不止
자잘한 세상의 훼예毀譽는	區區世上之毀譽兮
달려가는 것 모기 소리 귀를 스쳐가는 것 같다	驟若蚊雷之過耳
그대는 마땅히 세월 따라 길 잡아가고	子宜緣時月而爲經兮
잠시나마 한껏 소요하고 지낼 것이라	聊須盡以逍遙
뜻깊은 말 받들어 실천에 옮겨	承危言而服膺兮
득실을 파초잎 덮은 사슴(의 경우)같이 다름없이 여기게 됐다	
	齊得失於鹿蕉
풀고 조이고 하는 많은 잔꾀 버려두고서	置縵窖之多機兮
언제나 마음 편하게 오가리라	將時適乎去來
또 어찌 알랴 팽조와 상자의 오래 살고 일찍 죽음과	
	又焉知彭殤之壽夭兮
터럭과 산의 크고 작음을	毫山之大小也哉
천고를 합쳐 한바탕의 꿈으로 여겨	合千古爲一夢兮

가슴속에 온 누리 머물게 한다	胸中含乎九垓
화복은 지우地羽에게 주어버리고	分禍福於地羽兮
천년의 연속된 쓰라림 비웃는다	笑千載之摮辛
사압당射鴨堂 쓸고 단정히 앉아	掃鴨堂而端坐兮
장자의 첫 편을 낭송한다	誦蒙莊之首篇
만물을 들녘의 먼지 같이 보고	視萬物猶野馬塵埃兮
붕새 등에 올라 푸른 하늘 보며 마음 노닐게 한다	遊心·乎鵬背之靑天

위의 〈몽유〉는 414행의 장편으로 눌재의 해박한 지식과 인품(에토스)과 중국 역사를 횡단하면서 보여준 것인데 풍부한 논거(로고스)를 바탕으로 제목이 시사한 바와 같이 꿈을 차용하여 꿈속 여행을 유려한 문체로 서술해 낸 걸작이다.

작가의 해박한 지식이나 카리스마는 그가 주장하고 있는 내용을 모두 사실로 받아들이게 하는 힘이 있는데 이는 수사학에서 연설가 자신이 어떤 성격의 인물인지를 청중에게 드러내 보임으로써 청중이 자신의 연설을 더 잘 받아들이게 하는 에토스와 관련 있다.[34] 그러면서 다양하고 풍부한 논거와 설득 자료 제시는 독자의 감정에 호소함으로써 신뢰를 확보하는데 탄탄한 밑받침이 되고 있다.

눌재가 이 부를 쓸 당시는 중종 16(1521)으로 충주 부사직을 맡고 있었는데 1515년 순창군수 김정과 함께 올렸던 〈신비복위소〉에 대해 남곤南袞이 물고 늘어지는 상소를 올린 바람에, 죄지은 몸이 되어 지성支城에서 죄주기를 기다리는 심정이라는 말로 부의 서두를 삼았다.

〈몽유〉는 어느 눈 내리는 날 낮잠을 자는 데서 시작한다. 입몽入夢해

---

34 아리스토텔레스 수사학, 앞의 책, 321면.

서 중국 상고시대 복희씨부터 신농, 황제, 요, 순, 우, 탕, 문, 무, 주공 시절과 춘추, 전국, 진秦, 한, 위, 촉, 오, 양진兩晉, 남북조, 수, 당, 양송兩宋, 원까지 여행을 하다가, 명나라 시절 눌재 당대에 이르러 각몽覺夢해 보니 시절이 답답하여 다시 천신天神에게 해명의 말을 듣고 크게 깨달아 자위하며 해탈에 이르는 과정이 서술되어 있다.

중국 역사에 대해 태초부터 눌재 당시까지 현실감 있게 흥망성쇠에 붙여 직접 목도目睹한 듯 서술하였는데 그러한 가운데 초사의 〈이소〉와 〈원유〉의 수법을 적절히 잘 차용하여[35] 설득력을 충분히 살렸다.

제1행은 앞서 말한 바와 같이 충주에서 〈신비복위소〉와 관련하여 죄인의 심정으로 죄주기를 기다린다는 말로써 시상을 열었다. 부는 중국 문학사에서 현실 모방문학 곧 서사문학의 공백기를 메꾸어주는 등 그 역할을 크게 했는데[36] 이 장편의 부 역시 시와 문의 성격을 반반씩 지닌 전술傳述과 서술敍述 문학의 걸작이라 할 것이다.

제5행에서 14행까지는 서정성이 짙은 서술로 감정이 순화된 정서를 드러내었다. 다만, 제14행은 '겨울 추위'로 상징되는 남곤 등 훈구대신의 포악함이 기승을 부린다고 하여 시절의 어두운 면을 우의적으로 제시했다.

제15행은 낮잠에 드는 과정이며 《장자》〈제물론〉편의 장주莊周와 호접胡蝶의 이야기로써 자유로운 비행을 펼치기 시작한다. 제18행은 태초 이전의 단계, 무명무적無名無跡의 단계를 말했고, 제20행에서는 태초의 길을 찾아 떠남을 말했다. 제25행에서는 드디어 하늘과 땅, 천

---

35 차주환, 앞의 책, 755면.

36 郭維森, 《中國辭賦發展史》, 江蘇教育出版社, 1996, 38~39면.

지의 모습이 생겨났음을 서술했다.

제28행에서는 삼황 곧 복희, 신농, 황제가 사는 곳에 이르러 복희씨를 만나 무극無極에서 태극, 태극에서 음과 양, 음과 양에서 양의兩儀(사상), 양의에서 8괘가 나옴으로써 만물이 생성된 것 등을 말했다. 제45행에서는 신농씨를 만나 농기구를 만들어 백성들에게 도움을 준 것을 말했으며, 제50행에서는 황제 헌원씨를 만난 사실을 말했고, 제58행에서는 요와 순을 만났는데 신하들이 임금께 직언하며 질정하는 모습을 보았다고 했다.

여기에서 눌재의 우의적인 글쓰기 방식이 주목된다. 신하가 임금께 직언을 하는 것이 매우 자연스러우며 오히려 당연하기까지 하다는 이 말을, 그렇지 못한 눌재의 입장에서 힘주어 말하고 있는 것이다. 당시 〈신비복위소〉를 올렸던 사정은 임금이 바른말을 하라는 명령에 답한 것이 아니었던가?

당시의 사정을 보면 이러하다. 중종의 잠저潛邸 시절, 그의 부인은 신수근의 딸로서 중종반정(1506) 이후 왕비로 책봉 받았다. 하지만 박원종 등 반정反正 대신들은 신수근이 반정에 반대했다는 이유를 들어 신비를 폐위시킬 것을 강력하게 주청했다. 하는 수 없어 신비가 폐위되고 숙원 윤씨(윤여필의 딸)가 비로 책립되었으나, 원자(인종)를 낳은 지 7일 만에 세상을 버리고 만다. 이때 후궁 중에 박숙의(경빈)는 왕의 총애를 독차지하고 있었는데 그녀에게는 아들 미嵋(福城君)가 있어 그녀가 왕비가 될 가능성이 매우 높았다.

이에 조야의 대신들이 입을 모아 후궁이 왕비가 될 것에 대해 염려하고 있었다. 그러던 중 1515년 7월에 화재가 발생하자 중종은 명을 내려 언론을 구했다. 한 달 후 8월에 눌재는 순창군수 김정과 함께 왕명에

답하는 충정의 마음과 후궁이 왕비가 되면 안 된다는 유자적儒者的 충
신의 신념으로 〈신비복위소〉를 올렸다.[37] 하지만 훈구대신들이 눌재를
물고 늘어지는 바람에 큰 곤혹을 치르게 되었다.

눌재의 글쓰기가 가리키고 있는 바는 제62행의 "좌우에 둘러서서
'아, 어긋났다'고 말하고 있다."에 있다. 좌우에 신하들이 포진한 채 왕
에게 잘못을 지적하며 위의威儀 대단하게 서 있어도 끄떡없는 분위기,
눌재는 군왕과 신하의 이런 바람직한 관계를 말하고 싶었을 것이다.

제65행부터는 순임금으로부터 오명선五明扇을 하사받고 그가 지은
남풍시南風詩를 들으며 우임금을 만나러 감을 제69행까지 말했다. 우
임금의 치수治水 등 업적을 살피고, 제79행에서는 탕왕을 알현했는데
탕왕은 자신이 하나라의 걸왕傑王을 몰아낸 것에 대해 "여공 래세 이태
위 구실予恐 來世 以台爲 口實"(나는 후세 사람들이 이 일로써 구실을 삼을까 두렵
다)처럼 후회하고 있음과 그것을 장자가 〈양왕편〉에서 탕왕이 걸왕을
내몬 것은 왕 자리가 욕심나서 그런 것이 아니라는 말로써 탕왕을 위로
한다. 실제로 탕이 무광에게 왕 자리를 제시하자 무광이 물에 빠져 죽
었기 때문에 어쩔 수 없이 왕이 되었다는 변론으로 탕왕을 위로했다.

제90행에서는 주나라 문왕의 알현과 성궐이 구비 되고 문물이 찬연
하게 빛남을 말했다. 이어 제100행에서는 무왕의 알현과 그가 목야에
서 은의 마지막 왕 주紂를 토벌한 사실을 평가하면서 대의에 흠이 되었
음을 지적했다. 주나라가 은나라를 멸하고 미자계微子啓를 송공宋公에
봉해서 오백 년 동안 은나라 제사를 잇게 했지만, 백이와 숙제에게는
못할 일 했다며 충신을 두둔하고 나섰다. 여기에서도 눌재의 생각과

37 차주환, 앞의 책, 993면.

소신을 읽을 수 있겠다. 충성한 말을 한 신하, 바른말을 한 신하는 예우
해야 마땅하다는 눌재의 속마음이 절실하게 읽혀진다.

　제125행에서 128행은 서주西周 시대의 안정기를 누렸던 성왕과 강왕
의 시대가 지나고 서주의 10대 왕으로 잔인했던 여왕厲王과 포사褒姒
라는 여인에 홀려 악정을 일삼았던 12대 유왕幽王 시절, 견융 등 외세
가 침입하여 낙양으로 천도하여 동주東周의 시대를 열게 된 사연을 말
했는데 이 역시 우의적으로 군왕이 중심을 잃으면 결국 걷잡을 수 없는
화가 초래됨을 말하고 있다.

　제132행은 춘추전국시대를 말한 것으로 제환공과 진문공을 들어 서
로 뺏고 뺏기는 정국을 비판적으로 말했으며, 제136행부터는 전국시대
곧 진시황을 화젯거리로 들었다. 제145행은 한나라 곧 유방이 세운 서
한西漢의 시작을 말했는데, 소하蕭何와 장량張良의 보필을 받아 왕으로
서의 규모規模를 세우라 했건만, 말을 듣지 않고 패권 잡는 데만 열을
냈다며 유방에게 충고하는 말을 제150행까지 했다. 그래서 자신은 등
지고 달아나 숨었는데 상산 깊은 곳에서 하황공, 기리계와 벗 삼아 편
안하게 살았다고 했다. 이곳 역시 눌재의 생각이 깊게 배인 곳으로 훌
륭한 신하를 배척한 결과는 결국 패망의 길뿐이라는 엄중한 경고를 우
의적으로 말하고 있다.

　제156행부터는 결국 한나라가 망하고 왕망의 신新나라가 들어서서
온갖 악행을 저지른 것과 후한 광무제가 정의의 군대로 이를 평정하고
요임금의 전통을 이으며 학예를 강술한 사실을 말한 다음, 산림에서
인재를 찾아 탕왕이 불렀던 이윤伊尹 같은 신하를 초빙하고 은일지사
로 이름난 설방薛方과 방맹逄萌을 정성으로 불렀다는 이야기를 길게
힘주어 서술하고 있다.

이 역시 눌재의 글쓰기 의도와 주제가 무엇인지 잘 알게 하는 대목이다. 제169행과 170행 역시 눌재의 생각이 잘 드러나고 있는데 황제의 돌봐줌에 몸을 굽혀서 시종을 다 하며 중흥의 벅찬 공적을 칭송했다는 것이다. 인재와 그 등용, 그리고 그에 대한 존중과 신뢰 등이 무너진 중종 대의 모순과 불합리를 우의하여 한 말이다.

제171행은 곧은 신하를 물리쳐 죽게 하니 현인들이 감투를 벗어 걸고 티끌세상에서 벗어나고 말았음을 제177행에 걸쳐 말했다. 누차 강조하지만 눌재의 생각 곧 이 글에서 강조하는 바는 신하와 충신에 대한 예우와 신의의 강조이다.

제178행부터 제192행까지는 중원의 이러저러한 사고에 대해 말했으며, 제193행은 위·촉·오의 삼국에 대해 말했는데 제196행은 유비의 촉한을, 제200행부터 손권의 오나라를 말했는데 "조대朝代는 차례로 없어지며 일어나고 한다." "몇몇 임금의 성패를 견주어보니 참으로 해가 떴다 졌다 하는 것과 같다."는 말로써 정치와 권력의 무상함을 제210행에 걸쳐 말했다.

제211행은 수나라를, 제215행은 당나라를 말했으며 제220행은 당 태종 이세민의 정관의 치를 필두로 제248행까지는 당나라에 관한 사실을 길게 서술했는데 당 고조 말엽에 태자 이건성이 아우 이세민을 모함하여 죽이려 하자, 이세민이 현무문 밖에서 친형 이건성을 죽였으나 명단종선明斷從善했기에 어진 신하들이 차마 떠나지 못했음과, 고종의 황후이던 측천무후가 690년에 스스로 황제가 되어 나라 이름을 주周로 바꾸고 수도를 장안에서 낙양으로 옮겨, 15년 동안 통치하다가 705년에 중종에게 양위했던 일을 말했다.

이보다 앞서 측천무후의 셋째 아들 이현李顯은 제 4대 중종이 되었는

데 그의 부인 위후韋后가 아버지 위현정과 함께 정권을 장악하려 하자
측천무후는 중종을 폐위시켰었다. 하지만 705년에 측천무후가 병을
얻자 재상 장간지張柬之 등이 양위를 압박하자 폐위시켰던 중종을 복위
시킴으로써 당 왕조가 부활했던 사실을 말했다. 중간에 제240행에서
는 당 현종이 위후를 몰아내고 당나라 대통을 이은 것과 검려지기黔驢
之技의 말이지만 부녀자와 환관을 조심하라는 말을 해주고 싶은 심정
을 제244행에서 서술했다.

　제253행부터 제268행까지도 측천무후와 위후, 양귀비와 장후張后
(현종의 맏아들인 숙종의 총희) 등 후비后妃들이 일으킨 재앙과 고력사高力
士, 어조은魚朝恩, 정원진程元振 등 환관들의 방자함을 다시 말했다. 여
기서 주목할 바는 눌재가 후비와 환관 등의 횡포와 방자함에 대하여
많은 비중을 두면서 길게 서술한 점이다. 이는 무엇을 뜻하는가? 이
역시 눌재 당대의 군왕 주위에 포진한 훈구대신들이 저지른 폐해를 우
의한 것이다.

　제269행에서는 상서로운 오성연주五星連珠 곧 문치주의의 출현을 예
고하는 별자리가 보인 것을 말하여 제271행에서 송나라가 도래했음을
알렸다. 제272행에서는 "온 천지에 봄기운 넘쳐난다."는 말로써 송나
라가 한기韓琦, 범중엄范仲淹 등 유명 재상의 활약으로 문치가 빛났음
을 제276행까지 말하고 있다. 제277행은 왕안석의 신법이 잘못된 것임
을 말한 뒤 제280행에서는 눌재 자신이 도교의 서화궁에 도피하여 낭
간예서琅簡蕊書 같은 글을 통하여 길흉을 점쳐본다는 말을 제286행까
지 하고 있다.

　제287행에서는 여진족이 나라를 세워 국호를 금金이라 하고 요를 멸
망시킨 뒤 북송을 공격하면서 금나라 시대가 열렸음을 말했는데, 송의

휘종과 그의 아들 흠종이 금나라의 포로가 되어 북방으로 끌려가 죽을
때까지 아무도 구원해주지 않았던 사실 등을 제290행까지 서술했다.
이 역시 눌재의 생각이 잘 나타난 대목인데 충신의 부재가 부른 비극적
인 최후를 말한 것이라 할 것이다. 제293행은 북송이 남으로 쫓겨나
남송이 된 사실을 말했는데 남송은 주화파와 주전파의 갈등으로 청성
靑城에서 있었던 휘종 부자의 원혼을 씻을 생각은 하지 못하고, 되레
갈등만 되풀이하다가 진회秦檜와 같은 주화파의 음모로 악비 등 충신
이 해골이 되어버렸다는 말을 제307행에 걸쳐 서술했다.

　제311행에서는 몽골족의 원나라가 건국되었다는 말을 했는데 "어찌
옷깃 좌측으로 여미는 추악한 오랑캐는 제왕의 고장을 훔쳤는가."라는
말로써 만고의 커다란 변고가 바로 몽골족이 세운 원나라임을 강조했
다. 제317행에서 "강산은 그 찌꺼기와 때 머금고서 명철한 임금이 통쾌
하게 씻어주길 기다린다."라고 하여 명나라의 개국을 고대한다는 표현
을 그렇게 했다.

　제320행에서는 좋은 운이 곧 트일 것이라 했는데, 제323행에서 드디
어 명나라의 창업을 말하여 한족漢族이 하·은·주의 정통을 이어 옛 영
토를 회복하자 백성과 문물이 새로워졌으며 산천이 무성하고 울창해졌
음과 제339행에서 성스럽고 신령한 임금이 대를 이어 다스려서 백여
년의 밝은 업적을 쌓았다고 했다.

　제345행부터 제350행까지 명나라 창업인 1368부터 눌재가 이 부를
쓴 해인 1521년까지 153년의 기간 동안 남경(1368~1421)과 북경(1421~
1644)에 도읍을 한 명나라는 훌륭한 신하를 등용하여 번성했음을 말했다.

　곧 옛날 고양씨高陽氏의 팔재자八才子와 고신씨高辛氏의 팔재자八才
子인 팔원팔개八元八愷의 온화한 사람과 선량한 사람을 등용하였으며,

후한 때 한서漢書를 저술했던 반고班固 같은 사가들과 은나라 고종 때의 재상인 부열傳說과 같은 훌륭한 신하를 등용하여 국정을 꾸려갔음은 물론 "공론의 뛰어난 것을 부지하였다."는 말과 "겉의 화려함 없애고 탐내지 못하게 하고", "기교 가리어 숨어서 나서지 못하게 한다."는 말로써 인재 등용과 활용의 중요성과 당시 눌재 자신이 왕명의 구언求言 때문에 처하고 있는 답답하고 억울한 심정을 우의적으로 서술하였다. 여기까지는 로고스가 강하게 드러난 것이 특징이다.

제351행부터는 자기 자신에 대한 이야기가 주를 이루는 에토스가 강하게 발현된 대목이다. 명나라의 든든한 모습을 보니 자신의 신념과 의지가 굳어져 흔들림이 없어졌다는 말과 새가 내려앉을 가지가 무성하게 생겼으므로 천지간의 큰 회오리바람을 배워 큰 기러기처럼 높이 날아오르도록 날개를 닦는다면서 수기치인修己治人을 다짐했다.

제357행 역시 자기 자신에 대한 이야기를 하고 있는데 외람되게도 과거에 급제하는 영광을 입어 벼슬을 하게 된 것을 말했다. 제360행에서는 1501년 교서관정자로 첫 벼슬을 하게 된 사실을 서술했으며 제361, 362행에서는 〈신비복위소〉로 용안을 거슬렸음을 말했다. 하지만 자신의 행동은 명예를 좇아 밖으로 내달리려고 한 것이 아니라 폐단을 없애고 망가진 법을 되살리려고 한 것이었음을 제363, 364행에서 힘주어 말했다.

자신의 행동을 교묘하게 꾸며대어 자신을 먼 지방의 수령으로 내몬 훈구파들을 향한 일갈은 제365, 366행에서 말했다. 제368행은 당 헌종이 궁궐에 불사리를 봉안하자 한유가 불골표佛骨表를 내어 반대하였다가 동쪽 조주潮州로 쫓겨났듯이, 자신이 왕의 화재 관련 구언求言에 응답했다가 지방 수령으로 물러난 것과 위험한 길에 도움이 없었던 것,

남들이 상소를 올리지 말라고 간절하게 만류했지만 듣지 않았던 일 등을 후회하면서 상자 가득 써놓은 글들을 모조리 불살라버렸다는 말을 제372행에 걸쳐 말했다.

제373행은 지금까지 경험했던 일들이 모두 꿈이었음을 "몸이 갑자기 펴지고 놀란 듯이 깨어나니/ 바람 드문데 조각달 걸려있다."라는 말로써 각몽覺夢의 순간을 말했다. 그러면서 누천년의 중국 역사가 "밥 짓는 잠깐 동안이었다."라고 하여 인생무상, 권력 무상을 말한 곳은 제380행이다. 이어 제386행에서는 앞서 한 말은 자신의 주장이 아니라 신군神君의 생각이라며 자신의 말로써 어떤 화근이 될까 봐 신중한 모습을 보였다. 제389행부터 제414행까지는 눌재의 생각과 소신이 집약된 곳으로 이 글의 결론이기도 하다.

'흥망과 치란의 얽힘은 한바탕 허깨비 꿈에 지나지 않는다'(제391~392행), '천고를 합쳐 한바탕의 꿈으로 여겨/ 가슴속에 온 누리 머물게 한다'(제407~408행), '만물을 들녘의 먼지 같이 보고/ 붕새 등에 올라 푸른 하늘 보며 마음 노닐게 한다'(제413~414행) 등 눌재의 길고 긴 꿈 여행은 결국 장자의 소요의 세계 곧 요리사인 요임금과 신주인 허유와의 관계처럼 요리사가 아무리 요리를 못한다고 할지라도 신주는 술병과 도마를 뛰어넘을 수 없다는 말을 빌려와 군왕에 대한 신의와 존엄을 표함은 물론 우주의 절대자를 희망하는 자신은 속세의 어떤 비방에도 끄떡하지 않는다는 선비로서의 의연함과 충성을 말하여 당대 훈구대신들에게 멋지게 일갈하는 내용이라 하겠다.

아, 서술시의 힘이여, 호남시인의 위대함이여, 역사의 돌고 돎이여, 역사가 주는 뼈아픈 교훈이여, 이 어찌 옛적 중국에만 있었던 사건이며 비극일 것인가? 문학이 갖는 위대한 힘, 그 어떤 무기보다 강한 깨우침

의 아픔이라니, 오늘의 우리 현실에서 그저 비통으로 울분으로 박상의
〈몽유〉를 위로 삼아 읽으며, 반드시 해 뜰 날이 있을 것이라 굳게 믿는
다. 이와 유사한 것으로 〈조오왕〉이 있다.

의자도부 병서   擬自悼賦 并序

옛날 반첩여는 자신을 애도하는 부를 지었다	昔班婕妤賦自悼
반첩여는 재앙이 그의 강보에 싼 아기에까지 미쳤는데	蓋班災聯嬰褓
그런 비감을 가을 부채로 나타냈으니	感弘秋扇
그것은 자도한 것의 가장 절실한 예다	其爲悼最
하지만 나의 경우 반첩여에 비한다면 더욱 참혹하다	然子比班又慘焉
나는 어려서 부친을 잃고	余早失怙
형한테서 글을 배웠는데	學於兄
형마저 또 세상을 떠났다	兄又逝
계해년(연산 9년, 1503) 겨울에	及癸亥冬
딸아이가 죽었고	哭女
지난해 여름에	往年夏
딸과 아들이 죽었고	哭女與男
겨울에는 또 아내가 죽었다	冬又哭妻
아아	噫
무신년(성종 19년, 1488)부터 병인년(중종 1년, 1506)까지는	
	自戊申至丙寅歲
太歲가 두 차례도 돌아가지 않았는데	未再周
이토록 화가 여섯 차례나 닥쳐오는 혹독함을 당했다	而玆禍及六之酷
비록 수명의 장단은 타고난 분수가 있다고 하지마는	雖曰脩短有分劑
그래도 내가 저지른 일로 초래했을까 두려워했다	猶恐已作之召
그러나 스스로 반성해 보아도 그럴만한 이유를 발견하지 못해	
	而自反不獲

감회를 펴서 부를 지어	敍懷著賦
반부의 뒤에 붙이는 바다	配班之後
내 인생의 괴롭고 막히는 것 불쌍하거니와	閔余生之艱頓兮
대체 어찌하여 타고난 운명이 그리도 사나운가	夫何天命之不純
먼저 아무것도 몰랐을 때 법도를 받들고	曩承規於面墻兮
아버님의 간곡하신 가르침 따랐도다	遵庭敎之諄諄
무신년 정월에	歲黃猿之孟陬兮
내 죄 하늘까지 닿아서(아버님을 잃는) 혹독한 재앙이 내렸다(1488년)	
	罪上通而降酷
다행히 나의 몸 상하지 않아	幸棘心之未枯兮
남풍 같은 어머님 사랑으로 자라나게 되었다	循凱風之長育
백씨를 스승으로 받들어 공부했는데	從伯氏以北學兮
성종께서 막 즉위하셨을 때다(1489년)	當宣陵之初陟
택궁에 기거해서 외람되이 부양을 받는데	寄澤宮而忝養兮
봄 달이 두 차례 기우는 것 보았다	覩春月之再朒
사마시에 응시하여 뽑히게 되어(1495)	累司馬而擢錄兮
백발되신 어머님의 마음 위로하여 드렸다	慰倚閭於鶴髮
동네에서는 좋은 아들 두었다고 칭송하였고	里閈稱其有子兮
외람되게도 삼주수가 다시 났다고 말들 하였다	謬云三珠之復出
무오년(연산 4년, 1498) 유월에 이르러서는	曁黃駒之徂暑兮
가을 폭풍이 느닷없이 연지(형의 죽음)를 꺾었다	秋飆忽折其連枝
비록 억지로 내 비통함을 누그러뜨린다 하더라도	縱强寬其哭震兮
조카들과 어머니 때문에 남모르게 정말 가슴 아팠다	實潛痛乎孤嫠
쇠해 가는 가문의 재앙을 생각하니	念衰門之覆崇兮
나의 길 외롭고 위태로움 근심되었다	愍余蹤之悍危
길가에서(형제 없는 외로움을 다룬) 체두 편 노래 부름이여	
	歌杕杜於道周兮
외로운 신세 무엇을 의지하나	勢孑孑其疇依

오히려 옛글 공부에 힘을 다해서   猶竭力於稽古兮
세월을 이어 식지 않은 열성 바쳤네   綿日月以不敢衰
시서의 원림을 섭렵하면서   涉詩書之園林兮
향기롭고 고운 것 집어 올려 곱씹었다   拮芬艷以咀嚼
가난에 쪼들려도 찌푸리지 않았고   處窶憲而不嚬兮
구태여 재물 모으려 허겁지겁하지 않았다   敢遑遑於封殖
학궁에서 대과에 급제하여(1501년, 연산군)   登邦選于南宮兮
비천한 내 이름으로 방목을 더럽혔다   汚桂籍以賤名
어머님께는 큰 자랑 드렸고   摛春暉於堂萱兮
아내에게는 즐거움 안겨줬다   有庭荊之欣榮
외람되이 벼슬에 끼었기에 열성을 다하여   玷鷺班以鼇蠻兮
유하혜가 남겨준 곧은 정신 흠모했다   懷柳下之遺直
질박한 것을 깎고 다듬어 화려함 드러내기 싫어했고

                                                                        惡雕樸以騰華兮
순수하고 소박함 온전히 살려 내공을 다졌지만   全純素而內植
끝내 세상 길과는 어긋나게 되어   果齟齬於世軌兮
귓전에 뭇 호통 소리가 우레치듯 하였다   雷群咻於耳側
인사하는 것 고지식하고 걸음걸이도 멍청하여   揖旣戇而步癡兮
시속에 아양을 부리지 않았다   無時俗之嫵媚
그 누가 이 지극히 졸렬함 빼앗고   孰能奪其至拙兮
나에게 교지巧智를 안겨주겠는가   眷授余以巧智
산에 어찌 달고 부드러운 고사리 없어   山豈無蕨薇之甘脆兮
못난 사람의 일그러진 몸 길러내지 못하랴   養不肖之殘軀
어릴 적에 배운 것을   幼之學兮
어른 되어 실행함이니   壯而行
전대의 (충직했던 인물의) 영혼 불러내어 나란히 달려가리라

                                                                        招前靈以竝驅
맹세코 내 타고난 성품 고치지 않고   誓不矯余之初度兮

수사(공자)의 법도에 따르리라	依洙泗之矩矱
벼슬길의 갖은 곡절 겪어오는 동안에	歷宦途之九折兮
두려움 쌓여서 몸에 병이 들었다	恓怖襞爲身疾
갑자년(1504, 연산 10)에 캄캄한 비바람이 불어와	風雨曹曹乎甲子兮
온갖 풀 다 이지러지고 꽃향기 사라졌다	百草盡變而無芳

자잘한 쑥나부랑이 본래 없애 버릴 것 못 되지마는

區區蕭艾固不足誅兮

아, 백지와 난초는 쓸모없이 자라기만 하였다	唉芷蘭之宂長
섬의 두약杜若과 궁벽한 곳의 백지를 뜯으니	采洲若與僻芷兮
향기 범속하지 않고 유자향과 방불하다	芳闇闇其撑袖
서리와 눈 그득히 내리는 것 보면서	覽霜雪之貿貿兮
대나무와 솔 유달리 뛰어난 것 어루만진다	撫篁松之特秀
큰길에 올라서서 제자리를 돌며	登周道而儃徊兮
신령한 하늘이 길하게 해 준다는 말을 나는 원망했다	靳神天之錫吉
역귀들 기승부리니 가슴이 아픈데	痛疫魅之闃闃兮
다투어 이빨을 움직이고 혀를 날름거린다	競鼓牙而呻舌
그 독액이 딸과 아들에 뿌려져	漫毒涎於瓦璋兮
(딸과 아들의) 혼들이 뒤따라 날아올라 가버렸다	魂相踵而飄騰
자하의 침통한 슬픔 알게 되었으나	裁卜子之沈悲兮
연릉의 통달한 행적 따랐다	殉達軌於延陵
우리 부부의 무고함 기뻐하여	喜吾夫婦之無恙兮
곡풍의 힘을 모아 열심히 사는 것 노래하였다	歌谷風之育鞠
이르기를 말단의 선비 쑥대 속에 엎드려	曰裔儒跧伏於蓬蒿兮
장구의 힘을 빌려 행적을 늘려보려고	資章句以彌跡
염치를 무릅쓰고 외람되이 벼슬자리 차지하여	乃強顏而久竊位兮
이제 추위와 더위 여섯 차례 바뀌었다	今六變其涼燠

속으로 내 분수 헤아려 보니 사실 분수에 넘치고 있어

內揣分而實逾兮

후진들의 재능 방해함 부끄러웠다	媿妨能於裔列
임금의 녹을 먹고 풍족함을 꾀하는 일	食君之祿圖豐弘兮
내 마음이 급급해서 그런 것 아니니	非余心之汲汲
방하동의 뻗어 있는 벌판이여	睄荷洞之瀾迤兮
두어 칸의 파옥 있네	有數間之破屋
하물며 오막살이 아직 남아 있고	況負郭之尙存兮
흉년이 아니면 죽 끼니는 거르지 않음에랴	非凶歲不失饘粥
사슴의 뛰노는 천성 그대로 지켜내길 원하며	願遂麋鹿之恒性兮
흰머리 되도록 같이 살고	白首相保於丘壑
어머님 뫼시고 봉양하면서	侍慈闈以奉養兮
내 힘으로 장만한 곡식 배불리 먹는 거라네	飽吾力之菽粟
계획은 정말 좋았으나 해내지는 못하고	計實勤而不究兮
느닷없이 해괴한 꿈처럼 흉한 일 알려왔다	忽怪夢之凶謁
위독한 아내 구해내는 일 어찌 멈추기야 했으랴마는	徵斷絃之曷休兮
영영 세상 떠나게 된 것을 알았네	悟永抛乎琴瑟
때는 한 해 채 다 가지 않는 동짓달	瞻歲鱸之未周兮
달의 두꺼비가 그 얼음바퀴 돌리는 이십오일이었다	蟾馭轉其氷轂
29년 세월은 정말 눈 깜짝할 사이였으니	廿九年眞一瞥兮
아내는 옥고리 패물 버리듯이 놓고 떠나갔다	委環佩其若遺
저승길 떠난 것 날로 멀어짐 서러우니	悼幽蹤之日逖兮
외쳐도 들을 수 없고 불러도 알지 못한다	號無聞而招不知
하늘과 땅이 오래간다고는 하지마는	雖圓厚之久長兮
슬프다 다시 만날 때는 언제가 될 것인가	痛更覩之何時
내 가슴 쓰라림 괴롭거니와	疚余中之酸楚兮
한정 없이 계속되는 슬픈 마음 지니고 산다	銜袞袞之情悲
남기고 간 어린 것 무릎 위에 앉으니	抱遺雛於膝上兮
눈물이 콸콸 턱까지 흘러내린다	淚浪浪其交頤
안방 컴컴한데 먼지 쌓이고	洞房黢昧以塵凝兮

바람은 느릿느릿 방장 흔든다	風徐徐以振帷幄
비단 살창 열어 놓고 탄식하니	闢綺疏以喟息兮
목소리와 얼굴 아득히 사라져 접할 수 없다	邈聲容之不可接
정원 매화에 봄비 머물러 있는 것 보니	逗春雨於園梅兮
그 사람의 아리따움과 방불하여라	存精神之彷彿
지금은 어둡고 빛없이	時曖曃其曠暽兮
해는 서둘러 서쪽으로 빠진다	曜靈俄而西沒
가슴속이 끓어올라 불 지핀 것 같으니	情涫沸以若炊兮
참담다 반악의 아내 잃은 답답한 마음처럼	慘潘懷之忳鬱
슬프다	噫
선한 이에 복 내리고 음란한 자에 재앙 내린다는 거	福善禍淫
그 이치가 가물거린다	理又玄玄
저 사람은 어떤 사람인가?	彼何人斯
마음은 솟아오르는 샘물 같아	心似涌泉
멋대로 눈 부라리며 탐욕 부려	恣睢盱以貪饕兮
욕심의 바다 끝없이 출렁이는데	泂欲海之無津
도리어 부모 구존하는 경사 누리고	反有俱存之慶兮
대낮에 버젓이 남 앞에 교만 부린다	冒白日以驕人
하늘은 어찌하여 나에게	天胡使我
어려서 아버지 잃고 의지할 곳 없는 서러움에 얽히게 하였는가	
	早紆何怙之慽
저 사람은 어떤 사람인가	彼何人斯
행실이 귀신이나 물여우 같아	行骈鬼蜮
외양은 너그러우나 속은 우명하여	外雖寬而內深兮
숨겨진 독 쇠뇌로 남몰래 쏘아대는데	幽毒弩以潛射
도리어 형제 무고한 즐거움 차지하고	反有無故之樂兮
넉넉히 마시고 먹고 하여 배 불리고 잘 살다니	裕飲食以望腹
하늘은 어찌하여 나에게	天胡使我

서둘러 형님 곡하는 눈물 흘리게 하였는가	忙隔哭昆之淚
여기에 한 사람 있어	有人於此
혈족을 끊어버리고 동류를 해치는데	圮族而傷類
형제들이 급한 환난 없고	鶺原不見其急難兮
집안은 위아래 할 것 없이 잘 뻗어 나간다는 소문뿐이고	
	葛藟徒聞其終遠
편하고 돈 많으며 벼슬 높고 영화 누리며	安富尊榮兮
자식들 줄줄이 잘 길러내다니	能育胞胎之蔓
하늘은 어찌하여 나에게	天胡使我
자주 동쪽 들에 자식 묻는 횡액을 당하게 하는 건가	頻因東野之厄
여기에 한 사람 있어	有人於此
정의 더럽히고 덕에 피를 칠하고	穢義釁德
손해 볼까 근심하여 못하는 짓이 없어	患失之靡所不至兮
형의 팔 비틀어서 먹을 것 빼앗는데	紾兄臂以奪食
갓 쓰고 신발 끌고	戴冠曳履兮
내외 해로하는 복 누린다니	能享偕老之福
하늘은 어찌하여 나에게	天胡使我
갑자기 아내 잃어 장자莊子의 고분지통 갖게 하는 건가	忽鼓子休之盆
참으로 푸른 하늘 믿기 어려워	信蒼高之難諶兮
마음 슬프고 답답하여 억울함 못 참겠네	中閔瞀而煩冤
길하고 흉한 것 자신이 꾀하는 것 아닌데	吉與凶固不自謀兮
또 하필 점장이 정첨한테 물어 볼 것 있겠는가	又何必問夫鄭詹
고독하게 혼자 살며 무료해지니	塊獨處而無聊兮
온갖 근심 세차게 솟아오른다	百憂芸芸其來添
말을 맺거니와	系曰
어머니 계시나 아버지 안 계시어	有母無父
이 몸 무척 외로우니	身苦孤兮
슬프다	噫

남들은 다 형 있는데	人皆有兄
나만 유독 없으니	我獨無兮
슬프다	噫
세 아이 저승에 가고	三兒登幽
무덤 온통 황폐해졌으니	塚半蕪兮
슬프다	噫
아내 또 뒤따라 죽어가고	妻又繼逝
불러올 수 없으니	不可呼兮
슬프다	噫
내 죄는 무엇이길래	我罪伊何
이 환난 당하는가	罹此虞兮
슬프다	噫

파토스를 실현한 〈의자도부병서〉는 전체 192행의 비교적 긴 시이다. 제1행에서 제4행은 반첩여의 추풍선秋風扇에 빗대어 눌재 자신의 이야기를 감성적이며 비감적으로 나타냈는데, 반첩여의 글이 그 수법이나 내용이 매우 절실하다는 말을 하여 시의 처음으로 삼았다. 그렇지만 자신의 경우는 반첩여보다 더욱 참혹하다는 말을 제5행에서 한 뒤, 제6행부터 제14행까지 부친을 잃은 사실, 스승이자 형이 작고한 일, 두 딸과 아들이 세상을 뜬 일, 이어 아내 류씨柳氏마저 세상을 버린 일 등을 일일이 말했는데, 짧은 세월 동안 "이토록 화가 여섯 차례나 닥쳐오는 혹독함을 당했다."고 제17행에서 적시하듯 진솔하게 서술했다.

그런데 도대체 이렇게 화가 집중된 까닭이 무엇인가? 혹여 나의 잘못이 아닌가 하고 돌이켜 보지만 도저히 그 까닭을 모르겠다는 말을 하면서 그럴만한 이유를 찾지 못해 반첩여의 부를 이어 새로운 부를 짓는다며 창작 의도를 밝힌 곳이 제22행이다.

제23행부터는 앞서 말한 비극적 사실을 풀이적으로 서술하는 형식
으로 다시 말했는데 15세에 부친을 잃은 사실과 치상에 몸을 상하지
않아서 다행이라는 점, 모친의 사랑을 가득 받았다는 점 등을 제30행
에서 말했다.

제31행에서는 백씨 하촌공 박정朴禎에게 공부한 일, 성종이 즉위(1489)
한 사실은 제32행에서 말했다. 이어 제35행에서는 사마시에 뽑히게 되
어(1495) 모친을 위로해 드린 일, 동네 사람들의 칭찬을 받은 일 등을
제38행까지 말했다. 제39행은 무오년에 형이 세상을 뜬 일, 조카들과
어머니를 걱정하는 마음, 가문의 쇠해감을 걱정하는 내용 등을 《시경》
소아 〈체두〉 시의 내용에 빗대어 슬퍼함을 제45행까지 말했다. 〈체두〉
는 벼슬에 나간 낭군을 기다리는 아내의 그리운 마음을 절절하게 담은
시이다. 이 시의 인용은 그렇게 낭군을 기다리던 부인 류 씨가 그만
애통하게도 낭군과의 재회를 이루지 못하고 저세상으로 갔으니 얼마나
애통한 일이냐의 설의가 내포를 담았다. 제46행에서는 외로운 신세 극
복은 오직 열심히 공부하는 것이었다며 시서詩書를 섭렵했다는 말을
"향기롭고 고운 것 집어 올려 곱씹었다."며 제52행까지 말했다. 이는
학자로서의 눌재의 면모가 여실히 잘 나타난 서술이다.

제53행은 28세로 문과(대과)에 급제한 사실, 어머니와 아내를 기쁘게
해 드린 것, 첫 벼슬 교서관정자에 부임한 사실 등을 말했으며 제58행
은 벼슬에 임하는 자세를 직도이사인直道而事人(바른 도로써 군왕을 섬김)
했던 춘추시대 노나라의 유하혜柳下惠를 정신적인 흠모 인물로 삼는다
는 말을 하면서 "질박한 것을 깎고 다듬어 화려함 드러내기 싫어했고/
순수하고 소박함 온전히 살려 내공을 다졌지만" "끝내 세상 길과는 어
긋나게 되었다."는 아픈 마음을 제61행에서 말했다.

　제62행부터 제73행까지는 시속에 아양 부리지 않으며, 타고난 곧은 성품 고치지 않고 공자의 법도에 따라 올바르게 처신하겠다는 다짐 등을 힘주어 말했다. 제74, 75행은 벼슬길에서 곡절을 겪느라 두려워 병이 들었음을, 제76행은 갑자년의 무오사화(1498)가 일어나 훌륭한 인물이 해를 당하고 무능한 사람들이 조정에 득실거리니 "신령한 하늘이 길하게 해 준다는 말을 나는 원망했"고, "역귀들이 기승을 부리니 가슴이 아프다"는 마음을 제88행에서 말했다.

　제89행은 딸과 아들의 죽음을 다시 말했는데 자하子夏가 아들의 상을 당하자 슬퍼서 실명했던 사실과 춘추시대 예에 통달했던 오나라의 계찰季札이 왕위를 사양했던 사실을 떠올리며 오로지 부부의 무고함을 기뻐하며 《시경》 패풍의 〈곡풍〉 시처럼 부부가 합심하여 알뜰하게 살되 절대로 다른 마음 먹지 않겠다는 다짐을 제93행까지 말했다.

　제97행에서는 벼슬한 지 6년이 되었는데 분수에 넘치게 후진의 자리를 차지하고 있는 것 같아 부끄럽다며 녹봉을 먹는 것은 급급汲汲해서 그런 것이 아니라며 제101행까지 말했다. 이어 제102행에서는 광주의 방하동 고향을 생각하며 어머님 모시고 궁경자급躬耕自給하겠다는 의지, 곧 귀거래의 의지를 표명하였다. 제110행은 하지만 그러한 꿈은 아내의 죽음으로 모두 수포가 되고 말았음을 제113행까지 말했는데 부인 류 씨는 29세 되던 1506년에 세상을 뜨고 말았다. 제118행부터 제129행까지는 아내를 잃고 그리워하는 마음을 "저승길 떠난 것 날로 멀어짐 서러우니/ 외쳐도 들을 수 없고 불러도 알지 못한다." 등으로 애통함을 말했는데 "남기고 간 어린 것들 무릎 위에 앉으니/ 눈물이 콸콸 턱까지 흘러내린다." 등을 보면 눌재의 다정다감한 인간미, 아내에 대한 절절한 사랑이 가슴에 깊숙이 와 닿고도 남는다.

아내를 그리워하는 마음은 제130행의 "정원 매화에 봄비 머물러 있는 것 보니/ 그 사람의 아리따움과 방불하여라."에서 절정에 이른다. 이 대목은 읽는 이로 하여금 감탄과 탄식을 함께 토해내고도 남는 절창이요 지고지순한 사랑의 세레나데가 아닐 수 없겠다.

눌재 슬픈 마음의 마무리는 위진시대 반악潘岳과의 동일시에 있다. 반악은 아내가 죽자 5언 고시 〈도망시悼亡詩〉 세 수를 지어 슬픈 마음을 토로했는데 눌재는 제135행에서 그런 반악의 마음을 떠올리며 아내를 그리워했다. 〈도망시〉 가운데 "봄바람 방문 틈을 타고 들어오고/ 새벽 낙숫물 처마에 방울지네/ 잠을 잔들 한시라도 잊으리오/ 깊은 수심 날마다 쌓이니/ 어느 때면 이 슬픔 거의 다 하랴/ 장자가 쳤던 부缻를 나도 칠 수 있으랴"는 반악은 물론 눌재의 안타깝고 절절한 심정을 유감없이 드러낸 것이라 할 것이다.

제137행에서 "선한 이에 복 내리고 음란한 자에 재앙 내린다는 거/ 그 이치가 가물거린다."로 심중을 말을 한 뒤, 제139행에서 "저 사람은 어떤 사람인가?"라는 반복구를 사용하여 탐욕자, 흉악한 자 등은 부모 구존하고, 형제 무고하다며 억울한 심사와 불합리한 현실을 비판적으로 드러냈다. 제155행에서 제172행까지는 "여기에 한 사람 있어"의 반복으로 혈족을 끊어버린 자의 영화 누림과 정의를 더럽힌 자가 내외의 해로偕老를 누리는데 자신의 그렇지 않은데 자식을 먼저 보내야 하며 아내가 먼저 죽었는지 등 이해할 수 없는 마음을 "마음 슬프고 답답하여 억울함 못 참겠네."라고 토로했다.

제177행부터 제192행까지는 글의 마무리다. "슬프다"는 말을 5회 반복했는데 어머니 계시지만 아버지 계시지 못한 것, 세 아이 먼저 저승으로 보낸 것, 아내가 먼저 세상을 뜬 것, 자신이 환난을 당하고 있는 것, 모든 것이 슬프기만 한 것 등이라는 말로 끝을 맺었다.

　당대의 독자는 이 글을 통해서 눌재의 인간적인 면모를 이해함으로써 그에 대한 오해를 종식시키는 등 그를 이해하는 데 많은 도움이 되었으리라 생각한다. 다시 말해서 독자의 감정에 자신의 입장과 처지를 진솔하게 전술함으로써 자신에게 향하고 있는 비난과 모함을 해명하고 이해시키는 설득 효과를 거둘 수 있었으리라 사료된다. 이와 유사한 것으로 〈평왜〉〈해당〉〈문두견〉 등이 있다.

등태산소천하부	登泰山小天下賦
우물 안 개구리가 바다를 말할 수 없듯	井蛙不可以語海兮
독에 든 닭이 어찌 하늘을 알게 되랴	甕鷄何足以知天
매어 사는 것에 치우쳐 習性이 된 것이지	拘居偏而習成兮
타고난 天性이 정말 그런 것은 아니라네	非稟有之誠然
하물며 나는 만물의 영장인데	況吾靈於萬物兮
또 어찌 두 미물의 자잘함에 비기랴	又豈二蟲之區區
보고 들음이 홀로 묶여 있어 통탄스럽거니와	痛睹聽之孤束兮
귀는 가린 것 같고 눈은 칠해놓은 것 같다	耳若障而目若塗
높은데 올라 내가 타고난 기개 활짝 풀어헤쳐서	思憑危而敞余貽兮
고루함을 씻어버리고 기이한 것들 모두 알고 싶어졌다	一盪陋而彌奇
태산은 帝王같이 치솟아 올라 대단키도 하거니와	岱宗帝拔而截截兮
臣妾같은 뭇 산은 바닥에 자리 잡고들 있다	臣妾衆山以處夷
쌓인 푸른 빛 황하수에 나뉘어 담기었고	積翠分蘸於黃河兮
높은 산마루 포개진 하늘 위를 높이 찌른다	崇椒高刺乎重霄
우러러보니 그 높이 몇 천 만 장인데	仰面幾千萬丈兮
등나무 같은 뼈 꿈틀거리니 굽어 뻗어 다리같이 보인다	藤骨蚪屈而示橋
석자 지팡이로 땟돌 디디고 나서서	三尺斷節就冒垂堂兮

(태산) 마루터기에 올라가서 노닌다　　　　　　　　攀冢首而逍遙

솟구치는 매 치솟는 따오기 내 위를 넘어가지 못하고

　　　　　　　　　　　　　　　　　　　挺鶻超鵠不能出吾上兮

구름은 발밑에서 부글거린다　　　　　　　　　　　雲煙餻鰡於趾脚

어찌 하늘이 높고 높다 말하는 건가　　　　　　　　豈曰天之高高兮

(태양의) 금 까마귀 지척에서 날개 치는데　　　　　金烏咫尺而扣翼

버젓이 산 위에 홀로 서서　　　　　　　　　　　　表獨立兮山之上

순식간에 온 땅을 훑어본다　　　　　　　　　　　　卷方輿於瞬息

넓디넓은 사방의 바다도 굽어보고 침 뱉을 수 있고

　　　　　　　　　　　　　　　　　　　洋洋四海可頫而唾之兮

구주의 산등성들은 담 안의 물건이다　　　　　　　九坑兮堵中物

기연청서는 옷 주름에 숨어있는 이들 같아서　冀兗青徐蝨竄於襞積兮

눈밝은 이루라도 분변하지 못하네　　　　　　　　　雖離婁其莫能分

崳夷와 燕代는 마치 혹 같아서　　　　　　　　　　崳峽燕代眞贅疣兮

가끔씩 낮은 구름 사이로 출몰한다　　　　　　　　時出滅於尺雲

양주와 형주는 돋아놓은 흙덩이보다 작고　　　　　楊荊小於塊凸兮

長江과 淮河는 잔물 터져 흐르는 것보다 가늘다　　江淮細於杯决

진관의 여덟 물은 말발굽 자국의 물처럼 보이고　　秦關入水兮蹄涔

禹貢의 명산들은 개미둔덕으로 보인다　　　　　　禹貢名山兮蟻垤

남북으론 서리와 이슬 내리는 곳 다 들어있고　南北窮霜露之所墜兮

동서로는 해와 달이 뜨고 지는 곳까지 다 트여있다　東西極日月之出入

멀면 蠻族의 나라와 西戎의 마을　　　　　　　　　遠則蠻封戎聚

가까우면 제후국들　　　　　　　　　　　　　　　近則侯邦列國

크면 千雉와 百雉　　　　　　　　　　　　　　　　大則千雉百雉

작으면 三里와 七里　　　　　　　　　　　　　　　小則三里七里

혹은 책상 위의 쌓아놓은 떡 같고　　　　　　　　或若案上之飣餖

혹은 얼굴에 붙은 검은 사마귀 같다　　　　　　　或若着面之黑痣

혹은 강마른 바둑알이 네모 줄판에 늘어져 있는 것 같고

　　　　　　　　　　　　　　　　　　　或若枯棋之列方罫

혹은 큰 연못의 起伏같다	或若纛空之泛大澤
열아홉 왕조의 제왕들이 다스리던 고장은	十九代帝王之疆理兮
조용한 방에 앉아 그림을 들고 있는 것같이 뚜렷하다	
	若坐靜室撫圖畫之歷歷
그 누가 구주가 넓다고 말했는가	孰云九州之弘博兮
거두어오는 것 하루 일감에도 모자란다	收來一日而不足
저 두루 답사하는데 다리품을 들여서	彼費脛於周跡兮
십 년을 다 보내고도 어쩌다가 빼먹은 데가 있었다	窮十霜而或逸
가을 터럭을 들어서 큰 것을 써내는 일로 말하면	
	若夫擧秋毫而記大兮
장자의 詭奇함과는 다르다	異子休之詭軼
장자의 학문이	子休之學兮
어찌 나의 학문이겠는가	豈吾之學也
천하를 작게 여기고 차지하지 않는다는	小天下而不有兮
공부자의 굉장히 트인 기상 들었거니와	聞夫子之宏廓
공부자의 눈은	夫子之目兮
또한 나의 눈이다	亦吾之目也
무언중에 정신을 집중하여	揖精神於無言兮
방불해질 기상을 찾아보노라	索氣象於彷彿
흉금을 넓게 풀어놓고 八荒을 깡그리 집어넣어	恢胸襟而盡納八荒兮
끼쳐진 폭풍을 받아 머뭇거린다	襲餘飆而躑躅
몸은 이미 옛 내가 아니고	身非昔我兮
어렴풋이 얻은 게 있다	怳然有獲
오른쪽 눈은 扶桑보다 높이 떠 있고	右眼嵬乎扶桑兮
왼쪽 눈은 若木보다 더 멀리 본다	左眼橫乎若木
형산은 높이 굴 수 없으며	衡霍不得以岧嵯兮
동정호 바닥에 물 차 있는 것	洞庭巨野之瀰漫兮
역시 한낱 물 고인 도랑일 뿐	亦一汚洫
아래 땅의 망망한 것 굽어보니	頫下土之茫茫兮

반눈에 보아도 풀오라기만도 못하다   掛半目而未足芥也
혹시나 이 산의 높은 것이   抑茲嶺之峻嶔兮
눈을 뜨게 하여 시야를 키워준 것인가   拓銀海以增大者乎
곁에 대인선생이 있다가   傍有大人先生
내 말을 듣고 힐난하여 말하기를   聞言詰之日
그대는 산이 큰 것만 알았지   子徒知山之大
우리 도가 큰 것은 모르고 있구려   不知吾道之大也
하늘은 덮어내기는 하여도 실어내진 못하고   夫天能覆而不能載也
땅은 실어내긴 하여도 덮어내진 못한다   地能載而不能覆也
하늘이 싣지 못하는 걸 싣고   載天之所不載
땅이 덮지 못하는 걸 덮는 것은   而覆地之所不覆兮
도의 극도로 넓은 힘이다   道之極於溥也
산은 높아질 순 있어도 깊어질 수는 없고   山能高而不能深也
물은 깊어질 순 있어도 높아질 수는 없다   水能深而不能高也
산이 깊어지지 못하는데 깊어지고   深山之所不深
물이 높아지지 못하는데 높아지는 건   而高水之所不高兮
도의 터럭에 들어가는 힘이다   道之入於毫也
그러니 천지는 내 도 가운데의 한 물건이고

　　　　　　　　　　　　　　此則天地乃吾道中之一物
태산은 또한 물건 가운데의 겨자씨요 대추잎이다

　　　　　　　　　　　　而泰山又一物中之芥子棗葉也
가슴속에 이미 이러한 도가 들어있어서   胸中旣有此道
천지가 내 가슴속의 한 큰 덩어리라면   而天地爲吾胸中之一大塊
나의 가슴속에는   則吾之胸中
태산 같은 높은 것이 몇 개나 되는지 모른다 不知幾泰山之巍巍也
그렇다면 태산도 감히 큰 구실을 못하니   然則泰山不敢爲大兮
하물며 태산보다 작은 것이야 더 말할 나위 있겠는가

　　　　　　　　　　　　　　　而況小於泰山者乎
비록 가슴을 헐떡이고 입을 태우며   縱不胸喘吻烌

흰 구름 걸려있는 산마루를 배회하지 않고서	徘徊白雲之巓兮
초가지붕 밑에서 잠자리 쭉 뻗고 있어도	茅茨之下申申床褥
천하는 한 개의 탄알에 지나지 않는 것이다	可以知天下一彈丸也
저 맹자의 평이 틀림없으니	伊子輿之評確兮
진실로 이곳에 있지 그곳에 있지 않다	信在此而不在彼
나는 그대의 손을 잡고 진리를 탐구하여	吾將携子而探討兮
동문의 夫子를 맞이하리라	邀東門之夫子

위의 〈등태산이소천하〉는 로고스를 실현한 시인데 눌재의 유학자로
서 유학의 경전에 대한 중심 사유 곧 종경宗經 지향을 잘 드러내고 있는
시이다. 전체 103행의 비교적 장편인데 눌재의 포부와 소신, 나아가
유학자로서의 신념이 담겨 있다. 사람의 이목은 누구나 그 공능功能은
거의 같지만, 환경의 제한으로 위축되거나 고루해질 수 있다. 그러므
로 그것을 면하기 위해서는 천하에서 가장 높은 곳에 올라야 한다. 하
지만 그 가장 높은 곳은 태산이 아니라 성인의 문하라는 전제를 알아야
이 글을 제대로 읽었다 할 것이다. 곧 유학을 제외한 사상은 동산에
올라가 노나라를 작다고 한 것에 불과하고, 유학을 알고 나면 태산에
올라서서 천하가 작다고 말할 수 있는 능력이 생긴다는 말이다.

제1행, 2행은 우물 안 개구리와 독 안에 든 닭을 내세워 만물의 영장
인 '나'라는 사람과 다름을 말했는데 이는 그 내포적인 의미가 유학과
다른 사상들과의 비교를 비유한 것이다. 제6행에서는 태산에 올라야만
하는 이유를 말했고 제9행은 높은데 올라서 "기이한 것들을 모두 알고
싶어졌다."라고 말하여 유학의 세계에 깊이 침잠하여 고루함을 씻어버
림은 물론 유학자로서의 포부와 다짐을 드러냈다.

제18행에서는 드디어 평소 바랐던 태산에 올라서 세상을 내려다본

사실을 제50행까지 길게 말했다. 복희, 신농, 황제, 요, 순, 우, 탕, 문무, 진秦, 한, 위, 진晉, 유송劉宋, 제, 양, 진陳, 수, 당, 송 등의 열아홉 왕조가 다스리던 고장이 "조용한 방 안에 앉아 그림을 들고 있는 것 같이 뚜렷하다."고 하여 중국 천지가 넓은 게 아니며 "거두어 오는 하루 일감에도 모자란다"고 하여 공문孔門 즉 유학에 들고 난 뒤 이목과 식견이 커지고 넓어졌음을 그렇게 표현했다.

제53행에서는 "장자의 학문이 어찌 나의 학문이겠는가"라고 말하여 자신은 결코 장주학 같은 데 물든 사이비 유학자가 아님을 천명했다. 이어 제55행에서 태산에 올라서서 "천하를 작게 여기고 차지하지 않는다는/ 공부자의 굉장히 트인 기상을 듣고", "공부자의 눈은 또한 나의 눈이다"라고 하여 성인의 문하에 들어 그 성인과 "방불해질 기상을 찾아보노라"며 종경宗經 의지를 다졌다.

제63행은 마침내 성인의 문하에 들었음과 그 결과 달라진 자신의 모습을 말했는데 제74행에서 대인 선생을 등장시켜 유학의 도가 큰 것에 대하여 《장자》〈천하〉편의 "하늘은 덮어내기는 하여도 실어내지는 못하고/ 땅은 실어내긴 하여도 덮어내긴 못한다"의 사상과 비교하여 "하늘이 싣지 못하는 걸 싣고/ 땅이 덮지 못하는 걸 덮는 것은/ 도의 극도로 넓은 힘이다"고 하여 성인 문하 경험 세계의 위대성을 말한 것이 제82행이다. 제83행은 장자의 사상과는 달리 성인의 문하에 들면 "산이 깊어지지 못하는데 깊어지고/ 물이 높아지지 못하는데 높아지는 건/ 도의 터럭에 들어가는 힘이다"라는 말과 "천지는 내 도 가운데의 한 물건이고/ 태산은 또한 물건 가운데의 겨자씨요 대추잎이다/ 가슴 속에 이미 이러한 도가 들어 있어서/ 천지가 내 가슴속의 한 큰 덩어리라면/ 나의 가슴 속에는/ 태산 같은 높은 것이 몇 개나 되는지 모른다."

면서 흉중에 도를 지니고 있으면 굳이 태산 같은 데 올라갈 필요가 없음을 제87행 이하에서 말했다.

제96행은 "하물며 태산보다 작은 것이야 더 말할 나위 있겠는가"라 하여 유학 외의 사상과 그 보잘것없음을 분명히 말했다. 제100행은 "저 맹자의 평이 틀림없으니/ 진실로 이곳에 있지 그곳에 있지 않다"면서 "나는 그대의 손을 잡고 진리를 탐구하여" 곡부의 공부자를 맞이하겠다는 의지 표명으로 결론을 삼았다. 이와 유사한 것으로 〈석고〉가 있다.

3. 면앙정의 서술시

조선시대 사대부는 주지하는 바와 같이 경국제민經國濟民을 모토로 하였던 만큼 현실의 모순과 그에 따른 백성들의 생활고 문제를 중요하게 느끼고 심각하게 받아들였음이 당연한 것이었다. 그러나 조선사회의 기본적 모순이 심화된 현상과 더불어 백성들의 생활이 이루 말 할 수 없이 비참하게 되었음에도 불구하고 여기에 따뜻한 눈길을 돌려주는 사대부가 많지 않았음은 기이한 현상이 아닐 수 없다.

많은 사대부들이 외면한 백성의 문제를 면앙정 송순(1493~1582)은 회피하지 않고 정면에서 추켜들었던 사람이라는 점은 잘 알려진 사실이다. 백성의 현실적 처지와 입장에 대한 송순의 시각은 그의 애민정신에서 비롯된 것인데 당시 횡행한 관리들의 가렴주구苛斂誅求 등 착취의 전횡은 이를 목도目睹하여 비판하고 풍자하는 데에 머무르지 않고, 그 상황을 개혁하려는 실천적 의지가 작용되어 그로 하여금 서술 한시의 세계를 열게 하였다.

송순宋純(1493~1582)은 누구인가? 그에 대해 연대순으로 살펴보기로
한다.

1세 1493년 11월 14일 담양군 봉산면 기곡리 산덕(당시 기곡면)에서
부친 효사당 태泰와 모친 순창 조 씨와의 사이에서 출생한 문
학인이며 정치가이자 행정가였다. 본관은 신평이며 자는 수초
守初, 성지誠之, 호는 면앙정俛仰亭, 아호는 기촌企村, 신평新平
등이라 불렀다. 그의 고조 노송당老松堂 희경希璟(1376~ 1446)
부터 집안이 현달하기 시작했는데, 노송당은 성절사로 북경
을, 사신으로 일본을 다녀온 국제적인 인물이었다. 노송당은
《일본행록》을 남겼는데 송순은 거기에 〈노송선조일본행록
발〉이라 하여 자신의 생각을 붙이기도 하였다. 노송당이 웃대
가 살았던 충청도 연산 계룡산 북쪽 청암동에서 담양으로 옮
겨온 이후 그 후손들은 담양 사람이 되었다. 송순의 조부 복천
福川은 딸을 소쇄원을 만든 양산보의 아버지 양사원에게 시집
보내어 송순과 양산보는 고종(내종) 사촌이 되었다. 송순의 부
친 태泰는 호를 효사당孝思堂이라 했는데 효자였고 어머니 순
창 조 씨 또한 효부였다고 전한다.

송순은 지지당 송흠(1459~1547), 눌재 박상(1474~1530), 육봉
박우(1476~1547), 눌암 송세림(1479~ ?) 등에게 가르침을 받았
다. 그중 지지당은 집안의 당숙벌인데 고조부 노송당의 둘째
아들 구지의 손자로 송순의 아버지와는 동 항렬이다.

21세 1513년 진사시에 합격했다. 송순은 그의 나이 21세 때, 담양부

사로 내려온(1513) 박상의 문하에 참판 정만종과 함께 들었으
며, 당시에 눌재의 아우인 박우에게도 사사했다. 송순은 눌재
박상에게는 〈봉화눌재선생운奉和訥齋先生韻〉을, 육봉 박우에
게는 〈경신 중추 등 무등산 구호 록 정 석헌선생庚辰仲秋登無等山
口號錄呈石軒先生〉의 시를 올렸는데 그시가 당시를 회고케 한다.

24세 1516년 중종 11년 태학(성균관) 들어 명성을 날림.

26세 1518년 눌암訥菴(혹은 취은醉隱) 송세림이 능주 현감으로 부임
     했을 당시 그 문하에 들었는데 눌암은 문명이 높은 문장가로
     국문학 상 유명한 소화집《어면순》을 지은 작가이다. 전북 태
     인 출신의 취은이 1518년(중종 13)에 능주현의 현감으로 왔을
     때, 송순과 만나 사제의 정을 맺었는데 이 인연으로 그의 아우
     반곡 송세형(?~1553)과 송순은 막역한 친구가 되었다. 이로
     써 전북 태인과 전남 담양은 하나의 문화권이 되기 시작하였
     는데, 정극인(1401~1481)의 〈상춘곡〉에서 〈면앙정가〉가 영향
     을 받았다는 이유는 나름 다 이 같은 인연을 두고 한 말일 것
     이다.

      훗날의 얘기이지만 송순은 52세 때 정극인이 교수로 있던
     전북 태인에 찾아가 시를 짓는 등 흠모의 마음을 드러냈으며
     송세림이 지은 장춘정에도 자주 찾아가 송세림의 생질인 한
     정 김약회, 성재 김약묵 형제와 시우詩友가 되는 등 친밀한
     교유를 가졌다.

27세 1519년 별시 금필방 을과(둘째 등급, 모두 일곱 명, 정8품)에 1등으
     로 합격했다.(복시 1등, 전시 3등) 이 해에 기묘사화가 일어나 남
     곤, 심정, 홍경주 등이 정암 조광조, 충암 김정 선생 등이 화

를 당하자 벼슬에 뜻이 없었지만 어버이를 위함에서 그대로
자리에 있었다.

28세 1520년 승문원 근무, 이해 가을 광주 무등산 관련 시를 지어
    기묘사화에 피해를 당한 사람들을 애도한다는 내용으로 석헌
    박우 선생에게 올렸고 다시 홍문관(옥당, 이때 '풍상이 섞어친 날
    에'로 시작하는 시조를 지음)에 들었다.

29세 1521년 호당에서 독서함.

30세 1522년 승정원 벼슬을 그만두고 고향으로 돌아감.
    당시 영광 불갑산, 용천사 관련의 시를 남김.

31세 1523년 예문관 봉교, 부친상을 당하여 3년 시묘살이를 함.

32세 1524년 부친의 묘비 설립(금산석), 곽 씨의 땅을 사서 면앙정
    터를 마련함.

33세 1525년 담제禪祭(3년 상 뒤에 지내는 제사)를 마치고 세자시강원
    설서에 제수.

34세 1526년 중종 21년 호당, 홍문관 수찬, 사간원 정언, 사헌부 지
    평, 장령 등을 받았다.

35세 1527년 벼슬을 내려놓고 고향 어머님을 알현함. 가을 사간원
    정언으로 복직.

36세 1528년 장인 설남중이 청홍도(충청도) 병마우후가 됨.

37세 1529년 송순은 족장 지지당 송흠(1549~1547)에게도 수학했는
    데 이 해에 송흠이 담양 부사로 왔다. 송흠의 《지지당유고》에
    따르면 호남의 어진 스승으로 추앙받던 송흠에게 안처함, 송
    순, 양팽손, 김맹석, 송석현 등 5인의 제자가 있다는 기록으로
    보아, 그의 문하에서 수학했음은 분명한 사실이며, 송흠의

〈관수정觀水亭〉 시에 차운한 〈차송사재관수정운次宋四宰觀水亭韻〉과 〈봉별종장령공흠부광주奉別宗丈令公欽赴光州〉의 시, 송흠이 송순과의 이별을 아쉬워하면서 지은 〈차송장령순별장次宋掌令純別藏〉 등에서 두 사람 사제 간의 정을 살필 수 있다.

38세 1530년 당시 김안로를 동궁(인종)을 보호하려는 자리에 앉히자는 주장이 일자, 대간으로서 적극 반대함. 그 여파로 예조 좌랑, 경상도 어사가 되고, 이어 의정부 검상 겸 세자시강원 문학, 의정부 사인이 됨. 이 해에 눌재 선생이 세상을 뜸.

41세 1533년 김안로의 폭정이 심해지자 고향에 돌아와 면앙정을 짓고(면앙정 삼언시를 지었고, 이때 성수침이 면앙정 현액을 씀) 잠시 벼슬에 나아갔으나

42세 1534년 김안로가 정승이 되어 송순을 해치려 하자 다시 고향으로 낙향함.

44세 1536년 중종 30년 대왕이 문신들에게 중시重試를 보이면서 나라를 구할 방도를 묻자, 송재 나세찬(1498~1551, 중종의 명에 응한 글로 고성에 유배, 일부 기록에는 1534년으로 됨, 1537년 김안로의 죽음으로 해배됨)이 조정의 불화(나세찬이 조정 신하들의 마음이 몇 억만 개나 된다고 신랄하게 비판함)가 가장 크다고 하는 내용을 씀(이를 〈예양책禮讓策〉이라 부름). 이런 나세찬의 글을 송순의 사주라고 지목하여 김안로 자신이 나세찬을 직접 치죄하였으나 송재 나세찬은 끝내 입을 다물었음.

〈예양책〉에 대해서는 송재의 서술시편에서 다시 논하기로 하겠는데, 김안로의 속내는 호남 선비 죽이기였고, 호남의 좌장으로 송순을 지목하여 어떻게든 송순을 곤경에 빠뜨리려는

것이었다. 고문을 참다못한 송재는 자신이 사주를 받은 것이
사실인데, 그 사주자는 눌재 박상이라고 했다. 이 무슨 날벼
락인가? 당시 눌재는 이미 세상을 떠난 뒤였고, 사주라는 말
자체가 엉터리라는 비꼼의 답변으로 김안로 일당을 한껏 기
롱했던 것이다.

45세　1537년 김안로가 죽고 송순이 홍문관 부응교가 됨.

48세　1540년 가선대부 경상도 관찰사로 지방 순회함. 곧 복귀하여
49세에 사헌부 대사헌이 됨.

50세　1542년 전라도 관찰사가 되어 양산보의 소쇄원 조성에 도움
을 줌. 51세 한성부 부윤(지금의 서울시 부시장), 어머님의 봉양
을 위하여 광주목사를 자청, 52세 12월 모친상을 당함.

53세　1545년 인종이 등극하자 문정왕후가 섭정, 윤원형, 이기, 정
순붕 등이 득세하자 송순이 희롱하는 시를 지음, 을사제현의
죽음을 아쉬워하는 내용이었는데 한 아이가 이 시를 어느 잔
치에서 노래함, 진복창이 노래 작자를 밝히려다 실패함.

55세　1547년 어머님 담제禪祭(3년 대상 후에 지내는 제례)를 마침. 동지
중추부사, 《중종실록》 편찬에 참여, 5월 주문사奏聞使로 중
국 북경 행, 귀국 후 통행 금지령을 풀게 하는 글을 올림.

56세　1548년 개성유수.

57세　담양에 장암정을 세움.

58세　1550년 대사헌, 이조참판, 이때 진복창이 이기, 이무강 등과
더불어 5중신 곧 송순, 구수담, 이준경, 이윤경, 허자 등을 박
해함, 송순도 충청도 서천에서 평안도 순천군으로 유배당함.

59세　1551년 유배지를 수원부로 옮김, 유림들이 송순의 무죄를 상

소하고 이기, 이무강 파면 후 송순을 방면함.

60세 1552년 선산도호부사로 좌천, 흉년에 고을을 잘 다스림, 백성
들이 어버이라고 부름, 왕이 의복을 하사, 담양부사 오겸의
도움으로 면앙정을 중수하였음.

61세 부인 설 씨 상을 당함.

62세 1554년 설 씨 상을 고향 담양에서 치름. 선산도호부 시절에는
정언각이 경상도 관찰사로 와서 곤욕을 치렀지만 개의치 않
자, 온 세상 사람들이 어른답다고 칭송함. 선산을 떠날 때 온
고을 사람들이 울부짖으며 만류하고 1555년에 송덕비를 세움.
이 무렵(62세~65세 사이) 면앙정을 중수했으리라 짐작됨. 이때
〈면앙정가〉와 〈면앙정 30영〉이 제작되었을 것으로 추정.[38]

면유지俛有地 숙이면 땅(백성)이요
앙유천仰有天 우러르면 하늘(임금)이라
정기중亭其中 그 가운데 정자(본인) 앉히니
흥호연興浩然 호연지기 흥취가 이네
초풍월招風月 바람과 달(이웃)을 초대하자
읍산천揖山川 산과 시내(친구)도 부르자
부여장扶藜杖 지팡이를 짚었다만
송백년送百年 한 백년은 끄떡없네

63세 1555년 퇴계가 면앙정 관련 7언 율시 3편을 지음.

---

38 〈면앙정 30영〉을 지은 사람들은 임억령, 김인후, 박순, 고경명, 양대박, 이홍남, 윤행
임 등이다.

64세 1556년《노송당 일본행록》을 양산보의 도움으로 남원의 오상 집에서 찾아 소장하게 됨. 여기에 발문을 붙여 간행함.

65세 내종 사촌 동생인 소쇄공 양산보 부음을 들음.

66세 1558년 전주부윤.

68세 1560년, 명종 15년 사직하고 고향에 돌아옴, 하서 김선생 부음, 부모님 비석문을 홍섬이 짓고 이황이 씀, 12월 임억령, 이황 등과 함께 중국 사신을 맞을 준비를 했으나 사신은 오지 않았음.

69세 1561년 나주목사.

70세 1562년 기로소(정2품 이상 문과 예우 차원)에 듦.

76세 1568년 한성부 좌윤(종2품),《명종실록》편찬에 참여.

77세 1569년 한성부 판윤(서울 시장), 의정부 우참찬 겸 지춘추관사, 질병으로 해직 상소를 누차 올림, 선조는 선왕조 원로대신이라 하여 한직인 지 중추부사에 제수하고, 수차례 음식물을 보내어 조정의 신료처럼 예우함, 선조는 송순에게 연금 지급의 규정을 알아보고 도움을 줄 방도를 찾으라 명령함.

81세 1573년 선조가 아우 신紳에게 진잠현감, 큰 아들 해관海寬, 둘째 해용海容에게 각각 건원릉 참봉, 진원현감을 제수하여 광영스럽게 모시도록 함. 나이가 들었어도 바둑, 활, 책, 문장 등을 부지런히 접함. 가마를 타고 면앙정을 오가며 나라를 걱정하는 마음을 다함.

90세 1582년 선조 15년 2월 1일 졸함.

요컨대 송순은 담양 출신으로 27세로 문과에 급제한 후 종9품인 승문원 부정자를 시작으로 벼슬에 나아가 77세 때 한성부 판윤, 의정부 우참찬, 지춘추관사, 지중추부사 등의 정2품 벼슬까지 50여 년간을 큰 탈 없이 관직에 있었다.

송순의 사환仕宦과 생평에 대하여 정리하면 다음과 같다.

㉠ 41세 때 김안로가 국권을 농락하자 의정부 사인 벼슬을 버리고, 고향에 돌아와 면앙정을 지었다. 42세 때(1534) 김안로가 정승이 되자 벼슬에의 뜻을 접고 물러나 고향에 돌아갔다.(약 3년간 고향에 머묾, 45세 때 김안로가 사사된 뒤 5일 만에 홍문관 부응교에 제수됨, 44세 때인 1536년에 송재 나세찬이 중시重試의 답안지에 〈예양책禮讓策〉으로 조정의 불화 등을 신랄하게 밝히자, 김안로 일당인 채무택, 허항 등이 이를 송순과 엮어서 일망타진하려고 함)

㉡ 50세 때(1542) 윤원형, 황헌 등이 날뛰는 바람에 내직에서 쫓겨나 전라도관찰사가 되었는데 이때 양산보의 소쇄원 건축에 도움을 주었다.

㉢ 56세 때 개성부 유수가 되었는데 마치고 돌아와 57세 때 담양부 서쪽에 장암정을 세웠다고 함.

㉣ 58세 때(1550) 대사헌, 이조참판을 하던 중 허자에게 어진 선비를 등용할 것을 권고하다가 미움을 샀고, 친구 구수담이 간신 진복창과 친하게 지낸 것을 만류하다가 진복창, 이기, 이무강 등의 미움을 샀다. 그 사실이 문정왕후에게 알려져 충청도 서천으로 유배를 갔다.(유배 2~3일 후 서천이 호남과 가깝다하여 평안도 순천으로 유배지를 옮겼는데, 이때 두 아들 해관, 해용이 모시고 갔다. 59세 6월에 수원부로 다시 옮기고 이무강, 이기가 파면, 축출되자 12월에 방면되었다.)

ⓜ 그러나 윤원형이 정승이 되는 바람에 60세 때(1552) 다시 외직인 선산도호부사로 나갔다. 61세 부인 설 씨가 선산관사에서 숨을 거두었고, 송순은 62세 때 임기를 마치고 고향에 돌아와서, 담양 부사 오겸의 도움을 받아 면앙정을 복축하고 약 4년간 머물렀다. 아마도 면앙정 복축은 62세부터 66세 전주부윤으로 나가기 전에 있었을 것으로 추측된다.

ⓑ 66세로(1558) 전주부윤으로 출사한다. 송순의 이력에서 58세부터 66세까지는 시련의 기간이었다 해도 과언이 아닐 것이다.

ⓢ 68세 신병으로 사직, 69세 나주목사, 70세 기로소에 들었다. 76세 《명종실록》 편집에 참여했다. 77세 자현대부 한성부 판윤으로 특진, 같은 해 의정부 우참찬 겸 지춘추관사, 고향에 돌아와 연속으로 해직 상소를 올렸으나 불허하였다.

ⓞ 조정에서는 아우 송신에게 진잠현감, 아들 해관에게 건원릉 참봉, 둘째 아들 해용에게는 진원현감을 내려 봉양케 했다.

ⓩ 80세 이후에도 바둑, 활, 책, 산보와 더불어 소일로 건강 유지함.

ⓒ 90세에 작고했다.

ⓚ 송순의 정치에서 신고辛苦는 세 시기로 나누어 볼 수 있는데 초반에는 김안로, 채무택, 허항에게, 중반에는 윤원형, 황헌, 양연 등에게 시달린 것이 그것이고 후반에는 이기, 진복창, 이무강 등에게 시달렸지만 꿋꿋하게 소신을 펼치는 등 불의와 전횡에 전혀 굴하지 않았다.[39]

---

39 송순, 《면앙집》, 〈연보〉.

한편, 면앙정이 현실의 비판과 개혁의 의지를 시 세계에 구체적으로 실현하고자 했을 때 정제되고 세련된 서정시 양식이 부적합했음은 당연한 것이었다. 서술 한시의 경우 개별화된 인물의 등장과 사건의 진행, 시간과 공간적 배경 등이 기본요건으로 갖추어져야 하는데[40] 한마디로 서술 한시의 제작은 백성의 현실적 입장에 따른 시인의 문학적 실천에서 비롯한 것이다.

《면앙집》에는 〈전가원田家怨〉, 〈문개가聞丐歌〉, 〈문인가곡聞隣家哭〉, 〈탁목탄啄木歎〉 등의 서술 한시가 있는데 이들은 모두 체제의 모순에 따른 서술시적 상황에 의한 백성들의 삶에 대한 고뇌와 아픔, 질곡과 갈등 등을 다루고 있다.

문개가   聞丐歌

새벽 꿈 깰 무렵 문 두드리는 소리에 놀라   曉夢初罷驚剝啄
베게 밀치고 들으니 타령소리 길게 늘어진다   推枕起聽歌聲長
아이야, 나가서 웬일인지 물어봐라   呼兒走出問所由
늙은 거지 한사람 아침밥 빌려왔다는구나   知是老丐謀朝糧
그 거지 시름없이 애걸않고 구걸하는 소리조차 의젓한데

                                                             不憂不哀乞語傲
허리춤에 찬 동냥자루 빈자루가 늘어져 보이는구나   腰下只見垂空囊
그 늙은이 내력이나 알아보려 불러서 오게 하니   招來致前詰其由
누덕누덕 기운 저고리에 아래는 가리지도 못했네   白綻一衣無下裳
"저 본래 태어나길 부잣집 자식으로   云我曾爲富家子

장롱 가운데 의복이 남아돌고 마당에 곡식도 남았었지요

衣餘篋中粟餘場

슬하에 아들손자 알뜰한 아내 옆에 있고   膝下兒孫床下妻
이 한세상 살아가기 남 부릴 게 없었지요   人生一世無他望
동네 친구들 불러 모아 고기 굽고 술잔 돌리고   劚牛行酒聚比隣
늘 잔치를 벌이어 웃고 얘기하고 재미있게 놀았으니   嬉嬉笑語頻開長
호팔자 타고났다 남들이 샘을 내고   謂是天公賦命好
나또한 믿었다오. 가업이 무궁히 전하리라고   自擬基業傳無疆
슬프다! 인간사 덧없음이여   吁嗟人事若不常
갑자년 무렵에 미친 왕 만나고 보니   甲子年間遇狂王
아침에 나온 법령 독사와 같고   朝生一法餘蛇虺
저녁에 나온 법령 호랑이 같고   暮出一令如虎狼
폭풍우 치는 곳에 피할 겨를 전혀 없어   風雷行處不暇避
본디 날개 없으니 높이 날 수도 없어   無翼奈何高飛翔
조상 대대로 받은 백 년의 가업이   父祖經營百年産
졸지에 망하려니 하루아침 거리밖에   敗之一日猶莫當
집도 땅도 다 잃고 남은 것은 맨몸뚱이   家破田亡餘赤身
하늘로 날아갈까 땅으로 꺼질까? 일신 가눌 길 없어   升天入地無可藏
아내는 동쪽으로 자식은 서쪽 나는 남쪽으로   妻東子西我復南
구름처럼 흐르고 빗물처럼 흩어져서 천지간에 아득하게 되었소

雲分雨散情茫茫

영락한 떠돌이 신세 이제 어언 삼십 년   飄零于今三十年
생사 잊은 지 오래이니 근심 기쁨 생각이나 있으리   死生憂樂已相忘
이 세상 어디 간들 발붙일 곳 없으랴   人間何處不可住
지팡이 하나 표주박 하나로 사방을 돌았다오   一杖一瓢行四方
구구한 이 육신 별것 아닌 줄 알았으니   區區形骸知幺麼
남에게 비는 것이야 목숨 하나 건지면 족하다오   求人猶足救死亡
배 속에 넣는 음식 주림이나 면하면 되고   腹中繼食飢不害

몸 위에 걸친 옷가지 추위를 막아주는데	身上繼衣寒不傷
무슨 근심 다시 남아 나에게 덤벼들 것 있으리오	更無餘憂來相干
이 한 몸 한가롭게 노닐며 평안히 해를 마치리라	優遊卒歲於康莊
정승이고 장군이면 영화롭기야 하지마는	公侯將相縱有榮
그대도 보셨지요. 걸핏하면 재앙에 걸리던 일"	君看前後紛罹殃
지팡이 흔들고 문을 나서 노랫소리 다시 높으니	出門揮杖歌復高
백수노인의 의기가 어찌 저리도 헌앙한가?	白首意氣何軒昂
득실이 자신과 관계없음을 스스로 깨달았기 때문이지	得喪已知不關我
비렁뱅이 거지라고 모두 심상하게 보지 말아라[41]	莫言丐者皆尋常

　위의 시는 〈문개가聞丐歌〉인데 전체 44구로 된 7언의 서술 한시이다. 전체 구성은 3단락으로 되어있다.

　첫째 단락은 제1구~제8구까지인데, 새벽녘에 늙고 초라한 거지가 타령조로 아침밥을 구걸하는 내용이다. 타령조 소리에 이상하게 여기어 나가 살피게 함으로써 두 번째 단락과 자연스럽게 연결 지어져 있다.

　제9구~제40구는 두 번째 단락으로서 늙은 거지의 넋두리이다. 자신의 내력과 함께 거지가 된 이유가 광왕狂王 곧 미친왕(연산군)의 폭정 때문이라고 분명히 밝혔다. 조상 대대로 물려받은 전답은 아침 · 저녁으로 생겨나는 독사보다 더 독하고 호랑이보다 더 무서운 법령 때문에 하루아침에 빼앗겨 버렸음을 말한 뒤, 맨몸뚱이로 처자식이 서로 각기 유리걸식하게 되었다고 했다. 그러면서도 정승이나 장군들이 걸핏하면 재앙에 걸려 화를 당한다고 하여 당시 당쟁의 무서운 회오리를 극명하게 드러내 풍자하고 있다.

----

41 《면앙집》, 권1.

세 번째 단락은 제41구～제44구까지인데 비록 거지의 신세이지만 지팡이 흔들고 노랫소리 높여 부르는 이유가 속세의 득실이 자신과 무관하다는 이치를 깨달았기 때문이라고 했다. 바로 이시의 주제 부분인데 토지로부터 유리流離된 농민 가운데 주체적 인간이 출현한 것이다.[42]

면앙정이 지니고 있었던 애민 정신과 현실 비판 태도는 이와 같은 주체적 인간의 출현요인과 그들의 행로에 대한 각별한 관심을 불러일으켰다. 이른바 주체적 인간상의 전형적 모델은 서술 한시의 출현동인이 되었는데, 이러한 인물군상은 조선후기에 이르러 자율적·상업적 시민으로 성장해 나갈 수 있도록, 그가 단초를 보인 것이라 사료된다.

애민 정신이 충만한 면앙정의 눈에 비친 당대적 모순과 불합리는 시인으로 하여금 이와 같은 시를 쓰지 않고는 배겨내지 못하게 했을 것이다. 송순은 이런 시를 통하여 백성의 고통과 아픔을 나름대로 위로하고 쓰다듬어주었다고 생각된다. 따라서 이런 시편은 송순 자신의 답답함을 푸는 것이면서, 아울러 백성들의 현실적 불만과 억울함을 풀이한 것이기도 하다는 점에서 그 의의를 더한다고 할 것이다. 이 밖에 〈문인가곡聞隣家哭〉 등도 앞서 소개한 바와 비슷한 내용인데, 가렴주구苛斂誅求 때문에 행복한 가정이 파탄되어간 비극적 상황을 보여준 풀이시이다.

문인가곡　　　　　　　　　　　　　　　　　**聞隣家哭**

해 저문 쓸쓸한 마을 길에 인적은 드문데　　　日暮殘村行路稀

---

42 임형택,《이조시대 서사시》상, 창작과비평사, 1992, 64면. 임형택 교수는 이를 서사한시로 분류하였음.

담장 밖에서 통곡하는 소리 귀 아프게 들리네	墻外哭聲來無數
들어보니 알겠네. 서쪽 이웃에 사는 아무개집	聞是西隣第幾家
먹을 것 입을 것 없는 몹시 곤궁한 할멈이구나	無食無衣一窮姥
읽던 책 덮어 놓고 눈물 흘리며 절로 탄식하네	掩券垂淚久咨嗟
그 할멈 한창 시절 내 직접 보았노라	此姥盛時吾親覩
예전에 나라에서 선정을 베푸실 적에는	憶昔朝廷善政初
반드시 훌륭한 인물을 보내 우리 고을 맡기셨으니	必使長者知吾府
세금은 공평하고 부역이 매우 골랐으니	差科正來民力均
한 해 먹고 남은 곡식 곳간에 가득 넘쳤더라오	一年餘食盈倉庾
저 서쪽 집의 부富는 온 마을에서 으뜸이라	西家饒財一里最
곡식 빌리려 온 사람들 문전을 메웠고	糴夫糶女塡門戶
닭 잡고 돼지 잡아 복날 섣달 동네잔치 벌였으며	鷄豚伏臘燕鄕閭
앞마당 뒤뜰에서 가무 즐기며 흥겹게 놀았더니라	前庭後街羅歌舞
예로부터 시운은 오르고 내리고 무상했으니	從前時運有陞降
백성의 살림살이야 모이고 흩어짐이 있기 마련	斯民計活有散聚
어진 원님 떠나고 어진 사또 다시 오지 않으니	召父不來杜母去
혹독한 정치가 범보다 무서운 걸 이제 알았구려	始信苛政浮猛虎
아침에 논 한자리 동쪽의 들볶임에 깨지고	朝破一田備東責
저녁에 집 한 채 서쪽의 빼앗음에 헐리고	暮撤一家充西取
날이면 날마다 밤이면 또 밤마다	日復有日夜復夜
악독한 법령이 벌떼처럼 달라붙어	暴政毒令加蜂午
뒤주 항아리 텅 비고 빈 베틀만 덩그렇게	甕盎皆鳴機杼空
부뚜막에 노구솥 가마솥 진작 빠져나갔고	竈上久已無錡釜
남편 칼 쓰고 자식은 감옥에 갇혀 있으니	枷父械子置牢獄
채찍질에 남은 살갗 썩은 냄새 진동하오	鞭餘肌肉皆臭腐
사람이 사는 것이 이 지경이니 어찌 견디리오	人生到此理極難
차라리 죽어서 흙 속에 묻히느니만 못하리다	不如死去埋厚土
하늘을 바라보고 울타리 밑에서 종일 울어도	呼天終日哭籬下

하늘은 되레 대답이 없으시니 누구를 믿으랴	天猶不應更誰怙
아아, 할멈의 운명이여! 참으로 애달프도다	嗚呼汝命誠可哀
사정을 듣는 사람 누군들 분노하지 않으랴	聞者孰不增恚怒
지금 바야흐로 나라에서 상벌을 신중히 하여	方今國家愼賞罰
성상의 은택이 옛 성군에 이르게 할지라	君王仁澤臻舜禹
내 응당 할멈을 위해 대궐에 나아가 아뢸지니	我當爲爾陳闕下
잔악한 벼슬아치놈들 처벌을 받을 뿐 아니라	酷吏不啻膏諸斧
남편과 자식은 풀려나서 옛집으로 돌아와	夫還子放復舊居
망해버린 살림살이 다시금 일으킬 수 있으리다	殘年敗業猶足樹
할멈은 머리를 내젓고 울면서 이렇게 말하더라	老婦掉頭哭且言
이웃집 어르신 무슨 말씀이요 지금 저를 놀리시나요?	隣家丈人還余侮

전체 40구로 된 칠언의 고시체 서술 한시다. 위정자爲政者의 무능과
가렴주구苛斂誅求 때문에 가정이 파탄되고 희망까지 박탈된 민초들의
억울하고 서러운 처지를 대화적 수법을 통하여 적시하듯 풀어내었는데
해 저문 쓸쓸한 마을길에서 통곡하는 할멈의 울음소리로 시상을 일으
켰다. 해저문/ 쓸쓸한 마을길/ 할멈 등 쇠락적 이미지의 삼중첩으로,
앞으로 전개될 사건이 의미심장함을 고조시키고 있음이 눈에 띈다.

두 번째 단락은 작중화자의 회고 부분이다. 선정을 베풀 줄 아는 임
금과 훌륭한 관리의 유무에 따라 백성의 삶의 질이 좌우됨을 말하고
있다. 실재했던 선정善政의 추억인지, 시인의 희망적 바람인지 모르겠
지만, 이 같은 함의적 표현은 마음 아프게 한다.

세 번째 단락은 다반사로 변한 시운時運의 승강陞降에 따라 백성의
살림살이가 엇갈리고 어질지 못한 위정자와 법령의 잘못 시행으로 화
목한 가정이 파탄되고 행복이 깨어지는 비극을 말한 부분이다. 마치
판소리에서 아니리로 사설을 주섬주섬 섬기듯 범보다 무서운 정사政

事, 아침저녁으로 깨지고 빼앗기는 재산, 밤마다 뒤주와 노구솥 등이 빠져나가는 광경, 남편은 칼 쓰고 자식은 착고 차고 감옥 가는 형상 등 농민의 참상을 확장된 서술로 조목조목 실감나게 풀어내었다.

　네 번째 단락은 하늘을 바라보고 하루 종일 울어도 하늘조차 대답이 없다함으로써 사태의 심각함과 위기의 심각성을 극명하게 드러내어 펼쳐보였다.

　다섯 번째 단락은 성군에 비길만한 임금을 등장시켜 비극의 극적인 반전을 꾀했으나, 여성 화자가 "이웃집 어르신 무슨 말씀이요, 지금 저를 놀리시나요?"라고 단호하게 거절함으로써 하늘 곧 통치체제에 대한 강한 불신을 드러내었다.

　이는 당시의 사태가 해결의 실마리를 찾을 수 없을 정도로 심각하다는 절망의 토로인 동시에 어떻게 손조차 쓸 수 없는 총체적 난국임을 절망적으로 드러내었는데 시인의 현실 직시에 따른 애민 정신의 남다른 면으로 주목되거니와 호남 서술시가 갖는 위대한 면목의 하나이다.

전가원 / 田家怨

작년의 양식은 이미 떨어지고	舊穀已云盡
올 핀 이삭은 언제나 여물는지	新苗未可期
매일 서쪽 언덕에서 나물 뜯지만	摘日西原草
허기진 배 채우기엔 부족 하다오	不足充其飢
아이들 배고파 우는소리 참을 수 있다지만	兒啼猶可忍
늙으신 부모님은 또 어찌하리요?	親老復何爲
사립문 열고 나간다한들	出入柴門下
어디로 가야할지 막막하구나	茫茫無所之
아전이란 도대체 어떤 놈들이기에	官吏獨何人

공세로 닦달하고 사사로이 뜯어가네	責公兼徵私
쌀독을 들여다본들 쌀이 있겠으며	窺缸缸已空
베틀을 바라다본들 베가 있겠는가?	視機機亦墮
아전인들 무슨 도리 있겠나	吏亦無柰何
성내어 소리지르며 아이들을 묶는구나	呼怒繫諸兒
붙잡아다 원님 앞에 바치노라니	持以告官長
원님도 인정머리 전혀 없구나	官長亦不悲
목에다 큰 칼 씌워	桎梏加其頸
사지를 치고 때리고 야단이구나	鞭扑苦其肢
해 질 녘에사 서로 끌어안고	日暮相扶持
우는소리가 울안을 맴도네	齊哭繞故籬
하늘에다 죽여달라 부르짖지만	呼天皆乞死
들어 줄 사람이 누가 있는가	聽者其又誰
슬프고 슬프구나! 구제받지 못하여	哀哀不見救
쌓여진 시체가 빈 구렁 메꾸네[43]	丘壑空積屍

위의 시는 〈전가원田家怨〉인데 우선 그 내용이 매우 쉽다는 것이 감지된다. 전체 24구의 장편인데 3단락으로 나눌 수 있다.

1구~8구, 9구~18구, 19구~24구가 그것인데 첫째 단락은 춘궁기의 궁핍함으로 인한 부모님께 드리는 불효의 심정이 드러나고 있다. 주인공의 효성스러운 마음씨가 전면에 깔리면서 보다 엄숙한 분위기로 시상이 전개될 징조를 보인다.

둘째 단락은 세금 대신 사람을 잡아다가 구타하는 내용을 담았는데 가렴주구苛斂誅求의 실상이 리얼하게 나타나 있다.

---

43 《면앙집》, 권1.

마지막 단락은 실컷 얻어맞고 해 질 녘에야 풀려나 서로 껴안고 통곡하는 처량함의 절정이 나타나는데 마침내 시체가 되고 만다는 비극으로 끝맺었다.

하늘에 죽여 달라고 부르짖어도 들어 줄 사람이 누구냐고 반문한 데 이르면 당시 백성의 분노가 심각하게 와 닿는 것 같다. 이와 같은 현실의 모순과 불합리성에 대한 풍자와 고발은 이에서 멈추지 않는다.

탁목탄	琢木歎
천년된 큰 나무 황소를 가릴 만큼 자라서	千年喬木大蔽牛
구천까지 뿌리를 내려 하늘을 받칠 만하다	根深九泉杖擎天
하루아침에 생생한 기운 시들어져 참참하여도	一朝慘慘小年意
마을 사람 누구 하나 가엾다고 아니하네	鄕里尋常皆莫憐
동량재를 아끼는 늙은이 있어서	老夫爲惜凍樑材
온종일 만지면서 마음을 아파한다	撫摩終日心捐捐
어디선가 갑자기 새 한 마리 날아와서	有鳥急從何處來
벗기고 쪼면서 미치도록 울어댄다	剝剝啄啄鳴其顚
부리는 길고 발톱은 날카로워서	喙有長兮爪爲利
둥치 속에 모든 벌레 다 잡아먹을 듯이	服心老蠹期盡穿
이 가지 저 가지 온 가지마다	南枝北枝復西枝
천 구멍 만 구멍 오전한 나무가 없네	千瘡萬穴皮無全
벌레는 깊이 숨고 딱따구리는 힘이 지쳐서	蟲猶深避力愈徵
얼룩진 핏방울만 입가에서 흐르네	只見殷血流口邊
물에 사는 기러기 산에 있는 비둘기	水有鴻雁山有鳩
삼키고 쪼면서 제 편하기만 꾀하네	飮啄不過謀自便
정위새는 바다를 메워 원수를 갚고	精衛塡海爲報讐
두견새는 피를 토해 망한 나라 슬퍼한다	杜鵑啼血悲國遷
천 길의 고목은 본시 무정했으니	千尋古木本無情

몸을 버려 해충을 잡는 것 무슨 인연이고	捐身除害抑何緣
부리는 상하고 발톱은 빠지고 날개는 꺾여	啄傷爪脫羽亦殘
죽도록 충성을 다하나 그 누가 어질다고 하리	耐死效誠誰汝賢
예로부터 사람 사는 일 이와 같으니	古今人事盡如此
오호라, 너의 몸만 외로이 그러하겠는가	吁嗟汝身何獨然

변화와 개혁만이 살길이라고 외치는 지방정부와 중앙정부의 쉰 목소리가 〈탁목탄琢木歎〉의 화자인 듯 가슴 몹시 시리다. 이 시는 우선 교목, 벌레, 늙은이, 그리고 딱따구리로 비유된 상징의 연결고리가 흥미롭다. 교목이 구체적으로 무엇을 의미하는지 분명치 않지만 동량재라고 밝히고 있어서 우선 오랜 내력을 지닌 가문 출신의 전도양양한 동량재(임금)가, 벌레로 상징된 어떤 힘이나 세력에 의해 시름시름 죽어간다는 안타까움으로 시상을 열었다.

이어 그 동량재를 아끼는 늙은이(원로대신)가 있어 구원해 주고 싶지만 역부족이라 하여 비극적 시상을 고조시킨 뒤, 마침 어디선가 부리가 길고 발톱이 날카로운 딱따구리가 날아와 벌레를 잡아댄다는 것으로 시상의 반전을 기했다. 그러면서 그 벌레들이 한두 마리가 아니고 이가지 저 가지 온 가지에 깊숙이 숨어있다는 복선을 설정하여 어떤 고질화된 상황이나 쉽게 전복시켜 올바르게 교정할 수 없는 모순과 불합리의 극한상황을 암시했다.

그리하여 끝내 부리가 상하고 발톱이 빠지고 날개가 상하도록 몸을 바쳐 잡아댔지만 소용없다는 좌절적 내용으로 시상을 마무리했다.

딱따구리는 물론 변화와 개혁을 바라는 참신한 인물임이 분명한데 아마도 송순 자신을 일컫는지도 모를 일이다. 왜냐하면 이 작품은 송순의 37세 작으로 27세에 문과에 급제한 후 만 10년 되던 해에는 정치적

갈등으로 상처를 입고 향리에 물러나 있었기 때문이다.[44]

　요컨대 이 작품은 교목, 벌레, 딱따구리 등의 비유를 통하여 당시의 모순되고 불합리한 현실정치를 풍자적으로 풀이한 서술시라 하겠다. 이와 같은 서술시에서 보여준 풀이라는 문학적 수법은 송순 시대를 지나 지속적으로 계승되었거니와 그것은 호남 시단의 뚜렷한 하나의 특징이라 하겠다.

4. 석천의 서술시

　임억령林億齡(1496~1568)은 해남 출신으로 조선 중기 호남 시단의 거목이다. 임억령은 1496년(연산군 2)에 전남 해남군 동문 관동리 은적산 아래 자택에서 태어나 1568년(선조 1)에 73세를 일기로 생을 마쳤다. 그의 자는 대수大樹요 호는 석천石川이며 본관은 선산善山이다. 6대조 만蔓 때 전남 영암으로 옮겨와 살다가 해남으로 이사하여 지금까지 그곳에서 후손들이 세거하고 있다.

　석천의 고조 간幹은 동복현감同福縣監을 지냈으며 증조 득무得茂는 이조참의吏曹參議를 증받았고 조부 수秀는 진안현감鎭安縣監을 지냈다. 부 우형遇亨은 이조판서吏曹判書를 증받았으며 숙부 우리遇利는 금남錦南 최부崔溥의 문하로서 학식과 덕망이 남달랐던 인물로 평가받고 있다.

　석천은 이상의 내력을 가진 아버지와 음성陰城 박씨 참봉參奉 자회子

回 따님인 어머니 사이에서 5남매 중 셋째로 태어났다. 어려서(7세)부터 숙부 은일공隱逸公 우리遇利의 문하에 들어가 학문을 익혔는데 타고남이 뛰어나 8세에 능히 시를 지어 승려에게 주기도 하였다.

석천의 인격 형성에 있어서 김종직金宗直의 학맥을 이은 금남 최부의 문하로서 고매한 인품과 학덕을 쌓은 숙부 임우리의 영향은 다대한 것이었다. 또한 일찍이 부친을 여윈 석천은 어머니의 명에 의하여 눌재訥齋 박상朴祥과 그의 아우 육봉六峰 박우朴祐의 문하에 동생과 함께 들어가(14세) 수학했다. 그때 눌재는 석천과 그의 동생 백령百齡의 인물됨이 다름을 알아보고 석천에게는《장자莊子》를 가르쳐 주면서 '큰 문장이 될 것'이라 했으며 백령에게는《논어論語》를 가르쳐주면서 '족히 큰 벼슬을 하리라'고 했다.

석천이 눌재와의 만남은 곧 당시 호남 사림의 본류 속으로 합류한 것이었는데 석천에게 있어서 눌재는 단순한 학문적 스승만이 아니라 정신적 지주 같은 존재였다. 두 사람의 관계는《눌재집訥齋集》과《석천집石川集》에 잘 나타나 있거니와 눌재의 도학자道學者로서 지녔던 인품과, 의리와 명분을 중시한 학문적 소신은 석천의 기질 형성과 인격 고양에 큰 영향을 끼쳤다.

석천의 인물됨에 영향한 또 한 사람의 빼놓을 수 없는 스승은 외삼촌 박곤朴鯤이다. 전주통판全州通判 등을 지낸 박곤은 임란 시에 구국의 선봉장이었던 회재懷齋 박광옥朴光玉의 아버지인데 학문과 인품이 뛰어난 인물로서 석천에게 늘 아버지 역할을 해줬던 존재였다. 석천의 소탈하고 세속에 구애받기 싫어한 성격과 앞서 말한 스승들의 가르침과 그들의 영향은 시인 석천의 시학적 기반 형성에 크게 작용한바, 소위 ㉠시형식에서의 자유로움 추구라든가, ㉡현실적 생활인의 모습 발견과 ⓒ당대 보편적 관심사의 지향, ⓔ사사로운 개인적 문제에의 관심 지양 등이 그것이랄 수 있겠다.

석천은 1519년(중종 14)에 문과에서 병과로 합격한 뒤 관직에 나아가 외직을 두루 거치며 민중의 삶과 벼슬길의 풍파를 체험하면서 현실 세계에 염증을 느끼기 시작했다. 특히 기묘사화己卯士禍로 수기치인修己治人의 실천철학을 내세워 현실의 모순과 불합리를 개혁하고 바로잡고자 했던 도학파가 철퇴를 맞고, 이의 파장으로 스승인 눌재가 타격을 받게되자 벼슬에의 뜻이 멀어졌다.

31세(1526) 때 성수침成守琛의 청송당에서 지은 〈청송당기聽松堂記〉에서는 자잘한 기교로써 꾸며대는 인위의 부자연함을 지양하고 자연스러운 성정의 드러남 곧 천연天然의 무위無爲를 중시하는 음률관音律觀을 잘 피력했거니와 이는 그의 처세관이자 문학관으로서 시종여일 그와 함께한 것이었다.

동생 백령이 문정왕후文定王后의 힘을 믿고 윤원형尹元衡 등과 함께 을사사화乙巳士禍를 일으키려 했을 때, 금산군수錦山郡守였던 그는 동생에게 사화의 부당함과 명분 없음 등을 지적하면서 자연스레 의리와 명분에 따라 행동할 것을 당부했는데 당시에 남긴 "호재한강수好在漢江水 : 잘 있거라 한강의 물이여, 안류막기파安流莫起波 : 편히 흘러 물결일랑 일으키지 말아라"의 싯구는 지금도 그 상징적 의미 때문에 사람들의 입에 자주 오르내리고 있다.

또한 퇴계退溪 이황李滉과 논쟁했던 시창작론 역시 석천의 천연을 강조한 음악관과 문학관을 잘 대변해주거니와 〈희임대수견방론시喜林大樹見訪論詩〉가 그것이다. "나의 시는 호탕함을 숭상하노니 어찌 교묘한 기교를 사용하겠는가. 나의 행함은 큰길을 걷는 것이니 꼭 작은 절차에 얽매일 수 없노라"[45]에서 보는 바와 같이 그는 시 창작에 있어서도 격식과 규범 절차 등 이른바 '시작 법도'라는 것에 얽매이는 것을 싫어했다. 덕행과 학문을 착실히 닦고 경국제민經國濟民하기 위해서 수기修己의 공부를 열심히 마친 뒤라면, 자연스럽게 문예文藝의 능력이 나오기 때문에 억지로 지나치게 꾸미거나 수식하는데 열중할 필요가 없다는 것이 석천의 시 짓는 방법이었다.

석천이 강조한 '오행도대방吾行蹈大方'의 '대방'은 사사롭고 억지스러운 데서 나오거나 즉흥적으로 실천될 사안이 아니라는 말과 상통한다. 그렇기에 석천은 주위로부터 정치에는 관심이 없고 오직 "시를 읊조리는 일만 힘쓰고 있으니 백성들에게는 폐해가 되어 남들로부터 손가락질받음은 이루말로 다 할 수 없으니 파직하시기를 원합니다"라는 건의가 명종明宗한테 올려졌던 것이라 생각된다.[46] 다시 말해서 '대방大方' 곧 큰 정치, 개혁적이고 참신한 위민爲民의 정치를 행할 수 없었기에, 괴롭고 답답한 심사를 감당하기에 힘겨웠으므로, 방안에 들어앉아 수기안인修己安人의 공부에 열중했던 석천, 그의 진면목이 강원도 백성에게는 위와 같이 비춰졌으리라 판단된다. 어쨌든 그의 인물됨과 문학관은 당대의 주류인 성리학적 문학관에서 상당히 진보된 것으로 이른바 조선 후기에 본격적으로 대두된 문예주의적 문학관의 선두 주자로서 시사적 위치를 점한다.

이른바 석천의 기질과 호남 사림의 영향은 모순된 현실을 비판하고

---

45 최한선, 《석천 임억령 시문학 연구》, 1994, 성균관대학교 대학원 국어국문학과 박사학위청구논문, 58면.
46 최한선 위의 글, 석천이 강원도관찰사 시절에 시 짓기만 열중하고 정사를 소홀히 한 데서 나온 불만이다.

그것을 극복·시정하려는 문제의식과 제한된 세계로부터의 개안開眼을 가져와 문예주의적 문학관을 형성시켰으며, 그것의 실천 행위로써 장편의 우화시 나아가 장편의 서술 한시를 제작하기에 이르렀다.

그중에서 〈송대장군가宋大將軍歌〉는 그의 애국·애민의 자세와 의지 및 그가 꿈꾸는 '대방大方'의 이상이 무엇인가를 분명하게 보여준 현실주의적 작품으로서, 우리 토양에 바탕한 민중적 정서와 희망을 대변한 참여주의적 작품으로서, 성리학적 사고의 고착과 각질을 벗어버리고 자유로운 개성촉구와 개아個我를 중시한 작품으로서, 호남 서술시의 전통을 훌륭히 계승·발전시킨 작품으로서 등 높이 평가받고 있다.

석천의 또 다른 면모는 62세(1557)에 담양부사로 내려온 뒤부터 본격적으로 발휘되기 시작한 평담平淡하고 자율自律한 서정시 세계의 구축이다.

《장자》의 '식영息影' 사상을 수용한 성산의 식영정과 서하당 생활은 호남 시단의 서정시 세계를 탄탄하고 심대하게 뿌리박은 단초가 되었다. 그는 담양의 성산星山에서 무등산 원효사 계곡과 그 주변의 승경을 완상하면서 주옥같은 서정시를 다량으로 지었는데 〈식영정息影亭 20영〉과 〈서하당棲霞堂 8영〉, 〈면앙정俛仰亭 30영〉 등이 그 대표이다.

석천은 만년을 담양 성산과 고향 해남 그리고 인근의 영암·강진·나주·화순 등지를 오가며 시문을 남기는 한편, 제봉霽峰 고경명高敬命, 송강松江 정철鄭澈, 서하棲霞 김성원金成遠 등과 어울려, 때로는 스승과 제자로서, 때로는 벗으로서 교유하면서 격과 법에 구애되지 아니한, 그러면서도 기품과 격조를 잃지 아니한 강학講學과 시작詩作 생활을 하였다.

송강과 제봉 그리고 서하의 〈식영정 20영〉 차운시가 유명하거니와 송강의 〈성산별곡星山別曲〉 등 이곳에서 제작된 강호연군·전원가사는 석천이 주도한 한시단의 저력이 자력이 되어 한글 시가문학으로 재편된 것인 만큼, 송강 시가의 제작과 세계의 형성에서 석천의 역할과 공로가 지대하다고 할만하다.

그의 인물됨과 시재詩才는 많은 인물과 교유할 수 있는 바탕이 되었거니와 율곡栗谷 이이李珥, 퇴계退溪 이황李滉을 비롯하여 면앙정 송순, 구봉 송익필, 하서 김인후, 사촌 김윤제, 청송聽松 성수침成守琛, 옥봉玉峰 백광훈白光勳, 고봉高峰 기대승奇大升 등이 서로 흠모하며 지냈다.

1568년(선조 원년)에 73세를 일기로 세상을 등지자 향리인 해남의 명봉산鳴鳳山에 안치했다. 1652년(효종 3)에 석천사石川祠를 세워 배향하였으며 그 후 전남 화순의 도원서원道源書院과 전남 담양의 성산사星山祠 등에서 배향했다.

문집으로는 규장각 소장의《석천집》(필사본 5권), 고려대 만송문고 소장의《석천시집》 등이 있다. 석천 임억령(1496~1568)의 시 세계는 누정문학을 중심한 서정적 시 세계와 현실 참여가 중심이 된 장편의 서술시 세계로 대별된다. 아래에서는 먼저 서술시로 알려진 〈송대장군가〉를 살펴보기로 하겠는데 이는 퇴계와의 시 창작 논쟁에서 보여 준 그의 시관 곧 '대방'의 문학관이 극명하게 드러나고 있음과 서술시적 상황에 따른 현실 대응의 적극적이고 과감한 모습이 주목된다.

송대장군가   宋大將軍歌

기유년 시월에 해진(해남) 고을 늙은이   己酉十月海珍叟
도강 땅(강진) 강촌으로 멀리 와서 머물렀네   遠來道康江村寓

산줄기 성난 말처럼 갈기를 떨쳐 내닫고	山如怒馬振鬣驟
강물은 서린 용처럼 꼬리를 꿈틀거리며 달려오누나	水作盤龍掉尾走
느릅나무 석남 귤 유자 이런 등속이 셀 수 없거니	梗楠橘柚不足數
위인을 낳아도 저처럼 영특하고 날랠밖에	生此偉人英而武
힘은 산을 뽑고 기개 천지를 휩쓸어	力拔山兮氣摩宇
눈은 왕방울 같은데 수염이 빗자루 달아맨 듯	目垂鈴兮須懸箒
위로 손을 뻗으면 달 속의 토끼를 붙잡고	上接擣藥月裏兎
흰 이마 호랑이를 산 채로 잡아 묶으리라	生縛白額山中虎
허리에 찬 화살 크기는 나무 둥치만 하고	腰間勁箭大如樹
칼집에 든 큰 칼은 북두칠성 찌르겠네	匣中雄劍遙衝斗
활을 당기면 육십 리를 백보 거리처럼 날아	六十里射若百步
활촉이 높다란 벼랑에 헌 짚신 꿰듯 박히더라네	嵯峨石貫如幣屨
옛날 항우는 진시황을 보고 "저 자리 내가 차지하리!"	項籍縱觀彼可取
영웅 한신도 회음淮陰 땅에서 수모당한 일 있었더니	韓信頗遭淮陰侮
큰 고래 어이 배부르랴 한잔 박주를 마시고	長鯨豈容一杯魯
승천 못한 용 풀섶에서 개미에게 곤욕을 보기도 하지	蟠龍或困草間螻
천 길이나 깊은 바다 한밤중에 나는 듯 건너와	千尋巨海夜飛渡
만첩 산중 외진 골짝에 몰래 둔을 치고서	萬疊窮谷聊爲負
들개들을 부려서 대낮에 짖어대게 하고	能敎野犬吠白晝
바다에 뜬 선박들 죄다 모여들게 하니	盡使海舶山前聚
변방 사람들 그이를 일컬어 미적추米賊酋라 불렀다네	邊人皆稱米賊酋
관군도 기가 질려 숨죽이는 판이니 누가 감히 덤비리오	王師脅息安能討
어이 알았으랴! 하늘이 계집아이 손을 빌려	那知天借女兒手
하루 밤새 활시위에서 피가 줄 줄 줄	一夜弦血垂如縷
장사가 남긴 육신은 진작 초목과 더불어 썩었으되	壯骨雖如草木腐

의연한 그 혼백 상기 노염을 품어 바람 우레 사나우니

毅魂尙含風雷怒

영험한 귀신이 되었도다 이 땅에서 받들어져

爲鬼雄兮食此土

신장대에 꿩 깃 흔들리고 거룩한 그 형상 나무에 새겨졌네

挿稚羽兮木爲塑

저 어인 사람들인고? 신당을 괴상하다 비웃으며

彼何人兮怪而笑

부수고 허물어 물가에 버리다니!

毁而斥之江之滸

백 년 풍상에 당집 한간 쓸쓸한데

百年蕭條一間廟

철 따라 복날이며 섣달이면 북소리 두둥둥

歲時伏獵鳴村鼓

뉘엿뉘엿 해질 무렵에 무당이 굿을 하는데

翩翩落日野巫禱

우수수 하늬바람에 갈까마귀 춤을 춘다

颯颯西風寒鴉舞

신령님 내려오시니 하늘에 빗방울 날리고

靈之來兮飄天雨

신령님 모시는 상에 막걸리 한 사발

神之床兮瀝白酒

아! 이 어찌 음사淫祠로 칠 것이냐?

嗟呼此豈淫祠類

너무하구나! 그대 유생들 지식이 그리도 고루한가

甚矣諸生識之陋

종이를 오려 초혼하는 풍습 예로부터 있었나니

剪紙招魂着自古

신령이 수풀에 하강하는 일 전에도 더러더러 보았더니라

往往下降叢林藪

장군의 용맹이야 하늘이 점지하신 바이니

公之勇健是天授

하늘이 점지하신 뜻을 그 누가 안단 말인가

天之生也誰得究

도탄에 빠진 우리 백성 고통을 민망히 여겨

悶見蒼生塗炭苦

일부러 장군을 내려 보내 한번 청소하도록 한 것이로다

故遣將軍欲一掃

당세에 영걸스러운 군주가 없었으니 적소에 쓰이지 못하고

時無駕御英雄主

갸륵한 인재로 하여금 초야에 영영 묻히게 하였구나

長使奇才伏草莽

만약 한나라 때 태어나서 유방 같은 영주를 만났던들

若敎生漢遇高祖

"어이 용맹한 인재를 얻어 사방 지킬고"란 말 나오지 않았으리
　　　　　　　　　　　　　　　不日安得四方守
아마도 세운 공명이 번쾌 따위와 어깨 나란히 앉을 터이요
　　　　　　　　　　　　　　　功名肯與噲等伍
패상 극문의 장수들 모두 젖비린내 나는 무리로 보였으리
　　　　　　　　　　　　　　　灞上棘門俱乳臭
또한 만약 노나라에 태어나 공자 같은 성인을 만났던들
　　　　　　　　　　　　　　　又使生魯見尼父
"내가 자로子路를 얻고 부턴" 이런 말씀 나오지 않았을 것이고
　　　　　　　　　　　　　　　不曰自吾得子路

살대촉 뾰족이 갈고 깃털을 꽂으면　　鏃而礪之括以羽
승당升堂을 하여 필시 자로의 윗자리에 앉았으리　升堂必在仲由右
오늘의 세상에 왜구들이 횡행하여　　聖朝如今帶戎虜
해변의 곳곳에 진지며 수루 벌여 있는데　邊隅隨處羅防戍
도서로 다니는 장사꾼들 때때로 약탈을 당하고　時時怵掠海島賈
해마다 이로 인해 사섬포를 탕진하는 형편이라　歲歲蕩盡司贍布
밝은 임금이사 너그러이 허물을 덮어서 용납하는데　明君包容每含垢
변경을 지키는 장수들 나약하여 움츠려만 들다니　邊將懦弱長縮首
오직 이 나라 방어를 한 몸에 책임진 신하들아　只是朝廷乏牙爪
예전 경오년에 독벌 전갈이 한바탕 난리 친 걸 보았었지?
　　　　　　　　　　　　　　　坐令蜂蠆暄庚午

장하도다 장군이시어 나의 머리털 일어서고　壯公我髮竪
장군이시어 나의 허리 절로 굽혀진다　貴公吾腰俯
그 옛날 때를 만나지 못했으니　　在古時未遇
오늘엔 뼛골이 하마 사라졌겠구료　於今骨已朽
살아서 해적의 두령이요　　　　生爲海中寇
죽어서 바다의 안개 속에 버려져서　死棄海中霧
청산에 무덤조차 남기지 못했으니　清山本無墓

여기 백성 중에 그대의 후예 누구일까?	遺民誰爾後
고로에게 물어 물어서	問之於古老
자초지종 자세히 알았구나	首尾得細剖
역사를 기술하는 이 구전을 증거로 삼아야	太史徵人口
열전에 착오가 적다오	列傳猶不誤
나의 이 시 엉성하다 마오	莫道吾詩漏
애오라지 국사에 보완이 되리라	庶幾國史補

위의 〈송대장군가宋大將軍歌〉는 전체 78구의 장편으로 1구에서 64구
까지는 7언의 형식이며 65구부터 78구까지는 5언 형식으로 마무리했
다. 주목을 요하는 바는 〈송대장군가〉는 〈금릉태수준응장편〉[47]의 끝부
분에서 "한 칼로 왜놈과 되놈을 평정하리다."라고 결론 삼아 말한 부분
및 〈송장군宋將軍〉[48]에서 "신이하고 기이한 징徵을 누가 대적하랴" 등
다소 애매하고 추상적으로 언급하고 말았던 부분에 대해 구체적 진술
을 보여주고 있다.

〈송대장군가〉는 다음과 같이 9단락으로 나누어지며 그 각각의 단락
은 전체의 구조를 이루는데 역동적으로 기여하고 있다.

① 산천의 수려한 정기는 영웅을 탄생시킬 형상이다. (1구~6구)
② 송대장군宋大將軍은 기개, 용모, 화살, 칼, 무용, 신비한 능력 등에
   있어서 비범한 존재 곧 미적추였다. (7구~23구)
③ 관군과의 대결에서 승리하였으나 계집아이가 활시위를 끊어서 죽
   고 말았다. (24구~26구)

---

47 《석천집》 권2.
48 《석천집》.

④ 장군은 이 땅에서 백성들에 의해 받들어 모셔졌다. (27구~30구)

⑤ 유생들은 장군의 신당을 음사淫祠라 하여 부수고 허물어버렸다. (31구~42구)

⑥ 송대장군宋大將軍의 용맹은 도탄에 빠진 백성을 구제하도록 점지 하신 바이지만 영걸스러운 군주를 만나지 못해 뜻을 제대로 펴지 못했다. (43구~56구)

⑦ 왜구들의 만행이 횡행하나 장수들이 움츠러든 바람에 경오년의 난리를 당했다. (57구~64구)

⑧ 거룩한 송장군은 때를 만나지 못하여 뜻을 이루지 못했고 후손 또한 있지 않다. (65구~71구)

⑨ 고로에게 물어 이 글을 지은 것은 국사에 보완이 되게 함이다. (72 구~78구)

①에서 ⑨까지는 〈송대장군가〉에 대해 그 줄거리를 좇아 나누어 본 것이다.

①은 필시 영웅이 탄생될 지령地靈에 대한 묘사로서 인걸지령人傑地 靈이라는 옛말을 형상화해 놓은 부분이다.

②는 송대장군의 인물됨 곧 민중영웅에 대한 구체적인 묘사를 한 대 목인데 이러한 민중 영웅의 이야기는 그 근원이 대부분 민담으로서 실 제로 있었던 일의 사실적 형상이라기보다는 자아가 세계보다 우위에 있다는 가정을 구체화한 것이다.[49]

이러한 민중 영웅은 고귀한 혈통을 타고난 인물이 아니라, 그 반대로 미천하고 보잘것없는 인물이 대단한 투지를 발휘하여 어떤 고난과 시 련을 극복한 다음 승리의 영광을 차지하여 왕이 된다는 유형 구조를

---

49 조동일, 《한국문학통사》, 지식산업사, 205면.

지니는데[50] 여기 등장하는 송대장군은 위와 같은 민중 영웅의 이야기 유형구조를 온전히 갖추고 있는 것 또한 아니다.

〈송대장군가〉에서 송대장군의 신분에 대한 구체적인 언급이 나타나 있지 않으므로 그의 신분이나 혈통에 대한 자세한 내력은 알 길이 없 다. 다만 전, 후의 문맥으로 미루어볼 때 민중 영웅적 성격의 신분을 지닌 것이라고 생각해볼 수는 있을 것 같다.

〈송대장군가〉에서 송대장군에 대한 인물묘사는 매우 디테일하게 처 리되었는데 이러한 디테일의 진·위 여부는 작품의 감동과 긴밀한 관계 를 지닌다는 것은 주지의 사실이다. 제7구의 송대장군 기개에서부터, 제8구의 눈과 수염, 제9구의 손, 제10구의 흰 이마, 제11구의 화살, 제 12구의 칼, 제13구의 활 등은 송대장군이 영웅적 인물로서 평범하지 않다는 것을 매우 호방한 분위기로 묘사했다.

제15구, 16구에서는 중국의 역대 인물들과 송대장군을 대비시키고 있는데, 항우가 진시황에게 왕 자리를 내놓으라고 호령했던 것처럼 송 대장군 또한 그러한 기개를 지녔다고 했다. 그렇지만 만고의 영웅 한신 이 회음淮陰 땅에서 수모를 당했던 것처럼, 또는 승천하지 못한 용이 길섶에서 곤욕을 당하듯이 위대한 송대장군도 그렇게 될 것이라는 운 명적 예언을 16구~18구에 담았다.

19구부터 24구까지는 미적추로서 송대장군의 능력과 행위에 대한 묘사 부분으로 그가 쌀을 **빼앗아** 백성들을 구휼했다는 복선을 담았는 데 그 복선에 대한 사실적 해명은 제29구의 '영험한 귀신이 되었도다! 이 땅에서 받들어져'와 제31구, 제32구의 '저 어인 사람들인고?, 신당

을 괴상하다 비웃으며' '부수고 허물어 물가에 버리다니!'에서부터 제
39구의 '아! 이 어찌 음사로 칠 것이냐?' 및 제40구 '너무하구나! 그대
유생들 지식이 그리도 고루한가?' 등에서 이루어진바, 제29구를 보면
송대장군이 사당에 모셔져 받들어지고 있음을 알 수 있다.

그런데 숭배하는 사람들은 상층의 집단이 아니라는 사실을 제31, 32
및 39구와 40구에서 알 수 있는데 이는 송대장군이 미적추로서 상층
집단에게는 못된 행위라고 여겨질 만한 일, 곧 그들로부터 쌀을 빼앗아
백성 구휼에 앞장섰던 것임을 확신케 한다. 그러므로 백성들로부터 철
때나 복날과 섣달에 받들어 모셔진 것이리라.

③에서는 송대장군이 죽게 된 이유를 말했는데 분명하게 처리하지
는 않았지만 계집이 쏜 화살을 맞고 피를 흘리며 죽어갔다고 했다. 그
계집이 누구인지, 무엇 때문에 송대장군을 죽였는지에 대해선 언급이
없다. 다시 말해서 ②와 같은 훌륭한 인물이 ③처럼 죽어간 것이 쉽게
납득가지 않지만, 어떻게 생각하면 ②와 같은 인물이기에 또 그렇게
죽어갈 수도 있다는 묘한 생각이 들기도 하는 것이다.

④와 ⑤는 〈송대장군가〉의 주제를 담은 부분이거니와, ④때문에 ⑤
가 있음은 당대적 현실로서는 당연하다고 생각된다. 석천은 ④와 ⑤를
통하여 그의 유자적儒者的 본분에 입각한 애민정신의 일단을 보여주었
는데 그가 이와 같은 문제에 관심을 가질 수 있었던 것은 그의 시학에
말미암은 것임은 재언을 요치 않을 것이다. ④와 ⑤의 대결적 구도는
당대 현실의 축소판이라 할 수 있는데, 그 둘의 대결에서 ④의 패배는
백성의 도탄과 관리의 가렴주구苛斂誅求로 이어져 ⑥의 도래(advent)를
가져왔던 것이라 하겠다.

다시 말해서 ⑥은 당대 백성들의 소망이요, 바람이었던바 석천의 입

을 통하여 그것이 〈송대장군가〉로 형상화된 것이다. 그러므로 석천의
당대 현실을 직시하여 문제를 들춰내고 그것을 해결하려 한 시 창작
정신이야말로 가히 문예지향주의적이며 근대지향적인 문학정신의 일
단이 아닐 수 없는 것이다.

　다시 말해서 석천의 당대 현실에 대한 해결 의지는 제44, 제45, 제46
구에서 명쾌하게 제시되고 있는데 "하늘이 점지하신 뜻이야 그 누가
안단 말인가? 도탄에 빠진 우리 백성 고통을 민망히 여겨, 일부러 장군
을 내려 보내 한번 '청소'하도록 한 것이로다"에서 볼 수 있다. 이는
석천이 방관자적 입장에서 또는 위압적이고 고압적인 자세에서의 피상
적 현실 인식이 아니라, 실천·의지적 현실 중시의 경험에서 체현된 리
얼리즘적 현실 파악과 개선의지의 반영이라고 평가된다. 그러므로 석
천은 과감하게 제47구에서 '당세에 영걸스러운 군주가 없었으니 적소
에 쓰이지 못하고'를 내뱉을 수 있는 것이다.

　석천의 판단은 백성의 도탄과, 관리의 횡포 및 가렴주구苛斂誅求 등
당대 현실의 제반 문제는 성주聖主의 부재不在라는 데로 귀결된다. 성
주의 부재가 국내 문제뿐만 아니라 국외의 문제로까지 확대되어 백성
의 생활이 설상가상으로 어렵게 됨은 물론 국가 존망의 위기적 상황으
로까지 치닫게 되었다는 내용은 ⑦에서 말했다. 그러므로 ⑥의 설정과
⑦은 필연적인 인과관계를 맺도록 짜여 있다.

　〈송대장군가〉는 후반에 이르면 ④와 ⑤, ⑥과 ⑦처럼 상호 필연적
인 연결고리를 지니도록 그 구성이 치밀하게 되어있음도 주목을 요한
다. 그만큼 석천은 현실의 문제와 그에 대한 해결의지에 있어서 치밀하
였으며 그러한 사고가 뛰어난 시인의 역량과 함께 작품 구성에 오롯이
투영되었다고 생각된다.

⑦은 삼포왜란三浦倭亂(1510 庚午)의 폐해를 말한다. 곧 동래의 부산포, 웅천의 내이포, 울산의 염포 등에서 일본 거류민들이 쓰시마 영주의 군대와 합세하여 폭동을 일으켰는데 그들은 부산포와 내이포를 점령하고 염포가 있던 웅천까지 위협하는 등 만행을 일삼았다. 이는 그런 사건에 대한 언급인데 비교적 사실적으로 실감나게 그려냈다고 보여진다.

⑧은 시인의 송장군宋將軍에 대한 추회의 내용이며 ⑨는 〈송대장군가〉의 창작 목적을 밝힌 것으로 '서기국사보庶幾國史補' 곧 국사에 보충이 되기를 바란다는 것이다.

현실의 모순矛盾과 백성의 비참한 생활상을 시 세계에 담아 내려했던 석천石川, 그는 철저하지는 않았다 하더라도 서술시적敍述詩的 상황狀況의 벌어짐과 그 질곡에 대해, 문학으로써 실현해 낸, 리얼리즘적 태도를 지닌 시인이었다. 그의 시학詩學이 말하여주듯 석천은 항상 개인적 문제와 관심보다는, 보편적인 문제와 관심사를 진지하게 담아내려 했는데, 이러한 태도에서 당대 하층민의 생활 모습이 그의 시 세계에 생동적으로 오롯이 담겨지게 된 것이다.

〈송대장군가〉의 경우 목도이문目睹耳聞한 것을 중심으로 창작한 것이면서도 사실성(reality)의 퇴색이 노출되는 아쉬움이 생겨났는데, 이는 그가 낭만적浪漫的 정서情緖를 바탕으로 하는 문제 해결 방식을 선호한 결과와 주제 표출에서 심각성을 배제하려는 자세를 지향했기 때문에 현실의 핍진한 반영과 그로 인한 첨예한 갈등 구조로까지 작품을 끌고 나아가지 못한 연유라 생각된다.

그렇지만, 석천이 조선 전기 사대부의 보편적 문학관에서 벗어나, 문예지향주의적인 문학관을 지님으로써 당대의 모순적 현실의 객관적 반영인 서술시의 세계를 걸을 수 있었음은, 그가 한국 시사에 남긴 귀중한 업적으로 여겨진다. 또한 금남과 눌재 이후 호남 시단의 한 조류였던 서술시적 상황의 전개에서 그에 합당한 시 형식을 통하여 능동적, 주체적으로 현실에 대응한 석천의 작가정신 그리고 한 시대를 앞서 문예미학에 눈을 뜬 시인으로서의 역량은 호남 시단뿐만 아니라 한국 한문학사에서 커다란 성과로 보아야 할 것이다.

고기가	古器歌[51]
황제가 수양산을 뚫고	黃帝鑿首山
육정이 청동을 옮겨왔네	六丁輸靑銅
음양으로 탄을 삼고	陰陽以爲炭
조화로 공을 삼아	造化以爲工
솥을 만들어 스스로 쓰지 않고	鑄鼎不自用
명당 가운데다 높직이 간직했네	高置明堂中
천지에 환구제를 지내고	圜丘祭天地
맑은 종묘에서 조상에게 제사 드렸네	淸廟饗祖宗
우임금이 구주를 본뜨니	大禹象九州
산하가 거듭 분잡해졌네	山河紛雜重
주나라에 전해졌다가 미친 진나라에 이르러	傳周至狂秦
용왕의 궁으로 날아 들어갔네	飛入龍王宮
만부가 찾는 것을 오히려 꺼려	猶嫌萬夫搜
고래가 해동으로 옮겨 왔네	長鯨輸海東
이 솥이 바다에 빠진 뒤부터	自從沈海後
중국이 쓸쓸하게 텅 비었네	蕭條中國空

....

51 목판본에는 〈고기가증양공섭古器歌贈梁公燮〉이라는 제목으로 실려 있다.

천추에 오묘히 스스로 보배롭게 여겨	千秋泐自珍
바람 물결치는 것도 달게 받아들였네	甘受風濤舂
한밤중에 능주로 옮겨 왔으니	夜半移于綾
어찌 귀신의 공이 아니랴	豈非神鬼功
때때로 구름과 안개에 싸이고	時於雲霧裏
아름다운 기운이 부옇게 피어오르네	佳氣蒸濛濛
땅이 따뜻해 오랫동안 감춰 두었다가	地溫寧久秘
하루아침에 구름 모습으로 뭉쳐 달아나네	一夕矗雲容
놀란 번개가 언덕을 찢고	驚電裂丘陵
아낙네가 달려가며 아이를 부둥켜안네	婦走抱兒童
이 물건이 인간 세상에 나와	此物出人間
산봉우리처럼 우뚝 솟았네	嶷嶷山嶽峯
용문과[52] 옥현이[53]	龍文與玉鉉
환하게 비쳐 부상이 붉어지네	照耀扶桑紅
마치 큰 솥을 여는 것 같고	正如開泰鑊
비가 내려 큰 무지개가 드리워지려는 것 같았네	欲雨垂長虹
또 마치 위나라의 큰 표주박[54] 같아	又如魏大瓢
횅뎅그렁하게 큰데다 티끌만 덮여[55] 있네	濩落塵沙蒙

----

52 용의 무늬이다.

53 옥현은 옥으로 만든 고리인데, 솥귀를 꿰어서 드는 것이다. 높은 지위에 있는 자를 칭송하는 말로 쓰이는데, 《주역》 정鼎괘에서 나온 말이다. "상구上九는 옥으로 만든 솥의 고리이다. 크게 길하고, 이롭지 않은 것이 없다. 상象에 말하길, 옥으로 만든 고리가 위에 있는 것은 강剛과 유柔가 절조를 이룬 것이라고 했다."《주역》〈정鼎〉괘.

54 혜자惠子가 장자에게 말했다. "위나라 임금이 내게 큰 박씨를 주기에 심었는데, 그것이 자라서 다섯섬 들이의 열매가 열렸다. 그것에다 물을 담자니 무거워서 혼자 들 수가 없고, 쪼개어 바가지로 만들자니 펑퍼짐하고 얕아서 쓸모가 없었다. 횅뎅그렁하게 크기만 했지 아무짝에도 쓸모가 없다는 생각이 들어, 결국은 그것을 부숴버리고 말았다." 《장자》〈소요유〉.

55 대본에는 몽濛자로 되어 있지만, 목판본에 따라 몽蒙자로 고쳤다.

그 가운데 넓은 강과 바다가 있어	其中浩河海
세월이 오래되며 이무기와 용이 생겨났네	歲久生蛟龍
크기는 만 마리 소도 담을 수 있으니	大可涵萬牛
어찌 됫박 따위를 가지고 담을⁵⁶ 수 있으랴	豈但升合籠
울고 있는 꿩⁵⁷ 따위는 감히 오를 수도 없고	雊雉不敢升
풀무장이도 능히 녹일 수 없네	冶匠不能鎔
설령 이 솥을 나라에 바치고 싶어도	假使欲獻國
부숴서 수레에 실을 수가 없네	碎折車鐵籠
설령 이 솥에다 마를 삶고 싶어도	假使欲蒸麻
등림의⁵⁸ 숲을 또한 태울 수가 없네	鄧林亦難烘
이러한 일들을 사람들이 전해	此事有人傳
들으면 기운이 가슴에 가득 차네	聞之氣塡胸
양생이 세밑에 찾아왔는데	梁生歲暮來
선비의 옷차림이 변방 바람에 다 찢어졌네	儒衣裂邊風
이름을 물으니 그 이름이 정鼎이라⁵⁹ 하네	問名名曰鼎
예전부터 들었지만 이제야 만났네	昔聞今也逢
북궐에선 성인이 태어나시어	北闕聖人出
그 덕이 헌원씨나 우임금 같으시다던데	德與軒禹同
영남 바닷가를 민망스럽게 보니	悶見嶺海間
염병 귀신에다 흉년까지 겹쳤네	癘鬼兼年凶
어린아이들은 나날이 요절하고	赤子日夭札
백골들이 쑥대밭에 널려져 있네	白骨橫蒿蓬

---

56 대본에는 몽濛자로 되어 있지만, 목판본에 따라 몽醲자로 고쳤다.

57 대본에는 자雌자로 되어 있지만, 목판본에 따라 치雉자로 고쳤다.

58 (과보가) 죽을 때 내던진 지팡이에 그의 시체에서 기름과 살이 스며들어 등림이라는 숲을 이뤘는데, 등림은 그 넓이가 수천 리에 이르렀다. 《열자》〈탕문湯問〉.

59 양생의 이름이 응정應鼎이다.

이 솥을 가지고 단약을 만들어내	持爾鍊丹砂
임금의 목숨을 화산과 숭산처럼 높게 하고저	聖壽齊華嵩
이 백성들이 이 솥을 핥게 되면[60]	斯民得砥鼎
깃털을 끼우고 하늘까지 오르네	揷羽攀蒼穹
그렇지 않으면 부열에게 명하노니	不然命傅說
아아 그대여 시옹이[61] 되라	咨汝爲尸饔
소금과 매실을 가지고 큰 국을 간 맞추니	鹽梅調太羹
지극한 맛은 부드러우면서도 진해라	至味和而濃
이미 음양으로 하여금 순조롭게 하고	旣使陰陽順
또 곡식으로 하여금 풍년 들게 하였네	又使禾穀豐
이 솥의 쓰임새가 크기도 하니	鼎用大矣哉
내 마음에 근심이 없어졌네	予莫心冲冲
어찌 병이나 항아리와 같아서	豈若瓶罌哉
아침저녁으로 바치기에나 적당하랴	適於朝夕供
큰 그릇은 마땅히 늦게 이뤄지는 법이니	大器當晚成
노자는[62] 맷돌을 귀하게 여겼네	柱下貴磨礱
관중은 그릇이 작아서[63]	管仲之器小
오히려 제나라 환공에게 부림을 당했네	尙被齊桓庸
자공은 단지 호련에[64] 지나지 않았지만	子貢只瑚璉

---

60 대본에는 지蚳자로 되어 있지만, 목판본에 따라 지砥자로 고쳤다.

61 삶고 굽는 일을 맡는 것이다. "아아 그대여咨汝"는《서경》에서 임금이 신하에게 쓰던 말투다. 부열이 처음에 요리하는 방법을 가지고 임금에게 설득했다.

62 원문의 주하는 주하사柱下史의 약칭인데, 주나라 장서실을 책임 맡은 벼슬이다. 노자가 이 벼슬을 했었다.

63 공자가 말했다. "관중의 그릇이 작구나."《논어》제3〈팔일八佾〉.

64 자공이 물었다. "저는 어떤 사람입니까?" 공자가 말했다. "너는 비유컨대 하나의 그릇 이라고 할 수 있다." 자공이 말했다. "어떤 그릇인지요?" 공자가 말했다. "(종묘에서 제사 드릴 때에 곡식을 담는) 호련이다."《논어》제5〈공야장〉.

높은 이름이 끝없이 퍼졌네	高名播無窮
적도는[65] 참으로 쓸모가 없으니	赤刀誠無用
역시 왕부에나 두어야겠네	亦爲王府充
공명은 한낱 깨어진 시루라고 했으니	功名一墮甑
이 말이 참으로 달통한 말일세	此言眞達通
양생이 상에 걸터앉아 웃으며	梁據床笑
술을 시키더니 천종이나 기울이네	呼酒傾千鍾
천종도 또한 마음에 차지 않으니	千鍾亦不滿
그대의 커다란 주량을 알 수 있네	可見君量洪
붓 하나를 마주들어야 하니	一筆可獨扛
내 시가 웅혼한 것도 역시 알 수가 있네	亦見吾詩雄
양생이 내게 절하며 말하길	梁生揖余曰
이제부터는 쫓아 배우기를 원합니다	自今願相從
옛날에 석정련이[66] 있었으니	古有石鼎聯
그대는 참으로 미명옹이시고	子實彌明翁
역시 갈씨정도 있었으니	亦有葛氏鼎
그대는 바로 구양공이십니다	子是歐陽公
문득 돌아서서 홀연히 달아나니	便旋忽却走
옛 관아에서 새벽종을 치네	古縣撞晨鍾

위는 5언 고체시 〈고기가〉인데 전체 94구로 《석천집石川集》에 있는
시편 가운데서는 가장 장편이다. 영웅의 일생 구조를 불완전하게나마

---

65 주나라 무왕이 은나라 폭군 주紂를 목벨 때에 썼던 칼이다. 주나라의 보물 가운데 하나
이다.(주나라 성왕이 세상을 떠나자) 월나라에서 바친 구슬을 다섯 겹으로 해서 놓고,
선왕의 보물도 진열하였다. 붉은 칼과 큰 교훈들과 큰 구슬과 위가 둥근 구슬과 위가
뾰족한 구슬을 서쪽 행랑에 놓았다. 《서경》〈고명顧命〉.
66 〈석정연구시石鼎聯句詩〉를 가리키는데, 미명옹은 이 시를 지은 한유를 가리킨다.

보이기도 하지만, 투쟁 부분이 약화되어 실현되었다. 마치 한 편의 전
설을 읽는 듯한 느낌이 들며 구성이나 묘사가 퍽이나 낭만적이어서 자
못 흥미롭다. 〈고기〉 곧 솥의 유래를 설명하는데 황제, 육정, 음양, 조
물주 등 유불선의 인물들이 총 동원되고 있으며 시간과 공간에 있어서
도 중국의 고대서부터 진나라 그 다음 우리나라 화순의 능주 등 종횡무
진縱橫無盡의 시·공간적 배경을 지니고 있다. 이 형식의 시는 앞의 장
편시보다 현실비판의 성격이 강하게 드러나고 있다.

　위의 〈고기가古器歌〉는 전반부와 후반부로 나뉘는데 먼저 전반부의
내용을 보면,

　　㉠ 황제, 육정, 음양, 조화옹 등이 솥을 만들어 명당에 두었다. (1구~6구)
　　㉡ 주문왕, 우임금 등이 거기에 제사 지냈다. (7구~10구)
　　㉢ 진시황의 난정을 피해 용궁으로 들어갔다. (11구~12구)
　　㉣ 다시 해동(우리나라)으로 옮겨오자 중국이 소조해졌다.
　　　　(13구~16구)
　　㉤ 천추 동안을 자중하면서 지냈다. (17구~18구)
　　㉥ 귀신의 공으로써 능綾 땅으로 옮겨와 마침내 인간 세상에 나오게
　　　　되었다. (19구~27구)
　　㉦ 그 크기와 형상, 용도가 예사롭지 아니했다. (28구~40구)
　　㉧ 임금께 보내고자 하지만 실어 보낼 수가 없다. (41구~44구)

　㉠에서 ㉧까지는 〈고기〉 곧 〈솥〉의 생겨난 유래와 용도, 우리나라에
오게 된 내력 그리고 그 솥의 위엄과 크기 등에 관한 어떤 사람의 이야
기를 율문화한 내용이다.

　위는 〈고기가〉 전체 (94)구 중 (44)구까지의 줄거리이다.

　〈고기가〉는 이야기 앞·뒤 연결이 매끄럽지 못한 짜임새를 갖고 있

다. 특히 ㉪의 능릉綾으로 옮겨져 온 데에 이르면 아마도 양응정梁應鼎 (1519~1581)이 있었던 능주를 지칭한 듯하며 따라서 〈고기〉는 양응정을 두고 지은 것이라고 보여진다.

양응정의 정鼎과 고기에서 말하는 정鼎을 교묘하게 연결되도록 구성 하였다. 송천松川은 1540(중종 35)에 생원시에 장원한 이후 거듭되는 사 화로 청류淸流들이 죽음을 당해가는 참담한 현실을 보고 비분강개悲憤 慷慨한 적이 많았으며 특히 사화士禍와 관련된 선비로서 완인完人한 사 람이 주위에 없게 되자, 실로 학문하는 사람으로 자처하지 않고 때로는 해학적인 자세로 세상을 비웃고 방랑적인 면도 보였던 인물이다.[67]

학문과 문명으로 칭찬을 한 몸에 받던 그가 생원시에 장원한 이후 13년 뒤인 명종 7년(1552)에야 문과에 급제한 것이 그간의 사정을 알게 해준다. 그렇게 보면 ㉠~㉤까지는 송천의 가계 내력에 대한 설명일 수 있으며, 특히 ㉢이 기묘사화(1519)를 말한 것이라면 그 해에 교리였 던 양팽손梁彭孫(1488~1545)은 송천을 낳았다. 송천의 출생이 ㉪으로 나타났으며 ㉂은 송천의 인물됨을 말하고 ㉃은 당세에 용납되지 못함 을 비유한 것이라 보여진다.

이상의 얘기를 전해들은 화자는 가슴이 답답하다고 얘기의 평을 내 린다. 왜 답답했을까? 그것은 다름 아닌 현실적 모순과 불합리를 개혁 할 인물이 쓰이지 못하고 있음과 그러한 인물에 자신을 포함한 능력 있는 선비가 많음을 생각한 것이다. 자공과 같은 인물, 관중과 같이 도량이 작은 인물도 등용되어 선정을 펴는데, 불기不器한 큰 인물이 막 혀 있음은 가슴 답답할 일이 분명하다.

---

67 〈송천선생행장〉, 《국역 송천집》, 366~367면.

〈고기가〉는 전후의 연결고리는 다소 매끄럽지 못하나 우의적寓意的 기법을 통하여 〈고기〉 곧 〈정鼎〉의 불행한 사정을 상징하고 있다. 그러한 설명이 끝난 뒤에도 〈고기가〉는 계속된다. 그 뒤의 단락구조는 다음과 같다.

  ㉠ 양응정이 세모에 영락한 모습으로 찾아왔다. (45구~50구)
  ㉡ 북쪽대궐에는 성인이 권좌에 오르시어 성덕을 베푼다.
     (51구~52구)
  ㉢ 그런데도 전염병이 돌고 흉년이 들어 시체가 쌓인다.
     (53구~56구)
  ㉣ 솥을 가지고 신선약을 만들어 임금과 창생을 구제하고 싶다.
     (57구~60구)
  ㉤ 아니면 국정을 조정하게 하여 음양의 조화로써 풍년이 들게 한다.
     (61구~66구)
  ㉥ 그대(송천)는 마음을 불안해하지 말아라. (67구~68구)
  ㉦ 정鼎이란 쓰임새가 크고 대기라서 작은 호리병들과는 다르다.
     (69구~76구)
  ㉧ 그러나 赤刀처럼 왕부에만 있어서는 쓸모가 없다. (77구~78구)
  ㉨ 공명이란 땅에 떨어진 시루와 같다. (79구~80구)
  ㉩ 양생(송천)이 웃고만 있다가 천 잔의 술을 마신다. (81구~86구)
  ㉪ 양생이 석천과 교유를 원하고 시를 청한다. (87구~92구)
  ㉫ 새벽이 되자 홀연히 가버렸다. (93구~94구)

〈고기가〉는 '이런 일을 전하는 이가 있다.'고 한 것으로 보아 전반부는 〈고기〉에 관한 우의적 기법을 보여주고 있음이 확실하며, 그 후반부에 〈고기〉 곧 〈솥〉에다 양송천을 비유하고 있음을 알 수 있다. 그러니까 이 시는 특정 인물의 내력과 인품의 범상하지 않음을 우의적 기법으로 재구성한 작품이라 하겠다. 앞서 말한 바와 같이 양응정의 마지막 자 〈정鼎〉과 〈고기〉의 〈정鼎〉자가 같음에 착안하여 구성한 이 시는 석천의 유자儒者로서의 현실비판 의지를 보여준 좋은 예라고 생각한다.

전반부에서는 현실의 모순과 문제를 해결할 수 있는 능력의 소유자가 출생하였지만 쓰이지 못하고 현실의 모순과 불합리가 더욱 심각해져서 극한상황에 이르렀음을 암시했다. 이는 시인이자 정치가인 석천의 당대 사회현실에 대한 진지한 관찰과 그에 따른 모순의 통감, 나아가 그것의 개혁 의지에서 비롯된 것이다. 후반부에 이르면 그의 현실에 대한 개혁 의지와 백성들에게 보였던 애정의 구체적인 모습이 드러난다.

요컨대 〈고기가〉는 앞서 말한 서술시적 상황 세 가지 곧 ㉠모순과 불합리가 판치는 실상을 개혁하거나 바로잡고자 하는 상황, ㉡어떤 사건이나 사실을 고발하거나 누군가에게 알리고자 하는 상황, ㉢어떤 정경이나 정서의 공감으로 소통을 요하거나 나누고자 하는 상황 등에서 ㉠과 같은 서술시적 상황의 벌어짐에 대응, 현실에 대한 진지한 관심과 그로부터 발견된 모순에 대한 비판적 태도를 우의적寓意的 기법에 힘입어 드러낸 것이라 하겠으며, 앞의 장편시長篇詩에서 보였던 문제의식은 한층 뚜렷이 부각되어 있어서, 석천의 사고가 보다 현실주의적인 것으로 진전되어감을 보여주었다고 생각한다.[68]

---

68 최한선, 《석천 임억령 시문학 연구》, 성균관대학교 대학원 국어국문학과 박사학위 청구논문, 1994.

5. 송재의 서술시

송재松齋 나세찬羅世纘(1498, 연산군 4~1551, 명종 6)은 호남이 낳은 조
선 최고의 우국 충신 중 한 사람이다. 송재의 자는 비승조承이요, 시호
諡號는 희민僖敏이니 송재松齋는 그의 호이다. 송재는 타고난 천성이 영
민하였는데 누구의 문하에 들어가 수학受學을 했다기보다는 가학家學
을 이은 선비이다. 송재 가문은 집안 대대로 학행學行이 뛰어난 명문가
名門家이였지만 다른 한편, 집안이 가난하여 따로 스승을 모실만한 형
편이 아닌 탓도 있었다.

송재의 고조부 중호仲浩는 태종 3년 계미(1403)에 문과에 급제하여
선무랑통례문봉례를 지냈는데 슬하에 3남 3녀를 두었다. 송재의 증조
부 계繼(?~1467)는 3남으로 나주시 문평면 오륜동五倫洞에서 태어났는
데 천성이 강직하고 기운이 세며 골격이 크고 담력이 다른 사람보다
월등한 거인의 기상이 있었다. 병법서를 두루 탐독한 후 세종 조에 무
과에 급제하여 여러 벼슬을 하였다. 조정에서 병조참의를 제수하려고
하였는데 헐뜯는 자가 있어 뜻을 이루지 못했다. 얼마 후 수양대군이
단종을 내치자(1453) 벼슬을 버리고 고향으로 내려가 남산의 기슭에 초
가집을 짓고는 빙 둘러 소나무와 잣나무를 심고 여생을 마치려 했으나,
단종이 돌아가셨다(1457)는 소식을 듣고는 방안에서 고요히 앉아 마을
사람이 찾아와도 만나지 않고, 매일 밤 깊은 비통함에 빠져 통곡하니
집안사람조차 그 뜻을 아는 이가 없었다.

송재의 조부 은제殷制(1419~1487)는 천품天稟이 강의剛毅하고 지기志
氣가 고결高潔하여 오로지 의義를 중시한 인물로서 세조世祖 13년 정해
(1467)에 학행學行으로 추천되어 장성현감長城縣監을 제수받았는데, 그

해 임기 시작 전에 부친 상喪을 당하여 벼슬을 사임하고 시묘살이를
하기 위해 향리인 나주로 돌아왔다. 그때 행장行裝이 세 필의 말에도
족하지 않을 만큼 초라했기에 세상 사람들이 삼마태수三馬太守라고 불
렀으며 청백리淸白吏에 그 이름이 올랐다.

위에서 본 바와 같이 송재의 조부는 학행學行이 뛰어나 추천으로 벼
슬길에 올랐던 인물이었으니 그 학문의 넓이와 깊이를 짐작케 하거니
와, 청백리에 이름이 오른 점으로 미루어 보건 가산을 넉넉하게 늘릴
성품이 아니었음이 분명하다. 여기에서 주목할 바는 그의 뛰어난 학행
과 천품의 강의함 및 지기의 고결함이 아들과 손자인 송재에게 영향을
끼쳤을 것이라는 점이다.

송재의 부친 참판공參判公 빈彬(1448?~1519)은 연산군 1년(1495)에 성
균관 생원生員이 되었는데 일찍이 과거 공부를 포기하고 후학을 가르
치는데 열심히 했다. 천성이 강직하고 성리학性理學에 밝았으며 시詩,
부賦, 논論, 표表, 책문策文을 잘했을 뿐만 아니라 효행孝行이 돈독한
인물이었다. 반궁泮宮(성균관)에 있을 때 기묘사화己卯士禍(1519)로 전남
화순의 능주에 유배 가 있었던 정암靜庵 조광조趙光祖 등의 원통함을
누차에 걸쳐 상소하다가 연좌連坐되어 영월寧越에 유배당하여 3년간
고생했다. 조광조 선생이 사약을 받고 죽은 날(1519년 12월)에 같이 사약
을 받고 세상을 떠났다. 앞서 성종 18년(1487) 부친이 돌아가셨을 때는
선영 아래 추원대追遠臺 짓고 형과 함께 거상을 예에 맞춰 흐트러짐이
없이 하였다.

송재는 병이 위독해지자 임종을 앞두고 자손들을 경계하는 시 한 편
을 남겼는데 다음과 같다.

늙어감에 다른 정이 있겠는가	垂老情何有
항상 두 아들 생각뿐이구나	常懷二子憂
말과 생각은 어디서나 같아야 하고	言思千里應
행동은 몸이 수양되었는지 살펴야 한다	行顧一身修
효도는 한갓 몸을 봉양한 것만이 아니고	孝乃非徒養
벗을 사귐에 혹 의심이 있으면 안 되느니라	友于無或猶
벗을 대할 때는 오래될수록 공경함이 마땅하며	對朋宜久敬
피붙이에게는 화합과 온유함을 다 하여라	叙族盡和柔
집안의 복은 쇠하고 엷은 때가 있는 법이며	門祚當衰薄
부귀공명도 가물고 그칠 수가 있느니라	功名可旱收
겸손과 낮춤은 항상 이익을 받을 것이며	謙卑恒受益
교만과 거만함은 반드시 화를 부를 것이니라	驕亢必招尤
너희에게 평생의 계책으로 주는 것이니	寄汝平生計
모름지기 이 말을 좇아 마음에서 구하도록 하여라	須從這裏求

　위에서 보듯 아버지의 자식에 대한 진심 어린 사랑이 가슴을 뭉클하게 한다. 말과 생각을 같게 하고, 효도할 때는 뜻을 섬겨야지 몸만 섬겨서는 안 될 것이며, 벗을 대하고 사귐에는 의심이 없어야 하고, 오래 사귄 친구일수록 공경해야 하며, 피붙이들과는 화합하고 온유해야 함을 말했다. 이어 집안의 복과 공명은 있고 없을 수 있으니, 겸손과 낮춤이야말로 항상 이익 됨이 있을 것이라는 것, 그리고 교만과 거만함은 반드시 화를 스스로 부르고 만다는 훈계 등 일생 동안 자녀들이 지녀야 할 귀한 당부를 하였는데, 이는 오늘날도 그대로 유용한 교훈이라 하겠다.

　송재는 위에서 본 바와 같이 강의剛毅, 고결高潔한 인품으로 의리를 중시하였으며, 학행學行이 뛰어나 숭앙받았던 조부처럼 천성이 강직하였을 뿐만 아니라 성리학에 밝고 문학에 남다른 문재文才를 지녔으며, 불의를 보면 좌시하지 않고 과감히 맞서 싸울 줄 알았던 부친의 영향을 받았던 인물이다.

송재의 이러한 가풍家風은 그의 강직하고 당당한 기질과 도학자적 인격 형성에 기반이 되었을 것으로 사료되거니와 김하서金河西인후가 말한 '의저논훈처義著論勳處'(의로움이 공훈을 논한 곳에 나타나 있음) '심존헌 책신心存獻策辰'(책문을 바친 곳에 마음이 살아 있음)이라든가, 유미암柳眉巖 희춘의 '임위견사석臨危堅似石'(위태로움을 당해서도 마음이 돌처럼 단단했음), 채임진당蔡任眞堂세영의 '의중명경승대일義重命輕承對日'(의를 중시 여기고 목숨을 가벼이 여기는 책문이었음) '명고방집감언신名高謗集敢言辰'(용감한 언 사로 방문에 이름을 높였음), 오부훤당吳負暄堂상의 '뇌정언기피雷霆言豈避' (고함 소리 높다고 어찌 옳은 말을 피하리) '당당충의기堂堂忠義氣'(당당한 충의 의 기상)[69] 등의 표현은 그런 사실을 잘 대변해준 것이라 하겠다.

송재가 조부와 부친의 영향을 받아 강직하고 당당한 기질과 훌륭한 인품을 지녔다는 사실을 안다고 할지라도, 나아가 그가 소신을 굽히지 아니한 직언直言과 감언敢言을 사양치 않았던 인물임을 알았다고 해서 그것들이 그의 작품을 이해하는 데에 커다란 정보를 제공해주지 못함 은 사실이다.

다만 작품은 작가의 개성적이고 독창적인 미의식이 형상화된 창작물 이기 때문에 작가에 대한 이해가 일차적인 관심이 된다는 점에서 일정 한 의의를 지닌다고 하겠다. 하지만 작가의 전기적 생애 그 자체가 문 학 작품에 그대로 투영된 것이 아니라 세계관이라는 매개체를 통하여

---

69 한국문집총간, 《松齋遺稿》 卷四, 輓詞, 112~113면.

형상화된 것이므로 작가의 전기적 생애 못지않게 지향된 세계관에 대한 이해는 주목을 요한다.

한편, 송재는 많은 사람들로부터 시재詩才가 뛰어났다는 말보다는 부賦와 논論, 책策, 소疏 등에 특출한 재주가 있다는 평을 자주 들었으며, 스스로도 시보다는 부와 소 및 책 등에서 자신의 정치 철학이나 신념 및 당대의 폐해 등을 들어내 보였다. 또한, 그는 정시초시庭試初試에서는 〈숭절의론崇節議論〉으로, 두 번째 시험에서는 〈희우부喜雨賦〉로, 복시覆試에서는 〈예제책禮制策〉, 중시重試에서는 〈예양책禮讓策〉, 탁영시擢英試에서는 〈억계론抑戒論〉 등으로 두각을 나타내었다.

송재는 25세인 1522년(중종 17)에 〈애병백부哀病柏賦〉를 지어 기묘사화己卯士禍 등으로 선비의 기절이 꺾이고 세상이 그릇되어감을 탄식했는데, 이들은 충신우국忠臣憂國적 주제와 문학 형식에서 굴원이나 송옥을 닮았다는 세평을 들었다.[70]

여기서 우리는 허균이 《국조시산》에서 송재를 선발하지 않았던 이유를 되짚어 볼 필요가 있는데 그는 《국조시산》에서 부賦는 단 한 편도 선발하지 않았다. 이는 그가 부를 운문보다는 산문의 개념으로 인식한 일반 논의를 따르고 있었던 데에 기인한 것으로 보인다. 사실 부가, 과부科賦로서 과거에 큰 비중을 차지하고 있었음에도 조선시대 선비들은 부를 일반적인 시문과는 달리 생각했었다.[71] 그렇다면 송재의 경우 호남을 대표하는 인재人才로 그에 걸맞은 문학에서의 장처는 부 제작에 있었다는 확신을 가질 수 있겠거니와 실제로 그의 문집에는 25편이

---

70 〈연보〉, 《국역 송천집》, 259면.
71 이종찬, 《한문학개론》, 이화문화출판사, 1998, 113면.

나 되는 부가 전한다. 이는 한시가 15편 22수에 지나지 않는 것에 견주
어 볼 때 많은 양임에 틀림없다.

조선 시대 선비들이 남긴 문집에 부가 한편도 없는 경우가 허다한
점을 감안해 볼 때, 이행李荇이 《용재집容齋集》에서 부만을 따로 떼어
외편外篇으로 엮을 정도로 부를 문집에 싣지 않으려는 일반적인 경향
을 떠올릴 때에, 송재의 경우는 매우 예외로 보인다. 이런 사실은 그의
유고가 병화로 산실되었기 때문에 유고집 편찬 과정에서 그가 제작한
글이라면 한편이라도 더 많이 등재하고픈 후손들의 바람도 있었겠거니
와, 달리 보면 그가 부의 제작에 남다른 관심과 장처가 있었음을 대변
한 것이라 판단한다. 이와 같은 점은 이수광李晬光이 《지봉유설芝峰類
說》에서 근세의 호남을 대표하는 표표表表한 시인들 10명을 들어 보인
가운데 송재가 들어 있지 아니한 것[72]과도 궤를 같이 한다.

요컨대 송재는 운문보다는 책策, 표表, 논論, 부賦 등 산문 특히 부
에 장처가 있었던 인물임을 알 수 있겠다. 따라서 송재 문학의 미학은
그의 부 문학을 대상으로 살필 것이 요청되는데 부는 이미지·상징·함
축 등의 시적 형상 기법보다는, 서술자를 등장시켜 어떤 이야기를 이끌
어가는 담론적 기능이 우세한 표현문학이기에 서술시적 접근이 필요함
은 재언을 요치 않을 것이다. 물론 여기에는 부를 시문학으로 볼 수
있느냐의 논란이 있을 수 있으나 부를 언지言志라는 시의 특성과 체물
體物이라는 산문의 특징을 동시에 가진, 시와 산문의 중간 형태로 보고
있으므로[73] 별다른 문제는 전혀 없으리라 판단된다.

----

[72] 졸고, 〈송천 장편시의 세계〉, 한국고시가문학회, 《고시가 연구》 제6집, 1999, 249면.
[73] 유협, 최동호역, 《문심조룡》, 민음사, 1994, 127면.

송재는 17세 때 어머니 윤 씨의 상을 당했는데 시묘 때의 정성이 너무나 지극하여 주위 사람들의 눈물을 자아내게 했다. 22세인 1519년(중종 14)에 아버지를 잃었는데 송재의 부친은 조광조 등이 남곤南袞, 심정沈貞 등으로부터 무고를 입어 전라도 능성陵城으로 귀양 간 사실이 부당하다는 상소를 여러 차례 올렸던 인물로서, 그 일에 연루되어 영월寧越에 유배되었다가 그곳에서 세상을 떠났다.

송재의 부친이 기묘명현己卯名賢을 위하여 상소를 하는 등 그들의 원통함을 하소연한 것으로 보아 그가 조광조의 정신적 맥락을 계승한 인물로 생각되거니와, 이는 송재의 세계관 형성 요인으로 작용하였을 공산이 매우 크다고 보여진다. 조부와 부친으로부터 영향 받아 형성된 강의剛毅하고 의중義重한 기질은 그가 25세(1522) 때 기묘사화己卯士로 인하여 선비들의 기상이 저상된 것을 보고 슬퍼하여 지었다는 〈애병백부哀病柏賦〉에 잘 나타나 있다.

27세 때 생원초시生員初試에 합격한 이후 28세에 생원회시生員會試, 정시초시庭試初試에서 〈숭절의론崇節義論〉으로 장원했다. 31세(1527) 때 〈희우부喜雨賦〉로 두 번째 정시초시에 장원했으며 이해 가을 문과별시文科別試에 병과丙科로 급제하고 복시覆試에서는 〈예제책禮制策〉으로 장원했다.

32세(1529) 때 나주 훈도訓導로 환로宦路에 접어들어 성규관학유成均館學諭 등을 지내다 38세(1535) 때 벼슬에서 물러나 향리인 나주에서 〈거평동팔경居平洞八景〉 시를 지었다.

39세 때 중시重試에 〈예양책禮讓策〉으로 장원하여 봉교奉敎에 올랐는데, 책문에서 당시 전횡을 일삼던 김안로金安老를 지록위마指鹿爲馬의 간신奸臣이란 표현으로 풍자한 것이 빌미가 되어 무고誣告를 받아

옥에 갇히고 심한 고문을 받았다. 이에 대해 앞의 면앙정의 서술시를 다룰 때 언급했거니와 이는 분명 요즘 말로 하면 필화사건인 셈이다.

송재는 〈예양책〉에서 "조정은 길을 함께 하는 자끼리 붕당을 만들어 배척하기에 겨를이 없으니 어떻게 나라가 잘 다스려지기를 바랄 수 있겠느냐"고 물음을 던진 뒤, "지금 조정의 인심은 몇억만으로 갈라졌는지 모른다. 한직에서 원망을 품고 있는 자들이 뒷날 분란의 불씨가 된다"며 충언을 내쏟았다. 이에 불끈한 당대의 실권자 김안로(1481~1537)는 대책문의 내용이 자신과 관련된 것이라 짐작하고 문제를 삼아 40여 일을 옥에 가둔 채, 6차례의 고문과 심문을 하면서 사주한 자를 대라는 것이었다. 송재는 끝까지 "전혀 숨은 의도가 없고 사주한 자도 없다."고 원통해 했지만 곤장을 100대나 맞고 고성으로 유배당했다.

이때 "예양을 높이고 풍속을 아름답게 하는 방안"의 책문 주제를 내고 대답 글을 기다렸던 중종은 "글 짓다가 생긴 일이라며 죄를 줄 수 없다"고 말은 했지만, 송재는 죽지 않을 만큼의 곤장을 맞고 겨우 목숨을 부지한 채, 유배길에 올라야 했다. 이 어찌 송재만이 당했던 억울함이겠는가? 당시로서는 비일비재했던, 무능하고 줏대 없는 왕의 처사였다. 글쓰기가 빚은 필화라고 해야 할지 아니면 무능한 왕의 비인간적인 처사라고 해야 할지, 분명한 것은 그와 유사한 일들이 오늘날에도 여전히 벌어지고 있음이다.

고문 과정에서 다리가 깨어지고 뼈가 부서졌는데 그 부서진 것을, 차고 다니는 주머니에 주워 담으면서 '부모유체 불가기父母遺體不可棄' 곧 '부모께서 끼쳐주신 신체이니 버릴 수 없다'고 하여 주위 사람들의 눈물을 자아내게 했다. 이러한 효심은 부친의 가르침을 실천한 것으로 그가 실천궁행實踐躬行의 《소학小學》 정신에 입각하고 있음을 단적으로 보여주는 것이라 생각된다.

송재는 옥에 갇혀서도 옥중혈소獄中血疏를 올렸는데 그 내용에서
상유요순지군上有堯舜之君 하무직설지신下無稷契之臣, 위국단침爲國丹忱
백일조임白日照臨이라 한바, 그때서야 중종中宗은 감탄하여 겨우 죽음
을 면케 하고 고성固城에 유배 천극栫棘시켰다니 이 어찌 충신을 대하
는 왕의 처사란 말인가? 고성에서는 하루도 빠짐없이《심경心經》《근
사록近思錄》《대학大學》《중용中庸》등의 글을 외웠으며 모퉁이에 '충
신忠信' 두 글자를 써서 걸어두고 우국충정의 마음을 누그러뜨리지 않
았다.

40세(1537) 때 김안로가 죽자 예문관藝文館 봉교奉敎 겸兼 춘추관春秋
館 기사관記事官으로 소환된 이후 홍문관弘文館 부수찬副修撰을 비롯
사헌부司憲府 지평持平, 사간원司諫院 헌납獻納 등을 지냈다. 43세 때에
자식이 아버지를 죽이고 아내가 남편을 죽이는 변고가 있었다. 기묘사
화己卯士禍의 탓으로 선비들이《소학小學》을 말하지 못했으나 송재는
소疏를 올려《소학》을 강론하여 인륜을 밝히고 사습士習을 바르게 할
것을 청했는데, '불습지어소학不習之於小學 무이수기방심양기덕성無以
收其放心·養其德性'이라는 주자朱子의 말을 들어 아뢰었다.

44세(1541) 때 사헌부司憲府 장령掌令 홍문관弘文館 교리校理 등이 되
고 호당湖堂에 들어와 이황李滉, 김인후金麟厚, 임형수林亨秀, 정유길鄭
惟吉 등과 더불어 성리학을 토론하고 시문을 논했다.

46세(1543) 때 사헌부司憲府 집의執義로서 동료와 연명하여 당시에
일어난 천재天災와 인요人妖의 퇴치 방법에 대해 일곱 가지 조목의 소
를 올렸는데 근성학勤聖學, 엄궁위嚴宮闈, 명교화明敎化, 진기강振紀綱,
신임인信任人, 양사기養士氣, 숭절검崇節儉 등이 그것이었다.

47세(1544) 때 통정대부이조참의通政大夫吏曹參議, 성균관대사성成均館大司成이 되었다. 이해에 중종이 세상을 뜨고 인종이 즉위하였는데, 송재는 반장泮長으로서 정사습正士習 명교화明敎化를 자신의 임무로 알았다.

48세(1545) 인종仁宗 원년에 사간원司諫院 대사간大司諫이 되었을 때 인종이 죽고 명종이 등극하자 문정왕후文定王后의 동생 윤원형尹元衡이 이기李芑 등과 합세하여 선한 선비를 죽이고 유배 보내는 등 을사사화乙巳士禍를 일으켰다. 이때 억울하게 죄를 받은 유희춘柳希春, 백인걸白仁傑, 정황丁熿 등의 원통함을 변론하다가 체직遞職 되었다. 이 일로 큰 화를 입을 뻔했으나 중종이 생전에 송재를 가리켜 문정왕후에게 말하기를 '차인가이당국대사此人可以當國大事'라 한 바 있어, 왕후가 그 말을 잊지 않았기에 중죄를 면했다.

49세 명종明宗 원년에 사헌부司憲府 대사헌大司憲이 되어 재차 을사명현乙巳名賢을 구출하려 들자 윤원형 등이 주청하여 파직시켰다. 이때 이기李芑 등이 대윤大尹 윤임尹任을 제거하고 그것을 자신들의 공훈으로 삼아 훈적勳籍에 기입하려는 수작을 꾸미자, 송재가 크게 꾸짖고 힘써 회피하여 그들의 뜻을 따르려하지 않으니 간당奸黨들이 자기네와 뜻이 다름을 미워하고 배척하여 조정에 용납되지 못하게 하였다.

50세 때 한성부좌윤漢城府左尹으로서 여름에 성절사聖節使가 되어 중국에 다녀왔다. 51세 한성부우윤이 되었는데 이때는 윤원형의 권력이 막강하였다. 그는 권력을 믿고 무슨 일이든 꾸며대기를 좋아했다. 이들 소윤파小尹派들은 인종의 재위 기간이 일 년이 넘지 못하므로 문소전文昭殿에 들일 수 없다는 이상한 구실을 들고 나왔는데 송재는 그것이 의義에 어긋난다는 말을 들어 소를 올려 반대했다. 이때 소윤파의

미움을 사서 외직인 전주부윤全州府尹이 되었는데 (52세) 선정을 베풀다
가 54세로 전주의 관아에서 목숨을 거뒀다.[74]

요컨대 송재는 도학道學적 세계관을 지녔기 때문에 그의 정치적 이
상은 다름 아닌 지치至治에 있었다고 보여진다. 지치를 목표로 한 그의
왕도정치론王道政治論은 위민爲民 또는 민본民本정치를 말하는데 이는
〈간원칠조소諫院七條疏〉[75]에 잘 드러난 바와 같이, 경세經世의 핵심이
왕의 덕치德治임을 강조하면서 왕이 덕을 잃으면 반드시 재앙이 따른
다는 성리학적 천인관天人觀이었다.

또한 도학적 세계관을 지닌 송재가 중시했던 것은 다름 아닌 절의節
義였는데 그의 인생은 가히 절의로 점철되었다고 하여도 과언이 아님
은 앞서 보인 바와 같다. 그의 절의에 대한 주장은 〈숭절의론崇節義
論〉[76]에 잘 나타나 있거니와 절의란 부인륜扶人倫하고 입인기立人紀하
여 천하로 하여금 항상 위란危亂에 이르지 않게 하는 것이라 하였다.[77]

이상과 같이 송재의 생평生平과 세계관에 대하여 살펴본 결과 송재
의 서술시는 지치주의至治主義를 표방했던 도학파의 세계관이 기반되
어 형상화된 서술체로 이해할 수 있겠다. 이제 절을 달리하여 서술시와
부문학에 대하여 살펴보기로 한다.

---

74 앞의 연보 참조.
75 《국역 송재유고집》, 214~216면.
76 앞의 유고집, 315~316면.
77 한국문집총간, 앞의 책, 74면.

애병백부

그윽이 온갖 꽃이 시듦을 슬퍼하여
조화의 무상함을 민망히 여기노라
잡다한 상수리나무는 오래 살고
산도는 또 송죽을 더럽히려 하도다
나중에 시든다는 것 옛말에서 들었으니
군자의 아름다운 절개를 의지하고파
혜산의 골짜기로 찾아갔더니
마르고 말라 외로이 섰음에 놀랐도다
아, 어찌하여 식물 중의 영화로운 것이
공연히 뭇 나무 중에서 초췌해졌는고
(중략)
추운 날씨에도 꺾이지 않는다 했거늘
누가 높은 자태를 병들게 했을까
나무꾼의 불장난 실수가 아니라면
음양의 조화가 어긋났단 말인가
누가 재배하고서 엎는단 말 하는가
만물의 이치란 알기 어렵도다
복숭아 도리 꽃 봄날이라고 뻐긴다만
곱고 추한 빛 혼합됨 아닌가
변란의 세상이라야 볼 수 있는 군자는
다만 풍설 속에서 미더운 것이거늘
이제는 되레 뭇 꽃만 못하니
어찌 꽃으로 따를 수 있으랴
(중략)
내 유달리 너를 믿을 만하다 했음은
식물 중에서 가장 뛰어났기 때문인데
오히려 옛날의 무성함을 보존치 못하며

哀病柏賦

余竊悲衆芳之消歇
悶元和之無常
般紛紛其櫟壽
橄又欲無乎松篁
聞後凋於古訓
願依君子之姱
于以求兮山之曲
驚枯槁而獨立
夫何物中之鍾英
空憔悴於衆木
(中略)
旣云不挫於歲寒
孰能病夫高姿
苟非樵火之或失
恐二氣之有違
夫孰云栽培而傾覆
抑物理之難知
桃李兮姱春
縱姸醜之混色
變亂兮可見君子
只恃之風雪
今反不如乎凡卉
孰英華之可及
(中略)
余獨以汝而可恃
固植物之最秀
猶不保舊時之峻茂

더욱이 외롭고 깡마른 모습 참지 못하고	尤不忍其孤瘦
벌써 가지와 이파리 누렇게 떨어졌구나	已矣枝葉之殞黃
오직 밝은 본질만은 일그러지지 않아	惟昭質其未虧
무쇠 나무 같은 앙상함만 보겠구나	覽鐵樹其若玆
더구나 게거나 강리 같은 향풀들이야	又況揭車與江蘺
작은 싹에서 아름드리 될 때까지	自萌蘖而拱把
몇 번이나 계곡에서 풍우에 시달렸는가	幾風雨於溪壑
어찌하여 옛날의 굳센 식물이	何昔日之勁草
오늘에는 누렇게 떨어지는가	今胡爲乎黃落
건곤이 말없이 운행함을 보노라면	觀乾坤之黙運
만물이 비록 다하여도 반드시 회복하나니	物雖剝而必復
(중략)	(中略)
병이 만약 뿌리에까지 이르지 않았다면	病苟不至於根本
어찌 원기가 소생할 일맥이 없으랴	豈無元氣之一脈
백일이 문득 저물어 가니	白日忽其遲暮
외로운 뿌리 마를까 걱정이구나	恐孤根之委絕
조화의 큰 솜씨 없음을 한탄하여	恨旣無造化之大手
산속에 서서 눈물을 감추노라	立山中而掩泣
아, 천지의 중간에서	嗚呼天地中間
제 분수 지킴이 제일이니	自守崔貴
한 번의 영화성쇠 분수 밖의 일이로다	一榮一悴都外事
궁한들 어찌 슬프고 달한들 어찌 기쁘랴	窮兮何傷達兮何喜
잣나무는 병이라 여기지 않는데	栢不自病
내 홀로 너를 슬퍼한다	吾獨汝悲
잣나무여 잣나무여	栢乎栢乎
(중략)	(中略)
만물 가운데 어찌 유독 이와 같은가	物豈獨而如此
생사는 비록 나에게 있다지만	生死雖曰在己
내가 누구를 믿겠는가	吾誰恃乎

아, 하늘이시여, 땅이시여   嗚呼天地

위는 〈애병백부哀病柏賦〉라 제목 한 78구의 장편이다. 송환기가 서
문에서 말한 바와 같이, 한때에 선비들 사이에서 회자膾炙된 작품으로
기묘사화己卯士禍로 사기士氣가 추락하고 정의와 절의가 꺾이는 시대
현실을 병든 잣나무에 비유했다. 송재는《소학》의 실천궁행 철학으로
수신한 신진사류들이야말로 지치至治의 왕도정치를 실현할 수 있는 주
역이라고 믿었던 인물이다.

위에서 잣나무는 바로 신진사류로서 개혁 세력들의 아름다운 절개를
상징한 것이다. 세한연후歲寒然後 지송백지후조知松柏之後凋라 하여 '선
비는 궁할 때에 절의節義를 볼 수 있고, 세상이 어지러울 때에 충신을
알 수 있다'고 하여 '배우는 자들은 덕德에 완비하여야 한다'고 가르침
을 받아 왔는데, 갑자기 그러한 잣나무가 마르고 말라서 외롭게 되었다
는 심각한 말로써 시상을 일으켰다. 그렇게 된 이유를 나무꾼의 실수에
의한 불장난이나 음양 조화의 어긋남이라 하여, 당시에 조정을 농락한
김안로金安老 일파를 지목하여 풍자했다. 그러한 간신들에 대하여 도
리桃李라고 비유한 기교와 단정한 용기가 주목되거니와 간신들의 화이
부실華而不實하고 실속 없음과 허망하여 미덥지 못하다는 일갈은 가슴
을 서늘케 한다.

반면에 잣나무로 상징된 군자는 변란變亂에서 오히려 더 미더운 것
이거늘, 이제 뭇 꽃만도 못하게 초췌해졌다고 하여 기묘사화의 참상이
어떠했는지를 상상케 했다. 그러나 만물이란 쇠하면 다시 회복하는 것
이 이치이므로 아직 뿌리는 상하지 않았기에 소생의 희망이 있다는 강
한 신념을 드러내었다.

문제는 백일白日 곧 왕의 태도인데 왕이 실천궁행의 정치적 이념에
별 관심이 없어서 간신히 살아 있는 뿌리까지 마를까 봐 슬프다고 했으
니 이 작품은 중종中宗이 소인배들을 가까이 한 채, 왕도정치를 실현하
겠다는 신념의 도학자들을 내치고 멀리하여 위민爲民의 정치를 하지
못한 실정失政을 신랄하게 풍자한 것으로 호남시단의 풀이적 서술시
전통을 계승한 수작이라 하겠다.

나부	懶賦
오로지 천지의 음양이	夫惟天地之健順
자연스러운 운행을 그치지 않도다	運自然於不已
예로부터 운행을 계속하여	舊從古而環回
만물의 처음과 끝이 되었도다	能萬物之終始
(중략)	(中略)
나는 오직 게으른 병이 있나니	余惟懶之爲愆
본심은 날 때부터 함께 생겨	惟本心與生俱生
지기가 따르며 보좌하는 도다	而志氣爲之輔佐
마음에 보존한바 조금만 해이해도	中所存之少弛
문득 물욕에 가리게 되도다	奄外累之蔽我
이에 틈을 타면 곧 게을러지고	爰乘釁而便惰
본연의 천기를 병 되게 한다	病本然之天機
처음에는 마음에서 싹이 트지만	初萌芽於方寸
마침내는 사지에 퍼져가	竟尾閭於四支
귀로 듣고 눈으로 보는데도	耳之聲兮目之色
자기의 마음을 지닐 줄 모르도다	曾不省夫自持
아부를 좋아하고 세속에 빠져서	甘脂韋而汨沒
스스로를 자부하는 기력이 없도다	無自許之定力
(중략)	(中略)

그런즉 이런 게으름은	然則是懶也
성품이 어둡고 용렬함에서 근원하여	原於質稟之昏庸
지기의 방종하고 지나침에서 싹트며	萌於志氣之放僻
함양의 부족함에서 커져	長於涵養之不充
외부의 물욕에서 이루어지는데	成於物欲之外鑠
그리되면 여러 악의 뿌리가 되어	萌蘗衆惡之根柢
온갖 선이 질곡 되어 몽매해진다	蒙昧萬善之桎梏
나태함에 의지하여 자식이 되면	依之於爲子兮
신성과 혼정이 무엇인 줄 모르고	晨省昏定之何物
나태함에 의지하여 임금이 되면	依之於爲君兮
휼민과 경천이 무엇인지 모르며	恤民敬天之何事
나태함에 의지하여 신하가 되면	衣之於諍臣
'때를 기다려 말하겠다' 이르며	曰我有待而言矣
나태함에 의지하여 선비가 되면	依之於士夫兮
'도를 이루기가 어렵다'고 말하니	謂道登天然也
어리석은 사람은 더욱 어리석어지고	愚者以之而益愚
나약한 사람은 더욱 나약해진다	懦者以之而益懦
(중략)	(中略)
뜻을 오로지 갖지 못하면	志惟不持
게으름이 이에 멋대로 하게 된다	懶於是使
기운을 오로지 거느리지 못하면	氣惟不率
게으름이 이에 방자하게 된다	懶於是肆
공경을 안에다 보존한다면	敬以存內
제 어찌 함부로 높아지리오	彼何能崇
대저 사람이 세상에 태어나서	大抵人生兩間
우주를 담당하나니	擔當宇宙
천하의 이치는	天下之理
모두 나의 이치이며	皆我之理
천하의 일은	天下之事

모두 나의 일이로다	皆我之事
일은 방심에서 무너지고	事毁于放
이치는 생각함에서 밝아지나니	理明于思
군자는 종신의 근심을 지니니라	有終身憂
(중략)	(中略)
농부는 농사를 맡고	農司其稼
부녀자는 길쌈을 맡나니	婦司其績
만약에 그 임무를 게을리 한다면	苟懶其任
어떻게 입으며 어떻게 먹으랴	焉衣焉食
자식은 효도를 맡고	子司其孝
아버지는 사랑을 맡나니	父司其慈
만약에 그 직분을 게을리 한다면	苟懶其分
누가 '백성에게 떳떳함 있다' 하랴	孰曰民彝
임금은 어짊을 맡고	君司其仁
신하는 의로움을 맡나니	臣司其義
만약에 그 직책을 게을리 한다면	苟懶其職
어찌 '천리가 운행한다' 말을 하랴	豈云天理
무릇 그러한 당연함을	凡厥當然
어찌 실천치 않는가	胡不踐而
날로 새롭고 또 새롭게 하여	日新又新
하늘로 더불어 함께 돌아가기를	與天同歸

위는 〈나부懶賦〉라 제목했는데 전체 145행이나 되는 장편으로 천지간에 음양의 이치가 그치지 않고 운행하여 만물의 생장소멸을 관장한다는 말로써 처음을 삼았다. 이어 사람의 본심을 지기志氣가 보좌함에 있어 조금만 해이하면 물욕에 가리어지고 그로부터 게으름이 자리를 잡아 천기天機를 병들게 한다고 했다. 그렇게 되면 자기의 본마음을 잃

어버리고 아부를 일삼는 세속에 빠지고 만다고 하여 마음 공부를 강조했는데 이는 그가 고성固城의 유배지에서조차도 가까이 했다는《심경心經》《근사록近思錄》등에 바탕한 수심修心의 태도를 보인 것이라 여겨진다.

마음의 나태함이 사지의 나태함으로 이어지면, 자식된 자는 혼정신성昏定晨省을 모르며, 임금은 백성의 구휼과 하늘의 두려움을 모르게 되고, 신하는 시기에 맞춰 충간忠諫을 하지 않으며, 선비는 도 닦는 것을 어렵다고 포기하게 되어, 어리석은 사람은 더욱 어리석게 되고, 나약한 사람은 더욱 나약하게 되므로, 마음을 몸의 주인으로 삼고, 뜻을 오로지 하여, 게으름이 범접치 못하도록 할 것을 주장했다.

마음이 주가 되어 절의節義가 올바르면 천하의 이치가 나의 이치가 되고, 천하의 일이 나의 일이 되어, 농부는 농사를 짓고, 부녀자는 길쌈을 하고, 자식은 효도하고, 아버지는 사랑을 베풀며, 임금이 어질어 신하가 의롭게 된다고 마무리했으니, 이런 세상이야말로 떳떳한 왕도王道가 있는 지치至治의 세계라 하겠다.

부득어군즉열중	不得於君則熱中
한때 내가 세상을 경륜할 뜻이 있어	曩余有志於經世
충량한 아름다운 덕을 품었도다	抱忠良之懿德
궁할 때 수양은 달할 때 쓰려 함인데	窮養之將以達施
어찌 집에서 늙기를 바랄손가	肯終老於蓬蓽
조정에 쓰이게 됨을 생각하고	謂見用於王朝
직설의 사업을 기약하였도다	期稷契之事業
운룡의 기회란 늘 있지 않으며	時不常雲龍之會
선비에겐 삼월의 울음도 간혹 있느니라	士或有三刖之泣

임금이 계신 곳은 구중의 깊은 곳이니	君門深兮九重
초야로부터는 천리나 먼 길이지	草野遠兮千里
충성을 바치고 싶어도 방도가 없네	願進忠而無路
나라에 보답하려는 큰 뜻일 뿐	思報國之大義
어찌 관록에 급급함 있겠는가	夫豈汲汲於爵祿
바라건대 본분을 저버리지 말지어다	庶不負乎素履
(중략)	(中略)
공연히 대궐을 그리워하곤 부끄럼 품었지	空戀闕而懷耻
모두들 앞 다투어 벼슬을 탐하지만	衆皆競進而貪婪
나가는 길목이 좁고 막혔으니	進路呀而劃絶
임금의 신하되기 막막하여라	邈魚水之一堂
어찌 나는 좋은 때를 얻지 못한가	夫何余時之不淑
내가 때 얻지 못함을 슬퍼하니	悲朕時之不當
흐르는 눈물이 가슴을 적시는 도다	渙余涕之沾臆
옆에 대인의 선생이 있어	傍有大人先生
드디어 앞으로 나와서 힐책하기를	遂前而詰之曰
어리석구나, 그대의 소견이여!	愚哉子見
비루하여라, 그대의 뜻이여!	鄙哉子智
세상을 구하고 도를 행함이	救世行道
비록 선비의 지닌 바 이지만	雖儒者志
써주면 행하고 버리면 감추는 것이야	用行舍藏
그게 바로 군자의 일 아닌가	乃君子事
오직 나에게 있는 도와 덕을 구할 것이요	惟求在我之道德
위에 있는 작록을 어찌 뜻하랴	在上之爵綠何慕
그저 하늘의 운수를 따를 것이니	只順在天之時運
어찌 사람에게 주어진 득실을 논하리	在人之得失何道
때가 오면	時乎來兮
옥당이나 금궐에 있을 것이요	玉堂金闕

때가 아니면	時乎否兮
높은 산 돌집에 있을 것이니	高山石室
옛날 성현의 세상에서는	昔聖賢之在世
인의의 천작을 지키면서	守仁義之天爵
난초 향기 들리어 옴을 즐기면서	懿蘭香之自聞
벼슬이 스스로 이르기를 기다렸었지	待人爵之自至
비록 사람들이 몰라주어도	雖不遇乎見知
천명이라 생각하며 가다렸었지	奈天命兮何爾
(중략)	(中略)
그대는 어찌하여 크게 조바심 내어	子何爲而大躁
도리어 타고난 천성을 상하게 하는가	反有傷乎天眞
더욱 덕에 나아가 업을 닦으면	益進德而修業
때를 못 만나도 후회가 없으리라	縱不遇兮無悔
문득 그 말 듣고 크게 깨달으니	忽聞言而大悟
타는 듯한 간장이 얼음 녹듯 풀리네	焚膽腸其氷解
덧보태어 말하노니	因與之係曰
공명이란 운명에 있고	功名兮有命
부귀는 하늘에 있도다	富貴兮在天
하늘은 가히 기필하지 못하며	天不可必
운명은 가히 옮길 수 없나니	命不可遷
얻은들 무엇이 기쁘며	得之兮何喜
잃은들 무엇이 슬프리오	失之兮何悲
벼슬에 나가고 나가지 않음은	然則出處之大致
모두 천명이 시키는 대로 따를 지니라	都付之於天命之依歸

전체 99행으로 된 장편으로 〈부득어군즉열중不得於君則熱中〉이라 제
했다. 위의 어구는 《맹자孟子》의 〈만장萬章〉장에 나오는 말인데 "임금
의 사랑을 못 얻으면 초조하게 여기게 마련이다."란 말을 가지고 제목

을 삼았다. 원래 이 말은 순임금이 부모 생각하기를 종신토록 했으니
다른 사람과는 달리 큰 효자라고 내세우는 과정에 들어 있다.[78]

세상을 경륜할 마음으로 아름다운 덕을 품어 수양을 했으며 순임금
때의 직설稷契과 같은 신하가 되기를 기약했건만 궁궐은 멀고 길마저
막혔다는 말로써 처음을 삼았다. 이어서 자신을 알아주는 사람 없고
부르짖어도 들어주는 누구 하나 없는 가운데 눈물을 흘리노라니 대인
이 다가와 자신을 꾸짖는다는 말을 이어서 했다. 세상을 구하고 도를
행하려함은 선비의 뜻이지만, 써주면 나아가 도를 행하고 버리면 숨어
서 자신의 도를 닦는 것으로 인의仁義의 천작을 지킬 뿐 벼슬에 급급하
지 말라는 대인의 말은 마치《맹자》의〈등문공滕文公〉장에 나오는 대
장부大丈夫 선언문처럼 꾸며 놓았다.

부賦문장의 진수를 보는 듯한 대목이다. 대인의 말을 듣고 크게 깨달
아, 공명은 운명에 있고 부귀는 하늘에 있으나, 하늘은 기필할 수 없으
므로 벼슬을 하고, 하지 않고는, 하늘에 맡기겠다는 말로 마무리 했다.
이른바 출出과 처處의 결단을 경전식 사고로 해결하려는 의지를 잘 드
러낸 글이라 생각된다.

한편, 역사적 사실이나 출처가 분명한 전거를 가져와 징험하고 설득
하며 주장한 이른바 교술성이 강한 작품도 있는데 이 또한 당대 현실
의 개혁과 이상세계 건설에 필요하다고 생각되어 실현한 소재이거니
와 넓게 보면 종경宗經의 지향정신과 부합되는 것이므로 아울러 고찰

[78] 人少則慕父母知好色則慕少艾有妻子則慕妻子
仕則慕君不得於君則熱中大孝終身慕父母
五十而慕者子於大舜見之矣〈萬章〉,《孟子》.

하면 좋을 것이다. 여기에 드는 작품으로는 〈호소삼군부〉 〈절현부〉 〈철봉부〉 등을 들 수 있다.

요컨대 송재는 당대 현실의 모순되고 불합리한 정치현실의 대안으로 왕도정치를 제시하였다. 현실의 지적과 고발은 물론 이상세계의 건설을 부賦라는 문학 장치를 빌어 그 속에 핍진하게 드러내 보여주었는데, 풍자를 통한 고발과 지적 등 문학적 기교의 자유자재한 활용, 절의와 종경 지향 등 이상 세계 건설이라는 종지宗旨 등은 송재가 이룩한 부 문학의 성과라 할 것이다.[79]

한편, 송재의 서술시는 도합 25편이나 되는데 ㉠절남산식節南山式의 풍자지향諷刺指向을 보인 작품은 〈애병백부〉 〈장강천참부〉 〈가색유보부〉 〈노장부〉 등으로 이는《시경》〈소아〉의 〈절남산〉 시와 같이 왕이 무능하여 소인배를 등용하였다가 국정을 어지럽히고 백성을 도탄에 빠뜨리는 등 온갖 악행을 일삼지만 그것을 억제치 못하는 현실의 안타까움을 풍자한 것이다.

이러한 작품은 위민과 민본의 왕도정치를 소망했던 도학적 세계관의 소유자 송재의 진면목을 여실히 드러낸 것으로 평가되거니와 직접적 풍자 방법보다는 빗대어 말하는 간접적 풍자의 수법을 통하여 성동격서로써 주제 전달의 극대화를 기한 점이 돋보인다고 할 수 있다.

㉡이도순신以道殉身의 절의지향節義指向 세계를 보인 작품은 왕도정치를 이루기 위하여 선비가 지녀야 할 수신의 자세를 분명하게 제시한 내용을 담은 것으로《맹자》의 〈진심장〉에 나오는 말로써 그 취지를 삼았다. 요지는 나라에 도가 행해질 때는 그 도를 따를 것이지만, 도가

79 최한선, 〈송재 나세찬의 부문학 세계〉, 우리말글학회, 《우리말글》 18집, 1999 참조.

행해지지 않을 때는 홀로 자신만의 길을 가야 된다는 것이다.

나라에 도가 있으므로 그 도에 나의 몸을 맞추면 인륜이 바르게 되고, 기강이 바로 서는 절의의 세계가 실현된다는 바람을 담았으니, 당대적 현실에서 보면 다분히 역설의 미학이 아닐 수 없겠다. 여기에는 〈나부〉〈권부〉〈동정부〉〈화우부〉〈어풍부〉 등이 속한다.

다음으로 ⓒ소강小康선비의 종경宗經지향 세계를 담은 작품을 들수 있거니와 송재는 소강시대小康時代를 소망했던 선비로서 유학의 경전을 모든 가치와 행동의 준거로써 삼았다. 여기에 드는 작품들은 그의 소강 선비로서의 신념이나 가치 지향을 나타낸 것인데 〈부득어군즉열중〉〈천상여부〉〈대성무작부〉〈궁불실의부〉 등을 대표적인 것으로 들 수 있겠다.[80]

6. 하서의 서술시

김인후金麟厚(1510~1560)는 울산인으로 전라도 장성현 대맥동리(現 전라남도 장성군 황룡면 맥호리 맥동마을) 출신으로 자는 후지厚之, 호는 하서河西 또는 담재湛齋라 했는데 시호는 문정文正이다. 그는 신라 경순왕의 왕자 학성부원군鶴城府院君 김덕지金德摯의 후예로 5대조인 김온金穩은 조선 개국원종공신으로 흥려군興麗君에 봉해지고 양주목사에 재직 중 1413년에 졸하였다. 배위 정부인貞夫人 여흥 민씨의 친가가 태종의 왕

80 최한선, 〈송재 나세찬의 부문학 세계〉, 우리말글학회, 《우리말글》 제18집, 1999.

권 강화 정쟁에 연루되어 화를 입자 여흥 민씨가 아들 3형제를 비롯한 가족들을 데리고 전라남도 장성군 대맥동으로 낙남하였다.

하서의 부친은 의릉참봉義陵參奉 김령金齡이며, 모친은 옥천 조씨玉川 趙氏이다. 하서는 문경공文敬公 김안국金安國의 문하로 1531년(중종 26) 생원 진사시에 합격하여 성균관에 들어갔다. 중종 35년(1540)에 별시 병과에 급제하여 권지승문원부정자權知承文院副正字에 등용되었다. 다음 해 1541년 사가독서賜暇讀書를 하고, 홍문관 정자弘文館 正字가 되었다. 중종 37년(1542) 홍문관저작弘文館著作이 되었다.

중종 38년(1543) 4월 홍문관 박사 겸 세자시강원世子侍講院 설서說書로 벼슬이 올랐다. 이때에 인종이 세자시절 춘궁春宮에서 덕을 기르기 위해 중종이 김인후에게 보도輔導의 책임을 맡겼는데 세자는 그의 학문과 도덕의 훌륭함에 탄복하여, 김인후를 공경하는 예로써 자주 소대召對하였다. 세자 역시 비범한 인물이라 나중에라도 반드시 당우唐虞(도당씨와 유우씨로 곧 요임금과 순임금의 시대)의 다스림을 만들 수 있을 것이라 여겨 계도하였다. 그리고 서로 뜻이 맞아 신임이 날로 두터워졌다.

하서가 관아에서 숙직할 때, 인종이 간혹 몸소 나와서 조용히 문난問難을 하며 밤이 깊어서 자리를 파하였다. 인종은 본래 예술에 능하였으나 남에게 나타내 보인 적이 없었지만, 유독 김인후에게 손수 그린 묵죽墨竹 한 첩을 하사하고, 김인후에게 명하여 화축畫軸에다 시를 지어 쓰도록 하였다.

뿌리와 가지, 마디와 잎새가 모두 다 정미하니　　根枝節葉盡精微
바위를 친구 삼은 뜻 여기에 들어있네　　石友精神在範圍

비로소 성스러운 분께서 조화와 짝하심을 깨닫노니   始覺聖神伴造化
천지처럼 함께 둥글어 모남이 없으리다   一團天地不能違

1543년(중종 38) 6월에 홍문관 부수찬弘文館 副修撰 지제교知製敎와 경연검토관經筵檢討官을 겸하게 되었다. 같은 해 음력 7월에 경연經筵에서 차자箚子를 올려 시사時事를 논하면서, 기묘사화(1519) 때 죽임을 당한 기묘명현己卯名賢의 신원伸冤 복원을 최초로 개진하여 그 본분을 다하였다. 이에 기묘사화의 당사자인 중종이 기묘명현己卯名賢의 복원에 대해서는 허락하지 않고, 폐기토록 지시한《소학》과 향약에 대해서만 철회토록 하였다. 이에 김인후는 이러한 명령에 따를 수 없어 괴로워하며, 연로하신 부모님 봉양을 이유로 8월에 걸양乞養을 청하고 귀향하여 12월에 고향과 가까운 옥과현감玉果縣監을 맡았다.

1544년(중종 39) 11월에 중종이 승하하였다. 이어 1545년 음력 1월 1일 인종이 30세에 즉위하였는데, 음력 4월 조정에서 김인후에게 제술관製述官을 제수했는데 그제서야 비로소 입경하였다. 인종이 새로 즉위하여 태평성대를 기대했으며, 김인후에게 인종의 경연 보도輔導를 맡기고자 하였으나 인종이 갑자기 병을 얻었고, 왕에게 어떤 약을 써야 할지 논의에 참여하기를 청하였으나, 약원藥院에서 직책이 아니라는 이유로 거절되었다. 이에 그는 또다시 고향 부모님의 병을 핑계로 옥과 임소任所로 돌아와 버렸다.

1545년(인종 1) 음력 7월 1일 인종이 7개월 만에 승하하였다. 하서는 이로 인한 충격으로 벼슬의 뜻을 접고, 병을 핑계로 아예 사직하고, 고향인 장성으로 돌아와 입신양명의 뜻을 거두었다. 명종이 11세의 나이로 즉위 후, 을사사화(1545)가 일어났다. 명종이 김인후를 성균관 전

적典籍, 공조工曹 정랑正郎, 홍문관 교리校理, 성균관 직강直講 등에 제
수하였으나 모두 나아가지 않았다. 명종은 김인후의 재주를 중히 여겨
특별히 명하여 음식을 하사하였는데 글을 올려 사양하였다. 하서는 오
직 산림에 은둔한 채 시작과 학문에 열중하였고, 매년 인종의 기일인
음력 7월 초하루에 집 앞에 있는 난산卵山에 올라 북망통곡北望慟哭을
평생 거른 일 없었다.

1560년(명종 15) 명하기를 '내가 죽으면 을사년乙巳年, 1545년 이후의
관작官爵을 쓰지 말라'고 당부하고 향년 51세로 세상을 떴다. 정조 20
년(1796) 음력 9월 조선 유학자儒學者로서 최고의 영예인 문묘文廟에 종
사從祀되었고 시호를 문정文靖에서 문정文正으로 고쳤다. 도덕박문왈
문 이정복인왈정道德博聞曰文 以正服人曰正이라 했다. 장성 필암서원筆巖
書院에 배향되고 있으며 첫째 아들은 일재一齋 이항李恒의 딸과, 둘째
아들은 진벽晉璧의 딸과 혼인했으며, 첫째 딸은 문인 월계月溪 조희문
에게, 둘째 딸은 고암 양자징(소쇄처사 양산보 아들)에게, 셋째 딸은 유경
렴(미암 유희춘 아들)에게 출가했다.

저서로《주역관상편周易觀象篇》《서명사천도西銘事天圖》《백련초해》
등을 남겼다.

소쇄원 48영

제1영
작은 정자 난간에 의지해   小亭憑欄

소쇄원의 빼어난 경치   瀟灑園中景
한데 어울려 소쇄정 이루었네   渾成瀟灑亭

눈을 쳐들면 시원한 바람 불어오고	擡眸輪颯爽
귀 기울이면 구슬 굴리는 물소리 들려라	側耳聽瓏玲

제2영
시냇가의 글방에서	枕溪文房

창 밝으니 방안의 첨축들 한결 깨끗하고	窗明籤軸淨
맑은 수석엔 책들이 비춰 보이네	水石暎圖書
정신들여 생각하고 마음대로 기거하니	精思隨偃仰
오묘한 계합 천지 조화의 작용이라네	妙契入鳶魚

제3영
높직한 바위에 펼쳐 흐르는 물	危巖展流

시냇물 돌을 씻어 흘러내리고	溪流漱石來
한 줄기 바위 온통 골짜기에 깔렸는데	一石通全壑
한 필의 비단인가, 날리는 폭포	匹練展中間
그 가운데 펼쳤어라	
멋있게 기울어진 낭떠러지	傾崖天所削
하느님이 만든 거라네	

제4영
산을 등지고 있는 거북바위	負山鼇巖

등에는 청산을 업어 묵중하고	背負青山重
머리는 벽옥의 맑은 계류를 향했네	頭回碧玉流
오랜 세월에 어찌 기쁨이 없으리요	長年安不抃
소쇄원의 대각들 仙界보다 더 좋아	臺閣勝瀛洲

제5영

위험한 돌길을 더위잡아 오르며   石逕攀危

하나의 돌길에도 삼익우가 연이었고   一逕連三益
오르는데 익숙해서 위험은 없어   攀閑不見危
속세의 발걸음 스스로 끊고나니   塵蹤元自絕
이끼 빛깔은 밟을수록 더더욱 풍성해   苔色踐還滋

제6영

작은 연못에 고기떼 놀고   小塘魚泳

네모진 연못 한 이랑도 못되나   方塘未一畝
맑은 물받이 하기엔 넉넉하구나   聊足貯淸漪
주인의 그림자에 고기떼 헤엄쳐 노니   魚戱主人影
낚싯줄 내던질 마음 전혀 없어라   無心垂釣絲

제7영

나무 홈통을 뚫고 흐르는 물   刳木通流

샘줄기의 물 홈통을 뚫고 굽이져 흘러   委曲通泉脈
높낮은 대숲 아래 못에 내리네   高低竹下池
세차게 쏟아져 물방아에 흩어지고   飛流分水碓
물 속의 인갑들은 작아서 들쭉날쭉 해   鱗甲細參差

제8영

물보라 일으키는 물방아   舂雲水碓

온종일 줄줄 흐르는 물의 힘으로   永日潺湲力
찧고 찧어서 절로 공을 이루네   舂來自見功

직녀성이 짜놓은 배틀의 비단   天孫機上錦
절구질 소리에 펼쳤다 감겼다 하네   舒卷擣聲中

제9영
통나무대로 걸쳐놓은 높직한 다리   透竹危橋

골짜기에 걸쳐서 죽림으로 뚫렸는데   架壑穿脩竹
높기도 하여 하늘에 둥둥 떠있는 듯   臨危似欲浮
숲 속의 연못 원래 빼어난 승경이지만   林塘元自勝
다리가 놓이니 속세와는 더욱 멀어졌네   得此更淸幽

제10영
대숲에서 들려오는 바람소리   千竿風響

하늘 가 저 멀리 이미 사라졌는데   已向空邊滅
다시 고요한 곳으로 불어오네   還從靜處呼
바람과 대 본래 정이 없다지만   無情風與竹
밤낮으로 울려 대는 대피리 소리   日夕奏笙竽

제11영
못 가 언덕에서 더위를 식히며   池臺納凉

남쪽 고을은 무더위가 심하다지만   南州炎熱苦
이 곳만은 유달리 서늘한 가을   獨此占凉秋
바람은 언덕 가의 대숲에 일고   風動臺邊竹
연못 물 바위 위에 흩어져 흐르네   池分石上流

제12영
매대에서의 달맞이   梅臺邀月

나무숲 쳐내니 매대는 확 트여서	林斷臺仍豁
달 떠오는 때에 더욱 알맞아	偏宜月上時
구름도 다 걷혀감이 가장 사랑스러운데	最憐雲散盡
차가운 밤이라 아름다운 매화 곱게 비추네	寒夜映氷姿

제13영

| 넓은 바위에 누워 달을 보며 | 廣石臥月 |

나와 누우니 푸른 하늘엔 밝은 달이라	露臥靑天月
넓은 바위는 바로 좋은 자리가 됐네	端將石作筵
주위의 숲에는 그림자 운치 있게 흩어져	長林散淸影
깊은 밤인데도 잠 이룰 수 없어라	深夜未能眠

제14영

| 담장 밑구멍을 뚫고 흐르는 물 | 垣竅透流 |

한 걸음 한 걸음 물을 보고 지나며	步步看波去
글을 읊으니 생각은 더욱 그윽해	行吟思轉幽
사람들은 진원을 찾아 거슬러 가지도 않고	眞源人未泝
부질없이 담 구멍에 흐르는 물만을 보네	空見透墻流

제15영

| 은행나무 그늘 아래 굽이도는 물 | 杏陰曲流 |

지척에 물줄기 줄줄 내리는 곳	咫尺潺湲地
분명 오곡의 구비 도는 흐름이라	分明五曲流
당년 물가에서 말씀하신 공자의 뜻	當年川上意
오늘은 은행나무 가에서 찾는구나	今日杏邊求

제16영
석가산의 풀과 나무들   假山草樹

인력을 들이지 않고 만든 산이지만   爲山不費人
조물造物이라 도리어 석가산 됐네   造物還爲假
형세를 좇아 우거진 숲 일으켰으니   隨勢起叢林
이 역시 의연한 자연의 산야로구나   依然是山野

제17영
천연적으로 이루어진 소나무와 바윗돌   松石天成

높은 뫼에서 굴러 내린 조각 바위들   片石來崇岡
뿌리 얽혀 서있는 두어 자 소나무   結根松數尺
오랜 세월에 몸엔 꽃을 가득 피우고   萬年花滿身
기세 곧아서 하늘 높이 솟아 푸르네   勢縮參天碧

제18영
바윗돌에 두루 덮인 푸른 이끼   遍石蒼蘚

바윗돌 오랠수록 구름 안개에 젖어   石老雲烟濕
푸르고 푸르러 이끼 꽃을 이루네   蒼蒼蘚作花
흔히 구학을 즐기는 은자들의 본성은   一般丘壑性
번화함에는 전연 뜻을 두지 않는다네   絶意向繁華

제19영
평상바위에 조용히 앉아   榻巖靜坐

낭떠러지 바위에 오래도록 앉았으면   懸崖虛坐久

깨끗하게 쓸어 가는 계곡의 시원한 바람	淨掃有溪風
무릎이 상한 데도 두렵지 않아	不怕穿當膝
관물하는 늙은이에겐 가장 알맞네	便宜觀物翁

제20영

맑은 물가에서 거문고 비껴 안고	玉湫橫琴

소리내는 거문고 타기 쉽지 않은 건	瑤琴不易彈
세상에는 종자기 같은 친구 없어서라	擧世無鍾子
맑고 깊은 물에 한 곡조 울리고 나면	一曲響泓澄
마음과 귀만은 서로 안다네	相知心與耳

제21영

빙빙 도는 물살에 술잔 띄워 보내며	泱流傳盃

물살 치는 돌 웅덩이에 둘러앉으면	列坐石渦邊
소반의 술안주 뜻한 대로 넉넉해	盤蔬隨意足
빙빙 도는 물결에 절로 오고가니	洄波自去來
띄우는 술잔 한가로이 서로 권하네	盞斝閒相屬

제22영

평상바위에서 바둑을 두며	床巖對棋

평상바위 조금은 넓고 평평하여	石岸稍寬平
죽림에서 지냄이 거의 반이라네	竹林居一半
손님이 와서 바둑 한판 두는데	賓來一局碁
공중에선 우박이 흩어져 내려	亂雹空中散

제23영
긴 섬돌을 거닐며   脩階散步

차분히도 속세를 벗어난 마음으로   澹蕩出塵想
소요하며 섬돌 위를 구애 없이 걷네   逍遙階上行
노래할 땐 갖가지 생각들 한가해지고   吟成閒箇意
읊고 나면 또 희로애락의 속정 잊혀지네   吟了亦忘情

제24영
홰나무 가 바위에서 기대어 졸며   倚睡槐石

몸소 홰나무 가의 바위를 쓸고서   自掃槐邊石
아무도 없이 홀로 앉아 있을 때에   無人獨坐時
졸다가 놀래어 일어서는 건   睡來驚起立
의왕에게 알려질까 두려워서라   恐被蟻王知

제25영
조담에서 미역을 감고   槽潭放浴

맑은 조담 깊어도 바닥이 보이고   潭清深見底
미역을 감고나도 맑기는 여전해   浴罷碧粼粼
미덥지 않은 건 인간 세상이라   不信人間世
염정을 걷던 발 때도 씻어버리네   炎程脚沒塵

제26영
다리 가까이의 두 그루 소나무   斷橋雙松

콸콸 소리 내며 섬돌 따라 흐르는 물   瀷瀷循除水

단교 옆엔 두 그루 소나무 서있네	橋邊樹二松
옥이 나는 남전은 오히려 일이 분주해	藍田猶有事
그 다툼은 조용한 여기에도 미치리라	爭及此從容

제27영

낭떠러지에 흩어져 자라는 소나무와 국화	散崖松菊

북쪽 고개는 층층이 푸른 벽송碧松이요	北嶺層層碧
동쪽 울타리엔 점점이 누런 황국黃菊이라	東籬點點黃
낭떠러지 장식하여 여기저기 심어 두고	緣崖雜亂植
세밑 늦가을 풍상에도 버티고 섰네	歲晚倚風霜

제28영

받침대 위의 매화	石趺孤梅

매화의 신기함을 바로 말하려거든	直欲論奇絕
모름지기 돌에 꽂힌 뿌리를 보아야 해	須看揷石根
맑고 얕은 물까지 겸하고 있어	兼將淸淺水
황혼이면 성긴 그림자를 드리우네	疎影入黃昏

제29영

좁은 길가의 밋밋한 대나무들	夾路脩篁

눈에 덮인 대 줄기 곧아서 창창하고	雪幹摋摋直
구름에 싸인 대끝 솔솔바람에 간드러지네	雲梢嫋嫋輕
지팡이 짚고 나가 묵은 대껍질 벗기고	扶藜落晩籜
띠를 풀어서 새 줄기는 동여매준다네	解帶繞新莖

제30영
바위틈에 흩어져 뻗은 대 뿌리   迸石竹根

흰 대 뿌리 티끌에 더럽혀질까 하면서도   霜根耻染塵
시시로 돌 위에 뻗어 나오네   石上時時露
어린 대 뿌리 몇 해를 자라났는고   幾歲長兒孫
곧은 마음은 오랠수록 더욱 모질다네   貞心老更苦

제31영
낭떠러지에 집짓고 사는 새   絕崖巢禽

벼랑 가에서 펄펄 나는 새   翩翩崖際鳥
때때로 물속에 내려와 노네   時下水中遊
마시고 쪼는 건 제 심성 대로요   飮啄隨心性
본디 잊었다네, 백구와 저항하기를   相忘抵白鷗

제32영
저물어 대밭에 날아드는 새   叢筠暮鳥

바위 위 여러 무더기의 대나무 숲   石上數叢竹
상비의 눈물 자국 아직도 남았어라   湘妃餘淚斑
산새들 그 한을 깨닫지 못하고   山禽不識恨
땅거미 지면 제 깃 찾아 들 줄 아네   薄暮自知還

제33영
산골 물가에서 졸고 있는 오리   壑渚眠鴨

하늘이 유인에게 부쳐준 계책은   天付幽人計

맑고 시원한 산골짜기 샘물이라네 　　　　　　清冷一澗泉
아래로 흐르는 물 모두 자연 그대로라 　　　　下流渾不管
나눠 받은 물가에서 한가히 조는 오리 　　　　分與鴨閒眠

제34영
세차게 흐르는 여울 물가의 창포 　　　　　　激湍菖蒲

듣자니 여울 물가의 창포 　　　　　　　　　聞說溪傍草
아홉 마디마다 향기를 지녔다네 　　　　　　能含九節香
날리는 여울 물 날로 뿜어대니 　　　　　　　飛湍日噴薄
이 한 가지로 염량을 꿰뚫는다오 　　　　　　一色貫炎涼

제35영
빗긴 처마 곁에 핀 사계화 　　　　　　　　　斜簷四季

정작 꽃 중의 으뜸으로 치는 사계화 　　　　定自花中聖
사시로 청화함을 갖추어서인가 　　　　　　　清和備四時
초가지붕 비스듬해 더욱 운치 있어라 　　　　茅簷斜更好
매화와 대나무도 곧 알아준다네 　　　　　　梅竹是相知

제36영
복사꽃 언덕에서 맞는 봄 새벽 　　　　　　　桃塢春曉

복사꽃 언덕에 봄철이 찾아드니 　　　　　　春入桃花塢
만발한 꽃들 새벽 안개에 드리워 있네 　　　繁紅曉霧低
바윗골 동리 안이라 어렴풋하여 　　　　　　依迷巖洞裏
무릉 계곡을 건너 든 듯하구나 　　　　　　如涉武陵溪

제37영
옹동나무 언덕에 드리운 여름 그늘　　　　　　　桐臺夏陰

묵은 오동 줄기 바위 벼랑까지 이어있어　　　　　巖崖承老幹
우로의 혜택이라 항시 맑게 그늘지네　　　　　　雨露長淸陰
순임금의 은혜 길이길이 밝혀져서　　　　　　　舜日明千古
온화한 남풍 지금까지 들려주네　　　　　　　　南風吹至今

제38영
오동나무 녹음 아래 쏟아지는 폭포　　　　　　梧陰瀉瀑

무성한 나뭇가지 녹엽의 그늘인데　　　　　　扶疎綠葉陰
어젯밤 시냇가엔 비가 내렸네　　　　　　　　昨夜溪邊雨
난무하는 폭포 가지 사이로 쏟아지니　　　　亂瀑瀉枝間
돌아보건대 봉황새 춤추는 게 아닌가　　　　還疑白鳳舞

제39영
버드나무 물가에서의 손님맞이　　　　　　　柳汀迎客

나그네 찾아와서 사립문 두드리매　　　　　有客來敲竹
몇 마디 소리로 낮잠을 깼네　　　　　　　數聲驚晝眠
관을 쓰고 미처 인사드리지 못했는데　　　扶冠謝不及
말 매놓고 버드나무 물가에 서있네　　　　繫馬立汀邊

제40영
골짜기 건너편 연꽃　　　　　　　　　　隔澗芙蕖

조촐하게 섰는 게 훌륭한 화훼花卉로다　　淨植非凡卉

한가로운 모습 멀리서 볼만하고	閒姿可遠觀
향긋한 기운 골짝을 건너와 풍기네	香風橫度壑
방안에 들이니 지란보다 더 좋구나	入室勝芝蘭

제41영

연못에 흩어져 있는 순채싹	散池蓴芽

장한이 강동으로 귀향한 후로	張翰江東後
풍류를 아는 이 그 누구던고	風流識者誰
반드시 사랑하는 농어회 같이하지 않더라도	不須和玉膾
기다란 순채싹 맛보고자 하네	要看長氷紗

제42영

산골물 가까이에 핀 배롱나무	襯澗紫薇

세상엔 무성히 자란 꽃이라도	世上閒花卉
도무지 열흘 가는 향기 없다네	都無十日香
어찌하여 산골 물가의 배롱나무만은	何如臨澗樹
백일 내내 붉은 꽃을 대하게 하는고	百夕對紅芳

제43영

빗방울 떨어지는 파초잎	滴雨芭蕉

어지러이 떨어지니 은 화살 던지는 듯	錯落投銀箭
푸른 비단 파초잎 높낮이로 춤을 추네	低昂舞翠綃
같지는 않으나 사향의 소리인가	不比思鄕聽
되레 사랑스러워라. 적막함 깨뜨려 주니	還憐破寂寥

제44영
골짜기에 비치는 단풍   暎壑丹楓

가을이 드니 바위 골짜기 서늘하고   秋來巖壑冷
단풍은 이미 서리에 놀래 물들었네   楓葉早驚霜
아름다운 채색 고요하게 흔들리니   寂歷搖霞彩
그 그림자 거울에 비친 경치로다   婆娑照鏡光

제45영
평원에 깔려 있는 눈   平園鋪雪

산에 낀 검은 구름 깨닫지 못하다가   不覺山雲暗
창문 열고 보니 평원엔 눈이 가득   開窓雪滿園
섬돌에도 골고루 흰눈 널리 깔리어   階平鋪遠白
한적한 집안에 부귀 찾아들었네   富貴到閒門

제46영
눈에 덮인 붉은 치자   帶雪紅梔

듣건대 치자꽃 여섯 잎으로 핀다더니   曾聞花六出
사람들은 그 자욱한 향기 넘친다 하네   人道滿林香
붉은 열매 푸른 잎과 서로 어울려   絳實交靑葉
눈서리에도 맑고 곱기만 하여라   淸姸在雪霜

제47영
애양단의 겨울 낮맞이   陽壇冬午

애양단 앞 시냇물 아직 얼어 있지만   壇前溪尙凍

애양단 위의 눈은 모두 녹았네   壇上雪全消
팔 베고 따뜻한 볕 맞이하다 보면   枕臂延陽景
한낮 닭울음소리 가마에   鷄聲到午橋
들려 오네

제48영
긴 담에 써 붙인 소쇄원 제영   長垣題詠

긴 담은 옆으로 백자나 되어   長垣橫百尺
하나하나 써 붙여 놓은 새로운 시   ——寫新詩
마치 병풍 벌려 놓은 듯하구나   有似列屛障
비바람아, 함부로 업신여기지 마오   勿爲風雨欺

위는 앞서 말한 바와 같이 하서의 〈소쇄원 48영〉이다. 〈소쇄원 48
영〉은 지금은 별로 실감이 나지 않는 작은 소정小亭이지만, 이로부터
긴 담벽인 장원長垣에 걸쳐 육안으로 바라보는 소쇄원의 이곳저곳, 이
것저것 여러 풍광들, 계절따라 변하는 실경과 그때그때의 느낌을 얹어
때론 서경적으로 때론 서정적으로 조목조목 열거하듯 자상하고 친절하
게 그려낸 누정문학의 백미이다.

우리나라의 여러 연작시 가운데 이처럼 기품 있으면서 흥취 있고,
서경을 펼쳤는데 서정적인 자상하면서도 낭만적인, 짧으면서도 긴 맥놀
이를 가진, 간결하면서도 다양한 함축을 지닌, 평이하지만 오묘한 멋을
담은, 넉넉하고 과감한 수사의 향연이 있는 시들이 몇 편이나 될까?

끄떡하면 충이요 효이며 유교적 질서와 장자적 조화를 강조한 시편
들을 접하다가, 언필칭 중국의 난해한 고사를 끌어다 붙인 시에 짜증을
느끼다가, 이런 시를 읽노라면 무언가 신선하고 감동적이며 절로 몸이

깨끗해짐을 감출 수가 없다. 이런 시를 읽는다는 것은 설렘이요 감동이
며 흥분이다.

소쇄원은 크게 외원과 내원으로 이루어져 있는데 그 입구에 들어서
면 길 양쪽에 하늘에 닿을 듯 쭉쭉 뻗은 왕대들이 자그마한 대밭에 가
득 차 있다. 길 오른편 계곡에는 맑은 물이 졸졸 소리를 내며 원구園口
를 찾아 흐른다. 저 멀리 영지동靈芝洞과 옹정봉瓮井峰 아래 골짜기에
서부터 비롯한 산간 유수이다.

중간의 장자담莊子潭을 거쳐 소쇄원의 내원內園에 이르면 밤낮 쉬지
않고 흘러내리는 청량한 물소리를 만난다. 가뭄이 들지 않으면 좀처럼
마르지 않는다는 유수는 푸르기만 한 죽림竹林의 선들바람과 함께 장
단을 맞추는 듯하여 대숲 속에 있는 원림 입구의 길은 아무리 더운 여
름에도 시원하기만 하다.

맑고 깨끗하다는 느낌을 금할 수가 없는데 마치 속세를 떠나 선계仙
界에 들어선 듯한 길이다. 그래서 이곳의 원림을 이름하여 소쇄원瀟灑
園이라 하였던가. 비록 어렵고 까다로운 한자 이름이기는 하지만 물 맑
을 소瀟, 깨끗할 쇄灑라 하고 입소리를 한 번만 내고 나도 쉽게 익혀지
는 시적 분위기를 주는 곳이 한국의 대표적 민간 명원名園, 바로 소쇄
원 원림이다.

혹시 대숲 어디엔가 벼슬을 싫다하고 초야에 묻혀 산다는 죽림처사
竹林處士들이 앉아 있지나 않을까. 부질없는 생각 같지만 원림의 주인
인 소쇄처사瀟灑處士(양산보)를 비롯하여 서로 다정하게 지내며 〈소쇄원
48영〉을 지었던 김인후와 양처사의 외종형으로서 깊은 정을 주고받았
던 송순 등 몇몇 선비들이 아직도 이 유곡심처의 어디에 숨어있지나
않을까. 오랜 세월이 흐른 지금 인걸들은 가고 없을지라도 그들이 남긴

주옥같은 여러 해타咳唾는 갖가지로 호기심을 버릴 수 없게 한다.

　길을 좇아 한참 걸어 들어가면 길 오른편에 긴 담이 병풍처럼 늘어져 있고, 길 왼편에는 햇볕을 가리는 일산日傘을 펴서 세워 놓은 듯한 초가지붕의 작은 정자가 있다. 그것이 소쇄원을 처음 조영할 때 제일 먼저 지었다는 소쇄정瀟灑亭이다. 띠집으로 소박하게 지은 정자이므로 흔히 소정小亭, 또는 초정草亭이라 불러오던 작은 건물이다.

　〈소쇄원 48영〉의 제1영은 여기에서 일었던 서정적 감흥을 노래한 5언시이다. 거기에는 난간이 있는데 그곳에 자연스러운 모습으로 기대어 여기저기 한가롭게 구경하고 있노라면 번화한 도심에서 느낄 수 없는 멋있고 풍류적인 원림의 정취를 만끽할 수 있다. 벽이 없고 기둥과 지붕만 있는 전형적인 정자이므로 여기서 주위의 원림 공간을 보면 소쇄원의 전경全景이 한눈에 들어와 서정이 저절로 일기 마련이다.

　정자 아래 펼쳐진 암석과 계류, 그곳에서 불어오는 상쾌한 바람, 다 함께 사람의 마음을 한없이 쇄락하게 하여 시흥을 부추기기에 족하다. 시각적 즐거움과 청각적 흥취를 다한 이 시는 작중 화자가 소쇄원에서 깨달은 자득自得의 묘를 엿보게 하는 시적 표현이 압권이다. "소쇄원을 알려거든 먼저 소쇄정에 들러 보라."라고 말할 정도로 전체 승경을 한눈으로 볼 수 있는 초정, 소쇄원을 이루면서 이를 굳이 소쇄정이라 한 이유를 알 만하며, 김인후가 48영에서 〈소정빙란〉의 이 시를 제1영으로 읊은 것도 결코 우연이 아니리라.

　지금의 초정에는 '대봉대待鳳臺'(봉황을 기다리는 곳)라는 현판이 걸려 있다. 정자를 대봉대 위에 세웠기 때문에 이러한 부름이 있을 법도 하지만, 원림의 상징성을 들어낸 정자의 명명인 점으로 보아 이는 응당 종전과 같이 '소쇄정'이라 해야 할 것이다.

작은 초가지붕의 정자이므로 흔히 소정小亭이라 불러지던 소쇄정瀟灑亭에서 아래로 건너 보이는 집이 광풍각光風閣이다. 옛날 책에서 "가슴속이 쇄락함은 맑은 광풍이나 비갠 뒤에 떠오르는 산뜻한 달과 같다.(흉중쇄락여광풍제월胸中灑落如光風霽月)[81]"고 한 데서 나온 이름이다. '광풍'이라 하면 '비갠 뒤에 불어오는 맑은 바람'을 뜻하는데, 실지로 여기에 앉아 있으면 특히 비가 갠 뒤 부는 바람이 가슴속까지 쇄락하게 하여 시간 가는 줄조차 모르게 한다.

광풍각의 주춧돌이 자리한 토방 아래에는 굽이진 계곡이 있어 흐르는 물이 끊임없이 소리 내며 흐른다. 이 역시 맑고 깨끗하여 그 누가 소쇄계瀟灑溪라 하였던가 굳이 묻지 않아도 저절로 그 이름이 나오게 될 시원한 소쇄 계원溪園의 시냇물이다.

선조 7년(1574)에 이곳을 탐승하고 쓴 고경명의 《유서석록遊瑞石錄》에서는 이를 화방畵舫(채색을 한 그림배)이라 하였다. 계곡에 물이 질펀히 흐를 때 보는 광풍각은 마치 수상에 둥둥 떠 있는 아름다운 그림 배와 같아서였을까, 아니면 시 내용에서 보는 바와 같이 계곡물 위에 어른거려 비치는 건물의 형영미形影美를 형상적으로 말한 표현이었을까 호기심을 일게 하는 표현이다.

광풍각은 예로부터 침계문방이라 일러 왔다. 위에 든 제2영은 이곳에서 이는 감회를 시적으로 형상화한 5언이다. 흐르는 시내를 베개 삼아 지은 집, 이것이 침계枕溪이고, 공부하는 글방이 곧 문방文房이다. 번거로운 속세를 멀리하고 산수 빼어난 이곳에서 책을 읽고 독서생활의 즐거움을 누리던 옛 선비들의 삶이 얼마나 신선스러웠을까 절로 짐

---

81 황정견, 〈염계시서濂溪詩序〉에 나오는 말. 황정견이 주돈이의 고매한 인품을 칭송한 말.

작이 된다.

그 문방에는 선비의 손때로 기름진 한지韓紙의 서책들이 있었을 것이요, 솜씨 있는 글씨와 족자들이 걸려있었을 것도 능히 상상이 된다. 시에 나오는 첨축籤軸과 도서圖書는 바로 이를 말한다. 계원 속에 있는 문방에 창이 밝아오면 그것들은 더욱 정결하고, 수석이 어른거리는 맑은 물 위에 방안의 책까지 비치어 아름다운 서정을 자아내게 함은 시의 작자만이 느끼는 감흥이 아니리라. 지금이라도 여기에서 소리 내어 책을 읽어보자. 이때의 독서성은 베갯맡에서 영롱하게 들리는 물소리와 자연스럽게 어울릴 것이다. 천연의 자연음과 그 천연에 따르고자 하는 사람 소리의 조화에는 또 다른 흥미가 뒤따르지 않을까?

시 내용에 의하면 또 이 같은 계원에 유유자적하며 침계문방에서 독서로 기거하는 선비의 모습이 연비어약鳶飛魚躍(소리개는 하늘을 날고 물고기는 연못에서 뛰노는 자연스러운 모습)의 경지에 든 것으로 비유하였다. 원림에서 누리는 그들의 삶은 하늘에 솔개가 자연스럽게 날고, 물속에 고기 뛰노는 것과 같이 천지조화의 작용이 오묘함으로 해득됨은 지당하다. 따라서 48영 중 제2영은 작자가 서수에서 들어낸 자득의 묘를 이어받은 시흥詩興의 계기적 서정이라 하겠다.

소쇄원 구성의 중요한 요소의 하나는 자연적으로 이루어진 석경石景이다. 넓고 평평한 너럭바위는 일견 보는 시야를 가득 채워 놀라게 함은 물론 계곡에서 높직하게 쳐다보이는 깎아지른 듯한 바위는 시각적 흥미를 더하게 한다. 게다가 멋있게 기울어 있어 오히려 위험하게 느껴지는 경애傾崖, 그것이 제목에서 말하는 위암危巖이다. 이 같은 암석 경관은 사람의 솜씨로는 이루기 어려운 천연의 자연 그대로이다. 그래서 시의 작자는 "보기 좋게 경사진 위험한 낭떠러지는 바로 하느님이 만든 솜씨라"고 경탄하였던가 보다.

소쇄계의 물은 옛날에 비해 그 수류가 많이 약해졌다고 한다. 그러나 수량이 비교적 많을 때에 가관인 것은 흐르는 물로 장식된 수경水景이다. 더욱이 오곡류五曲流 아래 바위 위에 흘러 떨어지는, 한 필의 비단을 펼쳐 놓은 듯한 폭포수, 조물주의 기량이 아니고서는 상상하기 어려운 너럭바위와 위암과 유수의 합작으로 이루어낸 종합예술이다. 비단처럼 날리고 물결치는 수류의 춤을 보거나, 굴러대며 부딪쳐 내는 수류의 소리를 듣다 보면 발길을 멈추고 시간 가는 줄을 모르게 된다.

시상의 절정이라 할 수 있는 시의 전구轉句에서 "한 필의 비단인가, 날리는 폭포수 그 가운데 펼쳐 흐른다."라고 함은 수류의 아름다움을 느낀 대로 형상화한 표현 기법이다. 소쇄원의 조담槽潭을 거쳐 급류急流를 이루며 날려 쏟아지는 물을 두고 감탄한 나머지 흔히 십장폭포十丈瀑布라 하는데 〈위암전류〉는 소쇄원 원림에서 보는 이러한 석경과 옥류玉流의 극치로 말미암아 일어난 시흥의 서정임은 더 말할 나위 없다.

하지만 상류의 수원이 예와 같지 않아서인지 근래의 수류는 약할 때가 많아서 아쉬움이 크다. 황진이도 시조에서 이르기를 "산은 옛산 이로되 물은 옛 물이 아니로다. 주야에 흐르나니 옛 물이 있을쏘냐"라고 하였는데, 이곳의 사정도 마찬가지이다. 더구나 그 시조 종장에서 "인걸도 물과 같아서 가고 아니 오도다."라의 한탄은 현실적으로 숨길 수 없는 아쉬움의 목소리이다. 다행히 원림만은 떠나버린 인물들의 유적으로 남아 숨 쉬고 있어 이 같은 시를 감상하는 데에 새삼스러운 감회를 느낀다.

소쇄원에 들어 오른편에 긴 담을 끼고 한참 걷다 보면 오곡문五曲門이 나온다. 문은 원래 사람의 출입을 위해 설치하는 것이다. 문을 거쳐

나서면 또 무슨 세계가 펼쳐져 있을까 궁금하게 하는 곳이다. 담을 쌓는 일도 내원과 외원을 구별하기 위해 마련한 한계선이므로 오곡문 밖에는 숱한 전설을 남긴 또 다른 신선 세계가 있으리라는 호기심을 자아내게 한다. 더구나 오곡류五曲流를 이루는 유수의 근원도 그 밖에서 흐르는 물줄기를 따라 올라가야 하기 때문이다.

이러한 호기심을 안고 오곡문 밖을 나서며 왼편을 쳐다보면 산줄기의 흐름이 멈춘 듯한 언덕이 있고, 거기에는 큼직한 바위가 자리하고 있으며, 바로 그 아래에 연이어 오암정鰲巖井이 있다. 마을 사람들은 오암정 위에 오두鰲頭처럼 보이는 바위를 자라바위라고 이르며 오랜 전설을 지닌 흥밋거리로 여긴다. 그런데 〈소쇄원 48영〉을 비교적 성실하게 반영하여 그림으로 그려 전하는 〈소쇄원도〉[82]에는 그 바위가 마치 담 안의 언덕에까지 뻗치어 있는 것으로 나타나서 담장이 이를 누르고 있는 모양으로도 보인다. 그 그림에 의하면 오랜 세월을 겪는 동안 이 주위의 경관에 다소의 변동이 생기지 않았는가 하는 의심이 나기도 하여 이는 보는 사람으로 하여금 여러 가지의 궁금증을 갖게 하는 바위인가 싶다.

앞에 든 제4영의 시제, 또는 〈소쇄원도〉에 나타난 오암鰲巖이라는 글자만 보고 흔히 이를 '자라바위'라고 간주한 데서 더욱 그러하다. 오암의 '鰲'는 '자라 오'라는 자전 식의 이해에 의해 그렇게 불려진 지 이미 오래다. 그러나 내려오는 전설의 내용으로 보아 '거북바위'라고 함이 더 타당하다. 전설상 오鰲는 바닷속에 있다는 큰 거북을 가리키기 때문이다. 그밖에 거북은 땅이름 등에서 상서로움을 상징하는 기린·봉

---

82 1755년에 제작한 목판화로 소쇄원의 모습을 잘 보여줌.

황·용 등과 함께 사령四靈의 하나로서 장수長壽의 표상으로 관념화되어온 상상의 동물이다. 이로 미루어 소쇄원 승지의 한 경관 요소인 이오암은 응당 거북바위로 해석하여 불러야 할 것이 아닌가.

그 등에는 신선이 산다는 봉래·방장·영주 등의 삼신산을 업고 있다고 한다. 그리고 거북이 업고 있는 이 같은 삼신산을 또 오산鰲山이라고도 한다. 때문에 제4영에 나오는 청산은 거북산이라 이름직하고, 시제에서의 '부산'은 바로 선계仙界의 산을 업고 있다는 뜻으로 풀이된다.

소쇄원의 내원에는 외원의 오암보다 더 뛰어난 승경들이 여기저기 산재해 있다. 시에서는 총괄적으로 이를 '대각'이라 하고 "소쇄원의 대각들은 거북바위가 업고 있는 영주(선산仙山)보다 더 빼어나다."고 하였다. 누각을 흔히 대각이라 하지만 여기서의 대각은 대臺와 누각樓閣 등, 다시 말하여 소쇄원의 중요한 구성 요소인 대봉대待鳳臺·동대桐臺·매대梅臺·광풍각光風閣 등을 가리킨다.

그 가운데 대봉대는 봉황을 기다린다는 뜻에서 붙여진 이름이요, 동대桐臺는 오동나무가 심어져 있는 대를 의미하여 명명된 이름임은 물론이다. 예로부터 성세에만 나타난다는 봉황, "오동이 아니면 깃들지 아니한다."는 전언으로 미루어 위의 시는 소쇄원을 신선 세계에 비유하여 예찬하되 태평성대를 염원하는 심정의 노래로 이해된다.

돌길(석경石逕)은 평탄한 길이 아니다. 걷는 길에 돌이 많거나 암석에 난 행로行路이기 때문에 위험하게 느껴지는 길이다. 중국의 《수경水經》에서 "석경은 심히 험하여서 사람의 자취도 끊긴다.(석경기구石徑崎嶇 인적절교人蹟截交)"라고 한 데서 흔히 석경이라 하면 산석이 많은 험준한 곳, 또는 험한 산길을 말하였다.

그러나 원림생활의 흥치는 단조로운 행로에만 있는 것이 아니다. 비

록 위험하더라도 등반의 묘를 느낄 수 있는 험로도 산수를 즐기는 은사
들에게는 오히려 다행일 수가 있다. 두목이 그의 〈산행山行〉 시에서
"멀리 한산을 오르는데 석경은 멋있게 비탈지고, 흰 구름 흐르는 저 멀
리 인가가 있구나.(원상한산석경사遠上寒山石徑斜 백운생처유인가白雲生處有人
家.)"라 했음은 석경의 험악함보다 비탈진 산길로 말미암아 이는 산행
의 흥을 즐긴 예의 하나라 할 수 있다. 이 같은 길은 인적도 드물기
때문에 더더욱 그러하리라고 생각된다.

그래서 앞의 제5영의 시제에 보인 바와 같이 작중화자는 위험한 석
경을 더위잡아 오르는 데에 구애됨이 없이 익히 다녔던 원림 행로의
즐거움을 누린 것 같다. 더구나 그 길이 예로부터 선비들의 사랑을 받
아 오던 매화·대·돌 등 삼익우三益友를 연이어 갖춘 산길이라 한다면
자연의 품속 찾기를 좋아하는 유인幽人으로서는 행로에서 갖는 금상첨
화의 즐거움이 되지 않을 수 없었으리라.

삼익우의 고사는 원래 중국 송나라의 문호로 일컫는 소식으로 연유
하여 유명해졌다. 그러나 매화와 대, 그리고 돌 등을 벗 삼아 좋아함은
비단 중국인만이 아니다. 소쇄원에 매대梅臺를 형성하고, 울창한 푸른
죽원竹園으로 큰 원림을 이루며, 천연의 석경石景으로 조형의 아름다움
을 추구함은 삼익우에 대한 애착을 갖는 원림의 주인인 소쇄처사 자신
의 삶의 반영으로도 이해된다.

석경 중에서도 산석이 험준한 곳의 길은 이미 말한 바와 같이 위험할
수밖에 없다. 하지만 시의 화자는 이 같은 곳의 반등도 익혀서 결코
위태롭지 않다고 하였다. 은둔의 삶에서 즐거움을 찾는 산인이 되어버
린 것이다. 시에서 "속세의 발걸음을 스스로 끊었다"고 함은 그러한 시
정의 서정이다. 이끼 낀 돌 위의 석태石苔를 밟고 다니면 다닐수록 그

빛깔은 더욱 번성해진다는 데에 천태踐苔(이끼를 밟는다)의 희열을 누렸
다고 할 수 있는데, 위에 든 시는 원림 경영의 낙을 누리고자 하는 유인
幽人의 서정을 산수화처럼 그려놓았다 하겠다.

　제6영은 물 맑은 연못에서 재롱을 부리며 한가롭게 노는 물고기를
보고 이는 시흥을 읊은 5언이다. 이미 언급한 제2영은 계곡물을 베개
삼아 지어놓은 침계의 글방에서 기거하는 선비들의 모습을 물에서 뛰
노는 어약魚躍으로 비유하였는데, 어떻든 물속에서 자연스럽게 노는
고기는 한가롭게 유유자적悠悠自適하는 선비들의 다정한 벗이 되기 일
쑤이다.

　정자가 있으면 연못을 두기 마련이므로 시에 제시된 소당은 제1영의
소정과 짝지어 등장하는 원림 구성의 한 공간이다. 기구起句에 제시된
방당方塘은 글자 그대로 네모진 연못임을 뜻한다. 어희魚戲는 주인이
못가에 이르러 그림자 드리우면 이를 알아차리고 헤엄쳐 달려들어 노
는 고기의 모습으로서 어영魚泳의 묘사이다. 김인후는 그의 〈우제소쇄
정又題瀟灑亭〉의 시에서도 "연못의 고기들 이미 주인의 얼굴을 알고 있
네.(지어증식면池魚曾識面)"라고 하였다. 물속에서 노는 고기와 지정池亭
을 경영하며 지내는 주인과의 만남, 이는 물아간物我間의 친화 속에서
한가하게 전개되는 자연스러운 행위 공간의 한 장면이라고 하겠다. 이
대목에 이르면 장자와 혜자의 물고기의 즐거움을 두고 벌인 논쟁이 떠
오른다.[83]

　한편, 물고기와 낚시는 옛 시에서 흔히 짝지어 제시되는 시적 소재이
기도 하다. 그리고 낚시는 주로 고기를 낚는 것으로만 관념화된 편이

---

[83] 《장자》, 〈추수〉편.

다. 그로 인해 제6영 끝구의 풀이 역시 고기 낚는 일을 전제하여 고기 잡는 쪽으로 이해하려는 경우가 있다. 따라서 이 시구를 "무심히 낚싯줄 드리운다"고 해석하는 견해도 있다.

그러나 소당의 물고기는 주인의 그림자만 보와도 반가워서 찾아드는 다정한 벗이다. 거기에 무심히 던지는 낚시일망정 조어釣魚를 연상시키는 인간 행위는 톱니바퀴 서로 어긋나듯 시상의 전후에 서어鉏齬함을 느끼게 한다. 시제에서 굳이 내세운 '어영'의 의미에 착안하고 보면 고기 낚는 데에 뜻을 두었다기보다 자연스럽게 물속에서 뛰노는 어약魚躍에 흥이 있음을 주목해야 한다. 때문에 시의 결행結行은 "낚싯줄 내던질 마음 전혀 없다"고 하여 종래에 일반화되어온 고기와 낚시와의 관념을 부정적으로 묵살해버린 것으로 읽을 수 있다. 그래서 제6영의 〈소당어영〉은 자연과 친화하는 은자의 삶을 형상화한 것으로 해석된다.

소쇄원의 외원에서 도입되는 샘물줄기의 물은 담에 뚫린 원규垣竅(담벽의 구멍)를 거쳐 두 줄기의 흐름을 이룬다. 하나는 주로 암반 위를 타고 내리는 자연적인 물줄기요, 또 하나는 고목刳木의 수통水筒을 통해 흐르게 하는 인위적인 물줄기이다. 시제에서 말하는 고목통류는 후자의 경우이다.

따라서 〈소쇄원 48영〉 제7영의 시제에서 제시한 고목은 나무에 홈통을 파서 물받이로 만든 홈통나무를 가리키고, 통류는 그 속을 꿰뚫고 흐르는 물을 말한다. 솜씨와 재주 없이는 만들기 어려운 그 홈대는 길기도 하다. 그 모양을 좇아 새로운 형상을 이루며 흐르는 물, 거역할 줄 모르고 아래로만 흐르는 물줄기, 흐르다가 틈이 생기면 스며들고 빠져나갈 수도 있지만 도대체 어디로 가자고 굽이지고 꺾이기도 하면서 긴 그릇에 얹혀 가는 것일까. 암석과 골짜기에 흐르는 유수나 폭류

瀑流는 소리라도 내는 때가 많지만, 별다른 불평이나 소리도 없이 조용하게 흐르며, 상류가 풍부할수록 유유하게 통류하는 물이다. 원림의 경영자가 연못에 저수하고자 하여 만든 시설이기는 하지만 그 자체는 갖가지 경지에 처해 살아가는 인생의 한 단면을 보는 듯하여 이상야릇한 호기심을 일게 한다.

　아쉽게도 소쇄원 원림에 복원된 고목통류는 원형을 그대로 재현한 모습으로 보기 어렵고, 상당히 초라한 감을 주어 이 같은 상상을 하기에 어딘지 어색함이 있다. 고인들의 지혜를 올바르게 터득하지 못하고 복원 설치한 탓일까? 아니면 세월이 흐르는 동안 원림 환경에 변화가 생겨서일까? 두 가지 다 그 원인이 되었으리라고 생각되지만, 김인후의 소쇄원 제영의 뜻을 비교적 성실히 반영했다는 〈소쇄원도〉를 세심히 판독하여 시의 내용과 종합해 보면 위에 든 의문은 충분히 이해될 수 있다.

　〈소쇄원도〉에 의하면 외나무다리와 조담槽潭 사이 암석 계류의 물을 받는 고목이 누운 듯 비스듬하게 서 있는 와송臥松과 대나무의 무더기를 이룬 총균叢筠, 그리고 작은 소정小亭이 서 있는 대봉대 아래를 굽이져 지나서 소정 곁에 있는 소당小塘에 이르도록 하였다. 그리고 이곳 상지上池의 물은 다시 대나무가 높낮이로 서 있는 대숲의 바로 아래의 하지下池에 흐르도록 하였다. 상지와 하지 사이의 수로에는 또 하나의 지류가 형성되었는데 그 물은 물방아에 떨어져 흩어져 날리는 비류飛流를 볼 수 있게 하였다. 여기에는 물속의 인갑鱗甲들까지 그려 있다. 이는 소쇄원 제7영에 집약된 형상적인 원경園景을 좀 더 구체화하여 도식한 그림이다. 여기에는 인위적인 조원의 솜씨가 별다른 거부감 없이 비교적 치밀하게 반영되고 있어 이 역시 자연과의 조화를 이룬 소쇄원 원림의 한 경관을 보인 것으로 감상할 수 있다.

소쇄원의 수로로 가설된 고목枯木을 타고 흐르는 수류 경관의 아름다움은 이미 제7영에서 암시하였다.

제8영에서는 다시 물방아를 타고 높은 데서 흘러내리는 물이 바위 등에 부딪혀 구름이나 안개처럼 흩어져 생기는 물보라가 절구질하는 듯이 보이는 광경의 형용을 상상할 수 있다. 그 형용은 쏟아지는 수경水景의 극치를 시정에 녹여 형상화한 것이다. 돌아가는 물방아에 날려 일으키는 물보라는 마치 구름처럼 보여 이를 용운舂雲이라 하고, 수파水波를 일으키며 가벼운 비단처럼 날리는 수류는 하늘의 직녀성이 짜놓은 아름다운 비단에 비유된다.

물은 본래 수평을 유지하려 하면서도 틈만 있으면 스며들어 낮은 데로 흐르는 속성을 지니면서, 다시 절벽을 만나서도 두려워하지 않고 날려 흐른다는 데에 평등과 겸손과 용기의 물성을 함께 갖춘 것으로 칭송되어 왔지만, 때에 따라서는 천상 직녀성의 베짜는 기법을 익혀서 화려한 운금雲錦처럼 펼쳐지기도 하고, 용운龍雲의 자연스러운 변화를 이룸에 이르러서는 절구질하는 방앗소리에 장단 맞추어 은하수와 같은 오색 비단을 폈다 감겼다 한다. 물의 조화가 아니고서는 볼 수 없는 그 얼마나 황홀한 수경水景인가. 고목과 연못, 그리고 물방아 등이 비록 인공을 가한 장식이라 하지만 인위적인 면은 감추어져서 자연적인 경관으로만 감지하게 한 소쇄원의 조원 구성의 기법은 과연 명원의 명성이 결코 헛되지 않음을 알 수 있다.

> 대밭 서쪽에 연을 심은 연못이 있는데　　　　　　　　竹西有蓮池
> 우물 벽돌을 쌓아 작은 연못 물을 끌어들이고 있다.　甃以石引小池

대밭 아래를 거쳐 연못의 북쪽을 지나 내려가면   由竹下過蓮池之北
또 한 곳에 물레방아가 있는데   又有小碓一區
보는 것 모두가 맑고 깨끗한 소쇄의 일 아님이 없다.
所見無非瀟灑物事

　무등산의 산행을 마치고 소쇄원을 탐방한 고경명이 그의《유서석
록》에서 당시 그곳 원림을 구경하고 느끼는 소회를 쓴 글의 한 대목이
다. 예로부터 소쇄원의 원림 구성이 얼마나 흥미 있게 되었는가를 알게
하는 실증적인 소중한 기록이다.

　지금도 소쇄원의 수류가 넘칠 때는 위의 제8영의 시에 묘사된 가경
을 상상할만하다. 하지만 그 현장에는 평소 수량이 적고 물방아가 없어
졌음은 물론, 상·하지의 저수도 얼마 되지 못하여 시정을 찾기가 너무
어려워 아쉬움은 크다. 연못에 자라고 있었다는 순채蓴菜도 보이지 않
고 물고기는 몇 마리나 있는지? 있더라도 물은 흐리고 수초도 보이지
않아 제대로 살 수 있을는지?

　〈소쇄원도〉에 의하면 소쇄원의 상上·하지下池 가운데 대숲으로 쌓
여 있는 하지 아래의 축대 끝과 광풍각 아래 유정柳汀(버드나무 심어 있는
물가)에 쌓은 축대 끝을 연결하여 통로로 삼은 다리가 있다. 통나무대로
엮어 골짜기 위에 가설한 높직한 다리이기 때문에 위험하게 느껴지는
투죽위교로 알려졌다.

　소쇄원 현지에는 이를 복원했다는 작은 아치형으로 된 다리가 있다.
그러나 투죽위교로 보기에는 언뜻 보아도 다른 감이 들며, 그 위치도
〈소쇄원도〉의 그것과 상당한 거리감을 준다. 흔히 보는 몇 개의 나무
를 계곡물 흐르는 양 언덕에 비교적 넓게 걸쳐놓고 그 위에 흙을 깔아
서 오고 가기에 편하게 하였다. 그 밑 중간에는 위험을 막기 위해 받침

대를 설치하여 떠받치고 있는 가교架橋이기 때문에 위교危橋라 하기 어려운 비교적 안정감을 주는 다리이다.

다리는 원래 건너기 위해 마련하는 구조물이다. 이쪽의 차안此岸과 저쪽의 피안彼岸을 연결하기 위한 가설이면서도 시화詩話나 전설상의 다리는 흔히 외나무다리, 또는 위험한 다리로 등장하여 차안과 피안을 구별시키는 데에 특별한 뜻을 갖는다. 이곳 원림에 설치된 약작略彴이나 투죽위교도 같은 성격의 의미를 갖는다. 그러면 제9영에서 노래한 위교를 중심으로 할 때 피안은 어느 곳에 해당할까?

속세와 다른 저쪽의 세계가 피안이다. 잡다한 번거로움이 없는 별세계라 이는 다른 저쪽의 세계이다. 흔히 신선이 사는 또 다른 경지요, 속인이 세상의 무상함을 괴로워하며 그 어느 땐가는 건너 가버리고자 하는 이상향의 가교라고도 한다. 세속의 명리와 부귀영화를 버리고 자연으로 돌아가 은둔하였던 소쇄처사와 같은 은사가 찾아드는 이곳 소쇄원은 홍진의 티끌을 차단한 원림이므로 그곳에 가설된 위교는 다른 의미를 갖는 다리가 됨은 더 말할 나위 없다.

시의 내용으로 보면 소쇄원 안에서도 죽림 수죽脩竹이 있는 곳이요, 늘 푸르기만 하는 죽원竹園 안에 위치한 임당林塘을 가리킨다. 그것은 곧 길가의 수황脩篁(제29영 참조)으로 둘려 있고, 지대납량(제11영 참조), 또는 산지순아(제41영 참조)로 알려진 건너 쪽 연못이다. 작중 화자가 광풍각에서 소쇄계곡의 저편을 바라볼 때 이쪽은 글방이라 비교적 손님을 비롯한 사람들의 왕래가 잦은 곳이지만, 다리 건너 저쪽은 오히려 조촐하고 고요하여 속세와 떨어진 곳으로 관념화하였던가 싶다. 그래서 시의 작자는 "원림의 그 연못 원래 승지이기는 하지만 위교가 생김으로써 이는 더욱 청유한 임당이 되었다."고 한 것이다.

대는 관악기를 만드는 데에 쓰이는 필수적인 제재의 하나이다. 때문에 피리나 퉁소를 좋아하는 사람은 대에 대한 친근감이 일반인들과 다름은 물론이다. 특히 군자君子로 일컫는 옛날 선비들이 대를 좋아하였다. 소쇄처사가 필독서처럼 갖추고 즐겨 읽었던 《예기禮記》에서 "군자는 대로 만든 피리소리 듣기를 좋아한다.(군자청우생소관지성君子聽竽笙簫管之聲)"라고 함은 이를 의미한다. 그리고 중국 송나라의 소식이 〈녹균헌綠筠軒〉 시에서 "대가 없으면 사람으로 하여금 속되게 한다.(무죽사인속無竹使人俗)"고 하였으니, 세속을 멀리하고자 하는 선비들이 특히 대를 가까이 하는 이유의 하나는 대의 속성을 모르고서는 혹시 속인이 되어버릴까 걱정되었기 때문이다.

〈소쇄원도〉에는 매대梅臺의 뒤에 있는 담의 끝과 제월당霽月堂 사이에 천간千竿의 표시가 있고, 거기에는 많은 대나무가 떨기를 이루고 있는 듯 그려져 있다. 수없이 많은 대나무를 연상시켜 천간이라 하였으니, 제월당 옆에는 실제로 긴 청죽靑竹이 무더기로 자라는 울창한 대숲이 있었을 것으로 생각된다. 그러나 지금은 자취를 감추어 버린 탓인지 그 가까이에 천간은 보이지 않고, 집 뒤로 멀리 떨어진 산자락에 대숲이 형성되어 있어 제월당에서 옛 선비들이 누리던 그 흥치는 상상하기 힘들다. 그렇다면 제월당의 원래 위치는 대밭 천간 근처의 산자락 어느 곳이었는지 의문스럽다.

어떻든 소쇄원의 대숲을 보면 우선 바람소리를 느낀다. 바람소리, 물소리, 새소리를 들을 수 있는 자연이라 하면 누구나 없이 호기심을 갖고 찾고자 하는 명승의 좋은 조건이라 하는데, 풍죽風竹에서 이는 바람은 양풍涼風이나 음향풍音響風을 막론하고 듣는 사람의 마음을 움직여 시정을 넘치게 하는 경우가 많다.

위에 든 제10영에서 보는 바람은 제목 그대로 대숲에서 들려오는 음향풍이다. 이 시는 천간의 대숲에서 이는 죽풍竹風의 울림소리를 읊었으되, 그 소리를 대의 피리소리로 형상화한 점에 깊은 뜻이 있다. 이미 언급한 《예기》의 기록이 뜻하는 바와 같이 옛 선비들은 사람다운 심성을 기르기 위해 사군자의 하나로 사랑하던 대로 만든 피리 불기를 좋아하고 평소의 교양으로 그 소리를 듣고 익히기를 즐겨 했다.

위의 시 내용은 그것도 밤낮으로 연주하여 사람을 군자답게 하는 피리 소리로 전제하였다. "밤낮으로 울려 대는 피리 소리"라 한 결구의 내용에서 그 깊은 의미를 읽어낼 수 있다. 바람과 대는 본래 무정한 사이이지만 서로의 만남에서는 음향풍을 일으켜 사람으로 하여금 감동케 한다는 데에 시의 작자는 예술적 서정을 감추지 못하고 있다. 이를 읽고 나면 김인후·양산보 등이 무등산 자락에 위치한, 거대한 죽원竹園으로 형성된 소쇄원을 특히 사랑하여 이곳에서 은군자의 원림 생활을 누렸던 이유를 가히 알만하다.

한편, 대숲을 보면 우리 선인들이 대로 만들어 썼던 여러 가지 기구들이 연상된다. 위의 시에서는 피리(우생芋笙)를 위주로 시제를 삼았지만, 옛날 깊은 사연이 많았던 어느 시인은 대로 만든 피리 중에서도 마음속까지 울게 하는 젓대와 화살로 쓰이는 살대, 그리고 그림 그리는 데 쓰는 붓대를 야속하고 얄밉게 생각하여 시조 한 수를 남겼다. 제10영에 나오는 피리는 긍정적인 면에서 관심을 끌게 하는 시의 소재인데 젓대는 우리로 하여금 이와 다른 정서를 느끼게 한다. 다음에 이를 소개하여 〈천간풍향千竿風響〉의 시를 이해하는 데에 참고가 되게 하고자 한다.

　　백초는 다 심어도 대는 아니 심을 것이
　　젓대는 울고 살대는 가고 그리느니 붓대로다
　　구태여 울고 가고 그리는 대를 심을 줄이 있으랴

　소쇄원의 48영 중에는 제6영의 〈소당어영〉과 위에 든 제11영, 그리고 제41영의 〈산지순아〉, 이 세 시가 원림 가운데 연못의 승치勝致를 내용으로 한 작시이다. 앞의 하나는 소정(소쇄정)의 바로 곁에 있어 이른바 상지上池로 알려진 소당을 두고 읊은 것이요, 나머지 둘은 다 같이 하지下池에 대한 서정이다.

　위의 제11영은 무더운 여름에 하지 언덕에서 갖는 납량의 서정이다. 연못가의 언덕에는 바람에 흔들리는 대숲이 있고, 연못의 물은 바위 위로 넘쳐흘러 여름의 염열炎熱을 바람에 날리고 흐르는 물에 씻겨 보내는 흥치를 담고 있어 양추涼秋의 서늘함을 누리는 시흥을 읽어낼 수가 있다. 특히 소쇄원 하지 언덕의 대숲과 그곳에 부는 바람의 묘사에 초점을 맞추고 있는 시적 구성은 납량의 느낌을 더해 준다. 중국의 심전기는 그의 〈협산사부峽山寺賦〉에서 "서늘한 바람 키 큰 대나무에서 인다.(양풍생어고죽凉風生於高竹)" 하였고, 서능은 〈내원축량시內園逐凉詩〉에서 "높은 나무 아래서 납량한다.(납량고수하納凉高樹下)"고 한 시구를 읊었는바 이곳 소쇄원 역시 고죽 장림長林으로 장식되어 있어 여름 무더위를 식히는 납량처로서 즐겼던 곳이 아니었던가 싶다. 그래서 당시 광주의 문인인 김언거와 같은 사람은 동갑 나이의 양처사에게 보낸 시 〈차운봉정주인경형次韻奉呈主人庚兄〉에서 소쇄원의 주인인 그대는 "대숲 길을 마련해 놓고 서늘함을 즐기네.(납량개죽경納凉開竹逕)"라고 하여 죽림에서의 삶을 칭송하며 부러워하는 심정을 토로하기까지 한 사실이

전한다.

　흐르는 물과 부는 바람이 있으면, 암소 뿔이 물러 빠진다는 오뉴월 삼복더위도, 도망을 친다고 한다. 위 시에서의 납량은 특히 양풍凉風과 유수流水의 서늘함으로 말미암은 더위 식히기이다. 양풍은 계절적으로 가을이 아닌 무더운 성하盛夏의 여름에도 늘 푸른 청죽에서 이는 서늘 바람이요, 유수는 연못에 질펀하게 고인 물이 바위 위에 흩어져 혹서마저 삼키고 줄줄 흘러내리는 흥미 있는 수경水景을 연상시켜 찌는 더위에도 이 시만 읊고 있으면 납량의 분위기를 감출 수 없을 것 같다. 이 점이 바로 시가 주는 예술적 감동의 흥이라 하겠다.

　옛 선비들이 좋아한다는 사군자, 그것이 곧 매·난·국·죽의 네 가지이다. 〈소쇄원 48영〉에는 난蘭을 제외한 나머지가 모두 시제로 나타나고, 〈소쇄원도〉에는 국菊의 형상만이 보이지 않을 뿐 나머지는 모두 회화적 솜씨로 도식되어 있다. 특히 매梅와 죽竹은 도면의 여기저기에 그림으로 보이고 있어 소쇄원은 과연 죽원竹園, 또는 매원梅園의 특색을 띤 선비 원림이라 해도 과언이 아니다.

　〈소쇄원도〉에 보이는 매대는 오곡류를 건너는 약작略彴(외나무다리)을 지나 제월당霽月堂을 향해 가는 길의 축대 그림에 표기되어 있다. 통로로 만든 여러 개의 계단 가운데 가장 높기 때문에 달맞이하기에도 알맞은 곳이다. 이처럼 축조한 높직한 대에 매화가 심어져 있어 이를 매대라 한 것이다.

　이곳 축대에서의 달맞이를 제12영에서는 매대요월이라 하였다. 달맞이는 원래 밝은 달을 반겨 맞는 일이므로 요월邀月(달을 맞이함)은 곧 '요명월邀明月'의 준말로서 이는 밝은 명월이 떠올 때의 달맞이를 의미한다. 중국의 이백이 〈월하독작月下獨酌〉 시에서 "술잔 들고 밝은 달을 맞이한다.(거배요명월擧杯邀明月)"고 한 요월풍류와 비슷한 시흥이다.

매화와 달에 관한 일로는 또 중국의 고산孤山에 살면서 끝내 벼슬하지 않았다는 북송의 임포林逋에 대한 고사가 유명하다. 그는 매화를 아내로 삼고, 학을 자식으로 삼는 매처학자梅妻鶴子의 청아한 삶을 누린 은사로 알려져 있다. 그 같은 생활에서 지은 그의 〈산원소매山園小梅〉시는 명작으로 알려져 인구에 회자되어 왔는데, 그 내용 가운데 "달 떠오르는 황혼에 그윽한 매화 향기 떠돌아 풍긴다.(암향부동월황혼暗香浮動月黃昏)"이라는 표현은 한국시인들이 달과 매화를 함께 거론할 때 관습적으로 애용하던 명구이다.

위에 든 제12영은 이백이 말한 술잔이나 임포가 인용한 암향暗香보다 빙자옥질氷姿玉質로 기리는 매화의 아름다움을 부각시키는 표현 기법을 구사하여 또 달리 그 이상의 고매한 시정을 느끼게 한다. 빙자옥질이란 본래 구슬처럼 맑고 깨끗한 살결과 같이 고운 자질을 뜻하는 것으로서 흔히 매화의 미를 이를 때에 그에 대한 칭송으로 이칭되어 쓰이기 때문이다. 게다가 시에서는 차가운 한야寒夜의 요월이라 하였으니, 그 달은 찬 빛이 도는 한월寒月이요, 매화 역시 능히 찬 기운을 당해내는 한매寒梅의 이미지를 겸하고 있어 시 내용에 담긴 함축미는 두고두고 음미해볼 흥미를 느낀다.

중국 당나라의 이덕유는 평천별서平泉別墅를 조영할 때 천하의 진귀한 나무와 괴상한 돌들을 채취해다가 원지園池의 구경거리를 삼았는데, 거기에 성주석醒酒石(醒酒 ; 술을 깨다.)이 있어 심히 사랑하였던바 술에 취하면 곧 그 돌에 걸터앉아 술을 깼다고 한다.

양산보는 소쇄원을 조영하면서 이덕유의 이 같은 평천 고사를 모방하여 돌멩이 하나, 풀 한 포기, 나무 한 그루에도 깊은 애정을 쏟고

뒷날까지 오래오래 보존토록 하였다고 하니, 암석 경관 역시 그가 원림
의 중요 요소로 갖추고자 하였음은 더 말할 나위 없다. 그중에 대표적
인 암석 요소가 바로 폭포 위에 넓게 형성된 바위, 즉 광석이다.

이곳 너럭바위는 물이 많을 때 그 위에 질펀히 전류展流하는 와폭臥
瀑이 보기 드문 수경임은 물론이거니와 물이 없을 때는 술에 취해서도
눕기가 좋아 술 깨는 자리가 될 수도 있었을 것이다. 그러나 이는 성주
석이라기보다 오히려 누워서 달을 맞아 완월하는 와월석의 공간 역할
이 주가 되었던 것 같다. 뒷날 윤선도의 〈금쇄동기金鎖洞記〉에서는 이
러한 바위를 월출석月出石이라 하였는데, 소쇄원의 거대한 이 바위 역
시 달맞이하는 월출석이나 다름이 없다. 위에 든 제13영의 내용으로
보아서도 이점은 의심되지 않는다. 때문에 김인후는 그 시제를 광석와
월이라 한 것이다.

소쇄원에서의 저녁 달맞이라 하면 이미 언급한 매대요월을 빼놓을
수 없다. 매대 뒤에 위치한 제월당도 영월하기에 좋은 곳이었던가 싶
다. 매대보다 한층 위의 축대에 자리하고 있음으로써 그렇게 생각되게
하려니와 제월당의 명명이 그 점을 추측케 하는 집 이름인 것으로 판단
되기 때문이다.

제13영을 읽으면서 '장림·청영·미능면' 등의 시어에 이르면 소쇄처
사가 추구하던 죽원풍류의 흥이 형상적으로 암시되고 있음을 알 수 있
다. 이미 언급한 제12영은 매대에서 서서 갖는 달맞이임에 대하여 제13
영은 넓은 바위에 누워서 즐기는 달구경으로서 서로 짝을 이루는 대응
적인 시흥의 서술이다. 광석은 비록 넓은 바위라고 하지만 매대 아래
밑으로 내려다보이는 곳의 암석이다. 그럼에도 불구하고 여기서는 서
서 하는 영월迎月이 아니라 누워서의 완월玩月이다. 거기에는 장림에

서 내리비치는 청영淸影이 있다. 솔이나 대나무 등의 운치 있는 그림자
이다. 시의 결구에서 '잠 이룰 수 없다'고 함은 이러한 분위기 속에서
계곡 물가의 광석에 누워 푸른 하늘에 떠있는 달과 밤을 새우며 대화라
도 하듯 청유淸遊하는 어느 산중 처사의 삶을 연상시킨다. 이 역시 원
림을 경영하던 소쇄처사의 멋진 흥치의 하나였던 것 싶다.

　소쇄원에 가보면 담장에 오곡문五曲門의 출입구가 있고, 그 곁에 유
수구流水口로서 담장의 구멍 두 개가 비교적 크게 나란히 뚫려 있다.
그것이 이른바 원규垣竅요, 이를 통해 흐르는 물이 투류透流이다. 고경
명이 42세가 되던 갑술년(선조 7년, 1574)에 소쇄원을 탐승하고 쓴《유서
석록遊瑞石錄》에서는 이를 보고 궐장통류闕墻通流(闕墻 : 담장을 뚫다.)라
하였는데, 김인후가 시제로 내건 원규투류垣竅透流를 달리 이른 말임을
알 수 있다.

　이곳 제14영은 다음에 이어지는 제15영의 시상과 대응되어 연출한
5언이다. 시 내용에서 '물을 보고 걷는다'고 함은 흥미 있는 표현으로
오곡의 물이 흐름을 보고 걷는다고 한 것이다. '보보步步'는 보보행진
을 의미한다. 오곡류의 물결에 발맞추어 한 걸음 한 걸음 나아간다는
뜻으로 감상하고 보면 얼마나 풍류적이고 뜻깊은 시취인가? 읽는 사람
의 마음을 감동케 한다.

　그러나 시상의 핵심은 시의 전구에 담겨 있다. 공연히 투정하여 흐르
는 물에만 흥미를 느끼고, 그 뜻깊은 진원眞源에는 별다른 관심이 없어
그곳을 거슬러 올라가 보려하지도 않는 사람들을 질타하는 표현 기법
을 취하였다. 학문의 근원도 모르고 이에 접근함을 게을리하는 자들을
일깨우는 교시적 의미가 담겨 있음을 읽어낼 수 있다. 한편 이 시에
대한 종래의 소개에 의하면 시어에 나타난 '소沂'를 대부분이 '기沂'로

잘못 판단하여 혼란스러운 해석을 한 예가 있는데, 이에 대한 정확한 접근은 작자의 작시 의도를 파악하는 중요한 계기가 됨을 유념해야 할 것이다.

그렇다면 소쇄원 계류의 진원은 어디인가?

고경명은 소쇄원을 유람한 꿈을 꾸고 지은 시에서 "멀고도 멀리 흘러오는 소쇄계의 근원은 영지靈芝로부터 시작한다.(초초소쇄계迢迢瀟灑溪 원자영지발源自靈芝發)"고 하였다. 양산보의 5대손인 양경지의 〈영지동靈芝洞〉 시에 의하면 깊은 골짜기에 이른바 서초瑞草로 알려진 영지가 숨어 자라는 영지골짜기로서 속세의 어주漁舟(고기잡이의 배)도 그 원류를 알 수 없다는 별천지인 것으로 전한다. 마치 중국 진나라의 도연명이 〈도화원기桃花源記〉에서 이른 별천지와 같은 선경으로 알려진 곳이다.

실지로 소쇄계로 흐르는 물의 근원을 찾기 위해 산골짜기를 거슬러 정자 모퉁이를 지나 올라가면 오솔길 오른편에 흘러내리는 물로 이루어진 맑은 웅덩이가 있어 금방이라도 마시고 싶은 충동을 느낀다. 사슴·토끼 등이 마시던 물인가, 아니면 그들이 목욕하던 웅덩이던가. 근년에 와선 사람들이 여기까지 찾아 목욕을 한다 하니 사람인들 그곳을 몰랐으랴만 그렇게 되면 물에 비치는 사슴, 노루, 토끼들의 그림자 영영 볼 수 없을 것이니 그게 아쉽다.

물 흐르는 골짜기를 좇아 앞을 바라보면 저 멀리에 큰 산등이 길쭉하게 가로 놓여 있다. 그것이 바로 시에 자주 오르내리는 한벽산寒碧山이다. 그곳 왼편 봉우리는 승지로 손꼽는 옹정봉인데 그 골짜기에 양처사의 둘째 아들인 자징子澂의 호를 연유케 한 고암골이 있다. 산 정상에서 오른쪽으로 치우쳐 흐르는 골짜기는 양경지가 별천지라 이르던 영지동이다. 소쇄계의 근원은 그곳까지 소급해 올라가야 한다. 소쇄계의 흐르는 물, 어딘지 신선들이 몸을 씻던 옥류玉流로 맑기만 하고, 물위에 떠오는 향기 지초 냄새로 가득한 듯하여 그 진원의 의미는 다양한 뜻을 간직한 것으로 추측하고도 남음이 있다.

어떻든 소쇄계의 진원은 수류水流의 근원을 염두에 둘 때 상류로 거슬러 올라가야 함은 물론이다. 원규투류에서 흐르는 그 물을 오곡류라고 하였으니, 진원은 1곡쯤인 그 어디일 것으로 상상된다. 따라서 이 시의 묘사 역시 조도시造道詩 제작의 수법을 취하여 교시적 기능의 시적 효용을 기한 시 제작이라 일러야 할 것이다.

제15영의 시 제목에 제시된 '곡류曲流'는 내용의 승구承句에서 말하듯이 분명히 5곡류를 가리킨다. 수류의 물굽이를 모두 주자를 신봉하던 도학자들이 흔히 말하는 9곡으로 보았을 때에 여기의 5곡은 상 4곡과 하 4곡의 중심이요, 또 한편은 9곡을 포괄하는 대표적 곡류라는 데에 우리의 관심을 끌게 한다. 이처럼 골짜기의 흐름을 전체적으로 9곡으로 상정하고 이곳을 주자가 중국의 무이산武夷山에서 경영한 '무이9곡'에 비의하면 그 1곡은 어디일까 가늠해 볼 수 있다.

그 같은 착상에서 1곡을 5곡의 하류에 위치한 것으로 지적하는 견해가 있다. 학문하는 데에 조선조 도학자들이 추구하던 입도 차제入道次第로 보면 일리가 없는 바 아니다. 그러나 계류의 흐르는 시원으로 보면 오히려 상류에 진원이 있음은 부인할 수 없다. (제14영의 설명 참조) 그리고 '오五'에는《중용中庸》에서 말하는 '천하의 달도達道'라 한 심오한 뜻이 내포되어 있음은 물론, 유학의 기본 윤리로 교시되어 왔던 오륜의 '오'인 점을 가볍게 여길 수 없다. 이미 언급한 제14영과 짝지어 제작한 시상임을 감안하면 이 역시 학문을 추구하는 구도적 작시로 해석된다. 아울러 '5'는 《주역》의 6효 가운데 매우 중요한 역할과 막강한 힘을 가지고 있음은 익히 아는 내용이다.

곡류를 또 시제의 행음杏陰과의 관계에서 풀이하면 그 의미는 더욱 명백해진다. 우리나라는 공자를 비롯하여 큰 선비를 모시는 문묘文廟에서 예로부터 은행나무를 심고 공자의 행단杏壇 고사에 의해 유교정신이 계승되어 왔다. 그로 인해 은행나무는 주로 선비 원림에 식재植栽되는 등 우리의 전통수로 가꾸게 된 지 이미 오래다. 그럼에도 불구하고 논자에 따라서는 중국에서 행단에 살구나무를 심었던 일을 우리나라에서 잘못 본뜬 일이라 하여 행음을 일부러 살구나무 그늘로 해석하는 경우가 있다.

그러나 잘못 본뜬 것의 여부는 고사하고 우리의 선비 원림에서 이미 심었던 은행나무를 굳이 바꾸어 살구나무라고 하는 데는 쉽게 납득되지 않는다. 게다가 〈소쇄원도〉에 나타난 행음, 행정 등의 나무 그림을 보면 모두 은행나무로 보기에 의심되지 않는다.

살구는 종래에 꽃을 상징적으로 지칭하는 꽃말로 '소인小人'이라 하였다. 연꽃은 군자요, 국화는 은일사요, 매화는 한사寒士라 하여 좋아하던 선비들은 살구를 일반적으로는 부정시해 왔다. 소쇄처사도 예외일 수는 없었으리라. 물론 다양한 화훼를 길러 원림의 경치를 돋보이게 하는데 살구도 전연 무관한 것만은 아니겠지만, 위에 든 설명으로 추단되는 정황으로 보아 제15영의 내용은 은행나무 그늘 아래 굽이도는 오곡류에 임하여 공자의 말씀, 즉 유학을 추구하는 학자적 심정을 노래한 조도시造道詩로 해석하는 것이 타당하리라고 판단된다.

산은 산이로되 사람이 인위적으로 만든 산이 석가산石假山이다. 자연 그대로가 아닌 이른바 거짓 산이다. 위에 든 제16영의 시 제목에서는 이를 줄여서 가산이라 하였다. 정원을 만들 때에 주로 돌을 모아 일부러 만든 인위적인 산이기 때문에 조형적인 돌산이나 다름이 없다.

그러나 소쇄원의 석가산은 인공을 들이지 않고 만든 산이라고 하였으니 어떻게 이루어진 산이었을까? 그 일대에 깔려있는 너럭바위 등과 같이 천연 그대로의 석산은 아니지만, 만들어 놓고 보니 주위의 자연과 조화를 이룬 자연스러운 조원 형성의 한 경관이었으리라. 최소한의 인력으로 자연미를 최대한 살리고자 한 원림 구성의 일부인데, 거기에는 갖가지 나무와 풀이 자라서 푸른 녹림綠林을 이루어, 보는 사람에게 시원함을 느끼게 하지 않았을까 상상해 볼 수 있다. 그래서 시 내용에서는 자연의 산과 들을 연상시켜 "이 역시 의연한 자연 속의 산야 그대로라"고 한 것이다.

소쇄원의 석경石景은 원래 자연적인 천혜의 암석 배치로 말미암은 것이다. 그것은 주로 수류와의 만남에서 급류와 사폭瀉瀑이 되고, 때에 따라서는 와폭臥瀑의 극치를 이루기도 하여 수석水石 합작의 묘수로 원림 가경이 되는 경우가 많다. 그러나 이곳 석가산에서는 다시 인위적으로 배치한 돌과 자연적으로 자라나는 초수草樹와의 조화가 또한 가경임을 짐작케 한다. 이는 석경 요소의 또 다른 면으로 해석된다.

따라서 시의 기구起句에서 "인력을 들이지 않고 만든 산.(위산불비인爲山不費人)"이라 하였지만, 이는 풀과 나무들이 총림을 이루어 의연한 산야나 다름없이 자연적인 산으로 형성되었음을 부각시킨 묘사 기법으로 보아진다. 때문에 제16영의 시 주제는 석가산의 돌보다 그곳에 조성된 초수의 아름다움에 있다고 하겠다.

그런데 지금 소쇄원 현지에는 석가산의 형태가 사라져서 그 모양을 자세히 알 수 없다. 단지 〈소쇄원도〉에 의하여 광풍각의 동쪽에 그려

져 있는 돌산을 석가산으로 짐작할 뿐이다. 양처사의 손자인 양천운이
쓴 〈소쇄원계당 중수상량문瀟灑園溪堂重修上梁文〉에 의하면 "석가산의
면면에는 시가 씌어 있고 글자마다 우의적인 뜻을 담고 있다.(석가유산
石假有山 면면제시面面題詩 자자우의字字寓意)"고 하였다. 처사로서 원림에
서 보내는 선비 시인들의 삶과 문학적 표현의 흥치는 이런 식으로도
발산되었던가 싶다.

　나무 한 그루 돌 한 조각 모두가 소쇄원의 원림 공간을 이루는 구성
면에서 보면 뜻깊은 게 아님이 없다. 그 가운데 소나무와 암석 등의
송석松石 역시 소쇄처사가 조원造園의 안목으로 평소 사랑하고 좋아하
던 원림 형성의 중요한 구성 요소였음은 물론이다.

　위의 제17영은 이 같은 소쇄원 경관 형성의 필요에 의해 배치된 자연
스러운 모습의 소나무와 조각돌을 두고 그 시제를 〈송석천성〉이라 하
였다. 그러나 시의 주된 내용은 돌 틈을 상관치 않고 뿌리를 서려 뻗어
가며 견실하게 자라는 서너 자 크기의 소나무에 대한 예찬이다. 도사道
士들이 송화주를 빚고자 하여 흔히 찾는 송화는 오랜 세월을 두고 온몸
에 가득하다고 하니 선뜻 선경의 감회를 느끼게 한다. 소나무의 기세는
또 곧아서 하늘 높이 치솟는 듯 푸르다고 하니 여기서는 꺾이지 않는
선비의 기풍을 엿보게 하는 표현의 기법을 읽어 낼 수 있다.

　송석은 소쇄원 인물들이 애호하던 다정한 벗이나 다름이 없었다. 중
국의 저백옥褚伯玉이 소나무와 돌을 벗하며 은거해온 이래로, '붕송석
朋松石'은 처사들이 흔히 강호에 은둔하여 추구하던 삶의 한 방식이 되
어 왔는데, 양산보나 김인후 등이 보낸 소쇄원의 삶도 송석과 벗하는
같은 의미의 원림 생활이었음을 암시하고 있다.

　따라서 소쇄원은 그 주위와 내원 등에 죽림이 많아서 죽원竹園 경관

의 으뜸으로 손꼽는다. 그런가 하면 소나무와 암석들의 경승이 또한
조원 요소의 중요한 몫이 되고 있어 소쇄원은 다시 송석원松石園의 성
격까지 겸하여 왔다 해도 과언이 아니다. 〈소쇄원 48영〉에는 〈송석천
성〉이외에도 〈단교쌍송〉, 〈산애송국〉 등의 시가 있어 김인후가 소나
무에 대한 관심이 적지 않았음을 알게 한다. 게다가 〈소쇄원도〉에는
운치 있는 소나무의 그림이 여섯 군데나 나타나서 선비들의 삶의 자세
를 읽을 수 있는 수목원인 점도 반영하고 있다. 애양단 앞의 사람들
오고갈 길 아래에는 낙락장송처럼 오래 묵은 듯한 큼직한 소나무가 누
운 모양으로 그려 있다. 48영의 시제에도 보이지 않는 '와송臥松'이라
는 표시까지 하여 그림 판독에 주의를 끈다.

　하지만 당시의 와송은 이미 자취를 감춘 지 오래다. 거목이 사라졌으
니 애석함이 그지없다. 원림의 현지에는 지금 그 자리에 가느다란 볼품
없는 작은 소나무 한 그루가 외롭게 서 있어 느껴지는 아쉬움은 더하
다. 그것마저 사라지지만 않는다면 그 언젠가는 장송이 아니면 와송이
되리라는 기대감이 전혀 없는바 아니나 오히려 위의 〈송석천성〉 등 소
나무를 예찬한 시 감상으로 자위하는 것이 좋을 듯싶다. 옛 시조에서
"산천은 의구하되 인걸은 간데없다."고 하였지만, '산천은 변했으나 예
술은 길이 전한다.'는 말이 실감을 갖게 하여 예술 작품의 소중함을 새
삼 일깨운다.

　원림의 바윗돌은 오랠수록 이끼로 덮이기 마련이다. 소쇄계瀟灑溪의
골짜기에 구름 안개 자욱할 때면 더더욱 푸른 이끼가 깔려 석경石景을
장식하는 석태石苔의 꽃이 이루어지리라 상상할만하다. 자연의 매우
천연적인 모습을 연상시킨다. 위의 제18영에서 내세운 편석창선은 이
같은 자연의 언덕이나 골짜기(구학丘壑)에서 느껴지는 흥의 시적 제시

이다. 따라서 시 내용에서 이르는 구학성은 속세가 싫어서 구학에 은둔하여 사는 은자의 성품이나 본성을 의미한다. 원림의 주인인 양산보는 물론 이곳을 즐겨 출입했는데 김인후는 속된 홍진이 역겨워 피세하려 했던 양산보의 심정을 은유적으로 표출한 시정이라 할 수 있다. 결구에서 다시 이르되 "속세의 번화함에는 전연 뜻을 두지 않는다."고 함은 부귀공명은 아예 탐하지 않고 어지러운 속세를 멀리하며, 오직 바윗돌에 피어오르는 싱싱한 이끼꽃 등 천연의 산수만을 즐길 뿐인 은군자의 구학성을 꾸밈없이 유로流露한 서정의 한 면인 것으로 해석된다.

송순이 내종제인 양처사의 소쇄정을 두고 노래한 〈종제양언진 소쇄정從弟梁彦鎮 瀟灑亭〉의 시에서 "바위 오래되어 푸른 이끼 널리 깔려 있네.(암노태평포巖老苔平鋪)"라 한 시구 역시 위에 든 〈편석창선〉의 기·승구를 요약한 시상이다. 48영을 쓴 김인후는 또 제18영의 〈편석창선〉외에도 양산보와 시를 지어 주고받는 글 〈차소쇄옹답운次瀟灑翁答韻〉에서 "푸른 이끼 푸른 소나무는 낭떠러지 벼랑을 온통 덮고 있다.(선벽송창음단애蘚碧松蒼蔭斷崖)"라는 작구를 이루기도 했다. 모두가 구학의 즐거움을 누리는 산림처사의 삶을 상상케 하는 작시들이라 하겠다.

이 같은 시구의 시상을 되새기면서 원림의 현장에 가보자. 계곡이 흐르는 울창한 죽림 속 물가에는 수많은 암석들이 깔려 있다. 오랜 세월을 두고 많은 사연으로 물들인 암석의 청태, 밟으면 밟을수록 푸른 윤이 난다. 이미 예시한 제5영의 〈석경반위〉 가운데 그 결구를 다시 읽는 느낌을 준다. 돌 틈에는 맑은 물이 흐르고 고이기도 하여 감미롭기만 하다. 시인 이동주가 대흥사大興寺 시에서 "이끼 입은 바위틈에/ 물맛이 달다"고 한 시구가 떠오른다. 그가 만일 이곳 소쇄원의 죽림을 찾았더라면 푸르기만 하는 이끼를 보고 무어라고 했을까? 다시 내뱉지 않고는 못 배길 그의 서정적 언어 묘사가 궁금하기만 하다.

〈소쇄원 48영〉의 내용을 비교적 상세히 반영하였다는 〈소쇄원도〉에 의하면 봉황대 아래 계류 언덕에는 '탑암'의 표시가 있다. 평상처럼 사람이 앉을만한 평평한 바위이기 때문에 탑암이라 한 것이다. 물이 흐르는 계곡에서 쳐다보면 무너질 듯하면서도 매달려 있는 듯한 바위이므로 시에서는 이를 현애라 하였다. 소쇄원 현장에 있는 탑암이 기어코 기울어져 버린 것으로 보면 어느 땐가 무너질 위험성 있는 바위였던 모양이다.

〈소쇄원도〉에는 탑암에 정좌하고 있는 노 선비의 그림이 보인다. 위의 제19영에 나오는 관물옹觀物翁을 회화적으로 형상화한 그림이다. 그러므로 시의 해석학적 의미는 관물옹의 형상성과 연관해서 분석해 보는 것도 감상의 폭을 넓히는 한 방법이 될 수 있다.

관물옹의 정좌는 음식을 취하지 않음은 물론 마음을 비우고 조용히 앉아 있는 글자 그대로의 허심허좌虛心虛坐이다. 달관한 은군자가 양심養心 수행修行하는 자세와도 다름이 없다. 계곡에서 불어오는 시원한 바람은 온몸을 깨끗이 씻겨준다고 하였다. 양심하고자 하는 뜻으로 취한 정좌이기 때문에 오래 앉은들 그 무엇에 구애될 리 없다. "무릎이 상한 데도 두렵지 않다"는 시의 언어적 표현에도 이점은 서슴없이 드러나서 감상의 흥을 일게 한다.

한편, 소쇄원의 탑암은 관물옹처럼 심성을 수양하고자 하여 조용히 앉았던 곳만이 아니다. 지팡이 짚고 소요하는 처사의 쉼터가 되기도 하고, 호탕하게 흉금을 털어놓는 술자리가 되기도 했고, 그 밑에 흐르는 소쇄계의 폭포수 보기 좋은 관수대觀水臺가 되기도 했다. 고경명이 어느 날 양자징 등 여러 선비들과 탑암 위에 앉아서 밤새우며 놀았던 일을 내용으로 한 시에 그 같은 사실이 흥겹게 전한다. 작자는 그 시제를 〈여중명제공환좌석상與仲明諸公環坐石上〉이라 하였다. 특히 탑암에서 보는 관폭의 흥을 말하되 "누가 소쇄계의 두 줄기 폭포를 알랴! 두류산의 만장봉보다 더 빼어나구나.(수지소쇄쌍조폭誰知瀟灑雙條瀑 절승두류만장봉絶勝頭流萬丈峰)"이라 한 묘사는 탑암에서 소쇄 폭포의 절승을 보고 한없이 감탄한 나머지 언어표현의 수사를 빌어서 말한 감명 깊은 시정인가 싶다.

그러나 제19영의 내용에서 보는 탑암은 처사가 지팡이에 의지하다가 쉬는 장리처杖履處나 동료들과의 술자리, 또는 수경水景에 흥미를 갖는 관폭대의 역할보다는 명상에 잠겨 자연을 정관靜觀하고 세계를 관조하는 노옹이 주로 정좌하는 곳이다.

따라서 〈탑암정좌〉의 시는 깨끗하게 쓸어 가는 계곡의 시원한 바람에 마음속까지 씻고 허좌虛坐하여 참다운 지혜로 자연의 하나하나를 보고 그 이치를 터득하고자 하는 소쇄처사와 같은 관물옹의 심정을 표현한 것으로 이해된다. 세상에는 마음이 서로 통하는 친한 벗이 많지 않다. 하지만 이 시를 지은 김인후의 다정한 지음지우知音之友는 누구였을까. 물론 소쇄원의 주인인 양산보였으리라. 두 사람 사이의 교우는 서로 사가간이 되는 인연까지 맺게 되는 지음인知音人이었다.

때문에 김인후가 소쇄원의 48경을 골라 이를 시흥으로 노래한 것도 결코 우연이 아니다. 소쇄처사의 마음속을 속속들이 간파하고 처사가 이루어 놓은 경景에 담긴 낱낱의 정情을 마치 서로의 대화를 통해 터득한 듯 시로 형상화한 것이 〈소쇄원 48영〉이다. 그래서 이 시를 올바르게 파악하는 일은 작자의 시세계를 이해하는 일임은 물론 소쇄원을 조영한 양산보의 마음을 읽는 거와 다름이 없다 해도 과언이 아니다.

그런데 옛날 거문고의 명수였던 백아伯牙는 자신이 즐겨 타는 거문고 소리를 잘 알아듣던 종자기鐘子期가 죽은 뒤 거문고 줄마저 끊고 소리를 내지 않았다고 한다. 그것이 곧 유명한 고사로 널리 알려진 백아절현伯牙絕絃이요, 소리를 통해 속마음까지 잘 아는 다정한 사이를 두고 지음지우知音之友라 한다. '友'라는 한자는 또 그 자체가 손의 모양을 본뜬 '又'자를 겹쳐 만든 상형자로서 왼손과 오른손이 어우른 형상이다. 손에 손을 잡고 정답게 돕는다는 뜻에서 '벗', 또는 '친하다'는 의미가 부여된 글자이다. 때문에 참된 벗이라 하면 정답게 손을 잡을 대상임을 의미한다. 서로 마주 잡을 왼손과 오른손 격으로 상대방의 마음을 잘 알아서 다정했던 백아와 종자기, 백아는 종자기가 죽자 그처럼 애지중지하던 거문고의 줄까지 끊어 버렸다고 하니, 다정한 벗을 잃었을 때의 외로움까지 상상케 하는 이야기이다. 위의 제20영에서 '마음을 노래할 아름다운 거문고 간직하고 있지만 종자기와 같은 지음인이 없기 때문에 소리내기 쉽지 않다'고 함은 그처럼 다정한 벗이 없으면 마음놓고 탄금彈琴하지 않는 세상사의 안타까움을 먼저 제시한 것이다.

하지만 소쇄원의 맑은 물가에서 거문고를 가로 껴안고 한 곡조 울리고 있는 작중 화자에게는 남이 부러워할 희열이 있다. 그래서 시의 결구에서는 '마음과 귀가 잘 호응되어 그 울림을 서로 안다'고 하였다. 지음知音의 즐거움으로 말미암은 시흥의 묘사로 파악된다. 시를 지은 작자와 소쇄원의 주인인 양처사와의 다정한 관계로 보아도 좋을 것이다.

마음은 소쇄원을 경영하며 뜻있는 벗들과 사귀는 양처사의 마음이요, 귀는 그 깊은 마음을 잘 알아듣고 거리낌 없이 호응되는 김인후의 귀라고도 할 수 있기 때문이다. 김인후가 〈소쇄원 48영〉을 이룬 것도 그러한 차원에서의 제작으로 해석된다. 아울러 깊고 맑은 물 위에 흐르는 탄금 소리와 이에 장단 맞추어 영롱하게 흐르는 소쇄 계곡의 물소리, 이 두 가지는 분명 소리의 교향交響으로 이루어지는 자연의 메아리라고 해도 좋을 듯하다.

〈소쇄원도〉에는 광석廣石 아래에 있는 조담槽潭 가의 언덕에서 한 선비가 악기를 가로 눕혀 안고 탄금하는 모습의 그림이 보인다. 그 그림이 곧 '옥추횡금'의 시 내용을 근거로 하여 회화화한 선비의 형상이다. 때문에 그림의 현상성을 판독하는데도 위에서 언급한 시취의 분석과 그 이해가 제대로 이루어져야 함은 더 말할 나위 없다.

소쇄원의 오곡문이 있는 담을 뚫고 흐르는 물은 외나무다리(약작略彴) 아래를 거쳐 바위 위로 흘러내린다. 약작 아래에는 돌 웅덩이(석담石潭, 석와石渦)가 있어 그곳에 담기는 물은 빙빙 돌며 넘쳐흐른다. 석담에 담긴 물은 빠르게 원을 그리며 돈다. 그것이 제21영의 시제에서 말하는 복류洑流 현상이요, 이때에 굽이굽이 휘어 도는 물을 곡수曲水라 한다.

복류 흐르는 물에 마음 실은 꽃잎을 던지면 떠나기가 아쉬운 듯 물굽이를 따라 둥둥 떠서 원을 그리기만 한다. 술잔을 띄우고 보면 소용돌이치는 물살을 따라 한 바퀴 빙빙 돌아서 다시 자기 앞에 이르기 마련이다. 예로부터 이에 흥미를 느낀 선비들은 다정한 벗들과 복류 가에 둘러앉아 물 위에 술잔을 띄워 보내며 시를 지어 읊는 낭만을 즐겼다.

물위의 술잔이 본인 앞에 이르면 그 술을 마시고 시 한 수를 지어야 한다는 약속이 전제된 놀이이므로 글 잘하는 선비들이 좋아하던 일이다. 한 잔의 술을 마시고 시 한 수를 읊는 놀이이므로 이러한 방식의 유상流觴놀이가 바로 일상일영一觴一詠이다.

옛날의 세시풍속에서는 지방에 따라 주로 음력 삼월 삼일의 행사로서 성행하였다. 이를 일러 이른바 곡수연曲水宴이라 하는데 술잔을 물에 띄워 보낸다는 뜻을 내세워 유상곡수流觴曲水라고도 한다. 이 곡수연은 중국 진나라의 왕희지 난정蘭亭 고사로부터 성행하였다고 전한다. 왕희지가 음력 3월 3일에 회계산 아래 난정에 문인들을 불러놓고 이 같은 풍류적인 행사를 성대하게 치름으로써 널리 알려져 매년 삼월 삼일이면 주기적으로 행하는 세시풍속이 되었다 한다. 난정고사는 술잔을 띄워 보낼 곡수를 만들어 시가를 읊고 술을 마시는 풍류를 이루었다고 하나, 소쇄원의 곡수연은 자연적으로 형성된 돌 웅덩이에서 빙빙 도는 물에 술잔을 띄운 곡수연이므로 훨씬 운치 있는 일로 생각된다.

계절적으로 음력 3월이면 대개 양력 4월에 해당하여 소생하는 만물이 한참 생기를 찾고 산야에는 꽃이 만발하는 늦은 봄이다. 이때에는 푸성귀도 넉넉하여 풍성한 술안주에 술 마시기에 흥이 난다. 봄철의 때를 찾아 새로 나는 채소는 계절에 특별히 있는 시식時食이라 하여 더욱 귀한 술안주로 삼기도 한다.

위에 든 〈복류전배〉의 시는 이처럼 푸성귀가 풍요로운 때에 주효酒肴의 아쉬움 없이 원림의 석담에서 유상곡수의 흥을 내용으로 한 글이다. 기구起句의 내용으로 보아 이는 '여러 벗들이 소용돌이 물살 치는 석와 가에 둘러앉아서 곡수연을 즐긴 것'으로 보인다. 물론 술잔을 권하는 전배傳杯는 물결에 띄워 보내는 권주이다. 이때의 술잔을 흔히 미화하여 옥잔이라 한다. 시어로 쓰인 '잔가盞斝'가 이에 대한 표현이다. 따라서 소쇄원에서 이루어지던 복류 전배는 흐르는 물줄기가 비교적 풍부할 때에 보는 곡수연이었던가 싶다.

한편, 왕희지가 곡수연을 벌인 난정의 자연 배경은 소쇄원 원림의

자연 조건과 흡사한 면이 있어 왕희지의 〈난정기〉에서 보는 그 부분을
가급적 원문의 어휘를 살려 풀이하면 다음과 같다.

이곳에는 숭산崇山 준령峻嶺, 무림茂林 수죽脩竹이 있고, 또한 청류
淸流 격단激湍이 있어 좌우로 연결되었는데, 그 물을 끌어다가 유상流
觴하는 곡수曲水를 만들었다.

대봉대 아래 흐르는 계곡을 사이에 두고 건너편에는 널따란 바위가
깔려 있어 놀기에 좋다. 저녁이면 그 넓은 바위 위에서 달을 구경하고
즐긴다. 제13영에서 말하는 광석와월廣石臥月은 이곳에서 갖는 완월玩
月의 한 가지이다. 그 광석에는 또 평상바위라 이르는 널찍한 상암床巖
이 있었다. 주로 바둑 두는 데에 쓰인 평평한 바위이다. 〈소쇄원도〉를
보면 두 선비가 상암을 사이에 두고 대기對碁하는 모습이 그려져 있다.
그 자리에 '상암床巖'이라는 글자까지 표시하여 장소성을 확실히 해 놓
았다. 은사들의 생활에는 반드시 바둑판이 등장하고 한 점 한 점 바둑
소리에 해가 저문다. 중국 한나라 때에 상산商山에 숨어살았다는 사호
四皓들의 생활이 그러한 삶의 대표적인 예가 된다. 김인후의 〈소쇄원
48영〉에 상암대기의 사실이 나오는 것으로 미루어 소쇄처사의 하루하
루도 상산 사호들의 그것과 유사하지 않았을까 하는 생각이 든다. 특히
시의 승구에서 "죽림에서 지냄이 거지반이라."고 하였으니 처사의 삶
은 또 중국의 죽림 칠현들처럼 청한淸閑을 즐기며 사는 아취가 겸해
있었다고도 할 수 있다. 한편, 바둑을 즐기는 선비라면 누구나 없이
기객棋客을 맞이하여 한판 승부로 기전棋戰 벌이기를 좋아하기 마련이
다. 비록 조용한 원림의 분위기 속에서 갖는 격이 높은 은사들의 대국
이지만 바둑 두면서 울리는 기향棋響이 없을 수 없다. 바둑의 기전이
벌어지면 고려 때의 최자가 그의 《보한집補閑集》에서 이른 바와 같이

"한 판 바둑 소리는 고요한 속에서 시끄럽다"고 한 말 그대로 되기 일쑤다. "반나절이나 두고도 또 싸움을 걸어 되풀이하면 바둑 소리에 해가 저물어 간다."고 한 김삿갓의 말도 결코 허언이 아니리라 생각된다.

　이러한 상황에서 바둑알이 어지럽게 공중으로 날리지 않는다고 누가 장담하랴. 하지만 그 같은 기전은 오히려 은사들이 선경에서 갖는 선유仙遊라 해도 좋을 것이다. 때문에 위에 든 〈상암대기〉의 전·결구에서 "기객과 바둑 한판 두는데 공중에선 우박이 흩어져 내린다."고 함은 기전의 흥분된 상황에서 바둑알마저 하늘에 날리는 어지러움을 표현한 묘사 기법의 하나이다. 속계와는 다른 선계와 같은 원림에서의 이 같은 일은 은사들이 추구하는 선거생활의 흥으로 해석되어 시상의 감상에 더욱 흥미를 갖게 한다. 소쇄원에는 흙과 돌로 쌓은 갖가지의 축대가 있다. 원림을 조성할 때 인공의 흔적을 가장 많이 남긴 것이 이러한 축대이다. 그 가운데 매화가 자라나는 언덕이 매대梅臺이고, 오동나무가 자라는 언덕은 동대桐臺이며, 연못을 이루면서 싼 언덕은 지대池臺이다. 그밖에 복숭아가 자라는 언덕은 도오桃塢이고, 길게 싼 섬돌 모양의 언덕은 위에 든 제23영의 시제에 보인 수계修階이고, 비록 김인후의 48영에는 보이지 않으나 〈소쇄원도〉에 나타나는 대봉대 등이 주로 조원 구도에 의해 인위적으로 형성한 축대들이다. 거기에는 이미 말한 나무들을 자라게 하여 자연미를 최대한 살리는 원림 구성의 묘를 기하였다.

　각 축대는 사람들이 걷고 다니며 오르내릴 수 있다. 지대에서는 더위를 식히며(제11영), 매대에서는 달맞이하고(제12영), 수계에서는 산보를 하고(제23영), 도오에서는 봄철의 새벽맞이를 하며(36영), 동대에서는 하음夏陰의 깊은 뜻을 되새기는 등, 원림의 축대에서 누리는 즐거움은 한두 가지가 아니다. 그중에서 수계는 긴 담을 바람막이로 삼고 걷는 언덕 윗길이다.

소쇄원의 내원에 들면 애양단과 오곡문, 그리고 '소쇄처사양공지려'는 표지판이 부착된 담이 길게 둘러싸고 있다. 이는 ㄷ자형으로 연결된 토석담이다. 담을 따라 난 길은 주로 섬돌(계階)처럼 싼 축대 위에 형성된 행로로서 갖가지의 경치를 내려다보며 걷는 대표적인 원림공간이다. 소쇄원에서의 수계俯階라 하면 이를 말한다. 〈소쇄원도〉에는 애양단과 총균모조叢筠暮鳥 사이의 축대 길에 수계산보라는 표시가 있고, 세 사람이 앞뒤로 서서 유유자적하는 모습으로 걷는 행인의 그림이 있다.

양산보나 김인후가 생존하던 옛날로 돌아가서 이러한 행인의 처지가 되어보자. 제23영의 시 내용에서 갖는 시적 체험이 아니 느껴질 수 없다. 그 무엇에 구애됨이 없이 한가롭게 이 길을 걷고 보면 속세를 벗어난 기분이다. 소쇄계에서 불어오는 바람을 쐬고, 아름다운 원림 경치를 보며 이리저리 다니는 것은 글자 그대로 산보이다. 마음을 열어놓고 구속됨이 없이 소요 자적하는 산보이므로 장자莊子의 '소요유逍遙遊'와 어찌 다르랴. 그의 말대로 "천지간에 소요하고 나니 마음의 깊은 뜻이 저절로 터득된다. 소요천지간逍遙天地之間 이심의자득而心意自得"이라고 이를 수 있다. 위에 든 시의 기·승구에 담긴 시취詩趣는 바로 이러한 경지의 표현이라 해도 좋다.

글을 좋아하는 선비의 소요산보에는 으레 시를 읊는 음영吟詠이 따르기 마련이다. 음영할 때는 마음속의 갖가지 잡념이 없어져서 절로 한가해지고, 한바탕 읊고 나도 희로애락의 속정이 잊혀짐은 더 말할 나위 없다. 시의 전·결구는 이러한 심정의 시적 묘라 할 수 있다. 그러므로 〈수계산보〉의 시를 읽고 나면 옛날 소쇄원을 출입하던 처사들을 만나 대화를 하고 그들의 안부를 챙긴 듯한 여운이 남는다.

오곡문이 있는 담과 '소쇄처사양공지려'의 담벽 글씨가 부착된 담이 만나는 그 귀퉁이에는 뒷산의 거북바위에서 뻗어 내린 암석이 깔려 있고, 거기에는 삼공三公이라 하여 높은 벼슬을 상징하는 큼직한 홰나무(괴槐) 한 그루가 서 있다. 높직한 곳이어서 아래를 내려다보면 널따란 광석과 그 아래 시원한 수류를 이루며 흐르는 소쇄계, 계곡 가에 그림배처럼 서 있는 광풍각과 개천 건너편 봉황대 위의 작은 정자 등, 원림의 아름다운 경치가 한눈에 들어와서 그것만으로도 마치 선경에 든 것 같다.

〈소쇄원도〉에도 홰나무의 그림과 함께 '괴석'이라는 표기가 있다. 신선담과 연고가 있는 홰나무를 보면 으레 당나라 순우분淳于棼이 꿈속에 다스렸다는 괴안국槐安國 고사가 상기되기 마련이다. 위에 든 제24영의 내용 역시 괴안국에 대한 옛이야기를 내면에 깔고 엮은 시이다. 때문에 작중 화자의 목소리는 이야기 속에 등장하는 순우분의 마음을 그대로 표현한 것으로 이해되어 시상을 캐내는 데에 흥미를 느낀다.

그러면 고사에 나오는 순우분의 공간은 어떻게 펼쳐지는가?

집 남쪽에 오래된 홰나무가 있다. 술에 취한 순우분은 그 아래에 누워 꿈에 빠져들었다. 그를 맞이하러 온 두 사람의 사자가 이르기를 자신들은 괴안국왕의 심부름으로 그대를 모시러 왔다고 한다. 사자를 따라 큰 굴속에 들어가니 대괴안국이었다. 그곳 임금이 이르기를 우리 남가군의 정사는 다스려지지 않고 있으니 그대께서 태수가 되어 잘 다스려 주라는 것이었다. 순우분은 그 군에 이르러 무릇 20년 동안 다스렸다. 깨어 보니 한바탕 꿈이었다. 이로 인해 홰나무 아래 구멍을 찾아보니 널찍하여 들어다 보이는 곳에 큰 개미가 있다. 곧 꿈속의 왕이다. 다시 한 구멍을 찾아보니 바로 위의 홰나무 가지 남쪽으로 뻗은 곳이다. 이는 곧 순우분이 꿈속에서 다스렸던 고을이라는 것이 이야기의 줄거리이다. 위 고사는 중국 당나라 이공좌李公佐의《남가기南柯記》에 나오는 이야기이다. 흔히 쓰이는 '남가일몽'이니, '남가몽'이라는 한자어는 바로 이로 말미암은 고사성어들이다.

위에 든 이야기의 내용으로 볼 때 소쇄원 48영 중 제24영이 순우분 고사를 배경으로 한 것임은 의심되지 않는다. 그러면 시의 작자는 신선 생활을 했다는 순우분을 누구로 비유하고, 선계인 남가군은 또 어디를 염두한 시적 형상화였을까? 시의 이해를 위해 반문해 볼 필요를 갖는다. 생각건대 남가군은 아름다운 원림의 경치가 빼어나서 흔히 승지로 칭송되는 소쇄원을 비유한 것으로 보아도 무방하다. 면앙정 송순이 일찍이 이웃에 위치한 서하당 및 환벽당과 함께 소쇄원을 '한 고을의 세 명승지(일동삼승一洞三勝)'라고 지적한 바와 같이 소쇄원은 당시부터 선계라 이를 승지였기 때문이다.

그렇다면 순우분은 또 시의 작자인 김인후 자신이 아니면 원림을 조영한 소쇄처사를 비유한 것으로 볼 수 있다. 특히 소쇄처사는 소쇄원을 경영할 때 이야기 속의 괴안국을 연상케 하는 홰나무를 기꺼이 심었다는 데 주목하여 시의 작중화자 역시 소쇄처사로 이해함은 별 무리가 없을 것이다. 어떻든 김인후의 〈의수괴석〉의 시는 소쇄처사와 같은 신선스러운 은사가 홰나무 가의 바위에서 기대어 졸며 선경을 꿈꾸고 사는 데에 흥미를 느끼고 이를 시적으로 묘사한 작시로 풀이된다.

소쇄계의 물은 맑기만 하다. 몸의 때를 씻고 마음까지 시원하게 해주는 깨끗한 물이다. 뚫린 담 구멍을 거쳐 외나무다리(약작略彴) 아래를 흘러, 웅덩이처럼 패인 바위 위의 못에 이르는 물 역시 맑기는 마찬가지다. 그렇게 큰 웅덩이는 아니지만, 물이 상당히 많이 담기는 바위에 생긴 못이기 때문에 이는 흔히 석담石潭으로 알려져 왔다.

흐르는 물을 받는 바위의 석담은 마치 마소의 먹이를 담아주는 구유처럼 보이기 때문에 이를 또 조담槽潭이라 한다. 조담의 깨끗한 물을 보면 누구나 미역감고 싶은 충동을 느낀다. 더구나 더위에 지친 여름에는 여기를 찾아 목욕하는 예가 적지 않다. 무더위뿐만 아니라 마음속의 잡념까지 씻어주는 듯하여 상쾌함을 느끼게 하여 제25영에서는 〈조담방욕〉의 흥취를 시제로 삼았다.

여기에 흐르는 물은 석담에 담기면서 빙빙 돌고 다시 넘쳐흘러서는 그 아래 낭떠러지로 인해 폭포를 이룬다. 유수가 세찰수록 빙빙 도는 소용돌이를 일으켜 흐르므로 관수觀水하고 있노라면 인생의 갖가지를 보는 듯하다. 돌 구유에 부딪쳐 소용돌이치는 물로 인해 조담을 또 석와石渦라고도 한다. 이미 말한 제21영의 〈복류전배〉는 이 석와에 둘러앉아서 술잔을 띄워 보내며 시를 짓고 인생을 이야기하는 흥을 노래한 것임에 대하여 이곳의 25영은 석와에 임하는 시적 분위기가 다르다.

조담 또는 석담이라 하면 물이 담기고 고이며 맑다는 의미가 먼저 떠오르는 호칭이다. 복류伏流 현상을 일으키는 물에 잔을 띄워 보내는 석와에 대하여 더 정적靜的인 감을 주는 것이 조담 또는 석담이라 이른 데서 받는 느낌이다.

따라서 제25영은 맑고 맑아서 못의 밑바닥이 되고 있는 돌까지 들여다보이는 석담에서 목욕하는 말끔한 흥치의 묘사이다. 청담靑潭으로만 보이는 물을 대하고 나니 홍진으로 얼룩진 인간 세상이 미덥지 않다는 게 시에 쏟은 작자의 진솔한 심정이다. 인생을 괴롭히는 여름의 무더위, 그때의 염정炎程을 걷던 다리 아래서 한번 석담의 맑은 물에 씻고 나면 속세의 번뇌에서 말끔히 벗어나리라는 게 석담을 대하는 사람들의 심정일 수 있다.

특히 위에 든 시의 전·결구를 읽고 있으면 이 같은 심정에 잠기지 않을 수 없다. 지금의 소쇄원 조담은 주위 환경의 오염으로 인하여 옛날의 맑은 그것과 같다고 할 수 없겠지만, 어떻든 당시의 조담은 시의 내용이 암시하는 바와 같이 목욕과 함께 인생의 번뇌를 씻는 명소가 되었던 것이다. 지금이라도 이곳에서 미역을 감고 나면 옛 처사들 생활의 일면을 알 수 있지 않을까 하는 충동을 갖게 한다.

〈소쇄원 48영〉을 읽고 보면 구수한 인생담을 담은 고사의 인용이 많다. 때문에 은사隱士들이 지은 시를 대하면 자신도 모르게 시간을 초월하여 옛날로 되돌아가 은사와 대화하는 듯한 시적 체험을 느낄 때가 있다. 하기야 선인들의 작시에는 이인로의 시론처럼 고사를 인용하는 용사기법用事技法을 필수로 하여 우수한 시일수록 이의 묘미를 기하고 있으니, 내용에 담긴 고사의 진의를 모르면 그 감상이 제대로 이루어질 수 없음은 물론이다. 특히 48영 중에는 언어표현과 탁정託情의 기법만 다를 뿐 옛 이야기에 의한 착상으로 이를 배경으로 한 시가 적지 않다. 이미 말한 순우분 고사를 문면에 깔고 노래한 제24영의 〈의수괴석〉을 비롯하여 제26영인 〈단교쌍송〉이 그 대표적인 예가 된다.

〈단교쌍송〉 시는 중국 당나라 때의 한유韓愈가 지은 〈남전현승청벽기藍田縣丞廳壁記〉에 전하는 최사립의 '아송남전哦松藍田' 고사를 배경으로 한 작시이다. 당나라의 최사립이 남전현의 현승이 되어 뜰 가운데의 노송 밑에서 삶의 감회를 노래했다는 이야기를 시의 내용에 깔고 있다. 더구나 한유의 글 가운데 나오는 "물은 콸콸대며 섬돌 따라 소리 내어 흐른다.(수곽곽순제명水灘灘循除鳴)" 또는 "두 그루의 소나무를 마주 대하여.(대수이송對樹二松)" 등의 표현은 제26영의 시에 직접 취용되어 있다.

　다시 한유의 글을 보면 높은 벼슬의 의미로서 삼공三公을 상징하는 홰나무와 사시사철 푸르기만 하여 상록수로 손꼽는 소나무, 그리고 담 가까이서 떨기를 이루고 있는 대나무, 콸콸 흐르는 물 등이 시적 소재로 등장한다. 소쇄원의 원림 가운데 외나무다리(약작略彴)를 건너 매대梅臺를 향해 가자면 왼편에는 조담을 넘쳐흐르는 급류急流가 폭포를 이루어 콸콸대고, 오른편 담 구석에는 비교적 높직이 홰나무가 서 있다. 〈소쇄원도〉에 의하면 또 매대와 제월당 사이에 천간수죽千竿脩竹이 있었고, 다리 가까이에는 소나무가 있었으니, 이곳의 원림 구성에 보인 경승은 마치 앞에 든 남전의 경관과 흡사하다 아니할 수 없다. 결국 〈단교쌍송〉의 작자는 이곳의 승경을 형상화하려 하였으되 그 용사는 앞에서 예시한 한유의 글에 근거한 것으로 판단된다.

　따라서 시의 주된 소재는 외나무다리(약작略彴)보다 두 그루의 소나무에 비중을 두었다. 평소에 최사립이 연출한 아송峨松의 풍류는 이곳 쌍송 아래에서도 이루어졌을 것으로 추측되기 때문이다. 시의 내용으로 보아 이는 콸콸 흐르는 물(곽곽灘灘) 위의 쌍송이라는 점에서 시적 감흥이 저절로 일으켜졌으리라. 시를 아는 처사들이 이곳을 찾아 서성거리며 아송의 풍류를 즐겼을 운사韻事는 능히 상상된다. 이런 일은 고요한 원림에서 다투어 자주 일어나는 은사들의 흥겨운 멋일 수도 있다. 그러므로 다리를 넘어선 그 근처의 쌍송은 처사들의 만남의 자리였던가 싶다.

　그런데 외나무다리는 시에서처럼 본래 단교였던가 궁금하다. 끊기어 건널 수 없는 다리를 단교라 하기 때문에 더욱 그러하다. 생각건대 쌍송이 있는 곳이 아무리 경치 좋은 만남의 장소라 해도 일반 속인이나 풍류 운사를 모르는 범인은 함부로 건너올 수 없는 다리라는 시적 의미를 부여하여 단교라는 시어를 택한 것으로 여겨진다.

고경명도 무등산 산행을 하고 쓴 글[84]에서 소쇄원을 탐승한 후 이를 약작略彴이라 하였다. 이는 흔히 독목교獨木橋라고 이르는 외나무다리를 뜻한다. 결국 시 속의 단교는 의미 깊은 시어의 취용이라 하겠다. 위에 든 제26영은 범사凡事로는 함부로 탐내지 못할 곳, 그러한 곳에서 펼쳐지는 승사勝事의 흥을 묘사한 것으로 감상된다.

소쇄원에는 여러 가지 식물이 자라고 있어 자연의 풍치로 가득하다. 본래부터 갖가지 수목을 자라게 하여 소쇄瀟灑한 경관의 분위기를 자아내게 했으니, 이는 수목원이라 해도 과언이 아니다. 여기에는 송·죽·매가 유별나게 많다. 지금의 현장은 소나무와 매화나무가 흔한 것은 아니나, 푸르기만 하는 외원의 산록에는 소나무가 울창해 있고, 주로 내원의 회화화에 치중하여 작성한 〈소쇄원도〉에도 좁은 공간에 비교적 큰 소나무가 여섯 그루나 그려져 있으며, 원림 안에는 매대梅臺를 두어 여기저기에 매화 심은 것을 보임은 소쇄원 구성의 성격을 짐작케 한다.

송·죽·매는 원래 옛 선비들이 선호하던 식물이다. 추운 겨울에도 추위를 잘 견디어 내는 세한삼우歲寒三友라 해서 그러하였다. 그래서 걷기에 위험한 석경(돌길)에도 바위를 비롯하여 송과 죽으로 짝지어진 삼익우가 있는 길에 흥미를 느끼게 했다. 앞에서 이미 감상한 〈석경반위〉의 글에서 "하나의 돌길에는 삼익우가 연이었다.(일경연삼익一逕連三

---

84 고경명, 《유서석록遊瑞石錄》.

益)"고 함이 이를 말한다.

국화 역시 소쇄원의 원림 구성요소로서 중요한 식물이었다. 〈소쇄원도〉에는 그 그림이 보이지 않고, 지금의 현지에도 눈에 띄지는 않지만, 옛날 소쇄처사와 교분을 가졌던 담양부사 오겸이 처사의 유거幽居(소쇄원)로 보낸 시구에서 "돌 아래에는 맑은 샘물 돌아 흐르고, 바위 가에는 아름다운 국화 둘러 있다.(석하청천요石下淸泉繞 암변세국위巖邊細菊圍)"라 한 것을 보면 당시 소쇄원의 국화 소식이 짐작된다.

국화는 곧 소나무와 짝지어 은군자로 상징된다. 중국 진나라의 도연명이 집안의 정원에 삼경三徑을 두어 대나무와 함께 이를 심어 두고 은둔했다 하여 송국松菊을 그렇게 상징하게 된 것이다. 은둔자를 또 송국주인이라고도 지칭한다. 송국주인으로 자처한 소쇄처사가 〈귀거래사歸去來辭〉 등 도연명의 글을 유달리 좋아한 것은 결코 우연이 아니다. 그는 도연명 등 은군자의 삶을 흠모하면서 원림을 경영했기 때문이다.

위에 든 시의 기구에서 "동쪽 울타리엔 점점이 누런 황국黃菊이라." 함은 도연명이 그의 〈음주飮酒〉 시에서 "동쪽 울타리 밑에 심은 국화를 뜯는다.(채국동리하采菊東籬下)"고 한 은군자의 생활을 다시 엿보는 듯하다. 국화는 또 서릿발이 심한 계절에도 굽히지 않고 외롭게 절개를 지키는 식물이다. 이를 흔히 오상고절傲霜孤節이라고 비유해온 뜻을 알만하다. 시의 끝구에서 "세밑 늦가을의 풍상에도 버티고 섰다."고 하였으니, 여기에는 이 같은 뜻을 담아 삶의 교시로 삼고자 하는 암시와 탁정이 있음을 읽어 낼 수 있다.

음력 섣달이나 정월의 눈 내리고 추운 때에도 매화는 향기를 풍기며 우아한 꽃을 피운다. 그래서 예로부터 매화는 추운 겨울에도 잘 견디어내는 소나무·대나무와 함께 세한삼우歲寒三友로 칭송되었음은 물론, 조선조의 시조 작가 안민영은 그의 매화사梅花詞에서 매화를 기리어 이르되 "아마도 아치고절雅致高節은 너뿐인가 하노라."라고 예찬한것이다.

소쇄처사 역시 매화를 사랑하여 이를 가꾸는 매대를 마련했다. 제12영의 〈매대영월〉은 매대에서의 달맞이로서 선비들이 빙자옥질氷姿玉質의 아름다운 매화 사랑하는 정을 담은 것이다. 소쇄원은 결국 세한삼우의 하나요, 사군자四君子(매·란·국·죽)에 속한 식물이라 하여 은군자들이 가꾸기를 좋아하는 매화를 조원造園의 중요 요소로 삼고 있어 매원의 성격을 겸한 원림이라 할 수 있다.

그런데 위에 든 제28영의 고매는 〈매대영월〉에서 보는 매원에 식재된 매화가 아니다. 매화의 사랑에는 자연 속에서 자라는 매대나 매오梅塢의 매뿐만이 아니라 더 가까이서 친근하고자 하여 정성으로 마련한화분의 분매, 묵필에 의해 문인화의 예술로 승화시킨 묵매墨梅 등 다양하다. 〈석부고매〉는 그중에서도 아기자기하고 신기하게 자라는 분매를 두고 노래한 시이다. 시제에 나오는 석부石跌는 분매의 돌 받침대이다. 그리고 고매孤梅는 매분梅盆에서 외롭게 자라나서 향기로운 꽃을피우는 매화, 곧 고방孤芳의 매화를 가리킨다. 고방이라 하면 홀로 뛰어나서 향기로움을 뜻하여 인품이 매우 고상함에 비유하는데, 이 시는바로 고방의 매화를 내용으로 하였으니, 이를 읽노라면 소쇄처사와 같은 옛 선비들의 면면이 저절로 떠오르지 않을 수 없다.

실제로 매분에는 돌을 매화와 함께 장식해 두는 것이 제격이다. 그러할 때에 돌에 꽂힌 뿌리를 보라 하지 않을 수 없다. 시의 기·승구에서의 표현처럼 매화의 생태는 신기하기만 하기 때문이다. 거기다가 맑고얕은 물까지 겸하고 있으면 그 운치 더하기 마련이다. 황혼에 이르러 다시 매화의 성긴 그림자가 그릇에 담긴 얕은 물에 비치는 것을 상상해 보자. 매화의 우아한 운치와 소담한 아름다움은 군자 상징의 공식적인 이미지 이상으로 보는 사람의 마음을 감동케 할 것이다.

그동안 매화를 예찬할 때, 흔히 이는 사군자의 하나요, 세한삼우에 속한 식물이라 하여 교시적인 시각에서 이해하려는 경우가 많았다. 그러나 제28영에서는 그보다 돌 틈에 뿌리를 뻗고도 싱싱하게 자라는 매화의 신기함과 멋있게 서 있는 모습의 운치를 돋보이게 하여 시 감상의 흥을 배가시킨다. 작자가 지향하는 도덕론적인 입장의 조도시造道詩에는 표현론적 서정의 또 한 면이 있음을 흥미롭게 탐색할 수 있는 시라 하겠다.

소쇄원은 그 입구부터 아담한 대밭으로 시작한다. 하늘 높은 줄도 모르고 쭉쭉 곧게 길게 자란 장죽長竹들, 그 사이에 들어 위로 쳐다보고 또 보아도 하늘이 보이지 않은 푸른 대숲이다. 담양은 어디를 가도 대밭이 많아서 모두들 청죽골이라고 이르지만, 청죽골의 진면목을 알려거든 이곳에 와보아야 한다는 마음을 품게 하는 대표적인 곳이 소쇄원이다.

대밭에는 왕죽王竹과 맹종죽孟宗竹이 다 같이 밋밋하게 다투어 서있다. 왕죽은 왕대를 말하고, 맹종죽은 중국 오吳나라 맹종의 효행담으로 연유해서 붙여진 죽순대를 가리키는데, 대밭에는 일년생 이년생 등 대 족보를 이루어 놓은 듯 대의 자자손손이 해어짐 없이 같은 자리에 밀집되어 있다.

제29영에 제시된 수황은 이처럼 수죽脩竹이 되어 길게만 보이는 장죽을 말한다. 대나무 하나하나는 정결貞潔함을 간직하고서 아름답게 서있어 글자 그대로 옥립玉立해 있다고 해야 알맞을 것이다. 그것도 푸른 옥을 둥글게 깎고 다듬어서 겹겹이 쌓아 올리느라고 대 마디를 남기면서 자란 벽옥의 옥죽玉竹이라고나 할까? 그런가 하면 겨울철 눈이 내리면 이를 잘 받아서 조용한 모양으로 창창蒼蒼하게 서있고, 구름에 덮인 대 끝은 솔솔바람에 가볍게 움직이어 보면 볼수록 흥미를 느끼게 하는 자연물이다. 시의 기·승구는 이러한 대를 두고 이는 흥을 형상화한 시적 묘사로 해석된다.

한편, 대밭에 귀물은 죽순이다. 우리의 속담에 "왕대밭에서 왕대가 난다."고 하였는데, 과연 소쇄원의 왕대밭에서 나는 죽순은 팔뚝보다 더 크고 탐이 나게 생겨 경탄을 금할 수 없게 한다. 왕대밭을 보노라면 이를 배경 삼아 원림을 조성한 소쇄처사나 그 경관이 마음에 들어 찾아오기를 일삼았던 송순과 김인후가 왕대밭의 기를 이어받아 그처럼 역사적 인물이 되었는가 하는 감회마저 생겨 가슴을 벅차게 하는 이곳 탐승의 여운은 누구나 쉽게 가시지 않으리라.

물론 죽순은 계절 음식의 식용으로도 애용되어 시식時食의 일품으로 치기도 한다. 식용으로 보면 금방 달려가 꺾어 가져오고 싶은 탐이 나게 하는 식용품이다. '우후죽순雨後竹筍'이라고 비온 뒤에 여기저기서 솟아나는 것을 보면 그러한 충동을 더욱 억제하기 어렵다. 이를 맹종죽이라 한 것도 꺾어 먹을 수 있다는 뜻에서 나온 명명이다. 그러나 죽순을 볼 때, 이는 탐스럽게 솟아나서 결국은 하늘 가까이 높이 치솟을 왕대의 순이라는 생각을 버릴 수 없다. 그렇게 커서는 정절을 지키며 속세의 잘잘못을 하느님께 숨김없이 여쭐 왕대인데, 이를 감히 꺾을 수 있을까 하는 두려움마저 일게 하는 것이 왕대나무의 귀여운 순이다. 어떻든 이곳의 왕대는 식용이라기보다 부질없는 우리 인간에게 삶의 원리를 일깨워 주는 특성 있는 식물인 만큼 애지중지하여 보호해야 할 자연 특산물이다.

이런 점에서 소쇄원을 가꾸는 처사들은 왕대의 죽순대를 소중히 하고 귀하게 여겼을 것은 더 말할 나위 없다. 시의 전·결구에서 묵은 대 껍질 벗기고 띠를 풀어서 새 줄기는 동여 준다고 한 언어 표현 역시 그 같은 심정으로 말미암은 감흥의 시적 수사로 풀이된다.

대숲에 들어가 보면 돌밭이 많다. 그 같은 석전에서도 청죽은 사시사철 상록을 자랑하며 자라고 있으니, 대처럼 강인한 식물은 흔하지 않다. 윤선도가 〈오우가〉에서

> 나무도 아닌 것이 풀도 아닌 것이
> 곧기는 뉘 시키며 속은 어이 비었는가.
> 저렇게 사시에 푸르니 그를 좋아하노라

라 한 대에 대한 예찬은 쉽게 공감이 된다.

소쇄원의 대숲은 입구부터 울창하여 숲길을 따라 들어가면 왼편에 계곡이 있고, 그 일대의 대밭에는 암석이 깔려있어 글자 그대로 석전이다. 중국 당나라의 시인인 가도가 "돌이 많은 산골짝을 흐르는 석간수石澗水 대 뿌리를 씻어 흐른다.(석천통죽근石泉通竹根)"고 한 〈죽곡상인원竹谷上人院〉에 나오는 유명한 시구를 연상시킨다.

돌밭에서 커가는 대는 대개 그 뿌리를 밖으로 내놓고, 이곳저곳을 가리지 않고 돌 위까지 뻗어나가면서 씩씩하게 자란다. 돌과 대 뿌리, 어딘지 궁합이라도 맞아서 얽혀 있는 듯 궁금증을 자아내게 하면서도 보기에는 결코 싫지 않다. 석간수에라도 씻기면 한결 깨끗해져서 하얗게 보이는 듯하니, 그것이 이른바 상근霜根이다. 그러나 그 상근은 돌

위에까지 뻗어 나옴으로써 속세의 홍진에 더럽혀지지나 않을까 하는 걱정이 없는 바도 아니다. 위에 든 〈병석죽근〉에서 기·승구는 바로 이러한 죽근의 석상 노출을 염려하는 심정을 시에 담은 것이다.

죽근은 여기저기로 뻗어나가면서 그 끝에서 새로운 움이 돋아난다. 그것이 곧 죽손竹孫이다. 어린 죽손도 시일을 겪고 나면 단단한 장죽이 된다. 그 사이 모진 고난을 극복하고 간단없이 굳은 정절을 대통의 공간 속에 채우고 채워 왔으니, 시의 종장에서 이른 바와 같이 그 굳은 마음은 변함없이 오랠수록 더욱 모질게 키워졌으리라고 상상함은 결코 무리가 아니다.

선비들이 대를 그렇게 좋아한 이유의 하나는 바로 이 때문이다. 대는 죽손 때부터 끊임없이 하늘을 향하여 꼿꼿하게 자라며, 또 속을 항시 비워 두지 않는가. 무엇 때문에 속을 그렇게 항시 비어 둔 것인가. 속없는 속인들처럼 속이 없어서 그런 것인가. 아니다. 꾸준히 닦아온 정절을 차곡차곡 채우기 위해서이다. 예로부터 대를 일러 연蓮과 함께 중통외직中通外直이라 하여 칭송해온 까닭을 알만하다.

그래서 중국의 소식은 그의 〈녹균헌綠筠軒〉에서 "고기 없이 먹고 살수 있으나 대 없이는 살 수 없다. 고기 없으면 사람이 여위어지지만 대 없으면 사람이 속되어진다. 사람이 여위어지면 살찔 수는 있지만 선비가 속되면 그 병 고칠 수 없다.(가사식무육可使食無肉 불가거무죽不可居無竹 무육령인수無肉令人瘦 무죽령인속無竹令人俗 인수상가비人瘦尙可肥 사속불가의士俗不可醫)"고 하였던가 보다. 소쇄처사 역시 소식을 좋아하던 사람으로서 평소 그러한 신념으로 원림을 경영해 왔기 때문에 김인후도 작시를 통해 처사의 삶을 제30영에서처럼 예찬한 것으로 생각된다.

새가 사는 곳은 사람이 살만한 곳이라 한다. 우선 먹이가 있고, 깃들이어 살 숲과 물이 있으며, 기상 조건이 알맞으면 새가 모여든다. 새가 마음 놓고 사는 곳은 삶을 해칠 별다른 위험이 따르지 않기 때문이다.

'금안禽安'이라 하는 쓰임도 그러한 뜻에서 나온 말이다. 나주의 노안면에 금안동이 있는데 원래는 어떠한 병화에도 해가 끼치지 아니하고 나는 새까지 편안히 살았다 하여 금안동禽安洞이라 했던 것이 후대에 그 표기가 금안동錦鞍洞으로 바뀌어 오늘에 이르렀다는 기록이 있어 소금巢禽으로 연유하여 관념화되어 오던 전래의 복거관卜居觀이 떠오른다.

절애소금絶崖巢禽(낭떠러지에 둥지를 짓고 사는 새. 제31영), 총균모조叢筠暮鳥(해 저물어 대밭에 날아드는 새. 제32영), 학저면압壑渚眠鴨(산골 물가에서 졸고 있는 오리. 제33영) 등으로 미루어 이곳에도 적지 않은 새의 보금자리가 있어 사람들에게 친근감을 주고 관심을 끌게 했던 것으로 짐작된다.

김인후가 소쇄처사와 글을 주고받으면서 쓴 〈차소쇄옹답운次瀟灑翁答韻〉에서 "동원의 분위기가 십분 아름다워라. 낭떠러지의 둥지 새와 몇 번을 짝하여 가까이 했던고.(동원기상십분가東園氣象十分佳 기반소금방절애幾伴巢禽傍絶崖)"라고 한 묘사도 위에 든 시에서 말하는 절애에 보금자리를 한 새와 친근감을 갖고 벗하던 작중화자의 삶을 노래한 것임은 더 말할 나위 없다.

새가 깃들이어 사는 새집이라 하면 높은 나무에 지은 집, 뚫린 바위나 나무통을 파서 만든 집, 인가의 처마를 찾아 마련한 집, 울창한 숲 자체를 집으로 삼는 등 새의 삶 방식에 따라 그 보금자리는 다양하다. 그런데 제31영에 나오는 새집은 속세의 사람들이 감히 접근하기 어려운 물가의 낭떠러지인 단애斷崖에 두었다. 단애에 살면서 경쾌하게 나는 새요, 물가에 나와 수중에도 마음대로 드나드는 새라 하였으니, 범인과 달리 유별난 원림을 마련하여 구애 없이 사는 그 누구를 두고 예술적 언어 속에 탁정託情한 감을 준다.

새의 부리는 먹이에는 물론 상대방과 대항하면서 자신의 보호에 필수적인 무기이다. 자신의 영역을 침범함이 있을 때 싸움하는 데는 긴요한 장치가 곧 부리이요, 필요에 따라 이로써 마시고 쪼는 일은 새의 본성이 되어 있다. 위에 든 시의 전구에서 "마시고 쪼는 건 제 심성 대로다."라고 함은 이를 의미한다. 그러나 육지의 산중 절애에 사는 이 새는 이역의 바다에 사는 새 중에서도 백구白鷗에게만은 저항하지 않는다. 시의 결구에서는 서로 싸움을 잊고 오히려 우정을 나눌 사이라는 뜻이 글의 이면에 깔려 있음을 읽게 한다. 백구는 강호라 이를 바다에 살면서 한정閑情을 즐기는 새이다. 문학에서는 특히 강호 한인閑人이 즐겨 벗하는 새로 등장한다.

> 강호에 버린 몸이 백구와 벗이 되어
> 어정漁艇을 띄어놓고 옥소를 높이 부니
> 아마도 세상 진미는 이뿐인가 하노라

이는 어은漁隱으로 자처하던 김성기의 시조인데, 백구와 벗함을 삶의 낙으로 생각하는 강호 한인의 흥을 읊은 글이다. 이러한 상황에서 백구와 벗하는 것을 백구맹白鷗盟이라 한다. 부세浮世(덧없는 세상)를 벗어나서 서로 만나 맹세하거나 풍류적으로 이루어지는 교유를 이렇게 이르기도 한다.

제31영에서 말하는 소금巢禽과 백구는 어느 누군가를 염두에 둔 언어 표현으로 풀이할 수도 있다. 소금은 소쇄원에서 은둔생활을 하는 소쇄처사를 비유한 것이요, 백구는 시를 지은 김인후 자신으로 보아도 좋다. 평소에 정이 두터워 소쇄원을 자주 찾아다니며 〈소쇄원 48영〉까지 제작하여 시적 풍류를 나누던 김인후, 소쇄처사는 그와의 사귐을 남달리 깊이 하였으니 이점은 능히 상상할 수 있다. 시의 결구에 제시된 시상으로 보아 그 점은 더욱 의심되지 않는다. 두 사람은 백구맹으로 교유한 사이라 할 수 있으니, 위의 시는 작자가 양산보와의 관계를 비유적으로 형상화한 작시로 해석된다.

대나무를 보면 겉표면의 푸른빛을 염두에 둔 흔히 청죽青竹, 또는 취죽翠竹이라 한다. 담양을 청죽골이라 함은 그곳에 푸른 대가 많기 때문이다. 그러나 대 중에는 황색의 줄기 겉에 흑색의 얼룩점이 있는 대를 발견할 수 있다. 무늬가 있는 반점의 얼룩진 모양을 보면 볼수록 흥미를 느끼게 하여 여기에는 무슨 사연이 있을 법하다. 그런 대를 이름하여 반죽斑竹, 또는 상죽湘竹이라 한다. 대에 반점이 있으므로 반죽이라 함은 쉽게 이해가 가지만, 상죽은 중국의 상수湘水를 연상시키는 명명이 되어 더욱 궁금증을 자아내게 한다. 반죽은 주로 우리 한국과 일본 등지에 분포된 식물이며, 우리나라에서는 예로부터 붓, 부채, 지팡이를 만드는데 소용되어 선비들에게 귀여움을 받았던 애용물이다.

대를 상죽이라 한 데는 한이 서린 전설적 이야기가 이에 담겨 있다. 위에 든 제32영에서 대를 두고 노래하되 "상비湘妃의 눈물 자국 아직도 남았도다."라고 함이 바로 이 같은 전설적 상비의 고사를 근거로 한 서정인 것이다.

여기에서 상비는 중국 상고 때의 순舜의 아내가 된 요堯의 딸, 즉 아황娥皇과 여영女英을 말한다. 순이 죽자 두 비는 한이 맺혀 남편의

뒤를 잇고자 상수에 빠져 죽어 신이 되었다. 이로 인해 세상 사람들은
두 비를 상비湘妃, 또는 상부인湘夫人이라 칭송하고, 상수湘水의 여신
전설은 인구에 널리 회자되었다. 순이 죽었다는 말을 듣고 아황과 여영
이 슬픔을 못 이겨 흘렸다는 눈물은 대나무에 번져 반문斑紋이 되었다.
위의 제32영에 인용된 누반은 그 눈물 자국, 다시 말하여 대나무에 얼
룩진 무늬를 가리킨다.

　하지만 산새들이 두 비의 구슬픈 사연을 알 리 없다. 반죽이 무더기
로 우거지면 이는 오히려 새들의 보금자리가 되기에 알맞다. 때문에
중국 상수의 반죽 전설을 사실로 가정해 보면 인생은 무상하기 그지없
다. 상죽의 사연도 모르고 찾아드는 날새들을 생각하면 고금 인생사
갖가지에 대한 감회가 일기 마련이다.

　인정이 많고, 고래의 고사에 밝으며, 인간사에 대한 사려가 깊을수
록 부세浮世살이 인생의 허무함을 느끼지 않을 수 없을 것이다. 위의
〈총균모조〉는 그러한 감회에서 시상이 일었다고 하겠다. 그러면서 시
의 결구에서는 '땅거미 지면 제 보금자리를 찾아 들 줄 아는 저녁 잘새'
의 귀소성歸巢性을 제시하여 다시 허무주의에만 빠질 수 없는 삶의 가
르침을 일깨워 준다. 이는 중국의 도연명이 그의 〈귀거래사〉에서 "새
는 날다가 지치면 제 깃으로 돌아올 줄 안다.(조권비이지환鳥倦飛而知還)"
고 한 내용을 의방한 묘사 기법을 취한 것이다. 당시의 은사들은 대부
분이 도연명의 생활관에 관심이 컸던 사실을 흥미롭게 상기시켜 주는
작시의도를 엿보게 한다.

　소쇄원에 물이 많음은 하늘이 끼쳐준 천혜의 혜택이다. 비록 조원造
園이라 하지만 이는 최소한의 인공이요, 자연의 아름다움을 발견한 유
인幽人에게는 더 이상 감사함을 금할 수 없다. 그러한 감격에서 시의

작자는 먼저 "하늘이 산골에 사는 유인에게 부쳐준 훌륭한 계책은 이 골물 저 골물 모두가 맑고 시원한 산골짜기 샘물이라" 하였다.

그렇다고 천복으로 받은 자연의 수려함을 혼자만 누리자는 게 아니다. 그것도 욕심 많은 세인들이 부질없이 소유권만을 주장하듯 인간만이 독차지하자는 것은 더더욱 아니다. 산골에서 원림에 즐거움을 붙이고 사는 유인에게 다정한 벗들은 물소리, 바람소리 등과 함께 조화를 이루며 지저귀는 새들인데 아무리 절승이라 해도 그 맑은 물에 허욕을 부려 독점할 수 없다는 뜻을 시의 문면에 담고 있다. 물론 이 같은 자연물이 있기에 그 경관은 유인들이 바라는 수려한 절승이 됨을 모르는 바 아니지만, 굳이 이러한 묘사 기법을 보임은 거기엔 부질없는 인간을 깨우치고자 하는 깊은 뜻이 있기 때문이라고 하겠다. 위에 든 제33영의 전구轉句에서 '하류'는 멀리 흐르는 물을 염두에 둔 표현이다. 내원에서 내리는 맑은 소쇄계瀟灑溪는 그 하류까지 혼혼하게 흐르는 것을 의미한다. 지금은 예와 같지 않지만 수류가 풍성할 때면 흔히 목격되는 광경이다. 이는 굳이 관리하지 않아도 자연 그대로가 좋다. 물새들의 낙원이 될 수도 있는 곳이다. 거기에서 마음껏 놀다가 한가롭게 졸고 있는 오리의 모습이 시의 결구에 그려져 있다. 소쇄원에 사는 어느 유인의 삶을 닮은 듯, 그 유인의 한유閒遊를 암시하는 듯하여 시를 읽는 흥이 난다.

이 시의 작자인 김인후는 소쇄처사 양언진을 방문하고 소쇄원의 임정林亭을 두고 쓴 〈방양형언진 제임정訪梁兄彦鎭題林亭〉에서 "오리 떼 멀리서 물위에 둥둥 정답게 놀고, 길게 흐르는 시냇물 끊임없이 졸졸하여 절로절로로다.(군압유정원범범群鴨有情遠泛泛 장계무임자잔잔長溪無任自潺潺)"라 하여 이와 유사한 시정을 편 바가 있다.

이곳의 유인은 다름 아닌 소쇄처사임을 의심할 나위 없다. 시공을 뛰어넘어 만날 수 있다면 그 유인을 뵙고 당시의 사정을 여쭙고 싶다. 속인의 발자취에 시달린 원림의 모습, 특히 자연의 생태계가 얼마나 변하였는지? 이 역시 속인의 부질없는 생각이라. 450여 년의 기나긴 세월이 지난 지금에 어찌하리요만 이 모든 것 캐보고 싶은 흥미만은 버리지 않고, 캘 수 없는 건 궁금증으로 남겨 둘 수밖에 없구나.

소쇄원에 이르면 우선 창포菖蒲를 찾아보자. 어디에 심어져 있는가. 잘 보이지 않는다. 찾다 보니 계곡물 흐르는 물가, 돌 언덕 아래에 있다. 그 푸른빛은 언뜻 보기만 해도 눈이 시원하다. 창포를 보면 눈병까지 낫는다고 하더니 나도 모르게 안공이 더 맑아졌는가 보다. 가까이 다가서지도 않았는데 창포 향기가 코를 흠씬 적시는 것만 같다. 그러고 보니 위의 제34영에 든 구절향九節香의 시어에는 흥미 있는 깊은 뜻을 함축하고 있음이 분명하다. 예로부터 이를 또 약용으로 먹고 나면 늙는 줄조차 잊는다고 하니 얼른 다가가서 뿌리라도 캐고 싶은 욕심까지 생김을 배제하기 어렵다. 그러나 함부로 꺾고자 하는 생각 부질없는 망상이다.

하기야 우리 고래古來의 세시풍속에서는 단오를 맞이하면 창포의 잎과 뿌리를 우려 만든 창포물로 몸을 씻고 머리를 감는다. 그 물이 창포탕인데 이 일을 행하면 역병을 물리친다고 하여 성행하였다. 그리고 아녀자들은 창포 뿌리를 깎아 붉게 물들인 창포 비녀를 만든다. 부녀들은 사귀邪鬼를 물리치는 액땜으로 이를 머리에 꽂기도 했다. 이 밖에 창포떡 또는 창포주를 만들어 쓰는데 그 소용은 다양하여 일찍부터 우리에게 친근감을 주는 식물로 길러 왔다.

창포 향기는 특히 이름 있는 선초仙草의 향기로서 거기에는 오랜 옛

날부터 전해오는 신비로운 전설적인 연유가 숨겨 있다. 중국의 〈신선전神仙傳〉에 의하면 한나라 무제武帝가 숭산에 올랐을 때 밤에 문득 신선이 일촌구절一寸九節의 창포를 가지고 나타나서 이를 먹으면 장생한다고 하여 뜯어왔다는 전설담이 전한다. 이로 연유하여 창포는 마디마디마다 향이 있다는 뜻으로 일촌구절이라 하고, 〈삼류헌잡지三柳軒雜識〉에서 이른 바와 같이 은객隱客으로 은유되어 선초라고도 한다. 소식이 그의 시에서 "마디마다 향이 있는 창포는 돌 위의 신선이다.(구절창포석상선九節菖蒲石上仙)"라 한 것이나, 김인후가 위의 시에서 "아홉 마디마다 능히 향기를 품었네."라 함은 다 같이 창포의 일촌 구절 고사에 근거한 표현임은 의심할 나위 없다.

위의 시 전구에서는 그 시상이 다시 여울물과의 관계로 전환된다. 소쇄계에 있는 격단의 물이 시원하게 날리면 물가의 창포는 푸르기만 하여 음력 오월 단오절의 더위는 걱정이 없다. 뿜어대며 날리는 여울의 물맛이만으로 덥거나 서늘함을 능히 초월해 버린다. 시어에 나오는 염량炎凉을 세력의 성함과 쇠함, 또는 인정의 후함과 약함 등으로 비유한다면 이는 그 같은 세태의 변화 따위에 구애되지 않는다는 의미망의 표출이라고도 할 수 있다.

이렇게 이해할 때 시에서의 격단과 창포는 각각 그 무엇에 견준 간접 표현인 것으로 파악된다. 격단은 그 자체가 원림의 중요한 구성 요소라는 점에서 소쇄원의 대명사격으로 제시된 것이요, 창포는 원림을 경영하면서 은사로서의 낙을 누린 소쇄처사를 은유한 것으로 보아도 좋다. 종래에 창포는 이미 은객으로 통용되어 왔고, 소쇄처사는 은객으로서 구절향 이상의 인간적인 향기를 온몸에 간직하고서 원림의 즐거움을 누렸기 때문에 그러한 비유에는 큰 무리가 없다 해도 과언이 아니리라.

따라서 제34영은 마디마다 향기를 지닌 창포의 예찬이요, 창포에 비의
되는 소쇄처사의 기리는 인품을 두고 느끼어 이는 흥을 작시로 탁정하
였다고 하겠다. 옛 선비들이 꽃 중에 사군자四君子로 치는 매·난·국·
죽을 좋아했음은 더 말할 나위 없다. 또 송·죽·매는 세한삼우歲寒三友
라 하여 그 기상을 칭송하였다. 그런데 위의 시 제35영을 지은 선비는
사계화를 '화중성花中聖'이라 하여 기리었다. 이렇게 꽃 중의 으뜸으로
까지 극찬한 이유는 무엇 때문일까? 이 역시 흥밋거리의 하나가 된다.

　사계화는 춘·하·추·동 네 계절마다 피는 꽃이기 때문에 붙여진 이
름이다. 그것도 사계四季의 마지막 달에 피는 꽃이다. 음력으로 볼 때
계춘인 봄철의 3월, 계하인 여름철의 6월, 계추인 가을철의 9월, 계동
인 겨울철의 12월 등 그 절서의 끝(季)이 되는 계절의 꽃이다. 때문에
월계화月季花라고도 한다. 춘·하·추·동 사시에 끊기지 않는 꽃인 점
으로 볼 때, 시에서 "정작 꽃 중의 으뜸으로 치는 사계화"라는 데도 거
부감을 주지 않는다. 옛날《군방보群芳譜》등에서 이를 달리 '장춘長春'
이라 하고, 또 '월월홍月月紅'이라 한 까닭도 쉽게 이해된다.

　게다가 위에 든 시의 작자 이르되 '사계화는 사시로 맑고 화창함을
갖추었다'고 하였다. 꽃의 다양한 아름다움을 꿰뚫고 있는 데서 나온
언어 표현이다. 사시에 변함없이 청화함을 유지하는 면을 더 비중 있게
보아 이 점을 더 흥미 있게 제시한 것이다.

　화초에 대하여 많이 인용되고 있는《본초本草》에서는 또 월계화를
두고 이르되 '화심홍花深紅'이라 하였다. 이는 짙은 다홍빛 꽃이라는 뜻
이다. 세상 사람들은 흔히 이 같은 심홍색 때문에 월계화를 사랑하고
좋아한다. 화려함에 매력을 갖고 속정에 관심이 있을수록 더욱 그러하
리라. 하지만 시의 문면에 담긴 작중화자의 심성은 이와 다르다.

월계화는 일 년 사시 청화하기 때문에 '꽃 중의 으뜸'이라 한 것이다. 실지로 이 꽃의 색깔을 보자. 계절에 따라 색감이 한결같다고 하기 어렵고, 어느 풍토의 꽃인들 동류동색인 것만은 아니지만, 그 색은 대체로 홍색 또는 백황색이다. 이로 볼 때《본초강목》에서 이르는 심홍은 실제의 홍색을 말하고, 청화한 느낌을 주는 것은 짙은 담홍색보다 우아한 백황색의 꽃이다. 속되게 화려함을 멀리하는 은사들의 마음에 드는 색은 바로 후자에 있다.

그래서 시의 작자는 이러한 꽃을 일러 '화중성'이라 하는 등 거룩함을 뜻하는 '성聖'에까지 비유한 것이 아닌가 싶다. 그런데 우리는 위 시를 통해 그 꽃이 비스듬히 기운 듯 서있는 꾸밈없는 초가草家 곁에 있음을 본다. 초라한 시골집이지만 한결 운치 있게 보이고, 가까이 있는 청화한 월계화는 조화를 이루어 그림 속에 그려진 두메산골 시골 풍경을 상상케 한다. 번화함을 싫어하여 원림에 묻혀 사는 은군자들이 즐기는 풍치일 것이 분명하다.

은사들이 곁에 두기를 좋아하는 매화나 대나무도 화려한 것과는 거리가 멀다. 한결같이 절조만을 지키면서 청화함에는 황백색의 월계화와 유사한 식물성이 있기 때문이다. 위의 시 결구에서 "매화와 대나무도 곧 알아준다."고 함은 바로 이러한 시각의 반영인 셈이다.

한편, 제35영에서 노래한 월계화를 세상 사람들에 비의해 본다면 그 누구를 연상할 수 있을까. 언뜻 떠오르기에 소쇄원을 좋아하는 은사들이며, 그것도 소쇄처사가 먼저 생각난다. 시에서 '화중선'이라 한 단어를 주목하면 더욱 그러하다. 이런 점에서 시를 지은 김인후와 원림의 주인인 양처사는 전해오는 말 그대로 서로 마음속을 깊이 아는 지음지간知音之間이었고, 평소에 도의지교道義之交로 사귄 같은 처지의 은사였던 것으로 생각된다.

소쇄원에는 선계仙界라 이르는 곳이 한두 군데가 아니다. 실제로 경치의 아름다움이 그러하고, 원림을 이루는 구성요소에 담긴 뜻, 그리고 그것들이 상징하는 바가 선계의 이미지를 품고 있는 경우가 많기 때문이다. 옛 선비 문학에서 칭송되어 등장하는 사군자 식물도 아니오, 세한사우로 일컫는 절조 상징의 나무도 아닌 복숭아나무의 도화를 굳이 제36영의 핵심 소재로 취급한 까닭이 궁금하다.

이 지상의 수많은 초목 가운데 일 년의 춘·하·추·동을 각각 대표하는 것으로 일컫는 꽃들이 있다. 그것은 도리화桃李花·연화蓮花·국화菊花·매화梅花의 네 가지다. 이를 사계화四季花, 또는 일년경一年景이라 한다. 사계화라 하면 흔히 제35영에서 말한 월계화를 가리킴은 물론 이처럼 각 계절의 으뜸으로 잡는 네 가지 꽃을 칭송하여 이르되, 옛날 지역에 따라서는 이 사계화를 꺾어다가 부인들의 옷에 장식하는 경우가 있었다. 그 가운데 복사꽃은 일찍부터 살구꽃과 함께 봄의 아름다움을 표상하는 대표적인 꽃으로 관념화되어 왔다.

소쇄원에 가보면 춘·하·추·동 네 계절의 아름다움을 즐길 수 있는 이 같은 사계화가 있어 원림의 자연미를 한층 돋보이게 한다. 지금의 풍치는 옛날의 그것과 많이 달라졌으므로 몇백 년 시간을 초월하여 소쇄처사를 만나러 이 원림에 탐방하였다고 하자. 어느 때 어느 곳을 막론하고 우리를 정신적으로 순화시켜 주는 고운 꽃이 있다. 그리운 연인, 다정한 벗, 존경하는 어른, 사랑하는 제자들의 입김을 느낄 수 있는 별천지이다. 여기에는 각가지의 꽃이 있어 그 맵시를 보고 말 없는 대화를 하고 나면 이러한 연인·벗·어른·제자들과 마음을 나눈 흔쾌함을 누릴 수 있기 때문이다. 더구나 사계화가 갖추어 있어 일년경을

한 자리에서 볼 수 있으니 다양한 꽃의 의미를 만끽할 수 있는 선경이
라 해도 좋을 듯하다.

광풍각과 제월당 사이에 있는 복숭아꽃 언덕에서 도화가 피기 시작
하면 화사한 기운이 겨울의 잠에서 깨어난 소쇄원의 골짜기를 반가운
봄소식으로 흥분시킬 것은 더 말할 나위 없다. 그것도 새벽안개 자욱했
을 때에 활짝 핀 복사꽃 아래 서있자면 또 다른 별세계를 찾은 기분일
것만은 틀림없으리라. 위의 제36영 중 기·승구는 이로 말미암은 흥의
표현이다.

한편, 소쇄원의 조성은 대부분이 암석으로 깔려 있다. 특히 계곡물
은 암석 위에 흐르는 것으로 훌륭한 석경石景과 수경水景의 조화를 이
루고 있다. 시의 작자는 이 같은 원림을 암동巖洞이라 하였다. 바윗골
이라 하면 속인들이 함부로 찾아들기 어려운, 속세와는 한계가 있는
선계와 같은 곳이라는 이미지가 강하게 풍기는 어휘이다. 그래서 선계
밖으로 멀리 띄워 보내는 복숭아꽃의 화신은 물 위에 흘려보내는 그
내음과 낙엽에 의하는 것이 이야기 속의 선담仙談으로 전해 온다. 중국
도잠의 〈도화원기桃花源記〉에 소개된 선경, 즉 별천지라 할 무릉도원武
陵桃源의 이야기가 바로 그것이다. 김인후 역시 봄날 안개 자욱한 새벽
에 도화 피는 언덕에서 무릉도원으로 생각하는 소쇄원 승경에 대한 감
회가 적지 아니하여 그 흥으로 위의 시를 제작하였다고 하겠다.

위에 든 제37영의 시는 동대桐臺 위의 오동나무를 보고 거문고를 연
상하였으되 중국 상고 때에 순임금이 탔다는 오현금을 염두에 둔 노래
이다. 역사상 순舜과 요堯의 다스림은 태평성세였다 하여 그 시대를
흔히 순일요년舜日堯年이라 한다. 하지만 시의 전구에 인용된 '순일'을
태평성세의 지시어처럼 강조하다 보면 위의 시는 작자가 당대의 태평

함을 노래한 것으로만 오해할 위험이 없지 않다. 견해에 따라서는 시의 기구에 나오는 어휘 '우로'를 '임금의 은덕'으로까지 확대해서 해석하는 예가 있으니 더욱 그러하다.

소쇄원의 주인인 양산보나 이 글을 지은 김인후 등이 겪었던 당시의 정치적 상황을 소급해 감안해 볼 때, 처참했던 을사사화와 기묘사화의 화를 입고 은둔한 그들이 당대를 스스럼없이 태평성세라 찬양했을 것인가? 좀처럼 납득할 수 없다. 이보다는 순이 불렀다는 시의 〈남풍南風〉에 더 깊은 뜻이 있어 시의 작자는 이 점을 작시를 통해 부각시켰다고 보아야 한다. 시에서의 '우로'와 '남풍'은 대응적으로 제시한 정선된 시어이다. '우로'는 '하느님의 은혜'를 뜻한 말이요, '남풍'은 순이 백성들에게 끼쳐준 윤리적 교시로서 '효孝의 가르침'으로 해석된다. 당시 김인후와 같은 유림들은 요와 순을 숭배하였다. 순은 맨 먼저 인간윤리를 내세워 설契로 하여금 오교五敎를 펴도록 하고 효행의 모범을 보여 후대에 공자·맹자 등이 유교윤리의 기본인 오륜五倫을 체계화하는 데에 발판을 마련한 성군이었다.

이 점에 관심을 두고 다시 '남풍'의 의미를 구체적으로 음미해 보기로 한다. 남풍은 첫째 남쪽의 바람이요, 여름에 부는 바람이다. 시의 제목에서 〈동대하음〉이라 하였으니, 계절적으로 여름철과 걸맞은 시어 선택임은 물론이다. 종래부터 관념화된 남풍의 의미는 온화하여 생물을 잘 길러내는 자연풍이라는 데에 비중이 있으므로 더위를 물리치는 시원한 바람인 것으로 풀이된다. 다음으로 순의 〈남풍南風〉 시는 천하가 잘 다스려져서 백성들이 배부르게 살며 태평함을 노래한 것으로 알려져 왔다. 이에 근거한다면 제37영의 시 역시 당대의 태평성세를 주제로 삼았다는 해석이 가능하다. 그러나 시에서 순일 운위한 것은 작자의 삶의 철학으로 보아 남풍에 담긴 더 깊은 의미에 초점을 맞춘 것으로 판단된다.

소쇄처사나 김인후 등이 생활의 규범서로 삼고 소중히 했던 《예기禮記》에 의하면 '남풍은 시의 이름으로서 이는 효자의 시'라 하였다. 다시 그 주에서 이르기를 "순은 효를 실천하였다. 그러므로 오현금으로써 남풍의 시를 부르고 천하에 효를 가르쳤다.(순유효행舜有孝行 고이차오현지금故以此五絃之琴 가남풍지시歌南風之詩 이교천하지효야而敎天下之孝也)"고 하였다. 이는 위에 든 〈동대하음〉의 시 해석에 중요한 단서가 되는 부분이다.

〈남풍〉 시는 곧 '부모가 나를 잘 길러준 은혜를 찬미하여 천하에 효를 가르치는 것'으로 해석된다. 소쇄처사는 출천지효자로 널리 알려진 인물이다. 아울러 순의 효를 찬미하고 이를 흠모하는 장편으로 된 명문의 〈효부孝賦〉를 짓기도 했다. 송순은 그 글을 극찬하였고, 김인후는 이에 차운한 글을 제작하여 그의 인품과 작시의 깊은 의도를 칭송하기까지 하였다. 따라서 소쇄처사의 효행을 재차 기리되 이에서는 5언 절구로 그 시상을 엮은 것이다. 이런 시각에서 볼 때 시의 전·결구는 "순일이 길이길이 밝혀져서, 〈남풍南風〉 시에 담긴 효의 가르침 지금까지 끼쳐지네"라고 풀이되어 〈동대하음〉의 시는 양처사의 효행에 감격한 시흥의 표출인 것으로 이해된다.

오동나무와 관련된 인간사의 사연은 가지가지다. 우선 우리의 속담 가운데 "오동 씨만 보아도 춤춘다."는 말이 떠오른다. 오동의 씨를 보면 오동나무로 만든 거문고가 연상되어 춤을 춘다는 말로서, 까마득한 일을 성급하게 미리 서둔다는 뜻으로 사용하는 격언이다. 옛날 우리 가정에서는 딸을 낳으면 오동나무를 심었다. 딸이 장성하여 시집갈 때

에 오동나무를 베어 소중하게 옷을 담아 보관할 농을 마련해 주기 위해
서이다. 때문에 집안의 처녀들은 자기를 위해 심은 오동나무 자라는
것을 보고 큰 기대감을 갖기도 하고, 과년한 처녀들에게는 가슴을 설레
게 하기도 했다. 그뿐만이 아니다. 오동잎은 시름에 시달리는 사람을
가슴 아프게 울려주기 일쑤다. 특히 비 내릴 때에 무성한 오동잎에서
들리는 소리가 그러하다.

> 오동에 듣는 빗발 무심히 듣건마는
> 내 시름하니 잎잎이 수성愁聲이로다
> 이후야 잎 넓은 남기야 심을 줄이 있으랴

이는 김상용의 시조이다. 넓은 오동잎에 떨어지는 빗방울 소리 더욱
크게 들려 시름을 참기 어려움을 읊은 시조다. '오동이 아니면 봉황새
깃들지 아니한다.' 하여 봉황새를 맞이하기 위해서도 오동을 심었다는
풍습이 전한다. 봉황·기린·거북·용 등 네 가지는 우리 민속에서 사령
四靈이라 하여 신령스러운 동물로 관념화되어 왔다.

소쇄원에도 애양단 앞을 지나는 길을 따라가자면 봉황대 가까이에
오동나무가 자라고 있다. 근년에 심은 나무이므로 예와 같지는 않지
만, 위에 든 시의 내용처럼 무성한 나뭇가지에 푸른 녹음이 한창이었을
때는 그 나무 그늘이 아래로 내려다보이는 계곡에까지 덮었을 것은 상
상하고도 남음이 있다. 더욱이 비가 내려 너럭바위 등에 폭포수 쏟아져
서 장관을 이루면 오동나무 가지 사이로 보이는 물줄기는 더 이상 가관
일 수 없었을 것이다.

송순이 내종제인 양산보의 원림을 두고 쓴 〈종제양언진소쇄정從弟梁

彦鎭瀟灑亭〉의 시에서 "산 계곡의 폭포 오동나무 그늘 아래 쏟아진다.
(산폭사오음山瀑瀉梧陰)"하고, 그 뒷날 김상흡 역시 소쇄원의 노래를 부
르며 조정만(자字는 정이定而)을 이별한 전송의 시, 〈소쇄원 가송 죽수
사군 조정이 환부瀟灑園歌送竹樹使君趙定而還府〉에서 "키 큰 오동나무 잎
에 떨어지는 빗방울 소리 정원에 가득하다.(고오우적향만원高梧雨滴響滿
院)"고 한 시구들이 모두 그 승경을 묘사한 것임을 알 수 있다.

　그런데 시의 작자는 결구에서 나뭇가지 사이에 보이는 폭포를 봉황
새가 춤추는 것 같다고 하여 상상의 묘를 자아내게 한다. 아울러 이
같은 시적 묘사에는 또한 깊은 의미가 있는 것도 읽어낼 수 있다. 오동
나무 가까이에는 이미 말한 봉황대가 자리하고, 〈소쇄원 48영〉의 시제
에서 〈총균모조〉라 했던, 잘새 날아드는 대밭이 있다. 봉황과 오동 및
대나무의 조화는 선계의 전설 속에 흔히 등장하는 소재이다. "봉황은
오동이 아니면 깃들이지 않고, 죽실竹實이 아니면 먹지 아니한다."는
옛말이 이를 의미한다. 따라서 〈오음사폭〉의 시는 오동나무 그늘 아래
에서 보는 원림의 빼어난 경치를 통해 이곳이 선계로 상상되는 시흥을
노래한 글이라 하겠다.

　울창한 죽림 사이에 난 길을 한참 걷고 들어가자면 시원한 대밭 길을
막 벗어나 하늘을 쳐다볼 수 있는 곳에 이른다. 거기서 앞을 보면 대밭
속에 숨겨두었던 비밀을 본격적으로 공개한 듯한 새로운 자연의 세계
가 전개되어 우선 발길을 멈추고 어디를 먼저 찾아갈까? 아니면 누구
를 만나볼까? 하고 멈칫거리게 된다. 여기에서 왼편으로 눈길을 돌리
면 발아래 계곡물이 흐르고 거기에 다리가 놓여 있다.

　다리란 원래 건너기 위한 설치라고 생각되어 건너고 싶은 충동을 갖
는다. 그 다리를 '투죽 위교透竹危橋'라고 한다. 〈소쇄원도〉에 의하면

이 위교를 건너서 광풍각을 향하는 길 축대에 버드나무의 그림과 함께 '유정柳汀'(버드나무 가지 늘어진 물가)이란 표시가 있다. 위의 시 제목은 여기에서 손님을 맞이한다는 뜻이다. 지금의 현장에는 버드나무가 보이지 아니하여 그 위치를 정확하게 단정하기 어려우나, 개울 물가에 있었다는 유정은 원림을 방문하는 손님이 광풍각을 찾으면서 오고가는 길목인 것만은 능히 상상할 수 있다.

우선 버들을 보면 인생사의 갖가지 사연이 머리를 스친다. 그중에서도 우리로 하여금 그리운 마음을 애달프게 한 일은 인간의 이별에서 흔히 등장하는 버들가지이다.

묏버들 가려 꺾어 보내노라 님의 손대
자시는 창밖에 심어 두고 보소서
밤비에 새잎 곳 나거든 날인가 여기소서

이는 기생인 홍랑이 풍류시인 최경창과의 이별에서 지어준 이별을 담은 애상의 시조이다.

위교와 근거리에 있었다는 소쇄원의 '유정'은 곧 손님을 전송하는 이별의 장소이기도 하였을 것이다. 만남과 이별의 갈림길 다리인, 이별과 버드나무, 그리고 다리의 셋은 필시 예로부터 전설적인 사연을 담고 있었을 것만 같다. 아니나 다를까, 중국 한나라 시대 장안의 동북쪽에 있었다는 파교灞橋의 사연이 그러하다. 이 파교와 관련한 유명한 말은 또 있다. 기려파교騎驢灞橋와 기려풍설騎驢風雪 등이 그것이다. 어쨌든 친구를 전송하게 되면 파교에 나와 버들가지를 꺾어 주면서 이별의 아쉬움을 나누었다는 고사가 있는데, 소쇄원의 이곳도 절류折柳(버들가지를 꺾어주며 사람을 이별함)의 사연이 얽혀 있는 것은 물론이다.

제39영의 내용에 의하면 다리 건너서 물가 축대 위에 서 있는 버드나무는 찾아온 손님이 타고 온 말을 매어 두는 계마수繫馬樹이기도 하다. 귀가해야 할 상황에서 말 주인이 망설일 때에 말은 가자고 우는 정경을 상상할 수 있는 곳이다. 시에서의 손님은 집주인이 오수午睡의 단잠에 빠져 있어 만나지 못하고 그만 돌아가야 할 형편이지만 그렇다고 귀가하고자 하여 승마한 것도 아니다. 집주인은 손의 방문을 알아차리고 말이 있는 계마수까지 나와 방문객을 맞이했으니, 이 시는 절류의 아쉬움이 벌어지기 전의 유정 영객이라 할 수 있다. 그러나 이 역시 간단한 몇 마디로 다할 수 없는 원림에서 보는 인간 상봉의 정경임은 물론이다. 때문에 이 같은 정경으로 말미암아 이는 시흥을 5언 절구의 시 형식을 빌어다가 이에 맞추어 그 서정의 일단을 편 것이리라.

시인 묵객들은 꽃을 보고 상징적 의미를 부여하여 여러 가지의 꽃말을 만들어 낸다. 조선조의 김수장은 이 같은 꽃말만을 나열하여 비교적 긴 사설시조를 짓기도 했다. 거기에는 12가지의 꽃이 등장한다. 그러면 소쇄원 제영이나 〈소쇄원도〉 등에 등장하는 원림의 꽃들은 종래에 어떻게 인식되었던가? 그 화사花詞를 들어보기로 한다. '연화蓮花는 군자, 행화는 소인배, 국화는 은일 선비, 매화는 한가한 선비, 홍도 백도 삼색화는 풍류랑'이란 말이 있다. 위에 든 제40영의 시제에 나오는 부거芙蕖는 부용芙蓉이라는 말과 함께 연꽃을 달리 이르는 말이므로, 이 시는 선비들이 군자 상징으로 기리어 오던 연꽃을 소재로 한 것임은 물론이다.

양처사나 김인후 등이 흠모해 오던 북송의 주돈이는 〈애련설愛蓮說〉에서 국화는 은일한 것이요, 모란은 부귀한 것임에 대하여 연꽃은 군자라 하였다. 그들이 평소 〈애련설〉을 탐독한 것은, 연이 상징하는 이러한 꽃의 이미지 때문이기도 하다. 주돈이는 〈애련설〉에서 "연의 향기는 멀수록 더욱 맑고, 곧으면서 깨끗이 서 있고, 멀리서 볼 수 있어도 가까이서 함부로 어루만지며 완상할 수 없다.(향원익청香遠益淸 정정정식亭亭淨植 가원관이불가설완언可遠觀而不可褻翫焉)"고 하였다.

제40영의 시어에서 '정식淨植, 가원관可遠觀, 향香' 등은 주돈이 시의 그것을 그대로 반영한 조사措辭이다. 때문에 김인후의 위 시는 〈애련설〉의 시취詩趣를 바탕으로 하여 작가가 기리고자 한 연꽃 향기에 대한 시흥을 개성에 맞는 자기대로의 묘사 기법으로 실현했다 할 수 있다.

작자는 연꽃을 지란芝蘭과 비교하여 그 방향芳香을 상대적으로 이해하도록 하였다. 지초와 난초 역시 그 향기 뛰어나서 청고淸高한 인성에 비유하여 선비들이 탐내던 선인군자善人君子 상징의 식물이다. 그 맑은 향기는 선인군자의 덕과 같아서 어떠한 상황에서도 변함없이 꾸준히 풍기므로 《공자가어》에서는 "지란은 깊은 숲에서 자라나지만, 사람이 없는 곳이라 하여 꽃향기 없지 않다.(지란생어심림芝蘭生於深林 불이무인이불방不以無人而不芳)"라고 하였다. 때문에 맑고도 높은 벗 사이의 사귐을 흔히 지란지교라 하고, 훌륭한 벗과 사귀어 받는 감화를 지란지화라 한다. 그런데 위 시에서는 연 향기가 멀리서 풍겨 방안으로 들어오니 그것은 지란보다도 더 낫다고 하였다. 아름다운 덕의 감화로 상징되는 지란의 향기가 마치 연꽃향에 감화됨과 다름이 없음을 의미한 것이니, 이는 꽃향기로는 연화가 최상임을 내세운 셈이다.

그래서인지 〈소쇄원 48영〉에는 지란을 예찬한 시구를 전연 발견할 수 없다. 〈소쇄원도〉에만 난이 한 군데에 그려져 있을 뿐이다. 시의 화자인 주체는 지란지실에서 향기를 풍기는 지란이다. 그리고 깨끗하게 심어 있고, 멀리서 볼수록 좋고, 멀리까지 향기 풍기는 연꽃은 화자의 상대적 존재이다. 겸손한 화법으로 연꽃보다 못하다고 한 지란을 작자인 김인후 자신에 은유한 시적 묘사라고 한다면, 연꽃은 양산보로 비유된다. 이런 점에서 〈격간부거〉 시는 시의 작자와 양산보의 사이가 선인군자로서 사귀는 인간관계임을 내용으로 하였으되, 양산보의 인간적 감화가 더 크다고 본 데서 이는 시흥을 노래한 것이라 하겠다.

우리 한국의 정원이나 원림에는 대부분 연못이 있다. 정자가 있으면 그 앞에 못을 둔다. 거기에는 연蓮을 심는 일이 거의 필수적으로 되어 있어 '연의 못'이라는 뜻으로 연못이라는 어휘가 형성되었다. 이를 연지蓮池 혹은 연당蓮塘이라 하고, 이 같은 연못가에 지은 집을 연당蓮堂, 또는 연정蓮亭이라 부른다. 못에는 물을 충분히 담아두고, 연꽃을 피우고 고기를 기른다. 〈소쇄원 48영〉 중 이미 언급한 제6영은 작은 연당에서 노는 물고기와 이를 보는 관어觀魚의 흥을 내용으로 한 시이다. 무더운 여름에는 연못에 담긴 맑은 물에 눈길을 돌려 번뇌에 찬 마음을 씻고 더위를 식히는 원림 생활의 멋을 누리기도 한다. 그러한 때에 못가의 언덕은 납량처納凉處가 되기 마련이다. 제11영의 지대池帶 납량은 이러한 데에서 이는 흥을 노래한 것이었다.

소쇄원에는 상지上池와 하지下池가 있다. 작은 띠집으로 된 소쇄정 옆에 소당이라 이르는 상지가 있고, 그로부터 원림의 입구 쪽으로 내려가면 하지가 있어 상지의 물은 하지로 흘러 못물을 채우게 되어 있다. 〈소쇄원도〉에 의하면 소당에는 물고기의 그림만이 보이지만, 하지에는 못물에 노는 어류와 물풀이 함께 그려 있으며, 곁에 그 형상을 '산지순아散池蓴芽'라고 한 글씨까지 있어 연지에 떠있는 수초가 바로 순채나물임을 쉽게 알도록 하였다.

먹는 나물로서 가을의 시식時食으로는 순채가 으뜸이다. 이를 좋아하는 사람은 나물 이름만 들어도 입안에 군침이 돈다고들 한다. 순챗국, 순채회, 순채차 등은 사람들이 즐기는 음식이다. 그런데, 중국 진晉나라의 장한張翰은 가을철의 명물인 순갱蓴羹(순채로 끓인 순챗국)과 노회鱸膾(농어의 회)를 좋아하여 이를 먹기 위해 벼슬을 그만두고 고향의 강남으로 귀향했다는 옛이야기가 있다. 순갱노회蓴羹鱸膾는 바로 이를 말한다. 이를 줄여서 흔히 순로蓴鱸라 하는데, 비록 어려운 한자어이기는 하지만 특히 식도락을 즐기는 사람들에게 매력을 느끼게 하는 용어이다. 그런가 하면 순로는 미식가가 아니라도, 먹어본 적이 없는 사람이라도 고사에 밝은 사람이면 장한의 풍류적 삶의 운치를 주목하여 시흥을 일으키기도 한다.

위의 제41영도 이 같은 장한의 순로 고사를 원용하여 제작한 시이다. 이 시에서는 농어회를 맛이 있어 사랑한다는 뜻을 내세워 '옥회玉膾'로까지 미화시켰다. 그러나 시의 중심 소재는 연못에서 자라는 순채싹에 있다. 그리고 농어회는 눈앞에 놓아두었지만 시 속의 언어로 택한 것은 아니다. 새로운 구미를 일게 하는 순아蓴芽로 말미암아 장한의 풍류를 생각했지만, 그 시심은 이미 농어회가 없더라도 순아로 가을의 풍미를 만끽할 수 있다는 작자의 시적 심리를 찾아 읽어야 제맛이다. 시의 결구에서 '사랑하는 맛있는 농어 옥회를 반드시 같이 하지 않아도, 연못에서 이미 길게 자란 순채를 뜯어다가 먹고자 한다'고 함은 이 같은 시심의 표출로 해석되므로 〈산지순아〉의 시안詩眼은 결구에 집약되었다.

자미紫薇는 백일홍 즉 배롱나무를 말한다. 백일 동안이나 오래도록 핀다는 데서 민가에서는 흔히 백일홍으로 통용된다. 붉게 피는 꽃이 그렇게 지속적인 것을 퍽 인상 깊게 여기어 붙여진 명칭이다. 백일홍을 또 파양수怕痒樹(혹은 파양화怕痒花)라고 한다. 간지럽거나 간질간질한 것을 파양이라 하는데,《군방보群芳譜》에 의하면 사람이 나무의 껍질을 손톱으로만 긁어도 간지럼을 타서 나무 끝까지 움직인다 하여 파양화라고 이름하였다고 전한다.

실제로 배롱나무를 보면 그 껍질이 부드러운 여체처럼 번들번들 윤이 나고 미끄러운 그 어떤 느낌을 준다. 만지면 간지러워서 움직일 것도 같다. 원숭이도 오르다가 떨어지기 쉬운 나무, 그래서 나라에 따라서는 나무의 껍질이 미끄럽고 광택이 있는 활택滑澤한 점과 원숭이와의 관계를 연상케 하여 원활猿滑이라고도 부른다. 만지고 싶어 손을 대면 약한 나무가 아니라도 대개는 움직여지기 마련이지만, 그것도 간지럽기 때문에 흔들거린다고 하는 것이 우리네의 상상력인가 싶다. 백일홍 나뭇가지는 비교적 약해서 조금의 바람만 불어도 바람기의 리듬을 타고 간들거리는데 이 역시 간지러워서 그렇다고 해야 할 것인지? 이 나무는 명칭이 여러 가지이면서 그처럼 우리에게 궁금증을 주어 오히려 흥미를 자아내게 한다.

또한 관심을 크게 끄는 것은 곱게 피는 꽃의 아름다움이다. 물론 배롱나무 중에는 하얗게 피는 꽃나무도 있기 때문에 이를 백일백百日白이라고 하지만, 이의 아름다움의 극치는 백일 동안이나 지속되는 붉은 빛깔에 있다. 위의 제42영에서는 싱싱하고 붉기만 한 이 꽃을 홍방紅芳이라 하였다. 시에서는 백날 내내 저녁까지 쉴 틈 없이 늘 붉게 꽃피는 나무라는 정적 분위기를 감돌게 하는 시적 표현을 취하였다. '백석百夕'이라는 어휘의 선택이 그러한 시적 뉘앙스를 풍기게 한다. 물론 백석은 백일을 의미하지만, 굳이 저녁을 의미하는 '석夕'자를 결합한 '백석百夕'의 시어를 취함은 평범하지 않은 표현의 묘를 느끼게 한다.

어느 시인의 말처럼 꽃이 정작으로 아름답다는 것은 모양, 빛깔, 향기의 세 가지 때문이다. 이를 세 박자로 갖추었을 때에 우리는 아름답다고 한다. 백일홍은 이 같은 꽃 중의 하나다. 그것도 석 달 열흘 백일 내내 붉은 홍방이다. 홍방이 우리에게 크게 예찬을 받는 이유는 이 점에 있다. 속담에 '열흘 그대로 피는 꽃이 없다.'고 한다. 한자어로는 '화무십일홍花無十日紅'이라고 하지만, 배롱나무는 그러한 일반류의 꽃과 다르다. 시의 기·승구에서 "세상엔 아무리 무성히 자라서 피는 꽃이라 해도 도무지 열흘 가는 향기 없다."고 한 것은 이 점을 전제한 언어 표현이다. 아울러 "산골 맑은 물가의 배롱나무만은 백석이 다하도록 붉은 꽃을 볼 수 있게 한다."고 하여 시의 마무리를 했으니, 이는 양산보의 변함없는 처사생활을 기리는 것인지, 아니면 한길로 지켜 왔기에 꽃처럼 예찬 받을 작자 자신의 지조를 은유적으로 표현한 것인지, 독자에 따라서 감상의 초점을 어디에 두어도 좋을 것 같다.

"남국을 향한 불타는 향수", "소낙비를 그리는 너는 정열의 여인". 파초를 볼 때면 이 시인의 목소리가 귀에 들려오는 듯하다. 김동명의 시 〈파초〉이다. 한창 더울 때 푸른 파초 잎을 보면 눈이 시원해지고, 가슴에 막혔던 응어리가 쑥 내려 더위마저 삼켜버리는가 싶다. 넓게 펼쳐 뻗은 잎사귀, 몇 폭으로 된 동양화의 비단 병풍을 엇비슷이 세워 놓은 모양이다. 비가 내리더라도 방울져 흘러 버리지만 화제로서 써놓은 고향을 그리는 시 시구가 그 물에 적셔질까 걱정될 때도 있다.

파초 잎사귀와 비, 그리고 향수. 파초를 생각할 때 동요되는 사람의 마음은 공감 약속을 미리 해놓은 듯, 이 세 가지는 흔히 파초에 대한 시흥을 담은 묘사의 초점이 된다. 위의 〈적우파초〉역시 예외가 아니다. 위의 기·승구의 묘사는 자연의 모습으로서 하늘에서 내리는 빗방울과 비를 맞고 춤추듯이 흔들리는 비단같이 고운 푸른 파초 잎사귀의 시적 표출이다. 여기에 등장하는 빗방울과 파초 잎사귀는 작중화자와 상대적으로 제시되는 자연이기 때문에, 이 경우의 작시를 객체적 사실의 묘사라 한다. 이미 말한 묘사 초점의 세 가지 가운데 앞의 두 가지는 이곳 기·승구의 핵심 제재가 되어 있다.

여기서는 빗방울을 하늘에서 던져 내리는 은 같은 화살로 형상화하여 '은전銀箭'이라 하였고, 파초 잎은 부드럽고 아름답게 보이는 푸른 빛깔의 비단으로 형상화하여 '취초翠綃'라 하였다. '은전'은 밤의 불빛에 비춰 하얗게 보이는 빗발이다. 이 시는 공간 질서의 묘사에 치중하여 작품에 나타난 시간 질서를 단정하기 어렵지만, 시 후반부의 서정에 나타난 향수는 밤에 더욱 절실해지기 마련이요, 결구의 시어에서 보는 '적료' 역시 밤의 고요함을 말할 때가 많은 점으로 미루어, 시의 시점을 옛정이 떠오르기 쉬운 고요한 밤으로 본다면 '은전'의 이해에도 무리가 없을 것이다.

이 시의 전·결구는 주체적 사실의 묘사이다. 여기서는 자연의 흥미 있는 모습으로 말미암아 이는 작중 화자의 감명 깊은 심경에서 흘러나오는 솔직한 목소리를 들을 수 있다. 묘사 초점의 세 가지 가운데 나머지 한 가지는 이곳의 묘사로서 처리되어 있다. 들리는 빗방울 소리에 귀를 기울이고 나니, 남국을 그리는 파초의 향수와 똑같지는 않아도, 그 소리는 마치 향수곡鄕愁曲을 듣는 듯하다는 화자話者의 소리가 시 속에 숨겨 있다. 그래서 그 빗방울 소리가 적막하고 무료함을 깨어줌에 오히려 고맙게 여겨져, 서정을 마무리하는 결구에서 그 소리를 사랑스럽다 한 것이다.

위의 제44영의 제목에서 '골짜기에 비치는 단풍(영학단풍暎壑丹楓)'이

라 함은 이 같은 가을 풍경을 말한다. 시 내용으로 '암학巖壑'과 '풍엽楓
葉'을 짝지어 제시한 의도는 소쇄원 바위 골짜기의 석경石景이 가을 단
풍으로 인하여 더욱 훌륭함을 제시하려는 시어의 배치이다. 승구에서
"풍엽은 이미 서리에 놀래 물들었다."고 하였으니, 그 단풍잎은 서리를
맞아 붉게 물든 이른바 상엽霜葉이다. 중국의 시인 두목은 그의 〈산행
山行〉에서 "서리 맞은 단풍잎 봄 이월에 핀 꽃보다도 더 붉다.(상엽홍어
이월화霜葉紅於二月花)"라고 한 시정과 서로 상통하는 바가 있다. 여기서
의 음력 2월화는 대개 3월에 한창 피기 시작하는 중춘의 꽃인데, 소쇄
원의 가을 상엽은 역시 봄꽃보다 더 아름다움을 가히 짐작케 한다.

　조물주가 부리는 자연 공간의 배치는 그 기법도 다양하다. 상엽의
붉은 물은 골짜기에 담기는 맑은 물을 물들이는 데에 그치지 않는다.
찾아오는 사람들의 눈썹을 물들이고, 입은 옷마저 물들게 하며, 마음까
지 물들인다. 시의 전구에서 작자가 "아름다운 채색 고요하게 흔들린
다."고 함은 이보다 더 흥미 있는 자연의 운치를 발견했기 때문이리라.
나무에 흔들리는 상엽은 물론 떨어져 날리는 단풍잎의 그림자, 이 역시
계곡물에 비치기 마련이다. 푸른 하늘에 질세라 하고 항상 청정하기만
하는 원림의 계곡물은 어른거리는 나뭇잎 그림자까지 한 폭의 동양화
처럼 곱게 비추어 주므로 이것이 바로 소쇄원의 조경照鏡이다. 이에 보
인 조물주의 자연 배치 기법을 시의 작자는 그 결구에서 "맑은 거울에
비치는 단풍잎 그림자는 아름다운 가을 경치"라고 예찬한 것이다.

　위에 든 〈영학단풍〉의 시는 도학자인 김인후의 서정적 깊이와 소쇄
원의 가을 단풍의 진취를 가득 담은 자연시로 이해된다. 눈이 내리면
환호성을 울리며 즐거워하지 않은 사람이 거의 없다. 추운 겨울인데도
뺨에 닿는 설편雪片이 그리워서, 서설瑞雪을 머리에 이거나 등에 지고

다니고 싶어 방안에 있기보다는 밖으로 나서기를 원한다. 별다른 바람이 없는 날에 조용하게 내리는 눈은 하늘나라 천사를 맞이하는 듯 반가울 뿐만 아니라, 우리에게 평온함과 안정감을 주어 마냥 흐뭇하기만 하다. 지난 한 철 소쇄원의 가을, 국화는 국화대로, 단풍은 단풍대로, 아름다움을 선사하여 무척 설레기도 했지만, 겨울철의 소설小雪이나 대설大雪 무렵 진한 눈이 내려 원림을 넉넉히 덮어씌울 때면, 대자연이 주는 평온함과 순수함에 그만 입을 다물고 말게 된다. 《시경》에 이르기를 "눈은 풍년들 징조.(설풍년지조雪豊年之兆)"라 한 시구가 머리에 떠올라 마음은 어딘지 모르게 풍요롭고 안온해진다.

　위에 든 제45영의 〈평온포설〉은 넉넉히 눈으로 덮인 평온한 원림을 두고 시제로 삼았다. 원림에 가득한 눈은 대개 아침 창문을 열면서 발견된다. 간밤 깊은 잠에 취해 꿈속에도 나타나지 않았던 눈, 그러므로 하늘엔 검은 눈구름이 몰려오는 줄조차 알 리 없었지만, 아침에 은세계로 만원滿園이 된 광경을 보고 나면, 시의 기·승구에 담긴 시흥이 일게 된다. 아침이 밝아와도 평소 다니던 인도에는 사람의 발자국 찾아보기 힘들다. 눈이 많이 쌓일수록 외출보다 칩거하기 일쑤이기 때문이다. 소쇄원 제32영에 〈총균모조叢筠暮鳥〉가 있었던 것으로 미루어, 간밤에 대밭에 모여든 새들은 어찌 되었는지? 백설이 온 산야를 덮고 나면 날새들도 나들이를 하지 않는다. 유종원이 〈강설江雪〉에서 말한 시정은 비록 산중이 아닌 강에서 본 설경이지만, 눈 덮인 산야를 보고 느끼는 감흥이라 여기서와 서로 크게 다를 바 없다.

　　　온 산엔 새들조차 날지 않고　　　　　　　　　千山鳥飛絕
　　　모든 길엔 사람 자취 사라졌네　　　　　　　　萬徑人蹤滅

| 외로운 배엔 도롱이 삿갓 쓴 늙은이 | 孤舟簑笠翁 |
| 눈 내리는 추운 강에 홀로 낚시하네 | 獨釣寒江雪 |

눈 내리는 겨울의 즐거운 흥은 역시 설경에 있다. 많은 눈이 내리면 다음 해에 풍년들 길조라고 해서 그러는지, 겨울의 첫 손님으로 맞이하는 초설을 볼 때부터 벌써 부와 귀가 나란히 함께 집안에 찾아드는 기분이다. 그래서 집안의 섬돌에 깔린 눈은 귀한 손님을 맞이하는 마음으로 기꺼이 환영한다. 시의 전·결구는 섬돌에 골고루 덮인 서설을 보고 이는 이 같은 심정을 배경으로 한 작시라 할 수 있다. 송강 정철이 그의 가사 〈성산별곡〉에서 가사문학관 뒷산 별뫼마을의 설경을 노래하면서, "산옹의 이 부귀를 남에게 소문을 내지 마오, 경요굴 은세계를 찾을 사람 있을까보다."라고 한 것도 눈으로 꾸며진 겨울 풍경에서 느끼는 풍요로움과 진귀함을 기린 사설로서 김인후의 〈평원포설〉의 시흥과 상통한 바가 있음을 알 수 있다.

남녀노소 할 것 없이 꽃을 보고 즐거워하지 않는 사람이 없다. 정서가 풍부한 사람일수록 더욱 그러하다. 그러나 꽃을 보고 가까이 갔다가 실망하는 경우가 있다. 꽃향기를 못 느끼기 때문이다. 지상의 모든 꽃들이 한결같이 방향芳香을 풍기는 것만은 아니겠지만, 유독 그 향기가 사람의 혼을 유혹하는 경우도 많다.

소쇄원에는 향화香花로 손꼽을 초목이 많다. 국화, 연꽃, 매화 등이 그 대표적인 예가 된다. 이 같은 꽃들의 방향은 덕망 있는 군자의 인품으로 비유되어 특히 옛 선비들이 좋아했다. 치자나무도 그러한 시각에서 선택된 꽃나무 가운데 하나이다. 6~7월 백색의 꽃이 필 때 물씬 풍기는 치자 향기, 평소 화향에 관심이 없는 사람도 그 앞에서는 자신도 모르게 가던 발길을 멈추게 하는 짙은 꽃향기이다.

　무슨 향료 물질 취하여 자라난 향목이기에 밤낮으로 향기만 뿜어내는가 반문하고 싶을 정도로 사람의 주의를 끌게 하는 것이 치자 꽃향기이다. 중국 촉나라의 임금 맹창孟昶도 "그 맑은 향기는 마치 매화 향기와 같다.(청향여매淸香如梅)"고 하였던 바, 치자는 일찍부터 향기 은은한 꽃나무로 칭송되어 군자화君子花로 치는 매화와 동급으로 애호되어 왔음을 알 수 있다.

　치자꽃 앞에서는 또 자신의 눈을 의심할 정도로 놀라게 하는 유혹이 생긴다. 전적으로 하얗기만 하여 그 조촐한 색깔에 입을 맞추어 보고 싶은 충동을 갖게 하는 꽃이다. 다 같이 아름다운 흰색의 화용花容이라 하지만 백합과는 또 다른 매력이 있는 깨끗한 꽃이다. 백의白衣로 화면花面을 장식하고 있어 연민의 정을 일게 하기도 하고, 시들어 가는 꽃망울은 가슴 조이게 안쓰럽기도 하다. 그러나 한참 피어날 때의 싱그러운 꽃송이, 그 색깔은 청춘의 얼굴처럼 싱싱하고 꽃 모양도 특이하여, 가시지 않는 호기심에 곧 찾아들 연민이야 미리 몰수해 가버린다.

　치자의 꽃잎은 여섯으로 아름다움을 이룬다. 모두가 공통적인 것만은 아니나 이 지상의 꽃은 통계적으로 다섯 꽃잎으로 된 것이 가장 흔하다. 중국의《송서宋書》에서 "초목에는 오출五出의 꽃이 많다.(초목화다오출草木花多五出)"고 함은 이를 두고 이르는 말이다. 이와 달리 하늘에서 내리는 설화雪花나 치자꽃은 육출六出이다. 때문에 이들을 다시 육화六花 또는 육출화라고도 한다. 특히 육화로 예찬되는 치자꽃은 이처럼 모양마저 유별나게 여섯 모를 갖추어 매력적이다. 꽃의 아름다움을 말할 때 흔히 헤아리는 모양과 색깔과 향기의 세 요소를 삼박자로 갖춘 대표적인 화목이라 해도 과언이 아니다. 여기서 두보가 읊은 치자시 한 수를 본다. 치자를 두고 그 유용함과 고귀함을 노래한 대표적인 시이다.

치자는 다른 식물에 비해	梔子比衆木
분명 보기가 흔하지 않네	人間誠未見
제 몸 황색 염료를 제공하여	於身色有用
도와 더불어 기운을 화하게 하네	與道氣傷和
서리 후엔 붉은 열매 맺는데	紅取風霜實
비 맞은 이파리는 더욱 푸르네	靑看雨露柯
별 뜻 없이 너를 옮겨 심었는데	無情移得汝
강에 비친 네 모습 고귀하구나	貴在映江波

위의 소쇄원 제46영은 꽃의 세 요소, 또는 그 사미四味(육출, 임향, 강실, 청엽)가 주된 내용이 되었음을 알 수 있다. 시 내용에 쓰인 '육출六出'은 치자꽃의 매력 있는 특이한 모양이요, '임향林香'은 꽃의 맑은 향기이며, '강실絳實'은 물감으로 쓰는 열매이며, '청엽靑葉'은 추운 겨울에도 떨어지지 않는 푸른 이파리를 말하는 바, 이 시는 이러한 핵심어가 주를 이룸을 알 수 있다. 시의 결구에서는 원림에 사는 어느 누구의 삶을 두고 이른 듯, "눈서리에도 맑고 곱기만 하여라."라고 하여 그 사람의 청연淸姸함을 은유적으로 칭송하였다.

소쇄원 입구에서 탐승의 흥미를 갖고 한참 들어가면 길게 서 있는 담이 보인다. 담에 이르러 이따금 이는 궁금증을 남겨둔 채, 다시 그 담을 오른편에 끼고 약 10m쯤 전진하면 'ㄱ'자로 이어지는 담벽 구석에 이른다. 그 구석에 미처 못 이르러 2m 정도 높이의 담벽에 "애양단愛陽壇"이라 써 있는 석판이 박혀 있다. 이는 돌과 흙을 혼합해서 쌓은 토석담이다. 담의 앞면에 사람이 오고 갈 널찍한 길을 사이에 두고 와

송臥松이 누운 듯이 서 있으며, 그 아래 내려다보이는 계곡에는 맑은 물이 흘러 폭포수를 이루는 등 절경이 전개되는 남서쪽으로 향한 장원長垣이다.

담은 왼쪽으로 꺾여 계속 이어진다. 외나무다리 밑으로 흐르는 유수는 그 담을 뚫고 내리는 물이다. 담벽에는 돌을 괴어 이루어진 두 개의 큰 구멍이 있어 수량이 많을 때는 폭류에 씻기어 곧 허물어질 듯 보이나, 수백 년을 두고 무너지지 않고 의젓이 서 있는 담이라 한다. 이곳 마을을 '괸돌마을', 또는 한자말로 '지석리支石里'라고 하는데 돌을 괴어서 이루어진 담에서 연유한 이름이라고 전한다. 이는 양산보의 외종형인 송순이 원림을 형성할 때 축담에 능한 제주도 인부를 동원하여 기술적으로 도왔다는 등 갖가지의 이야기가 전한다.

담은 흔히 지역 간의 한계를 표시하기 위해 쌓는다. 그런 측면에서 보면 담벽 안이 소쇄원 내원의 중심지임을 쉽게 알 수 있다. 담은 또 외부와의 차단을 위해 쌓는 경우가 많다. 담 밖으로 통로가 필요할 때는 문을 단다. 오곡문은 바로 그러한 뜻으로 만든 담벽에 설치한 문이다. 외부와의 차단으로 둘러놓은 담에서 안쪽을 선택된 별세계라 한다면 외부는 대개 번잡한 세계, 또는 속세로 관념화된 경우가 많다. 그 같은 번잡함을 멀리하기 위해 장원을 둔다. 양처사의 손자인 양천운이 〈소쇄원계당 중수상량문〉에서 "긴 장원이 백 척이나 되어 멀리 시끄러운 세상을 가로막고 있다.(장원백척長垣百尺 향격세상지훤효逈隔世上之喧囂)"라 함은 곧 소쇄원에 있는 담의 기능을 단적으로 지적한 셈이다.

이는 방풍防風이나 방한防寒으로도 필요하다. 애양단은 곧 겨울에 북쪽에서 내원으로 몰아닥치는 찬바람을 차단하는 바람막이 역할을 한다. 게다가 남서향을 향한 따뜻한 곳이기 때문에 겨울 햇볕을 쬐기에 가장 알맞은 양지로 되어 있다. 추운 겨울에 주위는 다 얼어 있어도 담 위에 올린 이곳 기와의 눈만은 녹아버리는 정경이 바로 소쇄원 제47 영에 나타난다. 효심이 지극했던 양처사가 이 같은 양지에 부모님을 모시고 싶은 생각이 아니 들 리 없다. 이런 점에서 애양단이라 한 명명 이 있게 된 까닭을 알만하다.

'애양'은 곧 '애일愛日'을 달리 이른 말이다. 해를 사랑한다는 뜻으로 말미암아 '부모님께 효성으로써 봉양하는 것'을 애일이라 한다. 아울러 '연로해 가는 어버이를 생각할 때 세월 흐르는 것이 애석하여 효행을 게을리하지 않음'을 이르기도 한다. 따라서 제47영에 의하여 겨울철 낮에 애양단에서 쏟은 양처사의 효심을 상상할 수 있다. 해가 떠오면 튼튼한 산행용 가마(교橋)에 태워 양지바른 애양단으로 모셨다가 정오 가 되면 다시 집으로 모셔 점심을 들게 하는 어버이에 대한 효행이 눈 앞에 선하다. 시계가 없었던 옛날 낮에 우는 닭 울음소리는 점심때를 알리는 신호가 되었으니, 위에 든 〈양단동오〉는 옛날의 생활풍속을 이 해하는 데도 필요한 자료라 하겠다.

소쇄원은 인위적인 자연의 원림이다. 비록 자연의 아름다움을 최대 한 살린 친자연적 조원이라 하지만 세심한 조경 안목에서 이룬 원림인 것만은 분명하다. 조용한 자연 속에 사람이 출입할 집을 짓고, 담으로 내원을 둘렀으며, 축대를 쌓고 왕래할 길을 만들었으니, 인공이 적지 않았음은 더 말할 나위 없다. 그 가운데 보는 눈을 놀라게 하는 것은 'ㄷ'자형의 일정한 높이로 길게 싼 장원長垣이다. 총 길이는 170자에 가 까운데, 그 위에는 줄지어 기와를 씌워서 어느 고궁 돌담 같기도 하고, 접근하여 돌담길을 따라 걸으면 속세를 멀리하고 있는 별천지에 들어 산인山人을 만나로 가는 느낌을 준다.

'ㄷ'형의 담에서 남서향을 향한 바람막이가 되는 곳은 애양단 쪽이다. 소쇄원의 입구에서 맨 먼저 닿는 곳이며, 띠집으로 된 소정, 즉 소쇄정과 직접 마주 서 있는 담벼락이다. 'ㄷ'자형의 세 변 가운데 그 길이는 서른대여섯 자로서 가장 짧은 곳이지만, 이 역시 흔히 길다는 느낌에서 장원長垣으로 알려져 있다. 당시 소쇄원을 출입하던 선비들의 풍류운사風流韻事는 주로 여기에서 이루어진다. 특히 김인후가 연작連作의 소쇄원 제영을 짓고 이를 담벽에 써 붙인 일은 크게 주목거리가 되었다. 김인후는 근 반백半百에 가까운 제영을 이루어 이를 손수 써서 걸어놓고 시의 평가회, 또는 감상회를 가진 것이다. 원래 그는 휘필에도 능한 서예가였으니, 원림을 전시장으로 삼아 긴 담의 공간을 활용한 작품 전시는 대단한 풍류요, 좀처럼 보기 어려운 장관이었으리라 추측하고도 남음이 있다.

소쇄원 제영의 제48영은 이때의 일을 이르되, "긴 담이 옆으로 백자나 되어 새로 지은 시 한 수 한 수를 써 붙여 놓았다"고 하였다. 이곳의 담벽은 수많은 글로 가득 채운 기나긴 병풍이 되었다 하겠다. 그리고 원림의 갖가지 경치는 밖에 노출한 병풍 화면의 대신으로도 생각할 수 있으니, 이 역시 화폭으로 간주할 멋진 자연의 그림이라 해도 좋을 것이다. 때문에 거기에 써놓은 연작시는 여러 폭의 문인화에서 보는 화제畵題나 다름이 없다. 위에 든 시의 전·결구에서 "마치 병풍 벌려 놓은 듯하구나. 야외의 전시이니 비바람만은 함부로 업신여기지 마오."라고 함은 이 같은 상황을 시에 담은 것이다.

김인후의 소쇄원 제영은 이 밖에도 적지 아니하다. 그러나 연작의 제영은 48영이 대표작이다. 그런데 이 연작이 처음부터 48수였던가는 의문이 생긴다. 고경명은《유서석록遊瑞石錄》에서 "하서 김인후는 이

곳의 승경을 시 40영에 다 담았다.(하서사십영진지의河西四十詠盡之矣)"고
했고, 또 양처사가 세상을 떠난 뒤에도 그에 대한 회포를 쓴 글에서
"소쇄원 40영이 있는데 하서 김인후는 이를 손수 담벽 위에 써 붙였
다.(우유소쇄사십영又有瀟灑四十詠 하서수제장벽상河西手題墻壁上)"고 하였다.
이로 보면 〈소쇄원 48영〉은 원래 40수의 연작이요, 양처사 생존 당시
담벽에 걸어놓은 시 역시 시 40수였다는 생각을 할 수도 있으나《시
경》의 시 역시 모두 311편이지만(6수는 제목만 점함), 이에 대해 공자는
"시 삼백詩 三百 일언이폐지왈一言以蔽之日 사무사思毋邪"등의 표현을
한 것으로 봐 소쇄원 시 48수 역시 40수라 했던 것이 관례였던 것으로
봐진다.

　그도 그럴 것이 김인후 별세한 지 190여 년이 지난 뒤에 이루어진
〈소쇄원도〉에는 담벼락의 그림에 "김하서가 48영을 긴 담에 손수 쓴
글씨.(김하서장원사십팔영소제金河西長垣四十八詠手題)"라고 한 표시가 있다.
어떻든 소쇄원 원림은 연작으로 된 하서 김인후의 소쇄원 제영으로 말
미암아 한층 더 알려져서 한국의 명승名勝(명승 제40호)으로 손꼽히게
되었다.[85] 위에서 본 바와 같이 〈소쇄원 48영〉은 서술시적 상황의 세
가지 중 세 번째인 어떤 정경이나 정서의 공감으로 소통을 요하거나
공감을 나누고자 하는 상황을 연작의 형태로 긴밀하며 친절하게 제작
한 풀이적 서술시의 전형적인 예라 하겠다.

---

[85] 위의 해설은 박준규·최한선,《시와 그림으로 수놓은 소쇄원 48영》, 태학사, 2000.
　　시의 해설과 감상은 박준규 교수님의 가르침에 크게 힘입었다.

7. 행당의 서술시

윤복尹復(1512~1577)의 자字는 원례元禮, 호號는 석문石門 또는 행당杏堂이며 본관은 해남海南이다. 1512년(중종 7) 5월 12일 해남현 동문海南縣 東門 밖의 집(현재의 해남군 해남읍 해리)에서 어초은 윤효정尹孝貞(1476~1543)의 넷째 아들로 출생했다. 7세 때에 큰형인 귤정橘亭 윤구尹衢(1495~1549)에게서 배운 이래 15세 무렵에는 유학의 경전과 백가의 제서에 통달하였다. 1533년 22세 때 남원윤씨(1516~1551, 생원 순洵의 딸)에게 장가들었다.

1534년 윤 2월 생원시에 이등二等 제일인第一人으로 입격入格하고, 27세 때인 1538년 9월에 별시別試 문과文科에 을과乙科 제일인第一人으로 급제하여 벼슬길에 올라 성균관 학유學諭, 학록學錄, 학정學正, 박사博士 등을 지냈다. 32세 때인 1543년 2월 6일 외간상外艱喪(부친상)을 당하자 《주자가례》에 따라 정성을 다해 3년복을 마쳐 주위의 칭송을 듣더니 1546년에 성균관 전적典籍(정6품)이 되었다. 이듬해인 1547년 8월 5일 모친을 위해 외직을 원하여 승의랑承議郎으로 부안현감에 제수된다. 그때 마침 흉년이 들어 백성들이 굶주려 죽어가자 밤낮으로 전력을 다해 구휼하는 등 애민정신을 보였다.

1549년 정월 22일 내간상內艱喪(모친상)을 당하였고 1551년 내간의 상을 벗었다. 3월 15일에 봉직랑奉直郎(종6품)에 올라 예조좌랑 겸 춘추관기사관禮曹佐郎 兼 春秋館記事官이 되었다. 6월 16일에 통선랑通善郎(정5품) 예조정랑이 되었는데, 이때 사인 윤부尹釜, 검상 송찬宋贊이 평소 친하게 지내던 의기醫妓가 벌 받는 것을 보고 패초랑청牌招郎廳으로 장차 입정立庭하여 만류코자 패牌를 촉급하게 발하였으나, 5~6번에 이르

러서야 부득이 멈추고 부府로 가면서 비리를 꾸짖고 바로 나가 돌아보
지 않으니, 나이 든 관리들이 탄복하였다 한다.[86]

1551년 7월 13일에는 전라도사全羅都 겸 춘추관春秋館 기주관記注官
이 되었는데 당시 관찰사인 삼가정三可亭 박수량朴遂良이 매번 큰일을
결정함에 공과 상의하여 처리하는 등 그를 매우 중히 여겼다. 전라도사
로 있을 때에는 일록인《전라도 도사시일록全羅道 都事時日錄》을 남기
기도 했는데, 이는 8월 6일 대궐에 나아가 배사拜謝를 한 이래 10월
19일까지 73일간의 일기이다.

1553년 9월 19일에는 낙안군수에 임명되었는데 1555년 여름 왜구가
변방의 성을 연하여 함몰시킴에도 열읍列邑의 수령들이 적절한 조치를
못하고 어찌할 바를 모를 때, 그는 성을 지키고자 분연히 일어나 성을
다듬고 호령하여 질서 있게 대처하니 당시 방어사 남치근南致勤이 여
러 읍을 순행巡行하다가 이곳에 이르러 말하기를 '옛날의 명장도 능히
이에 미치지 못할 것'이라며 칭찬을 그치지 않았다고 한다.

1556년 병으로 사임하였다가 1560년 4월 23일에 통정대부에 올라
행 한산군수 겸 춘추관 편수관이 되고, 1562년 광주光州 목사가 되었는
데 다시 병으로 사임하였다. 1564년 53세 때 종부시 첨정이 되었고
1565년(명종 20) 6월 15일에는 안동대도호부사에 제수되었다.

안동도호부사 시절에 퇴계 이황(1501~1570) 선생이 관직에서 물러나
도산陶山에 머물러 있음을 듣고, 틈을 타 찾아가 때때로 안부를 물었
고, 경의經義 가운데 난구難句를 논하였으며, 시사時事를 변석辨析하는
등 선생과 함께 하느라 저물어도 돌아갈 것을 잊었다고 한다.[87] 뿐만

---

86 《행당선생유고》, 516~517면.

아니라 서로 헤어져서는 서신을 통하여 성리性理에 대해 논하기도 하였는데 퇴계 이황이 행당 윤복에게 보낸 서신은 27장이나 전한다. 이 서신은 《퇴계선생문집退溪先生文集》 원집에는 2편만이 등재되었는데 1869년에 《도산전서》(퇴계선생전서)가 간행되면서 원집에 실린 2편을 포함하여 26편이 실렸다.⁸⁸

　행당은 안동도호부사를 사임하고 집으로 돌아간 뒤에도 퇴계 문하에서 배우고 있던 강중, 흠중, 단중 등 세 아들을 통해 서찰을 주고받았음을 알 수 있다. 행당이 안동도호부사로 재임할 당시의 행적 가운데 드러난 것은 안동향교의 중건을 들 수 있다. 2년에 걸쳐 묘우廟宇(대성전) 보수, 명륜당, 행단杏壇(강학 장소)·누대·동재·서재·동무·서무·신문·협문 등을 중건하고선 안동향교중수기를 남긴다. 행당은 안동도호부사로 부임한 이듬해(1566)부터 세 아들(강중, 흠중, 단중)과 생질 풍암 문위세를 퇴계에게 보내 정사亭舍에 머물면서 배우도록 했다. 퇴계가 이들에게 보낸 서신도 6편이 전한다. 그리고 《회암서절요晦庵書節要》⁸⁹를 행당에게 보냈는데 현재까지 후손(강진 도암 거주 윤대현)에게 전해지고 있다.

　윤복은 1567년 10월 병으로 인하여 안동도호부사를 사임하고 집으로 돌아온다. 이때 퇴계가 보낸 서신 가운데 '호남과 영남은 멀리 아득하게 천리 길이 넘는데 악수로써 정을 나누며, 이별하기도 또한 불가능

87 앞의 유고, 520면.
88 앞의 유고, 423쪽~466면, 1565~1568의 3년간.
89 주희의 《주자대전》에서 주희의 서간문을 퇴계가 요약 또는 편집한 책으로 이황이 편집할 당시에는 《회암서절요》라 했는데 이후 제자들이 《주자서절요》라 달리 불렀다. 14권 7책이다.

함에 한이 더욱 깊어지기만 한다'(호남요활불시천리악수서별역불가득한익심
이湖嶺遼闊不啻千里握乎欷別亦不可得恨益深耳)라는 내용과, 퇴계가 보낸 시
가운데 행당이 차운한 내용에 '남으로 온 우리의 도 큰 공정工程이 되
었는데, 교도가 순순諄諄하여 의리가 밝혀졌다.(남래오도대공정南來吾道
大工程 교도순순의리명敎導諄諄義理明)'라는 내용으로 볼 때 고향으로 돌아
와서도 두 사람의 정리가 각별했음을 알 수 있겠다. 행당은 집으로 돌
아와 있으면서도 유가 서적의 경의經義에 잠심하였고, 유가 선현의 잠
명서箴銘書들을 아들들에게 남겨 주어 부지런히 배우도록 권하였다. 전
남 강진의 백련서사白蓮書舍에 거처하면서 집안 형인 해빈 윤항, 졸재
윤행과 왕래하면서 자연을 즐기며 학문을 논하였다.

　1571년 9월 10일에는 사성司成, 1572년 9월 14일 수찬修撰, 12월 13일
장령掌令, 1573년 1월 10일 교리校理, 1월 28일 집의執義가 되고, 3월
2일에는 병으로 인하여 정사呈辭를 하자, 임금이 조리할 동안 말미를
주도록 명하기도 했다. 3월 22일 부수찬副修撰, 3월 27일 집의執義에
임명된다. 4월 18일 동부승지同副承旨, 6월 22일 좌부승지左副承旨에 임
명된다. 같은 해 9월 19일 충청 관찰사忠淸觀察使, 10월 18일 나주 목사
羅州牧使 등에 임명되지만 신병으로 인하여 귀향을 반복하였다.

　한편, 《행당선생유고》에 전하는 〈은대일록銀臺日錄〉이 주목되는바
이 일록은 1572년 4월부터 1573년 9월까지의 일록이다. 은대銀臺는 왕
명을 출납하던 승정원의 별칭임을 감안할 때 승지로 있던 시기의 기록
으로 볼 수 있다. 문집에 실리게 된 경위는 자세히 알 수 없지만, 중요
한 자료라 생각된다. 1572년 기록은 4월 23일, 5월 16일, 5월 29일 3회
에 지나지 않지만 《선조실록》이나 《선조수정실록》에는 이 일자에 해
당하는 기록이 없으므로 더욱 귀하게 여겨진다. 1573년 일록은 4월 19

일부터 9월 12일까지 120일 간의 기록이다. 4월 18일에 승정원의 동부
승지로 임명되어 6월 22일 좌부승지가 되었다가 9월 19일 충청 관찰사
로 보임된 점을 감안한다면, 승지로 임명받은 다음 날부터 승지로 있던
기간 중의 일록인 셈이다.

다만, 6월 25일부터 7월 11일까지와 중간 중간 며칠 분이 빠져 있다.
이 〈은대일록〉의 기사가 있는 날짜를 《선조실록》과 비교하여 보면 〈은
대일록〉의 120일분 가운데 42일분에 해당하는 내용이 《선조실록》에
는 빠져 있다. 반면에 《선조실록》에 있는 날짜에서 〈은대일록〉에 빠진
부분은 12일분에 해당된다.

행당은 병으로 귀향하여 있을 때에도 책을 벗 삼아 유유자적하게 한
가로운 노년을 도모코자 했는데 1574년 겨울 죽정산竹井山 서쪽 화곡禾
谷의 기슭에 한 칸 집을 짓고 노년을 보냈다. 1576년 8월 병을 얻어
1577년 1월 1일 66세의 나이로 세상을 뜨자 그해 4월 4일에 강진현 서
쪽 20리에 장사 지냈다. 아래에서 그의 서술시를 감상해 본다.

행당은 20편의 부賦를 남겨놓았다. 필자는 부賦를 서술시로 개념 규
정한바[90] 행당의 서술시는 크게는 호남 시단의 서술시 전통을 이었다는
점에서 주목되며, 작게는 그만의 독특한 서술시적 세계를 열어 보여,
다음 세대인 풍암 문위세(1534~1600) 등에게 이어주었다는 점에서 뜻깊
다 할 수 있다. 행당의 서술시는 그만의 독특한 미학 세계를 이루었는
데 그 실상은 다음과 같다. 1. 역사의 전범과 교훈, 2. 종경宗經 정신
함양의 지향, 3. 성선과 의리 중시, 4. 귀거래와 내성 지향, 5. 군자도

90 졸고, 〈송재 나세찬의 부문학 세계〉, 박준규·최한선, 《송재 나세찬》, 태학사, 2000,
376~378면.

와 수신 지향 등이 그것이다.

오국성부	五國城賦[91]
발해의 동쪽 끝은	勃海東涯
숙신의 옛터이니	肅愼遺墟
장백산의 위용을 뒤에 두었고	背長白之岌嶪
혼동강[92]의 굽이침을 띠처럼 둘렀다	帶混洞之紆如
외로운 성터는 여러 차례 변고를 당했으니	孤城塊兮周遭
그 까닭에 성채는 무너져 숨겨진 듯 희미하다	故堞頹其隱嶙
산이 빽빽하니 짐승들이 모여들고	山茂鬱兮獸萃
들은 넓은데 사람들이 없도다	野莽蒼兮無人
옛날 송제[93]가 갇힌 곳이라고들 하는데	曰昔宋帝之攸囚兮
지금에 이르러선 쓸쓸히 안개만 무성하네	至今蕭瑟其風烟
저 금나라 오랑캐의 노략질은 사납고 흉악했으니	彼金虜之桀驁
동쪽의 거칠고 궁벽한 곳으로부터 시작되었다	自東荒之窮邊
2천의 군사를 써서 처음 일어났는데	用二千以肇起兮
여름의 이점을 틈타 하늘을 뒤엎는 듯 했다	敢滑夏而滔天
조씨가 송나라를 세운 것은	況趙氏之立國
인을 깊게 하고 덕을 넓게 하는 데 근본을 두었으니	本仁深而德宏
예조[94]는 멀리 내다볼 줄 아는 규칙을 정하였고	藝祖定其遠規
세 임금은 그 치세의 평온을 취하였도다	三宗養其治平
어찌하여 뽑히지 않을 굳건한 기초가	胡不拔之鞏基

---

91 조趙, 진秦, 한漢, 수隋, 당唐 등 5개국의 성터를 두고 읊음.
92 흑룡강, 송화강, 압록강 등 설이 많음.
93 북송의 8대 휘종과 9대 흠종이 여진족이 세운 금나라에 붙들려갔던 사실을 말한 듯.
94 송나라 태조 조광윤.

문득 하루아침에 기울어져	奄一朝而自傾
중간의 왕들로 하여금	俾中葉之天王兮
오랑캐 성에 갇히게 하였을까	作孤囚於胡城
개탄스럽게도 이런 재앙의 빚어짐은	慨此禍之醞釀
왕안석의 분란에서 비롯된다	始安石之紛
더욱 장사치의 이욕과 하나 되기를 달게 여겨	更甘自同於商賈
닭과 개들도 편안함을 잃어버린 데에 이르고 말았다	致鷄狗之失寧
임금의 도리를 이어감은 황망하였고	繼道君之荒亡兮
뜻 또한 천하를 위함에 있지 않았다	意不在於天下
꼬리를 무는 사악한 논의를 믿어	信紹述之邪論
간사한 무리를 숭상하니 한직閒職들만 가득했고	崇奸回而滿暇
충신과 어진 이는 간사한 무리가 되게 하여	籍忠賢爲奸黨
쫓겨나고 강등되어 존망의 기로에 놓였다	貶黜遍於存亡
하물며 도덕과 교화도 마음을 미혹시켜	矧道教以心蠱兮
꽃과 돌조차도 뜻을 잃었을 정도였다	又花石焉志喪
토목 사업을 연이어 일으키니	土木從以并興
나라의 근본이 죽여져도 어찌할 겨를이 없었다	戕國本以不遑
백성은 원망하고 도적들은 일어서니	民旣怨兮盜起
하늘이 성내어 이변을 보였으나	天亦怒兮示異
되레 안을 다스림이 소홀함을 알지 못하고	猶不知夫內脩之疎闊
크게 드러내어 자랑하기를 좋아하였다	耀好大之夸志
도성의 밖은 형여[95]에 맡기어	委閫外於刑餘
이리와 승냥이같이 사나운 적과 싸우게 하였으니	俾爭鋒乎豺狼
버릇 나쁜 교활한 오랑캐를 도우는 격이 되었고	助狃勝之猾虜
사이좋던 이웃 나라를 등지게 하였다	背舊好於鄰彊
거의 한 고을에서 싸움의 시초가 생기면	殆發釁於一州

---

95 환관 또는 승려.

독의 칼날이 저절로 돌아올 것이요	旋毒鋩之自當
형세는 날로 더하여 나라는 무너지고	勢日就夫瓦解
이미 구할 수 없이 넘어지고 추락할 것이다	已無救於顚墜
설사 임금의 자리를 넘겨주기에 급급하여도	雖汲汲於遜位兮
누가 패배한 화를 피할 수 있으리요	疇敗禍之能避
아, 성총은 거듭 어두워지고	嗟淵聖之重昏
또 날마다 화의에 유혹되어	又日惑於和議
위급하고 망함에 이르러서는 징계하지 못하고	濱危亡而不懲
충성스러운 간언을 거부함이 더욱 심해졌다	拒忠諫其益篤
마침내 父子가 같이 갇히는 몸이 되었으니	竟父子之同囚
그 눈물을 삼킴이여	啜其泣兮
한스럽고 슬픔이여	何嗟及嗚呼
예로부터 지금까지	自古及今
나라가 망하고 집이 망함이 있었으니	國破家殊
진이 있었고 한이 있었으며	有秦有漢
수라고 하고 당이라고 말한다	曰隋曰唐
혹은 팔이 잘리고 수탈을 당하며	或軒臂而被奪
혹은 손을 뒤로 묶고 양처럼 질질 끌리고	或面縛而牽羊
그 참혹한 고통은 각기 다를지라도	雖各備其慘楚
군색하고 욕됨은 한결같이 똑같았다	至窘辱乎一場
어찌 만승천자가 있겠는가	豈有萬乘天子
추한 포로처럼 결박될 뿐이었다	係累醜虜
아버지와 아들이여	父兮子兮
여러 시어머니와 여러 어머니여	諸姑諸母
왕자여 황손이여	王子皇孫
비빈이여 잉첩이여	妃嬪媵嬙
모든 피붙이가 방랑객 신세가 됨이여	擧族播越
온갖 풍상을 무릅쓰고	冒犯風霜

만 리 사막에서	萬里沙漠
흉노의 털옷 입고 낙타 젖을 먹어야 함이여	氈裘駱漿
소리로 물어도 소통이 어려운 땅	音問難通
황차 살아서 돌아가길 바라겠는가	況望生還
고국에서는 나흘 안으로 돌아가길 꿈꾸었으나	夢四日於故國
금나라가 막음에 슬픈 원한에 잠길 수밖에	寄哀怨於金環
냉산의 외로운 신하를 힘입고 싶음이여	賴冷山之孤臣
처음에는 어진 선비로 천거된 인물이었다	始桃李之一達
여름의 태양이여	夏之日兮
겨울의 밤이 구차스럽게 뻗어남이여	冬之夜苟延
궁벽한 처지에 묶여진 세월이여	羈窮之歲月
삼십 년이 넘음이여	三十有餘年
목숨을 유폐된 곳에 의지함이여	寄命於幽閉
회제와 민제 때 진나라에서 있었던 일보다 심함이여	有甚於懷愍之在晉室者哉
다행히 진나라 문공[96]이 살아 있어서	幸重耳之尚在
실추됨을 잇고 이미 끊어짐을 잇는다 하여도	紹墜緒於已絕
그런데 되레 간사하고 사악함에 유혹되어	然猶惑於奸邪
충신은 막히고 저절로 위축되었도다	沮忠臣而自縮
구차하게 한 귀퉁이에 편안한들	偷一隅之偏安
하늘에 닿는 큰 부끄러움을 잊을 수 있으랴	忘戴天之大恥
단지 날마다 공물을 바치는 것을 일삼는다면	秖日事於奉貢
끝내 갇힌 사람을 구할 수 있겠는가	終不能救其拘囚
어찌하여 황천은 도움이 없고	豈皇天之不佑
그 책략은 어찌 그리 어두운지	胡多昏其算謀
아, 오랑캐의 환란을 일삼음이여	噫戎夷之為患

96 중이 : 진나라 문공의 이름.

예로부터 진실로 그러했도다	自前古而固然
선왕의 나라를 다스림을 우러르니	仰先王之御宇
모두 안의 닦음을 우선하였으며	咸內脩之是先
군비와 군대를 자세히 묻고 살피어서	又克詰其戎兵兮
엄중하게 외부의 침입에 대비하였으니	嚴守禦以外備
저들의 매우 사납고 엄청나게 거침이여	彼桀驚而鷙猛
실로 우리의 겨레붙이와는 다르도다	信非我之族類
이미 다스림을 실패하여 틈이 열리면	旣失治而啓釁
화를 받음은 이와 같은 지경에 이른다	宜受禍之至是
황량한 옛 성이여	荒凉古城
무너진 성터에 길이 막히니	塞於頹圍
나라를 떠난 외로운 신하여	去國孤魂
만 리 땅에서 돌아가기 어렵도다	萬里無歸
아, 후래의 목민관이여	噫後來之人牧
어찌 알아서 이를 거울삼지 않을 것인가	盍知鑑而
세 번 생각하고 거울삼게나	三思鑑之
어떻게 해서든 스스로 다스림을 다하도록 원하게나	如何願先盡其自治
진실로 스스로의 다스림을 이미 다 했다면	苟自治之已盡
사방의 오랑캐를 굳건히 지킬 수 있으리라	守固在於四夷

위에서 본 〈오국성부〉는 117행의 장편이다. 중국의 송, 진, 한, 수, 당 등 오국의 성터를 대상으로 나라의 흥망에 대한 이유를 차분하고 침착하게 서술하고 있다. 우선 시의 처음과 중간 그리고 끝이 있다는 점에서 이야기 시인데, 이야기를 묘사보다는 서술에 의존하고 있는[97] 훌륭한 서술시이다. 무리한 토목 사업 등으로 나라의 근본이 무너지자

---

[97] 김준오, 〈서술시의 서사학〉, 현대시학회 편, 《한국서술시의 시학》, 태학사, 1998, 27면.

백성들이 원망하며 도둑이 되어도 어찌할 수 없었기에 하늘이 이변을 보여 노함을 나타냈지만, 되레 그것을 상서로운 징조라며 자랑하고 좋아하다가 오랑캐에게 나라를 통째로 빼앗기게 되었다는 교훈적 요소를 삽입하여 전달의 효과를 살렸다.

다섯 나라의 흥망은 결국 내수內修의 유무에 달려있음을 강조하고 있는데 내수가 되지 않으면 아무리 공물을 바쳐도 갇힌 사람을 구할 수 없고, 그런 자에게는 하늘의 도움도 없다는 준엄한 교훈을 말하고 있다. 이어 군비軍備를 극진히 하여 외침에 대비해야 함도 강조했다. 행당은 임진왜란이 일어나기 전 15년 전에(1577) 세상을 떴지만 이미 유비무환의 국방을 말하였다.

나라는 "이미 다스림을 실패하여 틈이 열리면/ 화를 받음은 이와 같은 지경에 이른다/ 황량한 옛 성이여/ 무너진 성터에 길이 막히니/ 나라를 떠난 외로운 신하여/ 만 리 땅에서 돌아가기 어렵도다/ 아, 후래의 목민관이여/ 어찌 알아서 이를 거울삼지 않을 것인가/ 세 번 생각하고 거울 삼게나/ 어떻게 해서든 스스로 다스림을 다하도록 원하게나/ 진실로 스스로의 다스림을 이미 다 했다면/ 사방의 오랑캐를 굳건히 지킬 수 있으리라" 마지막 결론 부분인데 일방적 선언의 주장이라기보다는, 노래하기와 전달하기의 오묘한 조화로써 설득력과 합리성을 기반한 채, 설득적인 서술의 힘으로 자신의 주장을 차분히 펼쳐 보인 점은 행당 특유의 독특한 글쓰기 방식이라 하겠다. 이와 같이 역사적인 사실을 전범으로 내세워 교훈을 삼고자 창작한 것으로 〈엄격부〉, 〈항해부〉, 〈인부〉, 〈오중부차부〉, 〈축망부〉 등이 있다.

이남부 　　　　　　　　　　　　　　　二南賦[98]

아, 시와 노래의 말은	咨詩歌之永言
마음과 뜻이 우러나는 것이다	所以發其心志
그러므로 바르기도 하고 사악하기도 하여	故有正兮有邪
느끼는 바에 따라 다르게 나타난다	隨所感而異致
내가 《시경》의 〈이남〉 장을 보았는데	余於詩兮觀二南
성과 정이 매우 순수하였다	夫何性情之純粹
슬픔이 커도 상하는 데까지는 이르지 않고	哀已至而不傷
즐거움이 많아도 음탕함에까지는 이르지 않았다	樂亦極而不淫
대개는 진실을 얻고 중정을 잡고 있으니	盖得眞而得中
참으로 풍시[99]의 바른 소리라 하겠다	信風詩之正音
이는 오랜 시간 숙성된 것과 같으니	玆醞釀之有
주 문왕을 생각하면 공경심이 절로 인다	自想文王而起敬
여러 대를 이어 덕을 쌓았고	承累世之積德
지극한 어짊을 베푸는 정치를 하였다	施至仁而發政
신나라[100]의 아름다운 미인[101]이 있었으니	美有莘之窈窕
상제가 짝을 구하여 주었도다	乃上帝之作合
참으로 군자의 훌륭한 짝이었으니	信君子之好逑
덕이 깊고 품행이 정숙하였다	德幽閑而貞淑
수레 일백 량으로 시집을 보냈으니	車百兩而將之
이로써 우애롭고 금실이 좋았도다	爰友之而琴瑟

---

98 《시경》의 주남과 소남을 이남이라 하고 정풍正風으로 여김.

99 민가에서 불려지는 가요의 시를 말한다. 윗사람의 교화를 입어서 말이 있고, 그 말이 족히 사람을 감동시키므로, 마치 물건이 바람의 움직임으로 인하여 소리가 있고, 그 소리가 족히 물건을 움직이는 것과 같아서 풍이라 한다. 《시경》 국풍.

100 주 무왕의 어머니 태사太姒와 하 우왕의 어머니는 모두 이 나라 출신이었다.

101 문왕의 비인 태사를 가리킴.

성모의 아름다운 가르침을 이어	嗣聖母之徽音
내조의 공을 더욱 크게 이루었고	化尤弘於內助
궁중의 일들을 엄숙하고 공경하게 하니	儼莊敬於閨闈
대도의 시초102가 이루어졌도다.	造大道之權輿
몸이 닦아지고 집안이 다스려지니	身旣脩而家齊
나라를 다스림에 무슨 걱정 있으랴	又何有於治平
옛 나라를 새롭게 하라는 명을 받들어	命維新於舊邦
궁벽한 곳을 넓히어 나라가 조금씩 커지니	國寖辟而稍宏
비로소 풍 땅으로 수도를 옮기어	肇徙豊而移都
기협을 동과 서로 나누어서는	分岐陝之西東
채읍103에서 교화를 펴도록 하기 위해	俾采邑而行化
주공104과 소공105에게 각각 맡기었다	委周召之兩公
때론 나라 안에서 정사를 보고	或爲政於國中兮
때론 제후에게 자문을 구하면서	或諮詢於諸侯
임금의 덕 폄이 미치지 않을까 하여	布君德之未宣
외지고 궁벽한 곳까지 펴지도록 힘쓰니	用究暢於僻陬
은혜와 혜택이 먼 데까지 양양하게 넘쳐서	澤洋溢於遐邇
이익은 깊고 넓어 빠진 곳이 없었다	益深廣而無遺
강물이나 빗물처럼 점수와 여수, 한수 지방까지 혜택이 미치니	
	被江沱兮漸汝漢

---

102 권여 : 시초.
103 봉해준 땅, 주나라는 본래 우공禹貢의 옹주雍州 경내인 기산岐山의 남쪽에 있었는데 후직后稷의 13세 손인 고공단보古公亶父가 비로소 이 땅에 거주하였다. 아들인 왕계王季 역력歷에게 전하고 손자인 문왕 창昌에 이르러 나라가 넓어지자 도읍을 풍豊땅으로 옮긴 뒤 기주의 옛 땅을 나누어 주공 단旦과 소공 석奭에게 나누어 주었다. 무왕 발發에 이르러 다시 도읍을 호鎬로 옮기어 상商나라를 이겨서 천하를 차지하였다.
104 이름은 단, 주 무왕의 동생.
105 이름은 석, 주공과 같은 희姬씨.

백성들은 침착하고 물산은 풍만하였도다	民皥皥兮物熙熙
저 관저 장의 흥[106]과	彼關雎之取興
규목 장과 종사 장에서는	及樛木而螽斯
진실로 어진 덕이 궁중을 감화시켜	諒德感於宮中
여러 첩들이 화락하고 서로 칭찬함을 말하였다	衆妾樂而稱之
도요 3장과 부이 3장	桃夭夭兮採芣苢
한광 3장과 여분 3장은	漢之廣兮遵汝墳
남녀가 올바르고 집안이 화락하여	男女正而室家和
음란함을 바꾸어 부군을 사모한 것이다	變淫亂而懷夫君
작소 3장 초충 3장에서	逮鵲巢兮草蟲
채빈 3장에 이르기까지[107]	曁采蘋兮荇蘩
엽읍행로를 두려워한다는 행로 3장	畏厭浥之行露
폐패감당을 사랑한다는 감당 3장	愛蔽芾之甘棠
양고위이가 아름답다는 양고 3장	美羔羊之委蛇
은뢰산양에 감동받았다는 은기뢰 3장	感殷雷於山陽
표유매 3장과 소성 2장	摽有梅兮小星
강유사 3장 야유사균 3장 등은	江有汜兮野有麕
모두 소공 백의 교화를 좇아	咸遵敎於召伯
임금의 덕화를 입고 스스로 새로워짐을 노래한 것이다	沐王化而自新
하물며 줄가로 시작하는 추우 2장	矧苤苢之騶虞
인지진진으로 시작하는 인지지 3장은[108]	與麟趾之振振
임금의 덕화가 크게 이루어져	觀王化之大成

---

106 흥은 먼저 다른 사물을 말하여 읊고자 하는 말을 일으키는 것이다. 《시경》, 〈국풍〉.

107 끝의 채번菜蘩은 아무래도 운율 상 행당이 추가한 듯, 〈소남召南〉에는 없는 구절이다.

108 인지지 3장은 〈주남〉 시인데 소남 시를 말하다가 갑자기 주남 시를 말한 것은 왕의 덕화라는 주제의 일치에서 그렇게 배열한 것으로 보인다.

풍속이 이미 교화되어 순한 데로 돌아감을 보인 것이다	俗已化而歸純
이처럼 마을과 거리에서 불러진 노래는	斯里巷之歌謠
모두 그 말이 순수하도다	咸厥言之粹
이로써 미루어보건대	然因此而推之
천하여(중간 결)	天下兮(缺)
요임금의 당과 순임금의 우 이후에는	唐虞之後
우선하여 옛 희공[109]의 예법을	先故姬公之制禮
채집하여 관현악기에 올렸고	采以登於管絃
방안의 음악으로 썼으니	用爲樂於房中
본래는 향당에서 방국에 미치었다	本鄕黨於邦國
선왕의 풍화를 밝히어	明先王之風化
후래자에게 취하여 법 삼게 하니	俾後來之取法
마침내 성왕과 강왕 때에 이르러	竟致雍熙於成康
온 나라[110]가 두루 다스려짐을 보였다	甄八荒於壽域
저 《시경》의 아와 송의 화목하고 공경함은	彼雅頌之和敬
모두가 이런 데서부터 연유한다	皆由斯而乃作
슬프구나 미인이 한번 돌아가시어	哀美人之一去兮
개탄스럽게도 풍성한 다스림이 사라져버렸다	慨盛治之隨沒
군신이 문란하여 도를 잃었고	君臣紊而失道
서리 3장과 같은 시가 여러 나라로 이어졌다[111]	黍離降於列國
패, 용, 정, 위나라 등이 다투어	紛邶鄘與鄭衛
음란한 노래를 숭상하였으니	又淫亂之是崇
상간복상[112]과 같은 잡스러운 노래가 일어났는데	桑間濮上之雜興

109 주 왕실의 성씨는 희씨였다.
110 팔황 : 온 나라, 전 세계.
111 주나라 왕실의 멸망을 슬퍼한 시이다.

비슷함이 없었다[113]	莫有彷彿乎
두 편의 정풍과는	二篇之正風
하물며 세상이 멀어져 하대로 오면서	況世遠而逾下
시는 마침내 모두 없어져버렸다[114]	詩竟以之俱亡
세대가 흘러 백천 년이 지나도록	歷世歸來百千載
밝은 왕을 보지 못하였도다	曾未覯夫哲王
누가 능히 집과 나라를 다스리며	疇能齊家而治國
만방에 교화를 두루 미치게 할 것인가	用浹化於萬方
아녀자들로 하여금 한껏 추하게 만들었고	鄙閨門之多醜
이미 나라의 큰 근본이 어그러져	已大本之乖張
모두 그 끄트머리 것에만 집착할 뿐이니	咸規規於末外
어찌 옛날의 치세를 바랄 수 있으랴	焉古治之能望
아, 단편으로 흘러 전해지는 것은	嗟斷編之流傳
거의가 그때의 시를 읊고 상상할 뿐이다	庶諷詠而想像
아, 나라를 평화롭게 다스리고자 한다면	喟有志於平治
모두가 이를 보고 본받아야 할 것이다	盍觀此而效倣
우리 공자께서 《시경》을 찬정하실 때	吾夫子之撰定
삼백여 편으로써 대강을 삼았으니	冠三百之遺編
벽을 마주하고 힘쓴 것과 같다고 말할지라도	曰猶墻面而立勉
후세인들은 배워야 할 것이니라	後人以學焉
내가 세상에 나온 지는 훨씬 뒤늦은 세상이어서	余生世之苦晚
고인을 생각함이 아득히 멀다	懷古人而已邈
그 당시에 태어나지 못함이 한스럽기만 하다	恨不生於當時

112 잡스러운 노래, 위 영공과 사광의 대화에 나옴, 《행당선생유고》, 47면 참조.
113 〈주남〉과 〈소남〉은 국풍이라 하여 높이고, 나머지 패나라에서 빈나라까지 12개국 시는 열국시라 하여 격이 떨어진 것으로 보았다.
114 시를 채집하여 그로써 정사를 가늠한 정치 풍토가 사라졌다는 뜻.

한번쯤 그 성택을 읊어보고 싶다	一謳唫其聖澤
무릇 일에 나아가 이치를 완미하고	庶卽事而玩理
마음을 길러 뜻을 세우고 싶다	以養心而有立
시험 삼아 책을 펴서 세 번 반복하면서	試披卷而三復
끝까지 어두운 것을 밝히고자 멈추지 않는다	極明昏而不輟

〈이남부〉는 111행의 장편이다. 이는 《시경》에 대한 해설이면서 평가이며 종경宗經 정신의 함양을 권유하는 유학자적 자세의 발현이다. 〈이남二南〉은 《시경》의 국풍 가운데 〈주남周南〉과 〈소남召南〉을 말한다. 주지하는 바와 같이 〈주남〉은 문왕과 그의 비 태사太姒와 관련한 내용이 주를 이루는데, 주된 요지는 문왕 자신이 이미 몸이 닦여지고 집안이 가지런해진 효험을 드러내었기에, 그의 비 태사같이 훌륭한 아내를 얻을 수 있었으며, 문왕의 덕과 태사의 덕이 합쳐져서 덕치를 할 수 있었음을 말한 것이다.

〈소남〉은 소공召公인 석奭과 관련한 채읍采邑에서 유행했던 노래이다. 이 또한 문왕의 덕과 관련된 것이지만, 구체적으로 문왕을 내세우기 보다는 대부와 그 부인을 내세워 그들의 덕이 백성에게 미침을 찬양한 것이다. 다시 말하여 여러 나라의 왕과 대부 그리고 그 부인들이 문왕의 교화를 입어 능히 몸을 닦고 그 집안을 바로잡았기에 그 교화가 백성에게까지 미루어갔다는 것을 말하여 "천하를 다스림은 집안을 바로 잡는 것이 최우선이며, 천하의 집안이 바루어지면 천하가 다스려진다"[115]는 것을 나타냈다. 〈이남〉은 집안을 바루는 도라 했기에 공자는

---

115 성백효, 《시경집전》(상), 전통문화연구회, 1993, 72면.

아들 백어伯魚에게 사람으로서 〈주남〉과 〈소남〉을 배우지 않으면 얼굴을 담에 맞대고 선 것이라고 하였을 것이다.

행당은 〈이남부〉 전반에서 《시경》의 〈이남〉에 대하여 간략하나마 비교적 적확하게 분석하고 평가를 하고 있다. 예컨대 "저 관저 장의 흥과 규목 장과 종사 장에서는 진실로 어진 덕이 궁중을 감화시켜, 여러 첩들이 화락하고 서로 칭찬함을 말하였다"라는 평설을 하고 있음이 그 것이다. 여기서 행당이 전하고자 하는 메시지는 덕과 화락인데 결국 왕이 덕으로 다스리면 그를 따르는 모두가 화락하게 됨을 말하고 있다.

이른바 "선왕의 풍화를 밝히어/ 후래자에게 취하여 법 삼게 하니/ 마침내 성왕과 강왕 때에 이르러/ 온 나라[116]가 두루 다스려짐을 보였다/ 저 《시경》의 아와 송의 화목하고 공경함은/ 모두가 이런 데서부터 연유한다"라고 한 데서 알 수 있다. 하지만 "슬프구나, 미인이 한번 돌아가시어/ 개탄스럽게도 풍성한 다스림이 사라져버렸다/ 군신이 문란하여 도를 잃었고/ 서리 3장과 같은 시가 여러 나라로 이어졌다/ 패, 용, 정, 위나라 등이 다투어/ 음란한 노래를 숭상하였으니"에서 말하듯 군신의 도가 무너져 버리면, 왕의 덕을 칭송하는 시가 사라짐은 물론 안방 부녀들의 행위가 추하여지는 등 나라의 큰 근본이 어그러지므로 나라를 다스릴 수 없게 된다고 했다.

결국 행당은 나라를 평화롭게 다스리고자 하면 〈이남〉 같은 시를 배워야함을 강조했는데 "아, 나라를 평화롭게 다스리고자 한다면/ 모두가 이를 보고 본받아야 할 것이다/ 우리 공자께서 《시경》을 찬정하실 때/ 삼백여 편으로써 대강을 삼았으니/ 벽을 마주하고 힘쓴 것과 같다

---

116 팔황 : 온 나라, 전 세계.

고 말할지라도/ 후세인들은 배워야 할 것이니라"가 그것이다.

여기에서 우리는 행당의 서술시 글쓰기는 ㉠무엇을 원한다면, ㉡무
엇을 해야 할 것이다, ㉢누가 무엇을 할 때, ㉣무엇을 하였으니, ㉤무
엇 할지라도, ㉥무엇해야 한다는 식의 비교적 긴 호흡의 서술을 하고
있음이 주목된다.

행당은 이처럼 유학 경전의 가르침을 모든 것의 중심으로 여기는 이
른바 종경宗經 정신에 투철한 유학자였으며, 〈이남부〉 같은 서술시를
통하여선 자신의 그런 정신을 다른 사람이 함양하기를 바랐다. 이러
한 지향을 지닌 작품으로는 〈관저〉, 〈척호부〉 등을 들 수 있겠다.

우산부	牛山賦

천지의 사이를 대체적으로 바라보면	中天地而大觀
저와 내가 하나의 이치인 것을 깨닫게 된다	悟彼我之一理
모름지기 발육은 원시의 상태에서 시작되는데	要原始於發育
혼융하여 저절로 그 뜻이 생겨난다	渾融然其生意
돌아보건대 제나라 동남쪽에	眷齊彊之東南
우뚝하게 높은 산이 있었는데	有隆岡之高峙
그곳에는 주먹 크기의 돌이 많았으며	乃拳石之寔多
참으로 토양이 풍족하였다	信土壤之攸崇
비록 무너질 듯 했지만 어떤 징후가 없이	雖隤然而無朕
여러 생물이 살아가는 으뜸의 공을 가졌다	具生生之元功
여기에 만물이 뿌리를 내리고	玆萬彙之根托
그 가운데서 생명을 배태하였으니	日胚胎乎其中
봄이면 태양의 따스함을 만나고	當春陽之和煦
비와 이슬의 은택도 풍족히 입었다	靄雨露之流澤
두루 통하여 틈이 없고	翕通透而無間

조화의 합쳐짐이 끝이 없으며	胭造化之块圠
묵은 뿌리에서 싹이 터 뾰족하고	萌宿荄而句尖
옛 포기에서 피어나 움이 텄도다	發舊薬而達蘖
새싹은 자라나 아름답게 무성하고	長柔茂之猗猗
봉우리는 울창하여 깊숙한 그늘을 이루었다	鬱峯巒之蔭邃
어찌 아름드리나무가 홀로 우뚝 솟을 손가	豈拱把之獨挺
여덟 자 길이의 나무가 즐비하니	多尋丈之櫛比
연각117을 구함에 한결같지 않음이 없었고	求椽桷之無不同
동량의 재목들이 다 갖추어져 있었다	材棟樑之咸備
도성으로부터 가까운 곳부터	自都鄙之始近
다투어 찍어 베기를 서로 이으나	爭斲伐之相尋
금지하여 막는 바가 없어 수시로 드나드니	无禁防而時入
누구라도 하늘 높은 숲에 무심하였도다	孰无心於穹林
다만 베어낸 그루터기요 남은 것이 없는데	但槽柮而無餘
또 소와 양이 와서 침범하였도다	又牛羊之來侵
여러 순과 싹이 한꺼번에 없어졌으니	擧甹蘗其皆盡
안타깝구나, 앞의 조짐을 뒤따를 인연이 없어짐이여	惜從兆之無緣
아, 쳐서 죽인 길만 많음이여	嗟戕賊之多路
정녕 외로운 산의 본래 모습이랴	寧獨山之性然
증명해 보일 까닭이 멀리 있지 않음이여	所以證之不遠兮
어찌 우리 사람들은 되돌아 살피지 않으리요	盍反觀乎吾人
처음 받은 품성은 악함이 없어	俶初稟之無惡
온갖 선이 한 몸에 갖추어져 있도다	備萬善於一身
저 좋아하고 싫어함이 서로 가깝도다	彼好惡之相近
아름답고 어진 마음이 비로소 움직인다	懿良心之初發
진실로 선이 길러지면 해침이 없나니	苟善養而無害

---

117 서까래.

타는 불길이 샘물에 이름과 같도다	若火燃而泉達
여러 아름다움이 모이어 우뚝 빼어남은	集衆美而卓爾
이산의 그늘지고 무성함과 닮았도다	類玆山之蔭蔚
그러나 한번 방심하여 살피지 않으면	一放心而莫省
여러 갈래로 나뉘어 틈이 생긴다	紛多岐而投隙
기질과 습관이 안으로부터 공격을 당하면	始氣習之內攻
마침내 사물에 유혹되어 외부의 찍힘을 받아	竟物誘之外斲
진실을 상하고 말류의 흐름에 빠지게 된다	汩喪眞而沫流
몽몽함에 빠지고 혼매함에 물들어	泯蒙蒙焉昏憒
온갖 행실이 없어짐을 오로지 편하게 여기니	滅百行而惟逞
산이 민둥산 되는 것과 어찌 다르겠는가	何異山之濯濯
그러나 본래의 선으로 되돌리기는 어렵더라도	然本善之難托
이는 밤기운이 자라나는 것과 같으니	是夜氣之所息
정성으로 물욕이 와서 접촉함을 막아내고	誠防物之來接
처음의 마음을 확실히 하여 잊지 말 것이다	確初心而勿忘
그 초심의 회복을 두텁게 하고 양양하게 한다면	敦厥復而洋洋
행한 바의 모든 것이 어찌 상할 수 있으랴	盡所爲之焉戕
저 나무뿌리가 땅에 의탁함이여	彼根荄之托地
의리가 아직 망하지 않음과 같도다	猶理義之未嘗亡
기르는 바에는 도가 있으니	在所養之有道
기름이 없다면 이는 자라나지 않을 것이다	養無有此不長
아, 산의 새움이 날로 줄어듦이여	噫山之蘗日以耗
사람들의 더한 아픔으로 돌아오는구나	貽吾黨之增傷

　64행의 〈우산부〉는 매우 뛰어난 작품이다. 우선 그 구성의 긴밀함이 돋보이고, 다음으로 이야기의 처음과 중간 그리고 결말이 선명하며, 마지막으로 주제 전달을 위한 비유 등 표현 수법 또한 훌륭하다. 앞서 보인 작품과 달리 행당 서술시의 또 다른 모습이 잘 드러나는데 우산과

나무와의 관계를 사람의 품수 받은 성품과 성선性善으로 관련지어 흥미롭게 이야기를 구성하였다.

우산의 본래 풍요로운 모습, 그를 바탕으로 나무들이 무성하게 자라나 서까래로 혹은 기둥으로 쓰여지는 관계를 말한 다음, 하지만 잠깐의 방심放心으로 도성 가까운 곳으로부터 우산이 파괴되고, 그에 따라 나무들이 베어져 결국 앞의 무성함을 이을 조짐이 없어지고 말았다고 했다.

성리학자들은 방심을 경계하기에 구기방심求其放心을 입에 달고 산다. 행당 역시 품수稟受된 성의 선함을 잃지 말 것을 강조하고 있는데 "처음 받은 품성은 악함이 없어/ 온갖 선이 한 몸에 갖추어져 있도다/ 저 좋아하고 싫어함이 서로 가깝도다/ 아름답고 어진 마음이 비로소 움직인다/ 진실로 선이 길러지면 해침이 없나니/ 타는 불길이 샘물에 이름과 같도다/ 여러 아름다움이 모이어 우뚝 빼어남은/ 이산의 그늘지고 무성함과 닮았도다/ 그러나 한번 방심하여 살피지 않으면/ 여러 갈래로 나뉘어 틈이 생긴다"라고 한 것에서 알 수 있다.

행당은 의리의 뿌리가 성선에서 나옴을 말했는데, 사람의 착한 성에 틈이 생기면 착한 기질과 습관이 안으로부터 공격을 받은바 되어, 결국 외부에 유혹되고 찍힘을 당하게 되어 진실을 상함 곧 의리를 잃음에 이른다고 했다. 사람이 의리를 잃음은 산이 나무를 잃어 민둥산이 되는 것과 같다는 표현은 자못 그 비유가 흥미롭다.

행당은 결국 "정성으로 물욕이 와서 접촉함을 막아내고/ 처음의 마음을 확실히 하여 잊지 말 것이다/ 그 초심의 회복을 두텁게하고 양양하게 한다면/ 행한 바의 모든 것이 어찌 상할 수 있으랴/ 저 나무뿌리가 땅에 의탁함이여/ 의리가 아직 망하지 않음과 같도다"라 하여 성선

은 땅이요, 의리를 지킴은 땅이 있어 나무가 뿌리를 내리는 것과 같음
을 말하였다. 잔잔한 물처럼 담담하게 자신의 주장을 산과 나무의 관계
에 비유하여 표현했는데, 탁월한 수사와 차분한 전개, 탄탄한 구성, 유
학자다운 주제 등이 잘 조화되어 짙은 감동을 자아내는 명품이다. 이와
같은 작품으로 〈인자여사부〉, 〈윤덕천〉 등을 들 수 있겠다.

남정부

슬프다, 시절의 명령이 고인에게 미치지 못함이여	哀時命之不及古人
어찌 여생이 만년에 이르러 고통스러운가	夫何余生之苦晚
번쩍번쩍 빛나며 점점 자라남과 같음이여	燁燁其侵長兮
세월은 문득 다하는데 따르지 못함이 있네	日忽忽而不及
나아가 부르짖어도 내게는 들림이 없고	進號呼而莫余聞
물러나 고요히 침묵해보지만 나는 알지 못하네	退靜黙又莫余知
분분한 위태로움과 유별난 헤어짐이 남들과 달랐음이여	紛危獨離而異兮
아, 온갖 잘못된 비웃음을 받음이여	羌衆非之所嗤
비록 이지러짐을 볼지라도 어찌 상심할 것인가	雖見缺其亦何傷
처음 먹은 마음이 어긋남에 안타까워하도다	惜初心之而違
예부터 나는 이미 아는 바가 있었으니	昔余之旣有知兮
움직일 땐 반드시 옛사람을 스승 삼으리라	動必師乎古之人
직설 때문에 우 임금이 나왔음에 기쁘고[118]	喜稷契之生虞
유신씨가 탕왕을 만난 것이 다행이로다	幸遇湯於有莘
그 사람들을 바라보니 이미 멀도다	望夫人其旣遠兮
아직 남긴 바가 있으니 분함이 더 하도다	尙遺風而增憤

118 요순시대의 유명한 신하인 직과 설. 직은 농업을 관장했고, 설은 교육을 관장했다.

세 가마솥의 아름다운 말씀을 음미하여 보니[119]	味三釜之謨言
영화롭고 기름이 있는 훈계임을 알겠도다	知榮養之在訓
모름지기 익힌 바를 업으로 삼을 수 있다면	庶所習之有業
천은이 나에게 주는 보답이 있었을 게다	答天恩之錫余
어찌하여 백일하에 나누어주지 않았을까	何白日之莫與
나의 십 년 도모함은 처음과 같도다	吾謀曾十年其猶初
신미년[120] 초봄의 일이여	歲辛未之首春兮
서울에서 국광[121]을 보았다네	觀國光於上都
때는 아름다운 어진 사람들뿐	時所美之惟賢
과감히 말하건대 나는 어리석었지	果以我爲愚
임금이 있는 곳의 문은 아홉 겹이고	君之門以九重兮
또 좌우에서 선용해주는 이도 없었지[122]	又無左右爲之先容
외로운 나그네로 일생을 마쳤으니	爲孤羈而終歲
생각하니 도리에 맞지 않게 복잡했었네	思不理之繽總
이미 모의[123]처럼 내가 벼슬을 받들 수 없음이여	旣毛橛之莫吾捧兮
어찌 홀로 즐기자고 이렇게 헤어져 살겠는가	何獨樂斯之離居
하늘하늘 가을바람이 부니	嫋嫋兮秋風
나뭇잎은 섬돌에 떨어지네	木葉落兮堦除
멍에를 단정히 걸고 행장을 단속하여	整回駕余戒行
도성의 문을 여니 근심이 일어나네	排國門而軫懷
친한 벗이 위로하려고 전송연을 벌이는데	親朋慰余而求餞
기둥 앞에는 술 단지와 술잔이 준비되었네	列前楹之樽罍

---

119 은나라 탕 임금이 목욕하는 세 발 달린 가마솥에 새겼다는 글.
120 1571년, 선조 4년, 행당 나이 59세.
121 임금의 성덕, 혹은 다른 것, 분명치 않음.
122 선용 : 사람을 천거하기 위하여 먼저 명예를 칭찬함.
123 모격 : 모의봉격毛義奉檄, 후한 사람 모의의 고사.

대장부는 이별을 슬퍼하지 않는 법	丈夫不慘於離別
사이사이 담소가 오가고 말이 이어지고	間談笑云云
바야흐로 화락하며 담담하게 손을 맞잡고	其方諧澹握手
서로를 인정하면서	而容與兮
사이사이 맑은 노래로 서로 화합하는데	間淸唱之與偕
말이 머리를 들고 슬피 우는도다	馬矯首而悲鳴
어찌하여 또 거듭 부르는 것일까	奚又申之以喚
거듭 소매를 재촉함에 안장에 몸을 실으니	催奮余袂以據鞍兮
오장이 서로 의지하여 뒤틀리는 것 같구나	腸憑互之如回
섭섭하고 정신의 흐릿함이 끝이 없음이여	怊荒忽之無極兮
서운하여 나의 발길 더디기만 하구나	慨余行之遲遲
아, 나의 옛 도읍이 아님이여	粤匪吾之舊都
어찌 참으면서 이를 생각하리요	胡隱忍而懷斯
유일한 문명의 낙토여	惟文明之樂土兮
뭇 아름다움이 여기 모여 있도다	翕衆美之在茲
슬프다, 어리석음을 지키느라 팔리지 못함이여	憝守拙而莫售
무슨 낯으로 부모님을 뵈올까	謂何顏於反面
쌍관을 바라보니 높고도 높은데	望雙闕之巍巍
눈물이 주르륵 싸락눈처럼 흐르네	涕淫流其若霰
부질없이 편사[124]를 참지 못하고	慢不忍乎便辭兮
수고롭게 눈길을 서쪽으로 돌렸도다	勞余目於西眄
이미 떠난 도성을 우러러 바라봄이여	旣去都而仰睇兮
태양은 하늘에서 돌고 돌구나	羲輪半碧乎輾轉
배를 타고 강을 거슬러 오르는데	乘舲舡余泝江
배가 깊이 잠기어 나아가지 못하네	江容淹而不前
정녕 뒤집힐까 추측하기 어려워	固翻覆之難量

---

124 교묘하게 꾸며대는 말.

두려워 마음 졸이며 뱃머리 돌렸네	恐摧抑而廻邅
가시나무를 의지하려고 그것을 지닌 채	賴棘棘而自持兮
자랑스럽게 대천을 건너서 갔네	夸利涉乎大川
무성한 잡초 길을 걷는 나의 말이지만	步余馬兮平蕪
나의 절개는 전야에서 증험되리라	按余節兮野田
우거진 잡목 숲은 끝이 없고	灌莽杳而無際兮
깊은 숲속 어둑어둑 의지하듯 펼쳐졌네	深林翳翳其依發
긴 휘파람 소리 추위에 떨리는 듯	長嘯之憭慄兮
애오라지 나의 근심 펼쳐본다	聊以舒吾憂思
여러 가지 알 수 없음에 기쁘기도 하지만	紛佁儗而若喜兮
혼미하니 내 갈 바를 모르겠구나	迷不知余所之
저 멀리 넓은 들은 눈에 가득 들고	迥平野之彌迤兮
수만 송이 예쁜 꽃은 보고하듯 모여 있다	佳萬英之告斂
하지만 가라지풀들은 아직도 뿌리가 남아 있고	然稊莠之尙根兮
일찍이 불볕 가뭄의 병폐도 보았으니	曾又見痒於旱焰廬
소인들의 의지할 바를 잃음이여	小人之失依兮
슬프다, 배를 굶주리고 흉년까지 듦이여	哀腹糲之亦歉
두터운 성은이여 더욱 아래로 내려서	厚聖恩之益下兮
살피고 마땅히 도움 준다면 넉넉지 않으랴	省應助夫不贍
가혹하고 위협적인 정치가 호랑이보다 무서움이여	苛威政之多虎兮
빼앗지 않고선 배부르지 못한다니 두렵도다	懼不奪則不饜
마음이 편안하지 않음이 오래됨이여	心不怡之長久兮
근심이 근심을 거듭거듭 낳는구나	憂與憂其重仍
해가 지면 어둠이 오는 법[125]	曜靈晼晩其易陰
서쪽 산의 첩첩함이 원망스럽네	怨西岑之崚嶒
저녁 이슬에 옷이 젖을까 조심하지만	戒夕露之濕衣兮

125 요령 : 뜨는 해, 원만: 지는 해.

더구나 늙고 지친 말이 불쌍하여라	況瘦駘之凌競
잠깐 민가에 들러 자고 가려는데	聊可宿於民舍兮
눈이 총총하여 잠들 수 없네	目耿耿其不暝
초여름의 짧은 밤을 바라보니	望孟夏之短夜兮
어찌하여 세월은 어둡고 밝음이 있는가	何若歲其晦明
홀로 밤새도록 뒤척이는데	獨申朝而反側兮
슬피 울던 귀뚜라미 하늘로 갔는가	哀蟋蟀之霄征
갑자기 종 녀석이 깨웠는데	忽僕夫之告戒兮
아직 닭은 홰치지 않았네	尙晨鷄之無聲
먼 길의 평탄함과 험함을 잊었는데	忘脩路之夷阻兮
구름과 뭇별들 남쪽으로 흐르네	南指雲與列星
서리와 이슬이 처참하게 섞여 내리니	霜露慘悽而交下兮
아마도 단단한 얼음으로 굳어지겠지	占堅氷之將凝
찬바람이 때맞춰 불어 닥칠 것이니	寒風聿其永至兮
음침한 기운이 침범함을 탄식하노라	歎陰氣之憑陵
아침에 떠나야 저녁에 이를 길	朝余行而夕至兮
남쪽을 향한 길 멀기도 하여라	南路莫其羌永
지름길을 원하지만 어쩔 수 없어	願逕逝之不得兮
혼이 먼저 돌아가 부모님을 뵈옵네	魂先歸而覲省
돌아봐도 홀로 가는 길에 벗 하나 없어	顧隻行之無友兮
몸이 그림자를 보고 서로 위로 하도다	形顧影而相弔
나의 성품이 물을 좋아함을 믿기에	信余性之樂水兮
물가에 이르면 쏟아내고 움켜쥐곤 해본다네	每臨溪而瀉抱
흐르는 시냇물 맑고 투명하여 바닥까지 보이니	溪流淸瑩而徹底
바라건대 내 마음의 법도로 삼을만하네	庶可律乎吾心轉
언덕이란 모두 굽기도 하고 곧기도 한데	盡原阡之曲直
거듭 태산의 준령이 높음을 보겠노라	重見太嶺之嶔崟
한 걸음에 아홉 번 꺾이고 굽어 도니	一步九折而縈廻兮

곧은 길 큰 길 다투듯 위험하네	直與太行乎爭危
아, 말은 병들어 힘은 다 했는데	咨玄黃之力單兮
또 거듭 연장에 찔리는 상처를 당했네	又重之以瘡痍
아, 옛날의 사씨¹²⁶는 부지런하고 검소하여	噫昔姒氏之克勤
족히 부르틈도 잊고 썰매를 탔다는데	足忘胝於乘橇
하물며 나의 말이 크게 지쳤으니	矧我馬之孔瘏兮
내 어찌 무심히 타고 달리랴	吾何瘝然乎載馳
푸른 가죽신 신고 벽을 어루만지듯이	着靑鞋而捫壁兮
돌부리에 앉아 턱을 괴고 쉬었네	憩石根而支頤
길을 가며 노래하기는 정말 어려워	歌行路之方難兮
얼굴을 들고서는 하늘을 보았네	仰面看乎天宇
검은 구름이 빠르게 다가와 밝은 빛을 가리니	疾黝雲之蔽明兮
이를 옛사람들 근심했었네	寔昔人之以愁
괴로이 발걸음 오락가락 머뭇거리면서	苦步徙倚而逡巡兮
한 번의 강개함을 역사에 부쳤도다	付一慨於千古
어지러이 금강의 물이 가득찼는데	亂錦江之瀰漫兮
위태로이 물 가운데를 혼자 헤엄쳤네	兀中流余孤泳
굽어보니 백 장이나 깊은 물이요	俛百丈之奫深兮
또 단호¹²⁷가 내 그림자를 노려볼까 두려웠네	又畏夫短狐之伺影
저녁에 집에 오니 공관처럼 텅 비웠고	夕余邸乎空館兮
밥 짓는 연기 아득히 쓸쓸하였네	人烟眇其蕭疎
우리 선대 때는 순박하고 우람했는데	在上世之淳尨兮
사립문 열린 채로 마을이 비웠네	扉不關而洞虛
시절이 예와 같지 않음을 보니	視時世之不然兮
명운의 자물쇠가 잠김이 귀신처럼 단단하다	命鍵鎖其固如神

126 중국의 우 임금.
127 물속의 독벌레.

두려움에 두근거리는 마음과 분함이 가슴에 교차하니

悸氣憤交於胸中

아, 누구를 향하여 모두 펼칠까 　　　　　　　　　　喟向誰而畢攄

밤이 깊으니 수레도 엄숙히 　　　　　　　　　　　　夜朶半而肅駕

높은 바위 위를 가듯 두려운 걸음이다 　　　　　　　履畏途之攓巖

진실로 편안함을 위하여 이를 꾀함이여 　　　　　　苟亟寧之是圖兮

무릇 누구라도 지치고 어리석으면 감당하기 어렵다네

夫孰罷瞀乎難堪

마음은 언제나 상재[128]에 달려있기에 　　　　　　心長懸於桑梓兮

문득 이 몸이 말 위에 있음을 잊었네 　　忽忘夫此身之在於馬上也

가면서 쉬지 않으면 어찌 멈추랴마는 　　　　　　逝莫息其詎止兮

진실로 감히 황급히 서둘지는 않으리라 　　　　　固不敢或遑乎

스스로 자유롭게 눈을 돌려봄이여 　　　　　　　　自放曼余眸兮

흰 구름이 뭉게뭉게 흐르다가 멈춤을 보고 　流觀白雲靄靄兮飛止

방울방울 상투처럼 푸른 풀잎에 맺힌 이슬 　　點露髻兮莽蒼

옛 놀던 산이 더욱 가까운 듯 기쁘도다 　　　　欣故山之伊邇

머리를 돌려 서울의 모습을 바라보니 　　　　回首長安之風日兮

멀고 또 멀구나 몇 리나 될까 　　　　　　　　　迥復迥兮幾里

가고 또 가면 　　　　　　　　　　　　　　　　行行兮重行

북쪽 끝도 남쪽 귀퉁이 되리니 　　　　　　　　北極兮南陬

어려운 글귀에서 말한 것도 이뿐이라[129] 　　　　亂曰已矣

하늘은 넓고 땅은 멀지만 세월이 멈추지 않으니　天長地遠歲不留

지나는 가운데 이룸이 없으면 　　　　　　　　　過中無成

다만 근심이 되나니 　　　　　　　　　　　　　秖挈憂欲

(근심) 풀기 위해 사다리 타고 궁궐에 오른다 　釋階梯登九闕

---

128 고향.

129 《초사》의 내용을 인용한 것이, 문장이 난해하다는 뜻인 듯.

온 생애 실로 많은 일들, 죽으면 편안하리	全生實多死已綏
옛 땅으로 돌아와 만족하며 즐기니	歸來舊土足自娛
부모님이 기뻐하시고 형제가 함께 하네	高堂歡合兄弟俱
혼정신성을 밝게 하고 때 아니 어기니	明昏奉省不違時
화락하고 즐거움을 기약할 수 있으리라	和樂且湛亦可期
내가 구하는 바를 얻었으니 다른 무엇 생각하리	獲我所求夫何思

위의 〈남정부〉는 172행의 긴 시다. 행당이 만년에 흠모했던 도연명의 〈귀거래사〉를 연상케 한다. 연보에 따르면 그는 64세 때인 1575년에 향리로 돌아와 임천林泉에 거닐면서 유유자적하며 지냈는데 이는 아마도 그 시절의 작품으로 보인다.[130] 하지만 면밀히 살필 때 이 작품은 연보 등 여러 사실을 살펴볼 때 행당 본인과 직접적인 관련이 있는 작품은 아닌 듯하다.

특히 신미년이라고 말한 해는 그가 60세 되던 1570년으로 예빈시정과 종부시정에 임명되었고 그다음 해 병환으로 잠시 백련서사에 머물면서 행당杏堂이라 자호自號하고 해빈옹海濱翁 윤항, 졸재拙齋 윤행 등 형들과 정의를 다졌다. 그 후 다시 벼슬에 나아가 사헌부 장령, 홍문관 수찬, 우부승지, 좌부승지 등의 벼슬을 하였는데 "과감히 말하건대 나는 어리석었지/ 임금이 있는 곳의 문은 아홉 겹이고/ 또 좌우에서 선용해 주는 이도 없었지/ 외로운 나그네로 일생을 마쳤으니/ 생각하니 도리에 맞지 않게 복잡했었네"와는 앞뒤 관계가 맞질 않다.

〈남정부〉는 행당이 평소 바라던 귀거래의 염원을 노래한 것을 실천한 것처럼 말한 허구적 이야기로서 그 수려한 문장력이 주목된다. 글을

---

130 앞의 유고, 529면.

밀고 나아가는 힘이 잔잔하면서도 유려하여 읽는 이의 마음을 사로잡는다. ㉠지르고, ㉡풀며, ㉢펼쳐서, ㉣맺는 문장력은 행당의 글쓰기 방식임은 다른 부에서도 익히 보아지는 바다.

　가령 "도성의 문을 여니 근심이 일어나네 – (지르고) – 친한 벗이 위로하려고 전송연을 벌이는데 – (풀고) – 기둥 앞에는 술 단지와 술잔이 준비되었네 – (펼치고) – 대장부는 이별을 슬퍼하지 않는 법 – (맺고)/ 사이사이 담소가 오가고 말이 이어지고 – (지르고) – 바야흐로 화락하며 담담하게 손을 맞잡고 – (풀고) – 서로를 인정하면서 – (펼치고) – 사이사이 맑은 노래로 서로 화합하는데 – (펼치고) – 말이 머리를 들고 슬피 우는 도다 – (맺고)/어찌하여 또 거듭 부르는 것일까 – (지르고) – 거듭 소매를 재촉함에 안장에 몸을 실으니 – (풀고) – 오장이 서로 의지하여 뒤틀리는 것 같구나 – (펼치고) – 섭섭하고 정신의 흐릿함이 끝이 없음이여 – (펼치고) – 서운하여 나의 발길 더디기만 하구나 – (맺고)/ 등이 그것이다.

　다음으로 주목되는 것은 행당 서술시의 서정성이다. 부 문학이 서술을 주된 문체로 전개되는 서술시라 할지라도 그것이 결국 서정 갈래의 시임을 감안할 때, 이는 함축적 또는 내포적 서정 시[131]라기보다는 풀이적 또는 서술적 서정시임을 인정하지 않을 수 없다. 따라서 외연의 드러냄과 내연의 감춤이라는 긴장감의 조화로 울림을 크게 하는 단형의 서정시와는 맛의 차이가 있다.

　다음에서 확인해 보자. "초여름의 짧은 밤을 바라보니/ 어찌하여 세

131　김준오가 짧은《시경》시를 서술시라고 정의했는데 이는 서구적 개념의 서사시와는 다른 함축적 서정의 서술시를 말한다고 보여진다. 김준오, 앞의 글, 31면.

월은 어둡고 밝음이 있는가/ 홀로 밤새도록 뒤척이는데/ 슬피 울던 귀뚜라미 하늘로 갔는가/ 갑자기 종 녀석이 깨웠는데/ 아직 닭은 홰치지 않았네/ 먼 길의 평탄함과 험함을 잊었는데/ 구름과 뭇별들 남쪽으로 흐르네/ 서리와 이슬이 처참하게 섞여 내리니/ 아마도 단단한 얼음으로 굳어지겠지/ 찬바람이 때맞춰 불어 닥칠 것이니/ 음침한 기운이 침범함을 탄식하노라"에서 보듯 마치 가사시의 연속성에 바탕한 전달하기의 지향을 잘 보이면서, 인접성의 원리에 기반하여 시적 화자의 시정詩情을 펼쳐 보임은 독자의 관심을 붙잡고도 남는다.

이러한 행당 시의 서정성은 고려시대부터 백련사 등지를 중심으로 활발하게 창작, 향유되었던 선시禪詩적 전통과 유관할 것으로 사료 되는바, 행당은 이를 나름의 서정성으로 계승, 발전시켰는데, 이러한 서정의 맥은 바로 뒤 세대인 해암 김응정(1527~1630), 청련 이후백(1520~1578), 한벽당 곽기수(1549~1616), 죽록 윤효관(1745~1823), 아암 혜장(1772~1811), 경회 김영근(1865~1934) 등에게로 이어지다가, 근·현대에 이르러 영랑과 현구 등의 남도색 짙은 서정시의 원류가 된 것으로 판단된다.

다음에서는 행당이 바랐던 귀거래의 염원을 단적으로 만날 수 있다. "마음은 언제나 상재에 달려있기에/ 문득 이 몸이 말 위에 있음을 잊었네/ 가면서 쉬지 않으면 어찌 멈추랴마는/ 진실로 감히 황급히 서둘지는 않으리라/ 스스로 자유롭게 눈을 돌려봄이여/ 흰 구름이 뭉게뭉게 흐르다가 멈춤을 보고/ 방울방울 상투처럼 푸른 풀잎에 맺힌 이슬/ 옛 놀던 산이 더욱 가까운 듯 기쁘도다/ 머리를 돌려 서울의 모습을 바라보니/ 멀고 또 멀구나 몇 리나 될까 (중략) 옛 땅으로 돌아와 만족하며 즐기니/ 부모님이 기뻐하시고 형제가 함께 하네/ 혼정신성을 밝게 하고 때 아니 어기니/ 화락하고 즐거움을 기약할 수 있으리라/ 내가 구하는 바를 얻었으니 다른 무엇 생각하리”가 그것이다.

마음은 언제나 상재 곧 고향에 달려있다고 하여 벼슬에 있으면서도 귀거래를 향한 마음을 떨쳐낼 수 없었던 조선시대 유학자의 일반적 지향을 말한 뒤, 옛 땅으로 귀거래를 실천하여서는 만족하며, 즐긴다. 부모 형제 모두가 기뻐하고, 혼정신성을 때 맞추니, 자식은 제 할 일을 하여 즐겁고, 부모는 효도를 받아 기쁘다, 이것이 바로 내가 구하는 바다, 저 벼슬에서의 규보파란跬步波瀾과는 멀어도 아주 멀다고 하면서 귀거래의 기쁨을 한껏 노래했다.

결국 행당은 귀거래를 통하여 자식된 도리를 다하고 형제의 사랑을 실천하며 내성內省에 힘써 완성된 인격을 바랐었다. “아침에 떠나야 저녁에 이를 길, 남쪽을 향한 길 멀기도 하여라/ 지름길을 원하지만 어쩔 수 없어/ 혼이 먼저 돌아가 부모님을 뵈옵네/ 돌아봐도 홀로 가는 길에 벗 하나 없어/ 몸이 그림자를 보고 서로 위로하도다/ 나의 성품이 물을 좋아함을 믿기에/ 물가에 이르면 쏟아내고 움켜쥐곤 해본다네/ 흐르는 시냇물 맑고 투명하여 바닥까지 보이니/ 바라건대 내 마음의 법도로 삼을만하네” 귀거래의 실천이 쉽지 않음을 먼저 말한 뒤, 이어 투명하여 바닥까지 보이는 물을 법도法度로 삼고자 하면서 서술의 묘를 잔뜩 부렸다. 지자요수知者樂水의 지혜 터득을 넘어 유학자로서의 완성된 인격을 향한 자기 수양, 곧 내성을 향한 유학자의 정신 지향에서 옷깃을 여민다. 이와 같은 내용의 작품으로 〈차감사불우부〉를 들 수 있다.[132]

---

132 최한선, 〈행당 윤복과 서술시의 미학〉, 한국시가문화학회, 《한국시가문화연구》 34
집, 2014. 참고

검지려부   黔之驢賦

선비는 몸뚱이 같은 바깥 치장은 떨쳐냄이 있어야 한다

士有謝外事於形骸兮

혼자 조용히 보고서 묵묵히 깨닫기도 해야한다   獨冥觀而黙會

이것을 미루어 저것을 앎을 기뻐함이여   喜推此而知彼兮

또한 작은 것으로 큰 것을 깨우치기도 한다   亦因小而喩大

유자후의 글을 책상에 놓고 대하노니   對柳子於几案

사설의 희귀하고 뛰어남이여   何詞說之瓌怪

말하기를 검강에 나귀가 있었는데   曰黔江之有驢兮

처음에 호사가가 배에 실었다네   始好事之船載

이미 사람에게는 쓸모가 없어서   旣無用於人兮

아무렇게나 산기슭과 물가에 버렸다네   空自放於山阿與水際

모습이 크고 소리가 우렁차며   形厖而聲宏兮

털 또한 보통이 아니어서   異尋常之毛毳

비록 사나운 호랑이일지라도 신처럼 여겨   雖猛虎亦以爲神兮

처음부터 뛰어오르거나 깨물 생각 안 했었네   初絶意於騰噬

조금씩 가까이 가서 시험해 보니   稍稍以近試之兮

기술이라야 고작 성내고 발길질하는 것뿐이었네   技不過於怒蹢

마구 뛰다가 넘어진 것을 무릅쓰고 이리저리 뛰어다니며

跳踉偃冒無所不至

바람에도 놀라곤 하니 번개처럼 달려들어 제압하였네

風若驚兮電若掣

발톱과 어금니는 상대와 겨룰 수가 없어서   爪牙之莫與敵兮

마침내 벌렁 넘어져 죽고 말았네   卒頹然以斃也

이 한 사물에 관한 이야기가 혹 그럴듯해도   此於一物而或然兮

이치는 거기에만 있는 게 아니도다   理無乎不在也

대개 당시에 보고 들은 것을 기록한 것이지만   盖記於當時之見聞

되레 천년을 두고도 경계를 일으킬 만한 것이다 猶可以起警於千載

사람은 본래 그 바깥을 꾸미고자 하여	人固有但飾其外兮
그 안을 닦는 데 힘쓰지 않는다	不務修於內也
외모를 엄정하게 하여 크게 드러내고	儼形貌之曼碩
선대의 뛰어난 업적을 꾸며댄다	冒赫業於先代
큰 옷을 입고 넓은 띠를 두름이여	褒衣以博帶兮
큰 소리로 주둥이를 드러낸다	大言以揚喙
다행히 무사한 때를 살면서	幸而居無事之時
혹 도리를 좇아 폐하여 지지 않더라도	或循道而不廢
마침내 호랑이에게 상처를 당하게 되어	而卒遇夫虎傷兮
쓸개가 찢기고 머리가 부수어짐을 면하기 어렵도다	鮮不膽裂而頭碎
기술과 힘이 다하면 막아내지 못하고	竭技力而莫之禦
완전히 패배의 길로 돌아가고 말 것이니	渾同歸於敗也
어찌 여기서 탄식이 한 번 나오지 않으랴	豈不於此而一噫兮
이 또한 경계로 삼아야 한다	盖亦爲之誡也
귀한 것은 군자의 도이니	所貴乎君子之道
정성스럽게 안에다 쌓으면 밖으로 나타난다	誠積中而發外
오로지 아름다운 덕이 날로 충만해지면	惟厥美之日充兮
수연함이 얼굴과 등 뒤에 나타날 것이다	粹然面而盎於背
그 위엄이여	其威也
가을의 서리같이 두려움이 있고	如秋霜之可畏
그 어짊이여	其仁也
봄날의 햇살같이 사랑스럽도다	如春日之可愛
쉽고 어려움이 이 한마디에 있으니	夷險乎一節兮
외환이 해를 입히지 못할 것이다	外患不爲能之害也
아, 덕이 없으면서 나아가려고 하고	噫無德以將之兮
또 능력이 없으면서 건너려고 하도다	又無能以濟也
의관을 갖춘 사람들의 거짓된 모습이라니	衣冠面目之人類兮
진실로 세상을 속이는 것이로다	苟以欺於世也

솥은 다리가 부러져도 음식을 담고 실을 수 있으나

鼎猶折足負而且乘

엎어지고 넘어진 것을 그 누가 구해줄 수 있으랴　　夫孰救於顚沛

이 일은 참으로 규범으로 삼을 만하기에　　而此事誠可爲之規兮

잊지 않고자 띠에다 쓰노라　　願無忘而書諸帶

56행의 〈검지려부〉는 당나라 유종원이 쓴 〈삼계三戒〉의 내용을 인용하여 자신의 주장을 펼치는 도구로 삼았다. 앞의 4구는 서론격이다. "선비는 몸뚱이 같은 바깥 치장은 떨쳐냄이 있어야 한다/ 혼자 조용히 보고서 묵묵히 깨닫기도 해야 한다/ 이것을 미루어 저것을 앎을 기뻐함이여/ 또한 작은 것으로 큰 것을 깨우치기도 한다"하여 서론으로 삼은 뒤 〈삼계〉의 내용을 소개한 것으로 본론에 들었다.

검강이란 곳에 사는 당나귀는 모습이 크고 소리가 우렁차며 털 모양이 범상치 않아 호랑이도 함부로 하지 못하는 동물이지만 이미 사람들은 그가 별것 아니라는 사실을 알고 있다는 말로 처음을 열었다. 호랑이가 나중에 안 사실은 "기술이라야 고작 성내고 발길질하는 것뿐이었다." 그래서 "번개처럼 달려들어 제압하였네"처럼 호랑이가 공격했지만 "발톱과 어금니는 상대와 겨룰 수가 없어서, 마침내 벌렁 넘어져 죽고 말았네"처럼 허무하게 그만 죽어버렸다는 이야기다.

행당은 이 이야기를 소개한 뒤 "대개 당시에 보고 들은 것을 기록한 것이지만/ 되레 천년을 두고도 경계를 일으킬 만한 것이다/ 사람은 본래 그 바깥을 꾸미고자 하여/ 그 안을 닦는 데 힘쓰지 않는다/ 외모를 엄정하게 하여 크게 드러내고/ 선대의 뛰어난 업적을 꾸며댄다/ 큰 옷을 입고 넓은 띠를 두름이여/ 큰 소리로 주둥이를 드러낸다"라 하여 사람들이 실상과는 달리 바깥만 꾸미기에 힘쓰고, 안을 닦는데 소홀함을 경계하였다.

그러면서 "귀한 것은 군자의 도이니/ 정성스럽게 안에다 쌓으면 밖으로 나타난다/ 오로지 아름다운 덕이 날로 충만해지면/ 수연함이 얼굴과 등 뒤에 나타날 것이다/ 그 위엄이여/ 가을의 서리같이 두려움이 있고/ 그 어짊이여/ 봄날의 햇살같이 사랑스럽도다"라 하여 군자의 도가 귀함을 강조한 뒤 정성스럽게 안으로 쌓아두면 자연스럽게 밖으로 드러나서 그 위엄은 가을날의 서리 같고, 그 어짊은 봄날의 햇살같이 사랑스럽다며 군자 도의 효험을 말했다.

그리고 "아, 덕이 없으면서 나아가려고 하고/ 또 능력이 없으면서 건너려고 하도다/ 의관을 갖춘 사람들의 거짓된 모습이라니/ 진실로 세상을 속이는 것이로다"라 하여 덕과 능력이 없으면서 벼슬에 나아가 사람을 다스리려고 하는 사람들, 이른바 그럴싸하게 의관만 갖춘 사람들을 꼬집어 세상을 속이는 것이라며 일침을 놓는 것으로 결론을 삼았다. 글의 앞에서는 묵묵히 닦는 수신의 도를, 뒤에서는 덕과 능력을 갖춘 군자의 도를 수미상관으로 갖추어 말했는데 인접성과 논리성에 바탕한 서술의 힘과 작자의 인품이 기저에 담긴 에토스의 위력이 독자에게 깊은 감흥으로 다가온다. 이와 같은 작품으로 〈대호부〉, 〈목무전우부〉, 〈항해부〉 등을 들 수 있겠다.

8. 송천의 서술시

송천松川 양응정梁應鼎(1519~1581)은 조선 중기의 호남시인이다. 그

는 지치주의至治主義의 실현을 위하여 수기修己를《소학小學》의 정신
에 입각하여 실천하고자 노력했던, 조광조趙光祖와 뜻을 같이 하여 기
묘명현己卯名賢으로서 반대파들에게 탄압받았던, 학포學圃 양팽손梁彭
孫(1488~1545)의 셋째 아들로, 전남 화순에서 기묘년(1519)에 태어났다.

학포는 부친 양이하梁以河와 호남 사림의 큰 맥을 형성하여 조선유현
연원朝鮮儒賢淵源의 19인 중 호남 출신으로는 유일한 사람이면서, 송순
宋純과 안처성安處誠 등을 배출했던 지지당知止堂 송흠宋欽(1459~1547)
의 문하에서 경사經史의 대의大義와 학문의 벼리를 배웠다.

학포는 자식들에게 '전업학문專業學問'할 것을 강력히 권면했는데,
자식들이 자신의 전철을 밟지 말기를 '참과거도득허명參科擧徒得虛名'
곧 '과거에 참여해서는 한갓 쓸데없는 이름만 얻었다'는 우의적인 말로
써 경계했다.[133] 학포의 집안은 유학의 경전經典에 많은 관심을 가졌던
것으로 알려져 있거니와 송천이 모친을 잃은 상실감 속에서도 예서禮
書와 경서經書를 강구하는데 게을리하지 않은 점, 내직內職에 있을 때
든 외직外職에 머물러 있을 때든, 언제나 유학의 경전에 마음을 쏟은
점, 관직에서 물러나 있을 땐 가문에 오랫동안 지속되어온 경전의 토석
吐釋에 심혈을 기울인 점[134] 등은 그런 사실을 잘 입증해 준다.

어쨌든 송천은 조부·부친의 영향에 힘입어 경전의 깊은 세계를 개척
하였음이 분명하며 그의 그러한 역량은 문하에 문도들이 모이게 했던
한 요인이었을 것이다. 송천은 실제 56세 때인 1574년(선조 7)에 경주부
윤을 그만 둔 뒤 3년 후에 박산(博山 광주시 광산구 박호동 박산)으로 돌아

---

133 이집, 〈송천선생 행장〉, 《국역 주해 송천집》, 1988.
134 위의 책, 310면.

와, 47세(1565)에 이미 건립해 두었던 조양대朝陽臺와 임류정臨流亭에서 경전의 세계에 침잠하거나 문하생들을 가르치는 일에 전념하였다.

송천이 유명한 기묘명현 학포의 아들로서 유학 경전의 심오한 이해를 얻어 후학들을 가르쳤다는 위의 사실들을 안다고 할지라도, 또한 그가 정자를 지어 두고 문하생들을 가르치는 데 열중했다 할지라도, 그러한 사실들이 그의 시를 이해하는 데에는 별다른 정보를 제공하지 못함이 사실이다. 다만, 그의 문하에 많은 문생들이 몰려든 이유가 과연 위의 사실 외에 또 다른 뭐가 있지 않겠는가라는 논의의 지속성을 제공해준다는 점에서 가치 있는 것으로 생각된다.

주지하는 바와 같이 송천의 문하에서는 송강松江 정철鄭澈을 비롯 조선시대 8문장으로 알려진 고죽孤竹 최경창崔慶昌, 옥봉玉峯 백광훈白光勳 등 삼당 시인으로 이름난 시인들이 배출 되었다. 최경창의 8문장 반열에 대해서 김태준의《조선한문학사》[135]에서는 견해를 같이 하지만, 이순인李純仁의《고담유고孤潭遺稿》에서는 그 순서를 조금 달리하고 있다.[136] 하지만 최경창이 문장으로 이름났던 것만은 부인하지 못할 사실이다.

송천의 지인知人 가운데서 그에게 영향을 가장 많이 끼친 사람은 석천石川 임억령林億齡이다. 송천은 당성棠城 곧 해남에서 석천을 만나 수창酬唱했는데 그때 그의 나이 32세(1550)로 문과文科에 급제하기 2년 전이었다. 석천은 뜻하지 않게 찾아온 후배를 맞아 과거에 낙방한 실의

135 이가원,《조선문학사》(상책), 태학사, 1995, 548~549면과 박세채의 〈고죽시집후서 孤竹詩集後敍〉,《한국문집총간》(제50책)·《고죽유고孤竹遺稿》, 34면.

136 이가원, 앞의 책, 같은 곳.

감을 어루만져주고 위로하는 등 격려를 아끼지 않았으며, 61수의 시를 주고받았다.

석천은 그의 재주와 기개에 대하여 칭찬을 아끼지 않았는데, 〈송양 평사送梁評事〉·〈고기가古器歌〉·〈증양생원공섭贈梁生員公燮〉·〈증양상 사贈梁上舍〉 등에서 송천을 중국에서 대대로 내려온 보물 곧 고기(古器 -고기가)로 비유한 것을 비롯, 귀중한 보검(寶劍-증양상사)으로, 사나운 호랑이보다 더 뛰어난 육박(六駁-송양평사)으로, 천리마(千里馬-증양생원 공섭) 등의 비유와 상징적 표현으로써 극찬한 것이 이를 입증한다.

'고기'·'보검'·'육박'·'천리마' 등의 표현은 송천의 인물됨에 대한 평 이거니와, 그의 시에 대해서는 '맹사음마장성굴猛士飮馬長城窟' 곧 용맹 스러운 병사가 장성굴에서 말을 먹이는 것과 같다고 했다. 이는 진秦 나라를 통일한 용맹스러운 병사들이 만리장성을 쌓고서 만일의 침입 자에 대비해 말을 다스린 사실에 견주어 말한 것이거니와, 그 의미는 송천의 시에 '힘'이 있고, '기상氣象'이 넘친다는 표현에 다름 아닐 것 이다.

실제로 석천은 〈조양수재調梁秀才〉에서 송천의 시가 거칠고 자연스 럽지 못하다고 하면서 평담자중율平淡自中律 곧 "평이하고 담박하며 저 절로 리듬이 맞는" 시를 권고하고 있다.

또한, '위시험어불爲詩險語不' 곧 시를 지으면서 거친 말을 쓰지 말 것을 당부하고 있는데[137] 이러한 사실은 그의 시에 넘쳐흐르는 기상을 말한 것이라 보인다.

석천의 이와 같은 지적은 고봉高峯이 '학식지정學識之精', '사조지박

---

137 《석천집》(2책) 〈조양수재〉.

詞藻之博' 곧 학문의 세계는 정밀하며 시의 세계는 넓기만 하다는 말[138]
이나, 하서河西 김인후金麟厚가 '기안능릉氣岸凌凌', '무여힐항無與頡頑'
곧 기개가 남을 압도하고도 남으니 아무도 같이 견줄 수 없다고 한
것[139] 및 송천의 행장行狀을 쓴 외손자 이집李潗이 '심박여강하深博如江
河', '병위여호표炳蔚如虎豹' 곧 시 세계의 깊이와 넓기는 장강과 대하의
물속과 같고, 문채의 신선하고 선명함은 호랑이와 표범을 대한 듯하
다[140]는 말 등과 동궤로 받아들여지는데 지인知人들이 지적한 그의 시
에 대한 평은 한 마디로 송천의 시가 묘사와 기교에 의한 서정 세계를
추구했다기보다는, 서술에 입각한 지시적 기능이 강한 시어로써 비유
와 풍자수법에 의한 기상이 넘치는 시작詩作을 했음을 알려준다.

이렇듯 지인知人들의 평을 통해서 볼 때도 송천시의 장처長處는 장편
시에 있으며 그러한 장편시는 서술이 핵심 화법이 되어 구성된 서술시
라는 점을 말하여 둔다.

절함   折檻

염광이 꺼지려는가 누런 안개만 자욱하고   炎光將晦黃霧塞
오후의 집 드나들며 열을 내는 사람은 많구나   五候門闌炙手熱
권세에 아부하기에 넘어지는 집 잡아줄 이 없고 阿權附勢孰扶顚
지체 높은 고관들은 제 배 채우기에 정신없네   大位高官徒哺啜
주씨 집의 한 남자가 괴리령이었는데   朱家男子槐里令
정기 받고 태어나서 천하의 호걸이 되었지   正氣鐘生天下傑

138 민병승, 〈신도비명神道碑銘〉, 《송천집》, 326면.
139 민병승, 위와 같은 곳.
140 이집, 〈송천선생행장〉, 앞의 책, 355면.

태양이 어두워지는 꼴 차마 볼 수가 없었으며　未忍天高白日暗

신기를 외가에서 훔쳐 가게 생겼기에　神器將爲外家竊

망망한 궁궐에서 범처럼 성을 내어　茫茫九關虎豹怒

임금님께 상서하고 충렬을 뽐내었다네　上書求見奮忠烈

앞에 닥친 큰 도둑을 님은 도대체 알지 못하니　巨猾當前上不悟

아첨하는 신하들이 님의 눈을 가린 탓이리라　佞臣夢蔽憤所切

상방에 있는 칼이 번쩍번쩍 빛나는데　尙方有劍光耿耿

못된 놈 목 베는 것이 무엇이 아까워서　何惜賜臣刃濡血

사부를 궐정闕廷에서 대놓고 욕 했다고 하는구나　廷辱師傅罪敢辭

칼날이 끊어질세라 마음이 썩는데　誠恐心腐釖鋒折

임금은 멋모르고 벼락같이 화만 내네　天威未霽赫雷霆

잡은 난간 부려져도 바른말 멈추잖고　攀檻雖摧猶直舌

소신이야 지하에 가 용봉龍逢 비간比干 따르겠지만

　　　　　　　　　　　　　　　小臣地下從逢干

성조가 어찌하여 걸桀 주紂와 같으리까?　聖朝如何等辛桀

당시에 부르짖던 늠름한 그 위풍에　當年大呼凜生風

여우와 살쾡이들 놀라 구멍 찾았으리라　餘響已振狐狸穴

예로부터 간신들이 오최五崔가 몇몇인가?　奸諛古來幾五崔

그대 같은 충분이야 설거주 하나로세　忠憤如公眞一薛

그때 과연 그 칼을 거기에서 썼더라면　果令此釖得見試

나라가 어지럽고 위태로움 없었을 것을　何有持危安抗陧

그의 곧음 표시하자고 난간은 갈지 않았으나　輯檻旋直信無補

무슨 소용 있었던가 전철을 되밟고 말았으니　嘆息皇輿依舊轍

그이의 우국충정 영원히 뭉쳐지고　憂國深衷永固結

간사람을 미워한 마음 끝끝내 풀 길 없어　疾佞一憤終不泄

해가 되어 비치우고 산이 되어 서 있다네　照爲日星峙爲嶽

열렬하던 그 정기 없어질 날이 없으오리　烈烈正氣無時滅

장안일대가 모두 아첨하는 무리임을 그대 보지 않았나

　　　　　　　　　　　君不見西京一代盡媚竈

깨끗하던 자운도 더렵혀지고 말았지 않던가?   子雲淸修亦汚節

위의 시는 〈절함折檻〉이라 제題한 34행으로 이루어진 장편의 7언 고시체이다. 위의 시는 한漢나라 성제成帝 때 괴리령槐里令 주운朱雲과 재상 장우張禹와의 갈등으로 빚어진 역사적 사실을 바탕으로 이야기가 구성되었다.

주운은 장우가 재상으로서 본분을 망각하고 성제의 총성을 흐리게 할뿐만 아니라, 아첨배의 농간에 놀아나느라고 백성들의 집이 허물어지는 등 그들이 질곡에서 신음하는 것을 모르는 척, 자신의 사리사욕만 챙기고 있으니 상방尙方에 있는 검으로 쳐 죽여야 한다는 것이다. 이에 대해 성제는 그렇지 않다면서 주운을 어사로 하여금 끌어내게 하였는데 주운은 끝까지 난간을 붙들고 충성심을 표하느라 그만 난간을 부러뜨리고 말았다. 이에 좌장군 신경기辛慶忌란 자가 성제께 호소하기를 충신忠臣이므로 죽이지 말고 용서해 달라고 하여 죽임을 면했으며 부러진 난간은 보수만 한 채, 주운이 보인 충성의 정표旌表로써 남겨 두었다는 것이다.

위의 사실은 《통감通鑑》의 〈한기漢紀〉에 나오는데 죽음을 각오한 채, 임금 궁궐의 난간을 부러뜨리면서도 자신의 우국충절을 굽히지 않았던 충신忠臣의 본보기로써 입에 오르는 이야기다. 위의 시와 《통감》의 내용을 비교해보면 사실에 대한 인식은 《통감》쪽이 훨씬 분명하게 해준다. 이렇게 볼 때 송천이 〈절함〉을 제작한 이유가 역사적 사실의 전달 또는 그것을 인식시키려는데 있지 않음을 알 수 있게 한다.

송천이 중국 한漢나라의 주운 고사를 시화하여 부친 또는 자신이 처한 현실을 극복 또는 해결하고자 했음이 분명하다. 부친의 일로만 생각

한다면, 중종 14년(1519)에 남곤南袞 · 심정沈貞 · 홍경주洪景舟 등의 훈구
파들이 조광조 일파가 반역을 꾀한다고 무고하여 김정金淨 · 조광조 등
이 사사되거나 축출된 바람에 학포가 연루되어 불우한 처지가 되었는
데, 학포는 그에 대해 늘 울분과 분노를 지니고 살다가 끝내 그로 인해
죽었다.

　송천은 자신이 존경해 마지않았던 부친의 한을 자신의 한으로 여기
고 그것을 풀어주고자 했거니와, 조광조 등이 죄가 없다고 끝까지 충언
할 신하 하나 없었던 것과, 무고에 대해 별다른 생각 없이 경솔하게
처리해 버렸던 중종의 어질지 못한 인품에 대해 〈절함〉은 강한 불만을
드러냄으로써 부친의 맺힌 한을 풀어보려 했다고 보여진다.

　그러므로 주운은 역사적 인물이 아니라 부친 또는 자신의 화신에 다
름 아니다. 그렇기에 서술방식은 시인이 주인공이 되어 사건을 맺고
풀어가는 주인공 고백적 시점을 주로 썼다. 간혹 현장감을 획득하고
생동감을 얻으려는 의도가 작용하여 등장인물들 간의 대화적 서술 방
식이 채용되기도 했음은 특이하다.

　이 시에서 주목되는 것은 시인 자신이 투영되어진 주인공과 간신배
에 대한 형상화 부분이다. 《통감》의 기록에 비해 곧 사실의 기술記述
을 중시하는 사가史家의 기록에 비해, 명송銘頌을 주된 임무로 하는 시
인의 서술인 만큼, 주인공에 대한 형상화는 사실의 전달보다 더 중요
하다는 점을 충분히 인식하고 있음이 돋보인다. 그러면서도 간신배(장
우)의 형상화 또한 여우 · 살쾡이 등으로 분명하게 각인시키고 있음도
주목된다.

　주인공 주운의 형상화는 '범처럼 성을 내어'(9행), '임금께 상서하고
충렬을 뽐내었다네'(10행), '잡은 난간 부려져도 바른말 멈추지 않고'(18

행), '소신이야 지하에 가 용봉·비간 따르겠지만'(19행), '성조가 어찌하여 걸·주와 같으리까?'(20행) 등에서 볼 수 있다.

주운이 불의를 보고 솟아오르는 분노를 이기지 못한 모습이 눈앞에 그려지도록 분명하게 각인시키고 있으며, 임금께 진정陳情하는 장면이 생생하게 상상되도록 했다. 또한 죽음을 각오하면서도 끝까지 할 말은 하겠다는 신념과, 간신을 처단하고야 말겠다는 의지가 문면에서 읽어지고도 남음이 있게 했다. 송천은 주운을 이렇게 형상화하여 곧 주운의 인물됨을 기리고 새기어(명송) 그가 하고 싶은 말 곧 주제를 효과적으로 전달하는 수단으로 삼고자 했음이 주목된다. 이 시의 주제를 분명하게 알기 위해서는 이야기의 구성방식을 파악하는 일이 효과적이라 생각된다.

전체 34행으로 짜여진 이 시는 제1행에서 4행까지가 도입부이다. 이는 시인이 주운의 사건을 직접 목도目睹한 것처럼 서술하고 있는데 그러한 서술태도가 환기하는 정서는 위기감과 긴장감이다. '황무사색黃霧四塞'은 설화 또는 소설에서 자주 애용되는 어구로서 '국난'의 징조를 뜻한다. 송천은 이처럼 시의 도입부에서부터 나라가 위태롭다는 긴장된 상황 설정을 분명히 했는데 이는 당시 조선 사회의 객관적 현실을 비유했다고 이해하기에 어렵지 않다.

이를 또한 자신의 개인적 정황으로 말한다면, 부친이 희생된 기묘사화(1519)를 빗대었다고 볼 수도 있겠는데 그러한 생각은 제5행 이후에서 더욱 확신을 갖게 한다. 도입부에서 상황의 급박함과 심각성을 말하여 주인공이 궁궐까지 직접 뛰어 들어가지 않을 수 없는 상황을 복선처럼 꾸몄으니 시인의 치밀성이 돋보인다.

제5행에서 제20행까지는 사건의 전개부로서 주인공과 임금과의 대

결과 갈등, 그로 인한 긴장으로 되어 있다. 시인이 진정 하고픈 말, 시인이 가슴에 새겨둔 그 말이 임금과 관련된 말이었기에 함부로 쏟아내지 못하고 주운의 고사를 가져와 빗대어 대리 진술케 하고 있는 부분이다.

제21행부터 제34행은 마무리 부분인데 전개부에서 제기된 긴장감과 위기감이 해결되지만 여전히 갈등이 풀리지 않고 있음에 주목할 필요가 있다. 임금이 있는 구중궁궐일지라도 진정 할 말이 있으면 뛰어 들어가 진언해야 된다는 용기와 충성심을 말하려 했다기보다는, 임금이 진실된 목소리를 들을 줄 알아야 하며, 진실과 거짓을 분명히 구분할 줄 알아야만이 폭군을 면할 수 있을 것이며, 비극과 모순이 해결될 것이라는 충언을 '깨끗하던 자운도 더럽혀지고 말았다네'로 교술적으로 힘주어 말했다.

어떤 문제가 제기되고 그로 인해 갈등이 일어나 긴장감이 고조되다가 문제가 해결됨으로써 긴장 또한 해소되는 것은 사실 전달을 목적으로 하는 서사구조의 일반적인 구성방식이겠다. 그러나 위의 시는 사실 전달에 제작 의도가 있지 아니할 뿐만 아니라, 주운의 충성심을 기리고 새기고 그칠 일 또한 아니었다. 이 시는 다름 아닌 왕의 불명不明, 불민不敏 및 언로言路 곧 충간忠諫의 막힘과 그로 인해 발생되는 엄청난 비극을 말하고자 한 것이었다.

단적으로 '장안 일대가 모두 아첨하는 무리'(33행)라고 한데서 그것을 확인할 수 있는데 주제가 집약된 부분이다. 한 가지 주목을 요하는 것은 시의 끝부분에 작자가 직접 개입하여 교술적인 술회로써 끝맺음을 하는 점이다. 이 시는 자신의 화신인 벼슬아치 주운을 주인공으로 하여 임금과의 갈등을 서사화 한 것이기에, 사대부 계층을 시적 대상으로 삼았기에 민중성(대중성)이라든가, 소박하고 투박한 민중의 생활상을 찾아보기 어렵다. 묘사보다는 서술이 주가 되어 전개시켜 나가고 있어서 언어의 지시적 기능이 시를 선명하게 만들어 준다.

사건의 배경은 서술적 화폭 속에 시간과 공간이 모아지는 축약적 배경을 설정하고 있는데, 이는 서사한시에서 주로 쓰는 방법이다. 과거의 시간에 다른 공간에서 일어났던 일을, 송천의 시대에 조선에서 일어난 일로써 생동감 있고, 밀도 있게 제시해 보이기 위해서는, 시·공을 한데로 축약시키는 배경설정이 효과적임은 재언을 요치 않는다.

이렇게 역사적 인물을 형상화하여 종국적으로 송천이 하고 싶었던 말은 무엇일까? 여우와 살쾡이같이 교활한 아첨배들을 물리치지 못하여 백성들의 집이 무너지는 것도 모르는 왕, 제 뱃속만 채우기에 급급한 벼슬아치의 행태를 모르는 왕, 충신을 몰라보고 물리치는 왕, 진실된 목소리를 들으려 하지 아니한 왕, 주위에 온갖 아첨배들만을 가까이 두고 있는 왕, 그런 현명치 못한 왕을 풍자하고자 했던 것이 아니겠는가.

만약 그렇게 본다면, 이는 분명 기묘사화에 연루되어 희생되었던 부친의 한풀이로써 제작된 것이며, 그 풀이의 방법은 바로 역사적 인물의 형상화를 통한 풍자라 하겠다. 시간과 공간, 사건과 인물 등 조선과는 전혀 무관한 소재를 시적 질료로 하여 당대 자신과 관계있는 울림을 획득하고 있으니 이른바 성동격서聲東擊西의 수법이요, 홍운탁월烘雲托月의 전략이 아니겠는가?

이렇게 볼 때, 이 시는 작게는 부친과 자신의 한풀이를 위한 '풀이시'라 하겠으며, 크게는 송천의 진정한 우국충정이 드러난 '애국시'라 하겠다. 필자는 송천 한시에서 위의 작품이 가장 송천다운 맛을 지녔다고 생각하며 교술적 서술시의 대표적 사례로 보고자 한다.

하백과추수   河伯誇秋水

장마가 여름 내내 지루하더니   淫潦苦淹夏
가을 들자 겨우 개어 햇빛을 보겠네   霽景纔屬秋
백 천에서 다투어 내닫는 물결이   百川競波濤
큰 바다 향하여 흘러 흘러를 가누나   奔灌大河流
끝이 보이지 않는 질펀한 물줄기   瀾漫極一望
언덕 너머에 소인지 말인지를 모르겠구나   兩涯迷馬牛
하백은 제 잘났다고 혼자 거드름 피우며   河伯自掀傲
모든 걸 자기가 거두어들인다고 으스대는구나   衆美我所收
강 귀신도 뒤질세라 기뻐 날뛰니   江神亦趨風
호수의 귀신이 짓밟힘을 당하는구나   湖鬼甘躪蹂
웅장한 기세를 한 번 뽐내보려는데   雄張欲一誇
어느 곳으로 머리를 돌려야 할까   何處可回頭
듣자니 동해의 바다에 신이 있다는데   聞有東海若
내 노래에 능히 화답할 수 있으리라   吾唱其能酬
순류 따라 한번 찾아가서는   順流將往見
손잡고 실컷 노닐어 보리라   兼之汗漫游
비렴 시켜 쌓인 안개 쓸게 하고   飛廉掃積霧
천둥에게 북소리 울리라 했네   雷公奏駭抱
아무리 생각해도 이 우주 간에서   自擬宇宙間
이 기상을 닮은 자 뉘이겠는가?   氣象誰比侔
아득히 끝이 없는 바다로 갔더니   乃至一望洋
황홀한 광경에 정신을 잃겠구나   怳怳莫自由
바다 밑구멍으로도 새 나갈 수 없는 물이여   尾閭所不洩
만학천봉 단숨에 삼키고 말겠구나   萬壑徒悠悠

하늘은 푸르고 바다는 깊으니	蒼然復淵然
끝이 어디이며 섬은 또 어디인가?	寧有涯與洲
멋대로 잘났다고 우쭐댄 것이	始信妄自大
부끄러워 저절로 목이 움츠려지네	不堪縮頸羞
목소리 낮추어 사과를 드리니	卑辭方遜謝
바다의 신께서 겸연쩍어하시네	海若豈自優
함부로 말 잘하던 장주란 사나이가	放言南華仙
깊고 오묘한 천기를 찾은 격일세	天機極冥搜
세상에는 많고 많은 물건들 있나니	凡物何芸芸
작은 것 어느 것이며 큰 것은 어느 것인가?	小大迥莫述
작은 것도 제 판에는 내로라하면서	小者自滿假
큰 것이 큰 것임을 나몰라한다네	莫知大所留
우물 밑을 뛰노는 개구리들이	井底有跳蛙
어찌 바다에서 헤엄칠 줄 알 것이며	詎識海中浮
여름 한 철 살다 죽은 벌레들이	夏月蠢玆蟲
두꺼운 얼음을 어떻게 알겠는가?	層冰謂莫求
진실로 알겠구나 조무래기 무리들은	故知束教輩
대방가 앞에서는 입도 뻥긋 못하는 줄을	大方難與謨
제 잘났다 뽐내는 자 거의가 그렇지만	滔滔誇己有
그들 보면 내 우스워 웃음이 안 그치네	吾笑良不休
유수같이 말 잘하던 소진蘇秦과 장의張儀	儀秦口縣河
물에서 배를 끌던 오획烏獲과 맹분孟賁	烏賁力挾輈
그 밖의 내로라한 백가의 무리들이	紛紛百家流
궤변을 늘어놓고 서로가 조잘대며	夸詭爭嘲啁
앉아서 세상을 이리저리 좌우하면서	坐令世奔波
초나라 없으니 추나라가 최고인 줄 아는구나	無楚自雄鄒
갑자기 대인을 만나노라면	卒然遇大人
크고 넓은 원대한 계획과	鴻渙敷大猷

한량없는 성인의 법도로써	洋洋之聖謨
구 주를 한 가슴에 안고 있는데	包納乎九州
어찌 소물들과 다툴 리가 있겠는가?	肯與小物爭
싣고 있는 땅과 같고 덮고 있는 하늘 같구나	地載天庇庥
슬기는 바닥나고 말문 막힐 지경이니	智窮辯自屈
굳세다고 했던 것들 야들야들 형편없네	剛爲譏指柔
자로라면 칼을 놓고 도망갈 것이며	子路捨劍趨
이지라면 시무룩이 시름에 잠기리라	夷之憮然愁
예부터 지금까지 하백이 그 몇인고?	古來幾河佰
기운을 삼키면서 제 잘못 뉘우쳤던가?	吞氣而悔尤
아! 보잘것없는 작수 같은 무리들아	嗚呼勺水徒
이를 보아 제발 입방아 좀 찧지 말소	懲此莫啾啾
나 역시 실속 없이 뜻만 큰 자로서	我亦狂狷者
호기는 하늘 땅을 감싸고 남는다네	沽氣天地周
북쪽 바다 크다고 그 누가 말하던가	孰謂溟渤大
한 술잔에 다 담아서 두 눈에다 쏟으련다	一盃輸雙眸
그러나 내 어찌 감히 뽐내리요	雖然豈敢誇
이제 학문의 바다에 뗏목을 띄웠는데	學海方乘桴

〈하백과추수河伯誇秋水〉라 제題한 위의 시는 송천의 '대인론'을 펼쳐 보인 좋은 예라 생각한다. 전체 70행으로 이루어진 장편의 오언 고시체 서술시로서 하백을 주인공으로 내세워 곧 우언적 서술로써 자신의 신념과 의지를 분명히 제시해 보이고 있다. 송천은 이 시에서 서로 상반되는 성향을 시적 대상으로 삼아 각각의 속성을 분명하게 부각, 충돌시켜 거기서 발생한 엄청난 충격의 파장을 얻고자 한 것으로 생각된다. 다시 말해서 강물↔동해물, 하백↔동해신, 조무래기↔대방가, 소인↔대인 등 상호 이질적인 것들을 폭력적으로 결합시켜 거기서 일어

나는 시적 울림의 효과를 노리고 있다.

이 시는 크게 전반부와 후반부의 2부 구성방식을 취하고 있는데, 첫 행에서 제32행까지는 하백과 동해신에 대한 이야기로서 전반부에 해당한다. 제33행부터 제70행까지는 후반부로 소小와 대大, 우물 안 개구리와 동해바다, 여름벌레와 얼음, 조무래기와 대방가, 소진·장의·오회·맹분·백가·이지·자로와 대인 등 전반부에서와 마찬가지로 서로 이질적인 성향의 대상을 등장·대립시켜 작가의 지향점이 무엇인가를 분명하게 부각시켰는바, 제61행에서 '예부터 지금까지 하백이 그 몇인고?'라 하여 대방가·대인·동해신을 제외한 모든 것들이 '작수勺水' 곧 하백과 같은 유類임을 밝혔다.

그런데 이 시는 좀 더 자세히 들여다보면 전반부는 다시 양분되는데 그것은 시점의 변화로 알 수 있다. 첫 행에서 제10행까지는 시인이 서술자이지만, 제11행부터는 주인공 화백의 시점으로 바뀌고 있다. 또한 후반부 역시 다시 양분되거니와 제61행부터는 시인이 직접 문면에 나타날 뿐만 아니라, 작중의 주인공이 되고 있다.

위의 시는 한시의 전형적인 창작방법인 선경후정先景後情 곧 어떤 경을 보고 흥기 된 마음을 정에 옮겨 붓는 방식으로 제작되었는데, 경景인 것들의 면면을 서술체 속에서 읽어내도록 의도했다. 곧 가을 강물·작은 것·우물 안 개구리·여름벌레·조무래기·소진·장의·오획·맹분·백가·이지·자로 등은 하나같이 자신의 생각과 주장만이 옳다고 생각한 채, 다른 어떤 세계·생각·주장 같은 것이 있는 줄 모르거나, 있다 할지라도 아예 무시해 버리고 마는 편벽되고 이기적인 군상들이 아니던가?

송천이 이 시에서 하고 싶은 말은, 이들 경景으로써 대변하고 있거니와 한마디로 불편不偏 부당不黨하지 못한 것들에 대한 질책이다. 그의 '대인론'을 극명하게 보여준 예시로써 이 시의 주제는 중용中庸이라 생각된다. 그러면 서술의 문면을 따라 '소인론'과 '대인론'을 살펴보기로 하자. 가을날 백천百川에서 모여든 강물, 그것들은 무엇을 뜻하는 것일까? 두말할 필요도 없이 아첨을 일삼는 여러 소인배들을 말하며 그들의 실상은 '하백'으로 대변해 보이고 있다. 작은 것小은 또 어떠한가? '작은 것도 제 딴에는 내로라하면서'(35행)라고 한데서 알 수 있듯이 정치 소인배들이 삼삼오오 모여서 정치 패거리를 곧 당黨을 형성하고는 온갖 권모술수와 궤변으로써 자기 패거리의 사리사욕 채우기에 혈안이 된 작태를 비꼬는 것이려니와 이는 바로 정치판의 풍자이다.

우물 안 개구리와 여름벌레는 또 무엇을 말하고자 끌어왔는가? 우물 밖에 엄청난 바다가 있다는 사실을 까마득히 모른 채, 또한 여름 한 철만 살다가 죽어 버리기에 봄에는 새싹이 있으며, 가을에는 낙엽이 있고, 겨울에는 얼음이 있다는 엄연한 질서를 모르는 여름벌레처럼, 우물 안에서는 자신이 최고라고 으스대는 개구리같이 소견이 좁은 존재를 풍자한 것이겠거니와, 이는 견문이 좁아서 세상의 돌아가는 형편이나 큰 추세를 모른 채, 삼년상이 예의에 맞다느니, 기년복을 입어야 한다느니, 적장자가 왕통을 이어야 옳다느니, 이기일원론이 옳다느니, 이기이원론이 더 옳다느니 등등의 주장(말)을 내세워 싸우느라고 정작 해야 할 중차대한 일을 하지 못하고 허송세월과 국력만 낭비하는 관료라는 부류를 풍자한 것이리라.

소진과 장의는 각 합종合從과 연횡連衡을 주장했던 유세가遊說家들이다. 이 두 사람은 왕에게 그럴싸한 명분을 내세우지만 결국은 자신의 입지 구축과 양명揚名만을 도모하는 데 혈안이 되었던 아첨배들과,

온갖 말을 만들어 능력 있는 무고한 사람들을 희생시키는 데 앞장섰던 아첨꾼들, 그런 말재주꾼들을 꼬집어 주고자 등장시킨 인물들로 판단된다.

규보파란跬步波瀾의 살얼음판 같은 정치현실에서, 종횡무진한 말들의 숲속에서, 온전히 버텨낸다는 것이 얼마나 지난한 일이었던가? '주초위왕走肖爲王'의 터무니없는 말에 희생된 부친을 생각할 때마다, 송천의 가슴은 천 갈래 만 갈래 찢어졌을 것인바, 송천은 그럴듯한 말장난에 대하여 '궤변을 늘어놓고 서로가 조잘대며'(48행), '앉아서 세상을 이리저리 좌우하면서'(49행)라고 꼬집고는 '제발 입방아 좀 찧지 말소'(64행)의 직격탄으로써 자신의 가슴속에 맺힌 울분을 터트리고 만다. 이 시 역시 앞의 시와 마찬가지로 교술적 서술로써 시상을 마무리하고 있음이 주목된다.

오획과 맹분, 이지와 자로는 용감한 사람으로 알려진 인물이거니와, 아무리 그들이 용감하다고 할지라도 대인大人을 만나면 '슬기는 바닥나고 말문 막힐 지경'(57행)이 되고 '굳세다고 했던 것들 야들야들 형편없네'(58행)처럼 된다 했으니 이는 구두선口頭禪만인 용맹을 앞세워 작당하여 불충不忠을 도모하려했던 패거리들을 풍자한 대목일 것이다.

이 시는 '말로써 말 많으니 말 말까 하노라'라는 시조의 구절처럼 말로 인한 폐단과 비극을 서술시 특유의 호흡으로 웅변해 주었는바, 말로 인한 화禍는 송천의 부친이 체험자이려니와, 송천 개인의 체험적 사실이면서 조선시대 정치판의 실체적 세계이기도 하였다.

이러한 현실 세계에 눈을 돌려 그 원인을 진지하고 세심하게 들춰내고, 그에 대한 대안으로써 《중용》의 정신에 입각한 불편부당不偏不黨의 '대인론'을 내놓은 것은 가히 송천의 인물됨과 사대부적 신념을 짐작케 하고도 남음이 있겠다. 문제의 근본 원인을 사대부들의 언행言行에 귀결시켜서 자신이 속한 집단을 '작은 것', '우물 안 개구리', '여름벌레', '소인', '하백' 등의 형상으로 뚜렷이 각인시킨 용기는 삼가 숙연해지기까지 한다.

요컨대 이 시는 송천 개인의 문제일 뿐만 아니라 당시의 객관적 문제이기도 했던 사화士禍가 모두 소인들의 '말장난'에 의한 것임을 직시하고 그 폐해의 치유책으로써 불편부당한 《중용》의 정신에 입각한 대인론을 주장한 것이라 하겠다. 달리, 이 시는 명명덕明明德·신민新民·지어지선止於至善하고 불편부당不偏不黨해야 할 사대부가 그러하지 못한 직무유기의 실상을 서술체 특유의 지시적 언어로 신랄하게 파헤쳐 보였다.

이는 서사 구성의 치밀함, 축약적 시공법, 형상화의 구체성 등을 바탕으로 풍자문학의 한 경지를 열어보였다는 의의를 지니면서도, 달리 서사 한시와 장편 서사가사가 보여준 백성들의 삶의 조건과 과정에 대한 문제로까지 끌고 나가지 못한 점, 시어의 사용에서 상투적·관념적 어휘를 적지 않게 쓰고 있다는 점 등의 한계점을 드러내기도 한다.[141]

하지만 불통과 아당이 판치고 소인들의 사리사욕이 횡행한 서술시적 상황에서 당대 문제를 서술을 통하여 풀이함으로써 공감을 부르고 신랄하게 파헤쳐 시정을 바라는 의지적 표명은 높이 사야할 것이다.

시에는 경계境界라는 말이 있거니와 이는 정情과 경景이 융합된 외부의 세계를 말할 뿐만 아니라, 희·노·애·락 등에 의한 마음속에 형성된 세계를 말하기도 한다. 시인 중에는 이러한 경계를 '서술'하는 사람

141 최한선, 〈송천 장편시의 세계〉, 한국고시가문학회, 《고시가 연구》 6집, 1999 참조.

이 있는가 하면, '창조'하는 사람도 있는데 현실주의 시인들은 '서술'하는 것이 일반적이다.[142]

　가슴에 형성된 어떤 경계, 그것을 자연스럽게 드러내는 것을 '서술'이라 말한다. 송천의 시에는 앞서 보인 바의 두 세계 곧 힘 있고 기상의 웅건함이 느껴지는 분위기와는 달리, 애상적인 경계를 서술하고 있는 시편도 있는바, 여기서는 그에 대하여 살피기로 한다.

호가	胡笳
대아가 없어진지 이미 오래인데	大雅久不作
세상 사람들 신기하고 애절한 것을 좋아하네	末俗趨奇哀
새로운 소리 날로 퍼져만 가니	新聲日以繁
그 위세 막아낼 자 누구이겠는가?	機發誰能遮
진나라 땐 장구가 조나라 땐 비파가 설치더니만	秦缶與趙瑟
이제 또 호가까지 있다네 그려	復聞胡有笳
모양은 사람이나 마음은 짐승 같아서	面人心犬羊
수초 찾아 그를 집으로 삼고	水草逐爲家
타락죽에 가죽옷 그것도 부족하여	酪裘苦不足
노략질하며 중국을 넘보기 일쑤	盧掠窺中華
활 당기며 앞을 다투어 돌진할 때는	彎弓競馳突
사납기 그보다 더할 수 없네	暴氣爭陵加
때때로 입술에 갈댓잎을 대고	時乎吻蘆葉
마구 불어대어 소란을 피운다네	吹弄助誼譁
천산 머리에 달이 돋을 때나	月出天山頭
푸른 바닷가에 구름이 잠길 때면	雲沉青海涯

142　유약우, 《중국시학》, 이장우역, 동화출판사, 1984, 119~120면.

그 피리 소리는 더할 나위 없다네	曲調莫以倫
애절한 듯 웅장한 가락이	抑怨而雄誇
점점 가까이 중국 국경 지대에서	稍近漢關塞
처절하고 긴장된 바람을 일으킨다네	凄緊起風沙
변방의 군인들 더욱 시름에 잠겨	邊軍益愁思
밤마다 눈물로 세월을 보낸다네	夜夜淚橫斜
머나먼 고향 어디쯤일까	故鄕杳何許
구름 타고 훨훨 날아가 보았으면	願身附雲駕
피리 소리 귀로 듣고 입으로 익혀	耳慣更口詻
중원에 있는 갈잎으로 노래 부르니	中原蘆亦芽
오랑캔 지 중원인 지 같은 그 소리	笳音混胡漢
듣기에는 조금도 다를 것이 없네	聽之無等差
나는 들었노라 정기가 쇠하면	吾聞正氣衰
일백 가지 사악한 것이 달라붙는다는 것을	自爾騰百邪
요순堯舜 시절 훈풍 가락 어디로 가고	邈矣薰風絃
이렇게 사람을 슬프게 할까?	令人幾興嗟
성음을 들으면 그 세상을 안다는데	聲音考世道
그 이치가 틀림이 없구려 글쎄	此理豈云賖
머리를 풀어헤친 오랑캐 풍속	樂胡髮自被
그것을 즐기는 것이 난리 장본 아니랴!	所以亂紛挐
그 나라가 그 나라를 치면 뭘하나	燕乎莫伐燕
내치에 하자가 없어야 되지	內治期無瑕
그리하여 음악과 교화가 통일되면	自然聲敎一
병거를 쓸 까닭이 뭐 있겠는가?	安用乎兵車

위의 시는 〈호가胡笳〉라고 제목 했는데 전체 40행의 오언 고시체다. 전체 3부의 구성을 하고 있으며 첫 행에서 제6행까지는 중국 음악의 내력을, 제7행에서 제28행까지는 호인胡人과 호가胡笳에 대한 구체적

인 형상을, 제29행에서 마지막 제40행까지는 작가의 애상적인 정회情
懷를 서술했다. 이 시 또한 그 형상화의 구체성이 돋보이는바, 호가胡
笳를 중국에 퍼뜨린 호인胡人과 호가에 대한 형상화는 서술시적 면모
와 송천의 시인으로서의 역량을 감지케 해주기에 충분하다.

'수초 찾아 그를 집으로 삼고'(8행), '타락죽에 가죽옷 그것도 부족하
여'(9행), '노략질하며 중국을 넘보기 일쑤'(10행), '활 당기며 앞 다투어
돌진할 때는'(11행), '사납기 그보다 더할 수 없네'(12행), '때때로 입술에
갈대잎을 대고'(13행), '마구 불어대어 소란을 피운다네'(14행) 등에서 알
수 있듯이 누구라도 호인의 이미지를 선명하게 떠올릴 수 있을 정도로
그 인물에 대한 형상이 뚜렷이 각인 되어 있다. 이러한 형상화 기법은
서술이라는 문체의 특징을 십분 발휘한 것으로 그 의미가 얼마든지 확
장적일 수 있다는 가능성을 보여준 경우라 생각된다.

도입부에서《시경》의 〈대아大雅〉에 대한 송천의 흠모적 태도는 그
의 의식 지향이 친민중적일 수 없음을 시사한 부분으로서 그에게 인식
된 서사시적 상황은 다름 아닌 사대부 계층이 '정기正氣'를 바로 지니
지 못한 것으로 포착되어진다. 아마도 이수광이 그를 표표表表한 시인
으로 높이 평가한 이유 중에는 이러한 송천 시의 시적대상에 있었다고
보인다.

요순堯舜시대의 훈풍薰風가락을 당대에 떠올린 것은 그가 처한 현실
의 문제를 그것으로써 해결해 보겠다는 의지적 서술이거니와, 이런 태
도는 다름 아닌 정도正道·정악正樂만이 흐트러진 성률聲律을 바로잡을
수 있다는 송천의 '경전經典사유식' 해결 방안이라 사료된다. '호가'가
만연된 당대의 객관적 현실을 자신이 직접 체험하였기에 그런 현실이
안타까웠을 것이며 그런 상황을 드러내 알려주고 환기시켜서 바로 잡

고자 애쓴 모습이 역력히 드러난 시이다.

그렇다면 음악을 바로 잡겠다는 의지는 무엇을 뜻하는가? 송천이 음악과 교화 곧 '성교聲敎'가 하나로 통일되어야 하며, 그렇게 되어야만 국가 간의 전쟁이나 민족 간의 비극이 발생하지 않을 것이라고 생각하고 있음에 주목해야 한다. '성교'의 통일은 곧 요순시대의 지치주의至治主義 정치철학이거니와, 그 전제는 성聲이 정기正氣에서 나온 것이라야 한다. 문제는 바른 기운에서 나온 소리(음악)는 호가胡笳의 그것처럼 '애절한 듯 웅장' 하거나 '처절하고 긴장된 바람을 일으키지' 못하여, '고향 생각에 잠기게' 하지도 않기에 사람들이 즐기려 하지 않는다는 현실적 불만이다. 이러한 불만이 시인을 슬프게 만들고 있는데 서사의 진행에서 애상적 분위기가 감지됨은 그런 데서 연유한다.

이러한 서술은 분명 비유적 서술에 의한 모순된 현실을 풍자한 수법이려니와, 그렇다면 '호가'가 무엇을 말하려 했는가를 분명히 알 수 있을 것이다.

이 시 또한 교술적 주제를 담고 있거니와, 이는 송천 서술시의 특징이라 할 수 있다. 송천이 당대의 객관적 현실 세계에서 시적 소재를 취재한 것은 사실이지만, 민중적 현실에 초점을 두지 않고, 사대부 사회의 현실에 두었다는 점이 서사 한시와 장편 서사가사와의 차이를 보인다. 배경 설정은 순차적 구성보다는 시·공이 한데 모아져 진행되는 축약적 시공법이 쓰였으며 서술이 지니는 언어의 지시적 기능을 잘 살림으로써, 묘사 시에서 이미지가 맡은 역할을 충분히 감당케 했다. 그러므로 이 시를 읽으면 금세 그 의미가 파악되면서 공감의 울림이 확보된다.

9. 풍암의 서술시

풍암 문위세(1534~1600)는 자는 숙장叔章이요 호는 풍암楓岩인데 본관은 남평으로 증조 창昌은 현감이었고 조祖 현賢은 봉사奉事로서 기묘사화己卯士禍(1519)에 연루되어 초야에 묻혀 지냈던 인물이다. 부父 량亮은 참의參議로 어초은漁樵隱 윤효정尹孝貞의 따님과 결혼하여 3남을 두었는데 공은 막내이다.

풍암은 전남 장흥군 부산면에서 중종29년(1534)에 태어났다. 풍암의 아버지는 하늘과 땅 사이에 있는 것은 세대마다 날줄經과 씨줄緯을 짜는 것과 같다면서 위緯와 천지세天地世 넉 자로써 세 아들의 이름을 지었는바, 장남은 위천緯天, 둘째는 위지緯地며 풍암은 셋째로서 위세緯世였다.

풍암은 조선 중기 호남사림의 한 사람으로 정통의 사림 학맥을 이은 학자였을 뿐만 아니라, 문인이었다. 뿐만 아니라 '약무호남시무국가若無湖南是無國家 곧 호남이 아니면 나라가 없다'는 이충무공의 말대로 종묘사직을 풍전등화風前燈下에서 구해낸 백의白衣의 의병장이기도 하였다. 다시 말해서 풍암은 정몽주 - 길재 - 김숙자 - 김종직 - 최부 - 유희춘 - 윤복 - 문위세로 이어지는 도학의 정통 학맥을 호남에서 계승한 학자였음에 주목을 요한다. 풍암의 어머니는 어초은漁樵隱 윤효정尹孝貞의 따님이었는데 이는 그가 호남사림의 정맥을 이을 수 있는 운명 같은 행운이었다.

어초은은 누구인가? 그는 다름 아닌 고산孤山 윤선도尹善道의 고조부인데 금남錦南 최부崔溥의 문하로 사림의 정맥을 이어받은 학자였다. 어초은의 네 아들 윤구尹衢, 윤항尹衖, 윤행尹行, 윤복尹復 등은 모

두 이름난 선비였는데 특히 큰 아들 윤구는 최산두崔山斗·유성춘柳成
春 등과 함께 호남삼걸湖南三傑로 칭송된 인물이었으며, 막내아들 윤복
은 선조宣祖 때의 문신으로 권력과 명성을 붙좇지 아니한 학자였다.

풍암이 외숙부 귤정橘亭 윤구의 문하에서 학문한 것은 다름 아닌 호
남 사림의 본류에 든 것과 마찬가지였다. 《소학》을 가르친 윤구는 일
찍이 생질의 재능을 알아보고 '아종필위대유兒終必爲大儒'라 예단했는
데 '이 아이는 마침내 큰 선비가 되리라'라고 한 것이 그것으로[143] 외삼
촌의 예단은 틀리지 않았다.

풍암의 평가는 크게 세 측면에서 이루어져야 한다고 생각되는바, 첫
째는 학자로서의 측면이 그것이요, 다음은 문인으로서 그의 문학적 성
과와 미학에 대한 문학적 접근이 요구되며, 마지막으로 의병사적 측면
의 역사적 인물로서의 조명이 그것이다. 앞서 말한 바와 같이 풍암은
외삼촌 윤구의 문하였을 뿐만 아니라 미암眉巖 유희춘柳希春과 퇴계退
溪 이황李滉으로부터 학문을 익혔다.

풍암은 외삼촌 윤구와 미암으로부터 호남사림의 정맥 계승은 물론
학문하는 방법과 태도, 나아가 학문의 깊이를 다지는 행운을 지녔다.
그뿐만이 아니었다. 그는 당대 최고의 성리학자였던 퇴계退溪 이황의
문하에 들어 친자親炙를 받았는데 그때 나이 14세(1547)였다. 퇴계는 일
찍이 귤정으로부터 풍암에 대해 들은 바가 있었으므로 각별히 대해 주
었다고 한다.[144] 퇴계의 언행록 교인편敎人篇에는 풍암과 주고 받은 문
답의 내용이 있는바 특히 〈주객문답主客問答〉에 대한 문답은 풍암의 자

---

143 《풍암선생유고》, 〈행장〉.
144 《풍암선생유고》, 〈연보〉.

질이 훌륭했음을 짐작케 하는 예라 하겠다. 퇴계의 문하에 있을 당시 풍암은 한강寒岡 정구鄭逑와 예문禮文 등의 서적에 대해 토론하는 등 서로 존중하는 사이로 교유하였다. 61세 이후 고향에 돌아온 풍암은 자녀들과 더불어 백운암白雲菴에서 조용히 성리학의 서적에 침잠하여 높은 학문을 이루었다. 이처럼 풍암은 타고난 자질에 훌륭한 스승과 뛰어난 친구를 통하여 학자로서의 역량을 갖추었는데 안타깝게도 많은 학문적 저술이 화재로 인하여 소실되고 말았으니 이 얼마나 안타까운 일인가.[145]

어린 시절 퇴계로부터 제갈량의 〈팔진도〉를 익혔던 풍암, 성리학자 퇴계는 경전이 아닌 병법兵法을 무슨 연유로 격물치지格物致知의 일단 이라면서 풍암에게 가르쳤을까? 퇴계의 미래에 대한 투시와 제자의 인 생에 대한 운명을 예측한 것이 아니었을까? 어쨌든 풍암은 스승의 권 유에 따라 틈틈이 병서를 익혔는데 그것이 훗날 종묘사직을 풍전등하 風前燈下에서 구해 낸 긴한 묘책이 되었다. 이러한 풍암의 의병사적 측 면에서의 역할과 위상에 대한 역사적 평가는 시급히 이루어져야할 것 으로 사료된다.

마지막으로 풍암이 거둔 문학적 성과와 그것의 시문학사적 의의에 대해 언급해 보자. 풍암은 앞서도 말한 바와 같이 문인이요, 학자며, 의병장이었다. 문인이었기 때문에 그가 남긴 작품이 적지 않았을 터인 데 화재로 인한 소실 때문에《풍암선생유고》에는 극히 적은 분량의 시 문이 전할 뿐이다.

---

145 《풍암선생유고》, 〈행장〉.

위인유기   爲仁由己

군자는 돈독하고 성실하여	君子之篤誠
항상 자신을 정성껏 수양하고	恒拳拳於自修
물욕에 유혹될까 두려워하여	懼或移於物誘
반드시 자신을 반성하는 데 힘쓰면	功必密於反求
어찌 자기의 사욕 이김에 표준 없으리	豈克己之無準
(중략)	(中略)
아침과 저녁이 다 하도록 깊이 생각하여	晨夕以致思逮
행동을 반드시 살피는 데 힘쓰고	動靜以必察
지극히 험한 물욕을 가라앉히어	平物欲之至險
심히 위태로운 사욕을 안정시키고	安人心之甚危
하늘의 환한 햇빛을 밝히어	明我天之皦日
사욕 없는 내 가슴 속을 드러내어	炯中襟之無私
하늘 도리의 유행함과 함께 흘러	交天理之流行
내 마음이 밝아지듯 온화해진다면	藹心君之洞澈
이에 나로 말미암아 인을 행할 것이요	玆由己而爲仁
마침내는 덕을 이루어 위에 미칠 것이니	終成德而上達
어찌 단지 석 달 동안만 인에서 떠나지 않겠는가	豈啻三月之不違
넉넉히 인仁의 집에 들 수 있으리라	優可入於廣居
어찌 천한 자의 조급함과 경망함으로써	何賤子之躁妄
사람의 본성에 돌아감을 까마득히 모르고	曚不知夫復初
어지러이 교묘한 말과 예쁜 표정을 지으리오	紛巧言而令色
(중략)	(中略)
다행히도 나는 위기지학을 배워	幸余學之爲己
인을 한 것이 사람이란 것을 깨닫고	悟仁者之斯人
(하략)	(下略)

위는 〈위인유기爲仁由己〉의 일부이거니와 본 바와 같이 풍암은 인仁

을 행한 것은 자기에게 있음을 깨닫고, 사사로운 욕심을 이겨서 천리天理의 순행에 따르고자 했던 인물이다. 사욕私慾을 이겨내면 동용動容하고 주선周旋함에 있어서 예禮에 맞지 않음이 없고, 일상 생활하는 사이에 천리天理의 유행이 아님이 없음을 깊이 깨달았던 것으로 보인다. 공자가 안연에게 심법心法으로 전해 준 말씀을 존양성찰로 삼았기에 기시삼월불위期豈啻三月不違라고 자신할 수 있었던 것이라 생각한다. 다시 말해서 공자가 《논어》〈옹야雍也〉편에서 안연에게 그 마음이 3개월 동안 인仁을 떠나지 않았다고 칭찬했던 사실을 상기하면서, 풍암 자신은 그보다 더 오랫동안 인을 간직할 수 있다는 의지적 표현을 한 것이다.

풍암의 이와 같은 세계의 설정과 실천은 앞서도 말한 바와 같이 퇴계와 굴정의 영향이 큰 것으로 사료되는데 호남시단의 전통인 서술시의 세계를 이었으면서도 그 내용이나 주제의 지향점 등은 분명 풍암만의 다른 면이라 판단되며 이에 대해서는 그의 학문적 연원과 영향이 영남문단과 밀접한 점을 감안, 영남문단과의 비교 연구가 뒤따라야 할 것으로 사료된다.

예위수신지간	**禮爲守身之幹**
설 자리를 정함에 기틀 있음을 헤아리고	揣立脚之有基
몸을 단속함이 쉽지 않음을 깨달을지니	悟律身之不易
혹시 조금이라도 방비하는 곳을 넘으면	苟小踰於防範
거의 넘어지는 것을 면치 못하느라	鮮不免其顚躓
예 근간의 밝은 교훈을 받들어	奉禮幹之昭訓
스스로 지키는 요긴한 법에 감동되면	感自守之要法
자기의 사욕을 이김에 독실하여	功旣篤於克己

저절로 덕을 기르는 데 마음 둘지니라	心自存於養德
(중략)	(中略)
예 아닌 곳에 들어가지 말기를 기약하고	期勿入於非禮
갑작스러울 때 혹시라도 소홀함이 없게 하여	罔造次之或忽
만약 몸이 이 근간에서 벗어나면	苟身越乎斯幹
발꿈치를 채 돌리기 전에 화가 이르러	不旋踵而禍及
날마다 하늘의 도리를 무너뜨리고	日斁敗乎天理
인륜을 어지럽히기에 이를 것이니	致瀆亂乎人倫
필부에 있어서도 되레 그러하거늘	在匹夫而尚然
임금이 정치하는 데엔 더욱 관계가 깊으리라	辟愈關乎爲治
백성들이 염치를 알아 선에 이르게 하려면	欲下民之恥格
이 길보다 급한 일이 어디 있으랴?	務孰急乎斯道
(중략)	(中略)
작은 내가 이 말세에 태어나	渺余生此衰季
성현들이 남겨놓은 경서를 연구하여	抱遺經而探討
안자의 사물四勿을 간직하고	佩顏氏之四勿
예로써 스스로 지키기를 기약하니	期以禮而自守
오직 한 몸의 사욕 제지하는 근간이요	惟一身制慾之幹
실로 많은 성현들의 마음으로 전한 바다	實千聖傳心之典
먼저 속이지 않는 것에 힘을 쓰고	先用工於勿欺
깊이 이르고 힘써 실천하기를 바라나니	冀深造而力踐
비록 옛 현명한 사람에겐 미치지 못하더라도	縱不及於古人
아마도 지금의 세상에선 벗어날 수 있으리라	庶有超乎今俗
이 몸이 혹시 방자해질까 두려워하여	懼此身之或肆
이 짧은 부를 지어 스스로 경계하노라[146]	作短賦而自飭

---

146 졸고, 〈풍암 문위세의 서술시와 지향 세계〉, 최한선·김학성, 《고전시가와 호남한시의 미학》, 태학사, 2017.

〈예위수신지간禮爲守身之幹〉인데 풍암의 글쓰기 실력이 유감없이 발휘된 글이다.

풍암은 41세(1574)로 어머니의 상을 벗은 뒤로부턴 부모 잃은 충격으로 더욱 벼슬살이에의 뜻을 멀리하고 백씨, 중씨와 더불어 예강汭江의 동쪽 청영정清潁亭과 읍청정挹清亭 옆에다 작은 집을 짓고 제자들과 경서를 토론하고 예의와 도의를 가르쳤다.[147] 임진왜란이 일어나기 전까지 약 18년 동안 풍암은 예교 공부에 열중했는데, 위의 작품은 자신의 사욕 이겨냄에 독실하여 저절로 덕을 기르겠다는 의지가 곳곳에서 확인된다.

임금과 신하 사이엔 도리를 떳떳이 하고, 아버지와 아들 사이엔 떳떳한 인륜을 온전히 하며, 초상과 제사엔 슬픔과 정성을 다하고, 손님과 주인 사이엔 겸손함을 다한다면, 나아가고 물러남이 법도에 합치될 뿐만 아니라, 오르고 내림이 절도에 맞아서 아무리 작은 일이라도 어긋남이 없을 것이리라고 설파했다.

풍암은 스스로 예가 아닌 곳에 들어가지 말기를 기약하거니와 이는 자신 스스로의 다짐임과 동시에 임금에게 주는 긴절한 충간인 점이 주목된다. 다시 말해서 필부도 인륜을 어지럽히지 아니한 사실을 먼저 밝힌 뒤 자신의 다짐과 함께 임금이 정치하는데 도리를 무너뜨리거나 인륜을 어지럽히지 않도록 경계하고 있다.

지예持禮를 위해 자강불식하는 자세에서 위의 부가 탄생했음을 풍암 스스로가 분명히 밝히고 있다고 하겠다.

---

147 《풍암선생유고》, 31면.

인불가이무치 　　　　　　　　　　　　人不可以無恥

허물은 부끄러움에 의해 반드시 고쳐지고	過因羞而必改
의는 악을 징계함으로써 옮겨가나니	義徵惡而能徙
마음이 혹시 임기응변에 익숙해지면	心苟狃於機變
결과는 저절로 자포자기에 돌아간다	功自歸於暴棄
선으로 옮기는 데 길이 있음을 헤아려	稽遷善之有道
부끄러워함이 없어서는 안 된다는 것을 깨달으면	悟無恥之不可
본성으로 돌아가는 것이 진실로 여기에 있나니	誠復初之在兹
본심을 잃는 것이 대체로 적을 것이다	失本心之盖寡
하늘에서 타고난 바른 성품을 살펴보면	原天賦之正性
비록 모두 착하고 악이 없지만	縱均善而無惡
기질이 고르지 못하기 때문에	緣氣稟之不齊
순수하고 잡박함이 한결같지 않다	致粹駁之靡一
마음이 공허하여 형체 없음을 슬퍼하여	哀一心心虛靈
모든 욕망의 근원에 빠짐으로써	陷衆慾之濫觴
혹시 잘못을 저지르는데 스스로 안존하면	倘自安於作非
멸망에 이르지 않음이 적을 것이다	鮮不至於梏亡
그러나 수오의 한 가닥 생각은	然羞惡之一念
일찍이 완전히 없어진 것은 아니어서	曾未全其泯滅
잃어버릴 즈음에도 저절로 싹이 터서	際差失而自萌
뉘우침으로 인해 곧 발현되나니	因悔悟而乃發
단서는 항상 예 아닌데서 움직이고	端常動於非禮
조짐은 간혹 의 없는데서 나타난다	兆或露於無義
만약 이로 인해 잘 확충해 나가면	倘因此而善推
욕심을 막아서 천리를 가질 수 있다	可遏慾而存理
성인도 보통 사람만큼 면치 못한다 하시고	聖未免乎鄕人
더욱 부지런히 노력하셨도다	益做功於孜孜
탐욕도 이것으로 청렴해질 수 있고	貪以之而可廉

악한 것도 이것으로 고칠 수 있나니	惡由是而能改
사람이 짐승의 무리에 들지 않게 되어	人不入於禽獸
마음이 항상 가슴속의 주인이 되느니라	心常主乎腔內

〈인불가이무치人不可以無恥〉 두 수 가운데 첫 번째인데 《맹자》 〈진심盡心〉 장의 인불가의무치人不可以無恥 무치지치無恥之恥 무치의無恥矣를 원용하여 제목으로 삼았다. 다시 말해서 "사람은 부끄러움이 없어서는 안되니 부끄러움이 없음을 부끄러워한다면 치욕스러운 일이 없을 것이다."의 경전의 말로써 자신의 염치 곧 예를 지니고자 애쓰는 뜻을 펼쳐 보였다.

사람에게 허물이 없을 수 없으니 이는 부끄러워함에 의해서 고쳐질 수 있으며 의로움은 능히 악을 징계함으로써 바른 길로 옮겨질 수 있게 한다는 말로써 글의 처음을 삼았다. 예의를 잃은 마음이 임기응변에 한번 빠지면 그 결과는 자포자기의 나락으로 떨어짐을 경계하였는데, 만약 하늘에서 타고난 성품, 곧 부끄러워하는 마음의 한 끝단이라도 잡고서 노력을 아끼지 않고 뉘우친다면 끝내는 이것이 발현되어 예禮와 의義의 단서가 싹틀 수 있으므로 그것을 잘 확충해 나간다면 사사로운 유혹을 물리치고 마침내 천리天理를 간직할 수 있다고 권면 하였다.

나아가 성인도 부지런히 이를 위해 노력했다는 말을 하면서 그 효용은 마음이 가슴속의 주인이 된다고 했다. 마음이 나의 주인이 되기 위해서는 지예持禮 지경持敬의 공부를 자강불식 해야 할 것인바 〈인불가이무치〉 두 번째 수에서는 그에 대한 구체적인 실례로써 남용南容과 매백梅伯의 고사를 들었다.

남용은 공자의 제자였는데 《시경》 〈대아大雅〉의 "억抑"시 가운데 백규지점白圭之玷 상가마야尚可磨也 사언지점斯言之玷 불가위야不可爲也 대목을 하루에 세 번 반복해 외웠는데 공자가 이를 보고 형님의 딸을 그에게 시집보냈다고 《논어》〈선진先進〉에 나와 있다. "억"의 시는 "백옥으로 만든 규圭의 흠은 오히려 갈면 될 수 있지만, 말의 흠은 갈아낼 수 없다"는 내용인데 위의 〈인불가이무치〉에서는 마음에 간직한 것을 잃어버리지 않도록 노력한다는 뜻에서 취해온 것이다.

매백梅伯은 주紂 임금 때의 충직한 제후로서 간언을 아끼지 않다가 처형된 사람인데 여기서는 옳다고 믿고 자기의 신념을 굽히지 아니한 예로서 제시하였는바 남이 보지 않는 경우에도 마음속으로 예경禮敬의 자세를 잃지 않으려 애써야 함을 강조한 것이다.

이상에서 풍암의 부문학 세계에 대하여 살펴보았는데 여기에 예시한 작품의 성향과 다른 작품도 있다. 〈차茶〉〈지락무여독서至樂無如讀書〉〈애실학哀失鶴〉〈활처관리活處觀理〉 등이 그것인데 이들은 어떤 한 가지로 단정짓기 곤란한 다양한 주장을 지니고 있다. 이는 그만큼 풍암 문학 세계의 폭이 넓고 깊이 있을 뿐만 아니라 다양한 학문적 깊이를 반영한 때문이라고 사료된다.

특히 〈차〉의 경우 그 효능과 장점을 십분 이해하면서도 양기를 줄이고 음기를 돋우므로 이익보다는 손해가 크다는 의학적 견해를 제시하고 있는 것과, 〈애실학〉의 경우엔 학에 대한 섬세한 묘사가 뛰어날 뿐만 아니라, 시인의 감성이 살아서 숨 쉬는 듯한 서정성 짙은 내용을 담고 있음이 주목된다.[148]

---

148 최한선, 〈풍암 서술시의 이해론적 전제와 미학〉, 한국고시가문학회, 《고시가연구》 11집, 2003 참조.

10. 청계의 서술시

양대박(1543~1592)은 자를 자진子眞, 호는 송암松嵒, 죽암竹嚴, 하곡
荷谷, 청계靑溪, 청계도인靑溪道人 등이라 했는데 남원인이다. 시호가
충장忠壯인 그는 부친 사헌부 집의執義 의齮와 모친 안동 박씨 첨사僉使
총總의 따님 사이에서 중종 39년(1544)에 남원에서 태어났다. 그가 의
병장으로 알려지게 된 배경은 무엇보다도 임진왜란 당시 최초의 순절
인이었다는 점과 고경명의 부장으로서 이종형姨從兄 유팽로 장군과 더
불어 임실, 운암 등의 전투에서 커다란 전과를 거둔 점, 그 결과로써
정조(정조 28년 8월)가 병조판서(대사마大司馬)를 증직하면서 "차인창의선
어증액상고경명此人倡義先於增額相高敬命: 이 사람의 창의는 증액상 고
경명보다 먼저였고, 용단우어충무공이순신勇斷優於忠武公李舜臣: 용단
은 충무공 이순신보다 더 넉넉했다"[149]라 하여 극찬한 점 등 때문일 것
이다.

양대박은 남원의 이언방伊彦坊 동대東臺(지금의 남원군 주생면 상동)에서
삼남三南의 갑부 후예로 태어났다. 한시단의 큰 인물인 호음湖陰 정사
룡鄭士龍에게서 시를 배워 시재詩才를 널리 날린 청계는[150] 의병장보다
는 오히려 시인이라고 해야 더 그의 진면목에 어울릴 듯하다. 그는 과
거科擧에는 오른 적이 없지만 뛰어난 학식과 시문詩文에의 재주, 신의
와 의리를 중히 여기는 인품의 소유자로서 주위뿐만 아니라 멀리까지
그의 명망이 자자했던 인물이다.[151]

---

149 《정조실록》 45권, 정조 20년, 8월, 신사, 1796.
150 안대회, 《양대박의 실기》, 강혜선 편, 《정조의 시문집 편찬》, 문헌과 해석사, 2000,
250면.

또한 대제학 황경원黃景源이 쓴 〈묘갈명〉에 따르면 그는 어려서부터 침착하고 신중하며 부모님의 상을 당했을 때 3년의 시묘살이를 하는 등 효성 또한 지극했다고 한다.[152] 그의 명망과 인품은 우계牛溪 성혼成 渾(1529~1589)과의 사제지간의 정으로 맺어졌으며, 우계는 그런 제자를 관계官界에 추천하기도 하였다.

우계와의 인연은 나이가 많은 명사들을 만나게 되는 결정된 계기가 되었다. 곧 사암思菴 박순, 송강松江 정철과 도의지교道義之交를 맺을 수 있었던 것은 당대의 훌륭한 학자로 칭송된 우계牛溪 성혼의 문하에 서 충서忠恕의 생활철학과 성리학에 대하여 가르침을 받았기 때문이 다.(청계의 스승에 대해서는 호음 정사룡과 우계 성혼이라는 두 주장이 있다. 후에 재론하겠지만 족보 등에는 우계로 되어 있다.)

청계는 집의執義 벼슬이던 부친이 경기도 과천의 양재역良才驛 벽서 사건(1547)에 연루되어 불행한 최후를 마친 것을 보고 벼슬에의 뜻을 접고 학문에만 열중하였다. 그의 생평을 살피기 위해서는 그와 관련된 기록에 대하여 먼저 말하지 않을 수 없겠다.

양대박에 대한 기록 정보는《왕조실록》등의 역사적 기록 외에《양 대사마실기梁大司馬實記》가 지금까지의 알려진 바로는 가장 충실하다. 위의 '실기'는 정조 20년(1796) 왕명에 의하여 간행된 것인데 그 내용은 전체 11권이다. 그 가운데 권1에는 창의倡義와 관련된 〈종군일기從軍日 記〉 등과 기문, 가장家狀, 전,[153] 신도비명, 묘갈명, 묘표 등이 실려 있

---

151 《양대사마 실기》, 6면.
152 《양대사마 실기》 권1, 〈묘갈명〉, 이하 '실기'라 표기함.
153 傳- 양대박의 전기, 아래《약포집》.

다. 권2는 포충褒忠, 정려旌閭, 사시賜諡에 관한 내용이다.

첨언하자면 권1에는 임란 때에 이순신, 곽재우, 김덕령 등을 발탁한 우의정 약포藥圃 정탁鄭琢(1526~1605)의 〈전傳〉,[154] 홍문관 제학提學 민종현閔鍾顯의 〈신도비명神道碑銘〉, 대제학 황경원黃景源의 〈묘갈명墓碣銘〉, 남공철南公轍의 〈묘표墓表〉 등 내로라한 유명 문장가들의 글들로 엮어져 있다. 권3·4·5는 양대박의 유고遺稿로서 정조의 《양대사마실기》 편찬 및 발간에 따른 명령이 있기 전에, 이미 있었던 《유고遺藁》를 싣고 있다. 권3의 시작 부분에는 '유고'라는 제목 아래 고·근체시古近體詩 167수라는 기록이 붙어 있다.

또한 권4의 시작 부분 역시 《유고遺藁》라는 제목 밑에 고·근체시 167수라고 작은 글씨로 표제하였다. 따라서 본고에서 인용하고 있는 양대박 관련 시문의 자료는 다름 아닌 《양대사마실기》 권3에서 권5까지의 내용이다.

권5는 '유고'라는 제목 아래 잡문 12수라고 표제했는데 이는 주로 문文을 지칭하고 있다. 여기에는 〈청참왜사서상송강정상국請斬倭使書上松江鄭相國〉, 〈유두류산기遊頭流山記〉 등의 주옥같은 기행문이 실려 있어 남명 조식이나 점필재 김종직과 같은 장소를 기행한 글들과 비교를 통한 감상을 하게 해준다. 《실기》의 권6은 부록인데 《실기》 전체의 부록이 아니라, 양대박과 직접 관련된 문집의 부록으로서 정사正史나 그가 쓴 글이 아닌 36편 및 양대박과 관련하여 글을 남긴 사람들의 글로 되어 있다.

다시 말해서 여기에는 중국 사신 웅화熊化의 〈창의격서倡義檄序〉를

154　정탁, 《약포집》.

비롯하여 민유중閔維重 등의 제문과 대제학 이식李植과 황경원黃景源,
홍양호洪良浩, 참판 이서구李書九 등의〈제창의격題倡義檄〉을 비롯, 송
강松江 정철鄭澈, 사암思庵 박순朴淳, 오음梧陰 윤두수尹斗壽, 제봉霽峯
고경명, 임당林塘 정유길鄭惟吉, 월정月汀 윤근수尹根壽, 백록白麓 신응
시辛應時, 습재習齋 권벽權擘 등의 양대박 시에 대한 차운시와 현곡玄谷
조위한趙緯韓의〈청계집발靑溪集跋〉이 담겨 있다.

권7은 청계의 아들 제호霽湖와 경우慶遇의 문집인《제호집》이며, 권
8 또한《제호집》으로 권7이 오언고시五言古詩부터 시작된 반면, 여기
서는 오언율시五言律詩로 시작하고 있다. 권9 또한《제호집》인데 칠언
율시七言律詩부터 시작하여 오언배율五言排律과 칠언배율을 담고 있다.
권10은《제호집》가운데 잡문을 싣고 있는데〈유두류산쌍계청학동기
遊頭流山雙溪靑鶴洞記〉를 비롯〈중건광한루통유문重建廣寒樓通論文〉등
과 세상에 널리 알려져 유명한 시화詩話가 실려 있다. 권11은 둘째 아
들 형우亨遇의 문집인《동애집東崖集》이다.

이상에서 살핀 바와 같이 청계의 생평을 알리는 문헌은 관찬서를 제
외하고는 주로 위에서 말한《양대사마실기》가운데 권1과 권2의 내용
이다. 특히 그의 인물됨과 일생을 알려주는 것은 권1의 가장家狀과 정
탁 등이 쓴 전傳이며, 임진왜란 때의 활약상과 그에 대한 평가는 종군
일기 및 정려와 사시장賜諡狀이 그것이다. 여기서 참고로 청계와 관련
한 문집의 발행에 대하여 살피기로 한다.

양대박과 관련한 문집은 모두 4종류로 생각된다. 그 첫 번째는《청
계유고靑溪遺稿》가 그것인데 1618년 4월(광해군 10: 청계 사후 26년 뒤)에
그의 아들 장성현감 경우慶遇가 전남 장성에서 간행한 것으로 여기에
는 작자를 밝히지 아니한 서문이 함께 실려 있다. 흥미로운 것은 서문

의 작자가 서애 유성룡의 문인이요, 삼당시인 이달에게 시를 배운 천재 시인 허균이라는 사실인데 다소의 의문점이 있다.

《양대사마실기》의 해제를 쓴 송준호 교수에 따르면[155] 장성에서 출간된[156] 《청계유고》에는 큰아들 경우의 발문이 있다고 하였는데 그에 따르면 이 유고는 양대박의 시詩 만이 수록된 시집임을 알 수 있다. 그런데 의문인 것은 2권 1책으로 구성된 《청계유고》의 간기刊記가 만력萬曆 46년 곧 1618년 4월 17일로 되어있는데 서문의 작자인 허균의 이름이 빠진 점이다.

허균은 1618년 8월에 부하 현응민이 도성을 출입하다가 불심 검문에 걸려 거사계획을 발설함에 따라 체포되었다. 그렇다면 문집이 간행된 4월과는 넉 달간의 거리가 있으며 체포되기 직전까지만 해도 허균은 광해군으로부터 "그대의 충성은 해와 달처럼 빛나고 있다"는 찬사를 들을 만큼의 총애를 받고 있던 터였다.

그렇다면 양경우는 왜 미리 받아놓은 허균의 서문을 실으면서 이름을 밝히지 않았던 것일까? 허균과 정신적으로 뿐만 아니라 당대 사회에 대한 불만이라는 대현실관 등이 상통하여 당대 사회개혁 이른바 허균의 '거사' 계획을 알고 있었던 것은 아닌지… 그렇지 않다면 허균이 체포된 이후 서문에서 허균의 이름을 삭제한 채로 유통시킨 것은 아닌지 궁금하다.[157](안대회 교수는 앞서의 글에서 허균의 이름이 칼로 오려진 채 유통되었다고 보았다.)

---

155 위의 실기, 10면.
156 국립중앙도서관 소장본.
157 안대회, 앞의 글, 258면.

또한 지금 사본寫本으로만 전하는 조위한의 발문이 붙어있는 《청계집》의 간행 여부이다. 현재 규장각과 국립중앙도서관에 전하고 있는 《사본청계집》은 17세기에 활동한 민유중閔維重(1630~1687)의 글이 실려 있는 등, 광해군 당시 양경우가 간행하려고 조위한에게 발문을 부탁했던 정황과는 매우 다른 내용이 들어있기 때문이다.

다른 또 한 가지 의문은 《양대사마실기》의 편찬 과정에서 초간본 《청계유고》에 실린 아들 양경우의 발문과 허균이 쓴 것으로 추정되는 서문 모두가 빠진 점이다. 발문과 서문의 내용으로 미루어 허균이 문집 간행에 관여했다는 사실을 드러내고 싶지 않았던 당시의 시대적 상황이 짐작되는 바가 있기는 하지만, 그래도 궁금증은 여전하다. 이에 대한 후일의 상고가 요망된다.

한편, 양경우가 장성에서 간행한 《청계유고》 이른바 초간본은 청계의 시만을 수록한 문집이라 했거니와, 거기에 빠진 〈금강산기행록〉 〈두류산기행록〉 등의 산문散文이 담긴 《청계집》 사본寫本[158]이 있는바, 여기에는 명나라 사신 웅화의 서문, 허균의 서문과 조위한의 발문 등이 있는데 아들 양경우의 발문은 빠져 있어 그 간행 경위를 알기가 어렵다. 또한 《양대사마실기》의 권6에 나오는 현곡玄谷 조위한趙緯韓의 《청계집발青溪集跋》과 관련한 얘기인데 앞서 말한 《청계유고》에 없는 발문이 어디에서 근원한 것일까? 그것은 《청계유고》 외에 또 다른 청계 관련 자료의 존재 가능성을 짐작케 한다.

다시 말해서 청계의 시詩만 수록된 《청계유고》 간행 이후, 《양대사마실기》가 나오기까지(1796), 《청계유고》 가운데서 청계의 시문뿐만

---

158 《한국문집총간》, 제53책.

아니라, 그와 관련된 다른 글들이 포함된《청계집》이 간행되면서 그때에 평소 두 아들(경우, 형우)과 친분이 두터웠던 조현곡의 발문이 첨기된 것으로 사료된다.

《양대사마실기》는 정조의 명에 따라 간행된(1796) 양대박 삼부자 곧 양대박, 큰아들 경우, 둘째 아들 형우의 문집이다. 이 책은 대사마 본인인 청계의 창의에 관한 기록과 그가 남긴 시문 및 경우와 형우 두 아들의 글들을 모은 삼부자의 문집이면서 아울러 김근순, 유득공, 서유구 등 당대 최고의 엘리트 학자들에 의하여 기존에 간행 또는 미간행된 청계 관련 시문의 교감 또는 교정집이라 하겠다. 양대박이 당시 사회가 잘못되어감을 보고, 비탄한 나머지 학문에만 전념하였다고 했는바, 그의 정치적 입신양명의 포기는 서얼 출신[159]이라는 신분적 한계의 영향이 없지는 않았겠지만, 그보다는 그의 학문에의 열망과 당시 정치 현실의 모순과 불합리가 크게 작용한 것으로 사료된다. 그는 침랑寢郎 벼슬을 제수받았으나 우계牛溪가 이조정랑吏曹正郎으로 있을 당시라 나아가지 않았다.

1572년(선조 5) 중국의 신종神宗 즉위 소식을 전하러 온 명明나라 사신을 맞이하는 원접사遠接使 정유길鄭惟吉의 종사관從事官으로 추천 되었는데 그때 그의 인품이 조정에 알려져 주부主簿로서 천거된 것이 그의 벼슬길 행적의 모두이다.

이에 앞서 청계는 1572년 4월에 관동지방의 원님으로 가 있던 부친과 함께 금강산 유람길에 올랐다. 〈금강산 기행록〉과 관련 시편은 이

159 양태순, 〈청계 양대박의 생애와 한시〉, 한국한시학회, 《한국한시작가연구》 6권, 2001, 510면.

때의 감흥에서 창작되었다. 명산대천을 좋아한 성품과 집안이 삼남의
갑부라는 경제적 여유, 그리고 자신이 서얼이라는 신분적 한계 등으로
인하여 청계는 과거보다는 향리에서 유유자적悠悠自適하는 생활을 영
위하였는데, 그의 뛰어난 자질은 훌륭한 시문으로 형상화되었고 그의
선禪 취향은 네 번에 걸친 지리산 유람(1560년, 1565년, 1580년, 1586년 등)
으로 이어졌으며 그 결과는 또다시 〈두류산기행록〉 등의 기행문을 낳
게 하였다.

한 시대를 대표할 만큼 초특급 문인이었던 양대박, 그는 임진왜란이
일어나기 훨씬 전인 1584년(선조 17)부터 일찌감치 작은 연못이 있는 교
룡산蛟龍山 아래에 집을 짓고 매화나무, 대나무, 학 등과 벗하면서 청
계도인靑溪道人이라고 자호하면서 지냈음을[160] 알 수 있는바, 청계도인
과 지금의 곡성군에 소재한 청계동과는 얼마만큼 관련이 있는지 이로
써는 분명치 않다.

문인으로서 뿐만 아니라, 무인으로서 면모도 지니고 있었던 양대박,
그는 밤을 새워 병서를 탐독하였다. 그의 무인으로서의 감각과 혜안은
여러 사실에서 두루 확인되는바, 변사정邊士貞과 김천일金千鎰의 진법
陣法과 병법兵法에의 관심, 명明나라 사신들과의 통군정統軍亭에서의 활
솜씨 발휘(1572), 광한루의 낙성식 때, 머잖아 불타버릴 것을 알고 비상
시에 대비하여 성 밑에 도랑을 파라고 권유한 일(1583), 일본사신 귤강
광橘康廣이 왔을 때 그들의 허실을 알아보기 위하여 영남까지 내려간
일, 그때 일본 사신의 "너희들의 창은 어찌 그리도 짧은가"에 대하여
"너희들의 칼날은 왜 그리도 무딘가"로 답했던 담대함과 기개(1588), 일

---

160 〈제학문〉, 《양대사마실기》, 285면.

본 사신 평조신平調信과 현소玄蘇 등이 "지금 천하가 짐의 한 손아귀 속
으로 들어왔다. 군대를 거느리고 단숨에 대명국에 쳐들어가서(그 풍속
을) 우리나라의 풍속으로 바꾸고 천자의 조정에서 억만년 동안 퍼리라"
는 일본왕의 교서를 갖고 온 것에 대하여 우선, 일본 사신을 죽이고
명나라에 저간의 사정을 알리자는 주장을 담은 〈청참왜사서상송강정
상국請斬倭使書上松江鄭相國〉을 올린 점(1591) 등이 그것이다.

 어디 그것뿐이겠는가? 임란이 발발하여 영남이 함락되고 선조가 의
주로 피신가는 등 종묘사직이 경각에 달했을 때, 가산을 털어 의병을
모으고(1592년 4월) 동년 6월 담양에서 기병起兵한 고경명의 부대와 힘
을 모아 고경명을 의병장으로 추대한 후, 임실의 운암에서 대승을 거두
는 등 맹활약을 한 점은 아무리 기리어도 부족하다 할 것이다.

청계의 면앙정 30영

면앙정삼십영위송대헌순작[161]   俛仰亭三十咏爲宋大憲純作

1. 추월산의 푸른 절벽   秋月翠壁

천 길 높은 벽을 깎아 세워 놓은 듯   削出千尋壁
멀리 바라보니 큰 바윗돌이 매달린 기세로다   遙看石勢懸
읊은 자리에 느지막이 안개 걷히니   吟邊收晚靄
조령 밖의 산봉우리 드러나는 듯   鳥外露層巓
빼어난 모습은 높은 기둥을 세워놓은 듯   秀色分高棟
기특한 관경은 저 먼 하늘에 닿을 것 같네   奇標亘遠天

---

[161] 면앙정 30영을 대사헌 송순을 위하여 지음. 이로써 면앙정 시단의 영향력이 곡성,
 남원까지 미치고 있었음을 알게 하는 좋은 자료이다.

| 어느 누가 지초를 캐러 갔던고 | 何人採芝去 |
| 나무 끝에선 폭포소리 들리누나 | 樹杪聽飛泉 |

2. 금성산성의 옛 자취   金城古跡

지난 일은 아득한데 옛 성터만 남아	往事茫茫古堞存
청산은 변함없이 큰 들에 접하였네	靑山依舊接荒原
그 당시 풀과 나무는 온갖 난리 당했으리	當年草木經蠻觸
말세에 무서운 전쟁 몇 번이나 겪었던가	衰世干戈幾吐呑
저 구름은 여기서 늙었으니 흥망을 알까	雲老斷坡知懸廢
해 저문 산점에는 까마귀 떼만 나는 구나	日斜孤店見鴉翻
무너진 성은 적막하여 사람하나 없는데	頹垣寂寞無人弔
옹달샘의 물소리만 혼자서 말하고 있네	唯有寒泉晝自喧

3. 산성마을의 이른 호각소리   山城早角

나무 사이론 외로운 성이 보이고	樹裏孤城近
밤이 물러가니 화각이 울린다	宵殘畫角鳴
바람에 실려 흔들려서 전해온 소리	風前來有信
달 아래서 들으니 다정도 하구나	月下聽多情
북쪽 비탈 솔 위에 물결 소리 울리니	北麓松濤應
남쪽 하늘 기러기들 놀라서 소리치네	南天鴈陣驚
가을밤 깊은 잠을 깨고 일어나니	秋窓幽夢破
어느덧 새벽이 동쪽에서 밝아오네	曙色漸分明

4. 죽곡의 맑은 바람   竹谷淸風

대숲에 옹기종기 푸른빛이 울창한데	千竿如束翠相眷
골짝 입구 아득히 한길로 통하였네	谷口森森一逕通
대 껍데기 벗느라 아득히 눈 내리는 듯	蒼雪欲飛初解籜

맑은 향내 가벼이 바람에 실려 오네　　　　　　粉香輕落乍迎風
높은 집의 서늘한 바람결 시 읊기 좋고　　　　　涼生畵閣宜舒嘯
머리에 스치는 상쾌 기분 쉬어갈만 하여라　　　爽徹烏紗合倚笻
사방의 삼복더위를 싫어하는 사람들이여　　　　堪歎四方三伏熱
맑은 그늘 아래서 편히 쉬어들 가세나　　　　　清陰安得與人同

5. 불대산의 낙조　　　　　　　　　　　　　佛臺落照

우뚝우뚝 기이하게 산봉우리 솟았는데　　　　　矗矗奇峯秀
아름답게 저녁 해는 나직이 걸렸네　　　　　　　亭亭落日低
옅은 노을이 빈들에서부터 걷히자　　　　　　　殘霞斂墟市
어두운 빛이 산 계곡에 스미어오네　　　　　　　暝色入山谿
옛 절의 종소리 고요할 즈음이면　　　　　　　　古寺疎鍾度
깊은 숲속의 새들도 잠을 잔다네　　　　　　　　深枝宿鳥棲
흐르는 세월을 잡아맬 수 없는데　　　　　　　　流光繫無術
하릴없이 서쪽의 무릉도원 바라보네　　　　　　空望鄧林西

6. 맑은 물결에 뛰노는 물고기　　　　　　　　晴波跳魚

맑은 냇물 졸졸 숲을 돌아 흐르는데　　　　　　晴川歷歷繞雲林
고기떼는 깊은 물속에서 뛰어 노니네　　　　　　俯視游魚躍水深
혜자惠子는 당년에 묘어妙語를 남겼고　　　　　惠子當年留妙語
호량濠梁의 남은 흥을 여러 번 찾았네　　　　　濠梁餘興擬重尋
천기를 생물에 붙이니 지식의 즐거움이요　　　　機關付物眞知樂
관심을 다른 데 돌리니 마음이 편안하다　　　　肝膽輸他正會心
누가 저울대로 같고 다름을 가리겠는가　　　　　誰把錙銖較同異
성인들의 궁리는 예나 지금이나 일반이네　　　　至人窮理古猶今

7. 용구산의 저녁 구름   **龍龜晚雲**

즐비한 산봉우리를 먹같이 물들이더니   亂嶂濃如墨
저녁 되니 엷어져 흩어지려 하구나   殘雲晚欲飛
어찌하여 먼 곳의 나무를 가리고   如何埋遠樹
오가며 또다시 햇빛을 가리는가   復自掩斜暉
산길을 걷느라 망건이 젖었는데   步屧綸巾濕
진혜초 찾아 가는 길은 희미하여라   尋眞蕙徑微
깜박할 사이에 발이 미끄러질 판인데   須臾足翻覆
한 줄기 저녁 비는 무슨 일로 쏟아진고   一雨暮霏霏

8. 칠천에 돌아온 기러기   **漆川歸鴈**

모래사장 끝이 없고 물은 아득한데   平沙無際水蒼茫
철을 아는 기러기들 떼를 지어 날아오네   秋晚江南鴈字長
멀리 물가에 달 밝으면 때때로 짝을 부르고   雲渚月明時叫侶
찬 하늘의 서리 따라 남쪽으로 날아오네   寒天霜落亂隨陽
옆줄로나 앞줄로나 모두 질서를 지키고   斜斜整整寧違陣
끼리끼리 서로 얽혀 스스로 줄을 지으니   弟弟兄兄自作行
줄과 부들 벼논에는 작살이 있을 것이니   菰浦稻郊應有繳
갈대밭 넓은 강에서 놀기만 못하리라   不如飛入荻花鄉

9. 넓은 들판의 황금물결   **曠野黃稻**

부지런한 농부가 찾아와서는   野叟勤來訪
풍년이 왔다고 기쁜 노래 부르네   酣歌樂歲登
누런 벼는 들녘을 꽉 메우고   黃雲迷遠近
추수거리는 온 들판에 펼쳐져있네   秋稼臥溝塍
차조로 빚은 술을 어찌 사양하리   秫酒何辭醉
바람 드는 기둥에 서면 취하지 않으리   風楹不厭憑

지난해에 삼척의 눈이 쌓이더니	前年三尺雪
오늘 이런 풍년의 징조였었네	今日驗休徵

10. 넓은 들판에 개인 눈   平郊霽雪

밤새 내내 넓은 들에 서설이 내리더니	一夜長郊瑞雪飄
새벽 되자 찬 기운에 거센 바람 불어오네	曉來寒氣挾風驕
하늘과 대지가 이어진 듯 빙하가 성한데	連空大地氷河壯
눈앞의 온 산들 은세계가 되었네	入望羣山玉界遙
새들은 집을 잃고 물과 먹이를 걱정하고	幽鳥失林愁飮啄
길이 막힌 사람들 고기 잡고 풀 벨 수 없네	孤村迷路絕漁樵
이런 밤 강가의 매화가 봄소식 전할까 봐	江梅此夕傳消息
일어나 아이 데리고 다리 가로 가본다네	自起携童訪野橋

11. 송림의 오솔길   松林細逕

지름길 가늘게 아스라이 나 있는 곳	一逕穿雲細
낙락장송이 우뚝 버티어 섰구나	長松特地生
그늘에 자리한 약초밭을 찾으며	依陰尋藥畝
푸른빛을 밟으며 산비탈을 지나네	踏翠過山扃
신선이 사는 곳은 멀리 있지 않나니	紫府無多遠
맑은 시냇물 흐르는 곳 바로 여기라네	靈溪始識行
한가한 틈을 타고 임의로 오가노니	眈閑任來往
높은 흥취가 바로 이 새 정자에 있네	高興在新亭

12. 목산 어부의 피리소리   木山漁笛

두 물줄기가 종횡으로 대울타리를 감싸는 곳	二水縱橫繞竹籬
울타리에 넬어놓은 그물에 대 그림자 옮겨오네	籬邊曬網竹陰移
연기가 저녁볕을 가리니 외로운 정자가 어둡고	煙沈夕照孤亭暮

긴 둑방에 앉은 사람들 피리를 불고 있네　　　　　人在長洲一笛吹
맑은소리 정답게 빗소리에 섞여 들려오고　　　　　淸響有情和雨落
여음은 그치지 않고 공중으로 천천히 퍼져나가네　餘音不斷入空遲
난간에 기댄 나그네 슬픈 생각으로 울컥하는데　　憑欄客意悲凉處
갈대들 악기처럼 때맞춰 애간장을 끊이네　　　　最是蘆花簫瑟時

13. 모래톱에서 조는 해오라기　　　　　　　　沙頭眠鷺

앞 포구에 늦은 비 개이고 나니　　　　　　晩雨收前浦
봄물이 어지럽게 논으로 흘러 드네　　　　春流亂水田
안개 걷힌 모래밭에 따뜻한 온기 있는지　煙晴沙自暖
고요한 바람 속에 백로 잠이 한가하네　　風定鷺閑眠
날개를 펄럭이니 떠날 징조임을 알겠고　振翮知行烱
속세를 잊어버리니 너의 어짊을 알겠구나　忘機覺汝賢
강과 호수는 참으로 내가 좋아하는 곳　　江湖眞所樂
본성대로 살면서 구름 가에서 늙는구나　任性老雲邊

14. 어등산의 저녁비　　　　　　　　　　　　魚登暮雨

산마루에 검은 구름 짙게 어리더니　　　　　山上頑雲潑不開
산 앞의 큰 비가 내를 건너오는구나　　　　山前白雨度溪來
대자리에 이는 서늘한 기운 시 읊기 좋고　凉生夏簟吟魂爽
처마 밑 빗소리 적어지니 낮잠이 다시 오네　聲薄虛簷午夢回
찬 기운은 옷과 낚시 줄을 무겁게 만들고　寒濕釣養知易重
늦게야 일어난 시흥은 시간을 재촉하네　　晩隨詩興解相催
정자에서 보는 노을 볼수록 더욱 좋나니　高亭落日看尤好
때맞춰 주렴 거두고 술이나 마셔보세　　　時捲疎簾把酒盃

15. 심통사의 긴 대나무 · 心通修竹

옛 절터에 이제는 전각도 없는데	古寺今無殿
찬 기운만 죽림을 둘러싸고 있네	寒煙護竹林
수천 개 대나무가 우우하고 우는데	千竿鳴戞戞
대밭으로 가는 길은 어둑어둑 침침하네	一逕翠沈沈
해곡嶰谷의 일을 어찌 번거롭게 묻겠는가	嶰谷何煩問
기수가의 대나무 동산 이곳에서 찾았는 걸	淇園此可尋
모름지기 바둑 둘 친구를 기다려서	應須對殘局
해가 지도록 깊은 정을 나눠보리	落日散幽襟

16. 금성산의 저녁놀 · 錦城杳靄

머리 돌려 정자 남쪽 먼 곳을 바라보니	回首亭南縹渺間
멀리 하늘가에 금성산이 아스라이 보이네	天邊出沒錦城山
검은 구름 비를 머금으니 옷 젖을까 두렵고	層陰欲雨疑沾絮
저녁 안개 짙게 깔리니 마치 쪽머리 같네	夕靄如煙乍隱鬟
들이 넓으니 지는 햇빛이 엷어짐을 알겠고	平野易知殘照薄
하늘이 머니 새가 날아서 돌아오기 어려워라	遙空難見暝禽還
날마다 술자리를 열어 주렴을 걷고 바라보니	開尊日日鉤簾看
어떤 사람이 한가하지 않은지 알 것도 같아라	料理何人苦未閑

17. 대추리 나무꾼의 노랫소리 · 大秋樵歌

정자 앞에 펼쳐진 넓은 들녘	大野亭前濶
마을에는 밟힐 듯 수확이 많네	荒村脚底稠
농부들은 제각기 나무를 하려고	居人任樵牧
도끼 들고 숲속으로 들어가구나	斤斧入林邱
해가 저물자 노랫소리 들리니	落日勞歌起
봄 산에 기쁜 일이 많기도 하여라	春山樂事幽

| 어옹은 물어도 대답이 없지만 | 漁翁問不答 |
| 참으로 여유 있는 생활이 아닌가 | 此意政悠悠 |

18. 앞 시내의 작은 다리　　　　前溪小橋

맑은 냇물은 넓은 들을 휘감고 흐르는데	淸川一帶繞平蕪
절벽 아래 허술한 다리는 형세가 외롭구나	斷岸荒橋勢轉孤
정자 밑 작은 마을은 여러 이웃으로 통하고	亭下小村通萬落
나무가의 굽은 길은 큰 길을 접하였네	樹邊斜逕接長途
농사 소 건너온 길에 타는 말도 연해오고	來牛渡處連歸騎
나무꾼 돌아오는 길에 낚시꾼도 함께 오네	樵叟還時雜釣徒
저문 날 안개 빗속을 무릅쓰고 가는 자여	須向暮天煙雨裏
어여쁜 사나이가 그려놓은 그림 같구려	倩人摸寫作新圖

19. 뒤 숲에 사는 새　　　　後林幽鳥

오래된 나무가 울창한 곳에	古樹成林處
둥지 튼 새들이 자유로이 나누나	幽禽自在飛
깊은 가지에는 서로 앉으려 다투는데	深枝爭未定
빽빽한 잎들은 서로 가려 의지하네	密葉翳相依
짙은 안개는 처마를 돌아서 들어오고	晚靄縈簷轉
가벼운 바람은 살짝 자리에 스치네	輕風入座微
통소 아니어도 자연스러운 여음들	餘音最無籟
모두가 봄빛이 좋아서 노래한다네	一一弄春暉

20. 먼 포구의 모래사장　　　　極浦平沙

들 서쪽의 방초 핀 곳 물살은 급한데	郊西芳草水濺濺
극포의 맑은 모래밭이 아득히 보이네	極浦晴沙望杳然
저녁 해 가물거리자 기러기 떼 날아들고	殘照下時征鴈落

자욱한 안개 속에 청둥오리 잠자구나 　　綺霞明處彩鳧眠
어느 사람이 들 구름으로 착각하였던고 　　何人錯認雲鋪野
눈처럼 깔린 모래 보고 아이들 놀라네 　　稚子驚看雪滿川
어느 때나 손잡고 지팡이를 벗 삼아 　　安得手携枯竹去
늦가을 여뀌 핀 곳을 가 볼 수 있을까 　　秋深閑步蓼花邊

21. 용진산의 기이한 봉우리　　　　　　　　湧珍奇峯

여러 산봉우리 구불구불 서려 있는데 　　列岫爭蟠屈
두 봉우리가 우뚝 솟아 반공에 서 있네 　　雙尖露半空
칼날 같은 봉우리마다 시인의 눈을 기쁘게 하니 　　鋒鋩悅詩眼
기특한 절경은 산신님의 조화일세
벼락도 구름 때문에 되돌아가는 곳 　　碧落歸雲碍
신선이 사는지 멀리 하얀색이 보이네 　　仙山灝色通
어찌 가서 본들 그 경치 감당하겠는가 　　何當拂袖去
대낮에 하늘만 바라보고 서 있네 　　白日倚天風

22. 석불사의 드문 종소리　　　　　　　　　石佛疎鍾

산집에서 지팡이 끌고 천천히 걸어가니 　　山庭緩步曳寒筇
저물녘 옛 절에서 종소리 들려오네 　　古寺斜陽落暮鍾
뭉게구름 흩어질 듯 웅장한 소리 　　雲陣解時穿猛聲
옥비녀 흔들리니 방아소리 같구나 　　玉簪搖處撼舂容
처음에는 상쾌하게 산골을 울리더니 　　初隨爽籟傳幽壑
뒤이어 미풍 타고 먼 산까지 울리네 　　更逐微風度遠峯
갈건 쓴 늙은 스님 일 없이 한가한 듯 　　披葛老僧無一事
새달 오르기 기다리며 소나무에 비겨있네 　　待看新月倚長松

23. 골짜기의 붉은 여뀌   澗曲紅蓼

굽이굽이 강가에 여뀌꽃 피었는데   曲渚蓼花叢
깊어가는 가을 따라 한껏 붉었구나   秋深恣意紅
하얀 연기는 석양빛에 붉게 물들고   和烟明夕照
이슬방울 머금은 듯 서풍에 교태 떠네   含露媚西風
그림자 희롱은 낚시터의 물이 하고   弄影磯邊水
예쁨을 다툼은 언덕 위의 단풍일세   爭妍岸上楓
그를 보고 누가 가장 즐거워할까   看渠誰最樂
맑은 흥은 어부에게 부쳐보네   清與屬漁翁

24. 서석산의 아지랑이   瑞石晴嵐

산세가 가파르니 개임도 더딘데   山勢逶迤送晚靑
아지랑이 한줄기 맑음을 희롱하네   孤嵐一抹弄新晴
물속의 달은 은하수를 옮겨온 듯   嫦娥鏡裏銀河落
직녀가 베틀의 흰 비단을 늘여놓았네   織女機中素練橫
뜻대로 갈기는데 시는 되지 않고   隨意卷舒詩未狀
정이 너무 많아 그릴 수도 없어라   盡情濃淡畫難成
글 짓는 선비들 솔 밖으로 나오니   騷人步出松林外
때맞춰 자고새 소리 숲에서 들리네   時聽鷓鴣深樹鳴

25. 몽선산의 푸른 소나무   夢仙蒼松

즐비한 산봉우리 높고도 또 높았고   亂岫高無對
산 위에 긴 소나무는 다른 숲보다 우뚝 솟았네   長松不附林
찬 물결에 시원한 바람 일어나고   寒濤殷靈籟
둥근 일산 아래 맑은 그늘을 이루었네   團蓋長淸陰
스스로 바람과 찬 서리의 높은 절개를 지키니   自守風霜節
누가 자연의 조화를 알겠는가   誰知造化心

푸르고 누른빛을 뉘라서 침해할까	靑黃難染質
굳건한 그 절개 예나 지금이나 같으니라	偃蹇古猶今

26. 두 개울에 비친 가을 달　　　　　　二川秋月

종횡으로 흐른 두 물 맑고 또 고운데	二水縱橫淸且漪
서리 내린 밤의 달님도 밝게 빛나네	一天霜月巧分輝
마름꽃 만발한 곳 금물결 평온하니	菱花蕩漾金波定
계수나무 그림자 비단자리에 빛나는 듯	桂影虛明綺席依
하얀 달이 모래 위에 번쩍번쩍 빛이 나니	寒暉岸沙秋閃鑠
냉기에 놀란 갈매기 꿈을 깨고 날아가네	冷侵鷗夢夜驚飛
서풍 부는 저녁 구름 한 점 없이 청명한데	西風萬里無雲處
반딧불이 잠들자 뭇별도 그만 드문드문	螢火藏芒列宿稀

27. 혈포의 새벽안개　　　　　　　　穴浦曉霧

먼 포구의 봄날 새벽이 오려하는데	極浦春將曉
아득하게 하늘은 안개 기운으로 어둡네	遙空霧氣昏
시내와 들을 분간할 수 없으니	川原殊未辨
울타리와 촌락을 나눌 수가 없네	離落更難分
거듭거듭 엎어지니 비 오는가 의심되고	重幕飜疑雨
가볍게 적셔줌은 구름을 배웠음이라	輕籠浴學雲
글 짓는 선비들 볼수록 싫지 않으니	騷人看不厭
지팡이 짚고 소나무 문에 기대어 섰네	拄杖倚松門

28. 멀리 나무에 어리는 밥 짓는 연기　　遠樹炊烟

산마을은 옹기종기 들녘은 아득한데	山村不斷野漫漫
한줄기 긴 연기가 나무 끝에 얽혀있구나	一抹長烟着樹端
푸른 안개연기를 하루에 몇 번이나 보았는고	輕翠幾從朝暮見

담박한 그 흔적 그림에서 본 것 같네　淡痕疑向畵圖看
초가집에서 일더니 멀리 포구로 내려가고　初連白屋遙歸浦
빙빙 돌다 푸른 발을 뚫고 난간을 감싸네　還拂靑帘半入闌
정자 위에서 시를 읊던 어떤 선비는　亭上有人斜點筆
석양 되자 그만두고 의관을 정리하네　夕陽吟罷整巾冠

29. 항아리 바위의 우뚝한 모습　甕巖孤標

큰 돌이 떨어질 것처럼 매달렸는데　峻石欹將墮
기묘한 표석인 듯 멀리 외로이 섰네　奇標遠欲孤
뿌리가 깊으니 지축이 넓고 크며　深根盤地軸
지세가 높으니 하늘로 통할 것 같네　高勢揷天衢
해가 돋음에 먼저 새벽 온 줄을 알겠고　日出先知曉
연기가 비껴 있으니 좋은 그림을 펼쳐놓은 듯　烟橫巧展圖
난조를 멍에하고 멀리 바라보니　鸞驂望中過
바야흐로 봉래산이 가깝게 있음을 알겠네　方信近蓬壺

30. 칠만의 봄꽃　七巒春花

일곱 봉우리 층층이 성 곁에 있는데　七點層巒偎郭斜
봄이 오면 온갖 꽃나무 다투어 울창하네　春來萬樹鬪繁華
사람들은 좋은 계절에 비바람 칠까 걱정하는데　人憐令節愁風雨
하늘은 신공을 보내어 비단수를 놓았다네　天遣神工剪綺羅
짙고 붉은 아름다운 자태 대밭 길로 이어지고　濃艶糾紛連竹徑
아름다운 향기 꽃다운 냄새 신선 집으로 통하네　異香芬馥透仙家
그대여 술병 메고 놀러오기를 귀찮다 마소　煩君莫惜携壺往
내일이면 지는 꽃을 어찌할 것인가　明日紅殘可奈何

이상에서 〈면앙정 30영〉을 보았거니와 우선 청계의 시적 재능에 대

하여 감탄하지 않을 수 없다. 이러한 누정 공간을 대하면 다음과 같은
말이 생각난다. 사람들은 자신들이 필요한 생명의 연장을 위해 만족스
럽게 주위환경과 인문환경을 가꾸고 변화시키는 능력이 있는데[162] 점
차 자연경관을 감상 수준을 넘어 비실용, 비효율의 심미의식審美意識이
발현된 특수한 공간 형태인 인문 경관을 만든다고 한다.[163] 그 결과 사
람들은 자신들이 만든 것이지만 초자연적인 특성을 지니는 이른바 증
첨增添에 의한 무중생유無中生有의 요건을 만들거나, 승화昇華에 의한
점석성금点石成金을 만들며 혹은 물질 경관이 사람에게 주는 시각적 감
관感官과 비물질 문화경관이 혼합된 어떤 모습을 갖추어 흔상欣賞의
기쁨을 제공하거나, 자연물질 문화경관을 그대로 보존하면서 일정량
자연의 지모地貌를 이용하여 특정한 지리 환경을 창조해내는 인리승편
因利乘便 등의 경관을 고안해 내어 ㉠경인인현景因人顯(경관 때문에 사람에
게 드러남), 명인문전名因文傳(유명한 사람 때문에 글로 전해짐),[164] ㉡경인인
생景因人生(자연 경관의 명성 때문에 사람이 살게 되었음), 문인경전文因景傳(문
인들의 글 때문에 경관이 더욱 유명세를 타고 전해짐)[165] 등의 인문 환경의 명소
가 되게 했다.[166]

----

162 周曉琳. 劉玉平,《空間與審美》:文化地理視域中心的中國古代文學, 人民出版社,
     2009, 168~180면.
163 위의 책, 168면.
164 이백의 〈改九子山爲九華山聯句〉이래, 약 500여 명의 문인들이 관련 작품을 지음,
     앞의 책, 171면.
165 도연명의 〈도화원기〉는 지금의 도화원 80개 풍경구를 만들고 유명하게 만든 데 지대
     한 공헌을 함, 앞의 책, 174면. 이런 경우가 많은데 항주의 '서호' 역시 소동파로 인해
     유명해진 대표적 사례.
166 위의 책, 180면.

〈면앙정 30영〉 역시 그 원운이 누구의 것이든, 그런 아름다운 자연의 특별한 경관을 발견하고(경인인현), 그에 심미적 즐거움을 맛보아 면앙정을 구축한 사람은 송순이다. 송순은 〈면앙정가〉나 〈면앙정 삼언시〉, 〈면앙정 제영〉 등의 시를 지어 면앙정 주변을 자랑하였는데(명인문전) 이것이 유명세를 타게 되어 시인 묵객들의 입에 오르내리게 되었고 마침내는 〈면앙정 30영〉이 일곱 사람의 창작으로 이어졌으며 그 외에도 면앙정 관련 여러 시편이 창작되었다.

이제 남은 것, 후손들이 해야 할 일은 무엇인가? 바로 경인인생이요, 문인경전이다. 경인인현과 명인문전은 앞선 사람들이 이미 해놓은 귀한 유산이 되었기에 후손들의 책무는 더욱 막중하다. 이제는 도연명의 〈도화원기〉가 그랬듯이, 면앙정을 한국의 명소, 세계적인 명소로 만드는 일과 그곳에서, 그곳을 중심으로 사람들이 행복한 삶을 누리고 자긍심을 전하며 대대손손 그 명성을 이어가도록 아름답고 멋진 경관지구로 만드는 것이다.

여기서 짚고 넘어갈 사항은 누정 건립의 두 가지 동인이다. 하나는 먼저 건립된 누정을 보고 따라서 뒤를 이어 누정을 다른 곳에 건립하는 것이며, 또 다른 하나는 누정 건립 대신에 그 누정과 관련된 주변 여러 경관이나 누정 주인의 인품을 부러워하거나 흠모하여 관련 글쓰기 활동을 하는 것이다. 문학작품의 지리 공간은 진실과 허구, 객관과 주관의 상호 작용의 결과라는 점을 간과하면 곤란하다.[167] 이 말을 부연하면 문학 작품의 지리 공간은 3개의 층면을 가진다.

하나는 제1공간 곧 원형 객관 존재로서의 자연 혹 인문 지리 공간이

---

167 曾大興, 《文學地理學槪論》, 尙務印書館, 2017, 307~318면.

그것이다. 이른바 동강조대桐江釣臺는 중국 절강성 동려桐江의 칠리탄
七里灘에 있는 곳으로, 그곳에서 동한東漢의 은자 엄자릉嚴子陵이 낚시
를 하며 세속을 초월했던 공간이다.

　다른 하나는 작가의 지리 감지 능력과 지리 상상을 통하여, 문학 작
품 속에 창조해 낸 심미審美 공간, 또는 자각自覺의 객관客觀과 주관主
觀이 결합結合된 산물로 이는 제2의 공간이라 부른다. 바로 조선시대
담양의 조국성, 조국간의 형제가 창조해 낸 공간, 그 공간은 단순히
중국의 동강조대를 모방하거나 흠모한 것이 아니다. 두 형제가 효도를
하기 위해 만든 창조적 공간이다.

　마지막으로 제3의 지리 공간은 문학 작품을 읽고 난 후 독자가 만들
어 낸 그 만의 공간이다. 독자는 제1 공간과 제2 공간 그리고 자신의
상상과 연상 등의 결합으로 자기만의 고유한 공간을 만들어 낸다.[168]
이와는 달리 다음과 같은 글도 참고가 된다.

　누정은 하나의 공간일 때 그 창조적 역할을 다 할 수 있다. 공간에서
의 움직임이 정지할 때, 그것이 사람들에게 완전히 익숙해질 때, 그것
은 장소로 변화된다.[169] 문학작품은 그 작품이 없었다면, 알지 못했을
경험 지역에 관심을 기울이게 한다는 점에서 그 지역을 지배하는 힘이
있다.[170]

　이러한 누정의 이모저모 이러저러한 힘과 기능을 바탕으로 〈면앙정
30영〉의 이해에 다가서기로 한다. 여기서는 우선 시의 이해를 위하여

168　증대흥, 앞의 책, 306~318면.
169　이-푸 투안, 《공간과 장소》, 도서출판, 대윤, 1995, 20면.
170　이-푸 투안, 앞의 책, 263면.

면앙정 정자에 대하여 살펴볼 필요가 있겠다. 면앙정俛仰亭은 담양군 봉산면 제월리 마항 마을 옆에 위치한 정면 3칸 측면 2칸 규모의 정자이다. 정자의 가운데는 한 칸짜리 방이 들여져 있고 사방으로 마루가 깔려 있어 정자의 어느 쪽에서나 주변 경관을 감상하기에 안성맞춤이다.

면앙정은 정자의 주인인 송순宋純(1493~1582)의 호이면서 정자의 이름이기도 하거니와 면앙俛仰이란, 땅을 굽어 백성을 살피고, 하늘을 우러러 임금을 섬긴다는 뜻으로 송순의 〈면앙정삼언가俛仰亭三言歌〉와 기대승의 〈면앙정기〉에 그 뜻이 잘 나타나 있다. 곧

> 숙이면 땅이요 : 면유지俛有地
> 우러르면 하늘이라 : 앙유천仰有天
> 그 가운데 정자를 앉혔노라 : 정기중亭其中
> 호연지기의 흥이 나는구나 : 흥호연興浩然
> 풍월을 불러라 : 초풍월招風月
> 산천을 모아라 : 읍산천揖山川
> 지팡이 짚었다만 : 부여장扶藜杖
> 한 백 년 끄떡없겠다 : 송백년送百年[171]

이 그것인데 이때 면俛을 부로 읽어야 한다는 주장이 제기되어 부앙정俛仰亭이라고 부르자는 사람들도 있지만, 후손 등의 고증에 따라 면앙정으로 일컬음이 일반적이다.

이 정자 아래로는 여계천餘溪川이 흘렀는데 철도개발로 인해 지금은 물줄기가 정자로부터 100여 미터 떨어져 흐른다. 면앙정의 뒷면으로는

---

171 〈면앙정삼언가〉.

시원하게 봉산면의 들녘이 펼쳐져 보이며 멀리 혹은 가까이로 추월산·병풍산·삼인산 등이 바라다 뵌다. 면앙정은 담양권의 60여 개에 달했던 누정의 하나로 조선 초 전신민의 독수정, 16세기 초반(1530)의 양산보의 소쇄원에 이어 세 번째로 1533년에 건립되었다.

송순은 32세 때(1524) 누정 건립의 뜻을 세우고 같은 마을의 곽씨郭氏로부터 땅을 구입한 뒤 10년 만에 중추부사대사헌中樞府司大司憲의 직을 그만두고 향리에 내려와 있으면서 정자를 지었다. 송순은 정자를 짓고 〈면앙정 삼언가〉와 시조 한 수를 남겼는데 그 둘은 지금도 인구에 회자膾炙되고 있다.

> 십 년을 경영하여 초려 한 칸 지어내니
> 반 칸은 청풍이요 반 칸은 명월이라
> 강산은 드릴 데 없으니 둘러두고 보리라

이로 보건대 초창기 면앙정의 규모는 매우 단출했던 것으로 생각된다. 아마 초가지붕을 한 초정草亭이었을 것으로 추정된다. 면앙정은 창건된 지 20여 년이 지난, 송순의 나이 62세에서 65세 무렵 중창되었는데 당시 담양부사였던 국재菊齋 오겸吳謙의 도움으로 이루어졌다. 면앙정의 중창은 곧 면앙정 시단의 일대 변신을 가져왔거니와 중창을 기념하기 위하여 초대된 여러 문사들로부터 다양하고 많은 그러면서도 뛰어난 시문이 제작되었다.[172]

기대승奇大升의 〈면앙정기俛仰亭記〉, 임제林悌의 〈면앙정부俛仰亭賦〉,

---

[172] 위에 든 여러 사람의 〈면앙정 삼십영〉이 일시에 한꺼번에 지어진 것은 아님.

임억령林億齡의 〈면앙정 30영〉, 김인후金麟厚의 〈면앙정 30영〉, 박순朴
淳의 〈면앙정 30영〉, 고경명高敬命의 〈면앙정 30영〉, 양대박의 〈면앙
정 30영〉, 이홍남의 〈면앙정 30영〉, 윤행임의 〈면앙정 30영〉과 면앙
정 송순 자신의 〈면앙정가俛仰亭歌〉 등이 그것이다. 면앙정은 정유재
란(1597) 때 병화를 입어 완전히 소실되고 빈터만 남게 되었으니 송순
이 세상을 떠난 지 16년 만의 일이었다. 현재의 면앙정은 효종 5년
(1654)에 후손들이 중건한 것으로 350여 년이 넘은 건물이다.

　전라남도 기념물인 면앙정은 시가 문학의 산실인바, 면앙정단가 7수
와 〈면앙정가〉를 비롯한 국문시가는 물론 〈면앙정 30영〉 등 한시 및
다양한 형식의 시문이 대량으로 제작되어 호남시단은 물론 조선의 시
단을 살찌웠던 문학의 산실이다.

　주목되는 것은 기대승이 〈면앙정기〉를 두 번 지은 사실과 송순이 〈면
앙정 30영〉을 짓지 아니한 점이다.[173] 고봉高峯이 무슨 연유로 면앙정
기문을 두 번이나 제작했는지 알 길이 없으나, 처음에 창건되었을 당시
에 한 번, 뒤에 중창되었을 때 한 번 등 도합 두 번 지은 것이, 나중
문집에 함께 등재되어 마치 한꺼번에 두 번을 지은 것처럼 여겨진 것이
라 추정된다. 이와는 달리 35세나 연상인 스승의 정자에 대한 기문을
부탁받은 고봉이 조심스럽고 부담이 간 나머지 두 개를 제작한 것이라
생각해 볼 수도 있겠다.

　한편, 면앙정 주인인 송순의 〈면앙정 30영〉 제영이 없는 까닭은 무
엇일까? 우선 임·병 양란 등 병화로 인하여 송순의 시문이 대량 소실

---

173 이에 대해 면앙정 송순이 짓지 않았는지 아니면 지었으나 일실된 것인지는 상고가
　　필요함.

된 데에 그 원인을 둘 수 있겠다. 〈면앙집〉의 송순 연보에는 정유재란으로 인하여 송순과 제현들의 시문이 다량 소실되었다고 기록되어 있다. 추측건대 송순이 먼저 〈면앙정 30영〉을 짓고 이어 임억령 등이 그에 화답했을 것으로되 그것이 불에 타 없어져 버렸다는 추론을 해볼 수 있다.

사실 지금으로서는 〈면앙정 30영〉 중 누구의 것이 가장 먼저 지어졌으며, 그것은 어떤 원운에 의한 것이었는지 궁금한 사항이 한둘 아니다. 다만 윤행임의 경우, 양대박의 〈면앙정 30영〉에 차운했다는 제작 동기를 밝혀두었다. 또한 《면앙집》에는 심중량沈仲良의 〈면앙정기〉도 보이는데 이 또한 언제 어떤 연유로 제작된 것인지 분명치 않다.

면앙정을 소재나 제재로 해서 창작한 시가에는 앞서 소개한 것들 외에도 면앙정 잡가 두 수 및 여러 편의 한시가 있는데 《면앙집》에 따르면, 41명의 시인이 51편 210수 이상을 제작한 것으로 되어있다. 이렇듯 면앙정은 시조·가사·한시문 등 다양한 시가 문학의 산실로서, 특히 가사 〈면앙정가〉는 정철의 〈성산별곡〉에 많은 영향을 주는 등 강호 전원 가사의 전통을 잇는 주옥같은 작품의 자력이 된 것으로 평가된다.

지금 면앙정 앞뜰 오른편에는 면앙정가 비가 서 있으며 정자 안에는 퇴계 이황·하서 김인후의 시와 고봉 기대승의 〈면앙정기〉, 백호 임제의 〈면앙정부〉 및 석천 임억령과 제봉 고경명 등의 〈면앙정 30영〉 및 송순의 〈면앙정 3언가〉 등이 판각되어 걸려있다.

또한, 우리가 주목해야 할 사실은 〈면앙정 30영〉과 〈식영정 20영〉 등의 시편들은 모두가 그 정자의 내포적 의미망에 맞게 세밀한 구도 속에 제작되었다는 점이다. 다시 말해서 〈면앙정 30영〉은 면앙俛仰이란 의미에 충실한 가운데 제작되었다는 사실이다. '면앙' 곧 '굽어보고

우러러볼' 수 있는 경지, 이는 송순이 지향했던 대도大道의 경지에 다름
아니다.

　송순은 평생 '대도'의 실현을 최고의 목표로 삼았던 인물로서 그의
'면앙'은 '대도'의 다른 표현에 지나지 않는다. 그러므로 대도의 경지
곧 면앙의 자세로 사물을 대하면 우주 사이의 삼라만상이 죄다 보이지
않을 수 없는 것 아니겠는가! 그렇다. 대도를 깨달은 사람은 자유자재
로 시·공을 넘나들 수 있는, 석천 임억령식으로 말하면 조화옹의 능력
을 갖고 있다. 그러므로 그가 하늘에서 굽어보면 곧 면俛하면 보이지
않는 것이 없게 되므로 담양 면앙정에서도 광주의 어등산, 나주의 금성
산, 화순의 옹암산 등 면앙정 원경을 조망할 수 있게 되는 것이다.

　반대로 면앙정에서 바라보면 곧 앙仰하면 그 아래를 흐르는 물이며,
가까이의 여뀌꽃 등이 눈앞에 들어오게 되어 근경을 담아낼 수 있는
것이다. 이러한 작시태도는 〈식영정 20영〉의 시편이 각기 식영 정신의
실천적 공간에 들어가기 위한 구도적求道的 과정의 절차를 노래한 경우
와 같은 것으로 이해된다. 따라서 〈면앙정 30영〉은 면앙정 주인의 인
품과 철학을 반영한 시제詩題의 선택이 아닐 수 없는바, 같은 시제에
임억령 등 7명의 시인들이 각기 자신의 신념과 철학을 담아 그 형상과
의경 및 흥취가 다르게 실현되었음을 알 수 있겠다.

　한편, 청계의 〈면앙정 30영〉은 가장 먼저 지어진 것으로 추정되는
석천의 〈면앙정 30영〉과 비교할 때 그 순서가 다르다. 첫 번째 〈추월취
벽〉만 같고 그 나머지는 모두 다르다. 청계는 가을에 시작하여 봄으로
끝을 맺는 시간 순환의 흐름을 좇았을 뿐만 아니라, 시 제목들의 연관
성을 고려한 흔적이 역력하다. 다시 말해서 청계는 〈면앙정 30영〉의
각 시제詩題들이 서로 어떤 유기적 의미망을 갖도록 그 시제를 배열하

는 데도 신경을 썼던 것으로 보인다.[174] 예컨대 〈추월취벽〉 다음에 〈금
성고적〉이어 〈산성조각〉〈죽곡청풍〉〈불대낙조〉〈청파도어〉〈용구만
운〉〈칠천귀안〉 등의 배열은 석천의 원근에 따른 배열과는 또 다른 면
에서 면앙정 부근의 경치가 빚어내는 흥취를 맛보게 한다.

　다음으로 표현미학을 살펴보면 형식에서 5언과 7언의 율시 형태를
취한 점이다. 석천이나 하서 등이 5언 절구로 지은 것과는 달리, 청계
는 5언 율시와 7언 율시를 번갈아 가면서 지었다. 이런 형식은 청계의
것에 차운한 석재에게로 이어진다. 이런 시작 태도는 그만큼 청계가
시에 재주가 있었음을 단적으로 보인 경우라 사료된다.

　다음은 표현이 쉽다는 점이다. 고사의 인용이나 전거는 몇 작품을
빼고는 거의 찾아볼 수가 없다.

　〈추월취벽〉은 지금도 우리가 추월산을 바라보면서 확인할 수 있듯
이 추월산의 깎아지른 절벽을 있는 그대로 형상화하는데 충실하고 있
다. '천심벽', '석세현' 등은 의상意象으로서 추월산의 푸른 벽이 높다
는 의미를 매우 실감나게 표현하고 있다. 그렇잖아도 추월산의 존재
가 푸른 하늘에 높이 솟은 존재란 것을 상상하련만, '취벽'이라 했으
니 이 얼마나 까마득하고 아련한 높이인가? 그런데 다시 '천심벽'과
'석세현'의 의상을 동원하여 독자의 추월산에 대한 심미적 높이를 한
껏 올려놓았다. 그런데 끝에 이르러 "나무 끝에선 폭포소리 들리누나"
라 하여 그 결구를 매우 낭만적으로 마무리하여 시적 감성이 철철 넘
쳐나게 했다.

　〈금성고적〉의 경우는 그의 역사적 안목과 함께 진솔한 인간적인 모

174　이는 〈면앙정 삼십영〉 중에서 호남 서술시의 속성을 가장 잘 구현한 작품으로 판단됨.

습이 자연스럽게 토로되고 있다. 선정후정先情後情의 시이다. 특히 미
련尾聯의 두 구 "무너진 성은 적막하여 사람 하나 없는데/ 옹달샘의 물
소리만 혼자서 말하고 있네"의 표현은 누구나 고적古跡에서 느낄 수 있
는 인생의 무상함과 자연의 영원함의 대비를 통해 자연스럽게 유한 인
생의 안타까운 유로流露가 친근한 느낌과 함께 숙연함을 풍긴다.

〈산성조각〉〈죽곡청풍〉〈불대낙조〉〈청파도어〉 등은 선경후정先景
後情의 전형적인 시이다. 사실성이 매우 잘 드러나 있는 한적한 산성의
경치 서술이다. 그러면서도 밤 – 새벽의 시간 이동과 명鳴, 청聽, 도濤,
경驚 등 동적 시어가 주는 역동적인 이미지는 시인의 일상이 밝음과
산성 사람들의 삶의 건강함을 담지하고 있다.

〈죽곡청풍〉은 그의 애민 정신의 일단을 잘 나타내 보이고 있는데
"사방의 삼복더위를 싫어하는 사람들이여/ 맑은 그늘 아래서 편히들
쉬어 가세나"가 그것이다. 이러한 애민 정신은 호남시단의 공통 시학
중의 하나인 점에서 주목되거니와 이런 정신은 때론 서술시로 때론 이
렇게 함축된 서정으로 발현되곤 했다. 처음에서 경으로 시상을 차분하
고 고즈넉하게 연 다음, 삶의 현실인 대 껍데기를 벗기는 수고로움과
고각 대실에서 시를 읊고 있는 대비를 통한 사실성으로 시상을 고조시
켰으며 정正 반反 합合의 통일로 승화된 마무리를 보였다.

〈청파도어〉는 그의 시에서 보기 드물게 전거典據가 인용된 부분이
다. 전국시대 장자와 논쟁을 벌였던 혜자惠子를 등장시켜 낭만적 정서
의 일단을 비유적으로 드러내었다.[175] 경련頸聯의 "천기를 생물에 붙이
니 지식의 즐거움이요/ 관심을 다른 데 돌리니 마음이 편안하다"를 볼

---

175 《장자》, 〈추수〉, "魚之樂" 고사.

때 그가 당대 호남 시단의 공통 시학의 하나였던 물외物外에 관심을 쏟아 흥취를 찾는 등 낭만적 정서가 풍성한 시인이었음의 일단을 엿볼 수 있게 한다. 특히 미련의 "누가 저울대로 같고 다름을 가리겠는가/성인들의 궁리는 예나 지금이 일반이네"는 그가 파란규보波瀾跬步의 정치 현실에 뜻을 두지 아니한 연유를 밝히는 부분으로 상자연眥自然을 모토로 한 인생관을 짐작케 하는데 시가 품은 외연의 힘과 내연의 함축이 끌고 당기는 장력張力에서 묘한 미감을 자아내고 있다.

〈용구만운〉은 함축이 가득한 명품이다. 이는 선정先情 – 후경後景 – 후정後情의 구성이다. 일반적으로 구름은 시가 문학에서는 간신이나 음해자 등을 상징한다. 여기서는 시의 첫머리에서 먹구름은 흩어지고 엷어질 것이라는 소망을 먼저 말함으로써 낙관적 기대를 담았다. 구름이 나무를 가리고 햇빛을 가린다고 정精하고 미美하게 함련을 이은 뒤, 그 결과 자신은 길이 없는 길을 걷느라 신이 다 젖도록 헤맸지만, 길을 찾지 못했다며 계속해서 미끄러지고 좌절하는데 설상가상으로 비까지 내린다는 말로써 사태와 상황의 심각성을 탄식했다. 당시의 사회 상황을 의미심장하게 반영하고 있어 당시의 모습이 선하게 상상된다.

〈칠천귀안〉역시 함축이 가득한 시이며 천淺에서 심深으로 의상意象을 펼치면서 '작살'로 함축된 험악한 세상살이를 조심하라는 경고의 주제를 피력했다. 계절을 알고 돌아오는 기러기가 상징하는 것과 그들이 '질서'를 지키며 '줄'을 갖춘다는 것, 하지만 그들의 질서 의식이나 줄과는 아랑곳하지 않고 작살이 기다리며 노리고 있다는 말로써 현실 세계의 험담함과 심각함을 에둘러 담아낸 시인의 수준 높은 시작 태도가 돋보인다.

〈광야황도〉는 밝은 분위기가 우선 눈에 든다. 풍년이 왔다고 좋아하

는 농부의 모습도 눈앞에 선하다. 선정先情이요 후경後景이며 후경後景
의 심화된 층급層級에 이어 후정後情으로 시상을 마무리했으며 뿐만 아
니라 밝은 농부의 모습을 기쁘게 바라보는 시인의 애정 어린 관찰이
자연스레 연상되면서 마침내 모두가 한 데 어울려 건하게 벌이는 술판
으로 이어진 느낌이다. 그러면서도 미련에서는 '오동지 육섣달'의 교훈
을 담는 것도 잊지 않았다.

〈평교제설〉의 미련을 보자. 들판에 내린 눈에서 발동한 시심, 시인
은 눈 내린 들판의 경률을 먼저 말한 뒤, 이어 새들이 집과 먹이를 잃
음에 주목하였고 더 나아가 사람들이 고립되어 삶이 어렵게 됨에 눈을
떴다. 선경후정先景後情의 전형적인 산수시이자 유천급심由淺及深의 서
정을 향한 호선弧線이다. 시인의 마냥 따뜻한 마음이라니, 길이 막힐
정도의 폭설에서 봄이 멀지 않음을 알리는 매화를 떠올리는 시인의 상
상력이 주목된다. 이 시 또한 눈, 새와 사람들 모두 함축된 뜻을 가진
시임은 두말할 필요가 없으며 그의 낭만적 정서의 일단을 잘 드러내고
있는 시이다.

〈송림세경〉을 본다. 이 시는 선경仙境의 발견과 그에 따른 시심의
절정인 흥취興趣를 말했다. 소나무 숲과 신선神仙의 연상작용이 눈에
든다. 청계의 선적禪的 취향이 잘 드러난 부분인데 이 같은 신선 지향
의 관심은 당시 손곡이나 허균 등 현실에 불만족한 개혁의 의지를 가
진 자들의 공통적인 지향 세계였다. 한편, 이런 시야말로 면앙정 주변
을 선경으로 간주하고 그렇게 인식하도록 만드는 힘을 가졌다. 시를
읽은 독자는 면앙정을 찾아 이런 광경을 공유하여 함께 즐기고 싶은
추동을 할 것이기에 면앙정의 명성이 날로 높아질 것임은 자명한 일
이다.

〈목산어적〉과 〈사두면로〉는 앞서 말한 〈광야황도〉와 더불어 가장 주목되는 작품이다. 두 줄기 물, 종횡으로 심어진 대나무 울타리, 저녁에 피워오르는 연기, 저녁 하늘의 별, 외로운 정자, 긴 둑방길 등의 의상意象이 주는 것은 바로 한적이며 호젓이고 전원이자 자연스러움이다. 아울러 어적漁笛에서 느끼는 나그네의 회포, 강과 호수 곧 강호江湖 생활을 지향하는 그의 삶의 자취가 여실히 드러나 있다. 나그네의 슬픈 생각을 방조하는 갈대의 노래, 특히 망기忘機하여 그 속에서 진락眞樂을 아는 시인의 인생관은 호남 시단의 시인들이 추구했던 삶의 방식이었다.

〈사두면로〉는 특히 강호江湖를 벗 삼아 물아일체의 꿈을 꾸면서 본성本性대로 살고자 했던 시인의 소망과 사대부로서 강호 전원의 흥취를 즐기며 살겠다는 가치관이 잘 드러나고 있다.

〈어등모우〉〈심통수죽〉 역시 언뜻 보기엔 낭만적 정서의 일단을 유감없이 드러낸 듯 보이지만, 이는 외연의 허사일 뿐, 내면의 진심은 사태의 심각성이 매우 위중함을 보인 대목이다. 〈어등모우〉에서 그렇기에 낮잠이나 시흥으로 그를 해결하지 못하고, 결국 '술'로써 그를 해소하고자 한 것으로 시상을 마무리했다. "정자에서 보는 노을 볼수록 더욱 좋나니/ 때맞춰 주렴 거두고 술이나 마셔보세"의 토로는 사정의 심각성과 사태의 급박함을 말한 것에 다름 아니다. 특히 경련의 한습/ 만수, 조쇠/시흥, 지/해의 대구는 그의 시인으로서의 역량을 유감없이 나타내 보인 대조의 명품이다. 〈심통수죽〉은《시경》의 〈기욱淇奧〉 시를 배경으로 문채文彩나는 군자 곧 자기와 뜻이 맞는 사람과 함께 즐기고자 함을 은근히 바랐는데, 이는 자신이 기다리는 친구에게 어울리도록, 여절여차如切如磋 여탁여마如琢如磨하겠다는 자기 수신修身의 의지를 다짐한 대목으로 풀이된다.

〈금성묘애〉는 경련에 보이는 대구의 기묘함에 눈이 멈춘다. 평야/요공, 이/난, 지/견, 잔조/명금의 낮고 높으며, 쉽고 어려움의 대비적 표현의 결과, 미련의 두 구가 자연스럽게 이어지게 한 세심한 구도가 돋보인다. 그러면서 〈심통수죽〉에서 기다렸던 친구를 만난 기쁨으로 벌인 술자리, 그리고 그런 아름다운 자리에 함께하지 못하고 분주하게 무엇인가 명리와 영화를 좇는 부질없이 바쁜 사람을 은근히 빗대어 꼬집었다. 두 시의 긴밀한 연결성이 돋보인다.

〈대추초가〉와 〈전계소교〉〈후림유조〉〈극포평사〉 등은 서정적인 전원생활의 유유자적한 모습을 편안하게 연상시키는 낭만적 정서의 표출이 주목된다. 특히 현학적인 요란함이나 화려함보다는 소박하고 담담한 시인의 생활이 독자를 절로 흡입시키고 있다. 어쩌면 시인이 바라는 바람직한 세상, 그런 넉넉하고 유유자적한 삶의 진면목이 면앙정에 가면 볼 수 있을 것 같다.

〈전계소교〉의 소박한 전원 마을의 모습, 마치 한 폭의 산수화를 보는 것 같다. 개울물, 작은 다리, 정자, 농우, 주인이 타는 말, 나무꾼, 낚시꾼, 모두 일상에서 보고 맛보아지는 모습이요 풍경이다. 그런 곳에서는 내리는 비조차 아름답고 그 비를 맞고 가는 행인조차 멋스럽다.

〈용진기봉〉은 경경에 이끌려 시안詩眼을 펼치는 정情의 세계가 이어지고, 이윽고 그 둘이 하나가 되어 새로운 세계 곧 그가 그리고 꿈꾸는 신선 산이라는 의경意境이 창조되고 있는 뛰어난 작품이다. 〈석불소종〉은 선정先情을 말한 뒤 후경後景으로 뒤를 이었는데 석불사의 종소리가 웅장하여 뭉게구름을 흩을 듯하고 옥비녀를 흔들 듯하며 심지어는 방아 찧는 소리라 하여 유천급심由淺及深의 시상을 전개한 뒤 원융

한 달 뜨기를 기다리는 스님, 원각圓覺의 깨달음을 향한 일념의 구도자 모습으로 시상을 마무리했다.

〈간곡홍료〉의 경련에 보이는 "그림자 희롱은 낚시터의 물이 하고/ 예쁨을 다툼은 언덕 위의 단풍일세"가 보이는 기묘한 대구에서 창출되는 가을의 서정적이고 낭만적인 정취라니, 우리는 청계를 낭만주의 시인이라고 하여도 조금도 지나치지 않을 것이다. 또한 가을의 여귀꽃 홍취를 어부에게 맡긴다는 시인의 따뜻한 마음이라니...

〈서석청람〉은 무등산에 내린 아지랑이를 직녀가 짠 베라는 시적 은유가 대번에 독자의 마음을 사로잡는다. 시인의 고뇌, 시가 잘 써지지 않는 이유, 너무나 시정詩情이 많아서란다. 머리를 짜내고 짜냈지만 완성되지 못한 시, 어쩔 수 없이 솔밭으로 나왔는데 자고새의 멋진 울음이 한 편의 멋진 시가 되어 둔한 재주의 시인을 나무라는 것 같다는 시인의 너스레를 어떻게 생각하는지...

〈몽선창송〉은 시인의 마음을 푸른 소나무에 비기어 말했는데 호남 사람이 지향했던 굳건한 절개가 잘 드러나 있다. 몽성산, 삼인산, 몽선산 등 여러 이칭을 가진 삼인산의 푸른 소나무를 두고 읊은 것이다. 면앙정에서 정면으로 멀리 바라다뵈는 산이 바로 그 산이다. 정자와 그 산 사이에는 넓고 긴 들녁이 누워있어 풍요롭고 넉넉한 전원의 흥취를 실컷 만끽하여도 저어되지 않게 한다. 하지만 시인은 그런 풍요보다는 소나무에 주목하여 자신의 절개와 지조를 그에 비겼다.

〈이천추월〉은 면앙정에 올라 바라보는 이천의 가을 달 노래인데 지금은 여러 원인으로 지형이 변화되어 이 시에서 느낀 감흥을 찾기가 어려운 실정이다. 개발의 허명 때문에 마름꽃, 계수나무, 모래사장, 갈매기, 반딧불이 등 모두 아득한 옛 추억의 모습이다. 이제는 시인의 가슴과 시심에 박제된 물상이다. 머잖아 이런 이름마저 영원히 잊혀질까 걱정이다.

〈혈포효무〉는 안개를 그린 시인데 저녁 비와 더불어 시인의 영원한 화두 중의 하나인 '안개' 때문에 시흥을 억누르지 못한 시인의 천진한 모습, 그것도 지팡이를 의지한 채 서 있는 그 모습이 눈에 선하다. 감정 입으로 열린 경치이다. 안개에서 구름의 무심無心을 배우고, 다시 이어 글 짓는 시인을 떠올린 시인의 은유적 상상력이 돋보인다.

〈원수취연〉은 선경先景을 말하여 시상을 연 다음 시인의 한가로운 모습 곧 후정으로 시상을 마무리하였는데 본인이 앞서 말한 바와 같이 본성대로 사는 전원의 생활상이 눈앞에 선연하다.

〈옹암고표〉는 항아리같이 생긴 바위의 모습에서 신선이 산다는 봉래산을 연상했는데 역시 그의 선적禪的 지향을 잘 드러내고 있다. 마지막 두 구 "난새를 멍에하고 멀리 바라보니/ 바야흐로 봉래산이 가깝게 있음을 알겠다"는 표현이 그것인데 이 또한 현실의 질곡과 불합리를 낭만적으로 해결하기 위하여 차용된 이른바 현실의 풀이 방법으로 동원된 선적 지향 세계이다. 이는 당대 호남 시단의 일반적 풍조였음을 상기할 때 그의 호남 시단에서의 위상은 짐작되고도 남음이 있다고 하겠다.

〈칠만춘화〉는 마지막 작품인데 경련의 대구와 미련의 마무리가 그의 낭만적 삶의 태도를 여실하게 보여준다. 봄날 만발하는 꽃의 향연을 비단을 수놓은 것이라며 시심을 북돋았다. 경련은 그런 꽃의 향연을 짙고 붉은 자태로 꾸민 신선이 머무는 집이라며 〈면앙정 30영〉의 끝에서 결국 면앙정이야말로 신선이 사는 공간임을 힘주어 말하면서 "술병 메고 놀러 오기를 귀찮다 마소"라며 방점을 찍었다.

이상에서 살핀 바와 같이 청계는 무인으로의 명성 못지않게 문인, 특히 시인으로서의 기량이 뛰어날 뿐만 아니라, 추구했던 시 세계 역시 호남 시단의 낭만성, 서정성을 잇고 있음은 물론, 그만의 선적禪的인 시 세계를 펼쳐 보인 점, 시 형식에서의 자재로운 변용과 그로부터 획득한 다양한 시경詩境의 개척, 연작시를 통하여 서술시의 전통을 계승한 점 등은 그를 시인으로서 다시 평가하게 만든다.[176]

11. 칠실의 서술시

칠실 이덕일(1561~1622)은 함평인으로 자는 경이敬而요 호는 칠실漆室이며 이름은 덕일德一이니 1561년 함평군 대동면 향교리에서 부친 첨지중추부사僉知中樞府事 은쁠과 김해 김씨와의 사이에서 태어났다. 그의 스승은 조고祖考 의정依楨이었다. 의정은 학업으로 세상에 이름이 났을 뿐만 아니라, 정성과 효성 또한 뛰어나 중종 때 광릉光陵(세조의 陵) 침랑寢郎으로 추천된 인물이었다.

칠실은 엄한 성품의 조부로부터 소쇄瀟洒, 진퇴進退, 절차節次 등 동몽童蒙이 실천해서 몸에 익혀야 할 공부를 배웠다. 10세 후부터는 부모 섬기는 도리를 알았고 혼정신성昏定晨省의 예가 극진했으며 정월 초하루·동짓날과 보통 달의 초하루 보름이면 반드시 가묘家廟에 참배하였으니 대체로 효孝는 공의 집안에서 대대로 내려오는 행실이었고 할아

---

176 최한선, 《면앙정이여, 시심의 고향이여》, 태학사, 2017 참조.

버지 참봉공으로부터 물려받은 준칙이었다.[177]

"공의 골상骨相은 기위奇偉하고 소리는 대단히 크며 성품은 지극히 효성스러워 아이 때부터 벌써 혼정신성의 예를 행하였다."[178]

이와 같은 지적에서 볼 수 있듯이 칠실은 《소학小學》의 정신을 중요시하는 실천궁행의 유학정신을 어려서부터 체득한 인물임을 알 수 있다. 부모께 효도하는 절실한 마음을 갖다 보면 혼정신성 등은 자연히 체현되는 것임을 감안할 때, 그는 철저한 자기완성과 자기성찰의 수기修己로 실천궁행할 줄 아는 도학파적 성향을 지닌 인물로 성장하고 있었음을 알 수 있다. 다시 말해서 철저한 수기修己를 완성하고 난 뒤라야 치인治人에 있어서 덕치德治와 예치禮治를 펼 수 있다는 이념적 분위기에 깊이 젖어 있었다. 실천궁행을 강조한 그의 자세는 둘째 아들 양휴揚休에게 보낸 〈계자양휴서誡子揚休書〉에서 분명하게 확인된다.

힘써 배워서 자신의 힘으로 서서 선조先祖를 더럽히지 말 것, 지사志士는 촌음寸陰이라도 아껴야 하니 순간의 마음인들 잊지 말 것, 엄하게 하루 일과를 세워 하루도 책 읽기를 빠뜨리지 말 것 등[179]에서 알 수 있듯이 '힘써 배워서 자신의 힘으로 서서' '지사는 촌음이라도 아껴야 하니 순간의 마음인들 잊지 말 것' '하루도 책 읽기를 빠뜨리지 말 것' 운운한 것은 수기修己에 대한 그의 엄격하고 철저한 면모를 다시 한번 확인케 한다.

주지하는 바와 같이 호남의 사림들은 처處보다는 출出을 지향했는데

177 李師聖, 〈李公漆室傳〉, 《漆室遺稿》 이하 유고라 약칭함.
178 權尙夏, 〈漆室李公墓碣〉, 《칠실유고》, 68면.
179 《칠실유고》, 5면.

이들의 대부분은 김종직의 제자인 김굉필의 영향을 받은 도학파道學派
들이었다. 호남의 사림들은 철저한 수기修己의 자세로써 주로 언간言諫
과 대간臺諫의 임무를 맡았는데 거침없는 활동을 펴다가 기묘사화
(1519) 때 조광조와 관련되어 큰 화를 당하기도 했다.

눌재訥齋 박상朴祥을 위시한 이들 도학파 사림 중에서 석천 임억령
(1496~1568)과 송재 나세찬(1498~1551)은 대표적 인물로서 두 사람 모두
칠실과 관련된다.

칠실공의 아내는 금성錦城 나씨羅氏로 아버지는 생원生員 율慄이다.
송재松齋 세찬世纘과 석천石川 임억령林億齡은 친가親家와 외가外家의
종조從祖이다.[180]

위에서 보는 바와 같이 칠실은 부인을 통해서였지만 나름대로는 일
정하게 호남 사림의 도학파적 분위기와 관련을 맺을 수 있었다고 판단
된다.

첨언하면, 금성 나씨 17대손 은제殷制에겐 빈彬과 균均의 두 아들이
있었는데 빈으로부터 세집·세찬의 두 아들이 나온다. 세집은 항恒·율
慄의 두 아들을 두었는데 둘째 아들 율이 칠실의 장인이다.[181] 그러므로
송재 세찬은 칠실공 부인의 종조부從祖父가 된다.

또한, 선산 임씨 5대손에 종宗과 수秀가 있었는데 수는 우원遇元, 우
형遇亨, 우리遇利, 우정遇貞 등의 네 아들을 두었다. 그중에서 둘째 우형
은 천령千齡, 만령萬齡, 억령億齡, 백령百齡, 구령九齡 등을 낳았는데 셋
째 아들이 곧 석천이다. 수의 막내아들 우정의 두 아들 중 장남 현령玄

180 이사성, 〈李公漆室傳〉, 《칠실유고》, 55면.
181 《錦城羅氏世譜》.

龄은 2남 1녀를 두었는데, 앞서 말한 나율羅慄이 그의 사위이다. 그러므로 칠실의 부인에게 석천은 외종조부外從祖父가 된다.[182] 이와 같이 칠실은 그의 처가를 통하여 안팎으로 호남 사림의 대표적 인물들과 통할 수 있었음을 알 수 있다.

그렇다면 이제 석천과 송재의 인물됨에 대하여 살핀 다음 칠실과의 영향 관계에 대하여 논의하기로 하겠다. 석천 임억령(1496~1568)은 아우 백령이 을사사화(1545)에 연루되는 등 사화기를 살았던 인물이다. 그는 조광조와 친분이 두터웠던 호남 도학파 사림의 대표 격인 눌재 박상(1474~1530)의 문하였는데 스승으로부터 지치주의至治主義의 이상理想에 대하여 많은 감화를 받고, 자신 또한 철저한 수기修己를 통하여 의리와 명분에 따라 경국經國하고 제민濟民하고자 노력했다. 그는 호남의 도학파 사림들이 중앙 정계 대하여 갖는 강한 불만적 분위기에 젖어 그 나름의 독특한 방외적方外的 기질氣質을 체득하였으며 굴원屈原, 도연명陶淵明, 장자莊子, 이백李白 등의 사숙私淑을 통하여선 심각하고 무거운 문제조차도 대수롭지 아니한 것으로 여기는 낭만적 정서를 터득한 인물이다.

그의 방외적 기질과 낭만적 정서가 하나된 시학의 기반은 그의 전기적 행적에 따라 때론 사회 비판시로, 때론 낭만적 서정시로 나타났다. 그중에서 〈송대장군가〉는 서술한시로서 사화기를 걱정하는 애국심과 도탄에 빠진 백성을 구제하고자 애쓴 애민정신의 발현인데 이는 석천의 진면목이 실현된 시로 알려져 있다. 그의 기질과 정서에 바탕한 시편들은 즉흥적·직서적인 표출을 주로 하였음은 물론, 현실을 직시하

28**182** 《善山林氏大同譜》.

고 불합리한 점을 과감하게 비판하여 낭만적으로 해소하려는 경향을 지녔다.[183]

한편, 송재 나세찬(1498~1551) 역시 지치주의至治主義를 선망한 사림으로서 처處보다는 출出을, 천리天理나 인성人性 등 성리학의 관념적 이론을 따져들기보다는, 유학 경전의 내용을 실천궁행하는 등 의리지학義理之學을 선택했던 인물이다. 그는 광라光羅 지역에 기반을 둔 호남 사림의 일원답게 중앙정계로의 진출 후에는 주로 언간직言諫職과 대간직臺諫職에 종사하면서 경세經世의 요체야말로 임금의 덕치德治에 있다고 믿고 그의 실천에 힘썼다. 송재의 사상적 기반은 도학道學이었기에 의리와 명분에 따르는 가치를 지향하였고 덕목으로는 경전 내용의 실천궁행을 내세웠다.

다시 말해서 수기修己에 있어서의 철저한 자기성찰과 치인治人에 있어서의 완벽한 지치주의至治主義를 내세운 것이다. 여기서 말하는 지치의 치인법은 백성을 위하여 군신君臣이 존재한다는 애민愛民·위민爲民 의식意識으로 발현되는 것이다. 그러므로 애민의 정치나 위민의 정치가 실현되지 않을 경우, 나아가 불의不義로써 사림과 백성이 고통을 당할 경우, 그것을 좌시하지 못하고 과감히 맞섰다. 그는 부賦문학에 남다른 관심을 보였는데 〈애병백부哀病栢賦〉는 당시 사림들의 억울하고 부당한 입장 및 잘못된 정치 현실을 비판하고 풍자한 내용이다.

이상에서 살핀 석천과 송재는 도학파의 일원으로서 당시 호남 사림들로부터는 대단히 추앙받던 인물이었는데 위의 두 사람과 칠실과의

---

183 졸고, 《석천 임억령 시문학 연구》, 성균관대학교 대학원 박사학위 청구논문, 1994, 10~120면.

관계 맺음은 어떠한 형식으로든 일정하게 작용했었다고 판단된다. 칠
실의 행적과 시조를 볼 때 마치 석천과 송재를 한꺼번에 대하는 듯한
느낌을 떨치기가 힘들기 때문에 이러한 생각은 더욱 확신을 갖게 한다.

칠실은 광해군(1613)에 인목대비에 대한 폐모론이 일자, 즉각 〈폐대
비척소廢大妃斥疏〉를 지어 그것이 명분이 없으며 의롭지 못한 일이라고
반대한 뒤, 이이첨, 한효순, 민몽룡 등의 흉계凶計를 질타함은 물론 임
금께는 천리天理를 따르라고 통촉했는데 "신이 비록 쇠하여 쓸모없는
사람이나 전에는 녹祿을 받던 말단 신하였으니 목 베이는 형벌을 피하
지 아니하고 감히 이에 임금님을 괴롭혔습니다."[184]라고 하여 목이 잘
리는 한이 있더라도 의리와 명분을 지키고자 했던 도학자적 당당한 자
세를 보여준 점은 마치 뼈가 부서지고 온몸이 깨지는 형벌을 당하면서
도 소신을 굽히지 않았던 송재를 본 듯하다.

또한 "거꾸로 매달린 듯 설 자리를 잃음과 추위와 굶주림에 울부짖음
과 초췌하고 고생스러운 형편을 또한 형언할 수가 없습니다"[185]에서 본
바와 같이 이는 공부貢賦와 요역徭役을 모두 전결田結에다 매김으로써
백성들이 거꾸로 매달린 듯 불안하고 유리걸식流離乞食하여 굶어 죽는
자가 빈발하는 농촌의 현실을 있는 그대로 직시한 것인데, 이러한 애민
의 태도는 치인治人에 있어서 철저하지 못함을 비판하고 애민愛民하지
못함을 공격한 석천의 서사시를 접하는 듯한 느낌이다.

이상에서 살폈듯이 칠실은 유년 시절과 소년 시절은 조부로부터, 청
장년 시절은 석천과 송재로부터 영향받아 수기修己, 지치至治, 덕치德治

---

184 《칠실유고》, 25면.
185 〈大洞江都疏〉, 《칠실유고》, 6~7면.

를 이상으로 하는 도학자적 실천궁행實踐躬行의 정신을 이념으로 확립
시켰다고 생각한다.

따라서 칠실의 시조를 온당하게 이해하기 위해서라면 그의 시조 창
작의 기본 정신이었던 도학자적 성향을 간과해선 곤란하겠다. 칠실은
수기와 치인의 완성된 단계가 곧 덕치라는 신념을 지녔기에 위정자의
무능과 포악함을 당당히 비판할 수 있었으며, 백성의 굶주림과 초췌함
을 현실적 사실로 직시하고 비판함은 물론 그 대안까지 분명히 제시할
수 있었다.

다시 말해서 그의 시학적 기반이 된 도학자적 자세는 그로하여금 문
제의식을 가지고 당대 현실의 모순과 질곡의 상태가 어디에서 비롯되
며, 그 실상이 얼마나 참혹한가를 직시할 수 있게 했으며, 그에 따른
문제 해결의 전망까지 제시할 수 있도록 한 것이다. 이제 시학의 기반
과 전기적 사실이 하나 되어 실현된 칠실의 〈우국가 28수〉에 대하여
살펴보기로 하겠다.

칠실우국가漆室憂國歌

1. 盡心報國歌 (진심보국가)

學文(학문)을 후리티오 反武(반무)를 ᄒᆞ온 ᄠᅳᆺ은
三尺劍(삼척검) 둘러메오 盡心報國(진심보국) ᄒᆞ려터니
흔 일도 ᄒᆞ옴도 업스니 눈물 계워 ᄒᆞ노라.

학문을 뿌리치고 무예를 일삼은 뜻은
삼척 검 둘러메고 진심보국하려 했는데
한 일도 해놓은 것 없으니 눈물겨워 하노라

2. 大駕西巡歌 (대가서순가)

壬辰年(임진년) 淸和月(청화월)의 大駕(대가) 西巡(서순)ᄒ실 날의
郭子儀(곽자의) 李光弼(이광필) 되오려 盟誓(맹서)러니
이 몸이 不才(부재)론들노 알 리 업서 ᄒ노라.

임진년 화창한 때 임금 수레가 의주로 간 날에
곽자의 이광필 같은 장수 되겠다고 맹세했는데
이 몸이 재주 없으니 알아주는 이 없구나

3. 報復怨讐歌 (보복원수가)

나라히 못 니즐 거슨 녜 밧긔 뇌여 업다
衣冠(의관) 文物(문물)을 이대도록 더러인고
이 怨讐(원수) 못내 갑플가 칼만 굴고 잇노라.

나라에 못 잊을 것은 예 밖에 다시 없다
의관 문물을 이처럼 더럽혔는가
이 원수 못 갚을까 칼을 갈고 있노라

4. 無城歎歌 (무성탄가)

城(성) 잇사되 막으랴 녜 와도 훌 일 업다
三百 二十州(삼백이십주)의 엇디엇디 딕킬 게오
아모리 藎臣精卒(신신정졸)인들 의거 업시 어이 ᄒ리.

성이 있으나 막으려 여기 와도 어쩔 도리 없네
삼백이십 주를 어찌어찌 지킬 것인가
아무리 용맹스러운 병사라도 떨쳐 일어나지 않으니 어찌하리

5. 慨嘆人心歌 (개탄인심가)

盜賊(도적) 오다 뉘 막으리 아니 와셔 알니로다
三百 二十州(삼백이십주)의 누고 누고 힘 뼈 홀고
아모리 애고 애고흔들 이 人心(인심)을 어히 흐리.

도적이 온들 누가 막으랴 안 와도 알만하다
삼백이십 주를 누가누가 힘써 막을까
아무리 서러워한들 이 인심을 어찌할까

6. 艱危國事歌 (간위국사가)

어와 셜운디오 싱각거든 셜운디오
國家(국가) 艱危(간위)를 알 니 업서 셜운디오
아모나 이 艱危 알아 九重天의 슬오쇼셔.

아 서럽구나 생각하니 서럽구나
국가의 위기를 알 이 없어 서럽구나
아무나 위기 알아서 임금께 아뢰기를

7. 慟哭關山月歌 (통곡관산월가)

慟哭關山月(통곡관산월)과 傷心鴨水風(상심압수풍)을
先王(선왕)이 쓰실 적의 누고 누고 보온 게오
둘 볼고 바람 불 적이면 눈의 삼삼흐여라.

국경의 달 보고 통곡하고 압록강 바람 쐬며 슬퍼하네
선왕이 쓰실 적에 누가누가 보았던가
달 밝고 바람 불 적이면 눈에 삼삼하여라

8. 夢聖教歌 (몽성교가)

숨의 와 니르샤딕 聖太祖(성태조) 神靈(신령)계셔
降祥宮(강상궁) 디으시고 修德(수덕)을 ᄒ랴테다
나라히 千年(천년)을 누르심은 이 일이라 ᄒ더이다

꿈에서 말하는데 태조의 신령께서
강상궁 지으시고 덕 닦음을 하라 하네
나라가 천년을 누림은 이 일이라 하시네

9. 莫移都歌 (막이도가)

마ᄅ쇼셔 마ᄅ쇼셔 移都(이도) 뜻 마ᄅ쇼셔
一百(일백) 적 勸(권)ᄒ여도 마ᄅ쇼셔 마ᄅ쇼셔
享千年(향천년) 不拔鞏基(불발공기)ᄅ 더뎌 어히 ᄒ시릿가.

마옵소서 마옵소서 도읍 옮길 생각 마르소서
일백 번 권해도 마옵소서 마옵소서
천년을 누린 땅 튼튼한 이 땅을 던져버리면 어떡하리

10. 得民心歌 (득민심가)

마ᄅ쇼셔 마ᄅ쇼셔 하 疑心 마ᄅ쇼셔
得民心(득민심) 外(외)예는 ᄒ올 일 업ᄂ이다
夢中傳教(몽중전교)ᄂ 귀예 錚錚(쟁쟁)ᄒ여이다.

마소서 마소서 어떤 의심 마르소서
민심 얻은 것 외에는 다른 일 없습니다
꿈에서 가르친 말씀 귀에 쟁쟁합니다

11. 均等宣惠歌 (균등선혜가)

뵈 나하 貢賦 對答(공부 대답) 쑬 씨허 徭役 對答(요역대답)
옷 버슨 赤子(적자)들이 빈곱파 셜워 ᄒᆞ니
願(원)컨댄 이 쁜 아ᄅᆞ샤 宣惠(선혜) 고로 ᄒᆞ쇼셔.

베 한 필 세금 내고 쌀 찧어 요역 내고
옷 벗은 백성들이 배고파 서러워하니
원컨대 이 뜻을 알아 선혜를 골마다 시행하시길

12. 盡心國事歌 (진심국사가)

功名(공명)과 富貴(부귀)란 餘事(예사)로 혀여 두고
廊廟上(낭묘상) 大臣(대신)네 盡心 國事(진심국사) ᄒᆞ시거나
이렁셩 저렁셩ᄒᆞ다가 내죵 어히 ᄒᆞ실고.

공명과 부귀를 예사로 남겨 두고
조정 높은 곳 계시는 대신들 진심국사 하시기를
이럭저럭하다가 나중에 어떻게 하시려고요

13. 傷朋黨歌 (상붕당가)

힘뻐 ᄒᆞᄂᆞᆫ 싸홈 나라 爲(위)ᄒᆞᆫ 싸홈인가
옷 밥에 뭇텨 이셔 홀 일 업서 싸호놋다
아마도 근티디 아니ᄒᆞ니 다시 어이 ᄒᆞ리.

힘써 하는 싸움 나라 위한 싸움인가
옷 밥에 묻혀 있어 할 일 없이 싸움질
아마도 그치지 않으니 다시 어이하리

14. 傷朋黨歌 (상붕당가)

이는 져 외다 ᄒ고 져ᄂᆞ 이 외다 ᄒᄂᆡ
每日(매일)의 ᄒᄂᆞᆫ 일이 이 싸홈 쑨이로다
이 즁의 孤立無助(고립무조)ᄂᆞᆫ 님이신가 ᄒ노라.

이쪽은 저쪽 그르다 하고 저쪽은 이쪽 그르다 하니
매일 하는 일이 이런 싸움뿐이로다
이 중에 홀로 외로운 이는 임금이신가 하노라

15. 傷朋黨歌 (상붕당가)

마롤디여 마롤디여 이 싸홈 마롤디여
尙可(상가) 便東西(편동서)를 싱각ᄒ야 마롤디여
眞實(진실)로 말기웃 말면 穆穆 濟濟(목목제제)ᄒ리라.

말지라 말지라 이런 싸움 말지라
여전히 동쪽서쪽 편 가를 생각 말지라
진실로 그만둔다면 화평시절 맞으리라

16. 蕩蕩平平歌 (탕탕평평가)

마리쇼셔 마리쇼셔 이 싸홈 마리쇼셔
至公 無私(지공무사)히 마리쇼셔 마리쇼셔
眞實(진실)로 마리옷 마리시면 蕩蕩 平平(탕탕평평)ᄒ리이다.

말리소서 말리소서 이 싸움 말리소서
공만 생각하고 사심 없이 말리소서 말리소서
진실로 말리고 말리신다면 공평공평하리라

17. 傷朋黨歌 (상붕당가)

이 이긘들 즐거오며 져 디다 셜울소냐
이긔나 디나 즁의 전혀 不關(불관)ㅎ다만은
아모도 씨둣디 못ㅎ니 그를 셜워 ㅎ노라.

이쪽에 이긴들 즐거우며 저쪽이 진들 서러우랴
이기나 지나 전혀 상관없다만
아무도 깨닫지 못하니 그것이 서럽구나

18. 傷朋黨歌 (상붕당가)

이 외나 져 외나 즁의 그만 져만 더져 두고
ㅎ올 일 ㅎ오면 그 아니 죠홀손가
ㅎ올 일 ㅎ디 아니ㅎ니 그룰 셜워 ㅎ노라.

이쪽 그르다 저쪽 그르다를 그만 던져두고
할 일 한다면 그 아니 좋을 것인가
할 일을 하지 않으니 그것이 서럽구나

19. 傷朋黨歌 (상붕당가)

이라 다 올ㅎ며 졔라 다 글을랴
두 편이 ㄱㅌ여 이 싸홈 아니 마닉
聖君(성군)이 準則(준칙)이 되시면 절노 말가 ㅎ노라.

이쪽이라 다 옳으며 저쪽이라 다 그르랴
두 쪽이 다 같아서 이 싸움 끝이 없네
성군이 기강을 세우신다면 절로 그칠까 하노라

20. 傷朋黨歌 (상붕당가)

어와 可笑(가소)로다 人間事(인간사) 可笑(가소)로다
모 업시 궁그러 是非(시비)을 아니흔다
아모나 公道를 직킈여 모나 본들 엇더 흐리.

아 우습구나 인간사 우습구나
방면 없이 굴러다녀 옳고 그름 안 따지네
아무나 공도를 지켜서 모가 나보면 어떠리

21. 傷朋黨歌 (상붕당가)

이제야 싱각과라 모로고 흐는도다
國家(국가)의 害(해)로운 줄 혈마 알면 그러흐랴
반두시 모로고 흐면 일러 볼가 흐노라.

이제야 생각하니 모르고 하는구나
국가에 해로운 줄 설마 알면 그러하리
반드시 모르고 하면 일러 줄까 하노라

22. 傷朋黨歌 (상붕당가)

알고 그린눈가 모로고 그린눈가
아니 알오도 모로노라 그린눈가
眞實(진실)노 알고 그리면 닐러 무슴 흐리오.

알고 그러는가 모르고 그러는가
아니면 알고도 모르는 척 그러는가
진실로 알고도 그런다면 말해서 무엇하리

23. 王間有辭歌 (왕문유사가)

무릇쇼셔 슬올이다 이 말슴 무릇쇼셔
仔詳(자상)히 무릇시면 歷歷(역력)히 슬올이다
하늘이 놉고 먼들노 슬올 길 업亽이다.

물으시면 말하리다 이 말씀 물으소서
자세히 물으시면 분명히 말하리다
하늘이 높고 멀어 말할 길이 없어라

24. 順天命歌 (순천명가)

我聖祖(아성조) 積德(적덕)으로 餘慶 千世(여경천세) ᄒᆞᆸ시니
先王(선왕)도 效則(효칙)ᄒᆞ샤 順天命(순천명) ᄒᆞ시니다
聖主(성주)ᄂᆞᆫ 이 ᄯᅳᆺ 알ᄅᆞ샤 千萬 疑心(천만의심) 말ᄅᆞ쇼셔.

우리 성조 덕을 쌓아 천년 복락하였더니
선왕도 그 뜻 따라 천명에 순종하였어라
임금도 그 뜻을 아셔서 절대 의심 마소서

25. 公道是非歌 (공도시비가)

싸홈애 시비만 ᄒᆞ고 公道 是非(공도 시비) 아닌ᄂᆞᆫ다
어이흔 時事(시사) 이 ᄀᆞᆺ티 되엿ᄂᆞᆫ고
水火(수화)도곤 깁고 더운 환이 날노 기러 가노믹라.

싸움의 시비만 하고 공도시비는 아니 한다
어쩌다가 세상일이 이같이 되었는고
물불보다 깊고 뜨거운 근심이 날로 늘어 가는구나

26. 不顧國事歌 (불고국사가)

나라히 굿드면 딥이 조차 구드리라
딥만 도라 보고 나라 일 아니ᄒᆞᆫ니
ᄒᆞ다가 明堂(명당)이 기울면 어늬 딥이 굿들이요.

나라가 굳으면 집도 따라 굳으리라
집만 돌아보고 나랏일은 아니하네
그러다가 나라가 기울면 어느 집이 굳을지

27. 金銀玉帛歌 (금은옥백가)

어와 거주 일이 金銀玉帛(금은옥백) 거주 일이
長安 百萬家(장안 백만가)의 누고 누고 딘녀ᄂᆞᆫ고
어즈아 壬辰年(임진년) 씃글이 되니 거즛 일만 여기노라.

아 거짓 일이네 금은옥백 거짓 일이네
장안 백만 집에 누가누가 지녔는고
어즈버 임진년 티끌이 되니 거짓 일로 여기노라

28. 憂國傷時歌 (우국상시가)

功名(공명)은 願(원)챤커든 富貴(부귀)인들 비알소냐
一間 茅屋(일간수옥)의 苦楚(고초)히 홈자 안자
밤 낫의 憂國傷時(우국상시)를 못내 셜워 ᄒᆞ노라.

공명을 원치 않는데 부귀라고 바랄 것인가
한 칸 초가집에 고통스레 혼자 앉아
밤낮으로 나라 걱정과 불안한 시절을 마냥 서러워하노라

위에 보인 칠실의 〈우국시조〉 28장은 절실한 체험이 바탕이 되었기에 추상적인 생각이나 막연한 이상의 나열 등은 발견되지 않는다. 특히 제13에서 제19까지는 마치 오늘의 우리 정치판을 보는 것과 너무 닮아서 씁쓸한 조소와 함께 문학의 위대함, 위대한 붓끝이 담은 무섭고 엄중한 무게에 수도 없이 숙연해진다. 14번째의 상붕당가를 보면서 이런 시조를 지어본다.

이는 져 외다 ᄒ고 져는 이 외다 ᄒᄂᆡ
每日(매일)의 ᄒᄂᆞᆫ 일이 이 싸홈 뿐이로다
이 즁의 孤立無助(고립무조)는 님이신가 ᄒ노라.

이쪽은 저쪽 그르다 하고 저쪽은 이쪽 그르다 하니
매일 하는 일이 이런 싸움뿐이로다
이 중에 홀로 외로운 이는 임금이신가 하노라

여당은 야당 그르다 하고 야당은 여당 그르다 하네
매일 하는 일이 이런 싸움뿐이로다
이 중에 외롭게 죽어가는 이들은 국민인가 하노라

16세기, 붕당과 파당을 만들어 당리당략으로 치고받고 소모적인 탁상공론만 일삼다가 왜놈에게 당하고 온갖 설움과 고통을 고스란히 백성에게 안겼던 위정의 패거리들, 정작 왜란이 터졌을 땐 어떠했던가? 부모요 형제라며 믿고 믿으며 온갖 좋은 것 다 갖다 바쳤던 명나라는 어떠했던가? 역사의 교훈 앞에 냉정하고 겸허히 현실을 직시하지 못하는 어리석고 우매한 위정의 무리들, 이런 시조를 꼭 읽어야 할 터인데…

1613년(광해군 5)에 지어진 이 시조는 "내가 그분의 우국가를 보았더니 수심에 차 있고 비분강개함이 초楚나라의 굴원대부屈原大夫의 세상을 아파하고 잠 못 이루던 정성이 있다."[186]고 하면서 초사楚辭의 문체를 모방하여 어세를 강하게 하는 어조사語助辭 사兮로써 연결한 한역시漢譯詩를 덧붙였다.

이 시조와 관련한 몇 개의 기록이 있는바, 임경회의 〈칠실공우국가서〉와 홍문관 부교리 임상덕의 〈이칠실우국가후서〉 및 나이장의 〈제칠실우국가후〉 등이 그것인데 이 중에서 그 연대를 알 수 있는 것은 1709년(숙종 35)의 〈이칠실우국가후서〉뿐이다.

그런데 이들은 가歌의 서序나 후서後叙, 가후歌後 등을 쓰면서 "관산통곡關山慟哭의 노래와 상심압수傷心鴨水의 곡조는 사람의 입에 전파되었으니",[187] "막이도莫移都 무성탄無城歎 득민심得民心 순천명順天命 등의 장章은 채택하여 시행한다면 세상을 다스릴 격언格言이 되고, 상붕당傷朋黨 구장九章은 애처롭고 간절하게 반복하여 곧으면서도 조급하지 않으니, 응당 조정 사대부들에게 들도록 했다면 겁을 먹었으리라",[188] 및 "몽성교夢聖敎 일장一章 같은 것에 이르러서는"[189] 등에서 보듯 〈우국가〉 28장은 관산통곡關山慟哭, 상심압수傷心鴨水, 막이도莫移都, 무성탄無城歎, 득민심得民心, 순천명順天命, 상붕당傷朋黨, 몽성교夢聖敎 등 한문투의 곡제가 붙어 있음을 알 수 있다. 그것은 노래의 내

---

186 〈附飜辭 西歸居士 李起浡〉, 《칠실유고》, 30면.
187 〈임경회의 歌序〉, 《칠실유고》.
188 〈임상덕의 가후서〉, 《칠실유고》.
189 〈나이장의 가후〉, 《칠실유고》.

용에 따른 명칭으로 보이는데, 언제 누가 붙인 것인지는 밝혀져 있지 않다. 다만 같은 노래의 제목에 대한 지칭이 통곡관산월慟哭關山月,[190] 관산통곡關山慟哭,[191] 관산월關山月[192] 등으로 조금씩 다르게 지칭되고 있음으로 보아 딱히 정해진 명칭은 아니었던 것으로 보인다.

칠실의 우국시조 28장은 앞서 말한 바와 같이 수기修己를 권하는 내용과 애민·위민의 치인治人을 권하는 내용 및 덕치德治를 희망하는 내용으로 나눠 생각할 수 있겠다. 이는 다시 말해서 수기의 불철저함이 당대 불행한 현실의 원인이라는 주장을 편 것이며, 치인에 있어서는 자기가 소속된 당파의 당리당략만을 앞세운 채 백성 위에 군림하는 반 애민과 반 위민의 정치적 형태가 빚어낸 결과를 강도 높게 비판 한 것이다. 그는 끝내 덕치德治로써 모든 현실적 불합리함과 모순을 해결하려는 희망적 의지를 담았다.

요컨대 칠실의 우국시조 28장은 그의 도학자적 자세가 시학적 기반으로 작용하면서 당대의 문제점을 직시하고 비판함은 물론 그에 대한 해결의 비전까지 제시해 놓은 작품임을 알 수 있겠다. 이상과 같은 이유로 칠실의 시조는 1) 수기미완修己未完의 자책自責 2) 치세인治世人의 격언格言 3) 효성업效聖業의 근면勤勉 등으로 나누어 감상할 수 있겠다.

---

190 〈李萬朝의 書漆室李公家乘後〉, 《칠실유고》, 89면.
191 〈임경회의 가서〉, 《칠실유고》, 91면.
192 權尙夏, 〈漆室李公墓碣〉, 《칠실유고》, 70면.

1) 수기미완修己未完의 자책自責

> 壬辰年 淸和月의 大駕西巡 흐실날의
> 郭子儀 李光弼 되오려 盟誓러니
> 이몸이 不才론들노 알니업서 흐노라(제2장)

임진년 4월 왜란으로 선조가 의주로 몽진하는 등 불의를 당하자 칠실은 과거에 응시하여 선대 가업을 잇는 등 집안의 명예를 떨칠 것을 그만두고 낮에는 말을 달려 칼쓰기를 시험하고 밤에는 병서兵書를 연구하면서 무예를 닦았다.

1594(선조 27)의 봄에 문무文武의 과거가 있다는 소문을 듣고 강수은姜睡隱(1567~1618)과 함께 과거에 나섰다. 이때 칠실이 무예武藝를 시험 보고자 하니 강수은이 만류했는데 그때 칠실은 "나라가 급하고 임금이 욕을 당하니 마땅히 칼을 울려 전장에서 적과 싸우다가 죽는 것을 뜻으로 삼아야 한다"는 말로써 거절한 뒤[193] 무과에 응시하여 을과에 올랐지만 알아주는 사람이 없어 향리로 돌아오고 말았다.

그의 뜻은 무과에 급제한 뒤 당나라 때 곽자의郭子儀, 이광필李光弼[194] 등이 안사의安史義 난을 평정하였던 것처럼 용맹을 떨치려고 하였으나 수기修己가 미완未完인 까닭으로 알아주는 사람이 없다고 했다. 다른 사람에 대한 원망이나 한탄 등이 드러나지 않은 것은 남이 알아주지 못한 까닭을 수기修己의 미완에 두고 있음이다. 이는 달리 자신뿐만이 아니라 많은 사람들이 치민治民의 기회를 갖지 못하고 낙척불우落拓不

---

193 이사성, 〈이공칠실전〉, 《칠실유고》, 56~57면.
194 당나라 때의 무장.

遇한 일생을 보냈던 조선사회의 구조적 모순에 대한 비판으로 볼 수도 있겠으나 여기서는 앞서의 경우처럼 이해하는 것이 온당하리라 생각한다.

칠실은 자신을 알아주는 사람이 없음에도 효성을 지극히 하면서 무예 연마를 게을리하지 않았다. 1597년(선조 30) 정유丁酉에 재란이 일어나자 스스로 일어나 향인鄕人과 피난민 수천 명으로 군대를 만들어 대오隊伍를 정비한 뒤 하얀 깃발에 정충精忠이란 두 글자를 새겨 달고 향리에 침입한 왜적을 섬멸했다. 그때의 승리로 마침 무안務安에 있던 이충무공과 만나게 되자 용기와 지략으로 큰 공을 세웠다.

만약 충무공이 전사하지(1598) 않았다면 그는 크게 쓰였을 것이다. 이때 월사月沙 이정구李廷龜(1564~1635)의 주선으로 절충장군折衝將軍이 되고 그 뒤 첨지중추부관僉知中樞府官이 되었는데 주사主帥 이경준李慶濬[195]의 추천으로 통제우후統制虞候가 되어 많은 공훈을 남겼다.

위의 시조에 실현된 공간은 퇴계 이황·농암 이현보·송암 권호문 등의 작품에 나오는 구도求道의 공간이나 율곡 이이·상촌 신흠·송강 정철 등의 작품에 실현된 위안慰安의 공간이 아니다. 더구나 고산 윤선도에서 볼 수 있는 희열喜悅의 공간은 더욱 아니다. 칠실이 말한 공간은 나라와 백성의 주인인 임금조차 편히 발붙일 수조차 없는 질식窒息의 공간이다. 질식의 원인이 자신을 포함한 많은 위정자의 수기미완修己未完에 있음을 절감하고 자책하는 내용을 담고 있다. 이러한 류의 시조는 제1장, 제4장을 제외한 제6장까지와 제28장 등을 포함시킬 수 있다.

---

195 경상우수사, 경상통제사 등, 임진왜란 당시 선조 의주 피난 시 곽산군수로 호종함.

2) 치세인治世人의 격언格言

> 뵈나하 貢賦對答 쓸찌허 徭役對答
> 옷버슨 赤子들이 빅곪파 셜워ᄒ니
> 願컨대 이쓰아ᄅ샤 宣惠고로 ᄒ쇼셔(제11장)

여기서는 경국제민經國濟民에 힘써야 할 대부大夫들이 자기 당의 당리당략에만 빠져서 민생을 돌보지 않음은 물론 국사를 소홀히 한 결과 도탄에 빠진 백성의 실상을 말했는데 공부貢賦에 시달리고 군역軍役이 요역화徭役化(백성의 노동력을 무상으로 징발하는 수취제) 하면서 농민의 괴로움이 가중된 현실과 환곡還穀제도가 농민을 상대로 고리대화高利貸化하여 농민들의 생활은 지극히 불안정하게 된[196] 사실을 고발했다.

칠실은 대동법大同法을 실시하여 백성들에게 공부의 부담을 줄임으로써 "백성이 넉넉하면 임금이 누구와 더불어 부족하겠는가?"의《논어論語》〈안연〉[197]에 나오는 말을 들어 치세인治世人 할 것을 강조했다. 그의 〈대동강도소大同江都疏〉는 백성을 다스림이 우선 공부貢賦 등 조세의 감면에 있음과 나라를 편하게 보지함은 검험儉險에 있지 않고 덕德에 있다는《통감通鑑》〈주기周紀〉의 말을 들어 애민과 위민을 위한 정치를 권면했다.

밤새워 베를 짜서는 공부貢賦 바치기에 급급하고 애써 농사짓고 쌀 방아 찧어서는 요역徭役내기를 닦달당하느라 입을 옷은커녕 먹고 살길이 막막한 극한상황을 고발하고 있다. 그렇지만 선혜宣惠가 제대로 된

---

196 이기백,《한국사신론》, 일조각, 271면.
197 《논어》〈안연〉, 百姓足 君孰與不足, 百姓不足 君孰與足.

다면 옷 벗을 백성, 배곯는 백성이 모두 구제될 수 있다는 분명한 대안을 종장에서 제시함으로써, 지금까지의 시조에서는 볼 수 없었던 현실 극복이나 타개의 대안까지 보인 것은 칠실 시조가 가지는 성과라 할 것이다.

현실의 불합리하고 모순된 상황을 초장과 중장에서 고발한 뒤 종장의 첫 구에서 원하는 바는 곧 선혜宣惠에 있다고 상황의 극적 전환을 시도하고 있음이 특히 주목된다. 이는 수신修身 다음에 치인治人이 행해져야 한다는 그의 도학자적 자세 및 비판적 성향의 호남 사림의 영향에 기인한 시작 태도임이 분명하다. 이는 또한 모순되고 불합리한 현실의 제반 사실을 알리고 일깨우고 있다는 점에서 순수 서정시의 성격과는 다른 서술시적 상황에 대한 시인의 대처 방안이라 하겠다.

위의 시조들은 지치至治의 실패에 따른 암흑상을 비판함과 동시에 임금의 은혜가 고루 베풀어지지 않음을 꼬집은 것이다. 그런데 마지막 종장은 중의적 표현으로 볼 수 있는바 대동법大同法에 의한 대동미大同米와 포포·전전錢의 출납을 관장하는 선혜청宣惠廳이 경기도에만 설치 (1608)되어 그곳의 백성들만 혜택을 본 사실을 들어 전국적으로 실시할 것을 건의하는 내용일 수 있다. 이러한 사실은 "전하가 처음 즉위하셨을 때 특별히 선혜청宣惠廳을 설치하시니 모든 사람들이 기뻐하며 즐거운 빛으로 머리를 들고 눈을 닦고 모두 잘 살게 되기를 바라보았는데 결국은 경기 내의 백성에게만 특별히 그 베푸는 은혜를 입게 하고"[198] 같은 데에서 확인된다.

그의 애민을 위한 충실한 태도는 〈청차강진수소請借康津守疏〉 등에

---

[198] 〈대동강도소〉, 《칠실유고》, 9면.

서 살필 수 있는바 부사정副司正 최유건崔有建은 번거롭고 빈번한 부역
賦役 때문에 "(강진의)마을은 열 집 중에 아홉 집은 비었으며 전야田野는
태반이 개간되지 않았습니다. 남은 백성도 오늘 집을 떠나 유랑할 것이
니 금년을 넘기지 못하고 폐읍이 될 것입니다"라고 읍소한 뒤,[199] 칠실
의 정유년 왜적 토벌을 내세우면서 "항상 국가가 어렵고 위험한 것을
근심하고 백성이 초췌한 것을 탄식하며 관직에 있을 때는 직분을 다
하는 효험이 있었으니"[200] 칠실을 강진군수郡守로 보내 줄 것을 청한 사
실이 그것이다.

칠실은 이상과 같은 시조를 통하여 애민의 치세인治世人법을 격언格
言처럼 실천하고자 했으며 아울러 치세인治世人의 실패에 따른 결과가
얼마나 참혹한 것인가를 구체적으로 드러내려고 노력했다. 이와 같은
류에 속하는 시조들은 제4장의 무성탄無城歎, 제9장의 막이도莫移都,
제10장의 득민심得民心 및 제11장에서 제22장까지 상붕당傷朋黨과 제
25, 26, 27장이 그것이다.

요컨대 위의 시조들을 통하여 칠실은 지세地勢가 험함을 믿고 천도
할 생각을 한다거나, 붕당을 만들어 당리당략이나 챙긴 나머지 민생을
소홀히 하지 말 것과, 국토를 막아줄 성이 없음을 한탄하지 말고, 붕당
을 해체하고 성도 쌓으면서 민심 얻는데 힘쓸 것을 역설했던 호남의
방외적 기질과 애민정신을 계승한 서술시인으로 평가된다.

199 《칠실유고》, 49면.
200 《칠실유고》, 50면.

3) 효성업效聖業의 근면勤勉

> 숨의와 니ᄅ샤듸 聖太祖 神靈계셔
> 降祥宮 디으시고 修德을 ᄒ랴테다
> 나라히 千年을누루심은 이일이라 ᄒ더이다. (제8장)

여기서는 덕치德治가 이루어진 요순堯舜시대를 그리며 나라가 무궁하기 위하여선 수덕修德이 최고임을 권면하는 내용이다. 앞의 치세인治世人의 격언格言이 사대부에게 향해진 것이라면, 이 시는 왕에게 권면하는 것으로 모순투성이의 질곡된 상황을 드러내어 고발한 뒤 그것을 비판하고 한탄만 하는 데서 그치지 않고, 백성에게 덕德을 베풂으로써 그와 같은 극한상황을 극복해 내려는 신념까지 드러내었다.

꿈을 소재로 하여 태조太祖의 신령과 대화하는 수법을 취한 위의 시조는 먼 태고적 덕치德治를 이룬 요순堯舜을 그리면서도 실감의 도를 더하려는 의도에서 성태조聖太祖라는 구체적 인물로 나타냈다.

위에서 볼 수 있었던 바와 같이 칠실의 우국시조들은 수신修身의 미완未完에 따른 질곡과 모순, 치인治人의 실패에 따른 불합리한 현실 고발 등은 물론, 제반 불합리한 것들을 극복할 수 있는 적극적인 대안 곧 덕치德治를 내세움으로써 그의 도학자적 시작 태도를 구체적으로 보이고 있다. 이러한 내용의 시조는 대상을 환기시켜서 무엇인가를 알리려는 의도가 강한 성격의 시조임이 분명하다.

이러한 예는 제23장과 제24장에서도 드러나는데 태조가 적덕積德으로 순천명順天命 했기에 오랜 태평세월이 지속되었다고 직접적으로 제시함으로써 덕치德治를 강조한 다음 혹시나 임금이 사악한 무리에 미혹되어 실천하지 않을까 염려하여 "임금님은 이 뜻아셔 천만 의심 말으

쇼셔"라고 당부함을 덧붙이는 충성심을 보였다.[201]

12. 고산의 서술시

고산 윤선도(1587~1671)는 85년의 평생 동안 도합 3회에 걸쳐 14년이라는 긴 세월을 유배지에서 보냈다. 그러니까 9년여의 벼슬살이를 하고 14년의 유배 생활을 맞았으니, 그의 파란만장한 생의 굴곡이 어떠하였겠는가? 우리의 관심사는 그가 유배를 가게 된 원인과 배경에 있는 바 그것은 다름 아닌 그의 충군忠君과 절의節義에 따른 애국愛國의 신념에 기인한 것이었다.

고산은 해남 윤씨 시조 존부存富의 16세손으로 어초은漁樵隱 윤효정尹孝貞의 고손이다. 잘 아는 바와 같이 어초은은 금남錦南 최부崔溥의 문하로 사림士林의 정맥을 이어 받은 학자였다. 금남 최부는 점필재佔畢齋 김종직金宗直의 친자親炙를 받은 호남 선비였는데 점필재는 포은 - 야은으로 이어져 내려온 도학道學의 정맥을 이은 영남의 학자로서 고려 멸망 이후 야은冶隱 길재吉再가 고향 선산으로 은둔하여 길러낸 첫 제자이자 사림의 영수였다. 그는 영남에서 수많은 선비를 양성하여 선비의 숲 곧 사림士林을 형성한 장본인이자 성종대에 재야에서 실력을 닦은 선비들이 조정에 들어가 유학의 이념에 입각하여 경국제민經國濟

201 최한선, 〈병란 후의 시대 상황과 우국시조〉, 한국시조학회, 《시조학론총》 12집, 1996, 참조.

尺 할 수 있는 소양과 기틀을 닦은 인물이다. 그러나 그의 많은 업적과
공로에도 불구하고 그는 사후에 부관참시副棺斬屍를 당하기도 하였다.

하지만 그의 부관참시는 결국 애국과 충의의 신념에 따른 것이었는
데 사건의 발단은 〈조의제문弔義帝文〉에 의해서였다. 김종직은 수양대
군의 왕위 찬탈은 중국의 항우項羽 장군이 초나라 회왕懷王을 죽인 것
과 같다는 비유로써 단종을 애도하고 세조를 풍자하는 내용의 〈조의제
문〉을 지었다. 훗날 이 글은 그의 제자 김일손金馹孫이 사관으로서 사
초史草에 넣었는데 연산군 시절에《성종실록》의 편찬 과정에서 이극돈
과 유자광이 그것을 발견, 연산군을 움직여 그 내용이 단종을 조상弔喪
하고 세조를 음기陰譏한 것이라 하여 무오년(1498)에 김종직의 제자 김
일손 등을 죽이고 최부 등 많은 제자를 귀양 보낸 무오사화의 원인이
되었다.

결국 김종직의 〈조의제문〉은 충군과 애국에 의하여 지어진 피로 얼
룩진 글이 되고 말았지만, 이 대목에서 우리는 고산의 고조부 윤효정이
무오사화로 인해 유배를 당했던 금남의 제자라는 점이다.[202]

윤효정은 네 아들을 두었다. 그들은 윤구, 윤항, 윤행, 윤복이며 모
두 학행으로 이름이 높았다. 특히 큰아들 윤구는 최산두崔山斗 · 유성춘
柳成春 등과 더불어 호남삼걸湖南三傑로 칭송된 인물인데 바로 고산의
증조부이다. 고산의 증조부 귤정橘亭 윤구는 생질 풍암 문위세가 의병
장이 되도록 많은 영향을 미쳤음에서 집안 내력이 충과 애국을 신념으
로 삼았음을 알 수 있게 한다.[203] 이와 같은 집안의 분위기와 내력 등에

서 우리는 고산의 나라와 임금에 대한 우국충정의 연원을 추적할 수 있으리라 생각된다.

선조 20년(1587)에 고산은 유심唯深의 세 아들 가운데 둘째로 서울 연화방蓮花坊에서 태어났다. 유심은 의중毅中의 세 아들 중 장남으로 예빈시부정의 벼슬을 지냈다. 의중의 둘째 아들 유기唯幾는 백부 홍중弘中에게 입양되었는데, 유기 또한 후사後嗣가 없어 고산을 입적하여 종손의 가통을 잇게 함으로써 8세의 어린 고산은 친어버이의 곁을 떠나 종손으로서의 수양과 학문 연마를 하게 된다.

앞서 고산이 세 차례에 걸쳐 도합 14년의 유배 생활을 했다고 하였거니와 그의 유배는 모두 충군과 애국의 신념이라고도 했다. 그것은 가문의 내력과 전통에 의한 것이겠지만 다른 한편, 그가 애독하여 체득한 《소학》 정신에 의한 것이기도 하였다. 기묘사화(1519)로 《소학》 정신으로 무장한 도학파가 사사되거나 유배당한 이후 《소학》은 금서였다.

주자는 후생초학차간소학서後生初學且看小學書 곧 후생의 초학자는 우선 《소학》을 보아야 한다고 하였는바[204] 이처럼 《소학》은 몸을 닦는 큰 법으로 일컬어진 일종의 수신 교과서였다.

고산이 《소학》 정신을 체득하여 실천했음은 임금을 섬기고 부형父兄을 섬기는 일에서 시작하여 본심을 보존하여 성性을 기르는 기반이 튼튼하였다는 말과 다르지 않다. 그런 탓이었을까? 고산은 입신양명의 과거 공부에는 관심이 적었다고 한다.[205]

---

203 최한선, 앞의 글, 270~271면.

204 〈소학 집주 총론〉 《소학》.

205 박준규, 〈고산 윤선도의 시문학〉, 전남대학교출판부, 《호남시단의 연구》, 1998, 439면.

26세의 나이로 진사시에 합격한 고산은 30세 때까지 과거를 포기하였는데 그 까닭은 광해군光海君의 혼정과 이이첨의 횡포 등 시대가 혼란하였기 때문이었다. 불의와 모순 그로 인한 백성의 참상을 좌시하지 못한 고산은 광해군 8년(1616)에 〈병진소丙辰疏〉를 올리는데 그로 인해 30세의 나이로 함경도 경원으로 유배를 당한다. 이듬해 경상도 기장으로 옮기여 도합 6년의 세월을 시련 속에 보냈는데 유배지에서 〈견회요遣懷謠〉 등의 시조를 남겼다.

인조반정仁祖反正(1623)으로 광해군이 쫓겨나자 37세이 나이로 유배에서 풀린 고산은 제수 받은 의금부도사義禁府都事를 사임하고 해남으로 돌아가 약 5년간 독서에 정진하면서 은둔했다. 42세 때 별시초시別試初試에서 장원급제하고 봉림대군과 인평대군의 사부師傅가 되는 등 약 7년간 한성서윤漢城庶尹을 비롯 순탄한 벼슬살이를 하였다. 그러다가 갑자기 성산현감星山縣監으로 좌천되자 경세經世의 뜻을 접고 해남으로 돌아왔다. 그때가 49세 되던 겨울이었다.

하지만 고산의 운명에 또 다른 시련이 기다리고 있었다. 그것은 다름 아닌 병자호란(1636)과 그로 인한 모함이었다. 가문의 전통과 《소학》 정신으로 단련한 그의 신념 등은 그를 해남에 가만 눌러 앉혀 두지를 못하게 했다. 왕을 구하고 종묘사직을 보전키 위해 의병義兵을 이끌고 배를 통해 강화도 가까이 갔던 고산은 그만 비보를 접하고 만다. 다름 아닌 강화도는 이미 함락되고 왕자들은 붙잡혀 갔으며 왕은 영남으로 몽진蒙塵했다는 것이었다. 남쪽으로 가다보면 왕을 알현할 수도 있을 것이라는 기대로 급히 뱃머리를 돌려 남쪽을 향하던 중, 삼전도에서 그만 굴욕적인 항복을 했다는 소식을 들은 고산은 세상을 개탄하며 탐라耽羅에 갇혀 평생 살 것을 결심하였다. 항해하던 도중 완도의 보길도

를 보고 그곳의 승경에 들게 되었는데 그것이 그와 보길도와의 첫 만남
이었다.

문제는 고산이 보길도의 승경에 사로잡혀 수차례에 걸친 나라의 부
름에도 응하지 아니한 데서 발생 하였다. 고산에게 대동찰방大同察訪,
사도시정司導寺正 등의 벼슬을 내렸으나 이에 나아가지 않자 병자호란
때 해로를 따라 강화도 근처까지 왔으면서도 서울을 지척에 두고 끝내
달려와 문안하지 않았으며, 피난 중이던 처녀를 잡아 배에 싣고 돌아갔
는데 그런 일들이 남들에게 알려질까 봐 두려워 섬으로 깊이 들어가
종적을 숨기려 했다[206]는 등의 비방이 쏟아지자, 인조는 하는 수 없이
그를 경상도 영덕으로 유배 보냈다. 52세 때인 1638년의 일이다. 1년간
의 유배였지만 통탄할 일이었을 것이다. 다음 해에 풀려난 고산은 해남
의 현산면 산중을 찾아 그곳에서 수정동 등 천석泉石을 벗 삼아 은둔하
였다.

그러나 고산은 은둔으로 망세忘世까지 하지는 못했다. 그의 은둔은
후한後漢 때 광무제光武帝의 친구 엄광嚴光(자릉子陵)처럼 망세忘世한 것
이 아니었다. 중국 절강성 자계慈溪 출신 엄자릉은 광무제가 간의대부
諫議大夫를 제수하였으나 끝내 사양하고 부춘산富春山에 은거하여 그곳
에서 일생을 마쳤던 인물이다.

앞서 말한 바와 같이 고산은 《소학》 정신에 따라 경국제민經國濟民을
모토로 여기고 있던 선비였다. 따라서 그의 은둔은 망세忘世라기보다
는 자신을 알아서 불러줄 현군이 나타나기를 기다리는 동안의 피세避世
였다. 이른바 강태공 류의 은둔과 그 성격이 유사하다고 하겠다. 강태

---

206 《인조실록》 16년 3월 15일 기록.

공으로 알려진 강상姜尙은 중국 산동성 치박淄博 출신으로 주周나라 초기의 인물이다. 위수渭水가에서 곧은 낚시를 드리우고 자신을 알아줄 인물이 나타나기를 기다리던 중 주나라 문왕文王을 만났는데 뒤를 이은 무왕武王을 도와 은殷나라를 멸하고 제齊에 봉해져 그 시조가 된 인물이다.

고산은 자신이 가르쳤던 봉림대군이 효종이 되어 벼슬로써 부르자 다시 환로宦路에 나서게 되었으며 그의 《소학》으로 무장한 지치至治와 애민의 신념은 마침내 세 번째의 유배를 부르고 말았다.

효종이 세상을 떠나고(1659) 다음 해에 현종이 즉위하였는데 문제의 발단은 효종의 계모후繼母后 조대비가 아들의 상을 당했음에 상복을 어떻게 입어야 하느냐에서 시작되었다. 이은상, 김수항 등 서인들은 효종이 인조의 둘째 아들이므로 조대비의 복상服喪은 기년朞年(만 1년)이면 된다는 주장을 폈다. 반면, 고산을 위시한 남인들은 효종이 둘째 아들일지라도 왕위를 계승했으므로 큰 아들과 다름없이 왕통의 정통이니 삼년 복상(만 2년)을 해야 한다는 것이었다.

이때 고산은 현직 벼슬에서 물러나 있었는데 그의 과격한 언어에 의한 상소는 그를 다시 한 번 유배 길에 오르게 하였다. 그의 나이 74세 되던 1660년 4월 함경도 삼수로 유배를 떠나 5년 뒤 79세 되던 해에 전남 광양으로 이배 되어 2년간 지내다가 81세 때인 1667년 7월에 풀려나 해남으로 돌아와서는 9월에 다시 완도의 보길도 부용동芙蓉洞에 들었다. 실로 오랜만의 만남이었다. 보길도에 들자마자 고산은 무민당無憫堂 동쪽 시냇가에 작은 집을 짓고 곡수曲水라 이름 지었다.[207]

---

[207] 이형대외 역, 《국역고산유고》, 소명출판, 2004, 562면.

결국 고산은 71세 되던 해 9월에 상경하여 74세 4월에 유배를 가고 81세 7월에 해배되기까지 8년에 걸쳐 7년 4개월을 귀양살이 하고 보길도에 다시 돌아오기까지 꼬박 10년이 걸린 셈이다.[208] 고산이 완도의 보길도에 들어 생활하면서 벌였던 문화 활동과 창작 활동에 대하여 살피기로 하겠다.

앞서 말한 바와 같이 고산이 처음 완도에 든 것은 51세 되던 인조 15년(1637)의 일이다. 다시 말해서 병자호란(1636)이 일어나(6월) 육로가 막히자, 고산은 향족鄕族과 가복家僕들을 중심으로 의병을 모아 해로海路를 통하여 강화도에 거의 다다랐으나(1637년 1월) 강화는 이미 함락되고 임금이 영남으로 몽진蒙塵하였다는 소식을 듣고 제주도에 은거하려고 항해하던 도중, 태풍을 피하려다 보길도를 보고 황원포黃原浦에 내려 터를 잡아 부용동芙蓉洞이라 이름 한 뒤 낙서재樂書齋를 짓고 우거한 것이 보길도와 인연의 시작이다.

고산은 보길도에서 약 1년 지낸 후 다시 52세 4월에 유배에 들어 53세 되던 1639년에 풀려났는데 고산은 해배되자 해남군 현산면의 수정동, 문소동, 금쇄동 등에 회심당, 휘수당, 인소정 등을 짓고 은거하면서 〈산중신곡〉〈속산중신곡〉 등을 지으면서 5년여 세월을 보내다가 60세 되던 1646(인조 24) 년에 다시 부용동에 들어 2년여 지냈다. 이후 63세에는 금쇄동으로 나오는데 이때가 바로 자신이 가르쳤던 봉림대군 곧 효종이 즉위하던 1649년이다. 다음 해 다시 부용동에 들었는데 일 년 뒤인 1651년 고산 나이 65세 되던 가을에 대작 〈어부사시사〉 40수를 짓는다.

208 윤승현, 《실록 고산 윤선도》, 도서출판 삼문, 1993, 397면.

　66세 되던 1652년에 성균관사예成均館司藝 등을 지내다가 이내 그만
두고 다음 해에 다시 부용동에 들어 무민당 등을 건립 자제 문인들을
가르친다. 68세까지 2년여 지내다가 다시 나온 뒤 71세에 잠시 들었으
나 11월에 첨지중추부사僉知中樞府事, 다음 해 공조참의工曹參議에 제수
되어 보길도를 비운다. 72세 때인 1658년 4월 공조참의를 그만두고 74
세로 함경도 삼수에 유배되기까지 경기도 양주 고산에 머무른다.

　어쨌든 고산은 71세(1657)에 보길도를 나와 만 10년 만인 81세 되던
1667년에야 또다시 보길도 부용동에 들 수 있었다. 그 후 85세로 낙서
재에서 운명하기까지 약 4년여 세월을 보길도 부용동과 현산면의 금
쇄동 등지를 오가며 시문을 즐겼다. 이상에서 말한 바와 같이 고산과
완도 보길도 부용동과의 인연은 전후 여섯 차례에 걸친 15년여의 세월
이었다. 《고산유고》를 중심으로 그의 보길도 부용동의 입도 사실을
살피면

　　① 1637: 51세 ~ 52세
　　② 1646: 60세 ~ 62세
　　③ 1650: 64세 ~ 65세
　　④ 1653: 67세 ~ 68세
　　⑤ 1657: 71세
　　⑥ 1667: 81세 ~ 85세 등으로 나타난다.[209]

　이상에서 본 바와 같이 고산은 그의 85년 인생살이 동안 15년에 불과

---

[209] 이에 대하여 박준규 교수는 전후 일곱 차례라 하면서 56세 되던 1642년에 유람 차
　　잠시 들렀다고 했다. 《고산유고》에도 이때 지은 한시가 있기도 하다. 박준규, 《고산
　　윤선도의 생애와 문학》, 전남대학교 출판부, 1997, 288면.

한 세월을 완도의 보길도에서 보냈지만 그의 인생에서 가장 값진 시절인 지천명知天命을 넘긴 직후부터 세상을 마칠 때까지 35년여의 시간 가운데서 거의 반인 15년이라는 세월을 보길도와 인연하였으니 이는 결코 가벼이 넘길 사안이 아니다. 더군다나 65세 때 지은 〈어부사시사〉 40수를 포함한 한시 45수는 그 어느 때 제작된 작품보다 작품의 구성과 언어의 질감, 비유의 뛰어남, 자연과의 친화, 내용의 심오함 등에서 탄성을 자아내기에 손색이 없다고 하겠다.

어부사시사
漁어父부四ᄉ時시詞ᄉ[210]

봄
春춘[211]

1.
앞개에 안개 걷히고 뒷산에 해 비친다

---

210 (原註) 辛卯 在芙蓉洞時 : 신묘년(1651) 65세 때, 부용동에 있을 때 지은 것이다. 즉 전남의 완도 보길도甫吉島의 부용동에서 원림을 경영하고 있을 때의 제작이라는 뜻이다.
漁어父부四ᄉ時시詞ᄉ : 어부사시사漁父四時詞. 여기에는 춘春·하夏·추秋·동冬으로 나누어 각각 작품 10수씩 총 40수를 들고 있다.
여기 원문과 한글 번역 및 각주는 오랜 지기 김대현 역주,《고산유고》, 정미문화, 2016.에서 인용한 것으로 벗에게 큰 힘을 받았기에 이 자리를 빌려 감사한 마음을 표한다.
211 春춘 : 춘春. 춘·하·추·동 1년에 네 철 가운데 봄철의 노래임을 제시한 것임. 그 서술은 봄철 어느 하루아침의 출범出帆으로부터 시작하여 저녁에 귀범歸帆하여 안착함에 이르기까지 하루의 흥취를 순서에 따라 시조 10수로 읊은 춘사春詞이다.

배 띄워라 배 띄워라
밤물은 거의 지고 낮 물이 밀려온다
지국총 지국총 어여차
강촌 온갖 꽃이 먼빛이 더욱 좋다

압개예 안개것고 뒫뫼희 히비췬다
빈떠라 빈떠라[212]
밤믈은 거의디고 낟믈이 미러온다[213]
至지匊국㤓총 至지匊국㤓총 於어思ᄉᆞ臥와[214]
江강村촌 온갓고지 먼빗치 더옥됴타[215]

2.
날씨가 덥도다 물 위에 고기 떴다
닻 들어라 닻 들어라
갈매기 둘씩 셋씩 오락가락 하는구나
지국총 지국총 어여차
낚싯대는 쥐고 있다 탁주병 실었느냐

---

212 빈떠라 빈떠라 : 배 띄워라 배 띄워라. 춘·하·추·동 사시사四時詞마다 각각 공통적으로 첫 작품의 초장과 중장 사이에 배치하여 하루 뱃놀이의 시작임을 가리키는 여음구 餘音句 조사措辭이다.

213 디고 : 지고.

214 至지匊국㤓총 至지匊국㤓총 : 지국총 지국총. 노 젓고 닻 감는 소리. 어부사시사漁父四時詞 40수 중에서 각 작품의 중장과 종장 사이에 공통적으로 배치한 여음구 조사措辭이다.
於어思ᄉᆞ臥와 : 어여차. 여럿이 힘을 합할 때 일제히 내는 소리. 또는 이에 의해 사공이 힘을 내서 노를 저으면서 하는 소리. 앞에 든 여음구 지국총에 뒤따라 전 작품에 반복되어 있는 어사이다.

215 고지 : 꽃이.

날이 덥도다 믈우희 고기썼다
닫드러라 닫드러라[216]
굴며기 둘식세식 오락가락 ㅎㄴ고야
至지匊국悤총 至지匊국悤총 於어思ㅅ臥와
낫대ㄴ 쥐여잇다 濁卓酒쥬ㅅ甁병 시릿ㄴ냐[217]

3.
동풍이 잠깐 부니 물결이 곱게 인다
돛 달아라 돛 달아라
동호東湖를 돌아보며 서호西湖로 가자꾸나
지국총 지국총 어여차
앞산이 지나가고 뒷산이 나아온다

東동風풍이 건듣부니 믉결이 고이닌다[218]
돋드라라 돋드라라[219]
東동湖호를 도라보며 西셔湖호로 가쟈스라
至지匊국悤총 至지匊국悤총 於어思ㅅ臥와
압뫼히 디나가고 뒫뫼히 나아온다

---

216 닫드러라 : 닻 들어라. 닻을 올려라. 춘·하·추·동 사시사四時詞마다 공통적으로 둘째
　　　작품의 초장과 중장 사이에 반복 배치하여 물밑 바닥에 박히게 한 닻을 들어 올려
　　　운선運船하게 하라는 뜻으로 취한 여음구 조사이다.
217 시릿ㄴ냐 : '시럿ㄴ냐'의 오각으로 판단됨. 실었느냐.
218 건듣 : 잠깐.
219 돋드라라 : 돛을 달아라. 춘·하·추·동 사시사四時詞마다 셋째 작품의 초장과 중장
　　　사이에 반복 배치하여, 범선帆船에 갖춘 돛대에 돛을 달고 바람을 받아 배를 가게
　　　하라는 뜻으로 취한 여음구 조사이다.

4.
우는 것이 뻐꾹샌가 푸른 것이 버들 숲인가
노 저어라 노 저어라
어촌 두어 집이 안개 속에 들락날락
지국총 지국총 어여차
맑고도 깊은 연못에 온갖 고기 뛰노네

우는거시 벅구기가 프른거시 버들숩가
이어라 이어라[220]
漁어村촌 두어집이 닛속의 나락들락[221]
至지匊국窓총 至지匊국窓총 於어思ᄉ臥와
말가ᄒᆞᆫ 기픈소희 온갇고기 뛰노ᄂᆞ다[222]

5.
고운 볕이 쬐였는데 물결이 기름 같다
노 저어라 노 저어라
그물을 풀어둘까 낚시를 놓아둘까
지국총 지국총 어여차
탁영가에 흥이 나니 고기잡이도 잊어버리겠노라

고은볃티 쬐얀ᄂᆞᆫ듸 믉결이 기름ᄀᆞ툿다
이어라 이어리[223]

---

220 이어라 : 흔들어라. 여기서는 '노櫓를 저어라'의 뜻. 춘·하·추·동 사시사四時詞마다
  넷째 작품과 다섯째 작품에서 다 같이 초장과 중장 사이에 반복 배치한 여음구 조사이
  다. 어부생활 어느 하루의 순차적 서술에서 배의 노櫓를 저으며 선유船遊를 즐기는
  대목의 작시라는 데에 주목을 끌게 된다.
221 닛속의 : 연기 속에.
222 소희 : 소沼에. 연못에.

그믈을 주어두랴 낙시를 노흘일가[224]
至지匊국款총 至지匊국款총 於어思ㅅ臥와
濁탁纓영歌가의 興흥이나니 고기도 니즐로다[225]

6.
석양이 기울었으니 그만하고 돌아가자
돛 내려라 돛 내려라
물가의 버들꽃은 굽이굽이 새롭구나
지국총 지국총 어여차
정승을 부러워할쏘냐 만사를 생각하랴

夕셕陽양이 빗겨시니 그만ᄒ야 도라가쟈[226]
돋디여라 돋디여라[227]

---

223 이어리 : '이어라'의 오각으로 판단된다. (노를) 저어라.
224 주어두랴 : 풀어두랴.
  노흘일가 : 놓아둘 일인가.
225 濁탁纓영歌가 : 탁영가濁纓歌. 중국 초나라 굴원屈原의 〈어부사漁父辭〉에 "창랑의
  물이 맑음이여, 가히 내 갓끈을 씻겠구나. 창랑의 물이 탁함이여, 가히 내 발을 씻겠구
  나. 滄浪之水淸兮 可以濯吾纓 滄浪之水濁兮 可以濯吾足"이라 한 내용 중, 탁영濯纓이란 말
  에서 취함. 여기서는 어부가漁父歌라는 뜻으로도 사용함.
  니즐로다 : 잊어버리노라.
226 빗겨시니 : 비끼니. 비꼈으니.
227 돋디여라 : 돛을 내려라. 이는 앞에서 지적한 각 사시사四時詞마다 여섯 째 작품의
  초장과 중장 사이에 반복 배치되어 돛대에 매단 돛을 내리라는 지시로 쓰인 여음구
  조사이다. 어부생활 어느 하루의 순차적 서술에서 귀범歸帆의 단계임을 뜻하는 맨
  처음의 작품이다. 이하 일곱째 작품의 비셰여라, 여덟째 작품의 빈미여라, 아홉째
  작품의 닫디여라, 열째 작품의 빈브텨라 등의 반복 배치 역시 귀범 과정에서 안착安着
  과 귀가에 이르는 순차적 서술로서 취한 여음구 조사이다. 이들의 작품 내의 배치는
  모두 위와 같으므로 그에 대한 개별적 설명은 이로써 대신하고 가급적 중복된 언급을
  피한다.

岸안柳류汀뎡花화는 고븨고븨 새롭고야[228]
至지匊국㢩총 至지匊국㢩총 於어思소臥와
三삼公공을 불리소냐 萬만事스를 싱각ᄒ랴[229]

7.
방초芳草를 밟아보며 난지蘭芷도 뜯어보자
배 세워라 배 세워라
일엽편주에 실은 것이 무엇인가
지국총 지국총 어여차
갈 때는 안개뿐이더니 올 때는 달이로다

芳방草초를 불와보며 蘭난芷지도 뜨더보쟈[230]
빅셰여라 빅셰여라[231]
一일葉엽扁편舟쥬에 시른거시 므스것고[232]
至지匊국㢩총 至지匊국㢩총 於어思소臥와
갈제는 닉뿐이오 올제는 둘이로다[233]

---

228 岸안柳류汀뎡花화 : 안류정화岸柳汀花. 언덕에 드리워져 있는 버들과 물가에 피어있
   는 꽃.
   고븨고븨 : 굽이굽이. 또는 곱게곱게.
229 三삼公공 : 삼공三公. 앞에 든 각주 8) 참조.
   불리소냐 : 부러워할소냐.
   萬만事스를 싱각ᄒ랴 : 만사萬事를 생각하랴. 만사를 생각할 필요가 있으랴.
230 蘭난芷지 : 난蘭과 지芷. 모두 향초香草임.
231 빅셰여라 : 배를 세워라.
232 一일葉엽扁편舟쥬 : 일엽편주一葉扁舟. 한 잎 조각배. 조그마한 조각배.
233 갈제는 : 갈 적에는. 갈 때는. '제'는 '적에'의 준말.

8.

취하여 누었다가 여울 아래 내리련다
배 매어라 배 매어라
떨어진 꽃잎이 흘러오니 도원이 가깝도다
지국총 지국총 어여차
인간 세상 홍진紅塵이 얼마나 가렸느냐

醉취ᄒᆞ야 누언다가 여흘아래 ᄂᆞ리려다²³⁴
빈미여라 빈미여라
落락紅홍이 흘러오니 桃도源원이 갓갑도다²³⁵
至지匊국忩총 至지匊국忩총 於어思ᄉ臥와
人인世세 紅홍塵딘이 언메나 ᄀᆞ렷ᄂᆞ니²³⁶

9.

낚싯줄 걷어 놓고 봉창의 달을 보자
닻 내려라 닻 내려라
벌써 밤이 들었느냐 두견새 소리 맑게 난다
지국총 지국총 어여차
남은 흥이 무궁하니 갈 길을 잊었노라

낙시줄 거더노코 篷봉窓창의 ᄃᆞᆯ을보쟈²³⁷

---

234 여흘 : 여울. 조그만 시내.
235 桃源원 : 도원桃源. 무릉도원武陵桃源의 준말. 중국 진나라 도연명陶淵明의 〈도화원
   기桃花源記〉에 나오는 이상향을 가리킴.
236 紅홍塵딘 : 홍진紅塵. 번거롭고 속된 세상.
237 거더노코 : 걷어놓고. 그만 낚싯줄을 걷는다는 뜻.
   篷봉窓창 : 봉창篷窓. 배의 창문. '봉篷'은 대나무·띠·부들 같은 것을 엮어 배를 덮은
   것을 말한다.

닫디여라 닫디여라²³⁸
ᄒ마 밤들거냐 子ᄌ規규소릭 ᄆᆰ게난다
至지匊국총 至지匊국총 於어ᄯᅵ스臥와
나믄興흥이 無무窮궁ᄒ니 갈길흘 니젓딴다²³⁹

10.
내일이 또 없으랴 봄밤이 어느덧 새리
배 붙여라 배 붙여라
낚싯대로 막대 삼고 사립문을 찾아보자
지국총 지국총 어여차
어부의 생애는 이렇게 저렇게 지낼 일이로다

來릭日일이 또업스랴 봄밤이 몃덛새리²⁴⁰
ᄇ브텨라 ᄇ브텨라²⁴¹
낫대로 막대삼고 柴싀扉비ᄅᆯ ᄎ지보쟈²⁴²
至지匊국총 至지匊국총 於어ᄯᅵ스臥와
漁어父부 生싱涯애ᄂᆞᆫ 이렁구리 디낼로다²⁴³

----

238 닫디여라 : 닻을 내려라. 닻을 배에서 물 밑 바닥으로 내려 안정시키라는 뜻에서 이른 말임.

239 니젓딴다 : 잊었구나. 잊었더라.

240 몃덛 : 얼마 안 되어. '덛'은 '사이, 때'의 뜻. 어느덧.

241 ᄇ브텨라 : 배를 붙여라. 정박한 배를 강안江岸에 붙여 안정되게 하라는 뜻. 이 어사의 작품 내의 배치와 조사적 기능에 대한 설명은 앞에 든 주 참고.

242 낫대로 : 낚싯대로.

243 이렁구리 : 이렁구러 · 이렁굴어 · 이러구러 등의 유사어. 이럭저럭. 세월이 이럭저럭 지나가는 모양.

여름
夏하.²⁴⁴

11.
궂은 비 그쳐 가고 시냇물이 맑아 온다
배 띄워라 배 띄워라
낚싯대를 둘러메니 깊은 흥을 금하지 못하겠다
지국총 지국총 어여차
연강과 첩장은 그 누가 그렸는고

구즌비 머저가고 시낻믈이 몱아온다
빈떠라 빈떠라²⁴⁵
낫대를 두러메니 기픈興흥을 禁금못흘돠²⁴⁶
至지匊국怱총 至지匊국怱총 於어思ᄉ臥와
煙연江강疊텹嶂쟝은 뉘라셔 그려낸고²⁴⁷

12.
연잎에 밥을 싸고 반찬일랑 장만 마라
닻 들어라 닻 들어라
삿갓은 써 있노라 도롱이는 갖고 오냐
지국총 지국총 어여차

---

244 夏하 : 하夏. 춘·하·추·동 1년 네 철 가운데 여름철의 노래임을 가리킴. 그 서술은
여름철 어느 하루의 아침 출범으로부터 시작하여 귀범으로 집에 이르러서까지 어부생
활 여름 하루의 흥취를 그 순에 따라 시조 10수로 읊은 하사夏詞이다.
245 빈떠라 : 배 띄워라.
246 禁금못흘돠 : 금하지 못하리로다.
247 煙연江강疊텹嶂쟝 : 연강煙江 첩장疊嶂. 안개 긴 강과 첩첩이 둘러싸인 산봉우리.
예로부터 연강첩장도煙江疊嶂圖란 그림이 매우 유명하다.

무심한 갈매기는 내쫓는가 제 쫓는가

년닙희 밥싸두고 반찬으란 쟝만마라
닫드러라 닫드러라²⁴⁸
靑청翁약笠립은 써잇노라 綠녹養시衣의 가져오냐²⁴⁹
至지匊국忩총 至지匊국忩총 於어思ᄉ臥와
無무心심혼 白빅鷗구는 내좃ᄂᆞ는가 제좃ᄂᆞᆫ가²⁵⁰

13.
마름 잎에 바람나니 봉창이 서늘하다
돛 달아라 돛 달아라
여름 바람 일정할쏘냐 가는 대로 배 맡겨라
지국총 지국총 어여차
북쪽 포구와 남쪽 강 어디 아니 좋겠는가

마람닙희 ᄇᆞ람나니 蓬봉窓창이 서늘코야²⁵¹
돋ᄃᆞ라라 돋ᄃᆞ라라
녀름ᄇᆞ람 졍홀소냐 가ᄂᆞᆫ대로 ᄇᆡ시겨라²⁵²
至지匊국忩총 至지匊국忩총 於어思ᄉ臥와
北븍浦포南남江강이 어ᄃᆡ아니 됴흐러니²⁵³

....

248 닫드러라 : 닻 들어라
249 靑청翁약笠립 : 청약립靑翁笠. 푸른 죽피竹皮로 만든 삿갓. 푸른 삿갓.
   綠녹養시衣의 : 녹사의綠養衣. 푸른 도롱이.
250 白빅鷗구 : 백구白鷗. 흰 갈매기.
251 마람 : 마름. 마름과의 한해살이풀로 진흙에 뿌리를 박고 물속에서 자란다. 여름에
   흰 꽃이 핀다.
252 졍홀소냐 : 정定해져 있을쏘냐.
   ᄇᆡ시겨라 : 배를 놓아두어라. 배에 맡겨 두어라.

14.
물결이 흐리거든 발 씻은들 어떠하리
배 저어라 배 저어라
오강吳江에 가자 하니 천년노도千年怒濤 슬프도다
지국총 지국총 어여차
초강楚江에 가려 하니 굴원충혼屈原忠魂 낚을세라

묽결이 흐리거든 발을싯다 엇더ᄒ리[254]
이어라 이어라[255]
吳오江강의 가쟈ᄒ니 千쳔年년怒노濤도 슬플로다[256]
至지匊국춍 至지匊국춍 於어思ᄉ臥와
楚초江강의 가쟈ᄒ니 魚어腹복忠튱魂혼 낟글셰라[257]

15.
버들 숲이 우거진 곳에 이끼 낀 조각돌이 기이하다
배 저어라 배 저어라
다리에 이르거든 앞을 다투는 어부들을 책망마라

....

253 北북浦포南남江강 : 북포北浦 남강南江. 북쪽에 있는 포구와 남쪽에 있는 강.

254 중국 초나라 굴원屈原의 〈어부사漁父辭〉에 '창랑의 물이 탁함이여, 가히 내 발을 씻겠구나!滄浪之水濁兮, 可以濯吾足'이라 한 내용 중에서 취한 말임.

255 이어라 : 흔들어라. 배를 저어라.

256 중국 오나라 오자서伍子胥의 고사. 오자서가 참소로 인해 자살하면서 "내 눈을 빼어 오나라 동문 위에 달아놓아 월나라 도적이 오나라를 쳐 멸망시키는 것을 보게 하라."고 하였다. 오왕吳王 부차夫差가 이 말을 듣고 대로大怒하여 그의 시체를 말가죽으로 만든 부대에 담아 강물에 던졌다고 한다. 고산孤山의 동시東詩 〈전당춘망錢塘春望〉에도 관련 시구가 실려 있다.

257 魚어腹복忠튱魂혼 : 어복충혼魚腹忠魂. 물에 빠져 죽음으로써 고기 뱃속에 남긴 충신의 넋. 굴원屈原의 고사에서 연유한 말. 굴원이 참소를 입어 강남江南에 귀양가서 멱라수汨羅水에 빠져 죽자, 물고기가 그 시신을 먹었다 하여 어복충혼이라 이른다.

지국총 지국총 어여차
백발노인 만나거든 순제舜帝 옛 일 본을 받자

萬만柳류綠녹陰음 어린고듸 一일片편苔틱磯긔 奇긔特특ᄒ다²⁵⁸
이어라 이어라
드리예 다듣거든 漁어人인爭징渡도 허믈마라²⁵⁹
至지匊국念총 至지匊국念총 於어思ᄉ臥와
鶴학髮발老로翁옹 만나거든 雷뢰澤틱讓양居거 效효則측ᄒ쟈²⁶⁰

16.
긴 날이 저무는 줄 흥에 취해 몰랐다네
돛 내려라 돛 내려라
돛대를 두드리며 수조가水調歌를 불러 보자
지국총 지국총 어여차
뱃노래의 만고심萬古心을 그 누가 알 것인가

긴날이 져므는줄 興흥의미쳐 모ᄅ도다²⁶¹
돌디여라 돌디여라
빗대를 두드리고 水슈調됴歌가를 블러보쟈²⁶²

---

258 萬만柳류綠녹陰음 : 만류녹음萬柳綠陰. 만 가지 버드나무 우거진 녹음.
어린고듸 : 어린 곳에.
一일片편苔틱磯긔 : 일편태기一片苔磯. 물속에 솟아 있는 한 조각의 이끼 낀 돌. 이끼
낀 돌이 있는 낚시터.
259 漁어人인爭징渡도 : 어인쟁도漁人爭渡. 고기 잡는 사람들끼리 서로 좋은 자리를 차지
하려고 다투어 건너가는 것.
260 鶴학髮발老로翁옹 : 학발로옹鶴髮老翁. 백발白髮의 늙은이.
雷뢰澤틱讓양居거 : 뇌택양거雷澤讓居. 중국 순舜임금이 미천할 때 뇌택雷澤에서 낚
시할 때 사람들이 모두 자리를 양보하였다는 이야기.
261 미처 : 미치어. 이르러. 취하여.

至지匊국㖟총 至지匊국㖟총 於어思ㅅ臥와
欸우乃애聲셩中듕에 萬만古고心심을 긔뉘 알고²⁶³

17.
석양이 좋다마는 황혼이 가까워라
배 세워라 배 세워라
바위 위 굽은 길이 솔 아래 비껴 있다
지국총 지국총 어여차
푸른 나무에 꾀꼬리 소리 곳곳에 들리노라

夕셕陽양이 됴타마는 黃황昏혼이 갓갑거다²⁶⁴
빗셰여라 빗셰여라²⁶⁵
바회우희 에구븐길 솔아래 빗겨잇다²⁶⁶
至지匊국㖟총 至지匊국㖟총 於어思ㅅ臥와
碧벽樹슈鶯잉聲셩이 곧곧이 들리ᄂ다²⁶⁷

---

262 빗대 : 돛대. 배의 돛대.
    水슈調됴歌가 : 수조가水調歌. 악부의 곡명曲名으로 상조곡商調曲의 이름. 중국 수나
    라 양제煬帝가 강도江都로 가면서 지었다 함. 슬픈 원망의 가락을 띠었다 한다. 여기서
    는 물 위에서 부르는 노래라는 뜻으로 쓰임.
263 欸우乃애聲셩中듕 : 애내성중欸乃聲中. 뱃노래 소리에, 또는 노 젓는 소리에. '우애'
    를 '欸乃'로 표기 한 것은 차음借音으로 추측된다.
    萬만古고心심 : 만고심萬古心. 영원히 변하지 않는 마음. 만고의 수심.
264 갓갑거다 : 가깝구나. 가까워라.
265 빗셰여라 : 배 세워라.
266 에구븐 : 조금 휘듯이 굽은.
    솔 : 소나무.
267 碧벽樹슈鶯잉聲셩 : 벽수앵성碧樹鶯聲. 푸른 나무에서 우는 꾀꼬리 소리.

18.

모래 위에 그물 널고 뜸 밑에 누워 쉬자
배 매어라 배 매어라
모기를 밉다 하랴 쉬파리와 어떠하냐
지국총 지국총 어여차
다만 한 근심은 상대부桑大夫 들을세라

몰래우희 그믈널고 둠미틔 누어쉬쟈[268]
빈미여라 빈미어라[269]
모괴롤 밉다ᄒᆞ랴 蒼창蠅승과 엇더ᄒᆞ니[270]
至지匊국㥄총 至지匊국㥄총 於어思ᄉ臥와
다만 ᄒᆞᆫ근심은 桑상大대夫부 드르려다[271]

19.

밤사이 풍랑을 미리 어찌 짐작하리
닻 내려라 닻 내려라
나루터엔 빈 배만 놓였다 그 누가 말했는가
지국총 지국총 어여차
간변澗邊의 유초幽草도 참으로 어여쁘다

밤스이 風풍浪낭을 미리어이 짐쟉ᄒᆞ리

....

268 몰래 : 모래.
　　둠 : 지붕. 뜸篷. '뜸篷'은 대나무·띠·부들 같은 것을 엮어 배를 덮은 지붕을 말한다.
269 빈미여라 : 배를 매어라.
270 蒼창蠅승 : 창승蒼蠅. 쉬파리.
271 桑상大대夫부 : 상대부桑大夫. 중국 한무제漢武帝 때 재정가財政家였던 상홍양桑弘羊
　　을 가리킴. 여기서는 '소인배小人輩'를 가리키는 뜻.
　　드르려다 : 들을까. 들을까 두렵구나.

닫디여라 닫디여라
野야渡도橫횡舟쥬룰 뉘라셔 닐럿는고²⁷²
至지匊국忩총 至지匊국忩총 於어思ᄉ臥와
澗간邊변幽유草초도 眞진實실로 어엳브다²⁷³

20.
내 집을 바라보니 흰 구름이 둘러 있다
배 붙여라 배 붙여라
부들부채 가로 쥐고 돌길을 올라가자
지국총 지국총 어여차
어옹漁翁이 한가하더냐 이것이 일이로다

蝸와室실을 ᄇ라보니 白빅雲운이 둘러잇다²⁷⁴
빈븟뎌라 빈븟뎌라²⁷⁵
부들부체 ᄀᄅ쥐고 石셕逕경으로 올라가쟈²⁷⁶
至지匊국忩총 至지匊국忩총 於어思ᄉ臥와
漁어翁옹이 閑한暇가터냐 이거시 구실이라²⁷⁷

---

272 野야渡도橫횡舟쥬 : 야도횡주野渡橫舟. 들 사이 작은 나루터에 빈 배만 가로놓여
    있음.
    뉘라셔 닐럿는고 : 누구라서 일렀는가. 누가 말했는가.
273 澗간邊변幽유草초 : 간변유초澗邊幽草. 산골 개울가에 깊이 우거진 풀.
274 蝸와室실 : 와실蝸室. 달팽이 껍질같이 조그마한 집. 겨우 자기의 몸을 넣을 만한
    좁은 집. 자신의 집을 말함.
275 빈븟뎌라 : 배 붙여라. 배를 대라는 뜻.
276 부들부체 : 부들의 줄기로 엮어 만든 부채.
    ᄀᄅ쥐고 : 가로 쥐고. 비스듬히 쥐고. 부채를 부친다는 뜻이다.
277 구실이라 : 구실口實. 핑계, 이유이다.

가을
秋츄[278]

21.
물외物外의 좋은 일이 어부생애 아니던가
배 띄워라 배 띄워라
어옹漁翁을 웃지 마라 그림마다 그렸더라
지국총 지국총 어여차
사철 흥취 한가지나 가을 강이 으뜸이라

物믈外외예 조흔일이 漁어父부生싱涯애 아니러냐[279]
빗떠라 빗떠라[280]
漁어翁옹을 욷디마라 그림마다 그렷더라[281]
至지匊국悤총 至지匊국悤총 於어思ㅅ臥와
四ㅅ時시興흥이 흔가지나 秋츄江강이 은듬이라[282]

22.
수국水國에 가을이 드니 고기마다 살쪄 있다
닻 들어라 닻 들어라
만경징파萬頃澄波에 마음껏 즐겨 보자

....

278 秋츄 : 추秋. 춘·하·추·동 1년 네 철 가운데 가을철의 노래임을 가리킴. 그 서술은
   가을철 어느 하루의 아침 출범으로부터 시작하여 귀범으로 저녁에 집에 이르러서까지
   가을 하루의 어부생활 흥취를 그 순에 따라 시조 10수로 읊은 추사秋詞이다.

279 物믈外외예 : 물외物外에. 세상 밖에. 세상을 떠나서.

280 빗떠라 : 배 띄워라.

281 그림마다 그렷더라 : 그림畵마다 그려져 있더라.

282 四ㅅ時시興흥이 : 사시흥四時興이. 사계절의 흥취興趣가.
   흔가지나 : 똑같지만.

지국총 지국총 어여차
인간 세상 돌아보니 멀수록 더욱 좋다

水슈國국의 ᄀᆞ올히드니 고기마다 슬져읻다[283]
닫드러라 닫드러라[284]
萬만頃경澄딩波파의 슬ᄏ지 容용與여ᄒᆞ쟈[285]
至지匊국念총 至지匊국念총 於어思ᄉ臥와
人인間간을 도라보니 머도록 더욱됴타[286]

23.
흰 구름 일어나고 나무 끝이 흔들린다
돛 달아라 돛 달아라
밀물에 서호 가고 썰물에 동호 가자
지국총 지국총 어여차
흰 마름 붉은 여뀌 꽃마다 아름답다

白빅雲운이 니러나고 나모긋티 흐느긴다[287]
돋ᄃᆞ라라 돋ᄃᆞ라라[288]
밀믈의 西셔湖호ㅣ오 혈믈의 東동湖호가쟈[289]

----

283 水슈國국 : 수국水國. 강촌江村. 바다를 가리킴.

284 닫드러라 : 닻 들어라.

285 萬만頃경澄딩波파 : 만경징파萬頃澄波. 만 이랑 넓게 펼쳐진 맑은 물결.
　　슬ᄏ지 : 실컷.
　　容용與여ᄒᆞ쟈 : 용여容與하자. 느긋한 마음으로 여유 있게 놀자. 즐겨보자.

286 머도록 : 멀수록.

287 흐느긴다 : 흐느낀다. 흔들린다.

288 돋ᄃᆞ라라 : 돛을 달아라. 앞에 든 주 67) 참조.

289 혈믈 : 썰물.

至지匊국悤총 至지匊국悤총 於어思ᄉ臥와
白빅蘋빈紅홍蓼료는 곳마다 景경이로다[290]

24.
기러기 떠 있는 밖에 못 보던 산 뵈는구나
배 저어라 배 저어라
낚시질도 하려니와 취한 것이 이 흥취興趣라
지국총 지국총 어여차
석양이 눈부시니 모든 산이 금수錦繡로다

그러기 떳ᄂᆞᆫ밧긔 못보던뫼 뵈ᄂᆞ고야[291]
이어라 이어라[292]
낙시질도 ᄒᆞ려니와 取취ᄒᆞᆫ거시 이興흥이라
至지匊국悤총 至지匊국悤총 於어思ᄉ臥와
夕셕陽양이 ᄇᆡ이니 千쳔山산이 錦금繡슈ㅣ로다[293]

25.
은순 옥척銀唇玉尺이 몇이나 걸렸느냐
배 저어라 배 저어라
갈대꽃에 불 붙여 골라서 구워 놓고
지국총 지국총 어여차

---

290 白빅蘋빈紅홍蓼료 : 백빈홍료白蘋紅蓼. 흔히 강가에 나는 흰 마름꽃과 붉은 여뀌꽃을
　　말함.
291 그러기 : 기러기.
　　뵈ᄂᆞ고야 : 보이는구나.
292 이어라 : 배 저어라. 앞에 든 주 68) 참조.
293 ᄇᆡ이니 : (눈부시게) 비치니.
　　錦금繡슈ㅣ로다 : 금수錦繡로다. 비단이로다. 비단 같은 경치로다.

술병을 기울여 박구기에 부어다오

銀은脣슌玉옥尺척이 몃치나 걸렫ᄂᆞ니[294]
이어라 이어라
蘆로花화의 블부러 ᄀᆞᆯ희야 구어노코[295]
至지匊국ᄎᆞ총 至지匊국ᄎᆞ총 於어思ᄉᆞ臥와
딜병을 거후리혀 박구기예 브어다고[296]

26.
옆바람이 곱게 부니 달은 돛에 돌아왔다
돛 내려라 돛 내려라
어두움은 찾아오되 맑은 흥은 멀었도다
지국총 지국총 어여차
붉은 단풍 맑은 강이 싫고 밉지도 아니하다

녑ᄇᆞ람이 고이부니 ᄃᆞ론돗긔 도라와다[297]
돋디여라 돋디여라[298]

---

294 銀은脣슌玉옥尺척 : 은순옥척銀脣玉尺. 은린옥척銀鱗玉尺을 두고 이름. 모양이 좋고
   큰 물고기. 물고기를 아름답게 일컫는 말.
295 蘆로花화 : 노화蘆花. 갈대꽃. 갈꽃.
   블부러 : 불을 피워. 불을 붙여.
   ᄀᆞᆯ희야 : 골라서. 가리어.
296 딜병 : 술을 담는 질그릇 병.
   거후리혀 : 기울여서. 기울이어.
   박구기 : 박으로 만든 그릇. 쪽박으로 만든 구기. 구기는 자루가 달린 국자보다 작은
   기구임.
297 녑ᄇᆞ람 : 배를 가로질러 부는 바람. 배 돛에 옆으로 부는 바람.
   ᄃᆞ론 : 달아 놓은. '달은'의 뜻으로 쓰임.
   돗긔 : 돛에. 돗자리에.

暝명色식은 나아오듸 淸청興흥은 머러읻다²⁹⁹
至지匊국국충 至지匊국국충 於어思亽臥와
紅홍樹슈淸청江강이 슬믜디도 아니흔다³⁰⁰

27.
흰 이슬 비꼈는데 밝은 달 돋아 온다
배 세워라 배 세워라
봉황루鳳凰樓 아득하니 청광淸光을 누구 줄까
지국총 지국총 어여차
옥토끼가 찧는 약을 쾌남아快男兒에 먹이고저

흰이슬 빗견는듸 블근돌 도다온다³⁰¹
비셰여라 비셰여라
鳳봉凰황樓루 渺묘然연ᄒᆞ니 淸청光광을 눌을줄고³⁰²
至지匊국국충 至지匊국국충 於어思亽臥와
玉옥兎토의 띤는藥약을 豪호客긱을 먹이고쟈³⁰³

28.
하늘 땅이 제각각인가 여기가 어디메뇨

---

298 돋디여라 : 돛 내려라. 앞에 든 주 75) 참조.
299 暝명色식 : 명색暝色. 어두운 빛. 저녁 빛.
300 紅홍樹슈淸청江강 : 홍수청강紅樹淸江. 단풍이 붉게 물든 나무와 맑은 강물.
　　슬믜디도 : 싫고 밉지도. 싫증나지도.
301 빗견는듸 : 비끼어 있는데. 깔려 있는데. 비낀 곳에.
302 鳳봉凰황樓루 : 봉황루鳳凰樓. 흔히 임금이 계신 곳을 가리킴.
　　淸청光광 : 청광淸光. 맑은 빛. 즉 달빛을 가리킴.
303 玉옥兎토의 띤는藥약 : 옥토玉兎가 찧는 약藥. 달 속에 옥토끼가 찧고 있는 약.
　　豪호客긱 : 호객豪客. 호기 있는 사람. 호협남아俠男兒.

배 매어라 배 매어라
바람 먼지 못 미치니 부채 가려 무엇하리
지국총 지국총 어여차
들은 말이 없었으니 귀 씻어 무엇하리

乾건坤곤이 제곰인가 이거시 어드메오³⁰⁴
빅민여라 빅민여라³⁰⁵
西셔風풍塵딘 몯미츠니 부체ᄒ야 머엇ᄒ리³⁰⁶
至지匊국忿총 至지匊국忿총 於어思ᄉ臥와
드론말이 업서시니 귀시서 머엇ᄒ리³⁰⁷

29.
옷 위에 서리 오뒤 추운 줄을 모를래라
닻 내려라 닻 내려라
낚싯배가 좁다 하나 속세보다 어떠한가
지국총 지국총 어여차
내일도 이리하고 모래도 이리하자

....

304 제곰인가 : 제각각인가.
　　이거시 : 이곳이.
305 빅민여라 : 배 매어라.
306 西셔風풍塵딘 : 서풍진西風塵. 서쪽 바람에 일어나는 먼지를 부채로 가렸던 고사.
　　중국 진晉 성제成帝 때 유량庾亮과 왕도王導가 함께 왕을 섬겼는데, 유량이 외군外郡으
　　로 출진出鎭하여서 제구帝舅로서 조정의 권한을 틀어쥐니 왕도가 편할 수 없었다.
　　일찍이 서쪽 바람이 먼지를 일으키니 왕도가 부채를 들어 가리면서 설명하기를 원규
　　元規(유량의 자)는 먼지같이 더러운 사람이라 하였다는 이야기를 가리킴.
307 중국 전설상의 은사 허유許由의 고사를 변용한 것임. 허유는 요堯임금이 천하를 주겠
　　다고 하자 더러운 말을 들었다고 하여 영수穎水에 나아가 귀를 씻었다는 이야기가
　　전한다.

옷우희 서리오딕 치운줄을 모를로다[308]
닫디여라 닫디여라[309]
釣됴船션이 좁다ᄒᆞ나 浮부世셰과 엇더ᄒ니[310]
至지匊국菊총 至지匊국菊총 於어思ᄉ臥와
늬일도 이리ᄒᆞ고 모릐도 이리ᄒᆞ쟈

30.
솔숲 사이 석실로 가 새벽달을 보려 하니
배 붙여라 배 붙여라
공산空山의 낙엽에 길을 어찌 알아볼까
지국총 지국총 어여차
흰 구름 쫓아오니 입고 있는 여라의女蘿衣도 무겁구나

松숑間간 石셕室실의가 曉효月월을 보쟈ᄒ니[311]
비브텨라 비브텨라
空공山산 落락葉엽의 길흘엇디 아라볼고[312]
至지匊국菊총 至지匊국菊총 於어思ᄉ臥와
白빅雲운이 좃차오니 女녀蘿라衣의 므겁고야[313]

---

308 모를로다 : 모르겠구나.
309 닫디여라 : 닻 내려라. 앞에 든 주 86) 참조.
310 釣됴船션 : 조선釣船. 낚싯배.
　　浮부世셰 : 부세浮世. 덧없는 세상.
311 松숑間간石셕室실 : 송간석실松間石室. 소나무 사이에 있는 조그마한 집. 완도의 보
　　길도 부용동芙蓉洞에 있는 동천석실洞天石室을 가리키는 것으로 판단됨.
312 空공山산 : 공산空山. 사람이 없는 산중.
313 女녀蘿라衣의 : 여라의女蘿衣. 소나무 겨우살이의 줄기로 띠를 두른 옷. 이끼로 만든
　　옷, 은자가 입는 옷의 비유.

겨울
冬동[314]

31.
구름 걷힌 후에 햇볕이 두텁구나
배 띄워라 배 띄워라
천지가 막혔으나 바다는 여전하다
지국총 지국총 어여차
끝없는 물결이 비단을 편 듯하였구나

구룸 거든후의 힋빈치 두텁거다[315]
빈떠라 빈떠라[316]
天텬地디閉폐塞싁호딕 바다흔 依의舊구ᄒ다[317]
至지匊국忩총 至지匊국忩총 於어思ᄉ臥와
ᄀ업슨 믉결이 깁편듯 ᄒ어잇다[318]

32.
낚싯줄대 손을 보고 뱃밥은 박았느냐
닻 들어라 닻 들어라
소상강 동정호는 그물이 언다 한다

---

314 冬동 : 동冬. 춘·하·추·동 1년 네 철 가운데 겨울철의 노래임을 가리킴. 그 서술은
겨울 어느 하루의 아침 출범으로부터 시작하여 귀범으로 저녁에 집에 이르러서까지
겨울 하루의 어부생활 흥취를 그 순에 따라 시조 10수로 읊은 동사冬詞이다.

315 두텁거다 : 두텁구나.

316 빈떠라 : 배 띄워라. 앞에 든 주 60) 참조.

317 閉폐塞싁 : 폐색閉塞. 닫히고 막히다. 여기서는 추위 때문에 꽁꽁 얼어붙은 것을 말함.

318 깁편듯 : 비단을 편 듯.
ᄒ어잇다 : 하여 있다.

지국총 지국총 어여차
이때에 고기 낚시 이만한 데 없구나

주대 다스리고 빗밥을 박앗ᄂᆞ냐³¹⁹
닫드러라 닫드러라³²⁰
瀟쇼湘샹洞동庭뎡은 그믈이 언다흔다³²¹
至지匊국悤총 至지匊국悤총 於어思ᄉᆞ臥와
이때예 漁어釣됴ᄒᆞ기 이만흔듸 업도다

33.
얕은 개의 고기들이 먼 소에 다 갔으니
돛 달아라 돛 달아라
잠깐 날 좋은 때 바다에 나가 보자
지국총 지국총 어여차
미끼가 꽃다우면 굵은 고기 문다 한다

여튼갣 고기들히 먼소히 다갇ᄂᆞ니³²²
돋ᄃᆞ라라 돋ᄃᆞ라라³²³
져근덛 날됴흔제 바탕의 나가보쟈³²⁴

---

319 주대 : 주낙. 낚싯줄과 낚싯대.
   빗밥 : 배에 물이 새어들지 못하게 틈을 메우는 물건. 보통 겉대를 많이 씀.
   박앗ᄂᆞ냐 : 박았느냐.
320 닫드러라 : 닻 들어라. 앞에 든 주 참조.
321 瀟쇼湘샹 : 소상瀟湘. 소수瀟水와 상수湘水. 동정호洞庭湖의 서편에 있음.
   洞동庭뎡 : 동정洞庭. 중국 호남성湖南省의 큰 호수인 동정호洞庭湖. 여기에는 악양루岳陽樓
   와 소상팔경瀟湘八景 등의 명승이 있음. 그믈 : 그물.
322 여튼갣 : 옅은 개의. '개'는 조수潮水가 드나드는 내. 얕은 바다의.
323 돋ᄃᆞ라라 : 돛 달아라. 앞에 든 주 67) 참조.

至지匊국㑇총 至지匊국㑇총 於어思亽臥와
밋기 곧다오면 굴근고기 믄다ᄒ다[325]

34.
간밤에 눈 갠 후에 경물景物이 달라졌네
배 저어라 배 저어라
앞에는 넓은 유리바다 뒤에는 첩첩의 옥산玉山
지국총 지국총 어여차
선계仙界인가 불계佛界인가 인간 세상 아니로다

간밤의 눈갠後후에 景경物믈이 달랃고야
이어라 이어라[326]
압희는 萬만頃경琉류璃리 뒤희는 千천疊텹玉옥山산[327]
至지匊국㑇총 至지匊국㑇총 於어思亽臥와
仙션界계ㄴ가 佛불界계ㄴ가 人인間간이 아니로다

35.
그물 낚시 잊어버리고 뱃전을 두드린다
배 저어라 배 저어라
앞개를 건너고자 몇 번이나 생각하나
지국총 지국총 어여차
무단한 된바람이 행여 아니 불어올까

---

324 바탕 : 일터. 여기서는 바다를 가리킴. 큰 바다.

325 밋기 곧다오면 : 미끼가 꽃다우면. 미끼가 좋으면.

326 이어라 : 배 저어라. 앞에 든 주 68) 참조.

327 萬만頃경琉류璃리 : 만경유리萬頃琉璃. 아주 넓은 유리같이 맑은 바다.
　　千천疊텹玉옥山산 : 천첩옥산千疊玉山. 천층千層으로 겹친 옥같이 아름다운 산.

그믈낙시 니저두고 빗견을 두드린다[328]
이어라 이어라
압개롤 건너고쟈 멷번이나 헤여본고
至지匊국국춤 至지匊국국춤 於어思ᄉ臥와
無무端단흔 된ᄇ람이 힝혀아니 부러올까[329]

36.
자러가는 까마귀가 몇 마리나 지나갔나
돛 내려라 돛 내려라
앞길이 어두운데 저녁 눈이 잦아졌다
지국총 지국총 어여차
아압지鵝鴨池를 누가 쳐서 큰 수치羞恥 씻었던고

자라가는 가마괴 멷날치 디나거니
돋디여라 돋디여라[330]
압길히 어두우니 暮모雪셜이 자자뎟다[331]
至지匊국국춤 至지匊국국춤 於어思ᄉ臥와
鵝아鴨압池디롤 뉘뎌셔 草초木목慚참을 신돋던고[332]

....

328 니저두고 : 잊어버리고.
329 無무端단흔 : 무단無端한. 공연한.
   된ᄇ람 : 빠르고 세차게 부는 바람, 또는 '북풍'의 뱃사람 말.
330 돋디여라 : 돛 내려라. 앞에 든 주 75) 참조.
331 자자뎟다 : 잦아졌다.
332 鵝아鴨압池디롤 뉘뎌셔 : 아압지鵝鴨池를 누가 쳐서. 중국 당나라 이소李愬의 고사.
   당나라 원화元和 연간에 오원제吳元濟가 채주蔡州에서 반란을 일으킴에 이소가 눈 오
   는 밤 채성蔡城을 치러갔는데, 성 둘레에 거위와 오리가 많은 아압지鵝鴨池가 있어
   이들을 놀라게 하여 군병軍兵의 소리를 어지럽게 함으로써 오원제를 체포했다는 고사
   에서 유래.
   草초木목慚참 : 초목참草木慚. 초목조차 부끄러워할 만한 수치. 초목까지 당한 참변.

37.
붉은 언덕 푸른 절벽 병풍같이 둘렀는데
배 세워라 배 세워라
크고 좋은 물고기 낚거나 못 낚거나
지국총 지국총 어여차
외로운 배에 사립蓑笠의 차림으로 흥에 넘쳐 앉았노라

丹단崖애翠취壁벽이 畫화屏병ᄀ티 둘럿ᄂ듸[333]
빈셰여라 빈셰여라[334]
巨거口구細셰鱗린을 낟그나 몯낟그나[335]
至지匊국悤총 至지匊국悤총 於어思ᄉ臥와
孤고舟쥬蓑사笠립에 興흥계워 안잣노라[336]

38.
물가에 외롭게 선 솔 홀로 어이 씩씩한고
배 매어라 배 매어라
험한 구름 원망 마라 인간 세상 가리운다
지국총 지국총 어여차
파도 소리 싫어 마라 속세의 시끄러움 막아주도다

믉ᄀ의 외로온솔 혼자어이 싁싁흔고[337]

신돋던고 : 씻었던고.
333 丹단崖애翠취壁벽 : 단애취벽丹崖翠壁. 붉은 낭떠러지 언덕과 푸른 절벽의 산.
334 빈셰여라 : 배 세워라.
335 巨거口구細셰鱗린 : 거구세린巨口細鱗. 입은 크고 비늘은 자잘한 것, 즉 크고 좋은 물고기를 말함.
336 孤고舟쥬蓑사笠립 : 고주사립孤舟蓑笠. 외로운 배에 도롱이와 삿갓.
337 외로온솔 : 외로운 소나무.

비미여라 비미여라³³⁸
머흔구룸 恨혼티마라 世셰上샹을 フ리온다³³⁹
至지匊국菊총 至지匊국菊총 於어思ぐ臥와
波파浪랑聲셩을 厭염티마라 塵딘喧훤을 막는또다³⁴⁰

39.
창주滄州가 나의 도라 예부터 일렀더라
닻 내려라 닻 내려라
칠리탄七里灘에 양피옷 입고 낚시하던 엄자릉嚴子陵 어떠하였던고
지국총 지국총 어여차
십 년 동안 낚시하던 강태공 손꼽을 제 어찌하였던고

滄창洲쥬픔오道도룰 녜브터 닐럳더라³⁴¹
닫디여라 닫디여라³⁴²
七칠里리여흘 羊양皮피옷슨 긔얻더ㅎ니런고³⁴³

싁싁ᄒ고 : 씩씩한가.
338 비미여라 : 배 매어라.
339 머흔구룸 : 험한 구름.
340 厭염 : 염厭. 싫어하다.
　　塵딘喧훤 : 진훤塵喧. 진세塵世의 떠들썩함. 세속의 시끄러움.
341 滄창洲쥬픔오道도 : 창주오도滄洲吾道. 창주가 나의 도라는 말로, 중국 당나라 두보杜甫의 시에 '나의 도 창주에 부치네吾道付滄洲'라고 한 구절이 전하여 유명하였음. 창주는 흔히 신선이 사는 곳을 가리키지만, 사람이 사는 곳에서 멀리 떨어진 산수山水의 땅을 말함.
342 닫디여라 : 닻 내려라. 앞에 든 주 86) 참조.
343 七칠里리여흘 羊양皮피옷 : 칠리七里 여울 양피羊皮 옷. 중국 후한 때 엄자릉嚴子陵의 고사. 엄자릉은 부춘산富春山 속 칠리탄七里灘에서 양피 옷을 입고 낚시질을 하는 것을 즐거움으로 삼아 왕의 부름에도 응하지 않았다고 함. 부춘산은 절강성에 있으며, 옛 그림에도 엄자릉의 〈부춘산거도富春山居圖〉의 모습이 자주 그려져 전한다.

486 호남 서술시의 사적 전개와 미학

至지匊국㖌총 至지匊국㖌총 於어思ㅅ臥와
三삼千쳔六뉵百빅 낙시질은 손고븐제 엇디턴고³⁴⁴

40.
아! 저물어 간다 쉬는 것이 마땅하다
배 붙여라 배 붙여라
가는 눈 뿌린 길 붉은 꽃이 흩어진 데 흥겹게 걸어가서
지국총 지국총 어여차
설월雪月이 서산에 넘도록 송창松窓에 기대어 있자

어와 져므러간다 宴연息식이 맏당토다³⁴⁵
빈븟텨라 빈븟텨라³⁴⁶
그는눈쓰린길 블근곳흣더딘듸 흥치며 거러가셔
至지匊국㖌총 至지匊국㖌총 於어思ㅅ臥와
雪셜月월이 西셔峯봉의넘도록 松숑窓창을 비겨잇쟈³⁴⁷

....

344 三삼千쳔六뉵百빅 낙시질 : 삼천 육백三千六百 낚시질. 태공망太公望 여상呂尙, 즉
중국 주나라 강태공姜太公의 고사. 강태공은 10년 동안 위수渭水 가에서 낚시질하며
주문왕을 기다리다가 만났다고 한다.
엇디턴고 : 어떠하던가.
345 宴연息식 : 연식宴息. 편안하게 쉼.
346 빈븟텨라 : 배 붙여라. 앞에 든 주 89) 참조.
347 雪셜月월 : 설월雪月. 눈 위에 비치는 달빛. 또는 눈 속에 떠오르는 겨울의 달빛.
西셔峯봉 : 서봉西峯. 서쪽 봉우리.
松숑窓창 : 송창松窓. 소나무가 비치는 창.
비겨잇쟈 : 비스듬히 기대어 있자.
한편 이곳 〈어부사시사漁父四時詞〉 다음에는 이를 제작한 경위를 말하는 기록이 덧붙
여 있다. 한자 기록인 원문에 역주를 붙여 들면 다음과 같다.
東方古有漁父詞 未知何人所爲 而集古詩而成腔者也 諷詠則江風海雨生牙頰間 令
人飄飄然 有遺世獨立之意 是以聾巖先生 好之不倦 退溪夫子 歎賞無已 然音響不
相應 語意不甚備 蓋拘於集古 故不免有局促之欠也 余衍其意 用俚語 作漁父詞 四

41.

어부亽 여음

강산이 됴타흔들 내분으로 누엇ᄂᆞ냐

님군 은혜를 이제더옥 아노이다

아ᄆᆞ리

갑고쟈 ᄒᆞ야도 ᄒᆡ올일이 업세라

....

時各一篇 篇十章 余於腔調音律 固不敢妄議 余於滄洲吾道 尤不敢竊附 而澄潭廣
湖片舸容與之時 使人竝喉而相棹 則亦一快也 且後之滄洲逸士 未必不與此心期 而
曠百世而相感也 秋九月歲辛卯 芙蓉洞釣叟 書于洗然亭樂飢欄邊船上 示兒曹

동방에 예로부터 어부사漁父詞가 있었는데, 누가 지은 것인지는 알 수 없고, 옛 시를
모아 곡을 붙인 것이다. 읊조리면 강풍江風과 해우海雨가 입가에 일어, 사람으로 하여
금 표연히 세상을 떠나 홀로 설 뜻을 갖게 한다. 이런 까닭에 농암聾巖 선생은 좋아하
기를 게을리하지 않았으며, 퇴계退溪 선생도 탄상하기를 그치지 않았다. 그러나 음향
音響이 서로 응하지 않고, 어의語意가 잘 갖추어지지 못했으니, 대개 옛 시를 모으는
데[集古]에 얽매인 탓이다. 그러므로 옹색해지는 결함을 면치 못하였다. 내가 그 뜻을
덧붙이고, 우리말을 사용하여 어부사漁父詞를 지었으니, 사시四時를 각 한 편으로 하
고 한 편은 10장으로 하였다. 나는 강조腔調와 음률音律에 대해서 진실로 감히 망령된
의론을 할 바가 못 되며, 창주오도滄洲吾道에 대해서는 더욱 감히 견해를 덧붙일 바가
못 된다. 그러나 맑은 못과 넓은 호수에서 쪽배를 띄우고 마음껏 노닐 때, 사람들로
하여금 함께 소리 내면서 서로 노 젓게 한다면 또한 한 가지 즐거움이다. 또 뒷날의
창주일사滄洲逸士가 반드시 이 마음에 동참하여 영원토록 서로 느끼게 될 것이다.
신묘년辛卯年(1651) 추秋 9월, 부용동 조수芙蓉洞釣叟가 세연정洗然亭 낙기란樂飢欄 가
의 배 위에서 써서 아이들에게 보이다.
농암聾巖 : 조선 중종 때의 문관 이현보李賢輔의 호.
퇴계退溪 : 조선 중종·명종 때의 유학자 이황李滉의 호.
창주滄洲 : 사람이 사는 곳에서 멀리 떨어진 산수山水의 땅. 은자隱者가 사는 곳.
일사逸士 : 세상을 등지고 숨어사는 선비.
낙기란樂飢欄 : 고산孤山은 완도 보길도의 부용동芙蓉洞에서 경영하였던 세연정洗然
亭의 남쪽 편액을 樂飢欄이라 하였다.
부용동 조수芙蓉洞釣叟 : 부용동에 사는 낚시질하는 늙은이. 고산이 자기 자신을 가리
킨 말임.
세연정洗然亭 : 고산이 완도의 보길도에서 부용동芙蓉洞 원림을 경영하면서 세운 정
자. 이 정자의 중앙에 洗然亭이란 편액을 걸었다.

위에서 말한 바와 같이 〈어부사시사〉 40수는 고산의 나이 65세 되던 가을에 지은 것이다. 생활의 실상을 노래한 것이면서 묘사의 적확的確과 기교의 탁월卓越함을 보인 해양문학의 백미白眉로 음악성音樂性까지 구현한 작품이라는 찬사를 받은 작품이다.[348] 51세에 보길도에 입도入島한 지 15년째 되던 해에 지은 이 노래는 단적으로 말한다면 뱃노래다.

평시조 형태로 40수를 연이어 쓴 시조, 연시조인데 춘하추동 각 계절별로 10수씩 전체 40수다. 속세의 부귀와 공명에 초연하며, 자연 속에서의 흥취를 신명나는 가락으로 표현했다. 대구법, 반복법, 의성법, 원근법 등의 수사가 다양하게 표현되었으며, 우리말의 묘미와 색채감을 잘 살린 아름다운 우리 노래다.

초장과 중장 사이의 "배 띄워라 배 띄워라" 등은 중간에 있는 일종의 조흥구로서 출항에서 귀항까지의 과정을 예고하며, 작품을 유기적으로 잇는 역할을 한다. 또한 중장과 종장 사이의 "지국총 지국총 어여차"는 후렴구로서 노 젓는 소리와 노를 저을 때 어부가 외치는 소리를 나타낸 의성어로서 리듬이 주는 효과를 십분 활용했다. 그뿐만 아니라 춘하추동의 계절 순환 역시 보다 큰 의미의 리듬을 창출하고 있어서 〈어부사시사〉는 내용이 지니는 흥과 형식구조가 빚는 흥이 한데 어우러진 일종의 흥타령이 되었다.

주지하는 바와 같이 〈어부사시사〉는 춘사春詞, 하사夏詞, 추사秋詞, 동사冬詞 각 한편인데 각 편은 10수로 구성된 도합 40수의 뱃노래이다. 이 노래에 대하여 혹자는 생활의 실상을 노래했으며, 묘사의 적확과 기교의 탁월성, 해양문학의 백미 등이라고 말하며[349] 혹자는 자연애의

---

348 문영오, 《고산윤선도연구, 태학사》, 1983, 171~196면.

극치, 풍류스러운 생활 태도의 반영 등이라 한다.[350]

〈어부사시사〉는 그 형식의 파격에서 시조로 보기 어렵다는 주장[351]
이 제기된 이후 가사 유형설과 시조 유형설 또는 지국총 노래설 등 다
양한 입론이 개진되어 있다.[352]

어쨌든 〈어부사시사〉에 대한 장르적 속성은 그 논의가 미완인 상태
인데 이 작품의 성격은 물론 작품 구조 및 시어 사이의 다양한 유기적
질서, 내용의 심오함과 미묘함 등에 그 까닭이 있다 하겠다. 특히 1편
이 10수로 되어 전체 4편 40수인 〈어부사시사〉는 각 편의 노랫말 전후
부분이 질서 있는 대응 구조를 이루면서 나뉘어 있음이 주목된다. 다시
말해서 각 편의 10수 가운데 1~5수와 6~10수가 순차적인 관계의 대응
을 이루는데 이는 각기 5단계의 과정으로 전자는 배 띄워라 → 닻 들어
라 → 돛 달아라 → 이어라 → 이어라가 그것이며 후자는 돛 내려라
→ 배 세워라 → 배 매어라 → 닻 내려라 → 배 붙여라 등이 그것이다.

〈어부사시사〉 40수 모두는 춘하추동의 각 10수가 공히 1-5/ 6-10의
대응 형식의 순환구조로 짜여져 있지만 내부적으로 하나의 작품으로
연속성을 가진다.[353]

다음으로 〈어부사시사〉는 춘하추동 네 계절이 각기 10수씩, 독립적
시형으로 완결된 듯 보이지만, 봄, 여름, 가을, 겨울 등 계절의 순환구
조를 가졌다는 점에서 연속된 구성이다. 각 편은 전체 10수로 구성되어

349 문영오, 《고산문학상론》, 태학사, 2001, 189~200면.

350 원용문, 《윤선도 문학연구》, 국학자료원, 1989, 96~127면.

351 김대행, 〈어부사시사의 외연과 내포〉, 고산연구회, 《고산연구》 창간호, 1987, 467~9면.

352 박준규, 앞의 책, 347면.

353 바로 이런 연속성을 중시하여 필자는 〈어부사시사〉를 서술시로 보고자 함이다.

있으며 10수는 1수~10수까지 유기적 의미망으로 밀접하게 연결되어
있다.³⁵⁴

> 四ᄉ 時시 興흥이 흔가지나 秋츄 江강이 읃듬이라(1)
> 人인 間간을 도라보니 머도록 더옥됴타(2)
> 白ᄇᆡᆨ 蘋빈 紅홍 蓼료ᄂᆞᆫ 곳마다 景경이로다(3)
> 夕셕 陽양이 ᄇᆡ오니 千쳔 山산이 錦금 繡슈로다(4)
> 딜병을 거후리혀 박구기예 브어다고(5)
> 紅홍 樹수 淸쳥 江강이 슬ᄆᆡ디도 아니ᄒᆞ다(6)
> 玉옥 兎토의 ᄯᅵᄂᆞᆫ 藥약을 豪호 客ᄀᆡᆨ을 먹이고쟈(7)
> 드론말이 업서시니 귀시서 머엇ᄒᆞ리(8)
> ᄂᆡ일도 이리ᄒᆞ고 모뢰도 이리ᄒᆞ쟈(9)
> 白ᄇᆡᆨ 雲운이 좃차오니 女녀 蘿라 衣의 므겁고야(10)

위는 〈추사〉의 종장 부분만을 옮겨 본 것인데 보는 바와 같이 전체
10수가 내용상 유기적 밀접한 관계를 이루고 있으며 앞서 말한 바와
1-5/6-10의 대응 관계로 이루어져 있다. 그 내용의 핵심은 아마도 8수
와 9수가 되겠는데 8수는 중국 요堯임금 때 허유許由와 관련된 고사를
인용하였다. 허유는 요임금이 그에게 천하를 주려고 한다는 말을 듣고
기산箕山에 숨어버렸으며 그 뒤에 다시 구주九州의 장長을 맡기려 한
다는 말을 듣고는 영수潁水에서 귀를 씻었던 인물이다. 고산이 위의 고
사를 끌어들인 이유는 의롭지 아니한 일을 경계하겠다는 의지적 표명
인 동시에 9수를 통하여선 현자피세賢者避世의 의지를 굳건하게 드러

낸 것이라 여겨진다.

또한 〈어부사시사〉는 금지, 명령, 의문, 의지, 청유 등 다양한 화법적 시형을 취하여 화자와 청자와의 관계를 더욱 긴밀하게 형성하고 있다.

> 반찬으란 쟝만마라-㉠
> 닫드러라 닫드러라-㉡
> 綠녹 蓑사 衣의 가져오냐-㉢
> 내좃는가 제좃는가-㉣

〈하사〉 2번째인데 ㉠은 금지, ㉡은 명령, ㉢은 의문, ㉣은 의지 등으로 청자 지향형 화법이 주목되는데 이러한 표현법은 〈어부사시사〉 전편에 널리 실현되고 있다.

또한 〈어부사시사〉의 각 시행은 한결같이 종결되는 서법을 취하고 있음이 특징이다. 이는 물론 여음구를 빼고서 한 말이거니와 이와 같이 시행 구성을 초장 - 중장 - 종장의 장 단위로 종결지음으로써 시상의 순차적 전개에 효과를 거뒀다는 주장이 있다.[355]

다시 말해서 고산은 〈어부사시사〉에서 종결형의 어사를 통하여 시상의 전개를 연쇄적이면서도 동의同意적으로 진행시키는 미감을 획득한 것이다.

마지막으로 〈어부사시사〉는 서시서경敍時敍景의 뱃노래인 동시에 서경敍景에 의한 회화적繪畫的 흥취를 노래한 이른바 시時, 경景, 흥興의 노래로서 결국 그림 속에 서시서경의 흥이 있는 화중유시畫中有詩이며, 시 가운데 서시서경에 의한 그림이 있는 시중유화詩中有畫의 노래라는

---

[355] 박준규, 앞의 책, 373면.

사실[356]을 첨언해 둔다.

춘사 가운데 4번째 시는 〈어부사시사〉 중 시안詩眼의 하나로서 우리 말의 아름다움을 한껏 살렸다.

> 우는 것이 뻐꾸기인가 푸른 것이 버드나무 숲인가
> 어촌 두어 집이 안개 속에 들락날락하는구나
> 지국총 지국총 어사와(어여차)
> 맑고도 깊은 못에 온갖 고기 뛰노는구나

초장은 운다는 청각적 심상과 우는 모습의 역동적 이미지, 푸르다는 시각적 심상과 버드나무 숲의 정적인 이미지가 교묘하게 결합되어 자연에서 맛보는 흥취의 절정을 이룬다. 중장에서 멀리 바라뵈는 어촌의 두어 집으로 나타내는 원경遠景을 종장에서 맑은 깊은 못이라는 근경近景으로 이동시키면서 유유자적한 어촌의 삶의 진취를 흠뻑 자아내고 있다.

하사 가운데 2번째 시는 물아일체物我一體의 즐거움을 한껏 발산하는 내용이다.

> 연잎에 밥 싸 두고 반찬은 준비마라
> 닻 들어라 닻 들어라
> 삿갓은 쓰고 있노라 도롱이 가져왔느냐
> 지국총 지국총 어사와(어여차)
> 무심한 갈매기는 내가 좇는가 제가 좇는가

---

356 박준규, 앞의 책, 389면.

연잎에 밥을 쌌으니 반찬을 달리 준비할 게 없다는 단표누항簞瓢陋巷의 소박한 삶을 초장에서 드러냈다. 중장 역시 삿갓, 도롱이 등 어부의 전 재산인 삿갓과 비옷을 들어 무욕의 삶을 노래했다. 종장에서는 백구와 어부가 하나 되어 백구가 어부를 좇는지 어부가 백구를 따르는지 서로 모를 정도로 자연과 인간이 하나 된 물아일체, 물심일여物心一如의 즐거움을 마음껏 드러냈다.

이와는 달리 하사 3은 현실 정치의 비린내 나는 상황을 비판한 내용으로 고산의 당시 심경이 충분하게 엿보인다.

> 물결이 흐리거든 발을 씻는다고 어떻겠는가
> 이어라 이어라
> 오강을 가려 하니 천년 전 원한 파도 구슬프다
> 지국총 지국총 어사와 (어여차)
> 초강으로 가렸더니 고기뱃속 들어버린 충혼이 두렵구나

초장은 굴원의 〈어부사〉에 나오는 말로 시상을 열었다. 얼굴이 초췌한 채 멱라수 물가를 방황하고 있는 굴원에게, 어부가 "창랑의 물이 맑으면 나의 갓끈을 빨 것이며, 창랑의 물이 흐리면 나의 발을 씻는다네." 하면서 굴원의 좌절을 비꼬는 듯한 일침을 가한 말을 가져와 초장의 내용으로 삼았다. 초나라 대부 굴원(기원전 343~278)이 경양왕 시절에 반대파의 모함과 시기로 삼려대부三閭大夫에서 쫓겨나자 스스로 장사長沙의 멱라수汨羅水에 몸을 던져 자신의 우국충정을 보였다. 백성들은 그가 죽은 날을 기념하기 위해 댓잎이나 연잎에 고기와 밥을 싸서 물고기에게 던져주어 굴원의 육신을 못 먹게 했는데 이것이 단오의 기원이라고 한다.

중장은 중국 초나라 오자서伍子胥의 죽음을 가져와 초장의 비극적 시상을 이었다. 오자서는 기원전 484년에 자결한 오나라의 재상이다. 그는 본래 초나라 사람이었지만 아버지와 형이 정치적 사건으로 평왕에게 살해당하자, 도망 끝에 오나라로 가 오나라의 합려闔閭를 보좌하여 강대국으로 만들었다. 오자서는 아버지의 원수를 갚기 위해 초나라 평왕의 무덤을 파헤쳐 채찍으로 시신을 300번을 쳤는데 이것이 굴묘편시掘墓鞭屍의 유래다.

오자서는 월나라가 심복지환心腹之患이니 당장 치자는 충정을 올렸으나, 사람의 운명은 영화의 한계가 있듯, 부차는 월왕 구천의 뇌물 공세에 현혹되어 오자서의 충언을 받아들이지 않고 되레 오자사를 모함하여 죽을 것을 강압하자 그만 자결하였던 비극적 인물이다. 그 후로 오나라는 월나라에게 멸망하는 신세가 되었다. 오나라 백성들은 오자서의 충절을 기리기 위해 강기슭에 서산胥山이라는 사당을 세우고 그의 충절을 기렸다. 부차 역시 오자사의 말을 따르지 않음을 후회하면서 자결했다.

중장은 조선 시대 정치의 불합리와 모순, 옳은 말이 통하지 않은 규보파란跬步波瀾(반발자국만 내디뎌도 엄청난 물결이 일어남)의 무시무시한 현실을 중국의 역사적 인물을 원용하여 이같이 드러냈는데, 이는 자신이야말로 이런 역사적 교훈을 잘 알고 있으므로 정치 따윈 관심이 없다는 현실 정치에의 초연한 의지를 나타내 보이면서도, 어딘지 모르게 우국충정의 신하다운 고뇌와 근심을 함축했다.

추사의 2번째 시를 보자.

수국水國에 가을이 드니 고기마다 살쪄 있다.
닻 들어라 닻 들어라.
만경징파萬頃澄波에 마음껏 즐겨 보자.
지국총 지국총 어여차
인간 세상 돌아보니 멀수록 더욱 좋다.

　초장은 수국 곧 보길도의 가을을 시의 첫머리로 삼아 넉넉한 시상을
예고했다. 보길도를 수국水國이라며 과감한 은유로써 시상을 열었는데
그 은유적 함축이 지니는 의미가 의미심장하다. 아니나 다를까. 고기
마다 살쪄 있다며 수국 가을의 풍성함과 여유로움을 역시 함축적으로
말했다. 그렇기 때문에 닻을 들고 신명나게 노를 저어 살찐 고기 사냥
을 즐기지 않을 수 없음을 이어서 말할 수 있었다.
　수국 가을의 풍요에 흡족하여 신명이 났으니 넓고 넓은 수국의 그
무엇인들 즐거움의 대상이 아닐 수 없다. "지국총 지국총 어여차" 이
얼마나 신나는 흥의 고조인가? 시조가 노래하기를 지향하며 유사성을
바탕한 은유의 시라는 것이 극명하게 실현된 부분이다. 지금 즐기는
것은 이전까지 어부가 느꼈던 인간 세계의 즐거움과는 전연 딴판인 것
이다. 그런 새로운 즐거움의 환희에 찬 종장의 탄성, "인간 세상 돌아
보니 멀수록 더욱 좋다."란 도연陶然한 흥취의 발로! 그렇다. 여기서
말하는 인간 세상 또한 여러 의미를 함축한 시어이다.
　이는 어떤 초월적인 신선의 경지라든가 무욕의 노장적 세계를 말하
는 것이 아니라, 공자가 말한 바의 "멋대로 하여도 법도에 결코 어긋남
이 없는"[357] 경지, 어디서 무엇을 하든 간에 모두 다 즐거움을 만끽할

───────

[357] 《논어》〈위정〉: 七十而從心所欲不踰矩.

줄 아는 자득적自得的 자락自樂의 희열喜悅이다. 절제하지 않아도 절로 절제되고 굳이 애써 욕심을 부리지 않아도 절로 만족하는 경지이다. 집착하지 않고 연연하지 않는 성숙의 완성, 자락적 삶의 성취, 관조적 경지의 확보, 이는 앙불괴어천仰不愧於天(우러러 하늘에 부끄럽지 않음)이요, 부부작어인俯不怍於人(구부려 사람에게 부끄럽지 않음)이다. 하지만 고산은 어디까지나 경국제민을 모토로 한 사대부의 자기 존재를 잊지 않았다. 그래서 다음의 시가 나온 것이리라.

추사의 7번째 시는 아름다운 자연을 보자. 임금이 생각나서 함께 즐기고 싶은 심경을 드러냈다.

> 흰 이슬이 내렸는데 밝은 달이 돋아 온다
> 배 세워라 배 세워라
> 봉황루 아득하니 밝은 달빛 누굴 줄까
> 지국총 지국총 어사와(어여차)
> 옥토끼가 찧는 약을 호걸에게 먹이고파[358]

초장은 이슬과 달빛 밝고의 흰 두 이미지로 시상을 열었다. 중장은 임금이 계신 궁궐을 봉황루라는 고귀한 이미지로 상정하였지만, 그곳이 아득하다고 하여 임금과의 거리, 정치 현실과의 거리가 멂을 말했다. 정치적 현실이 아름다운 정치, 맑고 깨끗한 정치와는 거리가 멀다는 우회적인 말이기도 하거니와, 임금의 은총을 바라지 않고 오로지 자신의 맑고 순수한 충정을 바칠 뿐이라는 의지적 표현이기도 하다.

---

[358] 시조의 현대어 풀이는 상황에 따라 같은 의미의 약간 다른 표현을 인용하였는데 아래에서도 마찬가지다.

그러므로 차라리 옥토끼에게 선약仙藥을 만들게 하여 호객豪客 곧 임금께 드리고자 한다는 말로 종장을 대신했다. 아름다운 자연을 임금과 함께 누리고자 하는 마음의 표현이자, 자신은 정치 현실과는 관계없이 멀리 있다는 의지를 천명하는 중의적 표현으로 읽어야 마땅할 것이다. 그래야 동사 제10의 시와 의미가 이어진다.

　동사 제10번째의 시는 결국 고산이 자연의 순리에 순응하겠다는 삶의 의지를 드러낸 주제연이요 시안詩眼이다.

　　아, 저물어 간다 쉬는 것이 마땅하리라
　　배 붙여라 배 붙여라
　　가는 눈 뿌린 길에 붉은 꽃이 흩어진 곳을
　　흥겨워하며 걸어가서
　　지국총 지국총 어사와(어여차)
　　눈 달이 서산을 넘을 때까지 송창에 기대어 있으리라

　날이 저무니 쉬는 것이 마땅하다는 자연에의 순응을 담아 초장의 시상을 열었다. 여기서 날이 저문다는 말은 당연히 함축적이다. 시간의 흐름일 수도 있고 운세의 기욺일 수 있으며 계절의 끝일 수도 있다. 가는 눈과 붉은 꽃의 상징 의미와 색채의 대비가 묘한 뉘앙스를 갖게 한다. 아울러 가는 눈 / 뿌린 길에 // 붉은 꽃이 / 흩어진 데 // 흥겨워하며 / 걸어가서//의 6음보의 파격적 실현은 속도감을 줌과 동시에 설월이 서산 봉우리를 넘어 새봄에 새달로 솟아오를 때까지, 그 시간은 빠르게 흘러갈 것이라는 신념을 6음보 리듬으로 역동적으로 처리했다.
　금세 회복될 자연 순환의 이치처럼, 매사는 그렇게 순환하고 순환하

는 것이므로 자연 곧 송창에 기대어 그때를 기다린다는 현자피세賢者避
世의 기다림이 담지된다고 할 수 있다. 자연적 시간의 질서에 몸을 맡
기고 그에 순응하며 살아야 한다는, 조선시대 선비가 경국제민經國濟民
의 의지를 포기한다는 것이 결코 쉽지 않다는 생각을 떠올린다면, 참으
로 중의적, 다의적으로 읽혀지는 대목이 아닐 수 없다.

　한편, 우리의 뱃노래 전통은 실로 오래인데 그 성격은 둘로 나뉜다,
순수 뱃노래와 한시문으로 뱃노래가 그것인데 전자는 〈비떠라 비떠라〉
〈지곡총 지곡총〉 등의 뱃노래임을 드러내는 표지가 있고, 후자는 시인
굴원의 〈어부사漁父辭〉 또는 장지화의 〈어부漁父〉 등의 영향으로 이루
어진 한시문으로 된 것을 일컫는다.

　고산의 〈어부사시사〉는 문체상 고유어체의 작품으로 춘하추동 4편
이 통편을 이루는 도가체櫂歌體(뱃노래)의 거편으로 평가되며 도가체시
의 새로운 고유시 유형을 설정하는데 특수한 변용 형식을 지닌 작품
이다.[359]

　이 밖에도 어부사는 여러 종류가 있는데 그에 대한 상론은 박완식
교수의 논저가 주목된다.[360] 고산의 뱃노래 〈어부시사〉는 그 전통적 연
원이 매우 오래이다. 어부사시사 → 농암 어부가 → 악장가사 어부사
등으로 그 연원을 소급해 갈 수 있는바, 이들의 친연성이나 전통적 맥
락은 노랫말에 앞서 말한 대로 뱃노래임을 시사하는 표지 시어가 들어
있다는 점이다.

　《악장가사》는 주지하는 바와 같이 고려시대부터 조선 초기까지의

359　홍재휴, 《윤고산시연구》, 새문사, 1990, 295면.
360　박완식, 《한국한시어부사연구》, 이회, 2000.

노래들이 실려 있는 가곡집이거니와 여기에 〈어부사〉가 실려 있음은
적어도 조선 초기 이전에 이 노래가 널리 유행하고 있었음을 알게 한
다. 따라서 고산의 〈어부사시사〉와의 시대적 거리는 250여 년 이상의
간격이 존재한 것으로 그런 중간에 농암聾巖 이현보李賢輔(1467~1555)
의 장편 〈어부가〉와 〈어부단가〉를 상정할 수 있겠는데 어부가의 전통
계승에 있어서 농암의 공로는 적지 않았다.

　다른 한편, 《악장가사》의 〈어부사〉와 농암의 〈어부가〉 등은 고시古
詩를 모아서 이룬 집고시集古詩 형식인데 이런 전통은 우리나라뿐만 아
니라 중국의 경우에도 3가지 유형이 있으며 소동파, 황산곡, 서사천
등의 집구체 〈어부사〉 등이 여기에 속한다고 한다.³⁶¹

　어쨌든 《악장가사》의 〈어부사〉와 농암의 〈어부가〉는 집고시의 형식
임을 알 수 있는데 이는 고산과 농암의 증언에 잘 나타나 있다. 다시
말해서 고산이 〈어부사시사발문漁父四時詞跋文〉에서 동방 고유 어부사
미지하인 소위 이집고시 이성강자야東方古有漁父詞未知何人所爲而集古詩
而成腔者也라 말한 것과 농암이 〈어부가병서〉에서 "여퇴 노전간 심한무
사 부집고인 상영간 가가시문 약간수予退老田間 心閒無事 裒集古人觴詠間
可歌詩文 若干首"에서 보는 바가 그것이다.

　이처럼 《악장가사》의 〈어부사〉와 농암의 〈어부가〉는 집고시 형식
으로 그것은 주로 7언 4구의 한시체 영향임은 다음에서 여실히 드러
난다.

　　　雪鬢漁翁이 住浦間ᄒ야셔 自言居水勝居山이라 ᄒᄂ다

361 박완식, 앞이 책, 285면.

빈떠라 빈떠라 早潮纔落거를 晩潮來 ᄒᄂ다
지곡총 지곡총 어ᄉ와 어ᄉ와 一竿明月이 亦君恩이샷다

《악장가사》에 전하는 〈어부사〉 1장인데 한글 토씨를 빼고 나면 7언
4구의 한시로서 위의 노래는 곧 한시문과 국문의 집구시集句詩 형태임
이 자명하게 드러난다.

설빈어옹주포간	雪鬢漁翁住浦間
자언거수승거산	自言居水勝居山
조조재락만조래	早潮纔落晚潮來
일간명월역군은	一竿明月亦君恩

이같이 7언 4구 한시를 통해 이루어진 《악장가사》의 〈어부사〉는 한
시의 본래 속성상 가창歌唱하기에 부적절하였으므로 노래로서의 〈어
부사〉를 만들기 위해서는 수정이 불가피하였음은 두말할 여지가 없겠
다. 이에 대해 퇴계退溪와 농암聾巖의 지적은 주목되거니와[362] 특히 농
암은 수정의 필요성에 따라 다음과 같이 개찬했다.

雪鬢漁翁이 住浦間 自言居水이 勝居山이라 ᄒᆞᆺ다
빈떠라 빈떠라
早潮纔落晚潮來ᄒᄂ다
至匊忽 至匊忽 於思臥
倚船漁父이 一肩高로다

박완식, 앞의 책, 287~288면 참조.

위는 농암의 〈어부장가〉 9장 가운데 제1장인데 《악장가사》의 〈어부
사〉를 수정하여 개찬한 것이라고 표방은 하였지만 7언 4구의 한시투에
서 앞의 것과 크게 달라진 것이 없다. 다만 마지막 한시구의 일간명월
역군은一竿明月亦君恩이 의선어부일견고倚船漁父一肩高로 바뀐 점이 눈
에 띌 정도라 하겠다.

이처럼 종래의 뱃노래 형식이 한시와 국문의 집구체集句體인 까닭에
빚어진 한계를 고산은 분명하게 인식하고 있었으며 이에 대한 극복적
대안으로 새로운 노래 형식인 〈어부사시사〉를 상재하기에 이른다. 고
산은 〈어부사시사〉 발문에서 예부터 전해오는 어부사는 음향音響이 서
로 호응되지 아니하고 말의 뜻도 제대로 갖추지 못하였는데 그 까닭은
옛 시만을 모으는데 얽매인 까닭으로 옹색하게 된 흠을 면치 못했기
때문이라고 했다. 이어서 그는 내용의 뜻이 풍부하고 넓은 우리말을
사용한 〈어부사〉를 짓는다고 했다.[363]

이는 곧 고산의 어부사에 대한 작시作詩 태도를 극명하게 보여준 진
술이거니와 그 요지는 내용과 시상에서 한시 투의 집고시 틀에서 벗어
나고자 한 점과 순우리말을 사용하여 노래하기에 적합토록 창작한다는
것 등으로 압축된다.

고산의 〈어부사시사〉에 대해서는 김학성 교수의 다음과 같은 말을
살핌으로써 보다 더 그 참다운 맛을 맛보기로 한다.

고산의 강호 자연에 대한 흥취는 감성적 환락歡樂을 배척하며 오히
려 속기俗氣가 없이 맑고 깨끗하고 한적하고 담박淡泊하며 심원深遠하
고 무궁無窮한 것을 추구하는 것으로 드러난다. 즉 그의 흥興을 빛깔로

---

363 박준규, 《고산윤선도의 생애와 문학》, 전남대학교출판부, 1997, 340면 재인용.

말한다면 "명싴(暝色)은 나아오되 청흥(淸興)은 머러인다(秋詞5)"에 표출
되고 있듯이 맑고 깨끗한 청흥淸興에 해당한다.[364]

여기서 청흥은 향락적-탐미적 자연 추구와는 거리가 먼 흥취로서
그러한 경지에 도달하려면 우선 산수 자연에 대해 많은 경험을 하고,
충분히 유람遊覽하며, 충실히 수양修養을 쌓아 아름다운 산수가 '가슴
속에 역력해지면' 그것을 '우주적 차원'에서 노래로 옮길 때[365] 맛볼 수
있는 흥취라 할 것이다. 이 점은 '증점曾點이 기수沂水에서 목욕하고 무
우舞雩에서 바람 쐬고 노래하며 돌아오는' 그 흥취를 최고의 이상적 경
지로 생각하는 고산의 생각에 잘 드러나 있다.[366] 이런 흥취야말로 청
흥의 그것이지 향락적이라거나 탐미적인 것과는 거리가 멀지 않은가.

그런데 고산이 부용동芙蓉洞에서 산수자연을 즐기며 형상화한 〈어부
사시사〉는 한편의 '산수화山水畵'를 연상케 한다.

> 우는거시 벅구기가 프른거시 버들숩가
> 이어라 이어라
> 漁村 두어집이 닛속에 나라들락
> 지국총 지국총 어사와
> 말가흔 기픈소희 온갇고기 쮜노ᄂᆞ다
>
> 〈春詞 4〉

---

364 최한선·김학성, 〈윤선도 시조의 미적 가치〉, 《고전시가와 호남한시의 미학》, 태학사,
2017, 29면~57면 참조.
365 張法장파, 유중화 역, 《동양과 서양 그리고 미학》, 푸른숲, 1994, 375면에서 화가가
산수화를 그릴 때의 경지를 이런 방식으로 설명한 것을 원용한 것이다. 김학성, 앞
의 글.
366 《고산유고》 권6 曾點有堯舜氣象論 참조.

이 대목에 대해 혹자는 "뻐꾸기 우는 먼 산, 안개 속에 쌓인 어촌이 원경遠景으로, 신록新綠이 우거진 버들 숲과 맑고 푸른 물속에 뛰노는 물고기가 근경近景으로 그려져" 원근법遠近法에 의한 정치精緻한 배치로 뛰어난 서경묘사를 보인 한 폭의 산수화 같다고 이해했다.[367] 그러나 동양의 산수화에서 원근법은 오히려 배제排除되는 기법으로, 이러한 설명 방법은 고산의 시가를 이해하는 데 적절하다 하기 어렵다.

원근법은 서양 풍경화의 기법이고, 동양의 산수화는 산점투시散点透視이기 때문이다. 산수시山水詩도 이러한 산수화의 기법과 통하는데 "시인이 크게 보고 세밀하게 보며, 멀리 봤다 가까이 봤다 하는 산점투시를 제약制約 없이 써낼 수 있기 때문에 시선視線이 가까운 것에서 멀어지는 것, 시선이 먼 것에서 다시 가까워지는 것을 표현하며, 한 걸음씩 움직이며 면면을 살피는 산수의 본질을 표현하기에 적절"하다고 한다. 그리고 이러한 "섬세한 관찰은 어디까지나 '마음으로 조화 본받기'를 위함"[368]이라 한다.

그런 점에서 고산이 부용동의 산수 자연을 유람함은 산수 정신을 파악하고 본받기 위한 유람이며, 작품에 드러난 원근遠近의 산수 경물은 그러한 원근법적 서경敍景의 묘사나 투시透視에 목적이 있는 것이 아니라, '마음으로 조화調和를 본받기' 위한 감정情感균형의 이성적理性的 배분配分에 역점이 있는 것으로 보아야 할 것이다.

봄을 맞은 자연의 물상들이 이뤄내는 정경을 시각적인 것(버들 숲)과

---

367 文永午, 〈고산시가에서의 회화성 고구〉, 《고산연구》 2호, 1988, 34면.
368 張法장파, 유중화 역, 《동양과 서양 그리고 미학》, 푸른 숲, 1994, 382~385면. 김학성, 위의 글 재인용.

청각적(뻐꾸기)인 것의 어우러짐, 어촌漁村과 안개의 조화 곧 화해和諧의 모습, 맑은 소와 거기서의 고기의 약여躍如하는 형상으로 그려냄으로써 어느 하나 정감 균형에서 어긋남이 없으며, 마음으로 조화 본받기를 위함이 아닌 것이 없기 때문이다.

게다가 고산이 〈어부사시사〉를 원천源泉 텍스트인 〈原어부가〉(《樂章歌詞》所載)나 농암聾巖의 〈어부장가漁父長歌〉와 달리, 춘하추동 사계절에 걸쳐 노래하고, 배를 타고 출어出漁하는 장면에서부터 돌아와 닻을 내리기까지의 전全 과정을 치밀하고 섬세한 구조로 무려 40수에 걸쳐 노래함은 산수 정신을 보다 깊이 파악하고 마음으로 조화 본받기를 위한 철저한 자기 수양에 두고 있음을 의미한다.

여기서 특히 주목할 것은 앞에 인용한 〈춘사春詞 4〉 같은 작품의 형상 배분이 엄격한 형식규율로 표현된다는 점이다. 이 점은 텍스트의 원천이 되는 〈原어부가〉와 비교해보면 명백하게 드러난다. 즉 초장에 해당하는 부분이 〈원어부가〉에서는 "綠萍身世오/ 白鷗心이로다"로 되어 있어 단순히 주체의 정감을 직서적直敍的으로 표출하는 것으로 끝나고 앞구와 뒷구가 대구對句로서의 호응呼應과는 무관無關하던 것을, 고산은 "우는 거시 벅구기가/ 프른 거시 버들숩가"라고 표현함으로써 통사적으로도(주어+서술어의 단순구조), 의미론적으로도(봄을 맞은 자연의 질서와 미적 무늬), 어법적으로도(수사 의문형 종결어법), 율격적으로도(4+4음절로 구조화된 음절 정형적 음량율) 엄격한 대응 구조를 갖도록 형상화했다.[369]

---

[369] 〈어부사시사〉의 전반에 나타난 이러한 엄정한 형식규율은 김대행의 〈어부사시사의 외연과 내포〉, 《고산연구》 창간호, 1987, 13~17면과 고정희, 《고전 시가와 문체의 시학》, 월인, 2004, 133~143면에 상론되어 있음.

이러한 차이를 단순한 형식상의 表現 차이 정도로 넘겨서는 안 될 것이다. 고산이 미학적으로 다듬은 이와 같은 엄정한 형식 제련製鍊은 자신의 정감을 단련하고 수양한 결과가 미적 형식으로 드러난 결과로 이해되기 때문이다. 더욱이 이 같은 정수精粹한 미적 형식이 '인위적人爲的 조작造作'으로서가 아니라, 정감 균형 곧 '감성의 이성적理性的 현현顯現'[370]으로서 의의를 갖는다는 점에 유의할 일이다.

고산의 시조에서 엄격하고도 정수한 미적 형식은 그의 작품 전체에 해당하는 중심 성향이지만 〈어부사시사〉에서 특히 절정을 보이는 것[371]은 그의 인격의 완성도와 절제의 규율이 이 시기에 정점에 달했음을 의미하는 것이기도 하다. 이러한 경지야말로 "마음 내키는 대로 하여도 법도法度를 넘지 않는다"(종심소욕從心所欲 불유구不逾矩:《論語》〈爲政-

---

[370] 최진원,《한국고전시가의 형상성》, 성균관대학교 대동문화연원, 1996, 172면에서는 〈산중신곡〉을 두 계열로 나누어 〈오우가〉는 理性으로써 자연을 생각하는 전형적 사례로, 〈하우요〉, 〈일모요〉, 〈야심요〉는 感性으로써 자연을 느끼는 계열로 설명하고 있다. 그러나 고산의 자연 시조를 이처럼 이성과 감성으로 분리해서 이해하는 것은 텍스트의 미적 가치를 읽어내는 온당한 태도라 하기 어렵다. 고산은 '정감균형의 理性的 배분'을 중시했으므로 감성이나 이성의 어느 한쪽으로 경사된 시조 미학을 추구할 리 없기 때문이다.

[371] 고산의 이러한 엄정한 형식규율은 〈어부사시사〉에서 4계절을 한결같이 흐트러짐 없이 노래한다는 점에서 절정에 달한다. 그런데 〈어부사시사〉를 〈原어부가〉와 달리 굳이 4계절로 노래한 것에 대하여는 기왕에 주목하지 않았지만 상당히 중요한 의미를 갖는 것으로 보인다. 그것은 자연 속에서 調和의 발견과 人格의 완성이 어느 한 때의 감정이 아니고 '4계의 전체적 계절 조화에 의해 응결된 인격의 실현'이란 의미를 텍스트가 담지擔持하기 때문이다. 즉 같은 산, 같은 바다라 하더라도 춘하추동 4계절이 다르고 아침 낮 저녁 밤에 따라 형상, 색채, 정취가 끊임없이 달라지므로 〈어부사시사〉에서 이러한 계절과 시간적 변화에 따른 뱃놀이의 흥취를 노래함으로써 '마음으로 조화 본받기'를 훨씬 심오하게 체득體得하게 되고 천인합일의 경지와 인심도심人心-道心의 경계境界라는 높은 품격에 이르게 되는 것이다.

공자))는 개체인격의 완성이자 유가적儒家的 예술미학의 완성인 '성어
악成於樂(음악으로 도를 완성함)'에 이른 것이 아니겠는가.

그런데 〈어부사시사〉에서 이처럼 유가적 도道의 미학을 완성했음에
도 불구하고 다른 한편으로 도가적道家的 지향을 보임은 어떻게 해석해
야 할까. 예를 들면

> "인세홍딘이 언메나 ᄀ렷ᄂ니"(춘사 8),
> "무심흔 빅구ᄂ 내좃ᄂ가 제좃ᄂ가"(하사 2),
> "인간을 도라보니 머도록 더옥 됴타"(추사 2),
> "션계ㄴ가 불계ㄴ가 인간이 아니로다"(동사 4)

라고 하여 인세人世에서 벗어나는 초탈超脫의 정감이 춘하추동 사계절
에 걸쳐 고루 드러날 뿐 아니라 그러한 도가적道家的 정감의 배치가 〈春
詞〉에서 한 단계씩 점증적으로 도度를 더하여 마침내 〈冬詞〉에서 절정
을 이루고 있으니 말이다.

그러나 이러한 도가적道家的 지향이 결코 세상을 완전히 초탈하거나,
불가佛家처럼 만물에 마음을 비워 세속世俗에의 초월을 노래한 것이
아님은 이 작품의 각 편 마무리를 4계절에 걸쳐 〈만흥〉 제6장[372]을 여
음으로 삼아 노래하도록 하는 고산의 의도적 작품 구조에서 명백히 드
러남은 이미 알려진 바와 같다.

이러한 마무리 구조는 고산의 정감의 본체가 언제나 인간적 정취와
인간사회의 따스함으로 회귀回歸를 보여주고 있는 것이다. 여기서 의

---

[372] 강산이 됴타흔들 내분으로 누얻ᄂ냐/ 님군은혜를 이데더옥 아노이다/ 아ᄆ리 갑고쟈
ᄒ야도 ᄒ올일이 업세라

문점은 그렇다면 이렇게 유가적 정취로 회귀하고 말 것을 굳이 도가적 의취意趣를 4계절의 각 편마다 빠지지 않고 드러냄은 어떤 의미를 갖는 것일까? 이에 대해 어떤 이는 "유가적 문인文人의 일반적인 취향趣向으로, 그들의 '학문'은 유교 경전經典이 중요하지만 '예술' 분야는 도가 사상이 적합하기 때문에 작품에서 도가적 냄새가 농후하게 나타나는 것"[373]이라 설명한다.

그렇다 하더라도 고산의 시조에서 이러한 도가적 지향의 표출을 단순히 문인의 취향 정도로 치부置簿하고 말 것인가. 유가적 세계인식이 그토록 철저한 고산이 도가적 의취를 드러냄은, 마치 미타사상彌陀思想에 투철한 월명사月明師가 〈제망매가祭亡妹歌〉에서 누이 잃은 슬픔을 그토록 절절하게 표현함으로써 생사生死를 초탈한 종교인으로서가 아니라, 따스한 인간으로서의 감동을 무한정 불러일으켜 텍스트의 미적 가치를 높은 수준으로 끌어올린 것과 비견比肩되지 않는가.

그런 점에서 연군지정戀君之情이나 현세적現世的 이념에만 집착하는 삭막한 유가적 인간으로서만 아니라, 정서적으로는 도가道家나 불가佛家에까지 열려 있는 정감적 인간으로서 감동을 불러일으킴으로써 텍스트의 미적 가치를 고양高揚시키는 것으로 이해해야 할 것이다.[374]

이는 노계蘆溪 박인로朴仁老가 유가儒家의 절대 이념적 무게에서 한 치도 벗어남이 없이 숙연肅然하고 엄정한 목소리로 시조를 창작-향유함으로써 숭고崇高한 미적 체험을 드러내는 것과는 대조적인 양상이라

---

373 문영오, 앞의 논문, 13면.

374 이런 경우, 석천 임억령 같은 이는 장자나 노자의 사유에 힘입어 현실의 문제나 갈등을 해소하려는 갈등 해소의 방편으로 그들의 사유를 가져왔을 뿐, 석천이 그들의 사상에 경도된 것이 아니라는 점을 밝힌 바 있다. 최한선, 앞의 박사학위 청구논문, 159면.

할 것이다.

아울러 주목할 것은 고산의 이러한 도가적 지향이 시적 정감의 흥취興趣가 최고조로 달할 때 드러난다는 점이다. 시가詩歌에서 흥興은 시를 원초적原初的이고 소박한 내용과 형식으로부터 절정絶頂의 가장 중요한 요소로 끌어올리는 역할을 한다.[375] 만약 고산의 〈어부사시사〉가 고려 말의 〈原어부가〉처럼 탈속적脫俗的인 어부漁父의 형상으로만 일관했다면, 그의 유가적 이념 지향에 정면 배치될 터이고 반대로 유가 지향 일변도로만 표출된다면 텍스트 미학의 삭막함이 어느 정도일까를 상상해 볼 수 있을 것이다. 그런 점에서 〈어부사시사〉에서 고산의 도가적 흥취는 유가적 이지주의理智主義를 미적美的으로 멈춘 단계에서 최고조로 드러남을 의미하며, 이는 결국 작품을 미적으로 고양시켜 오히려 유가 미학의 완성도完成度를 드높이는 효과를 주는 것으로 이해된다.

그리고 고산이 아무리 초탈을 지향한다 해도 인간 사회로 회귀한다는 귀결歸結(각 편의 여음餘音으로 지정된 〈만흥〉 6장의 의취意趣)이 있는 한限 그가 누리는 산수 자연에 실재實在가 있고, 본체本體(比德과 調和라는)가 있고, 영원함이 있음을 말하는 것이다.

그런 점에서 선계仙界와 불계佛界를 운위하고 인간이 멀수록 더욱 좋다고 노래한 것은 단순히 흥취의 고조高調만을 위함이라거나 도가나 불가로의 소통을 꾀함이 아니라, '잡념雜念 없는 마음'(無我의 경지)을 가짐으로써, 정신을 집중하고 한결같이 하여 만물萬物을 이해하고 그 본질에 도달할 수 있음을 보인 것이라 할 것이다.[376]

---

375 이택후, 《華夏美學》, 동문선, 1988, 219면.

즉 '마음으로 조화 본받기'에 도달하는 방법인 것이다. 그 결과 작품의 품격이 유가적 이념에 매몰되지 않고 '도道'와 더불어 심오하게 하나가 되어, 속기俗氣가 없이 맑고 깨끗함과 고상高尙함과 전아典雅함의 높은 품격으로 도달하게 되는 것이다.

이는 도가적 천인합일天人合一의 경지와는 다른, 그가 추구한 유가적 천인합일의 격상格上을 드러냄이고 작품의 품격을 그만큼 전아하게 한 것이다. 고산 작품의 미적 성취와 가치는 이처럼 유가적 도道와 이념을 예술적으로 승화시켜 '전아한 아름다움'을 텍스트 미학으로 창출創出해낸 데 있는 것이다.

한편, 고산은 이러한 텍스트 미학의 창조에 그치지 않고 양식樣式의 창조로까지 나아간다. 상론詳論하면 이전以前에 전승되어 내려온 장가長歌와 단가短歌의 〈어부가〉를, 농암聾巖 이현보李賢輔는 장가長歌 12장을 9장으로 노래하면서 중첩되고 질서가 없음을 바로잡고, 단가短歌 10장을 5장으로 노래함으로써 〈어부가〉의 장르를 이원적二元的 전승傳承 그대로 유지하는 선線에서 그쳤으나, 고산은 이에서 더 나아가 장가와 단가를 통합하여 단가적 성향과 장가적 성향을 동시에 갖춘 연시조連時調라는 독특한 양식을 창안創案함으로써 〈어부사시사〉라는 단일 텍스트를 선보였던 것이다.

그 구체적 양상을 보면, 작품의 각 수首는 4음 4보격의 정연整然한 율격구조로 초 − 중 − 종장의 3단 구조를 갖춘 단가로서의 전통을 그대로 유지하면서, 그것을 단가의 완결형完結型(종장의 제 2음보를 5음절 이상으로 하는 과음보過音步의 종결구조로 실현함을 의미)으로 마무리 하지 않고,

---

376 철학적 경지의 사유. 경국제민과는 거리가 분명한 경지.

시종일관始終一貫 4음 4보격으로 동일구조의 연속을 보이다가 맨 마지막 수首만 종결구조를 갖추어 작품을 마무리함으로써 장가적 요소도 아울러 갖춘 독특한 형식을 창안해 낸 것이다.

〈어부사시사〉의 이러한 독특한 형식구조를 두고, 그동안은 막연히 평시조형 40개의 연聯으로 짜여진 연시조聯時調로 이해하여 오던 것을 김대행은 가창가사歌唱歌辭로 전창傳唱될 수 있는 음악적 가능성과 노랫말의 열린 구조로서의 편사적編詞的 가능성에 주목하여 가사歌辭 장르로 판단한 바[377] 있다.

그러나 연시조聯時調로 보려면 각 연聯이 종장 특유의 종결구조를 갖추면서 유기적으로 연결되어야 하는데 그렇지 않은 차이를 보이고, 그렇다고 가사로 보기에는 각 수首가 연속성으로만 연결되지 않고 후렴에 의해 차단遮斷된 단가적 독립성도 갖추고 있는데다, 실제로 이 텍스트가 가창가사로 불리지 않고 원原 텍스트 그대로 단가의 가곡歌曲으로 불리기도 했다는 점이 가집에서 확인되므로, 연장체聯章體가 아닌 연장체連章體 가곡[378]으로 보아야 한다는 견해[379]가 타당성을 갖는다 하겠다. 그런 점에서 〈어부사시사〉는 가사歌辭도 아니고, 연시조聯時調라는 일반양식도 아닌, 연시조連時調[380]라는 독특한 양식을 고산이 창

---

377 김대행, 앞의 논문, 19~33면.

378 바로 이점에서 필자는 김학성교수의 견해를 존중함과 동시에 서술시로서의 자격도 지닌다고 주장한다.

379 성무경(2006), 〈고산 윤선도 詩歌의 歌集 受容樣相과 그 의미〉,《한국시가 넓혀 읽기》, 문창사, 2006, 241~251면에서 고산의 〈어부사시사〉가 원래의 詩型 그대로《詩餘》(임/김)와 그 底本인《靑丘永言》의 二數大葉 有名氏部에 수록되었음을 근거로 종결부의 변형 없이도 歌曲(이삭대엽)으로 향유되었음을 확인하고 이에 따라 歌辭와는 無關한 '連章體 歌曲'으로 장르를 규정지었다.

안한 것으로 보아야 할 것이다.

〈어부사시사〉는 이처럼 40수나 되는 장가 형태를 갖추고는 있지만, 각 수는 완결형은 아니라도 독립적인 단가 형태를 갖추고 있어, 가사만큼 무한 연속체로서의 산문에 버금가는 연속성을 갖지는 않는다는 점에서, 가사와는 거리가 먼 연장체連章體 단가로서의 특징을 보여준다. 따라서 고산의 〈어부사시사〉는 장가적長歌的 속성을 일면적으로 갖는다 하더라도 그것이 단가短歌 곧 시조時調인 한限, 한 수 한 수가 노래하기 속성에서 벗어나지 않지만, 가사의 경우는 4음 4보격의 무한 연속체로서 산문성散文性을 지향하므로 산문이 추구하거나 성취해야 할 진술陳述의 설득력(논리력)과 합리성(주제성)을 갖출 필요가 있게 된다.

이러한 장르상의 차이를 염두에 둘 때, 고정희가 송강松江의 가사歌辭와 고산의 〈어부사시사〉를 비교하여 후자가 유사성類似性의 원리에 기반을 둔 은유隱喩가 중심이 되고, 전자는 인접성隣接性의 원리에 기반을 둔 환유換喩가 중심이 된다는 문체적 특징을 밝힌 작업[381]은, 본인은 의도하지 않았지만 〈어부사시사〉가 가사歌辭와는 다른, 단가적 지향의 시조 장르임을 문체적 측면에서 확인한 결과에 다름 아닌 것이다. 노래하기 지향(시조)은 유사성과 은유가 중심이 되고, 산문성 지향(가사)은 인접성과 환유가 중심이 됨은 당연하기 때문이다.

고산은 이처럼 장가와 단가 〈어부가〉를 하나로 통합하는 독특한 양식의 창조를 보이기도 했지만 시조를 통해 이룩한 미적 성취는 무엇보

---

[380] 처음과 중간 그리고 끝의 구조를 가진 한 편의 서술시라 할 수 있음. 이는 초의의 연작시와 같은 구조임을 다시 한번 확인할 수 있는 논거가 된다.

[381] 고정희, 《고전시가와 문체의 시학》, 월인, 2004, 124~181면.

다 순수純粹 국어미國語美를 창조했다는 점이 강조되어야 할 것이고 실제로 그 점에 대해서는 일찍부터 지적되어 왔다.

그럼에도 불구하고 그러한 국어미가 갖는 미적 가치에 대해서는 구체적인 논의가 없었으며, 다만 한자어 사용을 가능한 피하고 순수국어를 주로 사용함으로써 '우리말의 아름다움을 통한 시조의 예술미를 한층 고양高揚시킨' 정도의 미적 성취가 지적되었을 뿐이다. 그러나 고산이 이룩한 순수 국어미의 창조는 인위적인 장식에 의한 언어적 예술미로 끝나는 것이 아니라 그 언어미가 더욱 순수하게 정감을 체현하는 작용을 일으켜 이성적 도道의 체득을 감성적 체득으로 전환시키고 정감을 벗어나지 않는 언어가 되게 하는 자연스러운 표출의 결과로서 구현된 것이라는 데 그 의미를 부여할 수 있을 것이다.

그리하여 고산은 순수 국어미의 활용으로 시조를 통해 '이념理念경험'과 '미감美感경험'이 일체화된 미美의 최고 경지를 노래할 수 있었던 것이다. 순수 국어와는 달리 한자어漢字語는 아무래도 '미감경험'보다는 '이념경험'을 드러내기에 더욱 적절하므로 양자兩者를 일체화하는 최고의 미적경지美的境地를 드러내기에는 적절치 않았던 것이다.

〈어부사시사〉에서 한자어 사용의 빈도頻度가 높은 경우는 정감의 자연스러운 표출表出과는 거리를 갖는, 정치현실이나 이념으로의 경사傾斜를 보이는 〈春詞6〉, 〈夏詞5 및 8〉, 〈秋詞10〉, 〈冬詞6 및 9〉 등의 극히 일부에 보인다는 점이 그것을 뒷받침해준다.

그리고 고산이 시조를 통해 이룩한 미적 성취는 같은 유가이념儒家理念에 기반을 두면서도 각기 다르게 보여준 앞 시기의 퇴계退溪, 송강松江과 뒷 시기의 이정보李鼎輔 같은 경화사족京華士族의 시조를 대비對比해 보면 그 위상位相과 가치를 제대로 가늠할 수 있다.

유가 철학이 본질적으로 우주·자연·천지를 생명화, 윤상화倫常化, 정감화시키고, 거대한 상상을 포함하여 비덕적比德的 개념의 단계로 나가고, 마침내 개념 흔적이 없는 정감의 단계로 끝이 나듯이, 이를 바탕으로 한 노래도 도道를 싣고(載道), 뜻을 말하고(言志), 정을 펴는 것(緣情), 이 세 가지 요소를 어떻게 실현화(교합하고, 구조화하고, 형상화)하느냐에 따라 그 미적 성취는 달라진다고 해야 할 것이다.[382] 이러한 실현화 양상은 물론 시대적 추이推移에 따라 혹은 시대정신의 변화에 따라 전반적 변동상을 드러내기도 하겠지만 그러한 시대적 변화상 속에서 구체적으로 체현體現하는 방식과 성취의 정도는 개별 작가에 따라 상당한 편차偏差를 드러낼 수밖에 없는 것이다.

그런 면에서 퇴계의 시조는 언지言志를 중심으로 재도載道와 연정緣情을 교합交合하여 형상화함으로써 '고답적인 아름다움'을 드러냈다면, 송강의 시조는 재도載道를 직접적으로 담은 〈훈민가〉에서부터 기녀 진옥과의 수작을 담은 연정緣情의 자유로운 방출에 이르기까지 그 진폭이 큰 '호방한 아름다움'을 보였고, 이정보는 언지와 연정을 교합하여 구조화하되 연정으로 기울어진 형상화를 보여 사설시조를 통한 개체個體의 자연스러운 욕정情慾 본능 욕구를 드러내는 데까지 나아감으로써 '자연의 진기眞機'에서 우러나는 '인정人情의 아름다움'을 드러내었다.

이에 비해 고산은 언지와 재도, 연정의 어느 쪽으로도 우선優先을 두거나 치우치지 않고, 또 어느 쪽이 지배적이거나 결정적이지 않은, 세 가지 요소의 절묘絶妙한 융합融合에서 오는 높은 차원의 '전아한 아름다움'을 형상화해내었다고 할 것이다.

---

382 유가철학과 음악적 지향의 이런 특징은 이택후, 앞의 책, 212면과 276면 참조.

결론적으로 고산은 이념의 지나친 경사傾斜에서 오는 무미건조無味
乾燥함이나 정감의 지나친 분출에서 오는 속기俗氣를 떨치고 그 경계의
절정에 도달함으로써 유가 미학이 이룩할 수 있는 최고의 전아典雅한
품격品格을 구현할 수 있었다.[383]

요컨대 고산은 보길도 부용동에서 〈어부사시사〉라는 독특한 형식의
노래를 창작했는데, 이는 시가상 장르 귀속의 문제, 구성상 유기적 형
식의 미학, 내용상 성취한 세계의 의미 등 여러 면에서 쉽사리 어느
한쪽으로 결론지을 수 없는 걸작을 남겼다고 하겠다. 다만 고산이 서술
시적 상황 곧 ㉠모순과 불합리가 판치는 상황, ㉡어떤 사실을 고발하
거나 누군가에게 알리고자 하는 상황, ㉢어떤 정경이나 정서의 공감을
요하는 상황 등에서 ㉢에 해당하는 정경이나 정서의 공감을 요하는 상
황을 40수의 연작 형태의 시조로써 그 상황을 차근차근 친절하고 자상
하게 펼쳐 보이고 흥취의 감동을 울림으로 남겼다는 점에서 면면한 호
남 서술시의 전통을 이음과 동시에 그의 다음 세대 시인들에게 그런
전통을 물려주었다는 시사적 의의를 소홀히 평가할 수 없을 것이다.

13. 죽록의 서술시

윤효관(1745~1823)은 1745년(영조21) 현 전남 강진군 도암면 만덕리

---

383 김학성, 〈윤선도 시조의 미적 가치〉, 최한선·김학성, 《고전시가와 호남한시의 미학》, 태학사, 2017, 50~60면.

보동마을에서 아버지 윤덕언尹德彦과 어머니 장흥 위씨 사이에서 장남
으로 태어났다.[384] 고산孤山 윤선도尹善道의 방예傍裔로, 자는 율지栗之
이고, 호는 죽록竹麓이며, 본관은 해남海南이다. 윤효관의 일생을 살펴
보면, 다음과 같이 크게 세 시기로 구분된다. 첫 번째 출생과 학문 수련
기 : 1~32세, 두 번째 관직 생활기 : 33~69세, 세 번째 퇴사退仕와 귀
향 : 70~79세. 우선 첫 번째 출생과 학문 수련기의 윤효관의 삶은 어떠
했을까?

　세상에 태어난 윤효관의 외모는 남다른 면모가 있어 살결은 얼음과
눈처럼 투명하였고, 눈은 밝은 별과 같았으며, 정신은 맑았다. 8세 때
부터 친척을 통해 공부하기 시작하였는데, 그 응대하고 진퇴하는 절차
가 자연히 법도에 맞아 종족들이 귀하게 여겼다. 9세 때 백일장 대회에
구경 갔다가 사또가 윤효관을 보고 기이하게 여겨 시를 짓게 하여 1등
을 하니, 그 명성이 점차 퍼져나갔다.

　18세 때 임계훈林啓薰의 딸과 혼례를 올린 뒤에도 밤낮을 가리지 않
고 열심히 공부하여 23세 때 소과 1차 시험에 합격하였다. 그러나 29세
때 문과 1차 시험에 낙방한 뒤 32세 때 복시覆試에 재도전해 합격하였
고, 이듬해 33세 10월에 문과 3위로 합격하였다. 그리고 받은 직책은
종7품직인 사직서 직장이었다. 윤효관 집안은 대대로 강진 향촌에서
살아온 양반가이나 후대로 내려갈수록 문과 및 무과 합격자를 배출하
지 못하였다.

---

384 윤효관의 삶은《죽록유고》권1에 있는〈述懷〉시와 권2에 수록된〈行狀〉과〈遺事〉,
　〈旅遊日錄」, 그리고 목포대학교박물관에서 2013년에 출간한《조선의 관리, 죽록 윤
　효관의 일생》에 담긴 내용을 참조했음을 밝힌다.

그래서 윤효관은 집안을 일으켜야 한다는 사명감을 지닌 채 학업에 열중했는데, 마침내 문과 3위로 합격했으니, 그 기쁨은 컸다. 윤효관은 30년이 넘는 벼슬살이를 하면서 다양한 관직을 역임하였다. 죽록의 작품들은 《죽록유고》에 전한다.

그가 남긴 작품 수는 총 463제 636수에 달한다. 그를 형식별로 살피면, 고체시 : 2제 2수, 오언절구 : 27제 36수, 칠언절구 : 136제 229수, 오언율시 : 59제 77수, 칠언율시 : 238제 291수, 오언배율 : 1제 1수 등이다. 이로 볼 때 현재 남아 있는 작품은 근체시가 압도적으로 많다는 것을 알 수 있다. 또한 근체시 중에서도 칠언절구와 칠언율시가 다수를 차지한다는 것도 알 수 있다.[385]

특히 칠언의 절구와 율시가 오언시 보다 월등하다는 것은 그가 시에 매우 소질이 있다는 반증일 뿐만 아니라 실제 시의 완성도에 있어서도 칠언시가 훨씬 미감적으로나 수사의 기법 등에서 우수함을 증명해 보이고 있다.

순산군행	巡山軍行
산마을 창문 열고 문 동쪽에 기대니	落山推窓倚門東
쓸쓸하고 적막하여 온갖 생각 없어지네	寥寥寂寂萬念空
마침 산을 순찰하는 군졸 있어	有卒名巡山
두 아이 몰고 와서 마당에 세운다	驅來兩兒立庭中
큰아이 나이는 열한두 살이고	大兒年可十一二
작은 아이는 아직 어린애인데	小兒尙幼沖

---

385 박명희, 〈죽록 윤효관 한시에 나타난 지향 의식〉, 강진군 외, 《죽록 윤효관과 조선후기 강진 향촌 사회사》, 2023, 7, 7. 73~78면.

각자 나뭇등걸 서넛 가지고　　　　　　　　各自樏柚三四枝
말 못하고 덜덜 떨며 한없이 울고 있다　　　囁嚅股慄泣無窮
아이들 말하길 "죄지어 마땅히 만 번 죽어야 하나　自言兒罪當萬死
사람 살린 것은 원래 어른의 아량입니다　　活人元是長者風
10일간 장마에 불도 때지 못하여　　　　　霪霖十日不擧火
괴로운 습기 속 고당엔 굶주린 늙은이 있습니다　病濕高堂飢老翁
사정이 여기에 이르면 그 누가 근심치 않겠습니까　人情到此孰不憂
금함을 잊고 저물녘 숲을 헤쳤습니다"라고 하였다　所以忘禁披暮叢
나는 그 말을 듣고 마음이 측은했나니　　　我聞其言心惻然
(배고파)엎드려 우물에 들어간 아이들은 얼마일까　匍匐入井幾彼童
곤궁치 않으면 어찌 이런 일 있을까　　　　不有困窮寧有此
어버이 위해 두려움 모르는 마음은 모두 같으리니　爲親投畏情或同
순산군이여 순산군이여　　　　　　　　　　巡山軍巡山軍
지금 그대들이 하는 짓 정말 슬프도다　　　今汝所爲誠可恫
이 산의 넓이는 수십 리요　　　　　　　　此山幅員數十里
사방에는 인가가 바둑처럼 벌려졌으니　　　四方人居列碁子
범법자가 날마다 그 몇인지 아는가　　　　日日所犯知幾何
저 시랑이는 놓아주고 외론 돼지에게 문초하다니　舍厥豺狼問孤豕
몰염치한 실정을 어찌 따질 수 있을까만　　顔情之厚何足論
이러한 작은 일도 오히려 이 같은데　　　　看他小事尙如此
하물며 백 리 맡은 수령의 책임이라니　　　況當百里字牧責
백성을 학대하고 위를 기망함과 어찌 비교할까　虐民罔上較何似
강하면 토하고 부드러우면 먹으니　　　　　剛則吐柔則茹
부자는 살리고 가난한 사람을 죽이누나　　富者生貧者死
두 아이 놓아줄 것을 부탁했더니　　　　　因放兩兒送
두 아이 훨훨 기쁨 이기지 못하는구나　　　兩兒翩翩不勝喜[386]

---

[386] 尹孝寬, 《竹麓遺稿》卷1,〈巡山軍行〉.

위 시는 〈순산군행巡山軍行〉으로 전체 32행이다. 그리 장편은 아니지만 7언과 5언을 섞은 잡언의 고시체로서 서술을 통하여 이문목도한 사건의 전말을 진솔하게 펼쳐내고 있다. 순산군은 산림을 순찰하던 군졸을 말한다. 이 작품은 시 제목 옆에 적힌 주석에 따르면, 윤효관이 의릉재懿陵齋에서 숙직하고 있을 때 직접 겪은 일화를 시로 형상화한 것이다.

10대의 어린아이들이 숲에 들어가 나무를 도둑질해야만 하는 절체절명의 열악한 현실 상황, 10일간의 장마에 불을 떼지 못해서 습기와 굶주림으로 죽어가는 늙은이를 위해 어쩔 수 없이 금한 일을 했다는 천진한 본능을 가진 아이의 생생한 증언, 이런 비극이 어찌 당대의 상황에서만 그치겠는가? 오늘날 우리 주위에서 얼마든지 보여지고 있는 아픔이요 불합리가 아니겠는가?

이를 직접 본 작자는 배가 고파서 우물물을 찾아 그것을 마시려고 우물에 뛰어든 아이들의 안쓰럽고 비참한 상황, 이 모든 것은 곤궁의 탓이니 순산군이여, 어버이를 위해 두려움을 잊고 입산 금지를 저지른 아이들을 놓아달라고 말한다. 그러면서 꼭 덧붙여 하고픈 말 "저 시랑이는 놓아주고 외론 돼지에게 문초하다니"를 내뱉는다. 나아가 "백성을 학대하고 위를 기망함과 어찌 비교할까"를 통해 당대 위정자의 비리와 모순, 그리고 불법과 가렴주구의 횡행 등을 풍자하고 공격하면서 끝내 "부자는 살리고 가난한 사람을 죽이누나"로 주제를 담은 절정의 한 마디를 토해냈다.

이 작품에 대해 승지 홍인호洪仁浩가 평가하기를 "시사詩史에 편집해 넣을 만하다.(가편시사可編詩史)"라고 말하였는데, 그만큼 문학적 완성도가 높다는 뜻이기도 하다. 곤궁한 현실 때문에 어쩔 수 없이 잘못을 저지른 아이들이 측은할 뿐이었다. 그래서 이제 순산군, 곧 위정자들을 상대로 일갈의 죽비를 내리친다. "저 시랑이는 놓아주고 외론 돼지에게 문초하니"라는 말을 함으로써 진정 큰 죄를 지은 사람들은 풀어주고 작은 죄를 지은 사람들을 꾸짖는 현실을 꼬집어 비판하였다.

또한 "강하면 토하고 부드러우면 먹으니, 부자는 살리고 가난한 사람은 죽인다."라는 말로써 힘이 약한 일반 백성들만 당하는 현실의 모순과 잘못됨을 비판한 것이다.[387]

이는 곧 당대 현실이 서술시적 상황으로서 부조화스럽고 불합리했다는 것을 의미하면서 그런 부정적 현실에 대한 개선이나 모순 해결에 대한 의지를 가지고 죽록이 능동적으로 반응했다는 점에서 호남 서술시사의 전통과 맥을 함께 하고 있다는 평을 내려도 좋을 듯하다.

소거가繰車歌 베틀노래

천지개벽天地開闢하야
만물萬物이 초생初生 할제
비금飛禽과 주수走獸들은
우모牛毛를 돗쳤난듸
금수禽獸에 석인 인생人生
그 뉘라 구별區別할고
수인씨燧人氏 불붙혀
교민화식敎民火食 하겨시고
복희씨伏羲氏 그물매저

387 박명희, 〈죽록 윤효관 한시에 나타난 지향 의식〉, 강진군 외, 《죽록 윤효관과 조선후기 강진 향촌 사회사》, 2023. 7. 7. 84~85면.

교전렵敎田獵 하단말가
신농씨神農氏 유우씨有虞氏는
가작깍고 그릇구어
사농공상士農工商 다 배푸러
세상世上을 가라친대
세상世上의 이내몸은
무삼닐 하다하리
작주거作舟車 하랴하고
황제헌원皇帝軒轅 나겨시고
교민가색敎民稼穡 하자하니
후직后稷이 나겨시다
만인신상萬人身上 도라보니
하갈동구夏葛冬裘 뿐이로다
소거繅車나 지어내여
포의布衣나 가라치새
하우씨夏禹氏 참산부斬山斧를
오강吳岡의 손이되여
월궁月宮의 섯난 단계丹桂
한 가지 베혀내어
일척一尺을 끈허다가
버텅을 깍가 내니
남양南陽의 제갈량諸葛亮이
육출기산六出祈山 하올떼의
군량軍糧을 실으랴고
목우木牛를 만드난닷
우아래 구무뚜러
두설주 세운 거동
여와씨女媧氏 서실떼에

오색석五色石 깍가내어
천주天柱를 만드리서
동남東南을 괴얐난닷
이사팔二四八 여덥살이
전후前後에 버렸난양
초한楚漢이 싸울떼의
검극劍戟이 삼열森列한 듯
한낫 구물동이
구무마다 깨였난양
공부자孔夫子의 닥은 도道가
일이관지一以貫之 하얐낫닷
거무줄 얼것난양
유소씨有蘇氏 서실때의
식목실食木實 하랴하고
구목위소構木爲巢 하얐난다
해저서 다라내니
단산丹山에 우던 봉봉鳳이
벽오碧梧에 나라드러
취미翠尾를 들추온 듯
외로운 괴머리는
한가이 세원난양
월越나라 범상국范相國이
공명功名을 마다하고
추풍일엽주秋風一葉舟를
오호五湖에 띄웠난닷
소상강瀟湘江 반죽지斑竹枝로
쌍雙고래 하얐난닷
오吳나라 오자서伍子胥가

월병越兵을 보랴하고
두눈을 케여다가
동문東門에 다랐난닷
가리여 쏘아내니
적벽강赤壁江 조맹덕曹孟德의
동남풍東南風 건듯불제
철환연선鐵環連船 하였는듯
규구規矩를 맛추와서
어ㅣ선득 뀌며내니
창창蒼蒼 구만리九萬里의
선기옥형璿璣玉衡 제작製作이라
송창松窓을 반개半開하고
석상席上에 노흔 거동
동해상東海上 새난날이
부상扶桑에 반출半出한 듯
욕대녀瑤臺女를 불너내여
그앞에 안츤거동
요지瑤池에 서왕모西王母가
대연大宴을 파罷한 후後
벽도碧桃를 구경하고
화하좌개花下坐開 하였는 듯
향삼香衫을 반半만 것고
두루줄 물너내니
전단田單이 파연破燕할제
장창長槍을 빼여내여
우각牛角에 묵것난닷
우아래 쌍雙고동은
숙향淑香이 난리亂離맛나

부모父母를 이별할제

옥지환玉指環을 끼였난닷

한또기 넓은돌이

서우히 눌년난양

팔년치수八年治水 하올때에

천년千年묵은 금金거북이

홍범구주洪範九疇 젊어지고

낙수洛水에 업젓난 듯

호의皓衣를 닙폇난양

왕희지王羲之 난정蘭亭쓰고

북명어北溟魚 그린두갑

필단筆端에 쏘았난양

셜주의 매인헌겁

한덩이 싸인밀이

강남江南 따 노던 황학黃鶴

고루高樓가 추쇄椎碎하여

옥황玉皇께 상소上訴갈제

백운간白雲間에 싸옛난 듯

그아레 달닌 소용所用

이태백李太白이 술바들제

청사靑絲를 풀처내여

옥병玉瓶을 빗겨차고

가온데 쏘온막대

여남呂南 따 백두선인白頭仙人

세상世上을 피避하여서

옥호玉壺에 숨었난닷

기름묻혀 내닷난양

청강靑江 저문날에

백구白鷗가 목욕沐浴하고
노화지蘆花枝에 놀나난 듯
슬하膝下의 광筐주리난
장壯할시고 백이숙제伯夷叔齊
수양산首陽山 은일월殷日月에
채미採薇하난 광筐주리라
구름같이 피운 면화綿花
모라다 담엇난양
석숭石崇의 금곡원金谷園에
산호珊瑚채가 싸였낫듯
오른손을 빼여내여
꼭두마리 두루난양
관우장비關羽張飛 전승勝戰할새
청룡검靑龍劒 빗겨들고
진중陣中에 달려들어
만군萬軍을 해치난 듯
왼손을 빼여내여
고치를 지버난양
한승상漢丞相 장자방張子房이
초병楚兵을 흩으랴고
계명산鷄鳴山 추야월秋夜月에
옥소玉簫를 빗겨든닷
가락에 부처다가
공중空中에 올리난양
북해상北海上 소자경蘇子京이
중원中原을 못오기로
척서尺書를 전전傳하랴고
백안白雁을 날리난 듯

청사綿絲를 내긋난양
오희월녀吳姬越女　채련採蓮할제
연실蓮實을 꺽어내여
연사蓮絲를 니기난닷
니격삐격 하난소래
홍련당紅蓮塘 발근달에
쌍쌍雙雙이 우난 원앙鴛鴦
화답和答하는 소래로다
창산蒼山에 일모日暮하고
황혼黃昏이 도라올제
단벽短壁에 달닌 등燈불
청계당清溪堂 빗긴밤에
반묘당半畝塘 밝은 달이
오동梧桐에 걸녀난닷
등하燈下의 그르매가
삼경三更에 궁그난양
고슴돗 외를지고
월야月夜에 궁그난닷
으르릉 아르릉 하난소래
남산南山에 백두호白額虎가
이비장李裨將의 살을 맜고
보울니난 소리로다
한덩이 뻬어내여
옥수玉手로 둘너갈제
교지남 월상녀交趾南 越裳氏가
중국中國에 사신使臣을 볼재
주공성인周公聖人 뵈라하고
백치白雉를 밧드는 듯

그리저리 다자사서

일필一匹을 나라다가

뫼거니 짜거니

포의布衣를 지어내니

천손天孫의 칠량금七良錦을

장중掌中에 춤을 밧고

맹상군孟嘗君의 호백구狐白裘도

원願할뜻이 전혀업다

일시一時에 다가라여

만인신명萬人身命 끄려내니

아모리

백설白雪이 분분紛紛하여도

민무동뇌民無凍餒

하오리라[388]

　　위의 〈소거가〉는 전체 188구 94행의 비교적 긴 가사인데 전남권 가
사의 하나로 강진에서 제작되었다는 점이 우선 주목되며, 애민정신의
실천 일환으로 제작 의도를 분명히 하면서 주제구인 마지막 구에서 "아
무리 백설이 분분하여도 민무동뇌 하리라."는 애민 의지를 보인 점에
서 위의 〈순산군행〉과 공통점을 지녔고, 시상과 주제를 풀어가는 과정
이 서술이라는 전략을 지녔기에 함께 소개했다.

　　1행에서 7행까지는 '천지개벽'이라는 말로 시간과 공간성을 설정, 만
물의 생겨남과 날짐승, 길짐승이 모두 털을 가졌는데 인간만이 털을
가지지 않았으므로 금수와 인간의 변별은 불과 그릇을 이용한 것이라

---

[388] 일상생활의 소재를 노래한 188구, 94행의 가사, 앞의 《죽록유고》.

고 하면서 시상을 전개했다. 이런 언지言志로써 소거(베틀)의 필요성을
암시했다.

　그러면서 중국 역대 신화적인 인물과 역사적인 유명 인물들의 치적
을 들어 그들이 남긴 업적을 칭송하면서 자신의 애민 의지를 정당화시
키고 있다. 곧 화식火食을 가르친 수인씨, 수렵을 가르친 복희씨, 농사
를 가르친 신농씨와 순임금처럼 애민을 위한 일을 하겠다고 하면서,
8행에서 드디어 "세상世上의 이내몸은 무삼닐 하다하리"라 하여 세상
에 태어나 자신이 어떤 의미 있고 가치 있는 일을 하고 왔음을 보이겠
다는 다짐을 드러냈다.

　8행은 실제 이 가사의 창작 의도가 여실하게 드러난 부분이거니와,
다시 한번 중국의 역사적인 인물들 나열과 업적 칭송, 그러면서 자신이
할 일은 사람들이 하갈동구할 수 있도록 이제라도 베틀을 만들어 옷을
지어 입게 하겠다는 말로써 시상을 전개했다. 11행에서는 "만인신상萬
人身上 도라보니 하갈동구夏葛冬裘 뿐이로다." 하면서 백성에게는 아무
래도 의식주 가운데 옷의 중요함을 들어 "소거나 지어내여"의 뒤에 올
내용의 당위성을 담보한 것이 그것이다. 이 부분은 가사의 전형적인
서술수법의 하나로서 인접성의 원리에 기반한 환유가 중심임을 말해주
는 대목이다.

　14행, 15행에서는 월궁의 계수나무를 꺾어다가 베틀을 만들 요량을
말했고, 17행부터는 '듯', '양' 등의 은유적 수법으로 39행까지 베틀 제
작의 과정을 논리력과 산문성을 곁들여 서술했는데 그 과정을 구체적
으로 조곤조곤 자상하게 온갖 비유를 들었다. 월궁에서 계수나무를 꺾
어다가, 깎아서, 다듬어, 구멍을 뚫고, 기둥을 세우는 등 선기형의 베
틀이 되기까지 과정을 전체 20행을 통해서 서술했다. 다만 여기서 첨

언할 것은 이 가사의 내용을 살펴건대 물레를 만드는 과정과 베틀을 만드는 과정이 다소 혼재되어 있어 혼란을 가져오지만, 이 가사의 주제가 옷을 지어 백성을 추위로부터 보호하는 것인 만큼, 필자는 이 가사를 베틀노래로 보고 그에 따라 내용을 분석하고 해설했다.

39행은 마침내 탄생한 선기옥형 곧 베틀이 천체 관측 기구처럼 생겼다고 그 형상을 말했는데 64행까지는 베틀의 모습을 다채롭고 화려하게 서술했다. 이는 가사가 가지고 있는 서술의 힘을 한껏 뽐낸 부분이라고 해도 과언이 아닐듯하다. 때론 시적이며 때론 회고적인 수법으로 은유와 직유, 과장 등 여러 비유들이 매우 실감나게 실현되었다.

65행에서는 면화를 담을 광주리에 대한 설명을 한 뒤, 67행부터는 면화에서 실을 뽑는 과정, 물레(베틀)의 동작 과정과 작동하는 "으르릉 아르릉" 소리 등 의성어를 동반하면서까지 매우 실감나게 그림 그리듯 서술하고 있다. 밤을 새워 실을 뽑고 베를 짜는 고된 노동의 모습이 문면에서 읽혀져 가슴을 아리게 하는데 91행까지 그런 내용이 이어진다.

92행은 고생고생하여 드디어 베를 다 짜서 감격스러운 옷이 탄생하는 순간을 서술했으며, 옷의 품질이 매우 우수함을 말한 뒤, 아무래도 이런 옷이라면 백성들이 어떤 추위에도 끄떡없을 것이라는 희망적인 말로 마무리했다. 가사가 지니는 서술의 힘을 십분 활용하여 자신이 지닌 주제 의식을 처음 - 중간 - 결말의 서사구조에 담아 끝에 이르러 방점을 찍은 전형적인 가사시의 일례로 평가된다.

백성들이 옷이 필요로 하는 상황, 이런 절박한 서술시적 상황에서 가사시의 성격을 십분 발휘하여 자신이 원하는 주제를 때론 노래하기로 때론 전달하기의 수법으로 산문성과 인접성의 원리에 기반한 이 가

사는 서술시의 한 예로 주목받아 마땅하다고 사료된다.

특히 이 가사는 24행, 27행, 46행, 48행, 51행, 59행, 79행 등에서 4구가 아닌 2구로서 1행을 감당하는 등 결음보를 자주 실현하여 리듬을 다채롭게 구사하고 있음이 주목되는데 이는 우리말의 말결을 십분 활용하여 글자수가 아닌 다른 방법, 곧 음보 구성, 행갈이, 품사 활용 등으로 리듬을 생성할 수 있음을 시사해주는 좋은 예라 생각되며, 이는 현대가사의 창작에 크게 활용될 수 있어서 종래에 글자수에 의한 가사의 기계적 율격의 식상함을 극복하는 좋은 방안의 하나라 여겨진다.

14. 다산의 서술시

다산茶山 정약용丁若鏞(1762~1836)은 광주군(현 남양주시)에서 정재원의 넷째 아들로 태어났다. 이익의 《성호사설》을 읽고 실학에 뜻을 두었는데 1783년 소과에 합격하여 진사가 된 이후, 1784년 정조에게 《중용》을 강론하였으며, 1789년 대과에 합격하여 벼슬길에 올랐다. 하지만 1790년 나라에서 금지하는 서학을 공부했다고 하여, 충청도 해미로 귀양 갔다가 곧 풀려났으며 1792년 홍문관 수찬이 되었다. 수원 화성을 쌓는 일을 연구하여 '수원성제'를 지었고, 1794년 경기도 암행어사가 되어 연천지방을 살폈다. 1797년 황해도 곡산 도호부사가 되어 어진 정치를 베풀었는데 그때 천연두로 고생하는 백성들을 위해 《마과회통》을 지었다. 1801 2월 27일 신유박해 때 경상도 장기로 귀양 갔다가, 황사영 백서 사건에 관련되어 같은 해 11월, 전라도 강진으로 이배되었다. 18년 동안 강진 다산(만덕산)에 머물면서 승려 아함 혜장은 물론 호남 시단의 여러 인물과 인연을 맺었다. 매반가賣飯家를 전전하다가 외척인 해남 윤씨가의 도움을 받아 1808년 이후 만덕산에 있는 정자로 옮겨 가 '다산'이라는 호를 쓰고, 치원 황상 등 특출한 제자를 양성함은 물론 500여 권의 저술 활동을 했다.

다산의 연대별 일생을 요약하면 다음과 같다. 다산은 아버지 정재원 丁載遠(1730~1792)과 어머니 해남 윤씨海南尹氏 사이에서 셋째로 태어났는데,[389] 어초은파 윤씨 계는 13세 윤구 – 16세 윤선도 – 19세 윤두서 (1668~1715, 윤복의 형 윤형의 5대손, 고산의 증손자) – 다산초당 주인 윤단(윤구의 아우인 윤복의 6대손) – 공재 윤두서의 3남 윤덕렬 – 윤덕렬의 딸이 곧 다산의 어머니이다. 다산 형제들을 보면 첫째는 약전若銓, 둘째는 약종若鍾이고, 이복異腹으로 맏형 약현若鉉이 있으며, 또 다른 이복으로는 서제庶弟 약횡若鑛이 있다. 부인은 풍산 홍씨豐山洪氏며, 자손으로는 학연學淵, 학유學游 두 아들과 딸 하나가 있는데 딸은 윤창모尹昌謨에게 시집갔다.

어머니 해남윤씨는 고산孤山 윤선도尹善道의 후손답게 시詩, 서書, 화畵, 삼절三絶로 유명한 공재恭齋 윤두서尹斗緖의 손녀이다. 명문 집안에서 태어난 다산은 어려서부터 명민하여 7세 때 처음으로 5언시를 지었다. 9세(1770)에 어머니를 잃고, 15세(1776)에 풍산홍씨에게 장가들었다. 16세(1777) 때에 성호 이익의 유고遺稿를 처음 보고 평생 사숙하게 되었으며, 22세(1783) 2월에는 감시監試 경의과經義科 초시에 합격하고

---

[389] 다산에게 배다른 이복형이 있으므로 전체로는 넷째지만 해남 윤씨 친어머니의 아들로는 셋째가 된다.

4월에는 회시會試 생원生員에 합격하여 정조임금과 선정전에서 처음 만났다. 28세(1789)에는 식년문과式年文科에 갑과甲科로 합격하여 가주서假注書를 시작으로 검열檢閱, 지평持平, 수찬修撰을 지냈으며 33세(1794)에는 경기 암행어사를 지냈지만 34세(1795)때 7월에 금정도 찰방金井道察訪으로 좌천되었다.

이듬해 35세(1796) 12월에 병조참의兵曹參議로 복직되고 우부승지, 좌부승지를 거쳐 36세(1797)때 6월에 곡산부사谷山府使로 나가 선정을 베풀었다. 38세(1799) 때인 4월에 내직으로 들어와 형조참의가 되었다가 얼마 후 사직하였으니, 이것으로 관계官界 생활이 끝났다. 이듬해 6월에 정조가 서거하자 이때부터 화란이 일기 시작하여 40세인 신유년(1801) 2월에 경상도 장기長鬐로 귀양갔으며, 10월에 다시 서울로 압송되어 조사를 받고 11월에 전라남도 강진康津으로 이배되어 57세(1818) 9월 14일 본가로 돌아오기까지 18년 동안 유배 생활을 하였다. 이후 18년 동안은 고향에서 그동안 닦은 학문을 정리하며 노년기를 보내다 75세(1836)를 일기로 생애를 마쳤다.[390]

도강고가부사	道康瞽家婦詞
드는 길에 도꼬마리 캐고	入門采綠葹
나는 길에 강리풀 본다	出門見茳蘺
곱고 고운 작약꽃이	娟娟芍藥花
진흙탕에 떨어졌구나	零落在塗泥

---

390 정규영 지음. 송재소 역주,《다산의 한평생》, 창비, 2014. 및 박석무,《다산 정약용 평전》, 민음사, 2014. 등 참고.

어떤 여자 꽃다운 얼굴	有女顏如花(玉)
어디로 가는지 갈림길에서 울고 섰네	仳離泣路岐
머리엔 송낙을 쓰고	頭上黃蒻笠
허리엔 가사를 두르고	腰帶木綿絲
목에는 백팔염주 걸었으니	脰間百八珠
율무로 만든 마니로다	薏苡當摩尼
붉은 입술 그윽이 드러나고	微微露朱脣
파르란 눈썹 은은히 감추오니	隱隱藏翠眉
깎이어 매끈한 살쩍	蟬鬢削已平
다시는 연지 기름 쓸 곳이 없구나	不復施膏脂
울먹이며 말을 하지 못하고	吞聲不能語
뚝뚝 두 눈에 눈물이 방울진다	琅琅雙淚垂
중놈 둘이 뒤따르며	二厮隨其後
매를 들고 으르렁	咆哮執長苔
재촉하여 관가로 끌고 가는데	催行赴懸門
걸음 걸음 슬픔이요, 한숨이더라	一步一悲噫
어느 마을 여자인가?	問汝何村女
아버지는 누구시며	女爺云是誰
나이 지금 몇인고?	年復幾何歲
무슨 일에 잡혀가게 되었는가?	云何速訟爲
그 여자 고개를 숙인 채 대답을 못하는데	女俛不能答
옆에 가던 어미가 대신 말하더라	阿母替致詞
저 아이 본래 강진 사람이온데	本是道康人
어려서부터 읍내서 살았지요	生少在城中
지금 나이 열여덟 살인데	兒年一十八
참으로 팔자도 기구합니다	八字良奇窮
시집이라고 간 것이 판수네라	嫁作瞽家人
소경은 성질까지 고약하여	瞽者復頑凶

우리 아이 삭발하고 중이 된 것은	兒哀削其髮
곧 그 굴레 벗어나기 위함이지요	乃爲髻所縱
소경은 관가와 결탁하여 고발하니	締搆申縣官
붙잡으러 나오길 바람보다 빠릅니다	官捕疾於風
저 여자 옥 같은 자태	問汝顔如玉
한창 피어난 꽃이거늘	韶華正千茸
성중에 사천 호	城中四千戶
준수한 신랑감 어이없으랴	俊逸多佳郎
푸른 규삼 떨치고 백마 탄 젊은이들	白馬靑襆衫
좋은 활에 자줏빛 고삐 늘이고	雕弓紫綏韁
두 눈이 초롱초롱 샛별 같아서	兩眼明長庚
개개이 나무랄 데 없더군	箇箇如東方
어찌 이런 사람들 버려두고	云胡舍此曹
하필 눈먼 이에게 시집갔더란 말이오?	而苦嫁與瞽
소경은 나이 몇이며	瞽者年幾何
혹시 먼저 장가든 일 없더랬소?	倘有他可取
소경은 이미 나이가 많아	答瞽年已高
칠칠 사십구 마흔아홉이라오	七七四十九
전에 벌써 두 번 초례를 치러	前已再成醮
내 아이는 이제 세 번째 여자라	兒乃第三婦
초취에서 두 딸을 낳고	前婦産二女
재취에서 아들 하나를 얻어	後婦舉一男
사내자식도 이미 다 큰 아이요	男年已成童
작은딸이 지금 스물세 살이랍디다	少女今立三
차라리 구렁창에 버릴지언정	寧當棄溝壑
이런 소경에게 시집보낼 리 있으리까	豈令瞽委禽
저아인 부모를 잘못 만난 탓이니	兒不遇父母
우리 영감이 본래 주정뱅이거든요	翁性唯(猶)瞽酖

아름다운 꿩이 개에 물린 격이라	文雉受狗噬(口)
한탄한들 이제 무슨 소용 있으리까	恨恨那能堪
중매장인 돈을 많이 먹고서	媒人喫錢多
말을 공교히 꾸며 하는데	巧詐飾言談(飾)
판수님은 부자요 어진지라	言瞽富且仁
혜택이 마을에 미치고	惠澤被閭閻
문전에 십 경의 좋은 논	門前十頃田
기름져서 한 이랑에 돈이 한 냥이요	沃沃畝一金
곳간에 팔백 꿰미 돈	庫中八百緡
뒤주 속에 자물쇠로 봉해두었으니	鐵鏁嚴封緘
그 논은 영감께 축수로 바칠 게고	田當爲翁壽
그 돈은 영감께 쓰라고 드리리다	錢當使翁紺
영감은 집 없다 근심 마오	翁無患無家
고래등 기와집이 당신 거요	複壁連重簷
영감은 옷 없다 근심 마오	翁無患無衣
보름새 고운 베에 명주 비단 쌓일 테고	細布堆繒縑
영감은 탈 말 없다 근심 마오	翁無患無騎
호마에다 딸리는 말을 둘 테고	北馬步驂驔
영감은 늙어 병들 걱정 마오	瓮老勿憂病
판수 집엔 인삼이 썩어나지요	瞽家多人葠
온갖 물화 냇물처럼 밀려오리다	物物如川至
중매장이 말마다 꿀인 양 달콤하니	言言如密甘
영감 귀는 어찌도 그리 여리고	翁耳一何軟
영감 마음은 어찌도 그리 어리석은지	翁性(腸)一何憨
그래 그래 좋다고 승낙하고	爾爾許媒人
싱글벙글 집으로 돌아와서는	施施還家門
기쁜 빛이 눈썹 사이에 넘쳐	喜氣溢眉宇
뒤죽박죽 늘어놓고 지껄여대길	散漫多雜言

인생은 다 한때가 있거니	人生有一時
딸아이 마침 당혼이 되었구료	阿女今當婚
읍내 서문에 좋은 낭재가 있으니	城西有佳郎
인물이 준수한데다 문장도 잘하고	俊逸頗能文
나이는 이제 서른을 넘겨	年甫踰三十
수염이 한창 보기 좋은 터수에	鬃鬃鬢始新
가산도 넉넉하여 평생 먹고살기 걱정 없고	家貲足一生
값진 보화 그득그득하다네	藏蓄多奇珍
이 사람 홀아비로 배필이 아직 없고	新鰥未有偶
여태껏 자식도 두지 못했다는군	復無兒女存
다만 좀 안된 건 한짝 눈이 짜긋하나	所嗟眇一目
얼굴은 한창 젊은 사람이라데	顔色乃鱓媛
나는 이제 몸도 늙고 여생이 막막하여	吾老無長計
우리 식구들 기한을 걱정해야 할 판인데	十口憂飢寒
다행으로 이런 사위나 얻게 되면	幸復得此婿
종신 간고를 모르고 살겠지	畢世無艱難
우리 영감 할멈 편히 봉양을 받으면	翁媼坐受養
마치 태산에 기댄 듯 좀 든든하겠나	依倚若泰山
얼른 옷감을 꺼내서 마름질하소	便可裁衣裳
다시 여러 말 할 것 없네	不須有紛紜
어언 듯 납채하는 날이 되어 그날 밤	納采在今夕
안팎을 쓸고 닦고 함진애비 맞았다오	洒掃迎使人
각종 채단이 네댓 필이요	雜綵四五疋
예폐로 담은 돈이 서른 냥이더라	禮幣三十緡
아침나절엔 송화빛 노란 저고릴 짓고	朝成松花襦
저녁나절엔 꼭두서니 빨간 피마를 지었다네	暮成茜紅裙
동면 장터서 삿자리 사고	東市買枕簟
서면 장터서 은비녀 사고	西市買釵釧

감색 요에 부용을 수놓고	紺褥芙蓉繡
취월색 이불에 원앙 무늬로다	翠被鴛鴦紋
패옥은 석 점 다섯 줄인데	雜佩三五行
나비 문양에 고기비늘처럼 연이었네	蝶翅連魚鱗
대사 치는 날이 어느새 다가와서	良(吉)辰亦已屆
목욕 새로 하고 신부 단장 고울시고	洗浴冶新粧
날씨도 마침 맑게 개어	其日天氣晴
차일 사이로 바람이 살랑거리는데	帳幕風微颺
온 동네 사람 모두들 구경와서	四鄰皆來觀
새신랑 언제 오나 고개 들어 바라본다	遙遙眄新郎
백마에 푸른 말다래를 붙이고	白馬靑障泥
두 줄 고삐는 길이가 칠 장이요	交轡七丈長
기럭아범 말총모자 썼는데	鴈夫紫駿帽
갓끈에 호박빛 무르녹고	雕纓琥珀光
홍사 초롱에 푸른 불빛	紅紗碧促籠
쌍쌍이 줄을 지어 나아오네	兩兩自成行
말 한 필에 족두리 쓰고 따르는 이	羃羅從一騎
이름하여 구내랑이라	云是舊嬭娘
신랑 행자 동구로 들어오는데	行行至里閭
구경꾼들 놀라 술렁이네	觀者猝駭惶
신랑이라 생긴 모습 얼굴빛 숯덩이요	顔貌黑如炭
험상궂기 어디다 견줄까?	險惡不可當
턱주가리 입살에는 등나무 줄기 얼기설기	藤葛交頤脣
콧자리는 웬일인지 움푹이 파였구나	窩窗滿鼻傍(方)
멀찍이서 봐도 분명코 눈이 먼 사람	還(遙)看是瞽人
흰 창이 두 눈동자를 덮었는데	白膜蒙兩眶
나이도 오륙십은 됨직하여	年可五六十
하연 수염 서릿발이 날리듯	晧鬚如飛霜

동리 사람들 눈이 휘둥그레 서로 둘러보고	里人瞠相顧
가까운 손들 낙심해서 도로 마루에 오르고	親賓還上堂
이모님들 차마 못 봐 달아나 숨더라	諸姨走且匿(慝)
어머니 눈물을 펑펑 쏟으며	阿母涕滂滂
아이구 아이구 내 새끼!	嗟嗟我兒子
무슨 죄로 이런다냐 무슨 재앙으로 이런다냐?	何罪復何殃
영감이 와서 이치를 들어 타이른다	翁來說義理
이미 그르친 일 성급히 굴지 마오	已誤勿劻勷
어쨌거나 초례라도 치러서	但得成醮牢
모양이 꼴사납게 하지 말아야지	無俾禮貌傷
나도 역시 남의 속임을 당했으니	我自受人欺
임자는 나를 원망할 것 없네	卿無我怨望
아무개는 젊은 사내에게 시집갔어도	阿某嫁少年
서방이 덜컥 죽어 청상과부 되었다네	還聞作靑孀
사람의 기수란 하늘이 정해준 걸	命數有天定
화복의 엇갈림 그 누가 알 수 있나	倚伏詳能詳
뉘엿뉘엿 서산에 해는 져서	靄靄日將暮
등불 촛불 속절없이 밝고 밝아	燈燭徒煌煌
눈물을 닦고 신부를 부축해서	拭淚挈新婦
안 떨어지는 걸음 화촉동방에 들여보냈구나	細步入洞房
신방에서 소곤소곤 소린 들리질 않고	不聞耳語聲
한바탕 요동치는 소리뿐일러라	但聞鬧一場
새벽닭 울자 신부 나오는데	鷄鳴新婦出
눈물이 제어미 치마를 흠뻑 적시었다오	洒涕沾我裳
다시는 눈물 바람 하지마라 하고 타이르길	戒之勿復然
네 명이 기박한 걸 어찌하랴	無那汝命薄
어쨌거나 네 낭군 정성껏 모시고	勤心奉其箒
함부로 망령된 짓 해선 안 되느니라	勿復有妄作

딸아이 시집이라 보내긴 하였으되	送兒之夫家
속마음은 두고두고 쓰라렸다오	心懷久悽弱
그리고 두석 달이 채 못 되어	未至二三月
아이가 서문거리서 걸어오는데	兒還自西郭
옷이 몸에 헐렁한 꼬락서니	衣帶忽已婉
그 곱던 살결 다 여위어 수척해 보이었소	肌(肥)膚盡瘦削
네게 무슨 그리 서러운 일 있었길래	問汝何所悲
너를 모질게도 녹고 삭게 하였다냐?	而自受銷鑠
아그배도 씹다 보면 단맛이 돌거니	苦梨嚼亦甛
어찌 살다 보면 즐거운 일 없겠느냐!	豈全少歡樂
딸아이 눈물 머금고 대답하되	阿兒含淚答
저는 참으로 명도가 사납나봐요	兒誠命道惡
그 사람 눈을 들어 보기만 해도 저는 혼이 벌써 내닫는데	
	擧眼魂已飛
어떻게 의탁할 생각이 들겠나요	何以念依託
아무리 마음을 돌리자 해도	縱欲回心意
탄환에 한번 놀란 참새 같은걸요	常如怯彈雀
제 본디 점치는 건 죽어라 싫어하잖나요	生憎問卜人
때때로 무슨 일만 났다 하면	時來怪事發
급급히 산통을 흔들어대며	急急搖籤筒
외우는 소리 귀에 시끌시끌	訟呪聲聒聒
곽박이요 이순 풍씨	郭璞李淳風
소강절 선생 원천 강씨	邵子袁天綱
소리소리 구역질이 날 판인데	聲聲逆人意(耳)
어찌 속인들 상하지 않으리요	那得心不傷
병신인신은 일곱이요	丙辛寅申七
무계진술은 다섯이라	戊癸辰戌五
외워대는 이 소리 참고 듣자면	此聲益怪異

송곳으로 창자를 찌르는 듯합니다	錐鑽交腸肚
그는 또 성질이 재물에 어찌나 인색한지	性復吝惜財
곡식 한 홉 가지고도 화를 버럭 내고	升龠生嫌怒
게다가 두 딸이 고자질 얼마나 교묘한지	二女工讒愬
고약한 품이 늑대 같고 호랑이 같아	猜險苦豺虎
밤낮으로 백줴 없는 말 지어내어	日夜造浮言
살살 꼬아바쳐 눈먼 아비 충동이는데	謠諑激狂瞽
내가 장롱에 고운 베 훔쳐내다	言兒竊細布(帛)
몰래 몰래 제 아비 갖다준다	密密遺阿父
내가 뒤주의 양식을 퍼내다가	言兒竊米餴
몰래 몰래 제 언니 갖다준다	密密付阿姉
내가 돈궤의 엽전을 훔쳐내다	言兒竊錢刀
삼시 세때 떡이야 엿이야 사설랑	三時買餠餌
꾸역꾸역 혼자서 먹어치우고	頓頓(頻頻)獨自呑
동생에겐 꼴도 보이지 않는다 이러지요	不以遺兒子
어린 아들놈 역시 거짓말이 난당이라	兒哥亦回邪
이리저리 헐뜯기를 시작하는데	綢繆起訾毀
내가 제 머리 빗겨줄 적에	謂言櫛髮時
빗으로 찔려서 뒤통수에 상처를 냈다네	觸刺傷其腦
맛있는 열구자탕 새에미 혼자 먹고	鯖鱠母自啖
아버지 상엔 문드러지고 상한 것만 놓는다오	爺食惟敗饐
이 아이 고자질 날로 날로 더해가니	兒言日以深
소경의 노여움도 날로 날로 심하다오	瞽怒日以盛
처음에는 그래도 야단만 치고 말더니	始猶譙訶止
점차 말이 창날처럼 느껴져요	漸覺言鋒勁
전에는 방망이를 던지는 정도더니	前旣擲砧杵
요즘은 가랫자루로 두들겨 패요	近復撞鍬枋
저는 이제 마음을 정했으니	兒今計已定

다시는 여자의 도리 돌보지 않으렵니다　　　　　無復顧女行
진작부터 깊은 물에 몸을 던지자 했으나　　　　久欲投淸池
성질이 모질지 못해 어려워요　　　　　　　　　寸腸苦未硬
들으니 보림사 북쪽 계곡에　　　　　　　　　　傳聞寶林北
조용한 승방이 있답니다　　　　　　　　　　　　窈窕有僧房
저는 그리 가기로 작정을 했으니　　　　　　　　兒今計已決
제 발길을 막으로 마옵소서　　　　　　　　　　勿復生阻搪
어미는 목메어 울며 말하길　　　　　　　　　　阿母失聲哭
어찌 그런 생각을 낸단 말이냐　　　　　　　　作計何不良
구름처럼 피어오른 너의 검은 머릿결　　　　　　油油此鬒髮
어찌 차마 싹둑 잘라버리겠으며　　　　　　　　何忍着剃刀
어여쁜 너의 불그레한 얼굴로　　　　　　　　　娥娥此紅顔
어찌 차마 검은 장삼 입겠느냐　　　　　　　　何忍加緇袍
지금 바야흐로 꽃 같은 시절인데　　　　　　　歲月方如花
중이 되어 절로 간다니 당키나 한 말이냐?　　胡爲空門逃
너의 집 본디 한미한 터이라　　　　　　　　　汝家本寒微
지체 높다는 말 듣지 못하였구나　　　　　　　未聞門閥高
다른 사람 골라서 시집을 가면야　　　　　　　便可適他人
저 원수 다시 만날 리 있겠느냐　　　　　　　此讎寧再遭
인생은 전광석화처럼 빠르고　　　　　　　　　人生如石火
시비는 저 뜬구름 같으니라　　　　　　　　　是非如浮雲
딸아이 이 말에 얼른 귀를 막으며　　　　　　阿兒急塞耳
저는 지금 듣고 있지 못하겠어요　　　　　　謂言不忍聞
어머니 그런 말씀을 다 하시다니 여식은 이제 떠나가오니

　　　　　　　　　　　　　　　　　　　　天只不諒人
어머니 언제 다시 뵈올는지　　　　　　　　恩情從此分
아이는 옷깃을 여미고 하릴없이 일어나　　　蹌蹌躡衣去
터덜터덜 소경의 집으로 돌아갔지요　　　　蠢蠢還瞽門

아이가 다녀간 지 며칠이 지나	阿兒去數日
소경이 급히 와서 수선스레 말하기를	瞽來話紛紛
아침에 일어나 보니 금침이 비었는데	朝起見空衾
신부는 어디 갔는지 찾아도 모르겠소	新婦尋不得
친정어머니와 의논이 있었을 터요	諒與母有謀
도망친 것도 아니요 숨은 것도 아니라	非走又非匿
연약한 다리로 멀리는 못 갔을 테고	弱脚不遠步
새처럼 날개가 달려 날기를 할까	焉能有羽翼
분명 딴 사람에게 간 것이라	分明適他人
내 점괘는 원래 틀림이 없지	我筮原不忒
내 지금 관가에 가서 아뢸 테니	吾今去申官
제 어찌 마음대로 할까보냐	豈得任胸臆
허허 그 무슨 어처구니없는 말이오?	嘻嘻此何言
내 꿈에도 생각지 못한 일을	夢寐所未測
자네가 오죽이나 인정 없이 굴었길래	爾自薄恩情
우리 아이 밤낮으로 모진 구박 못 견뎌	日夜有驅逼
노상 하소연하길 죽고나 싶다더니	渠常懷言狀
정녕 연못에 가 빠진 것이지	果然必赴池
임자가 우리 아일 죽게 한 것이니	君旣令兒死
내 지금 관가에 먼저 고하리라	吾今先告之
소경 역시 아무 말 하지 못하고	瞽亦不能答
이상하다 고개만 갸웃거렸네	但道事可疑
소경이 다녀가고 며칠 못되어	瞽去僅數日
낯모르는 여승이 찾아와서 말하는데	有一女僧來
하루는 한 젊은 새댁이	云有一少婦
우리 암자에 홀로 찾아왔더라오	獨行到僧房
방장스님께 꿇어앉아 인사를 드리고 나서	長跪禮房長
눈물을 뿌리며 딱한 사정 호소하되	揮涕敷肝腸

저는 본래 가난한 집 딸로 태어나	我本貧家女
일찍 시집을 갔다가 불행히도	不幸早迎郎(婦)
금방 신랑이 죽고 시어머님마저 돌아가시고	郎死姑亦殞
친정 부모님도 계시지 않으니	又無爺與孃
일신을 의지할 곳 천지간에 없습니다	一身靡所賴
저는 부처님께나 귀의하려 하옵니다	惟有託空門
제 손으로 칼집의 칼을 뽑아서	自拔鞘中刀
싹둑싹둑 잘라서 까까머리 만드니	剪剪已成髡
갑작스러운 일이라 말리지도 못하고	倉卒莫能救
마침내 더불어 사형사제 되었지요	遂與爲弟昆
법명은 묘정이라 이르고	法名是妙靜
연비를 하고 수계도 하였지요	燃臂受戒言
벌써 반야심경을 외웠고	已習般若經
공양할 때마다 염불을 한답니다	每飯念世尊
이제야 비로소 사실을 고백하고	今始吐情實
강진읍내 동촌에 자기 집이 있다면서	說住城東村
나더러 어머님께 소식을 전해 달라 하고	遣我報阿母
겸하여 이 치마저고리 싸줍디다	兼付此衣裙
붉은 치마 초록 저고리에	紅裙與綠襦
얼룩얼룩 눈물자국이 분명하며	龍鍾皆淚痕
전에 그 패옥 석 점 다섯 줄이	雜佩三五行
신혼 때와 다름없이 선명한데	鮮好若新婚
하나하나 어머니 앞에 벌여놓으니	種種陳母前
반혼한 듯 마음이 허전하고 미어졌다오	惻惻如返魂
그 어미 일어나 가슴을 두들기며	阿母起搥胸
옷가지를 끌어안고 소경의 집으로 달려가서	抱衣之瞽家
우리 아인 지금 중이 되었다네	阿阿今作僧
판수네 판수네 이 일을 어찌하려나	瞽瞽將奈何

우리 아인 아무 허물이 없건만	兒實無罪愆
모질게도 구박하고 매질해서 이리 되었지	逼迫兼箠撾
싹둑 잘려진 이 한 줌의 머리칼	鬋鬌一掬髮
바로 우리 아이의 구름결 같던 머리라네	是兒如雲髮
판수네 판수네 이 일을 어찌하려나	瞽瞽將奈何
차라리 나를 당장 죽여나 주오	何不直我殺
소경은 일어나 관가로 달려가서	瞽起走縣門
제멋대로 꾸며 만든 소장을 올리니	訴牒恣搆捏
원님의 판결하는 말 우레처럼 엄하여	判詞嚴如雷
건장한 사령을 풀어 보냈더라오	緘辭(臂)發健卒
캄캄한 밤중에 암자로 들이닥쳐	黑夜打山門
장삼 입은 몸을 끌어내서	麻衣被曳猝
몰아세워 동헌 앞에 당도하니	前驅到縣閤
원님의 노여움은 어찌나 대단턴지	官怒猶勃勃
부녀자의 행실 왜 그리 편협한고?	女行何褊斜
남편을 헌 버선짝처럼 팽개치다니	棄夫如弊襪
지금부턴 다시 머리를 기르고	自今長髮毛
부부간의 금실 좋게 지내어라	復與調琴瑟
호령이 사자의 고함처럼 울리는데	號令獅子吼
한마딘들 제 뜻을 아뢸 수 있었겠소	一言那得發
시집이라고 다시 돌아가 방안에 들어서니	還家復入房
소경의 기세 자못 펄펄하더라오	瞽氣頗活潑
우리 아리 한밤중에 또 몰래 빠져나와	中宵又逃身
도망질을 쳐서 험준한 산마루 넘고 넘어	趲程凌帶嶺
다다른 곳이 개천사라는 절이라	行至開天寺
이 절에서 십여 일 묵었을 제	留滯十餘日
소경 수소문하여 찾아냈더라오	瞽家尋到此
우리 아이 단지 속에 자라처럼 꼼짝없이	捕兒如甕鱉

시방 다시 붙잡혀 관가로 끌려가는 길	被驅又入縣
저 아이 죽일지 살릴지 모를 일이라오	不知殺與活
사람들 담을 쌓고 둘러서 듣다가	聽者如堵墻
너나없이 혀를 차고 두런두런	喞喞復咄咄
애처롭구나, 저 아리따운 여자	哀哉彼姝子
어쩌다가 늙은 소경의 짝이 되었는가	夫豈瞽之匹
아비와 자식 간에 서로 속이다니	骨肉忍相詐
돈이다 곡식이다 이게 다 무어길래	錢糧是何物
이욕이 사람의 슬기를 어둡게 하여	利欲令智昏
은정 사랑 모두 끊을 수 있단 말인가	恩愛乃能割
딱하다 너희 집 아버지	嗟嗟汝家翁
그 죄는 날마다 매를 맞아도 싸겠지	厥罪合日撻
혹시나 상한 고기는 먹을지언정	腐魚尙可啗
늙은 소경 남편으로 누가 좋아하리	瞽夫誰能眄
차라리 청산에 들어가	豈若靑山中
부처님 모시고 살고 싶지 않으랴	閒自守瓶鉢
여자의 마음씀은 외곬이니	女子皆褊心
한번 세운 뜻 누가 능히 빼앗으랴	立志詎能奪
줄곧 시달림을 받고 보면	一向被困督
제 스스로 목숨을 끊게 되지 않을까	安知不自滅
애처롭구나 저 아리따운 여자	哀哉彼姝子
너나없이 두런두런 혀를 차고	咄咄復喞喞

위의 시는 전체 180운 360행으로 된 장편시이다. 가경嘉慶 계해癸亥 (1803)에 다산이 강진 유형지에서 직접 목격한 일로써 애처로운 마음이 들어 시로써 드러내려 했으나 미처 손을 대지 못했다가 어느 날 양승암 楊升菴의 시집에 〈한단재인-마부의 아낙이 된 여자〉라는 시가 《여강소

부행廬江少婦行》을 본받아 지은 것을 알고 나서 (용기를 내어) 이에 강진
의 소경 아내의 사실을 취해서 엮어 180운의 시 한 편을 만드니 비록
말을 만들고 실정을 그린 것은 고인의 뜻을 잃지 않았으나 아무래도
풍격風格이 미치지 못하니 이는 어쩔 수 없는 듯하다며 경인본絅人本
한객건연집韓客巾衍集 부록에서 밝히고 있다. 이상의 시와 번역 및 기
록은 임형택 님의 글을 인용했다.[391]

　이 시는 조선 후기 궁벽한 지역에 사는 한 여성의 비극적인 운명을
그린 것으로 장면제시적 수법, 사회적 모순과 예속의 잘못이라는 주제
사상과 그 표출, 인물 형상의 대립과 전형성, 표현상에서 사건이나 정
황의 묘사가 생생하다는 점, 여러 가지 풍속도를 그려내고 있다는 점,
친근한 시어, 비속하지 않고 장황하거나 산란하지 않은 사설을 지닌
점, 서정성이 함축된 점 등을 들어 다산시 가운데 현실주의를 묘파해
낸 것으로 평가했다.[392]

　이 시의 내용을 요약하면 전체 13단락으로 구성은 다음과 같다.

　제1단락　제1행에서 제20행은 다산이 갈림길에서 송낙을 쓰고 가사
를 입은 꽃같이 젊은 여자가 잡혀가는 것을 직접 목격하는데 뒤에는
중 두 명이 매를 들고 관가로 끌고 감.

　제2단락　제21행에서 제58행까지는 원래 강진 읍내 살았던 18세의
처녀였음과 잘못 속아 두 번이나 결혼하여 2녀 1남을 둔 49세의 소경에

391　임형택 편역, 《이조시대 서사시》(하), 창작과 비평사, 1992, 196~210면.

392　임형택, 〈다산시의 현실주의에 대한 재인식〉, 《이조시대 서사시》 (하), 창작과 비평
　　사, 1992, 212~218면.

게 시집갔다가 뒤늦게 사실을 알고 중이 되었는데 관가와 결탁한 소경에게 잡혀오게 됨.

　제3단락　제59행에서 제108행은 주정뱅이의 아버지가 중매쟁이로부터 많은 돈을 받고 결혼만 하게 되면 논과 돈, 기와집 등을 준다는 말에 혹하여 문장이 준수하고 나이 서른이며 자식 없는 서른의 홀아비라며 그런 사위 얻으면 종신 고생을 모르겠다는 허황된 말로 딸아이의 혼인을 서두름.

　제4단락　제109행에서 제160행은 화려하게 납채를 하고 대사를 치르는 날, 신랑을 기다리던 친척들과 사람들이 숯덩이처럼 검은 얼굴에 오륙십은 넘어 보이는 소경이 신랑인 것을 알고는 낙심하는데 어머니는 눈물을 쏟아 내고 아버지는 자기도 속았다며 사람의 운명이란 알 수 없다며 사태를 수습하려 듦.

　제5단락　제161행에서 제182행은 신혼 첫날밤 눈물로 지새운 딸아이를 어머니는 너의 명이 기박해서 그런 것이라며 타이르고 낭군님 잘 모시라고 시집으로 보냈는데 두세 달이 채 못 되어 수척한 모습으로 돌아온 것을 봄.

　제6단락　제183행에서 제228행은 시집간 딸아이가 시댁에서 도망쳐 나올 수밖에 없는 사정을 말하는데 눈을 들어 쳐다보는 모습에 혼이 나갈 정도이며, 일만 있으면 산통을 흔들며 주술 외는 소리가 창자를 찌르는 것 같고, 두 딸의 교묘한 고자질, 없는 일 만들어 내기, 아들놈의 거짓말과 소경의 폭력 등을 자세하게 토로함.

　제7단락　제229행부터 제254행은 성질이 모질지 못해 물에 몸을 던져 죽지 못했으니 보림사에 들어가 스님이 되겠다는 말에 어머니는 차라리 재혼을 하라며 딸을 달래자 딸은 귀를 막으며 소경 집으로 간다며 후일을 기약하지 못한 채 헤어짐.

　제8단락　제255행에서 제276행은 며칠 후 소경이 처녀를 찾으러 처가에 찾아와서는 어머니와 딸이 작당하여 딸을 빼돌려 다른 데 시집 보낸 게 아니냐며 관아에 알리겠다고 협박하면서 분개하자, 이에 맞서 어머니가 인정 없이 박대한 소경의 잘못으로 딸아이가 연못에 빠져 죽은 것이 틀림없다며 되레 관아에 고하겠다고 하자 소경은 아무런 말도 하지 못함.

　제9단락　제277행부터 제306행은 소경이 다녀간 지 며칠 뒤 한 비구니가 찾아와 딸이 승려가 되었다는 소식과 함께 치마와 저고리 패옥 등을 전해 주면서 딸의 근황을 알려줌.

　제10단락　제307행에서 제330행은 어머니가 소경에게 가서 구박과 매질이 심해서 스님이 될 수밖에 없었던 딸의 사연 호소하자 소경은 멋대로 소장을 꾸며 관가에 올리고 소경과 한통속이 된 원님은 딸아이를 나무라며 금실 좋게 지내라고 고함을 침.

　제11단락　제331행부터 제340행까지는 시집에 돌아간 딸아이를 대하는 소경의 펄펄한 기세에 못 이겨 다시 한밤중에 집을 나와 개천사로 도망쳤으나 소경이 수소문하여 찾아내 관가로 끌려가게 된 사연을 말함.

　제12단락　제341행부터 제342행은 사람들이 그 사연을 듣고 모두 두런두런 혀를 찼다는 말을 함.

　제13단락　제343행에서 제360행까지는 딸아이를 동정하는 마음과 함께 돈과 곡식 등 이욕이 사람의 슬기를 어둡게 하여 부모 자식의 은정을 끊게 했음과 그런 애비는 날마다 매를 맞아도 싸다는 말, 늙은 소경을 남편으로 모시기보다는 부처님 모시는 편이 더 나을 것이라는 말, 그 뜻을 막으면 혹여 제 스스로 목숨을 끊게 될지도 모른다는 말 등을 하면서 사람들이 두런두런 혀를 찼다는 내용.

　다산이 이 시를 쓴 것은 강진으로 유배된 지 2년 후인 1803년이다. 다산은 강진에서 수많은 시편을 제작했는데 대부분 당시 현장의 아픔과 고통을 담고 있는 것들이다. 〈탐진어가〉 10장에서 "관아는 원래 호랑이가 문을 지키는 곳이라"는 말을 하고 있으며 〈애절양〉에서는 관아는 군포, 전세, 백골징포, 황구청점, 족징, 인징 등을 탈취하듯 거둬들이는 곳으로 풍자하고 있다. 이 시에서도 뇌물을 받은 관리는 봉사와 한통속이다. 부모와 자식의 도리는 온데간데없다. 여성의 인권이나 권리는 처음부터 무시되고 오로지 시장 경제의 원리에 의해 가족이라는 숭고한 공간이 유지되는 비극적 상황이다. 다산이《경세유표》등에서 민본주의를 외치면서 조선의 전면적인 개혁을 주장한 것은 이와 같은 반 인권적인 현실을 목도한 이유도 작용했으리라 생각된다. 중시할 것은 다산의 눈에 그런 비참하고 불합리한 현실이 아프게 들어온 점이다. 왜냐하면 이서나 정철의 눈에 그런 현실은 전혀 들어오지 않았기 때문이다.

　이 시에서 다산은 양반 가문의 무남독녀인 주인공이 매파에게 속아서 성불구자에게 시집을 가 온갖 고생 끝에 결국 자살에 이른다는 〈신가전申哥傳〉, 17세의 처녀가 서른 살 차이가 나는 백발이 성성한 노인에게 시집을 가서 온갖 고생을 견디고 살아가야만 하는 신세를 한탄한 〈원한가怨恨哥〉 같은 당시 비일비재했던 여성 인권 유린, 조선 사회의 제도적 모순과 비극적 여성의 운명, 불합리한 혼인 풍속의 실태를 반영한 민가民歌 계통의 가사를 바탕으로 깔면서 강진에서 목도한 사실을 충실하게 보고하는 선에서 시상을 전개하고 마무리했다. 다시 말해서 혼인의 모순을 지적하고 아버지의 불합리한 혼사 결정, 봉사의 부인에 대한 인권 침해와 관가의 부당한 결탁 등을 지적하고 들춰내는 데서 멈추었다는 말이다. 이 작품에서 미처 다 못한 개혁을 주장한다거나 모순과 불합리의 개혁 등은 《경세유표》에 뼈아프게 담아냈다.

15. 초의의 서술시

초의艸衣 장의순張意恂(1785~1866)은 잘 아는 바와 같이 전남 무안 출생으로 자는 중부자中孚子요 호는 초의艸衣다.[393] 전남 무안군 삼향면 출생으로 초의 외에도 해옹海翁, 해사海師, 해노사海老師, 해양후학海洋後學, 해상야질인海上也耋人, 우사芋社, 자우紫芋, 일지암一枝庵이라 호했고, 시호는 현종이 대각등계보제존자초의대선사大覺登階普濟尊者艸衣大禪師라 사호했다. 5세 때 강물에 빠졌는데 스님이 구출했다고 하며 15세 때 나주시 소재 다도면 용덕산 운흥사에서 대덕大德 벽봉민성碧峰敏性을 은사로 출가했다.[394]

19세 무렵 해남 대흥사에서 완호 스님에게 구족계를 받고 초의라는 호를 내려받았다. 24세 때 강진에서 다산을 만나 《주역》과 시를 배운 대신 다담茶啖을 전했다. 30세 때부터 한양에서 추사 김정희, 산천山泉

---

393 초의의 행적은 신헌과 이희풍이 쓴 〈초의대선사탑비명〉과 〈초의대사탑명〉 등을 참고.
394 이종찬, 〈초의선사의 생애와 시문학〉, 임종욱 역주, 《초의선집》, 동문선, 2006. 초의 연보 등은 이곳을 인용함.

김명희와 금미芩眉 김상희 등의 추사 형제 및 유산酉山 정약연, 운포耘逋 정학유 등 다산의 두 아들 그리고 자하紫霞 신위, 정조의 사위인 해거재海居齋 홍현주, 진재眞齋 박종림 등 유교 문사와 교류가 활발했던 선승이요 학승이다.

초의는 《일지암시고》《일지암문집》《동다송》《다신전》《초의선과》 등의 여러 저술을 남기고 있는데 《동다송》은 한국 차의 다경茶經으로 불린다. 선사의 시는 무엇보다도 그 길이의 장편과 연작시의 제작 등에서 눈에 띈다. 특히 유가儒家와의 수답酬答이 두드러진 가운데 그들과의 시는 최고 21수까지 연작되는바 이는 짧고 함축적인 선시禪詩의 본령과는 다른 각도에서 이해를 요한다.

그러면서 〈도암십영道庵十詠〉 같은 시는 일반 사람들의 세속적인 취향을 노래하는 등 승려문학의 일반에서 일탈되어 있다. 39세 때 일지암을 중건하고 일생의 근거지로 삼았으며 45세 때 《다신전》을 지었다. 56세 때 백파선사의 삼종선을 논박한 《망증십오조》를 지어보냄으로써 선 논쟁을 했다. 58세 때 고향을 찾아 부모님의 부재와 인생의 무상함을 느꼈다. 71세 때 금란지교의 김정희가 세상을 뜨자 제문을 짓고 일지암에서 만년을 보내다가 81세(법랍 65세)로 입적하였다.

> 동장봉별 東莊奉別
> 동노김승지 東老金承旨
> 재원담재김승지 在元覃齋金承旨
> 경연황산김승지 敬淵黃山金承旨
> 유근추사김대교정희 逌根秋史金待敎正喜[395]

1.

여관에서 이별했던 다정한 친구여	旅館違良知
하루 종일 근심으로 섭섭했었지	竟日愁悄悄
비온 뒤의 봉우리를 홀로 아끼며	獨憐霽後峯
숲속의 고운 이슬 마주했다네	妍妍露林表

2.

갑자기 상방으로 온 편지를 보니	忽開上方信
난새와 준마들이 먼 데서 모인다네	鸞驂稅雲端
긴 주장자 짚고 부리나케 일어나	悠然起長策
울퉁불퉁 험한 길 달려갈 밖에	迢遞躋巑岏

3.

골짜기는 구름으로 덮여 있고	澗口雲方合
산꼭대기엔 해 아직 솟지 않았네	山頂日未顯
아, 이렇게 호젓한 계곡을	吁嗟虛谷中
누가 그리워 홀로 왔단 말인가	孤往竟誰戀

4.

향산이 백거이를 바랐듯이	香山希弘護
조나라는 두 대장부가 지켰었지[396]	趙國大丈夫
나는 두 사람과는 처지가 달라서	二者俱不中
이런 행동 참으로 어리석을 수도	此行眞可愚

---

395 임종욱 역주, 《초의선집》, 동문선, 2006 재인용.
396 홍호는 백거이를 말하는데 백거이가 만년에 향산에 살다가 그곳에 묻혔고 조나라는
염파 장군과 인상여란 재상 때문에 진나라의 침입을 막을 수 있었다.

5.

물줄기는 굽이굽이 구릉을 돌아나가며	旅瀨縈重丘
소용돌이치면서 돌다리를 감싸는구나	回潨鋪石磴
곧바로 천 길 폭포를 이루면서	垂成千丈瀑
뇌성벽력으로 빈 산을 울리는구나	雷動空山應

6

엷은 안개는 나무 끝에 머물고	細烟生樹梢
풍경소리 가물가물 구름에 드네	微磬響雲中
모르겠구나 저 구름 속의	不知雲樹裏
우리 도량이 몇 겹이나 싸였는지	禪樓信幾重

7

장맛비 남쪽부터 개이니	宿雨解南榮
햇살이 층층 누대를 비추네	旭日射層櫨
붉은 노을이 짙게 깔린 곳에	粲粲明霞爛
보슬비 같은 안개가 둘렀구려	濛濛細霧縈

8

신령한 붓에는 힘이 넘쳐서	聖筆銀鉤連
임금의 글씨인 냥 빛이 발하네	御書金榜耀
하늘이 가시와 꽃을 함께 뿌리니	天散䊀蔕花
처마 너머 새들이 함께 노래하네	襜響共命鳥

9

저 아리따운 네 군자들 위해	彼美四君子
방안엔 화려한 돗자리 깔렸네	高堂併華筵
갖가지 골동품들 펼쳐져 있는 곳	雜雜排古玩
드문드문 고운 벗들 벌여 앉았네	疎疎羅嬋娟

10

흩어지는 먹물 향기 맑은 곳　　　　　　　　　掩冉墨暉淸
푸른 빛 차 향기 둘렀다네　　　　　　　　　　繞繚茶烟碧
바라만 봐도 절로 화기애애　　　　　　　　　　瞻眺自靄然
부처의 얼굴이 벽을 둘렀어라　　　　　　　　　鉛華籠淨壁

11

쥐수염과 양털의 붓대 들어　　　　　　　　　　鼠鬚羊毫管
낙화유수처럼 글을 써 가네　　　　　　　　　　落花流水牋
문장이 끝나자 용사가 꿈틀　　　　　　　　　　章罷籠蛇動
붓끝에선 난봉이 춤추는 듯　　　　　　　　　　筆飛鸞鳳騫

12

하늘거리는 갓끈은 진귀하고　　　　　　　　　振纓希往古
패록에는 고운 향기 서려 있네　　　　　　　　綴佩雜蘭荃
멋진 회포는 조화롭게 빛나고　　　　　　　　　雅懷和而潤
고담준론은 맑고 그윽하였네　　　　　　　　　高談淸且玄

13

서울 떠나 오래도록 헤어졌는데　　　　　　　　寶所何年別
우연히 화성에서 함께 묵다니　　　　　　　　　偶來宿化城
이 청량한 불법에 인연하여　　　　　　　　　　庶憑淸凉法
고달픈 벼슬살이 말끔히 씻어보길　　　　　　　一洗遊宦情

14

경상을 지키는 능엄경 한 책　　　　　　　　　床上有楞嚴
나를 이끌어 연구 의욕 돋우네　　　　　　　　推我講徵心
이심전심의 경지에 이른다면　　　　　　　　　聽到無言處
유연히 세상 영화 잊을 수 있겠지　　　　　　　悠然忘華簪

15

학은 높은 담장 그늘에서 조는데   鶴眠高墉陰
성긴 나무 사이 누각의 밤이라   樹涼重閣晚
좋은 때 멋진 만남 이룬 오늘 밤   佳辰成佳會
마음속 털어놓기 안성맞춤이라   雅合論一段

16

꼿꼿하구나 마음 비운 저 대나무   依依虛心竹
나의 미혹함도 다 사라지기를   六根俱已淸
밤 깊을수록 하나 되는 마음   入夜陰猶合
바람 없어도 그 운치 제법이라   無風韻可聽

17

그윽한 난초는 울창히 푸르러   幽蘭蔚靑靑
남다른 향기에 영혼마저 물드네   異香醉魂馨
다만 그 향기와 함께 할 수 있다면   但使同其臭
누가 다시 딴 몸임을 한탄하리요   誰復恨分形

18

빈 산에 물 흐르듯 막힘없는 시구들   空山流水句
몇 차례나 다시 더 들을 수 있을지   能得幾回聞
가을 강 옆 국화꽃 선명하게 핀 곳에   明如秋岸菊
봄 하늘 구름처럼 아련히 흘러간다   靉若春空雲

19

동로가 글 뒤에 발문을 쓴 것은   東老題後跋
설홍의 노닒을 되새기기 위함이지   爲識雪鴻遊
내일 아침이면 오늘은 옛날   明朝成今古
뜬구름 같은 인생살이 깨닫겠지   殊覺此生浮

20

조주 사람들의 한유와 이별 생각하고   將解潮州袂

다시 이릉의 시편을 떠올리며 짓노라   更題河梁篇

문체는 흡사 고담함을 닮아서   詞惋體古淡

푸른 보석 얼음보다 더욱 좋아라   勝獲靑瑤鐫

21

저물녘 꽃길 가에서   夕陽芳艸路

검은 말이 힘차게 내달리네   鳴驪就駸駸

언덕에 올라 멀리까지 송별하니   臨高一遙送

가을 산기운이 몸속에 스며오네   秋山嵐氣侵

전체 21편의 장편이다. 이종찬에 따르면 이 시는 초의선사가 경주의
모임 소식을 듣고 동참했을 때 김정희 등의 친구들이 함께 거기 모여
기쁜 나머지 그 흥을 21수의 시에 담았다고 한다.[397] 여기에는 서울에
서 헤어진 뒤, 오랜만에 다시 만나서 즐겁게 노니는 과정, 그리고 다시
헤어져 각자의 길로 가는 행색들이 잘 짜여진 한 편의 드라마처럼 연결
되어 흐른다.

1817년 8월에 제작한 이 시는 제목에 참여한 친구들의 이름을 적어
놓았다. 서울의 한 여관에서 이별을 고했던 친구들이 경주에 모인다는
소식을 듣고 고생길을 무릅쓰고 부리나케 갔다는 말을 1, 2, 3편에서
말했다. 이는 일종의 서곡序曲 같은 것으로 나그네의 길목에서 서로 이
별하여 시름겨움을 비 갠 후의 우뚝 솟은 봉우리로 연결하여 자신의

외로움을 상징시키면서 어쩔 수 없이 이 외로운 봉우리를 넘어야 하는 바쁜 발걸음을 묘사하고 끝에서 이 빈 골짜기를 자신만이 가야하는 외로움으로 이었다고 이종찬은 풀이했다.[398]

4편은 자신은 보잘것없는 사람인데 불러줘서 고맙다는 말을 우회적으로 어리석다고 말하는 겸양을 보였는데 자신을 기다리고 있을 김정희 등의 마음이 통하는 친구들을 떠올리며 중국의 낙양洛陽에 있는 향산香山이 백거이白居易를 기다려 단짝이 되어 만년을 함께 보냈듯, 조趙나라가 염파장군廉頗將軍과 인상여藺相如라는 재상, 서로 다른 두 사람의 절묘한 화합으로 진秦나라로부터 안전할 수 있었듯이 자신도 친구들에게 좋은 짝, 심계心契이기를 바란다는 소망을 옛이야기에 빗대어 말했다. 이는 문면文面에 있는 문자文字의 의미를 넘어선 언외지미言外之味의 함축적인 의미를 담은 대목이다. 5편, 6편, 7편은 모인 장소의 바깥 배경과 운치를 경인인생景因人生 곧 경치로 인하여 발동한 시심이 사람의 생명력과 추동력이 되는 수법으로 매우 서정적인 분위기를 자아낸다.

8편, 9편, 10편은 모인 장소의 내부를 누구나 짐작할 수 있을 정도로 자상하고 친절하게 그려냈다. 9편은 모인 친구들이 4명의 군자라 했는데 곧 김동노, 김재원, 김경연, 김정희 등을 일컫는다. 초의를 포함, 다섯 명의 친구들이 골동품의 장식이 남긴 여백의 공간에 띄엄띄엄 앉아서 도란도란 이야기하는 여유로운 모습이 저절로 상상되는 시상이다. 언외言外의 변미辨味를 맛보는 감상이 일품逸品이다.

10편과 11편은 이 시의 시안詩眼이다. 그윽한 묵향墨香과 맑은 다향

398 이종찬, 〈초의선사의 생애와 시문학〉, 임종욱, 앞의 책, 9면.

茶香이 어우러져 세속의 경계를 초월한 해탈에 이른듯한, 그래서 "부처
의 얼굴이 벽을 둘렀어라"는 희열喜悅의 탄성이 절로 터져나오는 경인
인현景因人顯의 전형적인 수법으로 모임이 절정으로 가고 있음을 암시
했다. 친구들이 즐겁게 시를 짓고 쓰는 정경, 다른 한 켠에서는 맑고
고운 다향茶香이 솔솔 이는 분위기, 이런 기쁨이야말로 부처가 되는 희
열喜悅과 같다는 의회意會를 담았다. 그러면서 손에 쥐었던 붓의 모양,
글이 써지는 과정과 동작, 완성된 글씨들이 용龍 같고 난鸞처럼 기묘한
형체라는 말을 했는데 마치 독자들도 현장에 참예參詣한 듯 실감나게
묘파했다.

　12편은 각인의 외양과 이야기 나누는 모습을 말했는데, 피문이입정
披文以入情이란 말처럼 글 속에 담긴 속뜻을 헤치고 들어가면 모인 친구
들은 모두 현달顯達한 사람들이며 서로 주고받은 말들은 모두가 고담高
談이요 준론峻論이라는 자부심의 발로이다. 13편은 서울에서 헤어진
뒤 다시 만난 기쁨을 부처님의 가피로 돌리면서 잠시나마 세속의 번뇌
를 씻자고 했다.

　14편은 선禪의 묘합妙合의 경지 곧 교외별전敎外別傳인 이심전심以心
傳心이요 불립문자不立文字의 경지를 희구하는 승려의 신분임을 말했
고, 15편은 마치 이백이 복숭아꽃 오얏꽃 만발한 동산에 모여앉아 실컷
아회雅懷를 말하면서 회포를 풀고 멋을 나누며 읊었던 노래, 〈춘야연도
리원서春夜宴桃李園序〉를 대하는 느낌이다. 삶이란 무엇인가? 불도를
이룸이란 어떤 것인가? 선을 깨달음이란 무엇인가를 속으로 묻고 답하
는 시인의 속마음이 물씬 전해진다. 16편은 그런 내 마음이 대나무로
옮겨간다. 이제는 선정후경후정先情後景後情의 시상이다. 마음을 비웠
으니 곧 무욕無慾이니 고집멸도苦集滅道에서 해탈된 경지가 아닌가? 바

로 속을 텅텅 비운 대나무로 시선이 옮겨지고, 조용히 곧추선 대나무의
자태는 다시 모인 친구들에게 투사되어 말하지 않고 사뿐히 졸고 있어
도 그저 이심전심으로 통하는 마음의 소통 모습이다.

17편은 난초의 향과 같이 맑고 고운 담론과 시 짓기로 친구들과 영혼
을 하나로 물들일 수 있었으니 우리 모두는 다른 몸이 아니라 한 몸이
라는 말로써 각별한 사이임을 말하면서 이별의 순간이 다가오고 있음
을 "누가 다시 딴 몸임을 한탄하리요."라며 아쉬운 마음을 에둘러 감췄
다. 18편은 또다시 기약 없는 이별을 안타까워하면서 "봄 하늘의 구름
처럼 아련히 흘러간다."는 시구로써 아쉬움을 달랬다. 봄이 가면 여름
이 오고 여름이 가면 다시 이번에 만났던 가을이 올 것이라는 희망을
담았기에 그 기다림의 시간이 소중하게 간직될 것이다.

19편은 동로에게 지은 시들을 모은 후, 발문을 쓰게 하여 길이 전할
것을 기약한 내용인데 설니홍조雪泥鴻爪의 고사를 인용했다. 눈 위에
찍힌 기러기 발자국이라. 눈이 녹으면 흔적도 없이 사라지는 존재가
아닌가? 바로 인생의 자취가 그러하듯이… 소동파가 〈화자유和子由〉
에서 말했던 것인데, 동파는 동생 자유와 이별이 아쉬워 이런 시를 주
면서 이별의 아쉬움을 달랬었다. 초의는 이별의 대목에서 동파의 시구
를 떠올리며 만남의 흔적을 남겨 오래도록 그 아회雅懷를 지니고자 했
을 것 같다.

20편은 이별에 임박하여 행인이 오래 머물지 못함을 아쉬워하며 다
시 이별시를 지었는데 그 말이 고답스럽다고 했다. 당나라 한유韓愈
(768~824)가 헌종憲宗이 부처의 손가락 진신사리를 궁안에 모시고자
했을 때, 〈간영불골표諫迎佛骨表〉를 올려 반대하다가 미움을 사서 광
동성 조주자사潮州刺史로 내쫓겼는데(820) 한유는 그곳에서 선정을 베

풀고 그곳 사람들을 교화시켰다. 그는 채 1년이 안 되어 조주를 떠나 원주자사袁州刺史로 전임했는데 조주 사람들은 그를 잊지 못하여 이별에 임하여 눈물을 흘리며 아쉬워했었다. 이른바 '몌별袂別' 곧 소매를 잡고 섭섭한 마음으로 이별한다는 말이 거기서 유래되었다. 평소 한유를 흠모하던 송나라 소식蘇軾(1036~1101)은 한유의 조주자사 시절의 치적을 회억하면서 그곳 사람들의 요청을 받고 〈조주한문공묘비潮州韓文公廟碑〉를 지으면서 한유가 조주 사람들에게 끼친 선업善業을 칭송했다.

또한, 이릉李陵의 〈여소식與蘇軾〉 시 "하양河梁의 다리 위에서 손을 놓으니 그대는 이 저물녘 어디로 가시나요? 행인은 오래 머물지 못하나니, 각자의 말속에 그리는 맘 간절하네…"라는 시를 원용하여 이별에 즈음하여 서로 주고받은 시구가 있었음과 그 시편들이 푸른 보석보다 더 좋다고 했다.

21편은 마지막 편으로 각기 헤어져 각자의 자리로 돌아가는 장면을 실감나게 말했는데 가급적 높이 올라 멀리까지 보고자 하는 시인의 안쓰러운 마음으로 끝맺었다.

서술시적 상황에서 세 번째에 해당하는, ⓒ어떤 정경이나 정서의 공감을 요하는 상황을 친절하고 자상하면서도 실감나게 서술한 정황 묘파적描破的 서술시의 절창絕唱이라 하겠다.

초의선사는 〈송월松月〉과 같은 장편시는 물론이고 연작시를 즐겨 지었는데, 장편시보다는 연작시가 훨씬 긴장감이 강하게 전달된다는 말이 크게 와 닿는다.[399] 이에 대한 시사적 맥락에서의 접근과 그에 대한

----

399 이종찬, 〈초의선사의 생애와 시문학〉, 임종욱, 위의 책, 14면.

해명이 요구됨은 재언을 필요로 하지 않지만 지금까지 별 주목을 하지
않은 아쉬움이 있다. 위의 시에 대해 "시간적 순차에 따라 전편의 시상
이 이어지고 있으니 오히려 한 편의 장시로 느껴질 정도이다[400]"는 정곡
을 찌른 견해이지만, 이런 형식상의 연원이 어디에서 흘러나오고 있는
지에 대해서는 말하지 않았다. 연원이 오래된 호남 한시사의 서술시적
전통은 이와 같은 연작시 형태로 이전의 시들과는 그 모습을 달리하면
서 계승되고 있었음을 잘 나타내 보이고 있는 작품이다.

16. 경회의 서술시

구한말, 꺼져가는 한 사람의 목숨을 붙잡듯, 무너져 내리는 유학과
조국의 운명에 대해 온 몸을 바쳐 건지려했던 뜨거운 가슴의 소유자,
경회景晦 김영근金永根(1865~1934)은 강진에서 태어나 조선 후기 강진
고전문학사의 대미大尾를 장식한 동시에 강진 문학이 근·현대 문학으
로 발전해 갈 수 있도록 이행기移行期를 충실하게 담당해준 귀중한 문
인이다. 경회는 아버지 부호군副護軍 도순道淳과 어머니 숙부인 창녕
조씨와의 사이에서 3남 3녀 중 셋째 아들로 태어났다.

경회의 가계에 대해서는 그가 직접 쓴 〈왕고 통정부군 묘표음기〉와
〈선비 숙부인 창녕 조씨 묘갈〉에 잘 나타나 있다. 위의 기록에 따르면
경회는 김해 김씨 송정파인데 승원丞元이란 분이 영암으로 옮겨왔으며

---

400 이종찬, 《한국불가시문학사론》, 1993, 730면.

그의 뒤를 이어 철강 – 금석 – 진태로 이어지는데, 바로 진태가 처음 강진에 터를 잡았다. 진태는 일엽과 수엽을 낳았는데 일엽日曄은 곧 경회의 조부이시다. 일엽은 재순과 도순 그리고 3녀를 두었는데 도순道淳이 곧 경회의 부친이다. 도순은 전실前室 선산 김씨로부터 영욱, 영필, 영귀와 1녀를 두었으며, 후실後室 창녕 조씨에게서 영철, 영준, 영근과 3녀를 두었다.

경회의 생모 창녕 조씨는 부친 태종泰宗과 모친 여흥 민씨 철호喆鎬와의 사이에서 출생하였다. 이상에서 볼 때 경회는 명문 김해 김문과 창녕 조씨 사이에서 막내아들로 태어나 올곧은 가풍과 유학의 가르침을 통하여 훌륭한 선비로서 성장할 수 있는 여건을 타고났다.

특히 덕인德仁 또는 복인福人으로 칭송받은 어머니 조씨는 신라 태사 창녕 부원군 계룡繼龍을 시조로 하는데 6세 겸謙은 고려 태조를 섬겼고 덕공공주에게 장가들어 하성 부원군으로 봉해졌는데, 이로부터 대대로 벼슬이 이어져 창녕 조문은 평장사 8분을 배출한 명문이 되었다.

특히 양평군 익청益淸에 이르러 크게 드러났는데 양평군의 손자 상치尙治는 부제학을 지냈다. 이후 다시 4세를 지나 세풍世豊에 이르러 영천에서 영암으로 옮겨왔는데, 이분이 경회 모친의 10세조이시다. 명문에서 낳고 자란 경회의 어머니는 한마디로 '여자 중의 인걸人傑'이라 불렸다.

이렇듯 경회가 군건한 신념으로 동학란을 비롯한 내환과 단발령, 을사늑약, 한일합방 등 외우에도 꿋꿋하게 학자로서 깨끗한 선비의 자세를 지닐 수 있었던 것은 부모로부터 이어받은 명문가의 전통과, 면면히 이어진 스승의 학맥적 영향이라 하겠다.

경회는 우암 송시열 – 정관재 이단상 – 삼연 김창흡 – 노소 김신겸 –

지암 김량행 – 수산 이우신 – 화서 이항노 – 중암 김평묵· 오남 김한섭
을 잇는 정통 유학자였다. 특히 중암과 오남은 화서의 직접 제자로서
화서학파의 위정척사衛正斥邪 정신을 올곧게 이어받은 학자였던 만큼,
경회의 사상적 기반 또한 두 스승과 멀지 않았음은 당연한 귀결이었다.

　이러한 경회의 학맥은 간재艮齋 전우田愚와도 거리가 있으며 특히 정
다산이 강진에 유배 와서 가르친 제자들과도 분명 달랐음을 알 수 있
다. 다시 말해서 조선 후기 강진은 간재의 학맥, 다산의 학맥, 경회가
이어받은 학맥 등 크게 세 줄기의 도도한 강물 같은 문화가 꽃피고 있
었으니, 그러한 꽃들의 결실이 곧 강진의 근·현대 문화에 튼실한 주출
돌이 되었음은 재언을 요치 않는다. 경회는 김오남의 학맥을 이어 받았
지만 오남의 스승인 기노사에 대해서 일방적인 추종은 하지 않았음을
《경회집》곳곳에서 알려 준다. 그만큼 경회는 스승이 그러했듯 자신만
의 독특한 세계관을 지니고 있었다는 말이 되겠거니와 이에 대해서는
후일 상고를 준비할 예정이다. 경회는 한말 격동기를 살다간 위대한
유학자로서, 빛나는 시심詩心과 지독한 향토애鄕土愛를 발현한, 자유자
재自由自在한 시인으로서, 유학의 자존을 끝까지 지켜낸 선비로서, 길
이 새겨지고 높이 평가되어야할 강진의 자랑이 아닐 수 없다.

　경회는 5세 때《천자문》을 배운 이래《격몽요결》,《경사자집經史子
集》등을 두루 익혔는데, 18세 때에는 지도에 유배 와 있던 중암 김평
묵을 찾아가, 유학의 내용과 화서의 위정척사 정신을 배웠다. 이에 앞
서 경회는 13세 때 오남 김한섭을 만난 이후, 과거의 폐단에 대해 절실
히 느낀 바 있어, 과거 공부를 포기하고 오로지 의리의 학문과 수신의
공부에만 전념하였다. 경회는 전실 엄씨와 후실 최씨 사이에 3남 3녀
를 두었으며, 문하로서 천석언, 김백진, 박효준, 정화선, 정학수, 마상

덕 등이 있었는데 그들은 임종과 치상에 관여할 만큼 각별했던 사람들이다.

〈선고 경회당 부군 임종시 일기〉를 보면 죽기 보름 전까지 제자들에게 《논어》를 가르쳤음을 알 수 있으며, 특히 《소학》주를 바로 잡지 못하고, 《논어쇄의》를 기록하지 못한 것에 대하여 한으로 삼는다고 했으니 그의 학자로서의 진정성과 학문에 대한 치열성 앞에 삼가 머리를 숙이지 않을 수 없다.

경회는 학자요, 시인이라 하였다. 〈맹자쇄의〉〈예기쇄록〉 등은 그의 학문적 수준을 짐작케 하는 내용들이다. 〈일사계서〉〈보인계서〉 등은 유학에 대한 실천적 행위자로서의 경회를 두고두고 새김질하게 하는 귀한 내용이다. 특히 〈상중암선생문목〉〈경의논의〉〈대학독법소해〉〈무극이태극언석〉〈상오남선생문목〉 등은 학문하는 열정과 스승에 대한 신뢰, 자신을 낮추는 겸허의 자세 등을 유감없이 보여주는 글들이다.

《경회집》에는 600여 수의 시가 실려 있다. 최신호 교수의 지적대로 그의 시는 서정적 요소와 서사적 요소가 조화적으로 갖추어진 〈억이충무공〉 같은 시를 비롯하여, 〈금릉팔경〉 등 향토적 서정이 충만한 시편, 〈문문산〉〈사첩산〉〈노중련〉 등 중국측 역사적 인물과 〈을지문덕〉〈강태사〉〈김유신〉 등 우리나라 인물을 내세워, 당시 일본과 서양의 침략 세력에 대하여 강력한 저항적 자세를 드러내 보였다.

경회의 이러한 저항적 시 창작 정신은 호남시단에서 면면히 계승되어져온 전통으로서, 경회를 통하여 그 정신이 근·현대문학으로 접목되었다는데 큰 의의가 있다. 경회시의 또 다른 모습은 낭만적 서정성이다. 이 또한 호남시단의 전통에서 체득된 것인데 경회는 호남 사종詞宗으로 칭송되었던 석천 임억령을 비롯하여, 퇴계의 문하였던 풍암 문위세 등 호남시단의 선배 시인들에 관심이 많았던 인물이다. 따라서 경회의 여러 시편에서 감지되는 낭만적 서정성 또한 호남시단의 전통과 무관한 것이 아님은 자명한 사실이다. 이에 대하여는 심도 있는 논의가 별도로 있으리라 기대해마지 않는다. 다른 한편, 경회는 간도 등을 비롯한 이향異鄕에 대한 그의 체험적 기행시가 생동적이면서도 묘회적描繪的으로 그려져 있어 당시 낙척落拓 지식인의 방랑적 단면과 이향에 대한 생경적 정서의 서정화를 통해 시로 토해 낸 그의 역량을 감지할 수 있어 안타까우면서도 풍부한 소재를 안겨주는 행복감을 안겨주기도 한다. 무엇보다도 그가 실천한 호남 서술시의 면면한 전통의 계승은 그 역사를 20세기까지 연장하여 현대시의 세계를 깊이 있고 풍성하게 하는데 기여했다는 점이다. 아래 보이는 〈화전괴석가〉는 구한말 당시 모순과 불합리가 횡횡한 서술시적 상황에서 소작인들이 겪었던 아픔과 고통을 담담하게 그려내었을 뿐만 아니라 김상준이라는 실존의 모범적 인물에 대한 자상하고 친절한 서술이라는 점에서 그의 시인으로서의 역량은 물론 애민 정신을 잘 드러내 보인 서술시이다.

화전괴석가 花田怪石歌[401]

기북畿北[402]에선 논을 일日[403]로 세는데 畿北數田以日數
호남湖南에선 두斗[404]로 센다 湖南計田以斗計

---

401 김상준이라는 실재 인물을 통해 자신의 애민관을 노래한 걸작임. 최한선 외,《국역 경회집》, 중앙인쇄사, 2009.
402 기畿 : 서울에 있는 궁성으로부터 오백 리 이내의 땅.
403 기북에서는 논을 하루 갈이, 이틀 갈이로 함.
404 두락, 마지기. 호남에서는 논을 일 두락 이 두락하는데 이는 파종을 하는 데 참고함.

날로 세든 마지기로 세든 말할 것이 없지만　　　　　　　數日計斗姑無論
상 중 하上中下로 땅의 등분이 있다　　　　　　　　　　上中下土有次第
중토中土는 일 두락에 두 섬이 나고[405]　　　　　　　　中土一斗食二石
상토上土는 일 두락에 서너 섬이 난다　　　　　　　　　上土一斗出三四
하토下土는 삼십 말만 나기도 하는데　　　　　　　　　　下土或至三十斗
스무 말이나 열 말이 나면 더 하토下土가 된다　　　　　廾斗十斗又下此
옛날엔 부자도 순박하고 후하여　　　　　　　　　　　　古昔富人務淳厚
논을 주고 세세租를 받아도 사람들이 싫어하지 않았다

　　　　　　　　　　　　　　　　　　　　　　　　　　給田收租人無斁
두 섬四十斗[406]에 십 두十斗만을 나누어 가고　　　　　　兩石分十斗
석 섬 넉 섬에도 한 섬 넘게 받지를 않았다　　三石四石摠不過一石
그런데 어인 일인지 인심이 날로 야박해져서　　　　奈何人心日偸薄
부자들 수를 받음이 말할 수 없게 되었다　　　　　　富人土稅最難名
세금도 소작인小作人더러 내라고 하고　　　　　　　　稅金旣令佃民出
반이 넘게 수를 받으면서　　　　　　　　　　　　　　　太半收租
오히려 적게 받았다고 한다　　　　　　　　　　　　　　尙自以爲輕
추수를 하여 두 섬을 내고 나면　　　　　　　　　　　　秋收出兩石
소작인은 십 두(열 말)도 먹기 어렵다　　　　　　　　　佃民實難十斗食
석 섬 넉 섬에서 한 섬도 내어먹기 어렵다　　三石四石出一石亦未得
게다가 또 전부를 바쳐버리기도 하여　　　　　　　又或有沒數充租入
일 년 동안 부잣집의 삯도 못 받은 종이 되고 만다

　　　　　　　　　　　　　　　　　　　　　　　一年空作富人免價奴
또 곡식을 사서 수량을 채우기도 하니　　　　　　又或有買穀充其數
고금에 이런 일도 있었던가 없었던가　　　　　　　古今此事有也無
더구나 새로운 말斗이 나온 뒤로는　　　　　　　　　且況新斗行

---

405 일 두락에선 두 섬이 남.
406 석石 : 섬을 가리키는데 열 말 또는 스무 말을 가리킴.

말은 커졌는데 수(받아가는 양)는 줄어들지 않았다	斗大租不減
거기에 또 도리깨로 치고 치로 까불어	且況桿打芒箕揚
벼가 쌀처럼 안 되면	塵不至如米
벼락 고함을 지르니	更發喊
소작인은 고개를 떨구고 눈물을 닦으며	佃民垂首暗拭淚
처자妻子는 서로 서러워 슬퍼한다	妻子相對共悲傷
대농가大農家란 이름만 좋을 뿐	大農家名徒好
섣달도 못 되어서 식량이 바닥난다	未及臘月已絕糧
작년에는 남촌에서 다섯 집이 도망을 치더니	去年南村五家逃
금년에는 북쪽 마을 열 집이 비어버렸다	今年北里十室空
어째서 이 지경이 되었느냐고 묻는다면	問渠何爲至此境
모두가 부자들의 조화(농간) 아닌가	盡是富人造化功
아마도 하늘이 인종을 멸하려나보다	定知天欲滅人種
부자들도 또한 무슨 마음인가?	富人亦何心
이미 태어나게 하고서 왜 다시 죽이려는가	旣生如何又欲殺
날과 밤으로 높은 데서 내려다보기만 하는구나	日夜巍巍空下臨
우리 고을에 덕을 좋아한 사람이 있으니	吾鄉亦有好德人
김씨 상준金氏相準의 자字는 홍언弘彦이다	金氏相準字弘彦
맨손으로 가산을 일궈 자못 가난하지 않은데	赤手成家頗不貧
도저히 시속時俗을 따르지 않는다	到底不隨時俗變
타인은 논 수를 열 섬을 받는데	他人土租徵十石
홍언은 그 절반을 넘지 않게 받는다	弘彦不過折其半
소작인들이 깜짝 놀라 너무 적다고 하면	佃民曠然嫌太少
홍언은 끝내 달리 계산하지 않는다	弘彦終是不改算
소작인이 더 내려함은 실정이 아니지만	佃民欲加似非情
다른 부자와 비해 싸기에 그런 것이다	取譬他富爲輕款
이것이 그전 세상이라면 보통의 예지만	此在前世爲例事
지금 세상에는 실로 드문 일이다	此在今世實稀罕

집집마다 사람마다 홍언의 이름을 전해	家傳人訟弘彦名
홍언이 갑자기 활불活佛이 되었다	弘彦忽地成活佛
부자들은 이 말을 듣고 냉소冷笑를 하니	富人聞此發冷笑
홍언이 갑자기 이상한 사람이 되었다	弘彦忽地成別物
소작인들 모두가 홍언의 부자 되기를 빌어	佃民盡祝弘彦富
해마다 논을 못살까 염려를 한다	惟恐年年不買土
사람마다 홍언의 논을 벌기를 원하여	人人願佃弘彦田
날마다 찾아온 사람 수를 셀 수가 없다	日日戶屨不勝數
비유하자면 꽃밭에 괴석怪石이 있음과 같고	譬如花田有怪石
또 비단 부채에 설죽雪竹을 그려놓은 것 같다	又如紈扇畫雪竹
홍언이 반드시 뒤가 있을 줄 내가 알고	吾知弘彦必有後
홍언이 반드시 복이 있을 줄 내가 안다	吾知弘彦必有福
적선積善하면 경慶이 있다는 이치가 분명하고	積善餘慶理甚明
여러 입은 쇠도 녹인다 함도 틀린 말이 아니다	衆口鑠金亦非誣
내가 지금 노래를 지어 홍언을 노래하노니	我今作歌歌弘彦
깊이 부자들에게 나의 소견을 밝힌다	深爲富人貢我愚
아! 내가 홍언을 위해서가 아니고	于嗟乎非爲弘彦計
또한 부자들을 위해서도 아니다	又非爲富人計
궁한 백성들이 날로 떠도는 것을 차마 보지 못해 노래한다	
	不忍窮民日流離
어떻게 하면 우리 백만 동포가 모두 죽지 않고	
	安得我百萬同胞俱不死
마침내 서일瑞日이 떠오를 때를 볼 수 있을까?[407]	終見瑞日上天時

전체 74구로 된 장편 서술시이다. 먼저 세금에 대한 말로써 시상을

407 《경회집》, 아세아문화사, 1987, 3~4면.

일으킨 뒤, 부자들이 말斗을 바꾸어 말 크기는 키우고 세곡으로 거둬들인 말 수는 그대로라는 말로써 심상치 아니한 분위기를 조성했다. 이어 옛날 부자와 오늘날 부자의 차이점은 순후淳厚하고 안 하고 차이라면서 부자를 직접 겨냥하여 불합리함을 토로하여 긴장감을 고조시킨 뒤, 농사를 지어봤자 세곡을 땅 주인인 부잣집에 다 바치고 나면, 섣달이 오기도 전에 식량이 떨어지고 없기 때문에 소작인들이 집을 비우고 도망을 가서 유리걸식한다는 말을 하여 사태의 심각성을 한층 고조시켰다.

이와 같은 농민들의 가혹한 현실 상황은 앞서 본 송순의 〈문개가〉에서 "집도 땅도 다 잃고 남은 것은 맨몸뚱이/ 하늘로 날아갈까 땅으로 꺼질까? 일신을 가눌 길 없어/ 아내는 동쪽으로 자식은 서쪽 나는 남쪽으로/ 구름처럼 흐르고 빗물처럼 흩어져서 천지간에 아득하게 되었소."와 다르지 아니한 상황이다. 면앙정과 경회가 근 4백년의 차이가 있음을 감안할 때, 송순으로부터 더 나아가지 못한 것은 경회의 한계라고 해야 될지 아니면 다른 설명이 필요한지 판단을 미뤄둔다.

경회는 농민들이 극한지경에 이르게 된 것은 모두가 부자의 탓이라고(盡是富人造化功)한 뒤, 이것은 정녕 하늘이 백성을 멸종시키려고(定知天欲滅人種)한 것임을 알겠다며 하늘 곧 왕을 원망하면서 비극적 분위기를 최절정으로 이끌었다. 이어 김상준이라는 사람은 다른 부자와는 달리 소작들의 입장에서 세곡을 다른 부자의 반만 받는 등 선행을 베푼다고 하여 시상의 반전을 기했다.

그런 김상준을 다른 부자들은 이상한 사람으로 보지만, 그는 '활불活佛'로써 추앙받는다면서, 비유하자면 꽃밭에 나 있는 신기한 바위, 괴석怪石과 같고, 부채에 그려진 설죽雪竹과 같은 존재라고 했다. 아름다운 꽃밭을 더욱 운치 있게 장식해주는 신기한 바위나, 무더위를 물리쳐주는 부채에 그려진 눈 맞은 대나무 그림과 같은 존재, 그런 사람이 바로 김상준이라는 것이다.

　물론 그가 실재 인물인지 아닌지 모르겠지만, 그 여부를 떠나 모순되고 불합리하여 개선이나 개혁을 요하는 앞서 말한 ㉠과 같은 서술시적 상황에 대한 시인의 인식과 서술시 제작은 호남 시단의 선배들이 보여준 것과 크게 다르지 않다는 점에서 그 맥을 근대까지 계승했다고 할 것이다.

　시인의 시상 마무리가 몇 번을 읽어도 그저 가슴 먹먹하게 한다. "내가 지금 노래를 지어 홍언을 노래하노니/ 깊이 부자들에게 나의 소견을 밝힌다/ 아! 내가 홍언을 위해서가 아니고/ 또한 부자들을 위해서도 아니다/ 궁한 백성들이 날로 떠도는 것을 차마 보지 못해 노래한다/ 어떻게 하면 우리 백만 동포가 모두 죽지 않고/ 마침내 서일瑞日이 떠오를 때를 볼 수 있을까?" 이런 시작 태도를 분명히 한 경회는 근대 한국문학의 리얼리즘적 사고를 십분 체득한 것으로 사료된다. 진정한 경국제민을 바라는 자의 태도와 마음가짐, 진정한 지식인의 자세란 바로 이런 마음과 자세를 두고 한 말이 아닐까? 이것이 바로 호남 서술시의 가치이며 미학의 일단이다.[408]

---

408 이백순, 최한선 공역, 《국역 경회집》, 중앙문화사, 2009. 참조.

IV.
마무리하는 말

　인문학은 위기에 있는가? 인문학은 산에 산에 저만치 피어 있는 꽃이며 상아탑의 공허한 도서관을 채우는 박제된 지식일 따름인가? 결코 그렇지 않다. 이제는 인문학 중심으로 파괴된 생태계의 복원은 물론 물질에 찌들어 황폐화된 현대인의 척박한 정신에 샘물 같은 정서와 따스한 온기를 제공해야할 뿐만 아니라 지역 발전의 기본적인 자양분이 되어야 할 때이다.

　지자체가 시행, 정착되면서 지역이 그 어느 때 보다 집중적인 조명을 받고 있음은 주지하는 사실이다. 그도 그럴 것이 각 지자체는 인구의 감소 등 지역이 안고 있는 현안의 문제점들을 해결하기 위해 아이디어 백태를 연출하면서 생존 전략 수립에 열을 올렸다. 하지만 지난 몇 년 동안 지자체들의 지역 발전 전략은 되레 많은 문제점을 낳았는데 그것은 다름 아닌 뿌리 없는 개발 위주의 전략에 따른 조화의 훼손과 생태계 파괴 등으로 온유와 침잠 나아가 음미의 멋과 맛을 박탈하여 마침내는 인간 생존의 위협을 초래하기에 이르렀다.

이 같은 문제를 해결하고자 각 지자체들은 인문학에 바탕한 정신문화 곧 지역의 전통과 역사에 눈을 돌리게 되었으며 그에 따라 법고창신의 태도가 지역 발전의 새로운 지침으로 떠오르게 되었다. 이와 더불어 지역 발전에 있어서 인문학도들의 책임과 역할은 매우 중요하게 인식되고 있으며 이는 인문학이 부흥할 수 있는 호기를 얻었음을 의미한다.

이른바 지역이 나라의 중심이 되고 있는 현 시점에서 지역 문학사 또는 지방 문학사의 출간은 지역에 착근한 향토와 사람에 대한 관심과 애정의 결과이거니와 이런 성과를 통한 지역의 발전 전략 수립은 몸에 밴 친숙함을 바탕으로 한 것이기에 지역민의 결속과 동질화를 통한 이탈 방지라는 실리적인 측면뿐만 아니라, 다른 지역과 차별화된 결과를 불러와 지역 발전에 기여할 것임은 자명할 것으로 예견된다.

이런 시대적 요구와 당위성에 입각하여 필자는 호남의 발전 전략은 호남의 인문학적 성과에서 찾을 수 있다는 확신 아래 호남 인문학의 일부인 호남 한시단 연구에 관심을 갖기 시작했는데 본서는 그런 연구의 진행에 대한 일부 보고서 성격이라 하겠다. 필자는 우선 작금의 호남(남도) 한시단에 대한 연구 태도를 간략히 조감한 뒤, 조선 초기 금남 박상과 눌재 박상으로부터 조선 후기 다산 정약용, 초의 장의순, 경회 김영근 등 600여 년을 면면히 이어온 서술시적 글쓰기가 이뤄낸 문학적 성과에 대하여 살펴보았다.

중요한 것은 서술시 또는 서술시적 상황이 전개될 때마다 도도하게 실현되어 당대적 의의를 다 한 호남 시인들의 서술시적 글쓰기 전통을 발견한 데서 한발 나아가 그것의 의미는 무엇이며 각 작가의 작품에 실현된 현실 인식의 낙차와 크기, 그로 인해 획득된 작품의 미학 내지는 현대적 계승 문제 등에 대해 만족할 만한 정도까지는 이르지 못한 아쉬움이 많다.

호남 한시단 연구의 현 단계는 시·군별 문학 유산에 대한 연구, 학맥 곧 사승 관계를 통한 전통 연구, 불교문학에 대한 사적 이해, 누정에서 이룩한 시단 중심의 누정문학에 대한 연구 등이 주를 이루고 있으며, 여기에 필자가 관심 갖고 있는 서술시적 글쓰기 전통에 대한 연구를 보탤 수 있겠다.

시·군별 연구는 해당 시·군에 관계된 인물의 문집 수집과 그에 따른 문집의 해제와 작가론 등이 주를 이루는데 최근에 이룩한 구례의 왕씨 일가와 운조루 유씨 일가에 대한 연구 결과는 두 집안의 인물들이 맺었던 교유관계는 물론 매천 황현, 영재 이건창, 추금 강위, 창강 김택영, 해학 이기, 유당 윤종균, 남파 성혜영, 석정 이정직 등의 활약과 그들이 이룩한 시사적 업적뿐만 아니라 호남 시단에 끼친 영향과 의의를 살피는 데 크게 도움을 줄 것으로 기대된다.

다음으로 학맥적 전통에 대한 연구는 사승 관계를 통하여 계승되고 있는 어떤 정신이나 강조된 어떤 의미를 추적하는 데 매우 유익하거니와 호남 한시단에 있어서의 이 같은 연구는 아직 기대 수준에 미치지 못하고 있는 실정이다. 여기에는 여러 원인이 있겠지만 기축옥사(1589) 이후 호남 지방 재지 세력 간의 대립에 따른 학계의 분열, 임란으로 인한 제봉 고경명이나 청계 양대박과 같은 큰 인물의 상실, 인조반정 (1623) 이후 경기·충청 지역 서인 세력의 집권에 따른 호남 사림의 상대적 소외 등이 그 주된 원인으로 지적되고 있다.

또한 불교문학에 대한 사적 이해는 단편적으로 이루어졌을 뿐 체계적이거나 지속적인 연구로는 이어지지 못하고 있는 실정이다. 불교 시가는 국문시가와 한시(선시) 분야 공히 유구한 전통을 지닌 채 때로는 유자儒者의 그것들과 대립하고 때로는 공존하면서 이 땅의 정신문화를 이끌어온 것인 만큼 그 질긴 생명의 실체가 무엇이며 특징은 어떤 것인지 밝혀야 할 것으로 기대된다.

다음으로 누정문학은 그 양과 질에 있어서 주목되거니와 특히 송순이 주도한 면앙정 시단, 석천이 주도한 식영정 시단, 소쇄처사가 이끈 소쇄원 시단 등은 주옥과 같은 서정시의 산실이다. 호남의 누정은 정치적 사화기를 거치면서 본격적으로 건립되었는데 그 결과 호남 각 지역에는 누정문학의 유산이 엄청나다. 그 가운데서 송순, 임억령, 고경명, 박순, 김인후, 정철, 양산보, 김성원, 윤선도, 양대박, 김인후 등은 서정 한시의 백미를 창출한 인물들인데 〈면앙정 30영〉 〈식영정 20영〉 〈소쇄원 48영〉 등은 그들이 한껏 뽐낸 수작으로 일컬어진다. 이와 같은 누정문학에 대한 사적, 체계적, 집중적 연구가 요망되거니와 그로부터 획득한 정신 유산의 현대적 계승은 지역 발전 전략의 중요한 자산이 될 것으로 사료된다.

한편, 호남지역 한문학의 유구한 역사에서 줄기차게 이어지는 실체적 맥이 여럿 일진대 구체적으로 그것은 어떤 것일까? 앞서 말했던 바와 같이 이몽룡이 토해냈던 그 간담을 서늘케 하고 응어리진 폐부를 말끔히 씻어주는 그 힘의 원천은 어디에서 연유하며, 말하지 않고는 못 배기는 그 입심은 또 어디에서 나오는지... 그것은 다름 아닌 서술시적 글쓰기의 전통에서 연유한 것이 아닐까.

분명 이는 호남 시학을 밝히는 주요한 단초임에 분명하거니와 호남 한시 역사를 통관하고 있는 서술시의 힘, 그것은 두말할 필요도 없이 서술적 상황의 전개와 그에 대한 능동적 대처 태도에서 나온 것이며 그 시원은 호남 사림의 종장 금남과 눌재부터라고 생각한다.

조선 초기 금남 최부(1454~1504)와 눌재 박상(1474~1530)으로부터 조선 후기 경회 김영근(1865~1934) 그리고 민중의 희노애락이 담긴 판소리에 이르기까지 무언가 분명하게 이어져 내려오는, 비록 각 시기마다 정치적 득실과 각 개인의 지향적 세계에 따라 다소의 굴절과 낙차가 있을지라도, 오히려 그것이 더 마음을 사로잡은, 꿋꿋하게 이어져 온 그 무엇, 필자는 그중의 하나를 서술시라고 부르거니와 그것은 부賦나 가歌 또는 사詞, 사辭, 연작시 또는 장편시, 가사시 등 다양한 형식이나 이름으로 오랜 세월을 이 땅 사람들과 같이 했는바, 분명 호남 한시단의 한 특징이요 시학임에 틀림없다.

제Ⅰ편에서는 서사 한시, 장편 서사 가사, 한문 서술 부 등을 언급하면서 풀이적 서술시와 서술성, 그리고 서술시의 7가지 자질 등에 대해 말했는데 여기서는 서술시적 상황에 대해 ㉠모순과 불합리가 판치는 실상을 개혁하거나 바로잡고자 하는 상황, ㉡어떤 사건이나 사실을 고발하거나 누군가에게 알리고자 하는 상황, ㉢어떤 정경이나 정서의 공감으로 소통을 요하거나 나누고자 하는 상황 등을 일컫는다고 했다. 특히 부賦나 장편 고시체시를 서술시로 정의하거나 누정의 연작 제영시에 대해 서술시로 파악한 뒤, 사적 전개와 실현 미학에 관심을 두었을 뿐만 아니라, 동일 제하題下 단형의 연작 한시와 연시조 등을 서술시로 간주하고 그 미학을 살피고자 했다.

제Ⅱ편에서는 호남 사림과 금남 최부 및 그의 인맥을 살폈다. 그 가운데 1장에서는 호남 사림 형성에 대하여 기존에 별반 주목받지 않았던 호남 토반 세력이 중심이 된 사림에 대해서 그 중요성을 환기했다. 2장에서는 호남의 토반土班이 중심이 되어 자생한 사림과는 달리, 점필재 김종직의 영남 사림과의 영향 관계를 가진 금남 최부의 학맥이 근·현대 문학기까지 이어져온 과정에 대해 조망했다. 3장에서는 호남 사림과 호남 문학의 모태적 역할을 한 누정樓亭에 대해 그 개념과 건립 의의 등을 말했다.

제III편에서는 ㉠구비 서사시적인 자질, ㉡단편 서사시적인 자질, ㉢서사지향적인 시 자질, ㉣이야기시적인 자질, ㉤서사 한시적인 자질, ㉥장시적인 자질, ㉦서사시적인 자질 등이 상호 변합 또는 결합, 배제, 변용, 대체 등 여러 과정을 거치면서 펼쳐져 온 호남 서술시의 사적 전개와 그 미학을 살폈는데 먼저 작가에 대하여 간략하지만 중요한 정보를 제시한 다음, 대표 서술시를 소개했다. 1장은 금남 최부의 〈탐라시 35절〉에 대해, 한 편의 긴 서술시처럼 35편이 하나로 꿰어져 탐라에 대해 친절하고 자세하게 서술하고 있음을 보였다. 2장은 눌재의 〈애대조〉〈황종부〉〈몽유〉 등 5편의 서술시, 제3장은 면앙정의 〈문개가〉〈문인가곡〉〈전가원〉〈탁목탄〉 등 서술시, 제4장은 석천의 〈송대장군가〉〈고기가〉 등 서술시, 제5장은 송재의 〈애병백부〉〈나부〉〈부득어군즉열중〉 등 서술시, 제6장은 하서의 〈소쇄원 48영〉 서술시, 제7장은 행당의 〈오국성부〉〈이남부〉〈우산부〉〈남정부〉〈검려지부〉 등 서술시, 제8장은 송천의 〈절함〉〈하백과추수〉〈호가〉 등 서술시, 제9장은 풍암의 〈위인유기〉〈예위수신지간〉〈인불가이무치〉 등 서술시, 제10장은 청계의 〈면앙정 30영〉 서술시, 제11장은 칠실의 〈우국가 28수〉 서술시, 제12장은 고산의 〈어부사시사 40수〉 서술시, 제13장은 죽록의 〈순산군행〉〈소거가〉 등 서술시, 제14장은 다산의 〈도강고가부사〉 서술시, 제15장은 초의의 〈동장봉별 동노김승지 재원담재김승지 경연황산김승지 유근추사김대교정희〉 서술시, 제16장은 경회의 〈화전괴석가〉 서술시 등에 대해 살폈다.

앞으로의 과제는 왜 이와 같은 서술시가 호남 한시단에서 하나의 글쓰기 방식으로 굳어져 오랜 세월 지속되었는가를 명확히 밝히는 일이다. 또한 이들 서술시인들이 서술시적 상황을 받아들임이 같은 상황의 다른 지역 시인들의 시와는 어떤 낙차를 보이고 있는지 등을 밝혀내는 것이다. 다시 말해서 상황 인식의 차이와 전통적 글쓰기 방식의 차이에 의한 서술시인들이 실현해 낸 낙차와 미학적 가치를 밝혀내는 작업이 뒤따라야 한다는 말이다. 물론 이와 같은 작업은 지역 정신문화의 의의를 밝히는 작업의 일환으로서 뿐만 아니라 지역 발전의 자양이나 질료가 되어야함은 재언할 필요가 없겠다. 또한 현대시와 가사시로의 계승 발전에 대한 방향 모색과 활성화 방안의 연구를 기대해 본다.

참고문헌

《주역》
《장자》
《논어》
《시경》
《초사》
《소학》
《맹자》
《정조실록》
《금성나씨세보》
《선산임씨대동보》
《群芳譜》
《인조실록》
《경회집》
〈면앙정 30영〉

고경명, 《유서석록》.
고영진, 《호남 사람의 학맥과 사상》, 혜안, 2007.
고정희, 《고전 시가와 문체의 시학》, 월인, 2004.
공영달, 〈시대서소〉, 《모시정의》.
국가균형발전위원회, 《세계의 혁신 체계》, 한울아카데미, 2004.
_____, 《이제는 지역이다》, 디자인 모브, 2004.
郭維森, 《中國辭賦發展史》, 江蘇敎育出版社, 1996.
김기태, 《세계의 바다와 해양 식물》, 채륜 출판동네, 2008.
김대행, 〈어부사시사의 외연과 내포〉, 고산연구회, 《고산연구》 창간호, 1987.

김문기, 〈옥소 권섭의 구곡가계 시가 연구〉, 1998.

_____, 《서민가사연구》, 형설출판사, 1983.

김성기, 《면앙정 송순 시문학 연구》, 국학자료원, 1980.

김준오, 〈서술시의 서사학〉, 현대시학회 편, 《한국 서술시의 시학》, 태학사, 1998.

김학성, 〈가사의 실현화 과정과 근대적 지향〉, 1982.

김학성·최한선, 《고전시가와 호남시단의 이해》, 태학사, 2017.

나세찬, 《송재유고》.

나태주, 《국역 송재유고》.

남송우, 〈서사시, 장시, 서술시의 자리〉, 현대시학회 편, 《한국 서술시의 시학》,
　　　태학사, 1998.

목판 〈소쇄원도〉.

목포대학교박물관, 《조선의 관리, 죽록 윤효관의 일생》, 2013.

_____, 《윤복의 생애와 관련 유적》, 2003.

문영오, 《고산윤선도연구, 태학사》, 1983.

_____, 《고산문학상론》, 태학사, 2001.

_____, 〈고산시가에서의 회화성 고구〉, 《고산연구》2호, 1988.

박명희, 〈죽록 윤효관 한시에 나타난 지향 의식〉, 강진군 외, 《죽록 윤효관과 조선
　　　후기 강진향촌 사회사》, 2023.

박문재 역, 《아리스토텔레스 수사학》, 현대지성사, 2020.

박완식, 《한국한시어부사연구》, 이회, 2000.

박준규·최한선, 《시와 그림으로 수놓은 소쇄원 48영》, 태학사, 2000.

박준규, 《호남시단의 연구》, 전남대학교출판부, 1998.

성무경, 〈고산 윤선도 詩歌의 歌集 受容樣相과 그 의미〉, 《한국시가 넓혀 읽기》,
　　　문창사, 2006.

성백효, 《시경집전》(상), 전통문화연구회, 1993.

송순, 《면앙집》.

안대회, 《양대박의 실기》, 《정조의 시문집 편찬》, 문헌과 해석사, 2000.

양태순, 〈청계 양대박의 생애와 한시〉, 《한국한시작가연구》(6권), 2001.

양응정, 《국역 송천집》.

왕세정. 서사증, 《문체명변》.

유해춘, 《장편서사가사의 연구》, 국학자료원, 1995.

유협, 《문심조룡》.

윤복, 《행당 선생유고》.

윤승현, 《실록 고산 윤선도》, 도서출판 삼문, 1993.

尹孝寬, 《竹麓遺稿》.

원용문, 《윤선도 문학연구》, 국학자료원, 1989.

이가원, 《조선문학사》, 태학사, 1995.

이기백, 《한국사신론》, 일조각, 1998.

이덕일, 《칠실유고》.

이백순, 최한선 공역, 《국역 경회집》, 중앙문화사, 2009.

이석호 역, 《장자》, 삼성출판사, 1983.

이종범, 《나는 호남인이로소이다》, 사회문화원, 2002.

이종찬, 〈초의선사의 생애와 시문학〉, 2006.

_____, 《한국불가시문학사론》, 1993.

_____, 《한문학 개론》, 이화문화출판사, 1998.

이택후, 《華夏美學》, 동문선, 1988.

이-푸 투안, 《공간과 장소》, 도서출판, 대윤, 1995

이형대 외 역, 《국역고산유고》, 소명출판사, 2004.

임억령, 《석천집》.

임종욱, 《초의 선집》, 동문선, 2006.

임형택, 《이조시대 서사시》(상), 창작과 비평사, 1992.

_____, 〈다산시의 현실주의에 대한 재인식〉, 《이조시대 서사시》(하), 창작과 비
　　　　평사, 1992.

張法장파, 유중화 역, 《동양과 서양 그리고 미학》, 푸른숲, 1994.

전남문학백년사업추진위원회, 《전남문학변천사》, 한림, 1997.

정규영 지음. 송재소 역주, 《다산의 한평생》, 창비, 2014. 및 박석무, 《다산 정약
　　　　용 평전》, 민음사, 2014.

정탁, 《약포집》.

조동일, 《지방문학사》, 서울대학교출판부, 2004.

_____, 《한국문학통사》(3권), 지식산업사, 1994.

조원래, 〈사화기 호남 사림의 학맥과 김굉필의 도학 사상〉, 1995.

주자, 《회암서절요》.

____, 《주자서절요》.

周曉琳·劉玉平, 《空間與審美》:文化地理視域中心的中國古代文學, 人民出版社, 2009.

曾大興,《文學地理學槪論》, 尙務印書館, 2017.

주희, 〈갈담〉, 《시경》.

차주환, 《해역 눌재집》, 1979.

최경창, 《고죽유고》.

최동호 역, 《문심조룡》, 민음사, 1994.

최부, 《금남집》.

최진원, 《한국고전시가의 형상성》, 성균관대학교 대동문화연원, 1996.

최한선·김학성, 《고전시가와 호남 한시의 미학》, 태학사, 2021.

최한선, 〈풍암 서술시의 이해론적 전제와 미학〉, 2003.

_____ 외, 《다시 읽은 미암일기》, 도서출판 무진, 2004.

_____, 《석천 임억령 시문학 연구》, 성균관대학교 대학원 박사학위청구논문, 1994.

_____, 〈성산별곡과 송강 정철〉, 《목원어문학》(제9집), 1990.

_____, 〈호남시가의 풍류고〉, 《고시가연구》(창간호), 1993.

_____, 〈금남 최부 선생과 관광 전략〉, 《금남 최부를 읽다》, 2022.

_____ 외, 《눌재 박상 시문학 연구》, 태학사, 2021.

_____, 〈송천 장편시의 세계〉, 《고시가연구》(6집), 1999.

_____, 〈송재 나세찬의 부문학 세계〉, 《우리말글》(제18집), 1999.

_____ 외, 《송재 나세찬》, 태학사, 2000.

_____, 〈행당 윤복과 서술시의 미학〉, 《한국시가문화연구》(34집), 2014.

_____, 《면앙정이여, 시심의 고향이여》, 태학사, 2017.

_____, 〈병란 후의 시대 상황과 우국시조〉, 《시조학 총론》(12집), 1996.

한국고시가문학회, 《고시가 연구》, 제11집, 2003.

현대시학회, 《한국서술시의 시학》, 태학사, 1998.

홍재휴, 《윤고산시연구》, 새문사, 1990.

황정견, 〈염계시서〉.

찾아보기

최한선

서당에서 한문을 수학하고 대학과 대학원에서 가사와 한시 연구로 석사와 박사를 받았다. 동신대학교와 전남도립대학에서 근무했으며《달관과 관용의 공간 면앙정》 등 누정 연구서 다수와《고전시가와 호남시단의 이해》등 여러 권의 연구서를 냈다. 《석천집》《율산집》《노사집》등 수십 권의 번역서 및〈성산별곡과 송강 정철〉등 수십 편의 논문을 썼다. 동아인문학회 회장, 한국시가문화학회 회장 등을 역임하고 현재는 전남도립대학 명예교수, 중국 절강대학 객좌교수이며《오늘의 가사 문학》 편집주간을 맡아 가사의 현대화 작업과 유네스코 세계기록유산 등재를 위해 노력 중이다.

호남 서술시의 사적 전개와 미학

2023년 11월 30일 초판 1쇄 펴냄

지은이 최한선
펴낸이 김흥국
펴낸곳 보고사

책임편집 이소희
표지디자인 김규범

등록 1990년 12월 13일 제6-0429호
주소 경기도 파주시 회동길 337-15 보고사
전화 031-955-9797
팩스 02-922-6990
메일 bogosabooks@naver.com
http://www.bogosabooks.co.kr

ISBN 979-11-6587-593-0　93810
ⓒ 최한선, 2023

정가 38,000원